JASMIN ROMAN

FABULA LUX

SAMMELBAND

Fantasyroman

STERNENSAND VERLAG

www.sternensand-verlag.ch | info@sternensand-verlag.ch

1. Auflage, Februar 2018

Umschlaggestaltung: Alexander Kopainski | alexanderkopainski.de
Lektorat / Korrektorat: Sternensand Verlag GmbH | Martina König
Satz: Sternensand Verlag GmbH
Druck und Bindung: Smilkov Print Ltd.

ISBN-13: 978-3-906829-59-3
ISBN-10: 3-906829-59-3

Hörst du sie?
Sie singen.
Sie lachen.
Sie weinen.
Sie klagen.
Weil sie wie wir sind.
Nur schöner.
Heiliger.
Verruchter.
Kennst du ihren Namen?
Er lautet: Engel.

Inhaltsverzeichnis

Meine Rastlosigkeit 9
Meine Bestimmung 19
Mein Verlust 24
Meine Bewunderung 32
Meine besondere Begegnung 45
Meine Neugier 52
Mein Therapieversuch 62
Mein Erwachen 72
Mein Platz in der Welt 80
Mein neuer Ordensleiter 93
Meine dunkle Begegnung 107
Meine Herausforderung 118
Meine Faszination 131
Meine Waffe 148
Mein besonderer Moment 157
Mein schwarzer Engel 169
Meine Entscheidung 179
Meine grosse Liebe 188
Meine Neugier 196
Meine Wut 202
Mein Alltag 208
Mein Krieger 214
Mein glücklicher Erzengel 220
Meine Leidenschaft 235
Meine besondere Einladung 244

Meine rettende Dunkelheit 254
Mein Schock 262
Meine Verführung 275
Mein Wunder 286
Meine Sorgen 301
Meine Mission 306
Meine Spontaneität 322
Mein Versprechen 330
Mein Tag mit der Sonne 338
Meine Zerrissenheit 351
Meine Zukunftsängste 361
Mein eigener Weg 364
Mein Heilungsversuch 379
Mein zerbrochenes Herz 387
Mein neues Leben 404
Meine aussergewöhnliche Geschichtsstunde 415
Mein Traum 432
Mein Zusammentreffen 438
Mein Wiedersehen 454
Meine ungewöhnliche Mission 465
Mein seltsames Gefühl 475
Mein Streit 485
Meine Zerstreuung 498
Mein geliebter Albtraum 511
Meine Zukunft 525
Meine enttäuschten Herzen 540
Mein grösstes Glück 558
Meine gebrochenen Erzengel 578
Meine Überraschung 589
Mein Omen 597
Mein Abschied 606
Mein letzter Kampf 621
Keon: Erwachsen werden 635
Keon: Lügen und Abschiede 644
Keon: Wer das Schicksal betrügt … 653
EPILOG 665
Über die Autorin 669

Meine Rastlosigkeit

Ich lief diesen schönen, kühlen Waldweg entlang, den ich ganz zufällig entdeckt hatte. Wenn ich vor mich hin träumte, anstatt auf den Weg zu achten, trugen mich meine Beine meistens an Orte, die mir fremd waren.

Dem Unbekannten folgen – so nannte das meine Großmutter und versicherte mir im nächsten Atemzug immer, dass nach Abenteuern zu suchen, gefährlich für uns war.

Ich durfte nicht rastlos sein. Ich wusste nicht wirklich, was das hieß – rastlos –, aber das ging mir mit vielen Dingen so. Ich kannte unsere Bestimmung, aber ich verstand das Ausmaß des Wortes Bestimmung nicht. Irgendwann würde sich das ändern, das sagte mir meine Großmutter auch oft. Wenn ich älter war und die Wege, die ich ging, mir nicht mehr fremd waren, würde ich wissen, was es bedeutete, ich zu sein, und warum es wichtig war, auf mich zu achten. Bis dahin erfreute ich mich am Blau des Himmels und am verlockenden Ruf des Unbekannten, der wie Musik in meinen Ohren klang.

Unter dem schützenden Laubdach der Bäume brachen die Sonnenstrahlen kaum durch – nur kleine Lichtpunkte, die am Waldboden tanzten. Die Umgebung war trotzdem hell. Irgendwo ganz in der Nähe leuchtete ein Licht, genauso schön und warm wie das der Sonne. Ich wollte es sehen und verließ den Wald, um einem sandsteinfarbenen Weg zu folgen. Die Zweige der Trauerweiden schaukelten im hochsommerlich warmen Wind. Unter den märchenhaft schönen Bäumen konnte man bestimmt hervorragend seine Tagträume genießen.

Ich blieb stehen, weil ich ihn von hier aus gut mustern konnte. Sein Licht war für mich so faszinierend wie die Gemälde in unserem Haus. Ich konnte sie ewig betrachten und die Zeit dabei vergessen.

Er hatte sich ein schönes Fleckchen Erde ausgesucht, eines, das zu ihm passte. Hier war es still, einsam und besonders. Schöne helle Lichter hielten sich gern versteckt, schienen meistens abseits von Trubel und Rummel. Ich sah sie selten, wusste mich aber an ihrem Glanz zu erfreuen.

Er wässerte die Lilien, die vor dem Backsteingebäude angesät worden waren. Die Zeit hatte ihre Spuren an der Substanz des kleinen Häuschens hinterlassen. Alte Gebäude hatten immer eine Geschichte zu erzählen. Ich wäre gern näher getreten, um zu hören, was die maroden Mauern mir zuflüstern konnten, aber dann hätte ich aufhören müssen, ihm bei der Arbeit zuzusehen, und das wollte ich nicht.

Still und neugierig verharrte ich im Schatten der Trauerweide und begann, in ihn hineinzufühlen. Ein warmer, freundlicher Charakter, der Gewalt scheute und sich an Vertrauen nährte.

Die Lichter waren nicht immer so liebevoll, auch wenn sie hell und besonders waren. Ich hatte gelernt, Schönheit zu bewundern, aber sie auch zu fürchten. Unheil konnte auch hinter ebenmäßigen Gesichtern lauern – eine der ersten Lektionen, die ich verinnerlicht hatte.

Ich lernte und verinnerlichte schon mein Leben lang, aber vieles auf dieser Welt war mir trotzdem noch fremd, weil ich es nur aus Erzählungen kannte. Wenn einem schon so viel erzählt worden war wie mir, wurde das Bedürfnis, Dinge tatsächlich zu erleben, immer größer – vielleicht hieß das, rastlos zu sein.

Er hob sein Gesicht der Sonne entgegen und formte mit der Hand ein schützendes Schattendach. Ihm war warm und er war ein wenig erschöpft.

Diese leuchtenden Wesen waren uns in vielerlei Hinsicht so ähnlich, dass es mich nicht wunderte, dass sie schon seit Anbeginn unserer Welt unerkannt unter uns lebten. Für die meisten waren sie nur schöne Gesichter, von denen man sich angezogen fühlte. Wenn man ihr Leuchten und die unsichtbare Silhouette ihrer Flügel nicht sehen konnte, war es so gut wie unmöglich, ihr wahres Wesen zu erkennen.

Sein Kopf neigte sich so schnell in meine Richtung, als hätte er einem Reflex nachgegeben – in Wirklichkeit war es Instinkt. Der Wind hatte gedreht und ihm meine Aura, die ich eigentlich still und unscheinbar gedrosselt hatte, entgegengetragen. Er neigte fragend den Kopf und sah dabei noch immer faszinierend aus. In seinem Inneren flammten Fragen auf, die ihn dazu brachten, auffallend oft mit den hellblauen Augen zu blinzeln. Dieser verwirrte Ausdruck, der sein Gesicht zeichnete, gefiel mir. Seine Neugier und seine Verwunderung kamen ganz ohne Skepsis oder Misstrauen aus. Er war niemand, der der Angst vor den schlechten Seiten des Lebens nachgab, obwohl er sie schon gesehen hatte, dabei war ich mir sicher.

Er war bestimmt Tausende von Jahren alt. Im Gegensatz zu den meisten Lichtern, die ich schon leuchten gesehen hatte, war seines gemacht und nicht geboren worden. Dieser unsterbliche Körper war von Gottes Händen geformt worden, lange vor unserer Welt. Seine Jugend war trotzdem in Stein gemeißelt. Zeit konnte diesen Gesichtszügen nichts anhaben, er würde die Ewigkeit überdauern, wenn ihn unsere Welt nicht in Stücke riss.

Ihre Körper waren auch anfällig für Schmerzen und Verletzungen und selbst ihr Geist war vor Krankheiten nicht gefeit.

Hier, zwischen all dem Leid, das unsere Welt parat hatte, waren Lichter wie seines schon erloschen.

Er legte den Wasserschlauch beiseite und kam auf mich zu. Seine Lippen verzogen sich plötzlich zu einem Lächeln, weil er Angst hatte, mich mit seiner versteinerten Miene zu erschrecken. Ich empfand keine Furcht, nicht vor einer so reinen, schönen Seele wie seiner.

»Hast du dich verlaufen?«

Eine Stimme – so melodisch, dass sie sich selbst dann nicht überschlagen hätte, wenn Verzweiflung in ihr mitgeschwungen wäre.

Er blieb zwei Meter vor mir stehen, um mir genügend Raum zu lassen – seine hellblauen Iriden konnte ich trotzdem leuchten sehen. In seinen Augen spiegelte sich Neugier und Hilfsbereitschaft, sein Blick wurde aber trotzdem prüfend. Er wollte wissen, wer ich war, was ich war und warum ich ihn anstarrte, als wäre er ein in surrealen Farben gemaltes Kunstwerk.

»Brauchst du Hilfe?«

Kaum hatte er den Menschen in mir erkannt, wurde sein Blick wieder weich und ein kleiner Teil seiner Neugier verflog. Ja, ich war nur ein Mensch, kein so helles Licht wie er und auch keine betörende Dunkelheit.

»Bist du ganz allein hierhergekommen?«

Jede seiner Fragen klang eindringlicher als die vorherige. In ihm wuchs eine Erkenntnis, die falsch war, aber ich war noch immer zu fasziniert, um sie zu zerstreuen.

»Verstehst du mich überhaupt?«

Ja, ich verstand ihn, ich war nur zu gebannt von seiner Aura, um zu antworten. Dieses warme Gefühl, das er ausstrahlte, ich hätte mich ewig darin sonnen können. Meine Wohlfühl-Trance musste seltsam auf ihn wirken – befremdlich.

Ich war mir sicher, dass er schon oft angestarrt worden war, aber ich war mir auch sicher, dass er noch niemandem begegnet war, der sich so gern im Schein seiner Aura sonnte wie ich.

Bevor mein Schweigen Verzweiflung in ihm wachsen lassen konnte, neigte ich den Kopf, schenkte ihm ein Lächeln und sprach etwas aus, das nichts Neues für ihn war und ihn trotzdem aus der Bahn warf.

»Du bist ein Engel«, stellte ich fest und fühlte Überraschung in ihm wachsen, die einem Schock glich.

Er begann, an seiner Intuition zu zweifeln, und fasste sich prüfend an die Stirn. Die Hitze trübte seine Sinne nicht, auch wenn er das im ersten Moment vermutete.

»Du bist ein Kind – ein Mensch«, sprach er vorsichtig aus, was er in mir sah, und wartete meine Reaktion ab.

Ich nickte. Wir führten hier die seltsamste Unterhaltung, die ich je mit jemandem geführt hatte, und trotzdem hatte ich Freude daran.

»Du bist viel zu jung für einen Wächter«, mutmaßte er weiter und ließ ein verwirrtes Kopfschütteln das Ende seines Satzes begleiten.

Es war nicht meine Absicht gewesen, diesen fragenden Ausdruck in das schöne Gesicht zu zaubern. Seine Gefühle zu beruhigen, fiel mir leicht, auch weil mein nächster Satz dazu beitrug.

»Du hast recht. Ich bin keine Wächterin, ich bin nur … Lia.«

Ich musste über meine seltsame Formulierung schmunzeln und übertrug die Freude, die er mir mit unserem Zusammentreffen bereitete, auf ihn. Er lächelte so warm, als wäre er selbst die Sonne, die über uns im blauen Himmel thronte.

»Lia.«

Dass er meinen Namen wiederholte, gefiel mir, machte mich aber auch verlegen. Ein Engel, der meinen Namen kannte und ihn aussprach, als wäre er so besonders wie er selbst.

»Woher weißt du, was ich bin?«, wollte er wissen, ohne seinen Tonfall zu eindringlich werden zu lassen. Diese Frage beschäftigte ihn wirklich und ich würde sie ihm gern beantworten – so gut ich konnte.

»Vielleicht, weil ich seltsam bin – anders und merkwürdig.«

Ein Schulterzucken war die Geste, die meinen Satz am besten unterstrich.

In ihm kam Mitgefühl auf. »Wer sagt so etwas von dir?«

»Meine Mitschüler.«

Er schüttelte sanft den Kopf und ließ seine Stimme so weich klingen, dass ich ihm Glauben schenken musste, obwohl mich sein Satz verlegen machte. »Menschen verwechseln das Andersartige oft mit dem Besonderen.«

Das Lächeln, das sich auf meinen Lippen abzeichnete, kam mit Verlegenheit einher. »Ich verwechsle es nicht ...«, versicherte ich und verlagerte mein Gewicht von einem Bein aufs andere. »Ich sehe, dass du besonders bist!«

Er winkte ab und sah hoch in den Himmel, während er zu relativieren begann. »Ich bin nur ein alter, mutloser Engel – ein Priester, der zu viel von dieser Welt gesehen hat und sesshaft werden möchte.«

Sein Blick legte sich wieder auf mich und er schmunzelte.

»Aber dein Leben scheint spannend zu werden, kleine Lia. Möchtest du dich in den Schatten setzen und mir davon erzählen? Mein Name ist Beryl.«

Ich nickte, weil ich auf dieser Welt im Moment nichts lieber getan hätte, als ihm zu folgen. Dieser unbekannte kühle kleine Waldweg hatte mich zu einem gemachten Engel geführt, der mich besonders nannte. Wenn alle Wege, die ich beschritt, an so schönen Orten enden würden, würde ich nie mehr aufhören, rastlos zu sein.

»Wie alt bist du, Lia?«

Wir nahmen auf dem umgekippten Baumstamm Platz, der schon lange vor dem alten Backsteingebäude liegen musste.

»Zwölf.«

Ich stellte die Gegenfrage nicht, weil es unhöflich gewesen wäre und die Antwort jenseits von Zahlen lag, mit der mein menschlicher Verstand umgehen konnte. Er sah aus, als wäre er fünfundzwanzig – für immer fünfundzwanzig.

»Was treibt dich hierher? Hier kommen kaum Menschen vorbei, nur Wächter.«

»Ich komme aus keinem bestimmten Grund. Meine Beine haben mich durch den Wald getragen.«

»Lebst du in der Nähe?«

»Ja, am Stadtrand.«

»Mit deinen Eltern?«

Beryls emphatisches Feingefühl war unglaublich gut ausgeprägt – ich konnte das beurteilen, weil ich in ihm etwas aufkommen fühlte, das Anteilnahme glich, schon bevor ich ihm verriet, was mit meinen Eltern passiert war.

»Sie sind gestorben, vor einigen Jahren.«

Er senkte den Blick, so als wäre es sein eigener Verlust gewesen, den er kurz und andächtig betrauern musste.

»Das tut mir leid«, flüsterte er und bereitete mir damit Gänsehaut.

Trauer in mir wachsen zu lassen, war etwas, das ich mir in Gesellschaft verbot. Wenn mein Inneres von schweren grauen Gefühlen erfüllt war, konnte ich die Kontrolle verlieren und damit um mich werfen. Beryl hatte meinen Schmerz nicht verdient.

»Es ist in Ordnung. Niemand stirbt ohne Grund, ohne Vermächtnis, oder? Ich bin mir sicher, dort, wo sie jetzt sind, ist es schön …«

Jetzt war ich es, die den Blick senkte und dagegen ankämpfte, Beryl meine innere Zerrissenheit aufzudrängen. Mir war beigebracht worden, zu glauben, an Gott und das Schicksal, das er geformt hatte, aber dieser Gedanke war mir nicht immer ein Trost.

»Wenn ich es nicht mit eigenen Augen sehen würde, würde ich nicht glauben, dass du noch so jung bist. Du bist unheimlich klug und reif, weißt du das?«

Ich starrte zu ihm rüber und zuckte dann verlegen mit den Schultern. »Na ja, ich lerne viel, nicht nur in der Schule.«

»Und wer bringt dir so viel über das Leben und Gott bei?«

»Meine Großmutter. Ich lebe bei ihr, seit meine Eltern tot sind. Sie ist streng, aber sie meint es gut mit mir.«

»Ist sie eine Wächterin?«

Ich schüttelte den Kopf und fühlte Verwunderung in ihm wachsen.

»Nein, sie weiß nur viel – sehr viel – und will ihr Wissen weitergeben, bevor sie …«

Das Wort kam mir nicht über die Lippen, obwohl ich eigentlich stark sein wollte, weil sie genau das von mir erwartete.

Beryl neigte wieder den Kopf und ließ mich sein Mitgefühl spüren.

»Ist sie krank?«

»Ja, aber sie ist auch schon alt, sehr alt …«

Er sah wieder hinauf in den Himmel, so als ob er hinter das schöne Blau blicken könnte. »Mach dir keine Sorgen um deine Großmutter. Ich denke, sie hat eine Seele, die das Ende ihres Lebens nicht fürchtet. Der Tod ist nicht immer schrecklich und unheilvoll, er kann auch freundlich und sanft sein.«

»Ja, sie fürchtet sich nicht … Ich schon.«

Er nickte. »Wenn du Angst hast, kannst du immer zu mir kommen. Ich kenne mich mit Furcht aus.«

Sein Angebot machte mich unheimlich froh und vertrieb die Schwermut, mit der ich diesen märchenhaften Ort geflutet hatte. Ich konnte wieder positivere Gefühle vorherrschen lassen und tat damit auch Beryl etwas Gutes. Er stutzte, weil sich seine Stimmung so schnell änderte.

»Bist du das?«, wollte er vorsichtig wissen.

Er war sich nicht sicher, ob seine Frage für mich Sinn machte, aber das tat sie.

»Es fühlt sich …« Er fand keine Worte, um das, was ich tat, zu beschreiben. Wahrscheinlich, weil er zum ersten Mal damit konfrontiert war. Was ich konnte, war nicht weit verbreitet.

»Entschuldige. Wenn es für dich unangenehm ist, höre ich auf«, nahm ich ein Angebot vorweg, das ich nicht einhalten können würde. Ich würde ab heute immer versuchen, dem schönen Engel seine negativen Gefühle zu entreißen – ich mochte ihn.

»Wie machst du das?«, wollte er wissen und lächelte, bevor er mir etwas versicherte. »Es ist nicht unangenehm, es ist schön – so als hätte mein seelischer Ballast an Gewicht verloren.«

Zum Glück hielt er mich nicht für unheimlich, so wie die meisten, die fühlten, dass meine Gegenwart Einfluss auf sie hatte.

»Ich nehme dir deinen Ballast nicht, ich beeinflusse nur deine Gefühle«, erklärte ich und gab ihm im nächsten Moment eine Kostprobe meiner Kräfte. Ich verstärkte den positiven Teil seiner Neugier und ließ seine Sympathie für mich mit seiner Gelassenheit tanzen. Ein Strom aus schönen Gefühlen, der ihn noch heller leuchten ließ, als er ohnehin schon strahlte.

Beryl schloss genießerisch die Augen, während ich versuchte, mir nicht anmerken zu lassen, dass es mich anstrengte, meine Kräfte so gezielt einzusetzen.

»Was für eine besondere Gabe. Es scheint, als hätte das Schicksal Großes mit dir vor.«

Seine Worte riefen gemischte Gefühle in mir wach, die ich nur in meinem Inneren toben ließ.

»Ich denke nicht, aber wenn es so ist, muss ich bereit sein«, erklärte ich, ohne darüber nachzudenken, ob ich zu viel verriet. Erst als mich die hellblauen Augen durchdringend musterten, wurde mir bewusst, dass er mehr hören wollte.

Ich schüttelte kaum merklich den Kopf. »Im Moment bin ich absolut unbedeutend für das Schicksal.«

Die Erwartungen, die in ihm gewachsen waren, waren fehl am Platz.

»Ich bin nur ein Mensch, der zu viel liest und zu viel lernt, für den Fall, dass er irgendwann gebraucht wird.«

»Und was könnte diese Bestimmung sein, auf die du wartest?«

Ich senkte den Blick, weil ich etwas sagen musste, was ich nicht sagen wollte. »Darüber zu sprechen, ist verboten …«, gestand ich und bekam ein schlechtes Gewissen. Geheimnisse zu haben, war mir unangenehm, obwohl meine Blutlinie aus nichts anderem bestand. »Es tut mir leid«, flüsterte ich und sah auf, als ich plötzlich Verständnis und Bewunderung in ihm wachsen fühlte. Er war mir nicht böse und seine Neugier hatte er übermenschlich gut unter Kontrolle – weil er kein Mensch war.

»Schon gut, das muss es nicht. Du bist besonders, belassen wir es dabei.«

»Das ist unglaublich nett von dir. Darf ich wiederkommen?«

Beryl nickte. »Wann immer du möchtest.«

Meine Bestimmung

»Kennst du die Namen der beiden Engel, die den Himmel beschützen, Lia?«

Ihre Stimme ließ mich den Blick von den Zeilen, die ich gerade geschrieben hatte, lösen. Ich stand sofort auf, um ihr meine Hand zu reichen. Ihre Schritte waren unsicher. Eigentlich durfte sie das Bett nicht verlassen, aber sie war stoisch und willensstark – ihre Beine trugen sie trotz ihrer Schmerzen.

»Michael und Uriel«, antwortete ich, während ich sie an den Tisch führte.

Wenn sie so einfache Fragen stellte, ging es ihr mental schlecht. Wäre ihr Geist klar gewesen, hätte sie mich viel mehr gefordert.

»Ich habe heute auch einen Engel getroffen – einen gemachten Engel. Er kennt Michael und Uriel bestimmt.«

Im ersten Moment schien es so, als würde sie nicht auf meine Neuigkeit reagieren, aber sie war nur müde und blinzelte schwer. »Das Unbekannte ruft also noch immer nach dir. Bist du dir sicher, dass du dich der Gefahr dieser Welt so unmittelbar aussetzen willst?«

Diese Frage war viel schwieriger als ihre erste und sie stellte sie nicht zum ersten Mal. Ich wusste, dass ich zwei Möglichkeiten hatte. Entweder lebte ich unscheinbar im Verborgenen und wartete ab, ob ich auserwählt war oder nicht, oder ich ging raus und erlebte die Welt in all ihrer Schönheit und Gefahr.

»Ich und deine Mutter haben im Stillen gewartet, genau wie die Generationen, die uns unmittelbar vorausgingen.«

»Ich weiß …«, gestand ich einsichtig und fühlte, wie mein Gewissen schwer werden wollte. Sie ließ nicht zu, dass ich mir Vorwürfe machte, sie benutzte ihre Gabe, obwohl sie so ausgelaugt war.

»Du gehst deinen eigenen Weg, und wenn er dich hinaus in die Welt führt, ist das in Ordnung«, versicherte sie mir. »Es gab schon Sephirot, die das Abenteuer gesucht haben. Wenn du in ihre Fußstapfen treten willst, ist das dein gutes Recht.«

Sie klang nicht vorwurfsvoll, aber ich fühlte, dass meine Zukunft ihr Sorgen bereitete.

»Deine Rastlosigkeit hat bestimmt einen Grund und Gott allein kennt ihn und hat ihn dem Schicksal zugeflüstert.«

Ich wollte eigentlich nicht weiterhin auf diesem Thema herumreiten, weil es ihren Herzschlag immer ungesund beschleunigte, aber ich hatte das Bedürfnis, mich zu erklären.

»Ich weiß, wie wichtig es ist, dass ich unsere Aufgabe weitergebe. Ich werde das nie aus den Augen verlieren, versprochen!«

Sie legte mir ihre Hand auf den Oberarm. Die Wärme, die mich durchströmte, konnte die Versagensängste in mir bändigen. »Ich habe Angst, dass das Schicksal zu viel von dir verlangt, mein Kind. Ich habe Angst, dass du vielleicht als Wächterin erwachen könntest.«

Ich stutzte und schüttelte den Kopf. »Nur weil ich tagsüber manchmal träume? Eine Wächterin? Ich? Ist das denn überhaupt möglich?«

Sie seufzte, so als hätte ich eine dumme Frage gestellt. »Was sind wir Lia?«

»Sephirot«, antwortete ich leise.

»Und was sind Sephirot?«

Wieder eine dieser einfachen Fragen. Natürlich wusste ich, was wir waren, das hatte ich schon mit fünf gewusst.

»Die Nachfahren von Adam Kadmon – dem ersten Menschen, den Gott erschaffen hat.«

Sie nickte. »Ja, genau das sind wir – Menschen. Und was sind Wächter, Lia?«

»Auserwählte Menschen, denen die Macht gegeben wurde, ihre Welt und ihresgleichen zu beschützen.«

»Vielleicht bist du eine von ihnen. Ich sehe in letzter Zeit diesen leuchtenden Schein um deine Aura, vielleicht ist es das Wächterleuchten.«

»Aber ich habe schon eine Aufgabe! Ich muss Gottes letzte Worte behüten! Wir tragen sie in uns, so lange, bis sie irgendwann gebraucht werden! Das ist meine Aufgabe!«

Es überraschte mich, aber sie schmunzelte. »Eine langweilige, undankbare Bestimmung, oder, Lia?«

Ich biss mir auf die Unterlippe, so als wären diese verbotenen Worte über meine eigenen Lippen gekommen.

»Generationen über Generationen Sephirot, die darauf warten, dass die dunkelste aller Zeiten über uns hereinbricht und die Menschheit das Licht braucht, das Gottes letzte Worte versteckt halten. Wir sind ein Schlüssel, der nicht weiß, wann und ob er jemals gebraucht wird, und wie das Schloss aussieht, das wir sperren können, wissen wir auch nicht. Die Worte offenbaren sich erst der Sephirot, deren Zeit die des drohenden Untergangs ist. Es sind nicht meine Zeiten und vielleicht auch nicht deine. Du wirst vielleicht ein Leben lang auf ein Schicksal warten, das sich nicht erfüllen wird, weil es nicht dein eigenes ist. Gott hinterließ der Menschheit eine Waffe, die diese Welt irgendwann retten kann, und gab Adam Kadmon den Schlüssel in Form einer Prophezeiung. Worte, die er an seine erste Tochter weitergab, gemeinsam mit seiner Gabe. Wir, die

Sephirot, in uns fließt das Blut Adam Kadmons und was wir in unserem Blut versteckt tragen, darf niemals in falsche Hände geraten. Die Welt hat vergessen, dass wir existieren, und das ist gut so. Niemand jagt uns, niemand ist auf der Suche nach dem Schlüssel. Wir können unsere Bestimmung im Stillen an unsere Töchter weitergeben und nichts anderes zählt.«

Diese Geschichte hatte ich schon unzählige Male gehört, aber sie erzählte sie so schön und mit einem so andächtigen Klang in der Stimme, dass ich der Worte nicht leid war. Sie hatte sich schon immer gern wiederholt, um mir ins Gedächtnis zu brennen, was ich niemals vergessen durfte, aber gerade in letzter Zeit hatten ihre Wiederholungen etwas verzweifelt Eindringliches im Klang.

»Ich werde nie vergessen, was ich bin, gleichgültig, was noch kommt …«

Meine Versprechen konnten sie nie beruhigen, zumal sie fühlen konnte, wie schnell mein Herz immer dann schlug, wenn ich an die Zukunft dachte. Ich wünschte sie mir bunt und unvorhersehbar, vielleicht auch ein wenig gefährlich. In den Büchern, die ich gelesen hatte, waren es die Krieger, die Abenteuer zu erzählen hatten. Wenn ich eine Kriegerin sein musste, um diese Welt in all ihrer Vielfalt zu erleben und all ihren Geschöpfen zu begegnen, dann würde ich lernen, zu kämpfen.

»Wie genau erwachen Wächter?« Ich stellte diese Frage vorsichtig und ließ sie beiläufig klingen. In Wahrheit tobte die Neugier in mir, die sie sowieso fühlen konnte.

Sie schloss die Augen, weil sie erschöpft war. »Kennst du die Geschichte des Morgensterns, Lia? Kannst du sie wiedergeben?«

Sie wollte mir meine Frage nicht beantworten. Ich nickte schwach und begann, zu erzählen, was ich gelernt hatte. Bücherwissen wiedergeben, das konnte ich gut. Wissen, das ich brauchte, um meiner Bestimmung vielleicht irgendwann gerecht zu werden. Wie Wächter erwachten, musste eine Sephirot im Normalfall nicht wissen. Meine Mutter hatte auch im Stillen gelebt, trotzdem war sie jetzt tot. Die Vorsicht und ihr Pflichtbewusstsein hatten den Tod nicht von ihr fernhalten können, nur die bunten Farben der Welt. Ich wollte nicht in Grautönen leben.

Mein Verlust

Sechs Monate später

Es war kalt geworden, bitterlich kalt, so als ob die Erde vorhätte, in ewigem Eis zu erstarren. Der Schnee war tief genug, um mir bis zu den Knien zu reichen. Abseits der freigeschaufelten Straßen zu laufen, war schwer, aber für mich gab es keine präparierten Routen mehr. Der Schneesturm in der letzten Nacht hatte sie alle verweht und nun war das Vorankommen anstrengend – nicht nur mein Körper war müde.

Ich hatte gewusst, dass es eine unwirkliche Nacht sein würde, in der es passierte, aber sie tatsächlich zu erleben, hatte mich in einen noch seltsameren Zustand versetzt, als ich vermutet hatte.

Alles war irgendwie still geworden und die Zeit war sprunghaft vergangen. Ich war auch jetzt noch auf der Flucht vor diesem surrealen Gefühl, das sich im Zeitraffer auf meiner Seele breitgemacht hatte. Alles war taub. Meine Wangen wegen der Kälte und mein Herz wegen meines Verlustes.

Ich hatte noch nie so zaghaft an seine Tür geklopft. Sein Licht und seine Wärme erreichten mich kaum, auch wenn sie so vorherrschend wie immer waren. Als er mir öffnete, verschwand das Lächeln schnell von seinen Lippen. »Lia. Alles in Ordnung?«

Ich durfte nicht zulassen, dass die Trauer mein Gesicht zeichnete, genauso wenig wie ich wollte, dass dieser Verlust mein Inneres lähmte. Aber es war schwer. Mein naives Ich aus der Vergangenheit hatte sich vorgenommen, stark zu sein, aber dieses Mädchen hatte dem Tod noch nie bei der Arbeit zugesehen. Jetzt, wo ich wusste, wie er seine Sichel schwang, wusste ich auch, dass der Anblick verstörend sein konnte.

Beryl legte seine Hände auf meine Schultern und zog mich ins Warme. Mir war noch nie aufgefallen, wie sicher und beschützend dieser kleine, nach Zedernholz duftende Raum wirken konnte.

»Setz dich!« Er klang bestimmender als sonst. Normalerweise war sein Tonfall sanft und freundlich, nicht so von Sorgen durchtränkt, aber es konnte gut sein, dass ich blass war und er Angst hatte, dass ich ohnmächtig werden würde.

Mir war nicht schwindlig, ich war nur müde und in dieser surrealen grauen Welt gefangen, in der man den Tod sehen konnte.

»Sie ist gestorben, letzte Nacht.« Der erste Satz, den ich über die Lippen brachte, ließ meine Gefühle wieder überschäumen.

Ich hätte geweint, hätte Beryl mich nicht in den Arm genommen. Meine Finger in die weichen, warmen Flügel zu drücken, hielt den Schmerz weit genug von mir fern, um mich wieder sammeln zu können.

Er hatte sie mir noch nie gezeigt. Meine Augen sahen zum ersten Mal wunderschöne Engelsflügel. Sie manifestierten sich nicht lange. Nach kurzer Zeit verblassten sie und ließen nur noch einen übernatürlichen Schein zurück.

»Es tut mir leid, Lia. Ich bin sicher, sie wurde für all ihre Mühen und ihre Aufopferung in diesem Leben entlohnt.«

»Sie war streng und stoisch«, flüsterte ich und schloss dann die Augen. »Und so liebevoll und großzügig, dass ich manchmal nicht sicher war, ob ich sie verdient habe – auch jetzt bin ich mir nicht sicher.«

Beryl wischte mir die Träne von der Wange. Die Berührung machte mir bewusst, wie kalt meine Haut noch immer war.

»Du hast alles Glück dieser Welt verdient. Du bist ein gutes, kluges Kind und du wirst deine Großmutter stolz machen.«

Dass ich schmunzeln musste, lag daran, dass er mich immer ein Kind nannte. Ich fühlte mich schon lange nicht mehr als solches, aber gerade die letzten Stunden hatten mir bewusst gemacht, dass ich für alle anderen genau das war.

»Ich bin weggelaufen. Sie werden mich in ein Heim bringen, weil ich keine Angehörigen mehr habe«, erklärte ich und bemerkte im nächsten Moment, wie geschafft ich war. Mein Verstand schien mich mit der aufkommenden starken Müdigkeit vor den schwarzen Gedanken, die um meine ungewisse Zukunft kreisten, schützen zu wollen.

»Leg dich schlafen, ruh dich aus. Hier ist es warm und sicher. Ich lasse nicht zu, dass dir etwas passiert, versprochen.«

Ich folgte seiner Anweisung und glaubte seinen beruhigend gesprochenen Worten. Beryl gewährte mir den Schutz, den ich suchte, und ich war ihm grenzenlos dankbar dafür. Obwohl ich gewusst hatte, dass dieser Tag kommen würde, und mir klar gewesen war, was mit mir passieren würde, solange ich nicht alt genug war, um vor dem Gesetz für mich selbst zu sorgen, fühlte ich mich hilflos. Hätte es diesen beschützenden Ort und diesen schönen Engel nicht gegeben, wäre meine auf wackeligen Beinen stehende Welt in sich zusammengebrochen.

Der Geruch von Salbei und Honig erreichte mein Bewusstsein und entriss mich einem scheinbar traumlosen Schlaf. Als ich meine Augen aufschlug, wurde mir bewusst, dass ich nicht zu Hause war. Es gab für mich kein Zuhause mehr – die Erkenntnis schmerzte viel weniger, als ich vermutet hatte. Es war, als würden die Trauer und meine Ängste noch schlafen, und ich würde es nicht darauf anlegen, sie wachzurütteln.

Beryl stand an der kleinen Küchenzeile und kochte Tee. Seine Gefühle wurden noch von einem unangenehmen Rauschen begleitet. Nachwirkungen der Dinge, die ich ihm mit meiner Ankunft angetan hatte. Meine Gabe war jetzt wieder kontrollierbar, aber als ich gestern an seine Tür geklopft hatte, musste meine bloße Anwesenheit an Unerträglichkeit gegrenzt haben. Ich hatte emotional um mich geschlagen, mit schwarzen Gefühlen, die Messerstichen und giftiger Säure auf der sanften Oberfläche seiner Seele geglichen hatten. Dass Beryl nun müde und erschöpft war, war ganz klar meine Schuld. Ich versuchte, sein Inneres endlich zur Ruhe zu bringen, und flutete ihn mit positiven, warmen Gefühlen. Als ihm leichter zumute wurde, drehte er sich zu mir um.

»Guten Morgen! Es geht dir besser, oder?«

Ich nickte und erhob mich von dem kleinen, aber bequemen Sofa, auf dem ich geschlafen hatte. »Ja, heute ist irgendwie alles weit weg – alles Negative. Es tut mir leid, dass ich dir Schmerzen bereitet habe.«

Schuldbewusst senkte ich den Blick und hörte Beryl seufzen. Der Laut klang nicht bedrückt, eher belustigt.

»Ach du warst das. Ich dachte schon, ich wüsste jetzt, was Migräne ist. Es war halb so schlimm.«

Er log. Ich wusste, dass meine Gabe außerordentlich schmerzhaft sein konnte – eine Waffe zum Foltern der Seele. Mein Gewissen ließ sich trotzdem beruhigen, weil sein Lächeln ehrlich und warm war.

»Setz dich und trink. Der Tee tut dir bestimmt gut.«

Ich folgte seiner Bitte und setzte mich an den kleinen Tisch, der in einer Nische der Küche Platz gefunden hatte.

Noch bevor meine Gedanken beginnen konnten, um das unvermeidliche Thema zu kreisen, sprach er es auch schon an.

»Du hast gesagt, du möchtest in kein Heim, aber du bist zu jung, um für dich selbst zu sorgen.«

Beryls Tee schmeckte gut, seine Worte waren schwerer zu verdauen.

»Ich kann für mich selbst sorgen! Meine Großmutter hat mich auf das Leben vorbereitet – ich weiß, was mich erwartet.«

Er setzte sich zu mir und schüttelte den Kopf. »Du kennst die Schattenseiten der Welt aus Büchern und Erzählungen, aber sie sind dunkler, als sich ein so junger Verstand ausmalen kann. Du bist sehr reif und unglaublich klug, ich weiß das, Lia, aber du brauchst Schutz und Führung, so wie jede junge Seele.«

Ihm zu widersprechen, hätte mich nur bockig klingen lassen, also schwieg ich und begann, mir auf den Lippen herumzubeißen.

»Ich könnte in keiner einzigen Nacht mehr Ruhe finden, wenn ich wüsste, dass du dich allein durchs Leben schlägst«, erklärte er eindringlich und zwang mich dazu, ihm wehzutun, diesmal mit Worten.

»Ich gehe in kein Kinderheim – dort würden sie mich ächten und beschimpfen, weil sie merken würden, dass ich anders bin! In der Schule komme ich damit zurecht, aber ich kann mich nicht an einem Ort einsperren lassen, an dem mich niemand versteht und jeder Angst vor mir hat!«

Ich wollte aufstehen und weglaufen, weil ich nicht bereit war, Rücksicht auf den Engel zu nehmen, der mir nun mehr bedeutete als jedes andere Wesen auf dieser Welt. Ich durfte mich nicht einsperren lassen, weil ich ansonsten zugrunde gegangen wäre. Mein Egoismus fühlte sich nach Gift an. Gift, das meinen Charakter verderben konnte, aber er war mir mit auf diesen einsamen Weg gegeben worden. Ich musste stur und willensstark sein, weil ich die Letzte meiner Art war. Ich würde keinem Weg folgen, der mich in mein persönliches Verderben führte, das durfte ich gar nicht.

»Ganz ruhig, Lia.« Er streckte die Hand nach mir aus und legte sie auf meine Schulter. In ihm herrschten Sorgen vor, die ich ihm nicht nehmen konnte. »Ich will dich nicht in ein Heim bringen. Entschuldige, wenn es sich so angehört hat. Ich weiß, dass du dich davor fürchtest. Was ich dir anbieten wollte, war, hierzubleiben, bei mir.«

Das Atmen fiel mir mit einem Mal wieder leichter, auch wenn mein Herz nun noch schneller schlug.

»Hier? Bei dir?«, wiederholte ich vorsichtig und fühlte Gewissensbisse in mir wachsen. Dass ich an Beryls Gefühlen zu mir gezweifelt hatte, lag daran, dass ich im Moment nicht mal selbst in der Lage war, bewusst zu fühlen. Alles in mir schien im Notfallmodus zu laufen.

»Du hast das hier für dich gebaut – es ist deine kleine Kirche, dein kleines Zuhause.«

Er nickte. »Ja, es ist eng hier, ich weiß.«

Ich wollte nicht darauf hinaus, dass es zu eng für zwei war – obwohl das der Wahrheit entsprach. Ich war zwar verzweifelt, aber ich war nicht selbstsüchtig genug, um mich in Beryls verdient ruhiges Leben zu drängen. Er hatte sesshaft werden wollen und er hatte diese Mauern Stein für Stein selbst neu aufgebaut. Ich hatte ihm zwar geholfen, aber nicht in der Absicht, irgendwann bei ihm Unterschlupf zu finden.

»Ich werde dir diese Last nicht aufdrängen.«

»Du bist keine Last für mich, das könntest du nie sein. Du kannst meine Gefühle zu jeder Sekunde lesen, das konntest du immer. Ich will dir helfen, aus tiefstem Herzen, nicht aus Mitleid oder Pflichtbewusstsein. Bleib bei mir, werde älter und reifer und verlass mich, wenn das Schicksal nach dir ruft. Solange ich kann, will ich auf dich aufpassen, auch wenn ich dir nicht mehr bieten kann als das hier.«

Meine Augen füllten sich mit Tränen, weil die wärmende Fürsorge in ihm mich rührte. Dass sich unsere Wege gekreuzt hatten, erschien mir plötzlich so weit entfernt von Zufall, wie

Beryl sich vom Himmel entfernt hatte. Vielleicht brauchten wir einander – ich brauchte ihn, so viel war sicher.

»Danke. Vielen Dank.«

Er winkte ab und schenkte mir Tee nach. »Das Schlafzimmer gehört dir. Ich bleibe hier auf der Couch. Im Sommer können wir dir ein Zimmer anbauen.«

»Nicht notwendig! Ich brauche nicht viel Platz, ich schlafe auch in der Kirche, das macht mir nichts aus!«

»Ich lasse dich nicht auf steinharten Kirchenbänken schlafen, du bist kein geläuterter Sünder.« Beryl schmunzelte und erhob sich dann. »Ich muss ein paar Dinge klären – Behördengänge, damit du offiziell hierbleiben kannst.«

»Wie willst du sie davon überzeugen, dass du …«

Ich fand keine Beschreibung für meine Sorgen, Beryl schon. Er war ein Engel und ein Priester, aber er hatte Humor.

»Du willst wissen, wie ich glaubhaft machen will, dass ich kein pädophiler Geistlicher bin, der sich ein dreizehnjähriges Mädchen zu eigen machen möchte? Ja, darüber habe ich auch schon nachgedacht.«

Ich lachte, weil mir der Gedanke, dass andere unser Zusammenleben verurteilen könnten, absurd vorkam. Leider war diese Welt weder rein noch unkompliziert genug, um allgemeines Verständnis für unsere platonische Beziehung von ihr fordern zu können.

»Ich werde lügen müssen, aber ich bin mir sicher, Gott verzeiht mir diese Sünde, wenn sie notwendig ist, um dich beschützen zu können.«

Noch bevor ich fragend den Kopf neigen konnte, erklärte Beryl mir seinen Plan.

»Ich bin der verschollene Bruder deiner Mutter, weißt du das nicht mehr? Ich habe Missionarsarbeit geleistet und bin erst vor Kurzem wieder hergezogen. Jetzt muss ich mich um meine Nichte kümmern – kein anderes Familienmitglied ist mir mehr geblieben. Nur du und ich.«

Hätte ich nicht über meine Gabe verfügt, hätte sogar ich ihm abgekauft, dass er mein Onkel war. Beryl log mit Engelszungen, die kein Normalsterblicher Lügen genannt hätte.

»Wer schon so lange auf dieser Welt lebt wie ich, muss ab und an eine neue Identität annehmen. Es kommt mir sogar gelegen, weil ich auf dem Papier mittlerweile schon Ende vierzig bin.«

Ich musste lachen. »Dann könntest du ja auch mein Großvater sein.«

Er verzog die schönen Lippen. Seine verletzte Eitelkeit war der Vermenschlichung geschuldet, die ihm hier all die Jahre widerfahren war. Es amüsierte mich, ihn so zu sehen. Ich vergaß dann, wie unterschiedlich wir erschaffen worden waren.

»Ich könnte der Großvater deines Urgroßvaters sein – mehr noch. Aber lass uns nicht über mein Alter sprechen – für dich bin ich ein Dinosaurier, ich weiß.«

Beryl brachte mich tatsächlich zum Lachen. Ich vergaß sogar für ein paar Sekunden, warum ich eigentlich nicht fröhlich sein durfte.

»Du bist vielleicht uralt, aber du bist wunderschön. Ist dir das ein Trost?«, wollte ich wissen und erntete eine gleichgültige Geste. Ich wusste, dass er keinen Wert in seinen ebenmäßigen Zügen sah, trotzdem würde ich sie ewig bewundern.

»Schönheit liegt im Auge des Betrachters und sie kann verblenden. Ich habe schlechte Erfahrungen mit ihr gemacht.«

Ich nickte und wurde nachdenklich. Es gab bestimmt vieles, das ich noch nicht über Beryl wusste. Ich war mir sicher, dass er fesselnde Dinge erlebt hatte, abseits dieser Welt und meiner Zeit. Wahrscheinlich wusste ich nicht annähernd so viel über ihn, wie ich zu wissen glaubte, aber es war mehr als genug, um ihm mein grenzenloses Vertrauen zu schenken. Nur Beryl und ich, dieser schöne, liebevolle Engel mit dem Kollar und ein Mädchen, das den Tod gesehen hatte.

Meine Bewunderung

Sieben Monate später

Ich ließ meine Büchertasche noch im Wald fallen, kurz bevor ich den sandsteinfarbenen Weg entlangschlich. Auf meine Schritte achtete ich kaum, weil ich all meine Konzentration in meine Gabe steckte. Ich wollte fühlen, ob er da war, früh genug, um gegebenenfalls umzukehren.

Als Beryls helle Aura an mein Bewusstsein drang, stoppte ich und biss mir auf die Lippen. Er war zu Hause, arbeitete wahrscheinlich sogar im Garten und würde mich entdecken, sobald ich die erste Trauerweide erreicht hatte. Ich drehte um und lief zurück in den Wald. Beryl durfte mich nicht sehen, sonst hätte ich ihm Dinge erklären müssen, die ihn traurig und vielleicht sogar wütend gemacht hätten.

Meine Büchertasche ließ ich liegen – ich würde später wiederkommen und sie mitnehmen, dann, wenn ich Beryl wieder unter die Augen treten konnte. Wären wir jetzt aufeinander getroffen, hätte er wissen wollen, warum ich schon so früh von der Schule nach Hause kam und ob es etwas mit den Schmierereien auf meinem Arm zu tun hatte. Hatte es, aber ich konnte meinem lieben Engel, der sich so um mich sorgte, nicht erklären, dass ich schwänzte, weil sie mich schikaniert und bedrängt hatten.

Die Worte, die sie mir mit schwarzen Markern auf die Unterarme geschmiert hatten, verletzten mich, aber Beryl hätten sie noch viel mehr geschmerzt.

Immer wenn ich ihm erzählt hatte, dass die Schule für mich einem Martyrium glich, war ihm beinahe das Herz gebrochen. Ich hatte aufgehört, mich zu beklagen, weil selbst meine Gabe Beryls Mitleid und das beißende Gefühl der Hilflosigkeit nicht vertreiben konnte. Es war nicht seine Schuld, dass es Menschen gab, auf die ich befremdlich wirkte, weil sie sich in meiner Gegenwart seltsam fühlten oder weil ich oft in Gedanken versunken war und Kirchenkreuze in mein Heft kritzelte. Ich konnte ihnen ihre Gemeinheiten zwar übel nehmen, aber ich brachte es nicht übers Herz, mich mit mehr als Worten zu wehren.

Hätte ich meine Gabe eingesetzt, hätten sich ihre Anschuldigungen in ihren Augen nur bestätigt. Sie hielten mich für eine Hexe, für eine Teufelsanbeterin und noch vieles mehr, aber auf meinen Oberarmen war nicht genügend Platz für noch mehr Beleidigungen gewesen.

Ich konnte mit diesen Anfeindungen leben. Ich hatte früh gelernt, dass sie ein Teil meines Schicksals waren, und ich hatte gelernt, dass diese Welt alles andere als perfekt war. Ich liebte sie trotzdem in all ihrer Verdorbenheit und all ihrem Glanz. Wenn ich ab und an schwierige Wege gehen musste, um die Welt in all ihren Facetten zu erleben, würde ich eben durch Schlamm und Morast kriechen.

Die Innenstadt war gut besucht, aber die vielen Menschen störten mich nicht. Die Flut an Gefühlen, die mich erreichte, konnte ich zu einem angenehmen Rauschen verschwimmen lassen.

Ich kaufte mir einen Liebesroman, ein kleines goldenes Lesezeichen in Form eines Flügels für Beryl und eine Flasche Nagellackentferner, um das Geschmiere zu entfernen.

Nachdem ich eine Weile mit einem durchtränkten Taschentuch über meine Unterarme gerubbelt hatte, fiel mir auf, dass ich falsch abgebogen war. Die Häuser um mich herum waren mir fremd, aber die Gegend gefiel mir. Die vielen engen, dunklen Seitengassen hatten diesen geheimnisvollen Touch, den ich liebte.

Ich hob den Kopf, um meinen Blick in den Himmel schweifen zu lassen. Dort oben war es ungewöhnlich hell, so als hätte sich die Sonne plötzlich entschlossen, intensiver zu strahlen. Es lag an keinem Himmelskörper – der gleißende Schein, den ich zu sehen glaubte, kam vom Erdboden und war so hell, dass er bis in den Himmel reichte. Ohne irgendetwas zu hinterfragen oder abzuwägen, ob es klug war, lief ich los. Ich musste dieses gleißende Licht um jeden Preis sehen und herausfinden, zu wem die monumentale Aura gehörte, die ich mit der Strahlkraft der Sonne verwechselt hatte.

Meine Beine trugen mich in eine der Seitengassen, denen ich den geheimnisvollen Touch zugesprochen hatte – zu Recht. Der Mann, der an mir vorbeilief, als wäre der Tod persönlich hinter ihm her, war ein Dämon. Seine düstere Aura wäre ganz klar spürbar gewesen, aber das helle Licht schluckte sie beinahe.

Während die Angst des Dämons in meinem Inneren widerhallte, lief ich weiter. Meine Neugier war stärker und vorherrschender als jedes andere Gefühl, sogar einnehmender als die blanke Panik, die mich plötzlich erreichte. Ich blieb stehen – zwanzig Meter vor ihm hielt ich an und versuchte, meinen Herzschlag zu beruhigen. Er hatte mir den Rücken zugewandt, aber das änderte nichts an der Tatsache, dass ich sofort erkannte, dass er das mächtigste und einzigartigste Wesen der Welt war. Die in die Ecke gedrängten Dämonen fürchteten den

Zorn, den sie in ihm heraufbeschworen hatten – nicht grundlos. Er streckte eine Hand nach ihnen aus und ließ grausame Dinge passieren. Ich sah den Tod wieder arbeiten, aber diesmal wurde er von einem Wesen geschickt, das Flügel trug, die ich mir nicht schöner und heller hätte ausmalen können.

Während drei der Dämonen seine Kräfte zu spüren bekamen, gelang dem vierten die Flucht. Er lief auf mich zu und schleuderte mir unfreiwillig seine Gefühlswelt entgegen. Er war kein unschuldiges Opfer, sondern eine diabolische Seele, die ihren Vollstrecker fürchtete. Der Gegenstand, den er sich unter den Arm geklemmt hatte, war ihm wichtig. Er hätte zwar nicht sein Leben dafür riskiert, aber er hätte meines dafür ausgelöscht.

Der Blick des Dämons wurde eisern und sein Inneres noch schwärzer. Die Mordlust, die in ihm wuchs, galt mir, aber er würde mich nicht töten, weil er flüchten musste, bevor sich die helle Aura nach ihm umdrehte. Ich machte einen Schritt zur Seite – in die Mitte der schmalen Gasse – und streckte meine Arme aus. Innerhalb einer Sekunde wuchsen unsagbare Wut und Tatendrang in ihm.

Dass ich mich ihm in den Weg gestellt hatte, ließ ihm keine Wahl mehr. Er würde mich töten, um davonzukommen. Ein Unterfangen, das ihm nicht annähernd so leichtfallen würde, wie er es sich ausmalte.

Drei Meter vor mir zog er einen Dolch aus seiner Tasche, zwei Meter vor mir stoppte er, weil ich ihn mit beißenden, konfusen Emotionen geflutet hatte. Er verlor die Kontrolle über seine Gedanken, ein Zustand, der die Seele zerreißen oder ihr zumindest großen Schaden zufügen konnte. Meine Gabe konnte schmerzhaft sein, eine Waffe, so grausam, dass man sie Folter nennen konnte.

Es zerriss ihn nicht von innen, sondern von außen. Nicht meine Gabe kostete den Dämon das Leben, sondern die des gleißenden Lichts, das auf uns zukam. Als das verzerrte Gesicht des Dämons zu Boden sackte, gab er mir den Blick auf die ebenmäßigsten Züge frei, die ich je gesehen hatte.

Mein Kopf wurde seltsam leicht und meine Umgebung schien in Watte gepackt worden zu sein. Ich hatte einen Schock, das war mir bewusst, aber ich konnte nichts dagegen tun. Ich hätte ihn gern bewundert, Ehrfurcht vor ihm gezeigt und in Anbetracht seiner Schönheit verschämt den Blick abgewandt, aber ich war zu absolut nichts in der Lage.

Zu viel Blut, zu viel Tod, und mein Herz schlug viel zu schnell. Das, was in mir mutig und furchtlos war, ebbte ab, so als ob es einschlafen würde.

»Sieh nicht hin.«

Ruhig, tief, melodisch – seine Stimme drang an mein Bewusstsein, bevor es mir entgleiten konnte. Ich folgte seiner Anweisung, ich sah nicht mehr hin, nicht auf die vielen toten Körper oder das Blut. Er bückte sich kurz und kam dann so nahe, dass sein gleißendes Licht mich zur Gänze einschloss. Grüne Iriden, smaragdfarbene Augen, die fernab meiner Welt erschaffen worden waren. Er war groß und perfekt. Schwarze mittellange Haare umrahmten ein helles Gesicht, das ich nur als den Inbegriff von Schönheit beschreiben konnte. Als er die Lippen wieder öffnete, konnte ich anfangen, den Schock vorüberziehen zu lassen. Seine Aura zu reflektieren, half mir dabei.

»Hast du Angst vor mir?«, wollte er wissen.

»Nein.«

Er hatte eine tonlose Art, zu sprechen, legte keinerlei Emotionen in seine Worte, und trotzdem wärmten sie mein Herz. Ich fühlte nicht den Hauch einer Regung in ihm, nur Wind, der vorhin wie ein Orkan gepeitscht hatte und nun meine Haut streichelte. Obwohl ich zum ersten Mal einem Wesen begegnete, in dem ich nicht lesen konnte, und ich ihn gerade morden gesehen hatte, verspürte ich keine Angst.

»Hab kein Mitleid mit ihnen. Sie waren gewissenlos und ihre Seelen haben nach Feuer geschrien.«

Man hätte so viel Kälte in seinen Augen sehen können, aber ich war zu fasziniert von ihrer Tiefe und der Kraft in ihnen, als dass sie mich hätten schaudern lassen können.

Er reichte mir seine Hand, eine Geste, die meinen Verstand endgültig wieder klar und aufnahmefähig machte. Ich fühlte die Ehrfurcht in mir wachsen, nach der seine Präsenz unweigerlich verlangte, aber sie wurde schnell von meiner Neugier überschattet.

Ich wollte unbedingt in ihn hineinfühlen, diese besondere Gelegenheit nutzen, die vielleicht nie wiederkommen würde. Als ich die Hand nach seiner ausstreckte, geschah alles ganz schnell. Ich verlor den Boden unter den Füßen, sah weiße majestätische Schwingen und fühlte diesen starken, warmen Körper ganz nah an meinem. Er roch nach Himmel, Wolken und Licht. So musste es an dem Ort riechen, an dem wir alle erschaffen worden waren und zu dem wir alle irgendwann zurückkehrten.

Wir landeten auf einem rostroten Dach, hoch über den Straßen der Stadt. Als die starken Arme von mir abließen, ebbte auch der imaginäre Wind ab. Nichts anderes konnte ich in ihm fühlen, trotz der Nähe, die er zwischen uns zugelassen hatte. Seine Gefühlswelt blieb für mich ein Geheimnis, ein Zustand, der mir fremd war. Er war wie eine Traumgestalt, unwirklich unnahbar und in diesem faszinierenden Moment doch ganz real und greifbar.

Meine Beine ließen mich nur unsichere, vorsichtige Schritte auf den wackeligen Dachschindeln machen. Er stand so sicher vor der traumhaft blauen Kulisse des wolkenlosen Himmels wie ein Fels in der Brandung. Als die smaragdfarbenen Iriden im hellen Sonnenlicht blitzten und sein Blick kurz meinen streifte, verflog der größte Teil meiner natürlichen Angst vor dem Fall. Er hatte mich nicht hier hochgebracht, um zuzulassen, dass ich abstürzte. Wahrscheinlich war dieses wackelige Dach im Moment sogar der sicherste Ort der Welt.

»Dämonen wie diese können dich dein junges Leben kosten.«

»Ich bin nicht wehrlos, ich kann auf mich achtgeben.«

Er nickte schwach, blickte in die Ferne, während er sprach. »Eine starke Gabe tragen die, denen große Last auf die Schultern gelegt wurde. Wie groß ist deine?«

»Wahrscheinlich nur sandkorngroß im Vergleich zu der Pflicht, die dir auferlegt wurde. Du bist …«

Er ließ mich meinen Satz nicht vervollständigen, tat es selbst. »Der Krieg. Die Rache. Die Strafe.«

»Ein Erzengel, wollte ich sagen.«

Als ein schwaches Schmunzeln seine Lippen zeichnete, musste ich auch lächeln, weil seine ernste Miene so schnell verschwinden konnte, und das, obwohl sie wie in Stein gemeißelt wirkte.

»Wirst du nicht gern so genannt?«

Er zuckte mit den Schultern. »Eigentlich ist es mir gleichgültig, aber aus deinem Mund klingt das Wort zu sanft.«

»Zu sanft?«, wiederholte ich fragend und wog ab, ob er damit recht hatte. »Wäre dir Kriegsengel lieber?« Ich gab mir Mühe, es rau und ernst klingen zu lassen.

Er nickte und legte im nächsten Moment den Kopf schief. »Gibt es schon einen Namen, der dich beschreibt? Ein Mädchen mit einer außergewöhnlichen Gabe, das dem Chaos folgt?«

Meine Verwunderung über seine Frage und seine Formulierung gefiel ihm, das glaubte ich zumindest, hinter dem kaum wahrnehmbaren andauernden Schmunzeln zu erkennen.

»Mein Name ist Lia – nur Lia, so wichtig bin ich nicht.«

Er schüttelte sanft den Kopf. »Sie werden dir noch einen Namen geben, früher oder später. Das tun sie immer.«

Seine Worte ließen meine Gedanken einen Sprung machen. Ich sah hinunter auf meine Unterarme, dort, wo die beiden

Worte noch in blassen Buchstaben zu erkennen waren. »Namen geben sie mir heute schon, aber die sind wenig schmeichelhaft.«

Ich kratzte mich verlegen am Hinterkopf und verschränkte dann die Arme, weil es mir plötzlich unangenehm wurde, dass ich es überhaupt angesprochen hatte. Die Ohren eines Erzengels waren bestimmt nicht für meine banalen Probleme bestimmt.

»Betest du denn den Teufel an?«, wollte er wissen, weil er die Worte auf meinen Armen schon längst gelesen hatte.

»Nein, ich fürchte ihn.«

»Das ist vielen ein ausreichender Grund, um auf die Knie zu fallen.«

»Mir nicht. Ich bin auch keine Hexe, aber sie glauben eben, was sie glauben wollen.«

Er machte ein murrendes Geräusch und zog dann eine der perfekt geschwungenen Augenbrauen nach oben. »Es ist noch nicht raus, ob du das nicht bist – eine Hexe.«

Ich starrte ihn mit großen Augen an und musste dabei so perplex aussehen, dass er mir schnell den Gefallen tat, seine Worte zu erklären.

»Menschen mit übernatürlicher Begabung, ausgeprägtem Instinkt und Wissen um Dinge, die dem normalsterblichen menschlichen Verstand verwehrt bleiben – Hexen. Sie brannten vor gar nicht so langer Zeit noch auf dem Scheiterhaufen. Damals hat die Menschheit viele ihrer wichtigsten Beschützer verloren. Im Laufe der Jahrhunderte hat man ihnen andere Namen gegeben, aber ihre Aufgabe blieb immer dieselbe.«

Er sprach von Wächtern. Im Mittelalter hatten viele von ihnen als Hexen auf dem Scheiterhaufen gebrannt – getötet von Menschen, die sie eigentlich beschützen wollten.

»Furcht vor dem Unbekannten. Es liegt in der Natur der Menschheit, Angst vor dem Andersartigen zu empfinden. Ihre Unwissenheit hat auch Schattenseiten, aber sie bleibt ein Segen. Sie werden dich fürchten, obwohl sie dich feiern sollten – lerne, es ihnen nachzusehen.«

Ich nickte, weil ich ihm dankbar für jedes Wort war, das ich aus diesem besonderen Mund vernehmen durfte. Einen Einwand hatte ich trotzdem. »Ich bin keine Wächterin.«

Er schmunzelte, diesmal merklich. »Jetzt nicht, aber das, was vorhin in dir wach geworden ist und jetzt wieder schläft, erinnert mich an die Auren der Mitglieder des Ritterordens.«

Seine Einschätzung ließ mein Herz wieder schneller schlagen. Meine Großmutter hatte mir auch gesagt, dass sie so etwas wie einen Wächter in mir zu sehen glaubte. Wenn ich tatsächlich als Ordensmitglied erwachen sollte, würde sich mein Leben grundlegend ändern.

Ich drohte hinzufallen, weil ich einen unbedachten Schritt gemacht und dabei vergessen hatte, dass ich auf einem Dach stand. Seine Reflexe waren so unglaublich wie alles andere an ihm. Er packte meinen Arm, nicht grob, aber fest genug, um mir das Gefühl von Sicherheit zu geben.

»Wo lebst du?«

Seine mehr oder weniger banale Frage drang kaum an mein Bewusstsein, weil mein Kopf voller Zukunftsfantasien war. Ein Wächter sein – die Menschheit beschützen – ein Ordensmitglied werden – die Gefahr suchen. Vielleicht war genau das für mich vorgesehen.

»Bei Beryl«, murmelte ich gedankenverloren und begriff in der nächsten Sekunde, dass ich eine schwachsinnige Antwort gegeben hatte. Ich sah zu ihm auf und wollte ihm genauere Informationen geben, aber er schien sie nicht zu brauchen. Als sich die weißen großen Schwingen wieder manifestierten, hielt ich mich an ihm fest.

»Der Engel zwischen den Trauerweiden?«

Ich nickte und schenkte ihm einen verwunderten Blick, dann verlor ich wieder den Boden unter den Füßen.

Zu fliegen, war ein unbeschreibliches Gefühl. Hier oben, in unserem Himmel, war ich der anderen Welt so nah, dass ich sie zu fühlen glaubte. Was ich in Wirklichkeit fühlte, war die unfassbare Stärke des Erzengels, der mich zurück nach Hause brachte.

Wir landeten zwischen den Trauerweiden, die er zu kennen schien. Es gab nicht sehr viele gemachte Engel hier, wahrscheinlich kannte er sie sogar alle.

Als er von mir abließ, musste ich aufhören, mich in seiner Aura zu sonnen.

Beryls Leuchten kam näher, und mit ihm ein staunender, verdutzter Engel, der sofort ehrfürchtig den Kopf gesenkt hätte, hätte er sich nicht so große Sorgen um mich gemacht.

»Ist dir etwas passiert?«, wollte er wissen und erntete nicht nur ein Kopfschütteln, sondern auch eine Welle aus Ruhe, die ihm dabei half, endlich diesem inneren Drang nachzugeben, mit dem er wahrscheinlich erschaffen worden war: Ehrfurcht vor dem großen, starken Wesen neben mir zu zeigen. Er senkte den Kopf vor dem Erzengel. Als er wieder aufsah, sah ich so deutlich den Engel in ihm zum Vorschein kommen wie noch nie.

»Danke, dass du sie hergebracht hast.« Beryls Stimme klang fremd, kühl und trotzdem aufrichtig.

Ich fühlte die Neugierde in ihm ungestüm toben, aber er hatte sich zu gut unter Kontrolle, um sie aus ihm heraussprudeln zu lassen.

Der Erzengel breitete wieder die Schwingen aus. Ein sanftes Nicken, mehr erwiderte er Beryls Dank nicht, aber diese kleine Geste kam von einem so besonderen Wesen, dass sie völlig ausreichte.

Wir sahen ihm hinterher, beobachteten, wie seine Silhouette mit dem Himmel verschmolz. Er nahm seine gleißende Aura mit sich, aber sein Geruch schien noch an meiner Haut zu haften.

»Was ist passiert?!«

Jetzt bröckelte Beryls Mauer aus Ehrfurcht und Bewunderung und machte Platz für Neugier und Sorgen, die ihn wieder sehr menschlich aussehen ließen.

Ich zuckte mit den Schultern. »Eigentlich ist nicht viel passiert. Ich war in der Stadt und habe seine Aura gesehen. Da waren ein paar Dämonen mit schwarzen Seelen – er hat sie gerichtet.«

Beryls Augen wurden groß und in ihm wuchs Unverständnis. »Weißt du eigentlich, wer das war?«

»Der Erzengel Gabriel, oder?«

Er nickte langsam und begann dann, zu lächeln. »Du triffst das stärkste Wesen, das Gott jemals erschaffen hat, und bringst es einfach so dazu, dich nach Hause zu fliegen?«

Mir war bewusst, wie besonders Gabriel war, auch wenn Beryl mir das nicht unbedingt ansah.

»Er war sehr nett …«, gestand ich verlegen und zuckte unsicher mit den Schultern, weil Beryl noch immer so große Augen machte.

»Nett? Gabriel ist nicht nett, er ist die rechte Hand Gottes – der Krieg!« Er schien über seine eigenen Worte zu stolpern, deshalb begann er auch sofort, sich zu erklären. »Versteh mich nicht falsch! Gabriel ist stark, prächtig und gerecht, aber nett …«

Beryl schien überzeugt von seiner Unnahbarkeit, aber ich hatte trotzdem andere Erfahrungen gemacht.

»Wie lange lebt er schon hier? Ich wusste nicht, dass er …«

»Auf die Erde gekommen ist? Sie sind schon eine ganze Weile hier. Sie suchen wohl nach etwas, das es im Himmel nicht gibt. Ich kann sie verstehen.«

Meine Augen wurden groß. »Sie?«

Das Nicken, das folgte, reichte mir als Antwort nicht. Er sollte es aussprechen, damit ich es glauben konnte.

»Die Erzengel kamen beide auf die Erde. Es heißt, sie leben jetzt ein menschliches Leben, aber ich bin mir nicht sicher, ob das überhaupt möglich ist.«

»Wieso hast du Zweifel?«

Beryl seufzte. »Weil ich weiß, wie schwierig es für Engel sein kann, Menschlichkeit zu verinnerlichen. Diese Welt gleicht der unseren kein Stück. Das, was du mit deiner Gabe beeinflusst, würde im Himmel nicht funktionieren. Wo ich herkomme, lässt sich kein Wesen von seinen Gefühlen beherrschen. Emotionsgesteuertes Handeln ist ein Privileg, das nur euch Hiergeborenen in die Wiege gelegt wird. Wenn Engel zu euch kommen, müssen sie erst lernen, wie Menschen zu fühlen. Das kann schwierig sein, das war es zumindest für mich. Der Ort, von dem die Erzengel stammen, ist selbst von meinem Himmel weit entfernt. Dort, wo sie erschaffen wurden und verweilen durften, ist es … still.«

Er schien nicht das richtige Wort gefunden zu haben, um mir deutlich zu machen, wie anders die Welt war, aus der die beiden Erzengel stammten, aber wahrscheinlich gab es so ein Wort gar nicht. Beryl hatte das Menschsein auf alle Fälle gut hinbekommen. Seine Gefühlswelt wechselte gerade von wehmütig nachdenklich zu neugierig sorgenerfüllt.

»Was ist eigentlich mit deinen Armen passiert? Und wie kommst du dazu, dich in einen von Gabriels Kämpfen zu verstricken? Du hättest sterben können!«

Ich musste ihn drücken, weil er sonst nicht aufgehört hätte, mich vorwurfsvoll anzusehen. Die Berührung und die Nähe erlaubten mir, Beryls Inneres sanftere Farben annehmen zu lassen.

»Sorg dich nicht um mich. Das Schicksal hat nichts Böses mit mir vor … denke ich.«

Er schmunzelte und seufzte im selben Moment. »Vielleicht nicht, aber es hat viel mit dir vor. Zu viel für mein vermenschlichtes Herz. Wenn es stehen bleibt, ist es deine Schuld. Schreib das auf meinen Grabstein.«

Durch und durch schwarzer menschlicher Humor. Beryls Welt war mittlerweile zweifelsohne meine verdorbene Welt.

»›Es war Lias Schuld‹ – soll ich es auf Latein eingravieren lassen?«

»Unbedingt!«

Meine besondere Begegnung

Acht Monate später

Der Schnee war in diesem Jahr sehr spät geschmolzen. Wir konnten erst Anfang Mai damit beginnen, den Garten auf Vordermann zu bringen. Mir hatte das viele Grün gefehlt. Der Winter konnte trist sein und er konnte ereignislos sein.

Ich hatte zu viel Zeit gehabt, um nachzudenken und meine Zukunft zu hinterfragen. Aus mir war noch keine Wächterin geworden, nur eine schlechte Schülerin. Ich ging kaum noch zur Schule, nur so oft es notwendig war, um nicht rauszufliegen. Morgens verließ ich zwar regelmäßig das Haus, aber nur, um Beryls Nerven nicht zu strapazieren. Ich verbrachte meine Tage meistens in der Stadtbibliothek, dort konnte ich zumindest den Stoff, den ich verpasste, nachholen. Ich war nicht faul, nur fehl am Platz.

»Ist das nicht zu anstrengend für dich?«

Beryls Frage ließ mich schmunzeln. Er behandelte mich oft wie eine seiner Blumen – so als wäre ich noch zu zart, um schlechtem Wetter zu trotzen, und zu schwach, um ohne Hilfe zu wachsen.

Ich stieß die Schaufel in die Erde, um mich daran abstützen zu können. »Ich strenge mich gern an, vor allem an so einem schönen Tag. Die Sonne scheint endlich wieder, da macht die Arbeit Freude – lass mir den Spaß.«

Er nickte und ich durfte weiter die Erde für den Rosengarten ausheben, den wir geplant hatten. Körperliche Anstrengung machte mir nichts aus, ich war über die Wintermonate unruhig geworden, weil ich nur herumgesessen hatte.

Die jungen Pflanzen einzusetzen, dauerte nicht lange. Wenn sie nur annähernd so prächtig blühen würden wie in meiner Vorstellung, würde unser kleines Fleckchen Erde noch paradiesischer werden. Ich war gern hier, unglaublich gern sogar, trotzdem lächelte der Horizont manchmal verführerisch vielversprechend. Was auch immer an manchen Tagen in mir tobte, es war dem Gefühl von Rastlosigkeit und Fernweh nicht unähnlich.

»Da ist noch Platz für einen Rosenstrauch, haben wir noch einen?«

Beryl schüttelte den Kopf und starrte mit mir auf die fruchtbare lockere Erde. »Nein, ich habe wohl zu wenig besorgt.«

Ich klopfte meine Kleidung sauber und band meine Haare zu einem Knäuel. »Dann gehe ich zum Blumenladen! Vielleicht bekomme ich sogar weiße Rosen!«

»Weiße Rosen sind anfällig für Krankheiten und schwer zu pflegen«, warnte Beryl mich noch, bevor ich loslief.

Dass die Blumen, die ich mir wünschte, kompliziert zu handhaben waren, störte mich nicht. Ganz im Gegenteil, das machte sie für mich nur umso besonderer.

Ich musste drei Blumenläden ablaufen, bevor ich einen fand, der mir tatsächlich weiße Rosen verkaufen konnte. Die Pflanze war noch klein, sie trug kaum Blüten, nur glänzend grüne Blätter und Dornen, die noch zu weich waren, um zu stechen.

Die Schönheit der Abenddämmerung verlangsamte meine Schritte. Ich entschloss mich dazu, einen Umweg zu machen, weil der Weg, der mich über die Felder nach Hause führte, heute besonders anziehend auf mich wirkte.

Eine warm glühende Sonne, die in einem Meer aus surreal wirkenden violetten Wolken unterging. Ich wusste nicht, ob der Himmel schon jemals so faszinierend ausgesehen hatte. Meinen Blick von dem Naturschauspiel abzuwenden, war beinahe unmöglich.

Ich hätte so lange auf die schönen Wolken und den strahlenden Himmelskörper geblickt, bis ich mich wieder verlaufen hätte, aber so weit kam es diesmal nicht. Als mir bewusst wurde, dass es nicht die untergehende Sonne war, deren Strahlen mich so sehr faszinierten, hob ich den Kopf aus den metaphorischen Wolken. Meine Schritte blieben langsam, obwohl mich das Ziel, das ich fokussiert hatte, so sehr anzog.

Er saß auf einer Bank, eine einfache, schlichte Holzbank vor den Feldern, auf denen im Sommer der Mohn blühen würde. Während die Distanz zwischen uns Meter um Meter schwand, wurde mir bewusst, was er in mir auslöste: Ehrfurcht, das Gefühl, mitten im tosenden Meer zu stehen, und Erinnerungen.

»Wartest du hier auf jemanden?«

Ich hatte die absurde Angst, ihn zu erschrecken, weil er so gedankenversunken wirkte, aber das war wahrscheinlich unmöglich. Er hatte mich wahrgenommen, schon lange bevor ich den Mund aufgemacht hatte, aber er regte sich trotzdem nicht.

»Geht es dir gut?«

Diese Frage hatte ich noch nie in meinem ganzen Leben gestellt. Ich wusste immer, wie es meinem Gegenüber ging, ich konnte in jedes Wesen hineinsehen – in beinahe jedes Wesen.

Ich trat noch ein Stück näher und blieb neben der Bank stehen. Sein Schweigen und seine Regungslosigkeit gaben mir genügend Zeit, ihn zu mustern – und ich wollte ihn unbedingt mustern. Diese Gesichtszüge hätte jeder begnadete Künstler und Ästhet gern auf eine Leinwand gebannt oder in Stein gemeißelt.

Er war schlicht und einfach schön. Mehr als das: Ihn anzusehen, machte süchtig. Seine Haut war auffallend hell, vielleicht war er sogar ein wenig blass, aber das trübte sein Erscheinungsbild kein Stück. Er hatte hellblondes Haar und trug einen dunkelgrauen offenen Regenmantel, unter dem ich einen schwarzen Pullover entdecken konnte. Der Stoff war eingerissen, so sauber durchtrennt, als hätte ihn eine scharfe Klinge gestreift. Ich war mir nicht sicher, ob er verletzt war oder Schmerzen hatte. Ich war mir nicht mal sicher, ob er sich überhaupt verletzen oder Schmerzen haben konnte.

»Darf ich mich zu dir setzen?«

Ich bekam keine Antwort, keine Reaktion, nichts. Ich wäre gegangen, hätte ihm die Ruhe gelassen, die er hier ganz offensichtlich suchte, aber ich konnte nicht. Diese meerblauen Augen würdigten mich keines Blickes, aber sie waren nicht nur die schönsten, sondern auch die traurigsten, die ich jemals gesehen hatte. Obwohl seine Miene keine Regung zeigte und ich nicht in ihn hineinfühlen konnte, war ich mir absolut sicher, dass es ihn innerlich zerriss.

»Hier ist es schön, aber etwas einsam«, stellte ich fest.

Seine gigantische Aura hüllte mich ein, wie ein schützender, fremdartiger Schleier. Das Gefühl von tosendem Wasser weckte in mir den seltsamen Drang, die Naturgewalt zu beruhigen. Obwohl der passive Teil meiner Gabe an ihm versagte, wollte ich ihm Linderung verschaffen.

»Dort vorn blühen im Sommer Tausende Mohnblumen. Hast du sie schon mal gesehen? Sie sind wirklich schön.«

Ich versuchte mich an der wohl absurdesten Art der Konversation, die jemals jemand mit ihm geführt hatte – Small Talk.

»Wir legen gerade einen Blumengarten an. Pflanzen beim Wachsen zuzusehen, macht fröhlich.«

Meine Worte klangen in seinen Ohren bestimmt unsagbar töricht und dumm, aber solange sie ihn erreichten, war es in Ordnung. Es kam mir so vor, als hätte schon sehr lange niemand mehr mit ihm gesprochen. Vielleicht ging es ihm deshalb schlecht.

Ein paar Minuten vergingen. Der Wind frischte auf und die Sonne würde nicht mehr lange am Himmel stehen.

»Ich habe schon jemanden kennengelernt, der so besonders ist wie du. Ihr seid wunderschön.«

Er blinzelte, ganz langsam, so als würde er einschlafen. Vielleicht langweilte ich ihn aber auch – ich hatte keine Ahnung.

»Gabriel ist nett.«

Als er plötzlich den Kopf in meine Richtung neigte, erschrak ich beinahe. Ich hatte überhaupt nicht mehr mit einer Reaktion gerechnet und musste mich sichtlich am Riemen reißen, um ihn nicht weiter verblüfft und mit tellergroßen Augen anzustarren. Seine Iriden waren nicht nur so blau wie das Meer, sondern ebenso tief. Sie konnten einen zurückweichen und Angst empfinden lassen, weil die See in ihnen rau war und einen zu verschlucken drohte, aber ich glaubte noch immer, Einsamkeit und Schmerz in ihnen zu erkennen.

»Weiß Gabriel, dass du hier bist?«

Er wandte den Blick wieder von mir ab. Wahrscheinlich machte es keinen Sinn, weiterzureden und zu versuchen, ihn mit meiner Gabe zu erreichen. Wenn er nicht reden wollte, würde er ewig schweigen, schließlich hatte er alle Zeit dieser Welt.

Ich stand von der Bank auf und bückte mich nach dem kleinen Rosenstock. »Hier! Sie sind sensibel, du musst gut auf sie achten, damit sie blühen, aber wenn du dir die Mühe machst, bringen sie dich irgendwann garantiert wieder zum Lächeln!«

Die junge Pflanze landete auf seinem Schoß. Er musste danach greifen, damit sie nicht hinunterfiel. Sein Blick verfing sich an den hellgrünen Blütenköpfen.

»Ich komme wieder, um zu sehen, ob es euch beiden gut geht!«

Er konnte mein Lächeln nicht sehen, weil er noch immer die Pflanze musterte, aber vielleicht konnte er es fühlen.

Bevor ich mich abwandte, wollte ich noch etwas loswerden. »Du bist Raphael, oder? Ich heiße Lia. Es hat mich gefreut.«

Ich ließ seine Aura nur ungern hinter mir, aber mir blieb nichts anderes übrig. Er hatte sich dafür entschieden, hier allein zu sein, und wer war ich, die Entscheidung eines Erzengels infrage zu stellen? Vergessen würde ich ihn trotzdem nicht und untätig zu bleiben, lag sowieso nicht in meiner Natur.

»Hast du keine Rosen bekommen?«, wollte Beryl wissen und stellte den Teekessel auf den Tisch.

Ich setzte mich auf das Sofa, um mich in die weichen Kissen zu kuscheln. »Doch, aber ich habe sie verschenkt.«

Er reichte mir eine Tasse und setzte sich zu mir.

»Weißt du etwas über Raphael?«

Meine Frage ließ ihn schmunzeln. »Wieso? Hast du ihm deine Rosen geschenkt?«

Nicht nur der Tonfall in seiner Stimme verriet mir, dass seine Frage eigentlich als Scherz gemeint war. In Beryl konnte ich wieder mühelos hineinsehen – gleich würde Überraschung in ihm wachsen.

»Ja.«

Er verschluckte sich beinahe am Tee, musste husten und starrte mich dann fassungslos an.

»Er hat auf einer Bank auf einem Feldweg gesessen.«

Mein Schulterzucken empfand Beryl als äußerst unangebracht, aber ich hatte selbst keine Erklärung dafür, warum mich das Leuchten der Erzengel so anzog.

»Und morgen erzählst du mir, dass du dem Herrn auf dem Schulhof begegnet bist!«

»Was sollte Gott denn auf meinem Schulhof suchen?«

Beryl seufzte ausgiebig und zuckte dann selbst mit den Schultern. »Ich weiß es nicht. Ich weiß nur, dass du ganz offensichtlich dazu bestimmt bist, all den Großen zu begegnen.«

Das Wort Bestimmung hörte sich in meinen Ohren falsch an. Ich begegnete ihnen nur, ich trug nichts zu ihrem Schicksal bei.

»Kann es sein, dass er krank ist? Raphael?«

Beryl lachte herzhaft und schüttelte den Kopf. »Krank? Nein. Raphael ist die heilende Hand Gottes, er wird nicht krank.«

Ich senkte den Blick, um dieses blasse, wunderschöne Gesicht wieder zu visualisieren. »Aber Engel und Dämonen können doch auch krank werden, genau wie Menschen.«

»Geborene Engel und Dämonen«, verbesserte Beryl mich. »Wesen wie ich, die nicht geboren, sondern erschaffen wurden, sind kaum anfällig für menschliche Krankheiten. Ich denke, Erzengel sind dagegen immun.« Beryl schien sich plötzlich nicht mehr sicher zu sein. »Sie sind für mich genauso fremd wie für dich. Im Himmel haben wir nur zu ihnen gebetet – der Ort, an dem sie lebten, war sehr weit entfernt von unserem Himmel. Auf dieser Welt scheinen sie eigenständige, zurückgezogene Leben zu führen. Man weiß nicht viel über sie, weil sie nicht jedem so einfach begegnen wie dir.«

Ich seufzte. Mir war klar gewesen, dass sie einzigartig und wichtig waren, nicht aber, dass sie ihr Leben so still und heimlich lebten. Vielleicht würde es schwierig werden, sie ausfindig zu machen, aber ich musste es zumindest versuchen – morgen.

Meine Neugier

Ich verriet Beryl nicht, wohin ich ging. Er hatte mit der Kirche und der Diözese zu tun und ich hätte ihm sowieso nicht genau erklären können, was ich vorhatte. Ich wollte Gabriel finden und ihm ein paar Fragen über Raphael stellen. Wie ich sie formulieren würde, wusste ich noch nicht.

Meine Sinne und meine Intuition arbeiteten zuverlässig, trotzdem war es nicht so leicht wie gedacht, die mächtige, winddurchflutete Aura ausfindig zu machen. Ich lief durch die Stadt, folgte starken Schwingungen und allem, was sich für mich nach Licht und Kraft anfühlte. Es gab viele starke Engel und Dämonen hier. Auren, die mich in die Irre führten, und Spuren, die ins Leere verliefen.

Ich trottete eine menschenleere Straße entlang, vorbei an schönen alten Villen, die im Schutz von Eichen und Fichten gelegen waren. Hier roch es eindeutig nach Wind, vielleicht lag aber auch nur der Geruch des abschwächenden Winters in der Luft. Ich war mir nicht mehr sicher, was ich fühlte, weil ich heute schon so vielen Auren gefolgt war. Mein Geist schien überfordert oder übersättigt, so als ob man an zu vielen Parfums gerochen hätte und nun alle gleich rochen.

Vor einem hohen, offenen Messingtor kam ich zum Stehen. Der dunkelgraue Steinweg endete vor einem viktorianisch anmutenden Haus. Ich zögerte, ihn entlangzugehen, weil ich mir nicht sicher war, ob die starke Aura, die ich leuchten sah, tatsächlich ihm gehörte. Ich konnte Vanille nicht mal mehr von Minze unterscheiden, so taub war meine Nase.

Vorsichtig schlich ich auf das Anwesen. Was ich mit Sicherheit noch spüren konnte, waren Gefühle von Wesen, die überrascht waren, dass ich auf ihrem Grund und Boden herumschlich. Ich würde früh genug mitbekommen, wenn sich jemand an meiner Anwesenheit störte, so viel war sicher.

Umso näher ich an das Haus herantrat, umso klarer konnte ich fühlen, dass ich nichts fühlen konnte. Entweder war niemand zu Hause oder …

»Erschrick nicht.«

Es war sein Haus. Trotz der Warnung zuckte ich zusammen, weil er scheinbar aus dem Nichts hinter mir aufgetaucht war. Als ich mich nach ihm umdrehte, traf mich die Macht seiner Aura so klar und unmittelbar, dass ich nicht glauben konnte, dass ich mir mit seiner Anwesenheit nicht sicher gewesen war. Er musste seine Aura drosseln können, sonst hätte ich ihn viel schneller gefunden.

»Entschuldige, dass ich hier herumschleiche!«, platzte es aus mir heraus.

Ich senkte ehrfürchtig den Blick, nur um ihn dann verstohlen zu heben und seine Reaktion abzuwarten. Nicht in jemanden hineinfühlen zu können, hätte mich nervös machen sollen, aber es machte mir nichts aus. Dass er für mich geheimnisvoll blieb, war gut und richtig so, er war schließlich ein Erzengel.

»Du kannst mich finden«, sprach er tonlos aus und legte den Kopf erwartungsvoll schief.

Ich nickte und zuckte im nächsten Moment mit den Schultern. »Ja, aber einfach war es nicht. Du bekommst nicht gern Besuch, oder?«

»Ich bekomme nicht oft Besuch«, korrigierte er. »Und wenn, ist der Anlass immer unerfreulich für mich.«

»Immer?«, wollte ich wissen.

»Meistens.«

Jetzt empfand ich doch so etwas wie Nervosität. »Der Grund meines Kommens ist vielleicht auch unangenehm für dich«, gestand ich und war zu neugierig auf seine Reaktion, um den Blick zu senken.

Er nickte, mehr nicht.

»Dein Haus ist schön. Groß.« Meine Feststellung diente eigentlich nur dazu, mich nicht den Mut verlieren zu lassen, überhaupt mit ihm zu sprechen.

Er wirkte mit einem Mal unglaublich unnahbar, fast unerreichbar. Er stand zwar in all seiner Schönheit und Stärke vor mir, aber seine Augen schienen durch mich hindurchzusehen. Vielleicht war er wütend, weil ich seine Ruhe gestört hatte. Die Wut der strafenden Hand Gottes wollte ich in keinem Fall auf mich ziehen, einfach so zu gehen, war aber auch keine Option.

»Ich wollte mit dir über deinen Bruder sprechen. Ich habe ihn getroffen, gestern.«

Sein Blick wurde schlagartig wacher. Er sah mich an und nicht mehr durch mich hindurch. »Ich habe keine Mutter, ich habe keinen Vater, ich kann also keinen Bruder haben.«

Meine unwissende Wortwahl schien ihn zu stören.

»Entschuldige … Ich meinte Raphael. Er ist doch auch ein …«

Ich verstummte, weil er mich plötzlich so neugierig ansah. Ich war mir nicht sicher, ob ich weiterreden sollte, aber er legte den Kopf schief und schenkte mir dieses kaum merkliche schiefe Lächeln, das ich schon bei unserem letzten Treffen sehen durfte. Meine Nervosität verflog und seine Gesichtszüge entspannten sich, wirkten weniger versteinert. So konnte ich ihn auch besser einschätzen.

»Sag es. Der Klang des Wortes aus deinem Mund ist einprägsam.«

Ich hatte das Bedürfnis, mich zu räuspern, bevor ich es aussprach, weil er so genau lauschte, aber ich brachte das Wort Erzengel auch so über die Lippen, weil ich es gern sagte.

Als ich es ausgesprochen hatte, hob er plötzlich die Hand. Es dauerte ein paar Sekunden, bis ich seine Geste interpretieren konnte. Er deutete zur Haustür, er bat mich herein.

»Ich will dich nicht lange aufhalten, versprochen!«

Gabriel schmunzelte, bevor er antwortete. »Lange oder nicht, spielt keine Rolle. Ich habe alle Zeit dieser Welt und mehr.«

Er ging voraus, um mir die Tür zu seinem Zuhause zu öffnen.

Das Innere der Villa war genauso schön und beeindruckend, wie ich es erwartet hatte. Ich zog meine Schuhe aus, um den glänzenden Marmorboden nicht zu beschmutzen. Mein Blick verfing sich sofort an dem riesigen Gemälde. Ich hatte noch nie einen so faszinierenden Himmel gesehen. Die Farben waren surreal, sie wirkten wie aus einer anderen Welt.

»Wow! Der Künstler ist begnadet!«

»Er ist ein Cherub«, erklärte mir die tiefe, raue Stimme, die sich schon ein Stück entfernt hatte. Er stand im Wohnzimmer, während ich den Blick noch immer nicht von der Leinwand lösen konnte.

»Michael und Uriel …«, murmelte ich gedankenverloren. Ich kannte die Namen der beiden Cherubim, aber sonst wusste ich kaum etwas über sie.

»Uriels Werk«, verriet Gabriel. »Michael malt lieber Akte.«

Ich machte große fragende Augen und wäre rot geworden, hätte ich weiter darüber nachgedacht, aber ich ging davon aus, dass Gabriel einen Scherz gemacht hatte, auch wenn er dabei keine Miene verzog.

»Setz dich, wenn du willst.«

Meine Beine waren müde, weil ich den ganzen Tag durch die Stadt gelaufen war. Ich nahm sein Angebot gern an, auch weil es ungewohnt menschlich geklungen hatte. Er konnte wohl beides sein: ein Erzengel und ein überirdisch schöner, unnahbarer Mensch.

Gabriel blieb vor dem großen Fenster stehen. Die tief stehende Sonne ließ seine Silhouette feurig leuchten.»Du hast Raphael gesehen?«

Dass er es selbst noch mal ansprach, machte es leichter. Ich hätte wohl erst ein Kompliment zu seinen Möbeln von mir gegeben, bevor ich das Thema wieder aufgegriffen hätte.

»Ja, gestern.«

»Bist du dir sicher?«

Ich stutzte, weil ich seine Frage nicht wirklich verstand. Natürlich war ich mir sicher, ich erkannte einen Erzengel, wenn ich ihn sah – nichts leuchtete so unglaublich hell wie Raphael und Gabriel.

»Ja, ich bin sicher. Wieso fragst du?«

Er rührte sich kaum, wie eine beeindruckende Statue, deren Konturen im rötlichen Schein der Sonne leuchteten. »Er hat sich hier schon eine ganze Weile nicht mehr sehen lassen.«

»Ich denke, er braucht dich. Er sieht einsam und krank aus.«

Durch den Einfallswinkel der Sonne konnte ich Gabriels Gesicht kaum erkennen, aber ich hörte ihn kurz und leise lachen. »Er kennt keine Einsamkeit und er ist nicht krank, er ist die Heilung.«

Gabriels Antwort verunsicherte mich. Ich war anderer Meinung.

»Ich denke, er braucht Gesellschaft … «, verriet ich vorsichtig.

»Er meidet Gesellschaft«, entgegnete Gabriel.

»Das scheint ihm nicht gutzutun.«

»Sorgst du dich?«

Ich nickte.

Er trat aus dem Licht und ich konnte ihn wieder bewundern. »Er ist kein Mensch, vergiss das nicht. Er versteht Leid gar nicht, weil er es nicht kennt.«

»Selbst wenn er es nicht versteht, er leidet. Ist dir das egal?«

»Egal?«, wiederholte er tonlos und schien tatsächlich darüber nachdenken zu müssen. »Ich kann nichts für ihn tun«, antwortete er schließlich und legte den Kopf schief. Er schien neugierig auf meine Reaktion zu sein. Wahrscheinlich sah ich traurig aus – ich fühlte mich so.

»Du sagst, er kennt kein Leid, weil er ein Erzengel ist. Aber was ist mit dir? Leidest du nicht, wenn du weißt, dass es ihm schlecht geht?«

»Natürlich«, entgegnete er, diesmal ohne darüber nachdenken zu müssen. »Ich lebe schon länger hier als er. Ich kenne menschliche Gefühle, Begierde, Gedanken – sie sind ein Teil von mir geworden. Wenn er das auch will, muss er lernen, diese Welt und euch Menschen zu verstehen, oder er geht daran zugrunde.«

»Also kann er doch krank werden?«, wollte ich wissen und konnte meine Stimme nicht so beherrscht klingen lassen, wie ich wollte.

Gabriel zuckte mit den Schultern. »Nicht so, wie du Krankheit verstehst. Aber es würde für dich so aussehen.«

Ich schwieg, weil meine Gedanken kreisten. Die Erinnerung an Raphaels Anblick löste eine schmerzhafte Emotion in mir aus. Ein so endlos starkes, schönes Wesen, das von unserer Welt erdrückt wurde.

»Grausamkeit liegt in meiner Natur – ich bin der Krieg, vergiss das nicht.«

Dass ich ihn so verwirrt musterte, lag daran, dass es ein paar Sekunden dauerte, bis ich ohne meine Gabe verstand, was in ihm vorging.

»Ich halte dich nicht für grausam, ganz und gar nicht.«

Er schien überrascht. »Ich werde Raphael nicht helfen«, stellte er fest, für den Fall, dass ich das nicht herausgehört hatte.

Ich nickte und erhob mich vorsichtig von dem bequemen Sofa. Meine Stimme klang etwas zu schwach, weil ich noch immer großen Respekt vor ihm hatte. »Wer bin ich, deine Entscheidungen zu verurteilen? Irgendetwas ist zwischen euch vorgefallen – ein Streit, ein gebrochenes Versprechen, ich weiß es nicht, aber du sprichst seinen Namen so vorwurfsvoll aus, dass es kaum zu überhören ist. Wahrscheinlich sind die Gefühle unserer Welt schwer zu verstehen, wenn man sie erst erlernen muss. Du bist nicht grausam, du bist verletzt – das ist ein sehr persönliches, unangenehmes Gefühl, das niemand nachvollziehen kann, der nicht in deiner Haut steckt. Deshalb hat auch niemand das Recht, dich dafür zu verurteilen. Ich bitte dich nur, ihn niemals zu hassen. Hass ist das Gift unserer Welt.«

Kaum hatte ich es ausgesprochen, senkte ich den Blick. Er schien wieder durch mich hindurchzusehen. Wahrscheinlich war ich ihm zu nahe getreten – das war nicht meine Absicht gewesen. Ich wusste so gut wie nichts über den Himmel, Gott oder das Schicksal, ganz im Gegensatz zu ihm. Aber ich hatte Ahnung von Gefühlen – das war mir in die Wiege gelegt worden.

Als er auf mich zukam, war ich mir nicht sicher, was er vorhatte. Meine Gabe versagte an ihm und wenn er diese versteinerte, nachtragende Miene aufsetzte und schwieg, konnte ich ihn nicht mehr einschätzen.

Er streckte die Hand nach mir aus. Ich dachte, sie würde sich um meinen Hals legen, aber er drückte sie zwischen meine Schlüsselbeine.

Diese Berührung war pure Kraft. Der aufgepeitschte Wind hüllte mich nicht nur ein, er fegte regelrecht durch mich hindurch.

»Was bist du?«, wollte er wissen, als sein Blick wieder weicher wurde und er von mir abließ.

»Ein Mensch«, flüsterte ich.

Ich durfte das Wort Sephirot nicht aussprechen, niemandem gegenüber. Unsere Blutlinie war in Vergessenheit geraten, schon vor Urzeiten, lange bevor Gabriel in unsere Welt gekommen war. Wahrscheinlich wusste er von Adam Kadmon, aber nicht von der Aufgabe, die ihm zuteilgeworden war. Ich hätte es ihm gern erzählt, damit er mich verstehen konnte und nicht für einen Sonderling hielt, aber wahrscheinlich war ich genau das.

»Ja, ein Mensch, in dem ein Wächter schläft und …«

»Eine Hexe«, beendete ich seinen Satz und musste lachen, weil er es auch tat.

»Wie alt bist du, Lia?« Er sprach meinen Namen zum allerersten Mal aus und klang dabei weder tonlos noch kühl.

»Dreizehn.«

»In dir steckt eine alte, sehr weise Seele.«

Seine Worte waren als Kompliment gemeint, aber die Verlegenheit, die in mir aufkam, konnte ich trotzdem nicht unterdrücken.

»Ich klinge manchmal altklug, entschuldige. Aber mit Gefühlen kenne ich mich ganz gut aus, selbst wenn du diese versteinerte Miene wirklich in Perfektion beherrschst! Weißt du, dass du in den ersten Minuten, in denen man mit dir spricht, ein gruseliges Gesicht machst?«

Gabriel gab eine durch und durch menschliche Geste zum Besten: Er zwinkerte. »Ja, ich weiß. Es macht mir … Spaß.«

Ich lachte, weil ich glaubte, ihn zu verstehen. Wenn man Krieg und Gottes Strafe gerufen wurde, konnte man mit dem Ernst seines Schicksals fechten oder ihm mit einem Zwinkern begegnen.

»Die Menschlichkeit steht dir sehr gut.«

Er verstand meinen Satz so, wie er gemeint war: als Kompliment.

»Menschlichkeit war der Grund meines Kommens und meine Rettung. Schön, dass sie mir steht.«

»Du bist gern hier …«, stellte ich gedankenverloren fest und sah hinaus auf die untergehende Sonne.

»Ja, das bin ich. Er nicht.«

»Darf ich noch mal mit ihm reden?«

Gabriel zuckte mit den Schultern. »Du brauchst weder meine Erlaubnis noch meinen Segen, aber nimm meinen Rat an: In Raphael steckt noch viel mehr Erzengel als in mir. Wenn du versuchen würdest, unsere Natur in menschlichen Worten zu beschreiben, sind wir stoisch, kalt und unnahbar – in etwa das Pendant zu deiner jungen, besonderen Seele.«

Ich musste gegen die aufkommende Verlegenheit ankämpfen. Niemand nannte mich besonders, ohne das Wort als Schimpfwort zu verwenden. Dass es nun ein Erzengel tat, ließ mich meine Andersartigkeit schlagartig leichter ertragen. In seinen Augen machte mich meine Gabe zu jemandem, dem er die Ehre seiner Gesellschaft zuteilwerden ließ. Ich war selten so dankbar für das Los gewesen, das mir das Schicksal hatte zukommen lassen. Ich durfte die hellsten Lichter aller Welten leuchten und schmunzeln sehen.

Wenn sich Gabriels Mundwinkel ein Stück weit nach oben zogen, wurde der imaginäre Wind lauwarm.

»Soll ich Raphael etwas von dir ausrichten?«

Meine Frage zauberte wieder diesen versteinerten Ausdruck auf sein Gesicht, der die menschlichen Züge, die er sich antrainiert hatte, in den Hintergrund rückte.

»Sag ihm: clarior ex tenebris.«

Ich neigte fragend den Kopf. Obwohl ich Latein verstand, fehlte mir der Zusammenhang, aber für Gabriel und Raphael gab es einen, also würde ich seine Worte genau so weitergeben.

»Ich danke dir, Erzengel.«

Meine Verabschiedung amüsierte ihn sichtlich, weil ich das Wort ausgesprochen hatte, das er mich gern sagen hörte. Viel mehr konnte ich ihm nicht geben.

»Wenn du jemals den Krieg suchen solltest, meine Tür steht dir offen.«

Ich schüttelte den Kopf. »Du bist nicht der Krieg, du bist der Wind«, sprach ich aus, was ich empfand, wenn ich vor diesem großen, schönen Erzengel stand.

Dass er mir erlaubte, wiederzukommen, ehrte mich und ließ mein Herz vor Freude schneller schlagen.

Ich verließ das fantastische Haus und ließ die strahlende Aura hinter mir, um der nächsten zu folgen.

Mein Therapieversuch

Ich fand ihn auf demselben menschenleeren Feldweg, auf dem er gestern gesessen hatte. Die Einsamkeit stand ihm noch immer nicht, auch wenn sie ihm vertraut schien.

Ich hatte vergessen, wie hübsch sein blasses Gesicht aussah, und das, obwohl ich es in Gedanken oft vor mir gesehen hatte. Er trug einen anthrazitfarbenen Pullover, der nicht zerrissen war – er musste sich umgezogen haben. Auch der Rosenstock, den ich ihm geschenkt hatte, war weg.

Er neigte den Kopf kaum merklich in meine Richtung. Seine meerblauen Augen ruhten für ein paar Sekunden auf mir.

»Hallo.«

Mein leiser Gruß wurde nicht erwidert, aber damit hatte ich gerechnet. Ich hielt kurz inne, um die positiven Gefühle in mir zu sammeln und sie durch ihn gleiten zu lassen. Das raue Wasser verschleierte all seine Emotionen. Ich wusste nicht, ob meine Gabe überhaupt Wirkung auf ihn hatte, aber ich würde es weiter versuchen.

Als ich mich neben ihn setzte, sah er mich wieder kurz an.

»Deine Augen sind wirklich wunderschön!«

Ich log nicht, ich verschwieg nur, dass sie auch endlos traurig aussahen.

»Es muss anstrengend sein, so gut auszusehen. Du wirst bestimmt oft angestarrt.«

Er hatte den Blick wieder geradeaus auf das Feld gerichtet. Der Anblick seines Profils bestätigte meine Vermutung nur.

»Die Menschen merken, dass du besonders bist – stört dich das?«

Keine Antwort. Ich begann, gezielt nach schmerzhaften Emotionen in der Flut aus Licht und Wasser zu suchen. Anderen Wesen konnte ich negative Gefühle entreißen. Wenn ich ihm damit irgendeine Form der Erleichterung verschaffen würde, war ich auch bereit, die unangenehmen Auswirkungen zu ertragen. Meine Gabe auf diese Weise einzusetzen, bedeutete für mich nichts anderes, als die Schmerzen meines Gegenübers selbst zu ertragen. Entriss ich jemandem Trauer, musste ich sie durch meine eigene Gefühlswelt ziehen lassen. Manche Emotionen waren schwerer zu schlucken als andere. Manche konnten mich sogar krank machen.

Ich suchte nach Schmerz, nach Trauer und schlussendlich nach Einsamkeit. Sie rieselte nur ganz langsam auf mich ein, weil sie hinter einem Schutzwall aus mächtigen Wellen steckte, aber ich fühlte sie so deutlich wie die aufkommende Kälte der Abenddämmerung.

»Es muss schwer sein, sein Zuhause zu verlassen und in einer ganz neuen Welt zu leben. Ich fand es schon schwer, mein Elternhaus zu verlieren.«

Seine Einsamkeit glich Nadeln, die sich in meine Seele bohrten und dort anfingen, zu glühen.

»Aber das Leben hier kann wirklich schön sein. Ich habe meine Familie verloren, aber Beryl gefunden. Außerdem darf ich euch Erzengeln begegnen – ich meine, wie großartig ist das?«

Das freudige Lächeln kam über meine Lippen, obwohl das beißende Gefühl der Einsamkeit immer wilder in meiner Seele tobte. Die Wege, die mich das Schicksal bis jetzt hatte einschlagen lassen, stimmten mich dankbar. Ich hatte genau das vom Leben gewollt – Herausforderungen, Abenteuer und die Möglichkeit, zu helfen.

»Wenn du irgendwann Lust hast, von dieser Bank aufzustehen, dann könnten wir etwas unternehmen. Ich kenne ein paar wirklich schöne Plätzchen. Magst du die Berge?«

Es wunderte mich, dass mein Körper noch nicht auf das Toben in meinem Inneren reagierte. Der Versuch, ihm seine Einsamkeit zu entreißen, war so anstrengend für meine Gabe, dass ich mir sicher war, dass er mich schwindlig und fiebrig machen würde. Im Moment fühlte ich mich aber nicht krank, nur erschöpft.

»Wenn ich morgen wiederkommen darf, bringe ich dir etwas zu essen mit. Du siehst hungrig aus. Erzengel müssen doch auch essen, oder? Zumindest wenn sie hier in dieser Welt sind – nehme ich an.«

Ich wollte ihn fragen, ob er wusste, was er gern aß, aber er öffnete plötzlich die überirdisch schönen Lippen.

»Geh.«

Seine Stimme war rau und trotzdem melodisch.

Ich starrte ihn an, fühlte kurz Freude in mir aufflackern, weil er endlich mit mir gesprochen hatte, aber sie hielt nicht lange an. Ich hörte Gabriels Stimme in meinen Gedanken widerhallen.

Stoisch, kalt und unnahbar.

Er wollte meine Hilfe nicht, er wollte, dass ich ging.

Ich schluckte schwer und versuchte, die Enttäuschung von der Einsamkeit, die ich ihm noch immer entriss, zu trennen. Ich wäre nicht mehr in der Lage gewesen, aufzustehen, wenn sich die negativen Gefühle in mir vermischt hätten.

»Es regnet. Geh.«

Kaum hatte er es ausgesprochen, wurde mir bewusst, dass ich nass war. Es hatte wirklich angefangen, zu regnen.

Ich sah hoch in den grauen, düsteren Himmel und lächelte, weil er mich nicht loswerden wollte, weil er genug von mir hatte, sondern weil er sich sorgte.

»Sorg dich nicht! Der Regen macht mir nichts aus. Aber ich gehe trotzdem nach Hause. Morgen komme ich wieder, in Ordnung?«

Es störte mich nicht, dass er die Lippen geschlossen behielt. Sein Blick genügte mir. Er sah mich zum ersten Mal länger als für ein paar Sekunden an.

»Bis morgen, Raphael.«

Das Wetter besserte sich nicht. Es regnete die ganze Nacht und auch am Morgen hingen noch dicke schwarze Wolken am Himmel.

Ich packte ein paar Stücke Kuchen und eine Thermoskanne voll Tee in meine Tasche. Beryl war gestern nicht nach Hause gekommen, aber er hatte eine Nachricht hinterlassen und mir versichert, dass es ihm gut ging und er etwas für die Diözese zu erledigen hatte.

Eigentlich musste ich ihm nichts hinterlassen, weil wir uns heute Abend sowieso sehen würden, aber ich hatte das Bedürfnis, ein paar Worte zu schreiben.

Ohne dich könnte ich nicht ich sein.
Tausend Dank an einen Tausende
Jahre alten Engel.

Ich malte einen Smiley aufs Papier und sah Beryl vor meinem geistigen Auge eine Augenbraue in die Höhe ziehen und dann schmunzeln. Ich liebte es, wenn sein Gesicht durch und durch menschliche Züge annahm.

Ein gespielt beleidigtes Lippenverziehen, ein kokettes Zwinkern – so etwas auf Raphaels Gesicht zu sehen, hätte mich unglaublich glücklich gemacht. Wahrscheinlich war es normal, sich von Erzengeln angezogen zu fühlen – hoffentlich, sonst hatte ich ein Problem.

Es regnete nicht stark, aber kontinuierlich genug, um einen komplett zu durchnässen, wenn man draußen auf einer Bank saß. Es schien ihm nichts auszumachen. Die Wassertropfen auf seiner Haut ließen ihn noch unwirklicher aussehen, als er ohnehin schon aussah. Eine wunderschöne Statue mit endlos traurigen Gesichtszügen.

Ich setzte mich zu ihm und rutschte näher ran als in den letzten Tagen, weil wir ansonsten nicht beide unter meinem Schirm Platz gefunden hätten. Die Berührung unserer Oberarme löste ein faszinierendes Erlebnis in mir aus. Ich stand mitten in einem klaren, reinen See. Seine Aura war einnehmend – mehr als das, sie würde Sehnsucht in mir auslösen, sobald sie wieder verschwand.

»Ich hoffe, Erzengel können sich nicht erkälten«, meinte ich lächelnd und versuchte, meine Tasche mit einer Hand zu öffnen. Den Schirm über uns zu halten und ihm gleichzeitig Kuchen und Tee anzubieten, war nicht so einfach, wie ich vermutet hatte.

Unsere Berührung ließ meine Gabe auf Hochtouren arbeiten. Ich versuchte wieder, ihm die Einsamkeit zu entreißen, die ich eigentlich nicht fühlen konnte, weil ich gar nichts bei ihm fühlen konnte. Dass sie da war und ihn lähmte, wusste ich trotzdem. Was ich ihm gestern entrissen hatte, hatte mich die Nacht über mit Fieber gequält. Ich hatte meine Gabe überbeansprucht, was mir erst bewusst geworden war, als ich die leuchtende Aura hinter mir gelassen hatte. Es schien, als ob die heilende Hand Gottes auch mir Linderung verschafft hätte, zumindest solange ich bei ihm gewesen war.

Ich stutzte und sah zu ihm auf, als der Schirm in meiner Hand plötzlich federleicht wurde. Er hielt ihn fest. Sein Blick schien durch mich hindurchzugehen, aber er sah zumindest in meine Richtung.

»Danke«, hauchte ich viel zu leise, weil diese endlos tiefen Augen das Potenzial hatten, einzuschüchtern. In diesem Moment war er ein überirdisch starkes Wesen, das meinen Schirm festhielt. Er hatte sich aber zumindest auf mich eingelassen, mehr brauchte es im Moment gar nicht.

»Möchtest du ein Stück Kuchen? Magst du Süßes?«

Er blinzelte, eine Geste, die mir als Erlaubnis ausreichte, ihm ein Stück vor den Mund zu halten. Es war lächerlich und wahrscheinlich sogar unhöflich, aber dieses Stück Kuchen repräsentierte gerade meine Welt, in der Raphael zu versinken drohte, weil er anscheinend keine guten Erfahrungen in ihr gesammelt hatte.

»Koste!«

Meine Aufforderung löste tatsächlich eine Reaktion bei ihm aus. Er öffnete den Mund und biss ein Stück ab, ganz vorsichtig, so als ob der Kuchen kochend heiß wäre.

Er musste nicht kauen, weil er kaum etwas in den Mund genommen hatte. Meine Augen wurden groß und fragend. Als er geschluckt hatte, murrte er. Sein Gesicht zeigte Regung und auch wenn seine Miene finster wurde, war ich unendlich froh über seine Reaktion.

»Du scheinst keinen Kuchen zu mögen. Ich hab's mir notiert!«, scherzte ich und hielt ihm die Thermoskanne vor die Nase. »Hier, trink. Der Tee ist nicht gesüßt.«

Er griff tatsächlich zu und trank. Im Gegensatz zu dem Kuchen schien ihm der Tee zu schmecken.

»Besser?«, wollte ich wissen und konnte mir ein leises Lachen nicht verkneifen.

»Ja.«

Das Wort war tonlos aus seinem Mund gekommen, aber es machte mich glücklich. Er gab mir die Thermoskanne nicht zurück und behielt auch den Schirm in der Hand. Ich aß das Stück Kuchen, von dem er abgebissen hatte, zu Ende. Das Bild, das wir abgaben, musste für einen Beobachter seltsam wirken, aber hier waren nur wir und ein regennasses Mohnblumenfeld.

»Wie lange bist du schon hier?«, wollte ich wissen und sah ihm dabei zu, wie er in die leere Thermoskanne blinzelte. Anscheinend war er durstig gewesen.

»Einen Augenblick oder länger. Ich habe kein Gefühl für Zeit.«

Seine Stimme klang nun viel klarer, fast schon weich.

»Ja. Melancholie lässt einen das Zeitgefühl verlieren. Du solltest damit aufhören.«

»Womit?«, wollte er wissen und richtete den Blick wieder auf das Feld vor uns.

»Mit dieser Problem-Trance. Diese Welt ist nicht schön, wenn du sie nicht erlebst. Deine Sorgen erschlagen dich, wenn du sie kreisen lässt.«

»Ich kannte keine Sorgen …«, verriet er leise.

»Diese Gefühle sind neu für dich, aber glaub mir, es gibt nicht nur schlechte, sondern unzählige gute. Ich denke, es könnte dir hier gefallen.«

Er neigte den Kopf wieder in meine Richtung. »Du weißt viel über das Menschsein.«

»Na ja, ich bin ja auch einer.«

»Ich traf Menschen, die sich selbst nicht kannten. Viele.«

»Hmm … Vielleicht hattest du zu große Erwartungen an sie. Meine Großmutter hat immer gesagt, dass sich Menschen manchmal verlaufen und wir uns manchmal auch selbst verlieren, aber das liegt in unserer Natur, wir finden uns und unseren Weg wieder.«

»Du weißt, wer du bist, obwohl du erst einen Wimpernschlag lang lebst.«

Einen Wimpernschlag lang leben – das war seine Umschreibung dafür, dass er mich für sehr jung hielt.

»Ich weiß, wer ich bin, weil es mir gesagt wurde, seit ich Worte verstehe. Ich wurde vorbereitet … trainiert, wenn man es so nennen will.«

»Trainieren …«, wiederholte er und klang gedankenverloren.

»Ja! Umso länger du hier bist und weißt, wer du sein willst, umso schneller wirst du lernen, du zu sein!«

Ich ließ mir meinen Satz noch mal durch den Kopf gehen. Er war weniger philosophisch als verwirrend.

»Hat das eben Sinn für dich ergeben?«, wollte ich wissen und musste lachen, weil er mich so fragend musterte. »Entschuldige! Ich rede manchmal schneller, als ich denke!«

Wir schwiegen eine Weile und lauschten dem prasselnden Regen. Ich malte mir aus, was Raphael Freude bereiten könnte. Diese Welt hatte so viele schöne Dinge zu bieten, aber wahrscheinlich war es im Moment nur wichtig, dass er seine Melancholie ziehen ließ. Ich versuchte wieder, ihm seine Einsamkeit zu entreißen, schluckte sie hinunter, zusammen mit etwas, das sich nach dem Schmerz eines gebrochenen Herzens anfühlte.

»Ich soll dir etwas ausrichten, von Gabriel.«

Er sah mich nicht an, aber er hörte mir zu.

»Clarior ex tenebris.«

Eigentlich hielt ich diese Worte für eine Art Motivationsspruch, aber das Wasser schlug wieder Wellen.

Ich hätte schwören können, dass er die schönen Lippen verzog.

»Selbstgefälliger …« Ihm schien kein passendes Schimpfwort einzufallen.

»Idiot?«, schlug ich vor und konnte mir das Lachen nicht verkneifen.

Er nickte, richtig energisch, dann schenkte er mir ein Lächeln.

Beryl döste auf dem Sofa, als ich die Tür leise ins Schloss fallen ließ. Es war spät geworden, weil ich nicht hatte gehen wollen. Ich hatte Raphael alles erzählt, was es über mich zu wissen gab, fast alles. Bei unserer ersten Begegnung war ich mir nicht sicher gewesen, ob er überhaupt jemals den Mund aufmachen würde, jetzt wusste ich, wie unfassbar schön er aussah, wenn er lächelte. Selbst wenn er die Mundwinkel nur leicht anhob, löste der Anblick euphorieähnliche Gefühle in mir aus.

»Wo warst du?«

Mein sanfter, lieber Engel war wach, zumindest blinzelte er benommen gegen den Schlaf an.

Ich fiel vor dem Sofa auf die Knie und bettete meinen Kopf und meine Arme auf einen der weichen Polster. Beryl strich mir eine Haarsträhne aus dem Gesicht und streifte dabei meine Wange.

»Ich habe mir etwas wirklich, wirklich Schönes angesehen«, verriet ich und fühlte Sorgen in ihm wachsen. Sie waren nicht meinen Worten geschuldet, sondern der intensiven Wärme, die er auf meiner Wange fühlte.

»Du hast Fieber«, stellte er fest und raffte sich sofort auf.

»Schon gut, das geht schnell wieder vorbei.«

Ich verschwieg Beryl, dass ich meine Gabe überbeansprucht hatte, sonst hätte ich ihm erklären müssen, wieso. Für ihn waren meine Zusammentreffen mit den Erzengeln ein schlechtes Omen. Er glaubte zu wissen, dass das Schicksal mich in verstörende Ereignisse verstricken würde, wenn es mich mit Raphael und Gabriel zusammenführte.

Während er mir Tee kochte, dachte ich über meine Zukunft nach. Wenn sie turbulent werden würde, war das in Ordnung. Vielleicht wollte ich sogar herausgefordert werden. Obwohl ich gerade so endlos müde war, wurde die Rastlosigkeit in mir wach. Ich war gespannt, wie lange sie diesmal toben würde.

Mein Erwachen

Zwei Monate später

Die Sonne war gerade erst dabei, aufzugehen, aber ich konnte nicht weiterschlafen. Obwohl ich mich müde und geschafft fühlte, wollte ich aufstehen. Beryl nicht zu wecken, war schwer. Er hatte einen leichten Schlaf, aber nicht mal er wollte so früh das Bett verlassen.

Es regnete nicht mehr. Der Himmel hatte eine seltsame Farbe. Die grau-grünen Wolken wirkten wie ein schwerer Schutzwall, der diese strahlende, andersartige Welt dort oben vor uns versteckte.

Ich drehte eine Runde um unsere kleine Kirche, um zu sehen, ob alles in Ordnung war. Natürlich fand ich nichts und niemanden, weil Beryls Zuhause der sicherste Ort der Welt war.

Meine Beine trieben mich durch den Wald, schneller als sonst. Es schien, als hätte sich mein Körper trotz der kurzen Nacht schnell erholt. Ich fühlte mich leistungsstark und hatte einen intensiven Bewegungsdrang.

Als die Sonne durch die grau-grüne Wolkendecke brach, hatte ich einen schönen Aussichtspunkt erreicht. Hier oben, auf dem kleinen Berg, war es friedlich und der Anblick des klaren tiefen Sees hätte meinen Herzschlag eigentlich beruhigen sollen. Ich wurde nicht ruhig, egal wie malerisch meine Umgebung war. Irgendetwas stimmte nicht.

Mein Blick suchte den Waldrand ab, die Gipfel der umliegenden Berge und sogar den Grund des klaren Sees. Hier gab es nichts, vor dem ich mich hätte fürchten können, und trotzdem wuchs die Unruhe in mir wie ein benzingetränktes Feuer. Ich wollte zurück nach Hause laufen, mich noch mal hinlegen und hoffen, dass mich meine Intuition dann nicht mehr hinters Licht führte und mir Dinge suggerierte, die es nicht gab.

Nach ein paar Schritten hielt ich inne. Auch wenn ich noch immer nichts sehen konnte, war ich mir plötzlich nicht sicher, ob mein sechster Sinn mir tatsächlich nur Streiche spielte. Ein seltsamer Geruch stieg mir in die Nase – beißend und markant. Ich versuchte, mir einzureden, dass hier irgendwo ein Tierkadaver verweste, aber Verwesungsgeruch hatte nicht diese Schwefelnote.

Ich fuhr auf dem Absatz herum, als ein unwirklich tiefer Klang an mein Ohr drang. Ihn zu lokalisieren, fiel mir schwer, weil er irgendwo aus dem dichten, dunklen Tannenwald zu kommen schien. Meine innere Stimme war im Zwiespalt mit sich selbst. Sie verlangte von mir, zu fliehen, und sie verlangte von mir, mich für einen Kampf bereit zu machen. Ich konnte nicht kämpfen, ich hatte noch nie gekämpft, und trotzdem verspürte ich diesen Drang. Es war, als wäre etwas in mir aufgewacht, etwas, das das Schlafen leid war.

Ein Wächter. Die Erkenntnis traf mich im selben Moment wie die pechschwarze Aura, die sich nach Rauch und Feuer anfühlte. Ich konnte etwas wahrnehmen und war mir absolut sicher, dass es näher kam – schnell. Hier gab es nichts, mit dem ich mich hätte verteidigen können, und nichts, das mir Schutz geboten hätte. Ich blieb trotzdem stehen. Was auch immer da aus dem Wald kommen würde, es war zu schnell, um davor davonzulaufen.

Das tiefe Geräusch wurde lauter und gab sich als Knurren zu erkennen. Ich hörte Schritte auf raschelndem Laub und fühlte etwas, das weder menschlich noch menschenähnlich war. Die Aura aus schwarzem Rauch gehörte zu etwas, gegen das meine Gabe kaum ankam. Als das große löwenähnliche Geschöpf mit den Hörnern am Waldrand auftauchte, konnte ich es nur verlangsamen. Der Schwall aus negativen Emotionen, mit dem ich um mich schlagen konnte, machte es nur wirr. Jeder Mensch, Dämon oder Engel wäre in die Knie gesunken, aber diese Wesen besaßen auch Gefühle, die ich durcheinanderbringen konnte. Das Furcht einflößende Geschöpf wurde beinahe ausschließlich von seinen Instinkten getrieben. Verfolgen, reißen, töten – mehr erreichte mich nicht, aber es brauchte auch nicht mehr, um Todesangst in mir wachsen zu lassen.

Ich lief davon, so schnell mich meine Beine trugen. Vor mir lag eine steile Böschung, auf der junge Fichten wuchsen. Auf dem matschigen, regennassen Untergrund fand ich kaum Halt. Ich rutschte den Hang hinunter, dicht verfolgt von einem Wesen, das zweifelsohne meinen Tod wollte. Der wuchtige fellbedeckte Körper blieb zwischen den jungen Bäumen stecken, aber die Hindernisse verlangsamten ihn nur.

Die dünnen Baumstämme brachen wie Streichhölzer. Berstendes Holz, ein blutdurstiges Knurren, so hörte sich der nahende Tod in meinem Nacken an. Ich begriff zu spät, dass der Hang unweigerlich im tiefen Bergsee enden würde. Meine Versuche, doch noch stehen zu bleiben, waren fruchtlos und hätten sowieso schlecht für mich geendet. Ich wäre von scharfen Zähnen und Krallen zerfetzt worden, nun sah mein Ende anders aus.

Spitze Nadeln, die meine Haut durchbohrten – das Wasser war so kalt, dass es mir Schmerzen bereitete. Ich ging sofort unter, weil ich regelrecht in den See gehechtet war. Vollgepumpt mit Adrenalin, schaffte ich es, mich noch einmal an die Oberfläche zu kämpfen. Ich holte so tief Luft, wie ich konnte, aber die Kälte lähmte meine Lungen. Das schwarze Wesen sprang mir nicht hinterher, es hatte die Krallen in den Boden geschlagen und verweilte auf dem Hang. Es schien Wasser zu meiden, wie ich sonst auch. Ich konnte nicht schwimmen, also würde es mir beim Ertrinken zusehen.

Mir war danach, zu schreien, aber mein Schrei wäre stumm geblieben, verschluckt vom eiskalten Wasser, in dem ich um mein Leben kämpfte. Unter der Oberfläche war kein Ton zu hören – Stille, so hörte sich der Tod nun an.

Ich ruderte mit Armen und Beinen, aber ich erreichte die Oberfläche nicht. Wahrscheinlich hatte ich die Orientierung verloren und sank tiefer und tiefer in mein nasses Grab.

Mein Herz hämmerte wie wild, weil mir bewusst wurde, dass ich bald reflexartig nach Luft schnappen würde. Meine Lungen würden sich mit Wasser füllen und dann wäre es vorbei. Mein eigener Tod war schon oft ein Thema für mich gewesen, aber nicht sein Nahen. Ich wusste, dass ich nicht sterben durfte, weil mit mir nicht nur ein Geheimnis, sondern auch ein Vermächtnis untergehen würde. Ich hatte mein Wissen nicht weitergeben können, ich hatte mein Schicksal nicht erfüllt. Ich durfte nicht sterben.

Mein Kopf tauchte wieder aus dem Wasser auf und ich röchelte nach Luft. Ich hatte mich irgendwie nach oben gekämpft, aber ich würde mich nicht lange über Wasser halten können. Meine Kräfte schwanden, denn egal, ob ich nun eine Wächterin war oder nicht, irgendwann würde mein Körper schlappmachen.

Immer wieder atmete ich tief und hastig ein, weil jeder Atemzug mein letzter sein konnte. Kurz bevor ich wieder unterging, war mir, als würde ich das schwarze Wesen regungslos am Boden liegen sehen. Vielleicht war es tot, aber das spielte keine Rolle. Ich würde es ihm bald gleichtun.

Um mich herum waren wieder Stille und lähmende Kälte. Ich würde gleich aufhören, zu strampeln, weil ich nicht mehr konnte. Wahrscheinlich hätte mein letzter Gedanke meinem unerfüllten Schicksal gelten müssen, aber ich dachte an Raphael. Ich würde heute Abend nicht auf dem Feldweg auftauchen, so wie versprochen. Ich würde nie die Gelegenheit bekommen, all die menschliche Mimik, die ich so liebte, über sein Gesicht huschen zu sehen.

Es wurde hell. Ich dachte, ich würde das Licht auf der anderen Seite unserer Welt sehen, aber ich litt noch, ich war nicht tot. Tatendrang, Mut, Sorge – all diese Gefühle gingen nicht von mir aus. Eine intensive Berührung zeichnete mir ein Bild von einer starken, zielstrebigen Seele, dann verlor ich das Bewusstsein.

Mir war elend zumute. Meine Lungen füllten sich mit Sauerstoff, obwohl ich selbst keine Luft holte. Ich hatte den Drang, zu husten. Als ich ihm nachgab, kam ich schlagartig wieder zu Bewusstsein. Meine Atmung glich noch immer einem Röcheln. Das Zittern, das meinen Körper heimsuchte, war so kräfteraubend, dass ich am liebsten sofort wieder ohnmächtig geworden wäre. Einzig die Tatsache, dass ich in jemandes Armen lag und sein Gesicht so extrem nah an meinem war, hielt mich davon ab, wieder wegzudriften. Ich wollte wissen, wem ich mein Leben zu verdanken hatte und wem die glänzend braunen Augen gehörten.

»Na? Alles klar?«, fragte er atemlos und grinste mich an.

Sein Herz hämmerte sogar schneller als meines. Er war selbst klitschnass und zitterte, weil er mich aus dem Wasser gezogen hatte und genauso fror wie ich.

»Hat sie dich verletzt?«, wollte er wissen und ließ seinen Blick über meinen Körper schweifen.

Ich brauchte ein paar Sekunden, um zu begreifen, dass er von dem pechschwarzen Wesen sprach. Kaum war es mir in den Sinn gekommen, wollte ich mich aufraffen. Ich musste nachsehen, ob es tatsächlich tot war.

»Schon gut, ich habe sie erledigt!«, versicherte er und deutete mir, am Boden liegen zu bleiben. »Alles in Ordnung! Komm erst mal zu Atem, ja?«

Ich hörte auf ihn, weil er sich ernsthaft sorgte und ein ungestümes, aber gutes Herz hatte.

»Das war wirklich verdammt knapp! Ich habe dich aus den Augen verloren, weil du so verflucht schnell unterwegs warst!«

Langsam, aber sicher bekam ich wieder genügend Luft, um den Versuch zu wagen, etwas zu sagen. »Danke!«

Meine Stimme klang seltsam, beschlagen, rau und leise. Ich wollte mich räuspern, aber ich musste sofort wieder husten. Anscheinend hatte ich viel Wasser geschluckt.

»Du kannst nicht schwimmen, oder?«

Ich schüttelte den Kopf.

»Dafür hast du dich gut gehalten! Entschuldige, dass ich nicht früher da war …«

Sein Gewissen plagte ihn, aber das war nicht notwendig. Ich war weder ertrunken noch zerfetzt worden, also war er früh genug gekommen.

»Geht's wieder?«, wollte er wissen und hob mich ein Stück hoch, damit ich aufrecht sitzen konnte.

Ich horchte in mich hinein, fühlte die Kälte, meine schmerzende Lunge und sagenhaft große Erleichterung.

»Dieses Wesen …«, setzte ich an und musste meine Frage nicht ausformulieren, um eine Antwort zu erhalten.

»Ach, die Chimäre? Diese Dämonen erscheinen, wenn junge Wächter erwachen. Sie war hinter dir her.«

Ich nickte, was ihn sichtlich verwunderte. »Du bist auch ein Wächter, oder?«

»Ähm … ja. Ich dachte, das würde dich mehr verwirren. Du weißt Bescheid? Gibt es Wächter in deiner Familie?«

»Nein, aber ich weiß, was eure Aufgabe ist und dass ihr einem geheimen Orden angehört.«

Er zog eine Augenbraue nach oben, lachte dann aber. »So geheim ist er anscheinend gar nicht!«

Ich versuchte, aufzustehen, er half mir dabei.

»Geht es?«

Meine Beine zitterten noch, aber sie trugen mich. Er hielt mich am Oberarm fest, um mir Halt zu geben, falls ich welchen brauchte.

»Na das sieht doch schon ganz gut aus!«, kommentierte er und zwinkerte mir zu.

Ich mochte sein markantes Gesicht, es war einprägsam und spiegelte das Feuer wider, das definitiv in seiner Seele brannte. Er war viel größer als ich und bestimmt auch älter.

»Sag mal, wie alt bist du?«, wollte er wissen, weil er anscheinend gerade den gleichen Gedanken gehabt hatte wie ich.

»Dreizehn.«

»Dreizehn?!«, wiederholte er verwundert. »Die meisten, die in den Orden eintreten, sind zumindest achtzehn. Bist du dir sicher, dass du erst dreizehn bist?«

»Ob ich mir sicher bin? Nein, warte, du hast recht, ich bin einunddreißig.«

Wir lachten und husteten dann beide.

»Fast noch ein Kind, gerade beinahe abgekratzt und trotzdem Humor. Du könntest mir gefallen, namenloses Mädchen.«

Seine Freundlichkeit schmeichelte mir. Wenn ich ihn richtig einschätzte, war er weder jemand, der übertrieben häufig mit Komplimenten um sich warf, noch jemand, der seine Freundschaft allzu leicht feilbot.

»Ich heiße Lia.«

»Lia? Das kann ich mir merken! Ich heiße Luca.«

Dass das Lächeln so anstrengend war, erinnerte mich daran, dass ich vollkommen geschafft war.

»Komm mit. Mein Motorrad steht dort oben. Die Fahrt wird etwas holprig, weil du dir ein ziemlich unebenes Gelände für deine Premiere ausgesucht hast. Kannst du dich an mir festhalten? Wenn du von der Maschine fällst, bekomme ich ziemlich großen Ärger!«

Ich nickte, obwohl ich mich so schwach fühlte. Meine Neugier und das, was in mir wach geworden war, würden mich auf den Beinen halten.

»Ich bringe dich zum Schloss – unser Ordensstützpunkt. Vielleicht kann dir dort jemand etwas erzählen, das du noch nicht weißt. Bereit für ein neues Leben?«

Mein Platz in der Welt

Das alles hätte mich nicht überraschen dürfen. Nicht nur meine Großmutter hatte mir diese Zukunft prophezeit, auch Gabriel hatte einen Wächter in mir schlafen sehen. Ich war trotzdem nervös. Ich kannte die Ideologie des Ordens und die Pflichten der Wächter, aber ich war noch nie Teil einer so großen Gemeinschaft gewesen.

Beim Anblick des imposanten Schlosses verschlug es mir die Sprache. Ich hatte mich die Fahrt über an Lucas Rücken geklammert. Als wir den gepflasterten Weg hinauffuhren, wäre ich vor lauter Staunen beinahe von der Maschine gefallen. Mir war klar gewesen, dass der Ordensstützpunkt ein besonderer Ort sein musste, aber was von diesen altehrwürdigen Mauern ausging, war pure Magie. Nicht nur die Größe des Gebäudes beeindruckte mich, sondern vor allem die geballte Schönheit der Auren, die hier versammelt waren. Ein warmes Leuchten – menschlich und doch so hell, dass man es übernatürlich nennen konnte.

Ein weitläufiges Anwesen in sanfter Hügellage, umringt von einem immergrünen Nadelwald – dort thronte das weiße Schloss, von dem ich meinen Blick nicht mehr losreißen konnte. Erst als wir in die scheinbar frisch asphaltierte Tiefgarage einfuhren, fand mein tranceartiges Staunen ein Ende – kurz. Wir hielten und ich konnte unzählige Motorräder bewundern. Manche von ihnen hatten Stürze hinter sich, aber sie glänzten, als würde ihnen regelmäßig viel Aufmerksamkeit zuteil.

»Willkommen zu Hause!«, tönte Luca, gleich nachdem er sich den Helm vom Kopf gezogen hatte. Sein Enthusiasmus ließ mich die Nervosität leichter ertragen. Er war gern hier, das konnte ich fühlen.

»Wie viele Wächter leben hier?«, wollte ich wissen, weil ich aufgegeben hatte, die Motorräder zu zählen.

Er überlegte kurz und zuckte dann mit den Schultern. »Wenn du an genauen Zahlen Interesse hast, musst du mit Ares reden, ich habe nämlich keine Ahnung! Als ich noch hier gelebt habe, waren wir fünfzig oder sechzig.«

»Als du noch hier gelebt hast?«, wiederholte ich fragend.

»Ja, ich bin vor einer Weile ausgezogen.« Luca zwinkerte. »Irgendwann wird man zu alt für Internatsregeln.«

Ich folgte ihm eine geflieste Treppe nach oben.

»Ganz *offiziell* ist das Schloss eigentlich eine Privatschule. Unsere jungen Wächter können ihren Abschluss machen. Die meisten bleiben aber auch nach der Schulzeit, weil sich unsere Pflichten hier am besten mit dem Alltag vereinen lassen. Es wird schwieriger, wenn man eine eigene Wohnung oder sogar eine Familie hat. Heirat und Kinder sind die häufigsten Gründe für Wächter, dem Orden den Rücken zu kehren. Aber das kommt für dich ja noch lange nicht infrage.« Sein letzter Satz wurde von einem Grinsen begleitet. »Oder bist du schon jemandem versprochen?«

Ich schüttelte den Kopf und lächelte, während Luca mir die Tür aufhielt. Wir betraten eine Aula, in der reges Treiben herrschte. Ihre Auren wärmten mich, obwohl mir noch immer eiskalt war.

»Na, Luca! Baden gegangen?«

Ein blonder Wächter hielt kurz vor uns an und grinste.

»Ja, war schön!«, entgegnete Luca sarkastisch und musterte mich dann besorgt. »Dir ist bestimmt genauso schweinekalt wie mir, oder?«

Mein Nicken veranlasste ihn dazu, seine Schritte zu beschleunigen. Ich hatte plötzlich Mühe, ihm hinterherzukommen. Die Aula konnte ich mir nicht lange ansehen, weil wir abbogen und die breite lange Treppe hinaufliefen, die in die oberen Stockwerke führte. Neugier, aber auch Verwunderung – diese Gefühle erreichten mich gemeinsam mit musternden Blicken. Ausnahmslos alle hier waren deutlich älter als ich und trockener. Ich war das nasse neue Kind, dem die meisten trotzdem ein Lächeln schenkten – Wächter waren warmherzige Menschen.

Wir liefen einen Gang entlang, vorbei an vielen Türen. An manchen hingen Namensschilder, auch an der, vor der wir hielten.

Luca klopfte. »Mäuschen? Mach auf! Mir ist kalt …«

Das Mädchen, das hier lebte, hieß nicht wirklich Mäuschen, aber Lucas Kosename verriet mir sofort einiges über ihr Verhältnis, ganz ohne ihre Gefühle zu lesen.

Als sie uns öffnete, stemmte sie sofort eine Hand an die Hüfte. »Was ist denn mit dir passiert?«

Sie war ausgesprochen hübsch und gutherzig. In ihr kam sofort der Drang auf, zu helfen, auch wenn sie Luca gerade vorwurfsvoll musterte. Sie hatte seidenglattes schwarzes Haar und sehr helle, feine Haut. Meine Großmutter hatte mir mal ein Märchenbuch mit Bildern von Elfen geschenkt – sie hätte eine sein können.

»Wir waren schwimmen, Scheißidee.«

Sie wollte etwas erwidern, ihn tadeln, aber ihr Blick blieb an mir hängen. »Oh mein Gott, komm rein! Du frierst dich ja tot! Luca! Bist du mit ihr so Motorrad gefahren?!«

Luca stammelte verlegen herum, während sie mich an der Hand nahm und in ihr Zimmer zog. Ein kleiner, aber liebevoll dekorierter Raum. Überall hingen Fotos und Bilder, die meisten davon von Luca.

»Du musst aus den nassen Sachen raus!«, erklärte sie und wandte sich ihrem Schrank zu. Sie zog ein paar Kleidungsstücke heraus und drehte sich dann wieder zu mir. »Hier! Ich heiße übrigens Luna und es tut mir leid, dass mein Freund so ein schonungsloser Chaot ist!«

»Hey!«, protestierte Luca. »Ich habe die Mission mehr als erfolgreich erledigt, oder?«

»Mehr als erfolgreich?«, wiederholte Luna mit hochgezogener Augenbraue. »Du bist entweder erfolgreich oder nicht, und außerdem solltest du sie nur vor der Chimäre retten und nicht in Eiswasser tauchen!«

»Ich bin selbst ins Wasser gesprungen, er kann nichts dafür«, erklärte ich und nutzte die Gelegenheit, um mich vorzustellen. »Ich heiße Lia – und danke!«

Sie erwiderte mein Lächeln und reichte mir die Sachen, die sie aus dem Schrank geholt hatte. »Nichts zu danken! Wir Mädchen müssen aufeinander achtgeben, wir sind hier deutlich in der Unterzahl! Zieh die nassen Sachen aus, sonst holst du dir den Tod!«

Sie machte eine auffordernde Geste und ich machte große Augen. Erst als ich verstohlen zu Luca blickte, schien er zu begreifen.

»Ah, ja klar! Ich verschwinde!«

Luna machte einen Schritt auf ihn zu und hauchte ihm einen Kuss auf die Wange. Die Gefühle, die in ihnen hochkamen, waren aufregend, weil sie mir fremd waren.

»Hol dir auch trockene Sachen! Ich bringe sie gleich zu Ares.«

Er nickte und wollte sich einen Kuss stehlen, dem Luna ihm nicht gewährte. Sie hielt ihm stattdessen die Wange hin, weil ihr alles andere vor mir unangenehm gewesen wäre.

»Kommst du heute Abend zu mir?«, wollte er wissen und erntete ein schwaches Kopfschütteln, das Enttäuschung in ihm wachsen ließ.

»Nein, ich patrouilliere nachts am Stadtrand – der Zirkel, du weißt.«

Ich nahm ihnen die unangenehmen Gefühle, die hauptsächlich aus Sehnsucht und Ungeduld bestanden.

»Wenn du hierbleibst, sehen wir uns bald, Lia«, verriet Luca, noch ehe er nach der Türklinke griff.

»Danke fürs Lebenretten und die Mitfahrgelegenheit.«

Seine Antwort bestand aus einem Zwinkern, dann verließ er das Zimmer. Ich hoffte, Luca bald wiederzusehen, und war guter Dinge.

»Ich hoffe, die Sachen passen dir. Du bist ja schlank wie eine Elfe!«

Ich musste grinsen, weil sie diesen Vergleich gewählt hatte. Sie war hier die Elfe, mir fehlte nur der Busen.

»Sag mal, wie alt bist du, Lia?«

Natürlich war es ihr aufgefallen. Langsam, aber sicher wurde mir mein Alter unangenehm. Ich hatte mir schon immer gewünscht, älter zu sein, schon als kleines Kind. Die Zeit verging für meinen Geschmack viel zu langsam.

»Dreizehn.«

Ihre schönen dunklen Augen wurden groß. »Wow, und schon eine Wächterin? Du musst talentiert sein!«

Ich wurde verlegen und gleichzeitig ungeschickt. Ich schaffte es nicht, die schwarze Bluse zuzuknöpfen – Luna half mir.

»Du bist ganz schön frühreif. Dein Körper ist schön.«

Jetzt wurde ich wirklich rot.

Sie bemerkte mein Unbehagen schnell und fühlte es dann selbst. »Entschuldige! Das hat seltsam geklungen! Ich wollte dir nur ein Kompliment machen. Manchmal bin ich etwas geschwätzig …«

»Schon gut. Du bist sehr nett, danke.«

Ich mochte ihren Charakter, sehr sogar. Sie war unbeschwert, unvoreingenommen und sie hielt mich definitiv nicht für eine Hexe.

»Ich sollte dich zu Ares bringen. Er erwartet dich bestimmt schon.«

Diesmal musste ich nachfragen, der Name war schon zu oft gefallen.

»Wer ist dieser Ares?«

Sie schüttelte den Kopf über sich selbst. Sie schien vergessen zu haben, dass ich so gut wie nichts über den Ort wusste, den sie Zuhause nannte. »Ares ist so was wie unser Anführer. Nach außen hin ist er nur unser Schulleiter, aber er koordiniert alle Wächter im großen Umkreis.«

»Ist er ein …«

»Er ist kein Engel oder Ähnliches! Ares ist ein gewöhnlicher Wächter, so wie wir. Obwohl, allzu gewöhnlich ist er dann doch wieder nicht. Um Leiter einer unserer Schulen zu werden, muss man schon ganz schön was auf dem Kasten haben! Ares spürt nicht nur Anomalien viel zuverlässiger auf als jeder von uns, er hat eine empathische Gabe.«

Ich musste husten, weil ich zu hastig eingeatmet hatte und meine Lunge noch immer schmerzte. Meine Aufregung nicht auf Luna zu übertragen, war schwierig, weil sie so plötzlich aufkam und intensiv war. Eine empathische Gabe – ich hatte eine empathische Gabe und abgesehen von meiner Großmutter und meiner Mutter hatte ich nie jemanden mit ähnlichen Kräften kennengelernt.

Luna führte mich wieder hinunter in die Aula. Ich wurde nicht mehr so oft angestarrt wie vorhin, weil ich nicht mehr triefte und zitterte. Neugierde weckte ich trotzdem.

Ich hatte Zeit, mich kurz umzusehen. Die unglaublich hohe Decke, der imposante Kronleuchter und der spiegelnde Marmorboden – alles war so wunderschön malerisch, als wäre es wirklich einem Gemälde entsprungen. Im Kamin brannte ein Feuer. Ich hätte mich gern daran gewärmt, aber alles in mir schrie danach, Ares kennenzulernen.

Mein Blick verfing sich trotz der Neugier, die mich ungeduldig machte, an dem aus Stein gemeißelten Kunstwerk über dem Kamin. Ein Kreuz in einem Kreis, ich hatte es heute schon mal gesehen, auf Lucas Jacke.

Wir hielten vor einer Flügeltür. Hinter Flügeltüren warteten wichtige Dinge, zumindest in Büchern und Filmen.

Luna klopfte und ich fühlte so angestrengt nach der Aura im angrenzenden Raum, dass ich beinahe gegen die Tür gelaufen wäre.

»Herein.«

Seine Stimme drang zwar leise an mein Ohr, aber ich war mir sicher, dass sie tief und stark klang. Vielleicht war es aber auch seine Aura, die mich das vermuten ließ. Ich fühlte Kraft, eine geerdete Seele, die Narben davongetragen hatte.

Luna öffnete die Tür und ich hielt den Atem an, weil ich sonst mit meiner Nervosität um mich geschlagen hätte.

»Hallo! Ich bringe dir die neue Wächterin, die du gefühlt hast. Luca hat sich um die Chimäre gekümmert.«

Er stand am Fenster, ein Buch in der Hand, die Augen auf den Zeilen. Er war groß und schlank, hatte langes dunkles Haar, das er zu einem Pferdeschwanz gebunden hatte. Die unscheinbare Brille, die er trug, verlieh ihm einen intellektuellen Touch, trotz der langen Haare.

»Inquisition …«, murmelte er gedankenverloren und sah dann zu uns. »Der Absatz, bei dem ich stehen geblieben bin, merkt sich den jemand?« Seine tiefe Stimme schien im ersten Moment nicht zu dem freundlichen Tonfall zu passen. Er passte aber zu seinem freundlichen Wesen.

Ares klappte das Buch zu und räusperte sich, ehe er ein schönes schneeweißes Lächeln präsentierte. »Ähm … ja! Danke, Luna!«

Sie nickte und wandte sich dann zum Gehen. Bevor sie das Zimmer verließ, bat sie mich noch um etwas. »Bleib bitte hier. Wenn man sich an die Monster gewöhnt hat, macht es Spaß!«

Ich nahm ihr die Befürchtung, auf weiblichen Neuzugang verzichten zu müssen, und spendierte ihr schöne, positive Gefühle. Das war meine Art, Danke zu sagen. Sie hatte ein breites Lächeln auf den Lippen, als sie ging.

»Hmm … unglaublich interessant!«

Ich erschrak, weil ich Luna nachgeschaut und nicht bemerkt hatte, dass Ares so nahe gekommen war. Normalerweise konnte sich niemand außer Gabriel an mich heranschleichen.

Er stand dicht vor mir und schaute mir in die Augen. Seine Iriden waren sandfarben, ähnelten meinen. Was gerade passierte, fühlte sich seltsam an. Es war, als würden sich unsere Gefühle kurz vermischen, dann drang mein Gefühlscocktail durch ihn hindurch wie durch jeden anderen.

»Du kannst Gefühle beeinflussen …«, stellte er überaus beeindruckt fest.

Ich nickte. »Ja, du auch.«

Er schüttelte den Kopf und trat einen Schritt zurück. »Ich sprühe Funken, du entfachst mühelos Feuer. Das, was du Luna mitgegeben hast, war beeindruckend. Du kannst das auch als Waffe verwenden, oder?«

»Ja …«

»Leidest du selbst, wenn du anderen Leid entreißt?«

Ich nickte. Er wusste viel mehr über diese Art von Gabe, als er gerade durchblicken ließ. Ich durchbrach seine Mauer aus Vorsicht und Verschwiegenheit, weil er mir gegenüber keinen Grund hatte, zu verschweigen, was er wusste.

»Es gibt da eine uralte Legende rund um die Erschaffung der Menschheit. Adam Kadmon und die Sephirot – kennst du die Geschichte?«, wollte er wissen.

»Ich dachte, sie würde nur in meiner Familie erzählt werden.«

»Es könnte sein, dass wir verwandt sind«, verriet er und sah mir wieder so tief in die Augen, als würde er etwas darin suchen. »Meine Großmutter mütterlicherseits hatte eine Zwillingsschwester. Sie war nur ein paar Minuten älter als sie. Es überträgt sich nur auf die Erstgeborene, soviel ich weiß.«

Ares war viel älter als ich. Seine Großmutter musste die Tante meiner Großmutter gewesen sein.

»Ich habe wohl etwas von eurem Zauber abgegriffen«, meinte er schmunzelnd und zuckte dann mit den Schultern. »Vielleicht habe ich deshalb das Bedürfnis, die Haare lang zu tragen!«

Ich lachte und konnte das Gefühl, das zwischen uns herrschte, endlich zuordnen – Verbundenheit. In unseren Adern floss sehr ähnliches Blut.

»Es freut mich unglaublich, dass wir uns treffen, Lia!«

»Mich auch!«

Er tat etwas, das er sonst eigentlich als unangenehm empfand, weil er zwar ein warmherziger, aber kein berührungsfreudiger Mensch war. Ares umarmte mich trotzdem. Die Berührung tat gut, sie löste vertraute Gefühle nach Familie und Geborgenheit aus, die wir verstärkten, indem wir sie aufeinander übertrugen. Seine Gabe war ein angenehmes Flüstern, nicht mehr, dafür war seine Seele zu sehr die eines starken Kriegers.

»Ich muss dir nicht viel über den Orden und die Wächter erzählen. Deine Ausbildung war umfangreich, nicht wahr?«

»Umfangreich, aber sehr theoretisch. Ich weiß, dass Wächter die Menschen beschützen und den Frieden in unserer Welt wahren, aber von den Abläufen habe ich keine Ahnung.«

Ares winkte ab. »Das ist wohl auch nicht notwendig. Du hast bereits ein Schicksal zu erfüllen, abseits dieser Mauern.«

Mein Blick hielt seinem nicht mehr stand. Er sprach das Wort Schicksal so ehrfürchtig aus, wie man es aussprechen musste.

Meine Aufgabe schien so wichtig und trotzdem erfüllte sie mich nicht.

»Ich würde gern hierbleiben …«, verriet ich mit schwacher Stimme. Seine Verwunderung schürte nur mein schlechtes Gewissen. »Ich weiß, wer ich bin und was ich in mir trage, aber ich bin nicht die Erste und werde wahrscheinlich auch nicht die Letzte sein. Du weißt, dass wir nur einen Schlüssel hüten. Gottes Worte werden vielleicht erst in Hunderten von Jahren gebraucht – somit wäre ich … mein Leben wäre …« Es kostete mich Überwindung, es auszusprechen, weil ich die Ehre meiner Vorfahren nicht in den Schmutz ziehen wollte. »Nutzlos. Ich will nicht nur warten und mich verstecken, ich will gebraucht werden. Die Sephirot in mir wird wahrscheinlich ewig schlafen, aber die Wächterin in mir ist wach und sie kann ihren Beitrag leisten. Ich will für die Welt da sein und mich nicht vor ihr verstecken …«

Ares' Gefühle wurden wechselhaft. Er empfand Mitleid wegen meiner Bürde und Sorgen wegen ihrer Tragweite.

»Wenn dir etwas geschieht …«, setzte er an und klang eindringlich. »Dein Tod könnte in weiterer Folge das Ende unserer Welt bedeuten. Ohne Sephirot gehen Gottes letzte Worte verloren und mit ihr der einzige Weg, das Licht zu finden, das er uns hinterlassen hat. Wenn wir Gottes Waffe nicht benützen können, weil du auf einem Schlachtfeld gestorben bist, dann …«

»Er hat mich zu dir geschickt …«, unterbrach ich Ares' dunkle Zukunftsfantasien. »Gott hat mein Schicksal mit dem eines Wächters verknüpft. Ich habe immer darum gebeten, helfen zu können und alle Facetten dieser Welt zu sehen. Jetzt bin ich hier und die Rastlosigkeit in mir ist zum ersten Mal still …« Ich sah zu ihm auf. »Schick mich nicht weg. Ich werde nicht sterben, ich kann auf mich aufpassen – solange du mich nicht ins Wasser wirfst.«

Mein Satz verwirrte ihn, aber mich brachte er zum Schmunzeln.

Ich glaubte, zu wissen, worauf ich mich einließ und wohin ich gehörte.

»Hmm …« Er rang mit sich, aber nicht lange. »Wenn du wirklich hierbleiben willst, dann soll es so sein. Der Orden kann einen starken Wächter wie dich gut gebrauchen.«

Ich wurde plötzlich unsicher, nicht wegen meiner Entscheidungen, sondern wegen Ares' Erwartungen an mich. »Ich weiß nicht, ob ich eine gute Wächterin abgebe, aber ich werde tun, was ich kann, versprochen.«

Er schüttelte den Kopf. »Versprich mir lieber, dass du tust, was du kannst, um dich selbst zu schützen. Nichts ist wichtiger. Sieh es als Anweisung deines Ordensleiters.« Er hob den Zeigefinger und setzte einen strengen Blick auf. Seine Miene konnte wirklich erzengelsgleich einschüchternd werden. »Ich verbiete dir, dem Tod zu begegnen, du darfst ihm nicht mal zuzwinkern, verstanden?«

Er rang mir das seltsamste Versprechen ab, das ich jemals gegeben hatte, aber ich würde tun, was er von mir verlangte, schließlich hatte er das Sagen.

»Ich … verspreche es?« Meine Antwort klang wie eine Frage, aber anders hätte ich sie nicht aussprechen können.

Ares' Miene wurde wieder freundlich. »Gut, dann dienst du ab heute unter dem Flügelkreuz im Rosenkranz.«

Mein fragender Blick wurde durch eine Geste vertrieben. Er zeigte hinter seinen Schreibtisch auf das Wappen. Ein geflügeltes Kreuz, umringt von einem Rosenkranz. Das gleiche, das über dem Kamin in der Aula thronte.

»Das Logo des Ordens und seiner Ritter, und jetzt auch deines.«

Ich konnte mich kaum an den schönen Linien sattsehen. Erst als Ares eine wichtige Frage stellte, löste ich den Blick.

»Gibt es jemanden, dem du Bescheid sagen musst, dass du hier bist? Deinen Eltern oder …«

Den stechenden Schmerz in meiner Brust behielt ich für mich, genauso wie das aufkommende Unwohlsein.

»Meine Eltern sind tot, schon lange.«

Er empfand aufrichtige und tiefe Anteilnahme, nicht zuletzt, weil wir derselben Blutlinie angehörten. Wir hatten zwar nie Kontakt zueinander gehabt, aber das änderte nichts an unserer Herkunft.

»Das tut mir wirklich leid. Was ist passiert?«

»Ein Autounfall.«

Ich fühlte, dass er etwas Übernatürlicheres oder zumindest Spektakuläreres vermutet hatte, aber sie waren in keinem geschichtsträchtigen Ereignis von dieser Welt geholt worden – sie waren einfach gestorben.

»Meine Großmutter hat mich aufgezogen, aber sie starb im letzten Jahr – sie war schon alt und ist friedlich eingeschlafen.«

Sein Herz wurde schwer. »Also hast du keine nächsten Angehörigen mehr? Wenn ich das gewusst hätte, dann …«

Die Vorwürfe, die er sich machte, waren grundlos.

»Schon gut, ich lebe bei einem sehr guten Freund, es ging mir immer gut!«

Er nickte und sah nachdenklich aus. »Meine Eltern starben auch früh. Ich bin in einer Pflegefamilie aufgewachsen.«

»War das schlimm?«

»Nein. Sie sind großartige Menschen, die keine Ahnung von Engeln und Dämonen haben. Ich frage mich trotzdem, ob das Blut in unseren Adern uns anfällig dafür macht, jung zu sterben.«

Diese Überlegung hätte mich melancholisch gestimmt, hätte Ares nicht plötzlich in die Hände geklatscht und das Thema gewechselt.

»Ich kümmere mich um die Formalitäten mit deiner Schule! Luca wird dich ausbilden. Er ist einer meiner besten Wächter, auch wenn er manchmal Probleme mit Autorität hat – vielleicht hast du einen guten Einfluss auf ihn. Er wird dir alles beibringen, was Wächter lernen müssen. Ich habe ein wirklich schönes Erkerzimmer für dich, ich denke, es wird dir gefallen, es ist frisch renoviert worden. Du wirst dich schnell einleben, und falls nicht, steht es dir jederzeit frei, wieder zu gehen und nie mehr zurückzuschauen. Aber fürs Erste: Ruf deinen Freund an, sonst sorgt er sich!«

Ich war noch damit beschäftigt, all die Informationen, mit denen Ares um sich geworfen hatte, zu verarbeiten, und hatte keine Zeit, sein Augenzwinkern zu deuten.

»Bist du nicht noch etwas zu jung, um mit deinem Freund zusammenzuwohnen?«

Jetzt verstand ich, worauf er angespielt hatte. Ich schüttelte sofort den Kopf. »Beryl ist nicht mein Freund! Er ist ein Freund!«

»Gut, dann bin ich ja erleichtert. Im Zimmer nebenan kannst du in Ruhe telefonieren.«

Ich nickte. Bevor ich ging und Beryl Bescheid gab, musste ich Ares noch an etwas erinnern.

»Inquisition.«

Er sah mich zwei Sekunden lang fragend an, dann erinnerte er sich – teilweise.

»Stimmt! Der Absatz! Und warum lese ich dieses langweilige Buch noch gleich?«

Das Lachen setzte Glücksgefühle frei, die mich vergessen ließen, dass ich Angst hatte, als Wächter zu versagen. Ares hatte eine starke, geerdete Seele, aber er war auch ein Chaot, ohne jeden Zweifel.

»Danke, dass ich hierbleiben darf«, flüsterte ich leise, weil er schon wieder in sein Buch vertieft schien.

Er blickte von den Zeilen auf und schenkte mir ein Lächeln. »Willkommen an der *Ars Vivendi*, Lia.«

Mein neuer Ordensleiter

Einen Monat später

Mein Fußknöchel war noch angeschlagen und ließ mich ein wenig humpeln. Ich lief die Treppen trotzdem hinunter, weil ich spät dran war. Über den Mathematikaufgaben hatte ich die Zeit vergessen, und das, obwohl ich mich so auf unser Training freute. Ich versuchte, nachzuholen, was ich an meiner alten Schule versäumt hatte. Hier würde ich keinen Unterricht mehr verpassen, weil mir niemand einen Grund dazu gab. Alle waren nett und alle hielten mich für viel zu jung. Ich fühlte mich wohl, auch wenn die Schlossmauern im Moment einem goldenen, komfortablen Käfig glichen.

Ich durfte Luca noch nicht auf Missionen begleiten, ich sollte lernen und trainieren. Manchmal wuchs ein Drang in mir, der nach Abenteuern und Aufgaben verlangte, aber ich hatte ihn unter Kontrolle. Ich würde noch eine Weile in diesem schönen Käfig bleiben – Ares zuliebe. Er gab sich die größte Mühe, mir den Übergang in diesen neuen Lebensabschnitt so leicht wie möglich zu gestalten. Es wäre aber auch ohne seine Fürsorge leicht gewesen. Ich fühlte mich zwischen all den leuchtenden Auren wohl. Hier konnte ich sein, wer ich war, zumindest ein großer Teil von mir. Über meine Gabe oder meine Herkunft sprach ich mit niemandem. Was in mir schlummerte, hatte nichts mit den Wächterpflichten zu tun, denen ich hoffentlich bald nachkommen durfte. Bis es so weit war, würde ich all meinen Tatendrang in das Training stecken.

Luca wartete bereits in der großen Halle im Keller. Er schwang das Schwert ganz mühelos, um sich aufzuwärmen. Bei mir sah dieser Vorgang grobschlächtiger aus. Mir fehlte die Kraft, um die glänzende Waffe elegant durch die Luft gleiten zu lassen.

»Lia! Geht es deinem Fuß schon besser?«

Luca musterte mich akribisch. Er war dabei gewesen, als ich gestern gestürzt war. Wir hatten Nahkampf trainiert und er gab sich die Schuld an meiner Verletzung. Seine Sorgen zu zerstreuen, war nicht schwer. Ich musste nicht mal meine Gabe bemühen, ihm reichte ein Lächeln.

»Alles in Ordnung! Es kann losgehen!«

Er war ein geduldiger Lehrer, aber die meiste Zeit zu rücksichtsvoll. Wahrscheinlich hatte Ares ihm befohlen, mich wie ein rohes Ei zu behandeln. Ich war nicht zerbrechlich, das würde ich ihm irgendwann beweisen müssen.

Luca zog sich den Pullover aus und entblößte etwas, das sofort meine Aufmerksamkeit auf sich zog. Auf seinen Unterarmen rekelten sich schwarzblaue Linien und Symbole.

»Hast du neue Tattoos?«

Er grinste schief. »Ja, aber sag Luna nichts, sie weiß es noch nicht.«

In ihm kam ungeahnt großes Unbehagen auf. Es konnte nicht nur von der Geheimniskrämerei gegenüber Luna kommen, dafür waren diese seltsamen Gefühle zu stark. Er verschwieg etwas, aber ich hatte keine Zeit, um nachzuhaken.

»Dann zieh den Pullover lieber wieder an, sie kommt nämlich gerade.«

Er starrte mich mit großen Augen an, folgte aber meinem Rat. Ich fühlte Lunas Aura nahen – sehr, sehr schnell sogar. Sie musste laufen. Schon als sie die Tür erreicht hatte, traf mich ein Schwall aus Fassungslosigkeit, Bewunderung und großer Nervosität.

»Ihr glaubt nicht …«

Ihre Atemnot rührte von dem Tempo, das sie an den Tag gelegt hatte, um hierherzulaufen. Sie gestikulierte wild, obwohl sie noch immer kaum Luft bekam.

»Ihr glaubt nicht …«, wiederholte sie und ließ ihre Augen vor Aufregung glänzen.

Was auch immer sie in diese euphorische Stimmung versetzt hatte, musste spektakulär sein. Sie war sonst niemand, der vor Aufregung beinahe hyperventilierte.

»Spuck's aus, Mäuschen! Brennt das Schloss? Hast du im Lotto gewonnen? Bist du schwanger?!« Luca schluckte schwer. »Du bist doch nicht schwanger, oder?!«

Diese Neuigkeit hätte ihn auch in den Schnappatmungs-Modus versetzt.

»Nein, du Idiot!«, fauchte die schwarzhaarige Elfe und verdrehte die Augen, bevor sie sie wieder funkeln ließ. »Ihr glaubt nicht, wer gerade mit Ares im Schlossgarten steht!«

Dass sie jetzt tatsächlich ein Ratespiel spielen wollte, ließ meine Neugier in ungeahnte Höhen steigen.

Luca riet gern.

»Der Papst!«

»Nein!«

»Der Bürgermeister?«

»Nein.«

»Seine Mutter?«

»So ein Schwachsinn, Luca. Wieso sollte ich denn so ausrasten, nur weil Ares dort oben mit seiner Mutter steht?!«

»Keine Ahnung, vielleicht ist seine Mutter berühmt.«

Luna überdrehte die Augen.

Luca versuchte es noch mal. »Was weiß ich! Dann ist es vielleicht Gott?«

Sie seufzte und schüttelte resignierend den Kopf. »Ja, mein Schatz, Ares steht dort oben mit Gott.«

Ich musste schmunzeln, obwohl die Ungeduld an meinem Nervenkostüm rüttelte. Weil die beiden mir gerade keine Beachtung schenkten, schloss ich die Augen, um mich zu konzentrieren. Ich glaubte nicht wirklich daran, jemanden zu fühlen, weil der Abstand zu groß war, aber das, was mich erreichte, ließ mein Herz schlagartig unglaublich schnell schlagen.

»Raphael«, murmelte ich, nicht mal in dem Bewusstsein, es gerade laut ausgesprochen zu haben.

»Ja! Genau! Der Erzengel! Woher weißt du das?«

Ich hatte keine Zeit, um Luna zu antworten, weil ihre Worte mein Bewusstsein kaum erreichten. Als ich loslief, schossen mir tausend Fragen durch den Kopf. Am Tag nach meinem Einzug hier war ich zum Feld gegangen, auch am Tag darauf und dem darauf – er war nie dort gewesen. Ich kämpfte schon eine ganze Weile mit der schmerzhaften Befürchtung, ihn nie wieder zu sehen, und nun fühlte ich die mächtige Wasseraura plötzlich. Ich wollte mich versichern, dass es ihm gut ging, dass er die Melancholie endlich hinter sich gelassen hatte, und ich wollte mich entschuldigen, weil ich nicht aufgetaucht war. Die Chimäre und das Nahtoderlebnis hatten mich davon abgehalten, mein Versprechen einzuhalten.

Beinahe alle Wächter, die gerade im Schloss waren, hatten sich in der Aula versammelt und klebten förmlich an der Fensterfront, die den Blick auf das Anwesen freigab. Ihre Neugier mischte sich mit Fassungslosigkeit und teilweise mit Unglauben.

»Das kann doch nicht wirklich ein Erzengel sein, oder? Ich wusste nicht mal, dass er in unserer Welt lebt!«

»Wusste Ares, dass er kommt?«

»Ist das Gabriel oder Raphael?«

Ihre Fragen glichen meinen nicht, bis auf eine Ausnahme.

»Was er wohl hier will?«

Ich konnte nur einen kurzen Blick auf ihn werfen, weil ihn so viele sehen wollten. Als die Menge plötzlich unruhig wurde, fühlte ich das Wasser nahen.

»Sie kommen!«

Alle liefen durcheinander, weil sich niemand beim Neugierigsein erwischen lassen wollte. Luca und Luna tauchten aus dem Keller auf und stellten sich zu mir.

»Wo ist jetzt dieser Erzengel?«, wollte Luca wissen und folgte Lunas Zeigefinger mit dem Blick.

»Dort drüben! Und er kommt hier rein! Verhalt dich natürlich!«

Diesmal verdrehte Luca die Augen. »Wieso sollte ich mich denn unnatürlich verhalten? Glaubst du, ich schlage jetzt hier vor Entzückung ein Rad, oder was?«

Ich wusste nicht, ob ich mich von der Nervosität der anderen anstecken ließ oder ob meine Nerven flatterten, weil ich Angst vor diesem Wiedersehen hatte. Vielleicht war er mir böse oder er hatte mich längst vergessen – vielleicht war ich ihm auch egal.

»Oh mein Gott, das ist der mit Abstand schönste Mann der Welt!«, tönte Luna beeindruckt.

Ihr Statement blieb nicht lange unkommentiert.

»Hör auf, zu sabbern, sonst rutscht er noch aus und bricht sich das schöne Genick!«

»Krieg dich wieder ein, ich habe ja nicht vor, mit ihm durchzubrennen.«

Lucas und Lunas Faxen beruhigten meinen hämmernden Herzschlag ein wenig. Ich mochte es, wenn sie sich aufzogen. Sie gaben sich gegenseitig so viel Halt, dass ich problemlos davon zehren konnte.

Alle verstummten, als Ares und Raphael die Aula betraten. Man hätte eine Stecknadel fallen hören können. Ich fühlte in unseren Ordensleiter hinein: Er hatte seine Verblüffung viel besser unter Kontrolle als die anderen, obwohl er auch nicht mit dem Auftauchen eines Erzengels gerechnet zu haben schien. Ares wusste bereits, was Raphael hierhergeführt hatte, und es versetzte seine Gefühlswelt in eine seltsame Stimmung. Hoffnungsvolle Erwartungen, gemischt mit Angst vor einer brennenden Ungewissheit. Was auch immer die zwei im Garten besprochen hatten, war für Ares fantastisch und bedrückend zugleich.

»Das ist unser Schloss und ein Großteil der jungen Wächter, die hier leben«, erklärte er Raphael und bedachte dann alle mit einem strengen Blick. »Normalerweise rühren sie sich auch ...!«

Seine Worte waren eine Aufforderung für die meisten, aus ihrer Schockstarre zu erwachen und das Starren einzustellen. Ich konnte das nicht. Mein Blick ruhte auf dem schönen versteinerten Gesicht, das die Blässe verloren hatte. Er wirkte gesünder, aber so unnahbar, wie nur Erzengel sein konnten. Die meerblauen Augen schienen durch die vielen Wächter hindurchzusehen. Das unruhige Wasser war zu einem ruhigen, gespenstisch tiefen See geworden.

Die beiden steuerten auf Ares' Büro zu. Sie würden gleich hinter der Flügeltür verschwinden. Ich setzte mich in Bewegung, ohne zu wissen, was ich sagen oder überhaupt machen wollte. Ihn hier, vor allen anderen, anzusprechen, war etwas, das ich eigentlich nicht wollte. Ich bremste zwei Meter vor ihren Rücken ab. Als Raphael stehen blieb und sich umdrehte, vergaß ich, dass wir nicht allein waren. Er machte einen Schritt auf mich zu und öffnete die Lippen. Seine Stimme war kaum mehr als ein Flüstern, das mit tiefer, melodischer Stimme gesprochen wurde.

»Du bist nicht gekommen.«

Ich schüttelte sanft den Kopf und wollte den Blick schuldbewusst zu Boden senken, aber sein Blick blieb fesselnd. »Entschuldige ...«

Nur Ares konnte uns hören, weil er so nahe stand, alle anderen schleuderten mir nur ihre Neugier entgegen.

»Es hat gedauert, dich zu finden …«, flüsterte er und wandte sich wieder ab. Er verschwand mit Ares hinter der Flügeltür.

»Kennst du Raphael?! Was hat er zu dir gesagt?!«

Lunas Frage machte mir bewusst, wie viele Augenpaare gerade auf mich gerichtet waren. Es kostete mich Unmengen an Kraft, ihre ungezügelte Neugier zu zerstreuen.

»Wir sind uns ein paar Mal begegnet …«, erklärte ich schulterzuckend. Mehr steckte auch wirklich nicht dahinter.

»Wow! Wie ist er so?«

»Stark, still und … schön.«

Ich verriet Luna nichts Neues. Sie ließ sich von mir stark genug beeinflussen, um sich mit meinen Antworten zufriedenzugeben.

»Ich bin gespannt, wieso er gekommen ist. Hoffentlich bedeutet das keinen Ärger.«

Luca nahm ihr ihre Sorgen. »Wieso sollte ein Erzengel Ärger bedeuten? Wahrscheinlich will er sich den Orden nur mal ansehen.« Er wandte sich mir zu. »Machen wir mit dem Training weiter?«

Mein Kopf war voller offener Fragen und Spekulationen, ich konnte mich schlecht konzentrieren.

»Können wir das Training heute ausfallen lassen? Ich bin …«

Mir fiel keine passende Beschreibung ein, aber Luca zeigte auch so Verständnis.

»Klar! Schone dein Bein noch etwas.«

Ich wollte mich nicht schonen, ich wollte mit Raphael reden, aber das behielt ich für mich.

Luna und Luca verschwanden und würden ihre Zweisamkeit genießen. Sie hatten selten Zeit füreinander, weil der Wächteralltag fordernd sein konnte.

Ich ging hinaus in den Garten und setzte mich auf die Bank, die an der Außenwand von Ares' Büro stand. So konnte ich sie fühlen und mich in einer Aura sonnen, die ich sehr vermisst hatte.

Es dauerte lange, bis sich endlich etwas regte. Als ich Ares' Leuchten stärker werden fühlte, stand ich auf und wollte zurück ins Schloss laufen. Der Ordensleiter kam mir auf halbem Weg entgegen.

»Lia. Ich wollte dich suchen …«, verriet er. Sein Lächeln wirkte müde. »Raphael will dich sprechen.« Er sah mich erwartungsvoll an.

»Wir haben uns vor einer Weile kennengelernt … durch Zufall.«

Meine Erklärung schien ihm zu genügen, weil er sich schon selbst eine zurechtgelegt hatte. »Du ziehst auch die ganz Großen in deinen Bann. Er will hierbleiben und dem Orden unter die Arme greifen. Ich denke, deinetwegen.«

In mir wuchsen Freude und Verlegenheit zu gleichen Maßen.

»Raphael bleibt?«, wiederholte ich fragend, weil ich es nicht glauben konnte.

»Ja, und das ist eine unglaubliche Bereicherung für den Orden, aber vor allem für die *Ars Vivendi*. Ein Erzengel als Schulleiter … so was wird wohl für alle Zeit ein einzigartiges Privileg bleiben.«

»Er wird Schulleiter? Was ist mit dir?«

Ich verstand Ares' inneren Zwiespalt endlich. Er würde seine Position aufgeben.

»Wenn ein Meister die Schwerter schmieden will, dann sollte der Geselle ihn ans Feuer lassen. Er kann dem Orden viel mehr geben als ich.«

»Du bist ein großartiger Leiter, alle sehen zu dir auf.«

»Jetzt werden sie noch viel höher blicken müssen«, meinte er schmunzelnd und zuckte mit den Schultern. »Ich hätte diese Position sowieso nicht ewig innehaben können – er kann das, wenn er will.«

»Verlässt du den Orden?«

Er fühlte die unangenehmen Emotionen, die meine Befürchtung mit sich brachte, und besänftigte sie mit seiner Gabe. Eine angenehme laue Brise, die schmerzhaften Gefühlen die scharfen Ecken und Kanten nehmen konnte.

»Ich zeige ihm alles und helfe ihm, solange er möchte. Über meine Dienste als Wächter wird er noch länger verfügen können, für mich gibt es kein anderes Leben.«

Der Inhalt von Ares' letztem Satz war traurig, aber er sprach ihn nicht so aus. Das Leben als Wächter erfüllte ihn, er hatte sich mit Herz und Seele dem Orden verschrieben und würde daran nichts ändern.

»Ich hoffe, er gibt gut auf dich acht. Geh zu ihm.«

»Ich werde selbst auf mich achtgeben, das habe ich dir schließlich versprochen.«

Ein Lächeln huschte noch über seine Lippen, bevor er sich abwandte.

Ich schlich auf die weiße Flügeltür zu und horchte in mich hinein. Da war noch immer diese Nervosität, aber sie mischte sich mit Vorfreude und Neugier. Ich wollte unbedingt wissen, was ihn dazu bewogen hatte, herzukommen – Ares' Theorie fand ich abwegig.

Mein Klopfen war leise und nicht notwendig. Er fühlte auch so, dass ich vor der Tür stand. Ich trat ein, obwohl er mich nicht darum gebeten hatte. Ich war an sein Schweigen gewöhnt.

»Du wolltest mich sehen …«

Er lehnte am Fensterbrett. Sein Blick folgte mir bis vor den Schreibtisch, dort blieb ich stehen.

»Ja, das wollte ich.«

Das kurze Schweigen, das folgte, war mir Gelegenheit genug, um mich zu entschuldigen.

»Es tut mir leid, dass ich nicht aufgetaucht bin. Mir ist etwas dazwischen gekommen …«

Raphael nickte. Seine versteinerte Miene nahm traurige Züge an.

»Man sagt, du wärst beinahe ertrunken.«

»Ja, ich schwimme wie ein Stein.«

Meine Versuche, das Geschehene zu verharmlosen, fruchteten nicht.

»Du hast mich aufgeweckt und dann bist du verschwunden. Wenn du tot wärst, wäre ich wieder eingeschlafen.«

»Du sprichst von deiner Problem-Trance?«

Er zog einen Mundwinkel nach oben. Anscheinend amüsierte es ihn, dass ich es so nannte. »Ich war abgedriftet, erstickt von Gefühlen, die ich nicht kannte.«

»Im Himmel warst du nie einsam, oder? Deshalb kanntest du das Gefühl nicht.«

Raphael schüttelte den Kopf. »Es war nicht nur die Einsamkeit, es war … Depression, Melancholie – ihr habt so viele Namen dafür.«

»Jetzt geht es dir besser, oder?«

»Ja. Es brauchte die Worte eines Kindes, um mir bewusst zu machen, wie erbärmlich ich mich verhalten habe.«

Seine Wortwahl gefiel mir nicht, ich verzog die Lippen. »Ich bin kein Kind mehr und du warst nie erbärmlich, einigen wir uns darauf?«

Ein sanftes Schulterzucken – die Art von menschlicher Geste, die ich so gern an ihm sehen wollte.

»Du übernimmst die Leitung des Ordens?«

Er stieß sich vom Fensterbrett ab und machte ein paar Schritte. Wenn er sich bewegte, war er noch viel schöner. Ich war unendlich froh, dass es ihm besser ging.

»Ich bin auf der Suche nach einer Aufgabe, mehr nicht. Ich will helfen, wo ich kann, um zu sehen, ob diese Welt wirklich so schön sein kann, wie du behauptet hast.«

»Dann fängst du neu an? Das trifft sich gut, ich mache das auch gerade.«

Vielleicht gefiel ihm mein Lächeln, seine Miene wurde auf alle Fälle viel weicher.

»Diesen Ausdruck muss du beibehalten! So siehst du so freundlich aus, wie du bist!«

Er neigte den Kopf. »Mich hat noch nie jemand freundlich genannt.«

»Dann hat dich noch nie jemand wirklich kennenlernen dürfen.«

»Mag sein.«

»Sie sind alle gespannt auf dich. Sie wollen den neuen Ordensvorstand kennenlernen und es wäre schöner, wenn er lächelt.«

»Ich werde Michael diese Position nicht streitig machen.«

Dass er nur auf den Teil meines Satzes mit dem Ordensvorstand einging, gab mir zu verstehen, dass er nicht mehr über seine Mimik sprechen wollte.

»Ein Cherub steht den Wächtern vor, und das ist gut so. Ich will helfen, nicht an mich reißen.«

Mir war nicht klar gewesen, dass der Ordensvorstand tatsächlich der Cherub Michael war. Ich wusste nur, dass der, der allen Wächtern vorstand, in Italien eine unserer Schulen leitete – die *Ars Armandi*.«

»Ares will dir Platz machen. Er denkt, du könntest die *Ars Vivendi* besser leiten als er.«

Raphael zuckte wieder mit den Schultern. »Vielleicht bin ich eine Hilfe, aber wenn ich zur Last werde, werde ich wieder zurück an den Ort meiner Erschaffung gehen.«

»Das ist eine sehr edle Einstellung, aber bist du nicht ein wenig streng mit dir selbst?«

Er lächelte und mir ging das Herz auf. »Streng wurde ich schon oft genannt.«

Ich musste lachen. »Na dann passt es ja, dass du einer Schule vorstehen willst!«

Er machte noch ein paar Schritte, diesmal in meine Richtung. Als er vor mir innehielt, musste ich den Blick abwenden. Nicht, weil er zu erhaben oder unnahbar wirkte, sondern weil Verlegenheit in mir aufkam.

»Hast du Schmerzen?«

»Ach, wegen des Knöchels? Kaum.«

Es wunderte mich, dass er es bemerkt hatte, und im nächsten Moment wunderte ich mich darüber, dass ich mich gewundert hatte. Vor mir stand der Erzengel Raphael – die heilende Hand Gottes. Er hatte ganz offensichtlich einen sechsten Sinn für Verletzungen.

Ich wollte ihm erklären, dass der Schmerz durchaus auszuhalten war und er sich keine Sorgen zu machen brauchte, aber er tat etwas, das mich vergessen ließ, dass ich überhaupt sprechen konnte.

Raphael ging vor mir in die Knie.

Dieser endlos starke, perfekte Erzengel legte die Hände um meinen Knöchel und drückte sanft zu.

Die Berührung war pure Wohltat. Sanfte Wellen strömten durch meinen Körper und vertrieben nicht nur den Schmerz, sondern auch die innere Anspannung, die meiner Nervosität geschuldet war.

»Es sollte in den nächsten Stunden verheilt sein«, verriet mir seine tiefe, melodische Stimme.

Als er zu mir aufsah, hätte ich schwören können, dass ich gerade träumte und dieses Gesicht nicht real war.

»Du hast eine heilende Gabe«, stellte ich fest.

Meine Stimme war ungewöhnlich leise, weil mein Verstand sich weniger aufs Sprechen konzentrierte als auf die visuellen Reize, die mich erreichten. Schönheit hatte mich noch nie so beeindruckt. Ich hatte sie immer wahrgenommen, aber nie auf diese Weise.

»Entweder du bekommst gerade Fieber oder diese Situation ist dir unangenehm.«

Seine Worte waren wie ein Weckruf an meinen Verstand. Er stand wieder auf und mir fiel zum ersten Mal auf, wie groß er war.

»Ich habe kein Fieber! Das ist nur …«

Verlegenheit und ein neues Gefühl, das ich noch nie an mir selbst gespürt, aber oft bei anderen reflektiert hatte. Ich sprach es nicht aus, sondern verbannte meine Emotionen hinter dem Pflichtbewusstsein, das mir meine Großmutter beigebracht hatte.

»Kannst du alle Wunden heilen?«

Der Themenwechsel schien ihn zu überraschen, zumindest glaubte ich, das in seinen Augen zu lesen. Er beantwortete meine Frage trotzdem.

»Ich kann die Heilung nur beschleunigen, nicht den Tod betrügen.«

Er machte einen Schritt zurück, so als hätte er den Eindruck gewonnen, mir mehr Freiraum geben zu müssen. Wahrscheinlich, weil meine Wangen noch immer glühten.

»Deine Gabe ist beeindruckend«, stellte ich fest.

»Deine ebenso.«

»Du weißt davon? Von Ares?«

Er schüttelte den Kopf. »Ich fühle, was du tust. Ich habe es schon bei unserem ersten Treffen gefühlt. Du hast dich mit meinem Schmerz gequält.«

»Gequält klingt viel zu dramatisch. Ich komme damit klar, ich habe gelernt, damit umzugehen.«

Ich glaubte, ein leises Seufzen aus seinem Mund zu hören.

»Tu das nicht mehr. Setz deine Gabe anders ein, sonst macht sie dich krank. Sei eine Waffe und kein Heilmittel – das kannst du mir überlassen.«

Meine Verwunderung über seine Worte war mir wahrscheinlich ins Gesicht geschrieben. Er konnte so klar in mich hineinfühlen, während es mir scheinbar unmöglich war, hinter die mächtige Wasseraura zu blicken. Ein seltsames, sehr ungewohntes Gefühl für mich. Ich war auf seine Gesten und seine Augen angewiesen, um in ihm zu lesen. Im Moment glaubte ich, Sorge in den meerblauen Iriden schimmern zu sehen.

»Ich bin die Waffe und du die Heilung? Hast du diesen Deal nicht schon mit jemand anderem geschlossen?«

Meine Bemerkung sollte scherzhaft gemeint sein, aber er lächelte nicht. Ich befürchtete, ihn gekränkt zu haben oder alte Wunden in ihm aufzureißen, aber er hob plötzlich eine Augenbraue.

»Meine letzte Waffe wurde zum Narzissten. Ich mag sie nicht.«

Sein Satz klang trocken, aber weder bösartig noch gemein, eher amüsant. Ich wusste nicht, ob er schon etwas mit Sarkasmus anfangen konnte, aber es schien so. Das Lachen war befreiend, wohltuend, so wie seine Aura.

»Ich denke, Gabriel würde diese Charakterisierung sogar gefallen!«

»Wahrscheinlich …«

Wir schwiegen für ein paar Sekunden. Kein unangenehmes Schweigen, eines, das einem erlaubte, den Moment zu genießen.

»Dann sehen wir uns in Zukunft wohl oft«, stellte ich fest und ließ die Freude meine Mimik kontrollieren.

»Ja, oft«, entgegnete er und zeigte mir etwas, das sich auf ewig in mein Gedächtnis brannte und dort in Ehren verweilen würde: sein freundliches Lächeln.

Meine dunkle Begegnung

Sechs Monate später

Wir rasten über regennasse Straßen, die das Motorradfahren für einen Anfänger wie mich schwer machten. Luca hatte die halsbrecherische Geschwindigkeit schon gedrosselt, damit ich ihm folgen konnte, aber ihn trieb Zeitdruck, weil wir gebraucht wurden.

Die Mission, die diese gewöhnliche Patrouille unterbrochen hatte, war nicht von Raphael oder Ares gekommen, sondern von Milan. Er war Lucas bester Freund, ein erfahrener und starker Wächter, aber Missionen zuzuteilen, fiel eigentlich nicht in sein Gebiet. Uns zu koordinieren, blieb dem Schulleiter vorbehalten, oder besser gesagt unseren beiden Schulleitern. Raphael und Ares teilten sich die Position nach wie vor, auch wenn unser Wächteroberhaupt den Erzengel nur noch auf Wunsch unterstützte. Es machte ihm weniger aus, als ich vermutet hatte, sein Amt niederzulegen. Mit der Übergabe der Befehlsgewalt nahm Raphael ihm auch die Last der Verantwortung. Ares scherzte gern, dass Erzengelschultern mehr Last tragen konnten. Ob er damit recht hatte, war für mich aber fraglich. Raphael war ohne Zweifel stark, aber ich glaubte, ihn manchmal mit den Konsequenzen seiner Befehlsgewalt kämpfen zu sehen. Wenn es Zwischenfälle oder Verletzte gab, fühlte er sich verantwortlich. Mit jedem Tag, an dem der unnahbare, stoische Erzengel einem sanften, besorgten wich, schien auch die Intensität seiner Emotionen zuzunehmen. Er schlug sich tapfer, aber nichts anderes hätte ich von ihm erwartet.

Wir hielten vor einer Burg, die den Einband eines mittelalterlichen Märchenbuches hätte zieren können. Ein hoher Turm ragte in den Himmel und die wenigen kleinen Fenster waren alle vergittert. Im Inneren musste es düster sein, aber nichts anderes hätte man von diesem Gebäude erwartet. Die dicken grauen Mauern hatten bestimmt schon Jahrhunderte überdauert, vielleicht hatten sie sogar schon mal unter Beschuss gestanden.

Die Schwingungen, die von der historischen Burg ausgingen, waren weniger märchenhaft – schwarze, düstere Auren und vernebelte Dunkelheit. Dieser Ort war ohne Zweifel besonders, er ließ aber auch all meine Instinkte auf Hochtouren arbeiten.

»Hier leben Dämonen, oder?«, wollte ich von Luca wissen, weil ich mir sicher war, dass die rauen Schwingungen keinen Engeln oder Menschen gehörten. Die Palette ihrer Gefühlswelt glich unserer und manchmal war es sogar schwierig, sie zu unterscheiden, aber die Dämonen hinter den dicken Mauern waren keine geborenen Dämonen. Dort drin warteten uralte, unsterbliche Wesen aus einer anderen Welt auf uns. Sie waren wie Beryl erschaffen worden, vor Urzeiten, und das als Engel. Ich kannte die Geschichte ihrer Verbannung und wusste, dass sich ihre Flügel in der Hölle schwarz gefärbt hatten, aber wirklich verstanden hatte ich ihre Entscheidung nie. Sie hatten sich von Gott abgewandt, nur um sich ihm dann im Antlitz des Krieges und des Todes wieder zuzuwenden. Die meisten von ihnen lebten seit Langem hier in unserer Welt, weil sie nicht in den Himmel zurückkehren durften. Ein Grund dafür, warum es hier viel mehr geborene Dämonen als Engel gab.

Luca bestätigte meinen Verdacht mit einem energischen Nicken.

»Ja, Dämonen! Ziemlich starke Dämonen, und laut Milan sind sie schlecht gelaunt.«

»Kommt er auch?«

In Luca wuchs Unbehagen. Er verschwieg irgendetwas, aber sein nächster Satz war nicht gelogen.

»Milan? Nein. Er übernimmt unsere Patrouille, dafür übernehmen wir …« Er beendete seinen Satz nicht, sondern setzte zu einem neuen an. »Vielleicht solltest du draußen warten, das könnte ungemütlich werden und ich will nicht, dass dir etwas passiert.«

Luca wurde die Situation merklich unangenehm, weil er begonnen hatte, abzuwägen, wie gefährlich dieses Unterfangen war. Sein Tatendrang hielt seine Vernunft meistens lange in Schach, diesmal nicht. Er brauchte sich aber keine Sorgen um mich zu machen.

»Ich habe keine Angst. Ich kann dir helfen, wenn die Situation eskaliert.«

Er seufzte und kratzte sich nachdenklich am Kopf. Er überlegte, ob es klug oder verantwortungsbewusst war, mich diese Mission antreten zu lassen. Wir waren in letzter Zeit oft gemeinsam unterwegs gewesen, aber meistens patrouillierten wir nur oder jagten schwache Höllendämonen – Wesen ähnlich der Chimäre, die mich angegriffen hatte. Sie nannten sich Ghule und nutzten starke Schwingungen und Anomalien, um in unsere Welt zu gelangen und dort Chaos zu stiften. Was die instinktgetriebenen Wesen betraf, die wir umgangssprachlich auch Dämonen nannten, war ich noch ein Anfänger. Das Kämpfen mit Schwert und Bogen war neu für mich. Ich würde noch hart trainieren müssen, um so stark und treffsicher wie Luca zu werden, aber hier warteten vernunftbegabte, gefühlsgesteuerte Wesen auf uns, auf die ich genauso großen Einfluss hatte wie auf Luca. Meine Gabe nahm ihm die Entscheidung schnell ab.

»Na gut, aber lass mich reden und halt dich im Hintergrund. Ich kenne diese Idioten da drin, ich regle das!«

Sein Tonfall war viel sicherer als sein Inneres. Ich nickte seine Anweisungen ab und steuerte mit hellwachen Sinnen auf das hohe Tor zu, hinter dem mich die Dunkelheit einhüllen würde.

»Wolltest du deshalb Milans Auftrag übernehmen? Weil du diese Dämonen kennst?«

Meine Frage war Luca unangenehm, aber er nickte. »Ja. Er weiß, dass ich mit diesem Zirkel zu tun habe, deshalb hat er mir Bescheid gegeben, dass es Ärger gibt.«

»Warst du schon öfter hier?«

»Nein, aber trotzdem zu oft ... Lass uns später darüber reden, ja? Wir klären das hier bestimmt schnell, sie sind alle nur ein wenig hitzköpfig und engstirnig, deshalb kämpfen sie gern. Zeig aber keine Angst, darauf sind sie scharf.«

Er wollte meinen schnellen Herzschlag beruhigen, aber seines schlug selbst im Marathon-Modus. Ich spendierte uns ein wenig Ruhe und Mut – wir würden bestimmt beides gebrauchen können.

Es war Luca, der das große Tor zum Knarren brachte. Der dunkle Nebel hüllte mich schneller ein, als ich vermutet hatte. In meinem Inneren wurde es düster und kalt, das Wächterlicht in mir hatte alle Mühe, zu scheinen.

Wir gingen über hellgraue Steinplatten, durch einen kahlen, hohen Gang, an dessen Ende uns ein großer Saal erwarten würde. Die vielen dunklen Auren kamen von dort, genauso wie die lauten Stimmen, die wild durcheinander riefen. Sie waren aufgebracht, nicht weit entfernt von Ekstase, die sich durch negative Gefühle genährt hatte. Ich blieb hinter Luca.

Wir kamen in diesem seltsamen Saal zum Stehen, der den Anschein erweckte, dass uns der kahle Flur durch die Zeit getragen hatte. Fenster in dunklen Rottönen ließen das spärliche Sonnenlicht feurig glühen. In den eisernen Wandhalterungen brannten unzählige Kerzen – ein langer hölzerner Tisch, der einer Tafel glich, und ein steinerner Thron am anderen Ende des Raumes. Ich war noch nie in einem Zirkel gewesen, aber meine Fantasie hätte sich diesen Ort nicht düsterer und beklemmender ausmalen können.

Sie standen in einem Kreis um etwas herum, ein großer Kreis aus vierzig oder fünfzig Dämonen, deren Blicke sich auf uns richteten. Im Inneren musste sich etwas unsagbar Starkes befinden, geballte Kraft versteckt hinter Schatten. Ich schirmte ihre Gefühle vor mir ab, weil sie mir sonst die Konzentration geraubt hätten. Zu viel Düsterkeit – daran war ich nicht gewöhnt.

»Wächter!«, hallten ihre Stimmen von den hohen, kalten Wänden wider.

Der Kreis öffnete sich – die Dämonen wichen einen Schritt zurück. Ich hielt den Atem an, weil ich erkannte, um was sie sich versammelt hatten. Die Kraft hinter den Schatten, die mich erreichte, war eine Aura. Als er sich nach uns umdrehte, war mir, als würde die Hölle selbst nach mir greifen, um mich in die Tiefe zu ziehen. Er war genauso mächtig wie Furcht einflößend. Tobende Gefühle hinter gespenstischer Schönheit. Ich war noch nie einem so starken Dämon begegnet, er unterschied sich merklich von seinen Artgenossen. Mein Blick wäre wie gebannt an ihm haften geblieben, hätte ich nicht plötzlich realisiert, dass die Macht, die mich erreichte, nicht so geballt war, wie es schien. Sie ging zweifelsohne von ihm aus, aber nicht ausschließlich. Im Zentrum des Kreises kniete jemand. Er stützte sich mit den Händen am Boden ab, weil er am Ende seiner Kräfte war. Ich konnte sein Gesicht nicht sehen, weil er in Richtung Boden blickte, aber ich war mir sicher, dass es ebenso gespenstisch schön war wie das des Dämons, der nun auf uns zusteuerte. Unter der schwarzen Kutte trug er ganz gewöhnliche Kleidung, aber sonst wäre nichts an ihm dieser Beschreibung gerecht geworden. Er war nicht gewöhnlich, er war außergewöhnlich, aber dieses Wort war nur eine Überschrift über einer Liste von Dingen, die ihn charakterisierten. Furcht einflößend, narzisstisch, selbstbewusst, empathielos.

»Luca!«, tönte er hoheitsvoll und gespielt überrascht. Er schien mit unserem Auftauchen gerechnet zu haben.

Luca drängte sich unbewusst noch weiter vor mich, weil er den Drang hatte, mich vor den schwarzen Augen zu verstecken.

»Tristan«, sprach er seinen Namen aus und klang dabei so selbstbewusst und stark, wie er klingen musste. Hätte er nur den Hauch von Schwäche oder Angst gezeigt, hätte er den Hai Blut riechen lassen.

»Ich schätze, du weißt, wieso wir hier sind!«, mutmaßte Luca und verschränkte die Arme vor der Brust.

Mein Blick blieb nicht an dem egozentrischen Dämon mit den bronzefarbenen Haaren hängen, obwohl mir der Wächter in mir unbedingt dazu riet, ihn in jeder Sekunde im Auge zu behalten. Der Mensch und die Sephirot in mir wollten wissen, was es mit der zweiten, ebenso mächtigen, aber geschwächten Aura auf sich hatte. Er kniete noch immer am Boden und rang nach Luft. Seine Haare waren weißblond, er trug keine Kutte, nur ein hellgraues Hemd, auf dem sich Blutflecken abzeichneten. Die Dämonen bewachten ihn. Ich war mir sicher, dass sie auf ihn einschlagen würden, wenn er versuchen würde, aufzustehen. Eigentlich war er stärker als jeder von ihnen, ebenso mächtig wie dieser Tristan, aber er war verletzt, erschöpft und ausgelaugt.

»Wenn du hier so einen Tumult veranstaltest, bekommt der Orden davon Wind und schickt Wächter«, erklärte Luca, als würde er selbst nicht unter dem Flügelkreuz im Rosenkranz dienen. »Was auch immer hier gerade abläuft, es verursacht starke Anomalien. Und wenn euretwegen Hunderte Ghule hierherkommen, wird Ares richtig sauer! Raphael übrigens auch. Du willst dich doch nicht mit einem Erzengel anlegen, oder?«

Ich verstand Lucas Taktik. Raphael als einschüchternden Trumpf auszuspielen, war schlau und dämpfte Tristans aufmüpfige Kampflust merklich.

»Also stimmt es, was man hört …«, entgegnete er mit rauer Stimme und amüsiertem Tonfall. »Euch steht jetzt ein Erzengel vor. Der große Raphael – Gottes Seuche.«

Er sprach die Worte so abfällig und mit so viel Hass in der Stimme, dass sie Wut in mir wachsen ließen. Obwohl Luca um Beschwichtigung bemüht war, war ich mir sicher, dass Tristan auf einer ganz anderen Seite stand.

»Der Orden hat sich nicht in unsere Angelegenheiten einzumischen. Kümmert euch um die schwächlichen Kreaturen, die euresgleichen sind.«

Luca seufzte, aber er drosselte die Wut in sich ebenso erfolgreich wie die Angst. Dass er Tristan scheinbar gut kannte, warf Fragen für mich auf, die ich im Moment nicht stellen konnte.

»Macht, was immer ihr wollt! Schlagt euch gegenseitig die Schädel ein und tragt dabei Umhänge, aber macht es, ohne dabei die ganze verdammte Hölle aufzuwecken! Eure Rituale und Kämpfe lassen Ghule in unsere Welt durchbrechen!«

Tristan verzog die Lippen zu einem Schmunzeln, das mir Gänsehaut bereitete. Es strahlte etwas absurd Bösartiges aus.

»Du beschwerst dich über unsere Rituale? Ach Luca …«

Er machte einen Schritt nach vorn und all meine Muskeln spannten sich an. Mein Körper hatte noch nie so sehr nach einem Kampf verlangt. Ich hätte liebend gern alle Probleme dieser Welt mit Worten gelöst, aber dieses eine nicht. Mit Tristan zu reden, erschien mir sinnlos, weil ich noch nie jemanden getroffen hatte, der so hartnäckig und unausweichlich an seinen negativen Gefühlen festhielt und sich daran ergötzte. Er hörte sich ausschließlich selbst reden, und das liebend gern.

Als er die Hand nach Luca ausstreckte, zuckte ich vor Tatendrang. Ich fühlte, dass er ihn nicht verletzen wollte, zumindest nicht körperlich, also hielt ich mich an, wieder ruhiger zu werden. Er deutete mit dem Zeigefinger auf Lucas verschränkte Unterarme, fuhr seltsame imaginäre Linien nach.

»Hochmut, Egoismus, bedingungsloser Ehrgeiz«, flüsterte er scheinbar gedankenverloren und fokussierte Luca dann doch mit dem Blick. »Du hättest ein Dämon werden sollen, das stünde dir besser als dieser lächerlich bemühte Wächter, der versucht, den Schein zu wahren und Regeln zu predigen, die er selbst mit Füßen tritt …«

In Luca wuchs so großes Unbehagen, dass damit ein Drang, zu gehen, einherging. Er wollte diese durch und durch unangenehme Situation hinter sich lassen, am liebsten sofort.

»Wir achten ab jetzt darauf, keine Ghule anzulocken, das muss dir reichen, Luca.«

Sein Name kam Tristan nur vorwurfsvoll und überbetont über die Lippen. Er wandte sich von uns ab und machte eine hoheitsvolle Handbewegung, die uns signalisieren sollte, zu gehen.

»Komm …«

Ich starrte Luca durchdringend an, als er sich dem kahlen Flur zuwandte. Er wollte wirklich gehen, für ihn war unsere Mission hiermit erledigt. Ich machte ein paar Schritte, um zu ihm aufzuschließen, und hielt ihn dann am Arm fest.

»Du willst gehen?«, flüsterte ich fragend.

Er sah verstohlen zu Tristan, der uns keine Aufmerksamkeit mehr schenkte. »Ja, er wird sein Wort halten. Er ist ein Arschloch, aber er riskiert keinen Ärger mit dem Orden. Mach dir keine Sorgen.«

Luca verlangte Unmögliches von mir. Ich konnte mir nicht keine Sorgen um einen übernatürlich starken Dämon mit narzisstischer Persönlichkeitsstörung machen.

»Aber was passiert hier eigentlich? Sie halten jemanden gefangen, ist dir das egal?«

Ich drehte mich um und sah das Gesicht des weißblonden Dämons zum ersten Mal im Profil. Jemand war hinter ihm in die Knie gegangen und zwang ihn, zu Tristan aufzusehen, der vor ihm wie ein Tiger hin und her schlich. Seine Hautfarbe war ungesund blass, selbst für einen schönen, statuenhaften Dämon.

Luca löste meinen Griff um seinen Arm, nur um sich dann meinen zu greifen. Er zog mich ein Stück weiter, um nicht zu riskieren, dass uns irgendjemand belauschen könnte.

»Weißt du, was Erzdämonen sind, Lia?«, wollte er eindringlich wissen und verfinsterte seinen Blick, um mir klarzumachen, wie ernst die Situation war.

Ich erwiderte nichts, weil ich die Geschichte der gefallenen Engel eigentlich immer für ein warnendes Märchen gehalten hatte. Meine Großmutter hatte mir alles über Engel und den Himmel beigebracht, von der anderen Seite wusste ich kaum etwas. Ihre Existenz machte aber mit einem Mal Sinn. Kein gewöhnlicher Dämon konnte so stark sein wie Tristan oder sein Gefangener.

»Die ersten Engel, die Luzifer damals in die Hölle gefolgt sind – unglaublich starke Engel, deren Flügel sich schwarz gefärbt haben, lange bevor ihnen unzählige andere Engel gefolgt sind und zu Dämonen wurden.«

Ich nickte, weil ich diese Geschichte genau so im Gedächtnis hatte.

»Bevor Luzifer wieder aus der Hölle zurückkehrte und diese grausame Schlacht gegen Gott und die Engel führte, hatten sich die meisten Erzdämonen bereits wieder von ihm abgewandt. Sie durften trotzdem nicht in den Himmel zurückkehren, also kamen sie in unsere Welt.«

»Reuige Sünder …«, flüsterte ich meine Gedanken und erntete ein Nicken von Luca.

»Ja, reuige Sünder, mit denen wir uns nicht anlegen! Ihre Sünden sind ihre Angelegenheit und solange sie hier keinen Ärger machen und für unsere Welt und die Menschen keine Gefahr bedeuten, toleriert der Orden sie. Es ist nicht unsere Aufgabe, über sie zu richten. Das könnten wir gar nicht ...«

Ich verstand Lucas Meinung und die Einstellung des Ordens, aber ich konnte trotzdem noch nicht gehen.

»Tristan wird ihn umbringen, oder?«

Meine Worte ließen Lucas Gesicht blass und gleichgültig werden. Seine Gefühle sprachen eine andere Sprache. Es war ihm nicht egal, er hatte nur Ehrfurcht vor Tristan, die Angst glich, und große Sorgen um unser beider Leben.

»Wenn sich Erzdämonen die Köpfe einschlagen, haben wir Wächter nichts damit zu tun!«

Er war also auch ein Erzdämon, ein geschwächter, gepeinigter Erzdämon, der bald sein Leben verlieren würde.

»Ich kann niemand Unschuldigen zum Sterben zurücklassen.«

»Unschuldig?!« Luca biss sich auf die Zunge, weil er beinahe zu laut geworden wäre. »Wir sprechen hier von einem Erzdämon! Er ist kein Mensch, Lia!«

»Das macht jetzt, in diesem Moment, doch keinen Unterschied. Er wird sterben, wenn wir nichts tun, und das kann ich nicht zulassen. Tristan ist ein wahnsinniger Narzisst, niemand sollte durch seine Hand sterben müssen!«

In Luca wuchs eine Einsicht, die er nicht zulassen wollte, weil sie potenziell gefährlich war. Er kämpfte dagegen an, mir recht zu geben.

»Früher oder später gehen wir alle mal drauf oder töten selbst! Du bist zu jung, um das zu verstehen! Komm!«

Er wollte mich weiterziehen, aber ich blockte seine Hand ab.

»Ich lasse niemanden zum Sterben zurück! Ob unschuldig oder nicht, diese Entscheidung Tristan zu überlassen, ist falsch!«

»Und was willst du tun?! Selbst da drin sterben?! Das wirst du nämlich, wenn du … HEY!«

Ich wollte nicht mehr über etwas diskutieren, was für mich längst beschlossen war, also lief ich los. Wäre ich untätig geblieben, hätte das Blut des weißblonden Erzdämons an meinen Händen geklebt – für immer. Ob Mensch, Engel oder Dämon, spielte keine Rolle. Jeder hatte Vergebung verdient, wenn er aufrichtig bereute, und niemand sollte um sein Leben fürchten müssen, wenn er selbst niemandem nach dem Leben trachtete.

Meine Herausforderung

Sie fühlten mich kommen, weil ich meine Aura nicht mehr klein und unscheinbar hielt. Tristans Haiaugen trafen mich sofort, aber auch ein weiteres schwarzes Augenpaar schaute in meine Richtung. Sein Blick war müde, obwohl ich fühlte, dass er eigentlich kämpfen wollte. Das Weiß in seinen Augen war rot, gefärbt von Blut, weil die feinen Adern in seinen Augen geplatzt waren.

»Hat dein kleines Spielzeug etwas vergessen, Luca?«

Er sprach mich nicht direkt an, weil er mich nicht mal als vollwertiges Wesen wahrnahm. Ich war eine Frau, ich war jung und ich war ein Mensch – das machte mich für ihn absolut wertlos.

»Sie ist nicht mein Spielzeug, sie ist eine Wächterin und steht unter dem Schutz des Ordens!«, stellte Luca unmissverständlich klar.

Er wollte sich wieder vor mich stellen, aber ich machte auch einen Schritt, weil ich mich nicht hinter ihm verstecken wollte. Sein Herz schlug so schnell, dass es kaum mehr Tempo hätte zulegen können. Er rechnete mit einem Kampf und er rechnete mit unserem Tod, trotzdem verzog er keine Miene. Innerlich bedachte er mich bestimmt gerade mit tausend Schimpfwörtern, aber er würde mir beistehen – er würde mich erst im Jenseits beschimpfen.

Tristan streckte die Arme zur Seite und machte eine große fragende Geste. »Was hält euch Wächter noch hier?! Ich habe keine Zeit für Spielchen!«

»Lass ihn gehen!«

Meine Stimme hielt der Wut und dem Tatendrang in mir stand. Sie zitterte nicht, sie klang nicht verzweifelt oder angriffslustig, nur eindringlich.

Mir schwappte eine Welle aus Verwunderung, Unverständnis und Belustigung entgegen. Die Dämonen begannen zu lachen, nur Tristan schwieg und legte den Kopf neugierig schief. Er kam auf mich zu, während dieses wahnsinnige Grinsen wieder sein Gesicht zierte. Ich blickte hinunter zu dem Erzdämon, der sich seines Todes bereits sicher gewesen war. Die müden schwarzen Augen starrten mich an. Ich konnte schlecht in ihm lesen, weil seine Gefühle hinter dicken schwarzen Nebelschwaden und Schmerzen versteckt waren.

»Wiederhol das, Mädchen!«

Er hielt nur einen Meter vor mir an und Luca wollte sich wieder als Puffer anbieten, aber ich streckte die Hand aus und ließ ihn nicht vorbei. Das hier war meine Diskussion, meine Aufforderung, mein Kampf. Tristans schwarze Augen funkelten. Er wollte mir definitiv Angst machen, aber Angst machte mir nichts aus. Sie würde mich nicht davon abhalten, zu tun, was ich mir vorgenommen hatte.

»Lass ihn gehen. Du hast kein Recht, ihn zu richten.«

Jetzt lachte Tristan, ganz leise und tonlos. Meine Worte amüsierten ihn nicht, sie machten ihn wütend, aber er genoss dieses Gefühl.

»Was weißt du über das Recht, zu richten, dummes Wächtermädchen?«

»Ich weiß, dass jemand wie du nur um des Tötens willen tötet und ich das nicht zulassen kann.«

Mein Blick hielt seinem stand. Seine schwarzen Augen durchbohrten mich förmlich, aber mein Blick konnte ebenso bohrend und seelenforschend sein. Ich konnte tatsächlich in ihn hineinsehen und das bereitete ihm kein Wohlbefinden.

»Wenn du es nicht zulassen kannst, dass ich ihn töte, wie hast du denn vor, mich daran zu hindern?«

Mit dieser Frage hatte ich gerechnet und mein erster Antwortversuch würde ihn überraschen.

»Ich bitte dich, dass du ihn gehen lässt. Im Namen des Ordens und in …«

»In Gottes Namen?!«, beendete er meinen Satz, weil er zu ungeduldig und aufgeladen war, um abzuwarten, bis ich es tat. »Ketten, an die ich schon seit Urzeiten nicht mehr gebunden bin! Weißt du denn nicht, was ich bin?!«

So viel zu Lucas Theorie zu den reuigen Erzdämonen. Anscheinend hatten sie nicht alle um Vergebung gebeten und sich Gott wieder zugewandt. Das hätte mich bei Tristan aber auch gewundert.

Der gefangene Erzdämon wandte den müden Blick wieder zu Boden. Er hatte wohl keine Hoffnung mehr, aber ich war noch nicht am Ende.

»Dann lass uns kämpfen! Wer den anderen zuerst auf die Knie zwingt, hat gewonnen!«

Ihr Gelächter hallte von den hohen Wänden wider. Natürlich nahm mich niemand ernst, aber das spielte mir sogar in die Karten.

»Nein! Auf gar keinen Fall!«

Ich überhörte Lucas Einwand, deshalb packte er mich auch und zog mich zu sich. Er wollte mich um jeden Preis davon abhalten, gegen Tristan zu kämpfen.

»Du wirst sterben! Lass mich kämpfen«, flüsterte er eindringlich und verzweifelt über meine scheinbare Naivität.

Ich schüttelte kaum merklich den Kopf und entriss ihm den immer stärker werdenden Drang, sich zu opfern. Er hätte sein

Leben für mich riskiert, aber so etwas würde ich niemals von jemandem verlangen, schon gar nicht von Luca.

»Vertrau mir … Ich weiß, was ich tue.«

Er vertraute mir nicht. Es kostete mich viel Mühe, seine Gefühle zu beruhigen – Kraft, die ich gleich noch brauchen würde.

Tristans Lachen klang diesmal wirklich amüsiert, aber es hatte auch eine verschlagene Note.

Er schaute zu Luca. »Ich dachte, dein Größenwahn kennt keine Grenzen! Es sieht so aus, als hätte dein dummes Spielzeug Wahnvorstellungen!«

Mein folgender Satz ließ sein Lachen sofort verstummen und seine Augen wieder funkeln. Er sollte sich auf mich konzentrieren, nicht auf Luca.

»Hast du Angst, von einer Frau besiegt zu werden?«

»Angst …«, wiederholte er tonlos und kam noch näher. »Ich bin die Angst!«

Seine laute Stimme war markerschütternd, aber nichts anderes hatte ich erwartet.

»Wenn ich dich in die Knie zwinge, lässt du ihn gehen«, stellte ich meine Bedingungen klar.

Meine Selbstsicherheit irritierte ihn spürbar, aber er hielt mich trotzdem für übergeschnappt.

Tristan sprach seine Bedingung aus. »Wenn du vor mir auf die Knie fällst, wirst du sehr lange in dieser Position verweilen! Du wirst so lange vor mir knien, bis ich den Spaß daran verliere, dich Gehorsam zu lehren …«

»Auf gar keinen Fall!«, entgegnete Luca, dem allein die Vorstellung zu viel wurde.

»Das ist mein Kampf!«, stellte ich energisch klar, aber er packte mich trotzdem wieder am Arm und zog mich zu sich.

»Weißt du, was das heißt?! Weißt du, was er mit dir machen wird, wenn du verlierst?!«

Ich nickte. Ich war vielleicht jung, aber mir war klar, was Tristan unter Züchtigung verstand. Schon seine Bedingung auszusprechen, hatte ihn mit beängstigend großer Vorfreude erfüllt. Er war ein Sadist durch und durch.

Ich löste Lucas Griff um meinen Arm und ging auf die linke Seite des Raumes. Mehr Abstand konnte ich nicht zwischen Tristan und mich bringen. Vielleicht würde ich Zeit brauchen, um zu dem Erzdämon durchzudringen. Je länger er brauchte, um mich zu erreichen, umso besser.

Mein Vorhaben konnte definitiv scheitern. Mir war klar, dass Tristan stark war, und ich war so gut wie sicher, dass sich seine Kraft nicht nur auf körperliche Stärke beschränkte. Er hatte bestimmt auch Gaben und Fähigkeiten, mit denen er mich angreifen konnte, aber sein Drang, mich direkt mit bloßen Händen zu Boden zu reißen, war hoffentlich groß genug, um mir genügend Zeit zu verschaffen.

Ich machte eine auffordernde Handbewegung und schloss im nächsten Moment die Augen. Lucas Tatendrang und seine Sorgen schlugen mir entgegen, aber ich musste sie ignorieren. Wenn ich verlor, würde er gegen Tristan kämpfen. Er würde nicht zulassen, dass er mir etwas antat, zumindest nicht, solange er selbst noch am Leben war. Ich durfte nicht verlieren.

Der Erzdämon kam näher, sehr langsam, was gut war. Er genoss seinen Auftritt, ergötzte sich an seiner Vorfreude. Ich testete meine Gabe vorsichtig an ihm. Durch die dicken, dunklen Nebelschwaden in seinem Inneren zu dringen, kostete mich viel Kraft. In ihm tobten schon unzählige negative Gefühle, Emotionen, die ich anderen eigentlich als Qualen auferlegte. Tristan war immun dagegen, ich musste meine Strategie ändern.

Anstatt dunkle Gefühle zu sammeln, sammelte ich die schönsten und positivsten Dinge, die ich in mir finden konnte. Erinnerungen an leuchtende Wächterauren und Raphaels Lächeln. Diese Masse an ungewohnten Empfindungen würde ihn konfus und angreifbar machen – im besten Fall zwang ihn der innere Zwiespalt schon in die Knie.

Ich öffnete die Augen. Tristan hatte schon die halbe Strecke hinter sich gebracht, uns trennten kaum zehn Schritte.

Das schiefe, bösartige Lächeln, das seine Lippen zierte, verschwand im selben Moment, in dem ihn die Gefühlslawine erreichte. Sein finsterer Blick wurde fragend und in der nächsten Sekunde musste er stehen bleiben.

Ich ließ den Strom aus aufgedrängten Empfindungen nicht abreißen. Seine Gefühle wirbelten durcheinander, widersprachen sich, wurden unkontrollierbar.

Er fasste sich an den Kopf und knurrte so laut und wütend, dass ich instinktiv schauderte. Alle um uns herum hatten den Atem angehalten, auch Luca. Seine Verblüffung ging mit so viel positiver Euphorie einher, dass ich sie Tristan ungefiltert entgegenschleudern konnte.

Als der Erzdämon aufschrie und wankte, wurde ich siegessicher und machte einen Schritt auf ihn zu. Ich wollte ihn berühren, um ihn noch stärker zu beeinflussen und in die Knie zu zwingen. Als er mich mit dem Blick fokussierte, erstarrte ich.

Die grenzenlose Wut, die in ihm wuchs, gewann wieder die Kontrolle über ihn und er somit die Herrschaft über seine Gefühle.

Er streckte die Hand nach mir aus und ich verlor den Boden unter den Füßen. Eine unsichtbare Macht schleuderte mich gegen die harte Steinmauer.

Der dumpfe Aufschlag meines Körpers ließ Schmerzen in mir wachsen. Meine Beine wurden weich, aber ich kämpfte dagegen an, zu Boden und auf die Knie zu sacken.

Tristan beschleunigte seine Schritte und ich legte all meine Kraft und Konzentration in meine Gabe.

Ich musste ihm den Hass und die Wut entreißen, sonst wäre in ihm kein Platz mehr für irgendeine Form von Beeinflussung gewesen.

Seine Emotionen brannten wie Säure auf meiner Seele. Gift, auf das mein Körper schnell reagieren würde. Ich musste wieder angreifen, mit aller Kraft, die ich in mir fand.

Tristan schrie wieder auf, schüttelte den Kopf, presste sich die Handflächen auf die Schläfen und sank dann auf die Knie. Ich konnte seine Wut und den Hass loslassen, ehe sie mich ohnmächtig werden ließen. Noch bevor ich durchatmen konnte, passierte etwas Unerwartetes. Ich wurde wieder an die Wand geschleudert und verlor doch für ein paar Sekunden das Bewusstsein. Als ich wieder zu mir kam, lag ich auf dem kalten Marmorboden. Tristan hatte vor lauter Wut mit seiner Fähigkeit um sich geschlagen – auch Luca und viele der Dämonen hatte dieser unerwartete, unkontrollierte Angriff getroffen.

Ich hörte ihn wieder schreien und sah ihn auf mich zulaufen. Tristan wollte sich an mir rächen. Ich war am Ende meiner Kräfte und wäre nicht mal schnell genug auf die Beine gekommen, um mich zu verteidigen.

»Nein!«

Lucas feste Stimme hallte durch den Saal. Er hatte sich zwischen mich und Tristan gestellt und die Unterarme vor den Körper gehoben. Der Erzdämon wurde von einer Kraft weggeschleudert, die seiner eigenen glich, aber sie ging von Luca aus. Mir war nicht bewusst gewesen, dass er diese Gabe hatte, er hatte sie noch nie eingesetzt.

»Lass sie in Ruhe! Sie hat fair gewonnen! Wenn du ihr irgendetwas antust, hetze ich dir den ganzen verdammten Orden auf den Hals! Raphael wird dich zerfetzen!«

Ich raffte mich auf und wankte auf Luca zu, um ihm Rückendeckung zu geben. Die Dämonen waren in Aufruhr, sie waren kampfbereit, warteten nur auf ein Signal von ihrem Zirkeloberhaupt.

Luca behielt die Arme vor der Brust. Mir fiel auf, dass die verschlungenen Linien aus Tinte auf seiner Haut bläulich glühten. Von den Malereien ging eine seltsame, düstere Kraft aus, aber im Moment war ich dankbar dafür, ich hinterfragte nichts.

»Du wagst es?! Du wagst es, deine Kräfte gegen mich einzusetzen?!«, schrie Tristan und stapfte wieder auf uns zu.

Die Kampflust in ihm war spürbar abgeklungen, obwohl er noch immer laut war. Es schien, als ob Lucas Drohung große Wirkung zeigte. Er wollte sich nicht mit dem Orden anlegen, und schon gar nicht mit Raphael. Wütend war er trotzdem.

»Vergiss nicht, was du mir schuldest, du elender, dummer Wächter!«

Ich versuchte, ihre Gefühle im Zaum zu halten. Die Umgebung um mich herum begann zu schwimmen, so als ob meine Augen nicht mehr zuverlässig arbeiten würden. Ich musste bald aufhören, meine Gabe einzusetzen, sonst musste Luca mich hier raustragen.

»Komm runter, Tristan! Das hier ist vorbei, wir gehen!«

Der Erzdämon antwortete Luca nicht. Die schwarzen Augen blickten an ihm vorbei auf mich. »Was für ein besonderes kleines Miststück …«, murmelte er herablassend.

Seine Worte verletzten mich nicht, weil ich sie nicht an mich heranließ. Luca tat sich damit schwerer.

»Du kannst deine Dämonen-Schlampen Miststücke nennen, aber keine Wächterin!«

»Schon gut, Luca.« Ich legte ihm die Hand auf die Schulter und signalisierte ihm, dass er es gut sein lassen sollte.

Tristans Bild von mir interessierte mich nicht, weil ich nichts auf die Meinung von wahnsinnigen Sadisten gab. Ich wollte nur hier raus, aber nicht ohne den Grund für meine halsbrecherische Aktion.

Die Dämonen ließen mich vorbei. Die meisten hatten Angst vor mir, aber sie zeigten sie nicht. Ich bückte mich zu ihm hinunter und ließ zu, dass die schwarzen Nebel seiner Aura mich einhüllten. Seine Augen waren ebenso schwarz wie die von

Tristan, aber sie erinnerten mich nicht an die eines Haies. Er war wirklich schlimm verletzt, sein blasses Gesicht war zerschrammt und seine Augen tränten, weil sie bestimmt unsagbar schmerzten.

»Komm …« Ich reichte ihm meine Hand.

Als er sie annahm, ließ er mich in seine Seele blicken. Er war stoisch, aber ganz im Gegenteil zu Tristan ein Philanthrop. Im Moment kämpfte er aber mit Schmerzen und Demütigung, die ihn wütend hätten machen können, hätte er noch Kraft in sich gefunden.

Ich zog ihn hoch, aber ich war im Moment schwächer, als ich angenommen hatte, und er ebenso. Wir mussten uns aneinander festhalten, um auf den Beinen zu bleiben. Die intensive Nähe ließ mich noch tiefer in ihn hineinsehen.

So viel Dunkelheit, so viel uralter Schmerz und Reue. Es war nicht zu leugnen, dass er auch ein Erzdämon war, aber er ließ mich weder schaudern noch Angst empfinden. Unsere innige Berührung glich einer Umarmung.

Obwohl er kaum gerade stehen konnte, musste ich zu ihm hochsehen, weil er so groß war. Absurderweise fiel mir in diesem Moment auf, dass er gut roch. Diese Feststellung trieb mir ein schwaches Schmunzeln auf die Lippen.

»Geht es?«, wollte ich von ihm wissen und bot ihm meine Schulter an.

Er nickte kaum merklich und wankte mit mir los. Leider mussten wir an Tristan vorbei, um zum Ausgang zu gelangen. Luca ließ ihn nicht aus den Augen. Er wäre sofort wieder kampfbereit gewesen, wäre die Stimmung gekippt.

»Ein Erzdämon, der sich von einem kleinen Gör retten lässt. Jeder, der dich noch respektiert, hat keinen Funken Ehre mehr im Körper.«

Tristans Worte ließen unsagbare Wut in ihm wachsen, aber er erwiderte nichts. Er war klug und geerdet genug, um seine Emotionen zu kontrollieren.

»Dich respektiert hier auch niemand, sie haben nur Angst vor dir.«

Ich konnte mir diese Worte nicht verkneifen, weil ich nicht so geerdet war wie der Erzdämon an meiner Schulter.

Tristan holte zu einer Ohrfeige aus und Luca reagierte schnell, aber die drei Schritte, die er machen musste, hätten zu viel Zeit in Anspruch genommen, um mir die brennende Ohrfeige zu ersparen. Sie traf mich trotzdem nicht. Der Erzdämon an meiner Schulter hielt Tristans Hand fest und schlug sie dann weg. Die beiden pechschwarzen Augenpaare funkelten sich an.

»Schluss jetzt! Wir gehen!«, rief Luca und nahm mir den humpelnden Erzdämon ab, damit wir schneller verschwinden konnten. »Solltest du sie jemals wieder ohrfeigen wollen, mach dir bewusst, dass Erzengel bestimmt auch sehr schmerzhaft zuschlagen können!«

Lucas Warnung für die Zukunft machte auch mir etwas bewusst. Sollten sich Tristans und meine Wege jemals wieder kreuzen, würde er nicht zögern, sich an mir zu rächen, Raphael hin oder her – wenn er die Gelegenheit bekam, würde er mich angreifen.

Wir verließen die kalte, düstere Burg endlich. Als wir durch das Tor nach draußen traten, war die Sonne durch die dicke Wolkendecke gebrochen. Ihre Strahlen hatten sich noch nie so gut auf meiner Haut angefühlt.

»Kannst du allein weiter? Ich will mich um Lias Verletzungen kümmern.«

Der Erzdämon nickte und ich fühlte in mich hinein. Da waren tatsächlich Schmerzen und sie gingen von meinem Hinterkopf aus. Ich hatte bis jetzt ignoriert, dass ich mir eine blutende Wunde zugezogen hatte. Es musste passiert sein, als ich gegen die Wand geprallt war.

»Halb so wild! Wir bringen dich nach Hause!«, erklärte ich.

Er war in weitaus schlimmerer Verfassung als ich, er konnte nicht den ganzen Weg laufen – vielleicht wohnte er am anderen Ende der Stadt.

Ich wollte ihn wieder stützen, weil Luca einen Schritt zurückgetreten war, aber ich blieb stehen, weil sich plötzlich diese unglaublich majestätischen, schwarzen Schwingen manifestierten.

Ich hatte vergessen, dass er Flügel hatte. Ich hatte vergessen, dass er früher mal ein Engel gewesen war und die Hölle seine Federn schwarz gefärbt hatte.

»Kommst du wirklich zurecht? Du bist so schlimm verletzt …«

Während ich mit ihm sprach, zogen sich seine Flügel zusammen. Die Federn bewegten sich sanft im schwachen Wind.

»Dein Name …?«, hauchte er mit schwacher Stimme. Seine Lippen waren so spröde, dass sie aufgesprungen waren.

»Lia«, verriet ich und sah den imposanten Flügeln dabei zu, wie sie sich wieder in Richtung Himmel reckten. Er wollte wegfliegen, aber ich streckte die Hand nach ihm aus. Meine Fingerspitzen berührten ihn nicht, aber er hielt trotzdem noch mal inne.

»Verrätst du mir auch, wie du heißt?«

Er nickte. Seine Stimme klang nun ein wenig stärker und einprägsam schön. »Conan.«

Luca zog mich ein Stück zurück und ich verstand erst, warum, als die großen Schwingen den Staub aufwirbelten. Ich hielt mir eine Hand vors Gesicht, um keinen Schmutz in die Augen zu bekommen. Leider sah ich ihn deshalb auch nicht davonfliegen. Als sich die Staubwolke gelegt hatte, war er schon verschwunden.

»Was machst du nur für unglaublich wahnsinnige Dinge!?« In Lucas Innerem rissen die Dämme. »Tristan herausfordern?! Bis vor Kurzem hätte ich das noch für Selbstmord gehalten! Und das alles für einen anderen Erzdämon!? Was hat dich nur geritten?!«

Ich musste ihm seine Aufregung lassen, weil meine Gabe verrücktspielte. Meine eigenen Gefühle zu ordnen, fiel mir im Moment schwer.

»Es macht für mich keinen Unterschied …«, verriet ich vorsichtig, für den Fall, dass es in Lucas Ohren seltsam klang. Mir war klar, dass sich unsere Wächterpflichten auf das Bewahren und Beschützen unserer Welt und der Menschen beschränkte, aber mein Gewissen tat sich mit solchen Abgrenzungen schwer. »Niemand von uns hat sich ausgesucht, ob er nun geboren oder erschaffen wurde oder wer seine Eltern waren. Wir versuchen alle, mit unseren Bürden klarzukommen. Ein wenig Hilfe zu bekommen, steht jedem Wesen zu, das darum bittet, oder?«

Luca seufzte.

Ich hatte nicht mal mehr die Kraft, in ihm zu lesen, aber ich war mir trotzdem sicher, dass er mich für blauäugig und naiv hielt. Vielleicht war ich das, aber ich würde es mir bewahren, solange es ging, das hatte ich Beryl versprochen.

»Du würdest auch einer Chimäre den Kopf kraulen, wenn sie dich treuherzig anschielt!« Er lachte und wollte mich in die Seite boxen, aber er entschied sich im letzten Moment dagegen, weil er mich gerade für viel zu zerbrechlich hielt. »Komm mit! Wir verarzten dich erst mal. Die Wunde an deinem Kopf blutet noch immer …«

Ich fasste an die schmerzende Stelle und stellte fest, dass sie nass war. Während ich auf das hellrote Blut auf meinen Fingern starrte, hatte Luca sich schon in Bewegung gesetzt.

»Es ist nicht weit. Nur über den kleinen Hügel dort.«

»Wohin gehen wir?«

»Zu einem Zirkel.«

Ich schenkte ihm einen verwunderten Blick, der ihn zum Lachen brachte.

»Keine Angst! Dort gibt es niemanden, mit dem du dich anlegen musst! Ein Engelszirkel, aber mehr oder weniger ziemlich liberal. Sie haben nichts gegen Wächter und helfen uns bestimmt mit ein wenig Desinfektionsmittel und ein paar Mullbinden aus.«

Meine Faszination

Keine kalte graue Burg, sondern ein wunderschönes Herrenhaus erstreckte sich vor uns. Es lag abseits von Straßen und neugierigen Blicken direkt vor einem blau glitzernden See. Ich machte einen übertrieben großen Bogen um das kalte Nass, obwohl das Wasser nicht tief schien. Wenn es sich irgendwie vermeiden ließ, würde ich nie wieder ›schwimmen‹ gehen.

Mir war schummrig zumute. Mein Blick war ein wenig verschleiert und meine Muskeln begannen zu zittern, wenn ich sie nicht bewusst davon abhielt. Die Nachwirkungen der Überbeanspruchung meiner Gabe würden mir noch eine Weile zu schaffen machen.

Luca klopfte, obwohl die Tür einen Spaltbreit offen stand. Er wollte nicht einfach hereinplatzen. Hier schien er kein so bekanntes Gesicht wie im Dämonenzirkel zu sein – ein Umstand, über den ich mit ihm unbedingt noch sprechen wollte, aber erst wenn der Schwindel verflogen war.

Die Aura, die sich näherte, war hell und natürlich die eines Engels.

»Wächter? Was haben wir angestellt?«

Sie war eine außerordentlich hübsche junge Frau mit langem roten Haar und heller Haut. Ihr warmes Lächeln gefiel nicht nur Luca, es wärmte auch mein Inneres.

»Wir sind nicht wirklich aus offiziellen Gründen hier.« Er kratzte sich gespielt verlegen am Hinterkopf.

Ihr Blick blieb an mir haften. »Du bist verletzt. Ihr braucht Hilfe, oder?«

Wir nickten schwach und sie machte eine einladende Geste.

Hier war es gemütlich und warm, obwohl der Eingangsbereich so weitläufig war. Der hübsche Kronleuchter reflektierte tanzende Lichtpunkte an die beigen Wände. Es roch nach Lavendel und Zedern.

»Könnt ihr noch einen Moment warten? Ich sage nur schnell Cero Bescheid.«

Sie verschwand über die breite schwarz-weiße Treppe ins obere Stockwerk. Auch die großen Bodenfliesen waren in Schwarz und Weiß gehalten. Mir sprangen die beiden Statuen ins Auge, die vor dem Treppenaufgang standen. Eine Königin und ein König – Figuren, die den Boden zu einem riesenhaften Schachbrett werden ließen.

»Cero ist der Zirkelleiter«, erklärte Luca im Flüsterton, weil ihm auch aufgefallen war, dass uns neugierige Blicke musterten. Ein paar Engel streckten ihre Köpfe aus den halb geöffneten Türen in der Galerie. Wahrscheinlich bekamen sie so gut wie nie Wächterbesuch, weil es dazu keinen Grund gab.

»Ritter in meinen bescheidenen vier Wänden!«

Mein Blick schweifte ans obere Ende der Treppe, dorthin, wo er aufgetaucht war. Seine Stimme klang auffallend jung, und das bestimmt schon seit Tausenden von Jahren. Gemachte Engel hatten eines gemeinsam: Ihr Lächeln konnte mit der Wärme von Sonnenstrahlen konkurrieren. Ceros Lächeln war aber nicht nur warm, sondern auch süffisant. Er hatte ganz unweigerlich etwas sehr Kokettes, Lebhaftes an sich. Als er näher kam, verfing sich mein Blick in seinen Augen. Sie waren eisblau, beinahe stechend, und so faszinierend, dass ich hoffte, dass sie schon mal jemand auf eine Leinwand gebannt hatte.

»Entschuldige, dass wir unangekündigt auftauchen, aber Lia ist verletzt und ich dachte, ihr könnt uns helfen. Mein Name ist Luca.«

Die Eisaugen glänzten neugierig. Er ging um mich herum.

»Du blutest am Kopf«, stellte er mit besorgter Stimme fest und schenkte mir dann trotzdem ein Lächeln. »Und du bist blass um die Nase, aber wir haben uns hier schon um zerschrammtere Wesen gekümmert! Die Ghul-Plage vor achtzig Jahren, erinnerst du dich daran, Kleo?«

Er gestikulierte seine Worte mit und sah den rothaarigen Engel, der ihm hinterhergekommen war, dann fragend an.

Sie nickte. »Offene Wunden, gebrochene Knochen, überall Wächterblut – ich erinnere mich.«

Es war seltsam, zu hören, wie Gesichter, die nicht älter als Mitte zwanzig aussahen, über Ereignisse von vor achtzig Jahren sprachen.

Cero machte wieder große Gesten. »Wir mussten so viele Wächter zusammenflicken, dass uns der Faden irgendwann ausgegangen ist. Wir haben so viele Finger falsch angenäht … Wenn dir ein uraltes Wächtermütterchen mit verkehrten Daumen begegnet, war das wohl mein Werk.«

Er zuckte entschuldigend mit den Schultern. Dass Luca und ich lachten, gefiel ihm, er unterhielt gern.

»Kommt mit, ich verstecke das Verbandsmaterial in der Bibliothek, weil wir es so selten brauchen.«

Wir folgten ihm nach oben, vorbei an den großen, schönen Schachfiguren.

»Entschuldigt ihre Neugier, wir haben nicht oft Ritter hier.«

Cero machte eine auffordernde Handbewegung, die die schaulustigen Engel in der Galerie dazu veranlasste, die Türen wieder zu schließen.

»Hereinspaziert, hereinspaziert! Seht euch nur um, ich habe eine schöne Sammlung!«

Seine Bibliothek war wirklich beeindruckend. Ich hatte noch nie so viele alte, wertvolle Bücher gesehen. Die Regale ragten hoch bis zur gewölbten Decke.

Mein Blick wollte sich auf eines der Bücher legen, aber ein helles Leuchten zog meine Aufmerksamkeit zu dem kunstvollen Buntglasfenster.

Er leuchtete sogar eine Nuance heller als Cero, obwohl sie beide gemachte Engel waren. Er hatte uns den Rücken zugewandt, linste nur kurz über die Schulter und sah dann wieder nach draußen. Selbst für ein perfekt geformtes Wesen war seine Statur auffallend schön. Seine Rückenmuskulatur zeichnete sich durch das dunkelgraue T-Shirt ab. Sehr ausgeprägte Schulterblätter, die in schneeweiße Flügel übergehen konnten, wenn er sie nicht versteckt gehalten hätte. Seine Haare waren nachtschwarz, das Licht, das durch das Buntglasfenster drang, ließ sie aber bläulich schimmern.

»Setz dich, verletztes Mädchen.« Cero deutete auf einen der beiden Lehnstühle neben dem Fenster.

Ich folgte seiner Anweisung. Als ich mich setzte, sah er kurz in meine Richtung. Ein einprägsames Profil und dunkelblaue Augen, hinter denen sich viel Temperament versteckte, auch wenn er gerade schwieg.

Cero schien aufgefallen zu sein, dass ich den schwarzhaarigen Engel angestarrt hatte. Er stellte sich neben ihn und drehte ihn in unsere Richtung. »Das ist Astaras. Hätte der Herr keine Frauen erschaffen, wären wir wohl verliebt!«

Der schwarzhaarige Engel lachte und hob eine der schön geschwungenen Augenbrauen. Ich konnte mich nicht entscheiden, ob ihm die fröhliche, sehr menschliche Mimik oder das versteinerte Engelsgesicht besser stand.

»Er ist heute etwas schlecht gelaunt, weil er eine Wette gegen mich verloren hat, aber ihr dürft ihn ignorieren«, gestattete

Cero und ließ wieder von ihm ab. Jemanden mit so viel Ausstrahlung zu ignorieren, war schwierig, auch wenn er nun wieder gelangweilt aus dem Fenster starrte.

Er störte sich nicht an unserer Anwesenheit, wir waren ihm gleichgültig, zumindest erweckte es den Anschein. Meine Gabe hatte sich nach wie vor nicht regeneriert.

»Lass mal sehen, was wir für dich tun können …« Cero ging vor mir in die Knie und griff nach meinem Kinn. Er drehte meinen Kopf zur Seite, um meine Wunde zu untersuchen.

Als er mit den Fingerspitzen auf die blutende Stelle drückte, durchfuhr mich ein Blitz aus Schmerz.

»Du sollst ihr helfen und ihr nicht wehtun!«, schimpfte Kleo und schlug Ceros Hand weg. »Lass uns das Verbandszeug holen!«

Das Zirkeloberhaupt folgte brav ihren Anweisungen. Hier herrschten eine vollkommen andere Stimmung und andere Regeln als in Tristans Zirkel.

Eine Gruppe Gleichgesinnter, denen der Engel mit den Eisaugen ein Zuhause geschaffen hatte.

Cero und Kleo verschwanden hinter einem Bücherregal. Ich konnte noch beobachten, wie sich seine Hand auf ihre Rundungen legte, und sah schnell beschämt zur Seite.

Dort trafen mich ein halbwegs amüsierter Blick und dunkelblaue Augen.

»Schwerenöter …«, murmelte Astaras und schenkte mir ein schiefes Lächeln, bevor er sich wieder dem Fenster zuwandte.

»Du bekommst wieder Farbe. Ich schätze, das ist ein gutes Zeichen. Fühlst du dich besser?« Ich hörte zwar Lucas Stimme, aber sie glich einem angenehmen Rauschen, das in meinem Unterbewusstsein verschwand. »Lia? Hörst du mir zu?«

Als ich den Kopf in Lucas Richtung drehte, hatte er die Arme vor der Brust verschränkt und funkelte mich gespielt wütend an, weil ich ihm nicht zugehört hatte.

»Abgelenkt?«, fragte er mit einem koketten Unterton und deutete mit dem Kinn auf den schwarzhaarigen Engel, der mit dem Rücken zu uns stand.

Mir wurde so warm, dass ich kurz der Meinung war, ich würde Fieber bekommen, aber dann verstand ich, dass diese Regung meines Körpers der Scham geschuldet war.

Luca trieb meine Temperatur noch weiter in die Höhe, indem er Gefallen an meiner Reaktion fand und auf mich und Astaras zeigte und dann mit den Händen ein Herz formte. Er setzte einen fragenden Gesichtsausdruck auf und machte zu allem Überfluss einen lächerlichen Kussmund.

Hätte meine Gabe funktioniert, hätte es keine zwei Sekunden gedauert und der Faxen machende Luca wäre am Boden gekauert. Ich hielt diese Scherzereien kaum aus, zumal ich bemerkte, dass Astaras ihn durch die Reflexion in der Scheibe sogar sehen konnte.

Der Engel grinste kaum merklich und ich wäre am liebsten wieder rüber zu Tristan gerannt, weil es dort bestimmt weniger unangenehm war.

Zum Glück kamen Cero und Kleo mit dem Verbandskoffer wieder.

»Lass mich das machen!«, verlangte der rothaarige Engel und ging neben mir in die Knie. Sie neigte meinen Kopf auf die andere Seite, hin zu jemandem, den ich dank Luca nicht mehr ansehen konnte, ohne rot zu werden. Als er wieder begann, Faxen zu machen, konnte ich nicht still bleiben.

»Das, was ich vorhin mit Tristan gemacht habe, kann ich übrigens beliebig oft wiederholen – auch mit Wächtern.«

Luca grinste, weil er wusste, dass ich ihm nie irgendetwas antun würde, egal wie finster ich ihn musterte. Mein Satz ließ aber auch Neugier wachsen, nicht nur in ihm.

»Ihr habt euch mit Tristan angelegt?«, wollte Kleo wissen. Sie verarztete mich ganz sanft, es tat kaum weh.

Luca beantwortete ihre Frage. »Lia hat ihn herausgefordert, ich habe nur darüber nachgedacht, wie ich ihre Leiche zurück in den Orden bringe.«

Seine Beschreibung fiel so morbide aus, weil ihm der Schreck noch in den Knochen saß.

»Du hast gegen Tristan gekämpft?«, wollte Cero erstaunt bestätigt haben.

Ich hätte seine Frage beinahe überhört, weil sich Astaras neugierig zu mir drehte. Das Thema schien für ihn plötzlich interessanter zu sein, als aus dem Fenster zu blicken.

Leider bekam ich kein Wort heraus. Ich hatte vergessen, wie man Konversationen führte, ohne aufgeregt oder verlegen zu klingen. Der Schlag auf den Kopf musste dafür verantwortlich sein – definitiv nur der Schlag.

Luca half mir aus. »Sie hat ihn umgehauen, ohne ihn anzufassen! Wo wir gerade davon sprechen …«

Ich senkte den Blick zu Boden, weil mir diese geballte Bewunderung zu viel wurde.

»Wie hast du das eigentlich gemacht?«, wollte Luca wissen.

Ich hatte ihm bis jetzt noch nichts von meiner Gabe erzählt, weil ich Angst gehabt hatte, dass er sich in meiner Nähe sonst unwohl fühlen würde. Nicht jeder ließ gern zu, dass man in ihm las, schon gar nicht jemand, der ganz offensichtlich Geheimnisse hatte.

»Ich kann Einfluss auf die Gefühle anderer nehmen«, verriet ich und sah für eine Sekunde in Richtung Buntglasfenster. Astaras musterte mich interessiert.

Luca schien mehr erwartet zu haben. »Du hast nur Einfluss auf seine Gefühle genommen? Das hat eher danach ausgesehen, als hättest du von innen heraus auf ihn eingeprügelt!«

»Du unterschätzt den Einfluss von Emotionen in dieser Welt«, erklärte Cero und fuhr fort: »Gemachte Engel wie wir wissen, was Gefühle mit einem anstellen können. Im Himmel haben wir zwar gefühlt, aber die Palette an Empfindungen hier ist nicht damit zu vergleichen. Die Psyche zu beeinflussen, ist in dieser Welt eine mächtige Waffe. Wirklich beeindruckend …«

Luca nickte einsichtig, konnte sich aber noch immer nicht vorstellen, was es hieß, auf diese Art angegriffen zu werden. Er würde mich spätesten bei unserem nächsten Training darum bitten, ihm meine Gabe zu demonstrieren, weil er immer Feuer und Flamme für neue Trainingsmethoden war.

»Eine Wächterin mit außergewöhnlicher Gabe und ein Wächter mit Beschwörungs- und Bannmalen auf der Haut. Ihr seid ein interessantes Paar!«

Kleos Feststellung ließ nun mich aufhorchen. Ich sah auf die verschlungenen Linien auf Lucas Arm und erinnerte mich an ihr Leuchten.

Seine Kräfte schienen nicht von ihm selbst zu kommen, sie hatten zweifelsohne etwas mit seinen Tätowierungen zu tun, die er gerade wieder unter den langen, bis gerade eben noch hochgekrempelten Ärmeln verschwinden ließ. Er wollte mir jetzt nicht erklären, was Beschwörungs- und Bannmale waren und warum er sie immer so gut versteckt hielt. Hier war nicht der richtige Ort, um Luca seine Geheimnisse zu entlocken.

»Wir sind kein Paar! Sie ist mein Schützling. Und sie ist erst vierzehn!«

Ich störte mich nicht daran, dass Luca klarstellte, dass wir nicht zusammen waren, aber daran, dass er mein Alter herausposaunte, als wäre es ein Skandal.

Astaras hatte aufgehört, mich so genau zu mustern. Ich hatte Angst, dass sein Blick wieder gelangweilt werden würde, aber er wandte sich nicht ab.

Cero deutete auf eines der Bücherregale. »Die Heldinnen eurer Welt sind alle so blutjung … fast noch Kinder.«

Dieses Wort löste Unbehagen in mir aus – Kind. Ich war keines, aber das vor unsterblichen Engeln zu beteuern, erschien mir sinnlos und peinlich, also schwieg ich und senkte den Blick.

Als seine Stimme ertönte, fesselte sie mich. Sie klang unglaublich besonders. Ich hatte die Befürchtung, dass sie das nur in meinen Ohren tat.

»Jeanne d'Arc war dreizehn, als sie Michael getroffen hat und zur Kriegerin wurde. Eine starke, alte Seele in einem jungen Körper, dagegen ist nichts einzuwenden«, erklärte Astaras Cero, der sofort die Brauen in die Höhe zog und grinste.

»Wieso klingt das für mich anzüglich?«, wollte der Engel mit den Eisaugen wissen und bekam auch prompt eine Antwort von Astaras.

»Weil dein Gehörgang gewöhnliche Sätze pervertiert.«

Ich mochte diesen Ausdruck auf ihren Gesichtern, wenn sie sich gegenseitig so wissend angrinsten, als könnten sie die Gedanken des anderen lesen. Sie mussten schon lange befreundet sein, trotzdem glaubte ich nicht, dass Astaras ein Mitglied von Ceros Zirkel war. Er schien ihm gleichgestellt, nicht hörig. Die dunkelblauen Augen hielten zu viel Temperament versteckt, als dass sie sich unterordnen könnten – sie waren unsagbar faszinierend.

»Fühlst du dich fit genug, um aufs Motorrad zu steigen?«

Ich hätte Luca beinahe schon wieder ignoriert. Zum Glück fiel mir auf, dass ich im Begriff war, gedanklich abzudriften.

»Ja, es geht mir gut. Habt vielen Dank für eure Hilfe!«

Ich stand schnell auf und neigte den Kopf. Mir war noch immer etwas schwummrig zumute, aber dieses Gefühl würde so schnell nicht verfliegen – ich hatte Schindluder mit meiner Gabe getrieben.

Luca tat es mir mit der dankenden Geste gleich und signalisierte mir dann, dass wir aufbrechen sollten.

»Passt auf euch auf!«, meinte Kleo und verbeugte sich höflich.

Cero hätte ihr gern die roten Haarsträhnen aus dem Gesicht gestrichen, aber er hielt sich zurück, weil er uns unbedingt noch etwas mitteilen wollte.

»Kommt wieder vorbei! Euer Leben scheint spannend, und ich liebe spannende Geschichten!«

Die freundlichen, neugierigen eisblauen Augen hatten das Potenzial, zu fesseln, aber ich konnte mich mühelos von ihnen losreißen, weil ich mir etwas anderes ins Gedächtnis brennen wollte. Vielleicht würde ich ihn nie wieder sehen, und wenn doch, hatte er mich beim nächsten Mal wahrscheinlich schon vergessen. In diesem besonderen Moment hatte ich seine Aufmerksamkeit, ich langweilte ihn nicht, ich interessierte ihn und er interessierte mich. Kaum hatte ich den Gedanken zu Ende gedacht, stieg diese potenziell lähmende Verlegenheit wieder in mir hoch. Ich erwiderte seinen Blick nur für ein paar Sekunden, weil das Fieber, das in mir keimte, meine Sinne trübte. Am Ende musste mich Luca noch von ihm wegziehen, weil ich nicht aufhören konnte, ihn anzustarren.

»Auf Wiedersehen, Jeanne.«

Ich drehte mich noch mal um, um zu sehen, ob er tatsächlich mit mir sprach und nicht irgendwelche Faxen mit Cero machte. Vor meinem geistigen Auge würde ich ab jetzt immer Astaras' süffisantes Lächeln sehen, wenn ich den Namen Jeanne d'Arc hörte.

Luca nahm meinen Unterarm und verhinderte damit, dass ich gegen den Türstock lief. Er ließ mich erst los, als wir den Engelszirkel hinter uns gelassen hatten.

»Kannst du wieder sehen oder nehmen dir die fliegenden Herzchen noch die Sicht?«

Seine Anspielung war mir unangenehm. Mehr als das: Ich kam mir dumm vor.

»Entschuldige, ich bin sonst nicht so …«

Luca lachte und verschränkte die Arme hinter dem Kopf. »Dafür brauchst du dich nicht zu entschuldigen! Es ist nur ungewohnt, dich so zu sehen, du bist sonst so beherrscht und fokussiert.«

Mein Blick senkte sich schuldbewusst zu Boden. »Ich werde mich nicht mehr so kindisch verhalten, versprochen.«

Luca blieb stehen und schüttelte den Kopf. »Du verwechselst da was. Das eben war alles andere als kindisch. Das, was du sonst so abziehst, dieses angestrengte, anerzogene, übertriebene Pflichtbewusstsein – das ist viel abnormaler!«

Er ging weiter und ließ mich verdutzt stehen. Ich brauchte eine Weile, um zu begreifen, worauf er hinauswollte. Sein nächster Satz half mir dabei.

»Erwachsen zu sein, heißt oft, sich dämlich zu verhalten. Man geht seine eigenen Wege und sieht dabei manchmal ziemlich idiotisch aus, vor allem, wenn man sich verliebt hat!«

Dieses eine Wort warf mich so sehr aus der Bahn, dass ich vergaß, weiterzugehen. Ich starrte Luca nur nach, der sich irgendwann umdrehte und mich grinsend weiterzog.

»Komm, wir müssen zurück in den Orden, sonst schicken sie noch einen Suchtrupp! Ich weiß, du würdest gern hier bei deinem neuen Lieblingsengel bleiben, aber du hattest einen anstrengenden Tag.«

In mir war noch nie so viel Scham hochgekrochen. Seltsamerweise ging sie mit Euphorie und etwas anderem einher – einem Gefühl mit großem Suchtpotenzial, das ich weder zuordnen noch abstellen konnte.

»Tust du mir einen großen Gefallen, Lia?«

Wir hielten vor unseren Motorrädern. Luca hatte irgendwann das Grinsen abgelegt und einen ernsten, fragenden Ausdruck seine Miene zeichnen lassen. Meine Gabe war noch immer taub, aber ich war mir sicher, dass ihm seine Bitte unsagbar wichtig war. Meine seltsamen Gefühle schluckte ich hinunter, weil ich jetzt nicht mehr egoistisch sein durfte.

»Jeden Gefallen …«, versicherte ich.

Dem Wächter, der mir das Leben gerettet hatte und bereit gewesen war, sein Leben für meine Ideale zu opfern, würde ich keine Bitte abschlagen – fast keine.

Luca lehnte sich gegen sein Motorrad und verschränkte die Unterarme vor der Brust. »Du hast mich vorhin eine Kraft einsetzen sehen …«, begann er zu erklären.

»Deine Gabe, ja.«

Er schüttelte den Kopf. »Ich habe keine Gabe wie du. Zumindest wurde ich mit keiner geboren …«

Sein Blick schweifte hoch in den trüben Himmel, so als ob er dort oben die richtigen Worte für sein Geständnis ablesen könnte. Es war ohne Zweifel eines, ich hatte Luca noch nie so gesehen: ernst, nachdenklich, unsicher.

»Wenn du irgendjemandem im Orden von meinen Kräften erzählst, schmeißen sie mich raus.«

Das schwache, müde Lächeln, das seine Lippen zierte, war kein Zeichen von Belustigung. Es wirkte schuldbewusst.

»Raphael und Ares würden dich nie rausschmeißen, du bist ein hervorragender Wächter, du …«

»Es gibt ein paar Tabus, die Exkommunikation nach sich ziehen«, unterbrach er mich, bevor ich Lobgesänge auf ihn singen konnte, die er nicht hören wollte. »Eines dieser Tabus besagt, dass Wächter keine Rituale praktizieren dürfen. Wir dürfen im Grunde nicht mal zulassen, dass solche Rituale überhaupt in unserer Welt durchgeführt werden.«

Luca krempelte die Ärmel hoch. Die sorgfältig gezogenen Linien auf seiner Haut wirkten plötzlich befremdlich auf mich. Sie hatten ihr bläuliches Glühen noch nicht ganz verloren.

»Das sind keine einfachen Tätowierungen, sondern Beschwörungs- und Bannmale, die man braucht, wenn man …«

Er schien keine Worte zu finden und sah wieder hoch in den Himmel.

»Es ist dumm, gefährlich und nicht ohne Grund verboten!«, tönte er und seufzte im nächsten Moment ausgiebig. Als er mich wieder ansah, leuchteten Mut und Entschlossenheit in seinen Augen.

»Aber wenn man es kontrollieren kann, ist es verdammt nützlich und kann Leben retten! Ich habe das nicht gemacht, um jemand Unschuldigen zu verletzen oder verrückte Dämonen in unsere Welt zu rufen. Ich nutze meine Kraft nur, wenn es nicht anders geht und ich dem Orden damit einen Dienst erweisen kann.«

Seine Begründung klang in meinen Ohren nachvollziehbar und sie war in jedem Fall ehrlich, aber ich war mir auch bewusst, dass es einen Grund gab, warum der Orden diese okkulten Beschwörungen unter so strenge Strafe stellte. Luca wollte stark sein, noch stärker, als er ohnehin schon war. Er wurde von Zielstrebigkeit und dem Drang, zu helfen, geleitet, aber ich hatte trotzdem Angst, dass er sich an dem Feuer, das er selbst legte, die Finger verbrannte. Er schien bereit, sich mit dem Teufel einzulassen, um seinen selbst auferlegten Anforderungen an sein Schicksal gerecht zu werden.

»Du hast sie von Tristan, oder? Diese Male.«

Er nickte. Nichts anderes hätte Sinn ergeben. Luca wäre dem sadistischen Erzdämon sonst nicht so entgegenkommend begegnet, obwohl er um seinen Wahnsinn wusste.

»Was musstest du dafür tun?«

In meiner Vorstellung brauten sich die absurdesten und verstörendsten Szenerien zusammen, die durch Lucas Satz nur verstärkt wurden.

Er legte mir die Hand auf die Schulter und kam näher. »Frag mich das bitte nie wieder. Ich bin dabei, es zu verdrängen. Aber ich habe niemanden umgebracht, falls du das denkst.«

Das hatte ich nicht gedacht. Luca hätte niemand Unschuldigem etwas zuleide getan. Dabei war ich mir so sicher wie dabei, dass er den Halt in seinem Leben verloren hätte, wenn er kein Wächter mehr sein dürfte.

»Dein Geheimnis ist bei mir sicher«, versprach ich und entlockte ihm ein erleichtertes Seufzen. »Aber ich will, dass du dich in Zukunft nicht mehr mit Tristan einlässt. Mir ist noch nie jemand begegnet, der so fanatisch und bösartig ist.«

Meine Bitte war nicht als Vorwurf gemeint, aber in Luca schien sie Gewissensbisse auszulösen.

»Es tut mir leid, dass ich dich da mit hineingezogen habe. Er wird dir nichts antun, er hat zu große Angst vor Raphael und ich passe auf dich auf, versprochen!«

Ich schüttelte sanft den Kopf. »Sorg dich nicht. Ich kann auf mich selbst aufpassen.«

Er lachte und fuhr sich durch die Haare. »Das stimmt! Du wirst eine von den ganz großen Wächtern werden! Ganz ohne illegale Hilfsmittel.«

Sein Lob klang wohlwollend und doch zu sehr nach dankbarer Schmeichelei. Luca wusste besser als jeder andere, dass ich physisch kaum Kraft hatte. Ich hatte großen Aufholbedarf, wenn ich irgendwann das Schwert so gekonnt schwingen wollte, wie es von großen Wächtern verlangt wurde. Gerade die Auseinandersetzung mit Tristan hatte mir bewusst gemacht, dass ich trainieren musste, so hart und intensiv ich konnte. Lucas waghalsiger Feuereifer für das Wächterdasein konnte mir als Inspiration dienen.

Zurück im Schloss, verabschiedete sich Luca auf ein Zimmer, das ihm eigentlich nicht gehörte. Ich gönnte ihm die Zweisamkeit, nach der er sich sehnte, immer, nur heute überkam mich ein seltsames Gefühl, das sich mit meiner Abgeschlagenheit zu einem geballten Wall aus Melancholie formte.

Ich badete nicht gern in dem dunkelblauen See aus Selbstmitleid, aber ich war gerade zu kraftlos, um von allein aus dem imaginären Nass zu steigen.

Meine Beine trugen mich vor ein Zimmer, hinter dem mich angenehmere Wellen erwarteten. In seiner Aura zu versinken, war nicht nur wohltuend, sondern ein Privileg. Seine Tür blieb für die meisten verschlossen, aber es fehlte ihnen auch an Mut, bei dem unnahbaren Erzengel mit der oft lethargisch wirkenden, gespenstisch schönen Miene zu klopfen.

Als er mir öffnete, traf mich ein müder Blick, hinter dem ich der Vermenschlichung beim Wachsen zusehen konnte. Raphael gab sich so große Mühe, den Ansprüchen unserer chaotischen Welt gerecht zu werden, und das, obwohl sie ihn manchmal unendlich müde machten.

»Du wurdest verletzt.«

Natürlich sprang ihm meine Kopfwunde sofort ins Auge, nichts anderes hatte ich erwartet, deshalb hatte ich mir auch beruhigende Worte zurechtgelegt.

»Ich bin nur gegen eine Wand gestoßen, aber ich wurde von sehr netten Engeln verarztet. Es schmerzt kaum noch.«

Er neigte den Kopf. »Sonst lügst du glaubhafter. Was ist mit deiner Gabe passiert?«

Dass ich so oft blinzelte, weil ich mich ertappt fühlte, trug nicht zu meinem ursprünglichen Plan, Raphael keine Sorgen zu bereiten, bei.

Hätte er mir mehr Zeit gegeben, hätte ich ein paar beschwichtigende Floskeln gemurmelt, aber er streckte die Hand nach mir aus und zog mich in sein Zimmer. Ein großer, heller Raum, dessen Herzstück zweifelsohne das breite Himmelbett war. Es sah immer unbenutzt aus. Auf der hellbeigen Satinbettwäsche spiegelten sich die Lichtpunkte des Kristalllusters.

»Du schläfst zu wenig«, tadelte ich ihn und lehnte mich an die Wand neben dem Schreibtisch, den er viel öfter benutzte als sein Bett.

»Ich bin nicht daran gewöhnt, so viel Schlaf zu brauchen.«

»Dein Körper reagiert auf die Veränderungen in dir. Wenn du nicht genug isst und schläfst, erfährst du bald, wie es sich anfühlt, zusammenzubrechen.«

»Du brichst auch gleich zusammen«, entgegnete er und legte die Sorge, die er empfand, in seinen vorwurfsvollen Tonfall. Er trat näher und legte mir die Hände auf die Wangen. Sie waren unglaublich warm, wohltuend, heilend. Raphaels mächtige Gabe vertrieb den pochenden Schmerz und die Abgeschlagenheit sofort. Er war mir so nah, dass mich seine Aura komplett einhüllte. Sich einem so besonderen Wesen so nahe zu fühlen, war ein elektrisierendes Gefühl. Ich durfte mich in seinen Augen verlieren und war mir sicher, dass das hier gerade der sicherste und wärmste Ort der Welt war.

»Schlaf nicht im Stehen ein.«

Die raue, melodische Stimme machte mir bewusst, dass ich dabei war, abzudriften. Mir fiel jetzt erst auf, wie nah Raphaels Gesicht war. Er war so unfassbar schön und trotzdem ertappte ich meine Fantasie dabei, wie sie andere Konturen über seine perfekten Züge malte. Als er mich hochhob, wurde mir schwindlig. Kein unangenehmer Schwindel, ein unwirklicher, der meine Gedanken verwirbelte und meinen Kopf leer fegte. Als ich auf der hellbeigen Satinbettwäsche abgelegt wurde, verbot ich meinem Körper, sich sofort zu entspannen.

»Ich sollte nicht hier schlafen«, erklärte ich.

Raphael schüttelte sanft den Kopf und lächelte schief. »Hab keine Angst, ich komme dir nicht zu nahe.«

Seine Antwort ließ mich erröten, weil ich sein Angebot nicht aus Angst vor ihm ausgeschlagen hatte.

»Nicht deshalb. Ich bin nur … Neben mir zu schlafen, ist nicht unbedingt einfach. Wenn ich träume, benutze ich meine Gabe – das kann unangenehm sein, wenn man mir zu nah ist.«

Was ich Raphael gerade verriet, hatte ich noch nie jemandem verraten, weil diese Situation für mich neu war. Ich wusste von meiner Großmutter, dass Träume uns unsere Gabe unbewusst einsetzen ließen. Ich hatte Angst, dass ich Raphael Schmerzen oder Unwohlsein bereiten würde.

Die Erzengellippen verzogen sich zu einem Schmunzeln. »Du warst immer Balsam für meine kalte Seele, sorg dich nicht – schlaf. Morgen bist du wieder gesund.«

Ich nickte, weil er so sicher und unerschütterlich wie immer klang. Meinen Kopf auf das weiche Kissen zu betten, fühlte sich unsagbar gut an. Dass dieses Gefühl nicht nur dem unverschämt bequemen Bett zuzuschreiben war, war mir klar. Raphaels Nähe heilte alles an und in mir – meinen Körper, meinen Geist, mein Herz. Die Schmerzen verschwanden, die Erinnerungen an Tristans Schwärze verblassten und meine leise Sehnsucht nach dunkelblauen Augen verstummte – für den Moment.

Meine Waffe

Die hohen Tannen thronten weit in den blauen, wolkenlosen Himmel. Ich war mit dem Motorrad bis vor sein Tor gefahren und war mir sicher, dass er mich kommen gehört hatte. Wahrscheinlich fühlte er aber auch meine Aura nahen – seine war nicht zu übersehen. Er schien sich gerade keine Mühe zu geben, zu verstecken, wie hell er leuchten konnte und wie machtvoll der imaginäre Wind war, der gerade meine Haut streichelte. Seine Tür stand weit offen, ich konnte das beeindruckende Ölgemälde im Flur sehen.

»Hallo?«

Einfach einzutreten, hätte ich als unhöflich empfunden, auch wenn ich mir beinahe sicher war, dass er die Tür für mich geöffnet hatte. Ich kam als unangemeldeter Gast und er bekam nicht gern Besuch, das hatte er mir bei unserem letzten Treffen verraten. Einmal mehr hatte ich eine Bitte im Gepäck, die nur er mir erfüllen konnte. Um ihn darauf anzusprechen, würde ich viel Mut brauchen und ich würde die Stimme in mir abstellen müssen, die mir zuflüsterte, dass es unverschämt war, ihm seine Zeit zu stehlen.

»Bleibst du draußen stehen? Dann musst du laut sprechen!«, rief er und zauberte ein amüsiertes Lächeln auf meine Lippen, das meine Nervosität schluckte. Ich hatte ihn viel unnahbarer in Erinnerung, aber dass Gabriel Humor hatte, war mir schon beim letzten Mal aufgefallen.

Ich trat in das Innere des schönen viktorianischen Hauses und folgte der Spur seiner Aura. Er lehnte an der Küchenzeile, ein Buch in der Hand und ein Glas Wasser neben sich. Als er den Blick von den Zeilen auf mich gleiten ließ, wurde mir wieder bewusst, dass er doch einschüchternd und kühl wirken konnte.

»Ich störe dich, oder?«, wollte ich vorsichtig wissen und versuchte aus reiner Gewohnheit, seine Gefühlswelt zu lesen. Natürlich erreichte mich nichts außer Wind. Hinter seinen grünen Iriden erkannte ich nur Stärke und Stolz.

Er hielt das Buch in seiner Hand hoch. »Du bist ein spannenderes Wesen als dieser Nathan«, sprach er tonlos und zuckte im nächsten Moment mit den Schultern.

»Ephraim Lessing«, las ich vom Buchrücken ab und musste wieder lächeln. »Gefällt es dir nicht?«

Gabriel schüttelte gespielt dramatisch den Kopf. »Ich verstehe die Botschaft, aber nicht die Notwendigkeit einer so umständlichen Umsetzung. Euch wurde Toleranz in die Wiege gelegt. Braucht ihr Literatur, um euch euer selbst bewusst zu werden?«

»Das Gute in Kunst zu bannen, dient uns als Gedächtnisstütze in finsteren Zeiten – glaube ich …«

Er legte das Buch beiseite und machte einen Schritt auf mich zu. Sein Blick verlor die Strenge. »Kluge Worte aus einem so jungen Mund. Wir haben uns eine ganze Weile nicht mehr gesehen – du bist einen Wimpernschlag älter geworden.«

Ich hatte keine Zeit für Verlegenheit, weil ich mir bewusst machte, dass unser letztes Treffen tatsächlich schon sehr lange her war. Die letzten Wochen und Monate, die ich im Orden verbracht hatte, waren wie im Flug vergangen.

»Der Wächter in dir ist erwacht, sehr früh.«

Ich nickte, weil ich mich damit abgefunden hatte, jünger zu sein als alle anderen.

»Raphael scheint es zu gut zu gehen.«

Der Themenwechsel kam plötzlich und unerwartet und ich konnte den argwöhnischen Blick, den Gabriel zum Besten gab, nicht wirklich deuten.

»Ja, es geht ihm gut! Zum Glück ...«

Ich konnte meine Freude über Raphaels Zustand nicht verstecken, auch wenn ich das Gefühl hatte, dass es Gabriel gegenüber angebracht gewesen wäre, weil er noch immer so argwöhnisch aussah.

Die Fingerspitzen seiner linken Hand streiften kurz eine meiner Haarsträhnen.

»Er sollte seine neu gewonnenen menschlichen Gefühle nicht an einem so jungen Wesen auslassen. Deine Seele ist vielleicht alt, aber dein Körper ist jung – zu jung.«

Sein Satz verwirrte mich, was man mir definitiv ansah.

Gabriel seufzte, wahrscheinlich wegen meiner Naivität. »Seine Aura haftet an dir wie eine zweite Haut. Er muss dir unangebracht nah gewesen sein.«

Als ich verstand, worauf er anspielte, konnte ich die Verlegenheit nicht daran hindern, meine Wangen rosa zu färben. Die Erinnerung an den heutigen Morgen war noch zu lebhaft. Ich war in den schützenden Armen eines Erzengels aufgewacht, hatte seine ruhigen Atemzüge an meinem Hals gespürt und ihm noch eine ganze Weile beim Schlafen zugesehen, bevor ich das Himmelbett verlassen hatte.

»Es ist nicht so, wie du denkst. Er war mir nah, aber nicht zu nah.«

Eigentlich fehlte mir das Verständnis für den Begriff ›zu nah‹. Was war zu nah? Konnte Raphael mir überhaupt das Gefühl geben, zu nah zu sein? Meine Gedanken kreisten um ein Thema, das zu neu und aufwühlend für mich war, um zuzulassen, dass ich jetzt darüber nachdachte.

»Wir hatten keinen Sex«, versicherte ich so erwachsen und ruhig, wie ich konnte, und fand mich mit meinen geröteten Wangen ab. Ob Gabriel mir Glauben schenkte, wusste ich nicht, aber ich hatte keine Ahnung, wie man jemandem beweisen konnte, dass man eine Jungfrau war.

»Du bist nicht hier, um dir von mir unangenehme Fragen stellen zu lassen«, stellte Gabriel fest und schwenkte das Wasserglas. Selbst als er aufhörte, das Glas zu bewegen, schwappte das Wasser weiter hin und her. Ich war unglaublich gespannt auf seine Gaben und Fähigkeiten.

»Ich komme immer unangekündigt, entschuldige. Du kannst mich jederzeit rausschmeißen, wenn ich dir deine Zeit stehle«, stellte ich klar und sah ihn im nächsten Moment schmunzeln.

»Kann ich das?«, stellte er eine – ausschließlich rhetorische – Frage, die mir bewusst machte, wie dumm mein höflich gemeintes Angebot in seinen Ohren geklungen haben musste. Natürlich konnte er mich rausschmeißen, sogar in hohem Bogen oder in Stückchen.

»Ich habe eine Bitte an dich«, verriet ich und versuchte, selbstbewusst zu klingen, weil ich zu wissen glaubte, dass Gabriel Unsicherheit nicht leiden konnte.

»Geht es um Raphael?«

Sein Tonfall verriet, dass er mir solch eine Bitte abgeschlagen hätte.

»Nein, es geht um … mich.«

Jetzt hatte ich doch gezögert, aber er tadelte mich nicht, er zog nur eine Augenbraue in die Höhe.

»Ich will dich um Training bitten, nur so viel deine Zeit es zulässt.«

Seine Miene versteinerte wieder. Ich war mir sicher, dass er mich wegschicken würde.

»Es gibt keinen stärkeren Krieger als dich. Niemand könnte mir mehr beibringen und ich bin auf Hilfe wirklich angewiesen. Ich bin viel zu schwach und zu unerfahren.«

Er schwieg.

»Du kannst Ort und Zeit immer selbst wählen. Ich bin über jede Stunde dankbar, die du mir opferst.«

Langsam gingen mir die Argumente aus, aber ich bekam noch immer keine Antwort.

»Ich will eine gute Wächterin werden, keine, die Kämpfe scheut. Und ich will kein schwaches Mädchen sein, das ständig auf die Hilfe anderer angewiesen ist. Ich weiß, es ist anmaßend, dich um so etwas zu bitten, aber wenn ich es nicht versucht hätte, hätte ich mir Vorwürfe gemacht.« Ich holte tief Luft. »Bitte. Ich bin Strenge gewohnt und hart im Nehmen. Wenn ich mich dumm anstelle, kannst du mich jederzeit wegschicken.«

Ich war mir nicht mal mehr sicher, ob er mir überhaupt zuhörte, aber seine Lippen zuckten plötzlich.

»Gabriel?«

Er unterdrückte ein Grinsen.

»Entschuldige, ich war nur neugierig, wie lange du das durchhältst.«

Er stieß sich von der Küchenzeile ab und ging an mir vorbei. Als ich mich nach ihm umdrehte, hielt er an.

»Du sehnst dich nach Stärke. Der Weg der Starken ist blutrot und hinter jeder Tür, die du öffnest, wartet der Krieg auf dich. Ist dir das bewusst?«

»Ja.«

»Und du willst trotzdem ein Krieger werden?«

»Solange die Welt sie braucht, ja.«

»Und wenn sie nicht mehr gebraucht werden?«

»Dann bin ich glücklich …«

Gabriel machte eine auffordernde Kopfbewegung. Ich folgte ihm hinaus in den Garten. Sattes grünes Gras, so weit das Auge reichte. Keine Blumenbeete, keine Ziersträucher, nur eine hohe, beeindruckende Föhre, deren Äste im sanften Wind schaukelten.

»Kannst du mit einem Schwert umgehen?«

Seine Frage weckte Euphorie in mir. Ich hatte zwar kein eindeutiges »Ja« auf meine Bitte zu hören bekommen, aber er schien zumindest bereit, es zu versuchen.

»Ich weiß, wie man eines führt.«

Ich war kein vollkommener Neuling im Umgang mit dem Schwert. Luca war ein guter Trainer, aber er nahm viel zu viel Rücksicht auf mich.

Gabriel deutete in Richtung Baum. Ich folgte seiner Geste mit dem Blick, wusste aber nicht, was er von mir erwartete.

»Dahinter«, sprach er und verschränkte erwartungsvoll die Arme vor der Brust.

Ich ging los, um herauszufinden, was er mir zeigen wollte. Meine Hand legte sich auf den breiten, kühlen Stamm. Mein letzter Schritt war zaghaft und vorsichtig, weil der Anblick, der sich mir bot, faszinierend war.

In der Erde hinter der Föhre steckte ein Schwert, dessen silberne Klinge die Sonnenstrahlen surreal schön reflektierte. Der Griff war schwarz und in der Mitte der Parierstange funkelte ein elfenbeinfarbener Stein in einer silbernen Fassung, die an ein Kreuz erinnerte. Obwohl es nagelneu aussah, musste es schon eine ganze Weile hier stecken. Eine Kletterpflanze mit blassblauen Blüten hatte sich um die Klinge gerekelt. Ich hatte in letzter Zeit viele Schwerter gesehen, manche davon hatten aufwendige Schmiedeprozesse hinter sich, aber keines hatte mich jemals so staunen lassen. Von dieser Waffe ging etwas aus, das sogar ihre Optik übertrumpfte. Uralte Kunstwerke zu betrachten, weckte in mir ein sehr ähnliches Gefühl. Diese Klinge hätte viele Geschichten erzählt, hätte sie sprechen können.

»Nimm es nur.«

Ich zuckte erschrocken zusammen, weil Gabriel plötzlich sehr dicht hinter mir stand. Er konnte sich praktisch lautlos bewegen, vielleicht hatte er auch seine Flügel benutzt.

»Dieses Schwert ist alt, oder?«

Er nickte. »Für deine Begriffe, ja.«

»Gehört es …«

»Es gehört mir.«

Meine Frage war so zögerlich ausgefallen, weil ich nicht gewusst hatte, dass Gottes rechte Hand ein Schwert führte. Es lag aber nahe, er war der Krieg und nichts symbolisierte den Kampf oder die Rebellion besser als eine silberne Klinge.

»Nimm es«, wiederholte er die Aufforderung, der ich nicht nachgekommen war.

»Aber …«

»Es ist nur ein Schwert, es soll geführt werden.«

Seine Worte minderten meine Faszination nicht, aber ich traute mich, zuzugreifen. Meine rechte Hand legte sich um den Griff, er war so kühl wie der Stamm der Föhre. Es ließ sich leicht aus der Erde ziehen, so leicht, dass ich nach hinten stolperte, weil ich viel zu viel Kraft aufbringen wollte.

Gabriels Hand in meinem Rücken verhinderte, dass ich mich ungewollt in die Wiese setzte.

»Hätte ich erwähnen müssen, dass das nicht Excalibur ist? Es hat nur in der Erde gesteckt.«

Ich hätte geschmunzelt, wäre es mir nicht so unangenehm gewesen, dass ich das Gleichgewicht verloren hatte. Das Schwert lag gut in der Hand, es war ein wenig schwerer, als ich es von den Schwertern im Orden gewohnt war, aber es ließ sich bestimmt gut führen.

Als ich mich nach Gabriel umdrehte, hatte er ein wenig Abstand zwischen uns gebracht. Er machte eine auffordernde Handbewegung. Ich starrte ihn fragend an.

»Komm.«

»Aber …«

»Ich dachte, du wolltest mit mir kämpfen.«

Eigentlich wollte ich nur von Gabriel lernen, aber dieser Prozess lief wohl unmöglich ohne Trainingskämpfe ab. Es erschien mir grenzenlos absurd, zu versuchen, mich gegen einen Erzengel zu behaupten, aber ich würde tun, was er von mir verlangte.

Ich legte auch die zweite Hand um den Griff und lief auf ihn zu. Als ich die Klinge hob, zögerte ich, weil ich plötzlich Angst bekam, ihn zu verletzen. Ich führte eine besondere Klinge, wahrscheinlich besonders genug, um selbst Gabriel Schaden zuzufügen. Ich gab ihm mehr als genug Zeit, meinem Hieb auszuweichen, er wich trotzdem nicht zurück.

Gabriel griff sich die Klinge mit bloßer Hand. Ich hatte keine Chance mehr, das Schwert zu bewegen.

Kurz bevor ich loslassen wollte, wurde ich zu Boden gerissen. Ich lag in der Wiese und sah zu dem Erzengel hoch, der nicht mal einen Finger gerührt hatte.

Er hielt nur seine Klinge.

»Das war sogar von halbherzig weit entfernt.« Seine Stimme klang gelangweilt und wütend zugleich. »Steh auf.«

Ich raffte mich schnell wieder auf die Beine und nahm das Schwert, das er mir hinhielt. Ich ließ die Klinge diesmal schneller gleiten, aber noch bevor sie ihm nahe kam, verlor ich wieder den Boden unter den Füßen. Mein Aufschlag war unsanfter als vorhin, mir blieb kurz die Luft weg.

»Steh auf.«

Ich folgte seiner rau gesprochenen Anweisung, aber kaum war ich auf den Beinen, schlug ich schon wieder auf dem Boden auf. Diesmal schaffte ich es nicht, aufzustehen, weil sich mein Körper plötzlich unsagbar schwer anfühlte. Gabriel trat vor mich. Er musste keine Hand heben und keine Miene verziehen, trotzdem wirkte seine Gabe unaufhörlich auf mich ein.

»Du sagst, du willst kämpfen, aber du hast Angst, zu verletzen. Als ob du schwimmen lernen wolltest, ohne nass zu werden.«

Dass er gerade dieses Beispiel gewählt hatte, hätte mich beinahe zum Schmunzeln gebracht, aber Gabriels Gabe verlief an der Grenze zu Schmerz, obwohl er sie auf ein Minimum zu drosseln schien.

»Halbherzig wirst du keine Schlacht gewinnen. Wenn du Blut und Schmerz scheust, sollte Raphael dich trainieren und nicht ich. Heile oder kämpfe. Sei der Zorn Gottes oder seine Gnade!«

Diese eindringlich gesprochenen Worte sprengten etwas in mir. Tristans wahnsinniges Lächeln flackerte in meiner Erinnerung auf und machte mir bewusst, wie unbedingt ich nach Stärke verlangte. Ich wollte dem Wahnsinn die Stirn bieten können, nicht die klaffenden Wunden der Verwüstung heilen.

Mein Schlag kam unerwartet und geballt. Ich war mir nicht sicher, ob meine Gabe überhaupt durch die starke Mauer aus Wind dringen konnte, aber mein Körper fühlte sich plötzlich wieder leichter an. Als ich auf die Beine sprang, sah ich Gabriel einen Schritt nach hinten wanken. Ich konnte ihm nicht wirklich Schaden zufügen, aber ich konnte ihn für einen Moment aus der Bahn werfen. Als ich die Klinge wieder hob, begann mein Körper, Adrenalin auszuschütten. Ich würde kämpfen, so wie er es von mir verlangte, und ich würde Gabriel ewig dankbar sein, dass er die Kriegerin in mir wachgerüttelt hatte.

Mein besonderer Moment

Meine Beine wollten mich kaum noch tragen, sie fühlten sich weich an, zu weich, so als hätten meine Muskeln mir den Dienst quittiert. Ich schleppte mich die Treppe nach oben, der Weg auf mein Zimmer war mir noch nie so weit vorgekommen.

Die Flure waren leer, weil die meisten schon schliefen oder Missionen nachgingen. Luca hatte heute frei, aber er war bestimmt hier. Er und Luna verbrachten so viel Zeit wie möglich miteinander. Dass er trotzdem Geheimnisse vor ihr hatte, musste bestimmt belastend für ihn sein. Ich hätte mir gern vorgenommen, niemals Geheimnisse vor dem Mann, den ich mal lieben würde, zu haben, aber das wäre reiner Selbstbetrug gewesen. Ich würde immer zumindest ein Geheimnis wahren, vielleicht fühlten sich Lucas Gewissensbisse deshalb beinahe vertraut an.

Ich stieg unter die Dusche, hüllte mich in ein Handtuch und ließ mich dann auf mein weiches Bett fallen. Dieses Zimmer hatte etwas Beruhigendes, unglaublich Schönes an sich, obwohl es sehr klein war. Ich hatte mich vom ersten Tag an wohlgefühlt, angekommen. Heute würde ich schlafen wie ein Stein, weil ich mich noch nie im Leben körperlich so sehr verausgabt hatte. Jede Stunde, die mir Gabriel geschenkt hatte, war mir kostbar gewesen, aber mein Körper hätte keine Minute länger mitgespielt. Er hatte mich weggeschickt, als ich sein Schwert nicht mehr heben konnte. Was er zum Abschied gesagt hatte, hatte Glücksgefühle in mir wachgerufen. Ich durfte wiederkommen. Aus Gabriels Mund hatte diese Erlaubnis unglaublich besonders geklungen. Ich war mir beinahe sicher, dass er das nicht vielen Wesen gestattete. Auch wenn mein Schicksal einsam und schweigsam war, mein Leben war definitiv gesegnet. Ich wusste das zu schätzen.

Ein seltsames Klirren riss mich aus meinen Gedanken. Ich konnte das Geräusch nicht sofort zuordnen, weil mein Verstand schon im Ruhemodus festzustecken schien. Erst als das Fenster erneut klirrte, begriff ich, dass etwas gegen die Scheibe geknallt war.

Eine Hand fest um die Enden des Handtuchs gelegt, stellte ich mich in den Erker und versuchte, etwas zu erkennen. Es war stockdunkel draußen und das Licht in meinem Zimmer ließ mich nur mein eigenes Spiegelbild sehen. Hastig tastete ich nach dem Lichtschalter und griff fünfmal daneben, weil meine Bewegungen vollkommen unkonzentriert ausfielen.

Mein Geist war damit beschäftigt, die helle Aura einzuordnen, die mich erreichte. Als ich endlich das Licht abdrehen konnte, verschwand mein Spiegelbild in den Scheiben, die mir den Blick auf den Waldrand und einen scheinbar menschenleeren Garten freigaben.

Ich hätte mich damit abgefunden, mir das Klirren nur eingebildet zu haben, aber meine Gabe war treffsicherer als mein müder Verstand. Die helle Aura gehörte definitiv zu jemandem.

Vorsichtig öffnete ich eines der alten, hohen Fenster und fröstelte sofort, weil die Nachtluft kalt und winddurchflutet war. In dem Moment, als ich meinen Kopf aus dem Fenster streckte, traf mich etwas Kleines, Hartes an der Wange.

»Aua.«

»Entschuldige. Keine Absicht.«

Seine Stimme machte mich schlagartig so wach, als würde ich in meinem ganzen Leben keinen Schlaf mehr brauchen. Mein Blick schweifte nach unten, direkt an der Schlossmauer entlang. Seine dunkle Silhouette nahm erst nach ein paar Sekunden Konturen für mich an, weil sich meine Augen an die Dunkelheit gewöhnen mussten.

»Hallo.« Er hob die Hand und ließ sie dann wieder in der schwarzen Manteltasche verschwinden. Dunkelblaue Iriden funkelten zu mir hoch.

Ich hatte sie ganz anders in Erinnerung, desinteressiert und irgendwie müde. Jetzt schien er wach und neugierig, und er wollte definitiv eine Reaktion auf sein »Hallo«, nur leider hatte ich vergessen, wie man angemessen auf Begrüßungsfloskeln reagierte. Meine Lippen blieben geschlossen, dafür blinzelte ich auffallend oft, weil es anstrengend war, so lange so große Augen zu machen.

»Kommst du runter, bevor mich jemand rausschmeißen kann? Ich sollte eigentlich nicht hier sein.«

Meinem hektischen Nicken folgten unkoordinierte Schritte, die mich sofort nach draußen tragen wollten. Als mir auffiel, dass ich gerade mal ein Handtuch trug, machte ich wieder kehrt und sah aus dem Fenster.

»Ich ziehe mich nur kurz an!«

Die ersten Worte, die mir über die Lippen kamen, und sie hätten kaum überflüssiger sein können.

Er legte den Kopf leicht schief und ließ ein kokettes Grinsen über seine Lippen huschen. »Wie alt warst du noch gleich?«

Seine Frage irritierte mich. »Vierzehn«, antwortete ich leise.

»Ja, zieh dir was an. Ich warte.«

Ich schaltete das Licht wieder ein und suchte nach meiner Kleidung. Während all meine Bewegungen mechanisch und vollkommen automatisiert abliefen, kreiste eine Frage in meinem Kopf, die ich mir so schnell wie möglich beantworten wollte. Wieso war er hier?

Nachdem ich mir irgendetwas übergezogen hatte, rannte ich los. Meine Neugier und mein absurd schneller Herzschlag trugen mich blitzschnell die Treppe hinunter, ich war aber trotzdem darauf bedacht, niemanden zu wecken. Unangekündigter Engelsbesuch mitten in der Nacht hätte Aufsehen erregt und er schien diesen Trubel nicht heraufbeschwören zu wollen.

Vorsichtig drückte ich die schwere Flügeltür auf und kniff die Augen zusammen, als ihr lautes Knarren in der Aula widerhallte. Als ob meine angespannte Mimik den Lärm reduzieren würde, biss ich mir auf die Unterlippe und hielt dann inne. Ich schien niemanden geweckt zu haben, außerdem knarrte diese Tür nachts oft, wenn jemand von Missionen heimkehrte. Meine Sorgen waren also weitgehend unnötig. Ich musste mich unbedingt am Riemen reißen, klarer denken, aber dieses seltsame Gefühl schien alles an meinem Verstand zu lähmen, was rational war.

Ich lief um das Schloss herum, durch den dunklen Garten, dann verlangsamte ich meine Schritte. Er lehnte wie ein schöner dunkler Schatten an der steinernen Mauer, die Hände in den Manteltaschen vergraben. Seine helle Aura hielt er gedrosselt, um kein Aufsehen zu erregen. Dass er das konnte, verwunderte mich. Ich hatte erst zwei Engel getroffen, die in der Lage waren, ihre spürbare Präsenz zu kontrollieren, aber diese beiden trugen ein ›Erz‹ vor ihrer Wesensbezeichnung.

»Zieh besser die Vorhänge zu, wenn du nachts das Licht anhast. Von hier aus sehe ich dein ganzes Zimmer.«

Ich verstand das breite Lächeln auf seinen Lippen nicht, aber es war so schön, dass mir sein Ursprung egal war.

»Wieso bist du hier?«

Die Frage platzte förmlich aus mir heraus und in der nächsten Sekunde war sie mir unangenehm. Ich hatte zu eindringlich geklungen, vielleicht war es sogar offensichtlich, dass es nur eine einzige Antwort gab, die ich hören wollte.

Er stieß sich von der Mauer ab und kam näher. Das Mondlicht ließ seine Augen viel dunkler aussehen, als sie waren, aber es verlieh seinem Gesicht unglaublich weiche, überirdisch schöne Züge.

Obwohl so viel Menschlichkeit in seiner Mimik lag, sah ich gerade ganz deutlich den Engel in ihm.

»Ich hatte einen Traum«, erklärte er und zuckte mit den Schultern. Seine Stimme klang nicht kalt oder tonlos, sondern wach und amüsiert. Die verwirrten Blicke, die ihn trafen, schienen ihm zu gefallen.

Ich fühlte Neugier. Sie ähnelte meiner, weil sie diese seltsame Gefühlsnote hatte, die ich nicht kannte.

»Willst du ihn sehen? Meine Träume sind meistens seltsam, aber dieser war schön.«

Ich überschüttete ihn wohl mit meiner Neugier, weil er plötzlich leise lachte und seine Hand nach mir ausstreckte.

»Keine Angst, ich beiße nicht, solange du mich nicht irgendwann darum bittest.«

Meine Hand bewegte sich nicht, obwohl ich sie wirklich gern nach seiner ausgestreckt hätte. In meinem Verstand drehte sich alles um das Wort ›Träume‹ und das Ausmaß seiner Faszination auf mich.

»Ich habe auch eine Gabe, nicht so nützlich wie deine, aber sie ist spannend. Ich kann sie dir zeigen, aber du musst mich anfassen, sonst klappt es nicht.«

Er hatte eine Gabe und ich sollte ihn anfassen. Mein Herz setzte einen Schlag aus.

»Nur deine Hand, ich bin nicht grob.«

Dass er mich so oft bitten musste, war mir unsagbar peinlich, aber jedes seiner auffordernden Worte war wie ein Endorphinrausch für mich. Es war ihm wichtig, mir zu zeigen, was er konnte, das fühlte ich.

Als ich endlich meine Hand ausstreckte, zitterte sie. Zum Glück war es kalt und ich trug keine Jacke. Ich konnte die Reaktion meines Körpers, die eigentlich unsagbarer Aufregung geschuldet war, auf die Temperaturen schieben.

Er überbrückte das letzte bisschen Distanz zwischen uns, indem er noch einen Schritt näher kam und dann zugriff. Seine Finger legten sich um meine, bestimmend, aber nicht fest. Warme, weiche Haut auf meiner kalten, zitternden Hand.

Seine Aura und sein Wesen begannen, durch mich hindurchzuströmen. Frohsinn, Begeisterungsfähigkeit, Sturheit, Eigensinn, Stärke, Enthusiasmus, Verlangen. Ich war noch nie einem Engel mit einem so breiten Spektrum an starken Emotionen begegnet. Selbst für einen Menschen wäre das ungewöhnlich gewesen. Astaras war aufbrausend, gefühlsgesteuert und für mich das spannendste Wesen, das mir jemals begegnet war.

»Schließ die Augen«, befahl er im Flüsterton und machte mir bewusst, wie durchdringend ich ihn anstarrte.

Ich folgte seiner Anweisung und erschrak im nächsten Moment. Statt Dunkelheit flackerten Bilder vor mir auf. Ich musste die Augen wieder öffnen, um mir bewusst zu machen, dass ich nicht gerade das Bewusstsein verloren hatte oder in Tiefschlaf gefallen war.

Er stand noch immer ganz dicht vor mir, mit geschlossenen Augen. Ich tat es ihm wieder gleich und erschrak abermals ob der realistischen Bilder, die sich sofort vor meinen geschlossenen Augen auftaten. Die Farben waren etwas dumpfer und die Silhouetten vernebelter als in der Realität, aber die Szenen, die ich sah, entsprangen einem Traum, keinem Film.

Ich sah mich selbst lächeln, immer wieder, die Umgebung wechselte sprunghaft und die Zeit schien einmal langsamer und dann wieder sehr schnell zu vergehen. Was sich aber nie änderte, war, dass ich mit Astaras zusammen war. Diese Szenen zeigten uns, niemanden sonst, nur uns beide und unser Lachen. Es erschien mir wie die Vision einer fröhlichen, unbeschwerten Zukunft. Wenn seine Gabe tatsächlich visionär war, war sie unglaublich besonders – so besonders wie er. Ich war dabei, mich in den Bildern zu verlieren, weil sie so wohltuend und verheißungsvoll waren und ich unbedingt alles sehen wollte, was Astaras gesehen hatte.

Als es plötzlich dunkel wurde, musste ich ein enttäuschtes Seufzen unterdrücken. Ich öffnete die Augen, weil er mir alles gezeigt zu haben schien, was er mir zeigen wollte – er hatte mich wieder losgelassen.

»Du hast von mir geträumt …«, stellte ich fest und fühlte im nächsten Moment die Hitze auf meinen Wangen, weil mir auffiel, wie sehr mir diese Tatsache schmeichelte.

Astaras nickte und ließ die Hände wieder in den Manteltaschen verschwinden. Verlegenheit war eine Emotion, die er scheinbar nicht an sich heranließ. Er verzog seine Lippen nur zu einem koketten Grinsen.

»Du faszinierst mich.«

Er sprach dieses Kompliment mit so starker Stimme, als wäre es der selbstverständlichste Satz auf der Welt.

Der kühle Wind kam nicht gegen die aufsteigende Wärme in mir an. Ich versuchte, zu verstehen, was hier passierte, aber ich war furchtbar schlecht darin, mit Situationen umzugehen, auf die ich nicht vorbereitet worden war. Meine Ausbildung war so umfangreich gewesen, ich hatte gelernt, mein Schicksal anzunehmen, Himmel und Hölle zu verstehen, aber ich verstand absolut nichts davon, wie ich dieses brennende Gefühl in mir lindern oder ihm Ausdruck verleihen konnte.

»Ich …«

»Du?«, fragte Astaras auffordernd. Er wollte etwas hören, aber ich war mir nicht mal selbst sicher, was ich gleich sagen würde.

»Ich dachte, ich würde dich langweilen …«

Unsere erste Begegnung in Ceros Zirkel war mir wieder in den Sinn gekommen. Seine kühlen, desinteressierten Blicke hatten nichts daran geändert, dass ich meinen Blick nicht von ihm hatten losreißen können. Er hatte mich vom ersten Moment an fasziniert – vielleicht hätte ich ihm das sagen sollen.

»Entschuldige«, erwiderte er sanft. Seine Augen funkelten, aber im nächsten Moment wurde seine Miene strenger. »Ich kann blasiert wirken, ich weiß. Manchmal kommt etwas in mir hoch, das ich gern ›Engels-Selbstgefälligkeit‹ nenne. Im Himmel waren alle so: gelangweilt, hochmütig, selbstgerecht – deshalb habe ich ihn auch verlassen.«

Astaras war ein gemachter Engel, das war mir klar gewesen, aber richtig bewusst wurde es mir erst jetzt. Er konnte auch zu dieser unnahbaren Statue werden – genau wie Raphael und Gabriel –, aber er schien es schon lange zu unterdrücken.

Das Lächeln, das über seine Lippen huschte, ließ ihn wieder lebendiger wirken. »Um aber bei der Wahrheit zu bleiben, steckt auch in meiner menschlichen Seite etwas Narzisstisches. Ich bin wohl egoistisch, eitel und stur, aber das brauche ich dir nicht zu beichten, das weißt du schon, oder?«

Er spielte auf meine Gabe an, wahrscheinlich der größte und vielleicht einzige Grund für sein reges Interesse an mir. Was ich konnte, faszinierte ihn, das fühlte ich. Er war aber nicht das, wofür er sich hielt.

»Du bist kein Narzisst, nur temperamentvoll und …«

Ich stockte. Das gefiel ihm nicht, er machte ein gespielt beleidigtes Gesicht.

»Was? Jetzt würde der Nicht-Narzisst doch gern ein Kompliment hören.«

Sein Satz brachte mich zum Lachen – das zeichnete seinen Charakter aus: Mich zum Lachen zu bringen, ließ seine Augen funkeln. Er war vielleicht eitel und stur, aber er hatte eine gute, feurig leuchtende Seele.

»Du gehst mir nicht mehr aus dem Kopf.«

Als ich es ausgesprochen hatte, hätte ich gern die Zeit zurückgedreht, weil dieser Satz in meinen Ohren so peinlich geklungen hatte. Astaras war schlagfertig, witzig, selbstsicher, und ich hatte meine Komplimente aus den historischen Liebesromanen meiner Großmutter.

Bevor ich zu stottern und relativieren beginnen konnte, trat er plötzlich näher. Ich dachte, er wollte mich wieder berühren, um mir seine Traumbilder zu zeigen, aber als er die Hand auf meinen Oberarm legte und ich die Augen schloss, war es nicht seine Gabe, die ihre Wirkung zeigte, sondern meine.

Ich fühlte einen Schwall aus warmen, hochelektrisierenden Emotionen. Als ich die Augen erschrocken öffnete, war sein Gesicht so nah, dass ich die ätherische Note seiner Haut riechen konnte – sie erinnerte an Eukalyptus.

»Keine Angst, das wird ganz unschuldig«, hauchte er.

Sein Atem traf warm auf meine Lippen, dann glühten sie unter der Berührung mit seinen auf. Ich erlebte die drei aufregendsten Sekunden meines Lebens.

Als sie vorbei waren und Astaras einen Schritt zurücktrat, hätte ich ihn gern um noch einen Kuss gebeten, aber selbst wenn ich so mutig gewesen wäre, konnte ich im Moment nicht sprechen, nur lächeln.

»Dir nah zu sein, ist magisch, weißt du das, Lia?«

Er sprach meinen Namen zum allerersten Mal aus. Ich würde seinen Tonfall nie vergessen. Ich senkte den Blick zu Boden, obwohl ich nichts lieber getan hätte, als ihn weiterhin anzusehen.

»Ich gehe stark davon aus, dass du diese anziehende Wirkung nicht nur auf mich hast.«

Als ich fragend zu ihm hochblickte, fühlte ich ihn ein Gefühl unterdrücken, das ich zum ersten Mal als Kompliment empfand, auch wenn es überflüssig war – Eifersucht.

»Ich habe niemanden … keinen Freund oder …«

Er verstand mein Gestammel, aber es zerstreute das unangenehme Gefühl nicht, das im Feuer seiner Emotionen loderte.

»Ja, weil du jung bist – verboten jung.«

Er grinste und streckte die Hand nach meiner Wange aus. Seine Berührung elektrisierte mich wieder, auch wenn mich sein Satz ein wenig gekränkt hatte. Ich war nicht das Kind, das alle in mir sehen wollten, schon gar nicht jetzt.

»Erlaube mir, auf dich zu warten, ja?«

Seine Bitte ließ mich erröten und meine Fantasie verrücktspielen. Er wollte warten, weil er mich für zu jung hielt. Ich mochte diesen Gedanken nicht, aber ich nickte trotzdem, weil ich nicht wollte, dass er ging und mich vergaß.

»Während ich warte …«, setzte er an.

Astaras trat wieder näher, stand so dicht vor mir, dass ich tief in ihn hineinfühlen konnten, weil sich unsere Körper berührten.

»… lass uns gemeinsam ein wenig lachen.«

»So wie in deinem Traum?«

Während er nickte, neigte er seinen Kopf zu mir runter. Er war größer als ich, aber ich musste mich nicht auf die Zehenspitzen stellen, um den Kuss zu bekommen, nach dem jede Faser meines Körpers verlangte. Seine Lippen legten sich wieder nur kurz auf meine, aber ich war mir sicher, dass kein Mädchen der Welt schönere erste Küsse hätte erleben können. Astaras' Geruch war betörend, ich atmete zu oft ein, mir wurde schwummrig, vielleicht auch, weil ich im Glücksrausch war.

»Wann hast du Zeit für mich, vielbeschäftigte Wächterin?«

»Wann immer du willst.«

»Das ist gelogen. Du hast nicht so viel Zeit, wie ich dir gern stehlen würde, aber immer, wenn du welche entbehren kannst, will ich dich sehen.«

Er trat zurück und der rosarote Nebel, der meinen Verstand umschwebte, lichtete sich wieder ein wenig. Ich hatte tatsächlich kaum Zeit. Der Orden, mein Training mit Gabriel, die Schule – ein Teil von mir hätte all diese Pflichten gern beiseitegeschoben, aber mir war bewusst, dass ich das weder konnte noch wirklich wollte. Ich würde Astaras trotzdem wiedersehen, so bald und so oft es ging. Meine Faszination war ein Funke gewesen, entfacht in dem Moment, in dem er sich zum ersten Mal nach mir umgedreht hatte – nun brannte da ein Feuer.

»Kann ich dich anrufen?«, fragte ich vorsichtig, weil etwas in mir noch immer nicht glauben konnte, was gerade passierte.

»Jederzeit.«

Er zog einen blassgrünen Zettel aus der Manteltasche und reichte ihn mir. Ich wollte mir die Nummern schnell einprägen, aus Angst, den kleinen Zettel zu verlieren, aber ich blickte an der Schlossmauer hoch, weil jemand das Licht in einem der oberen Stockwerke angemacht hatte.

»Du solltest jetzt gehen!«

Ich klang sehr eindringlich, zu eindringlich, das entging Astaras natürlich nicht.

Er blickte auf das Balkonfenster im zweiten Stock. »Ist das sein Zimmer?«, wollte er wissen und präzisierte seine Frage sofort. »Raphael«, sprach er seinen Namen aus und sah mich dann hektisch nicken. Natürlich wusste er, dass unserer Schule nun ein Erzengel vorstand – jeder wusste das.

»Ja. Du solltest gehen. Er …«

Ich beendete den Satz nicht, weil ich mich schämte.

Astaras fiel auf, dass ich tunlichst verhindern wollte, dass Raphael uns sah.

»Ist er so streng mit dir, der große Erzengel?«

Aus seinem Mund klang das Wort Erzengel nicht so ehrfurchtsvoll wie aus den meisten anderen Mündern. Für Astaras schien die himmlische Hierarchie keine große Rolle mehr zu spielen.

»Nein, aber er sorgt sich schnell und viel. Ich gehe zurück auf mein Zimmer.«

Vor einer Minute hätte ich noch geschworen, dass nichts und niemand mich den Wunsch verspüren lassen könnte, mich von

Astaras zu verabschieden, aber der Orden war nicht der richtige Ort für uns. Ich wollte Raphael keine Sorgen bereiten, was grotesk war in Anbetracht der Tatsache, dass Astaras' Anwesenheit keine Gefahr, sondern eine Wohltat für mich bedeutete. Raphael würde sich trotzdem sorgen, ich war mir sicher.

Astaras wandte sich schneller ab, als mir lieb war. Ich hatte Angst, ihn gekränkt zu haben, obwohl ich dieses Gefühl nicht in der Flut seiner Emotionen ausfindig machen konnte. Als er sich noch mal zu mir umdrehte, machte mein Herz einen Freudensprung.

»Ich bin keiner dieser geduldigen Engel. Melde dich, sobald du kannst, ja?«

»Versprochen … Und danke.«

Ich war mir nicht sicher, ob es seltsam war, sich für einen Kuss zu bedanken, aber mir war danach. Astaras hatte Gefühle in mir geweckt, die zwar neu und schwer zu kontrollieren waren, aber sie gaben mir schon jetzt so viel Kraft, dass ich sofort wieder mit Gabriel das Schwert hätte schwingen können.

Nachdem er in der Dunkelheit verschwunden war, schwebte ich auf weichen Wolken zurück in mein Zimmer.

Mein schwarzer Engel

Sieben Monate später

Ich zog die scharfe Klinge aus dem pechschwarzen Körper, der Sekunden zuvor noch den Hang nach unten geprescht war. Meine Atmung normalisierte sich wieder, während ich die Waffe an meiner Weste abwischte. Ich achtete penibel darauf, die schöne Klinge rein zu halten. Sie war mir viel wichtiger als meine Kleidung, die nach Begegnungen mit Ghulen sowieso meist Risse aufwies.

Die instinktgetriebenen Dämonen besaßen scharfe Krallen, die, gepaart mit ihrer Angriffslust, bei mir regelmäßig zu großem Kleidungs- und Pflasterverschleiß führten. Dass ich meistens mit kleineren Blessuren und Wunden davonkam, war ausschließlich Gabriels Verdienst. Sein Training hatte mich schnell und ausdauernd gemacht und meine Sinne geschärft. Auch wenn er das nicht hören wollte, würde ich ewig in seiner Schuld stehen, nicht nur, weil er mir so viel seiner kostbaren Zeit geschenkt hatte.

Die Klinge, die ich führen durfte, war ebenfalls ein Geschenk gewesen, ein so besonderes, dass ich gezögert hatte, es anzunehmen. Erst als Gabriel in eiserner Erzengelmanier darauf bestanden hatte, dass ich sein Schwert tragen sollte, hatte ich diese besonderste aller Waffen mit mir genommen. Er behauptete zwar immer, sie hätte keine außergewöhnlichen Eigenheiten, aber jeder, der einmal die Hände um den Schaft dieses Schwertes gelegt hatte, hätte ihm widersprochen. Sie schien ihre Gegner von selbst zu finden und glitt durch Ghulfleisch wie heißes Metall durch Butter.

Ohne Gabriels Hilfe wäre ich noch lange nicht in der Lage, solche Missionen allein anzutreten. Ich hatte definitiv viel Erzengel-Hilfe, nicht nur die des Krieges. Raphael hielt seine schützende, heilende Hand so oft über mich, dass ich die anderen manchmal tuscheln hören konnte. Es war nicht lange ein Geheimnis geblieben, dass ich oft im Zimmer des stillen, klugen Ordensleiters verschwand. Ich war so gern bei ihm, dass mir die Spekulationen und Gerüchte über unser Verhältnis egal waren.

Ein Blick auf die Uhr um mein Handgelenk ließ mich hektisch werden. Ich kramte eilig nach dem Benzinfeuerzeug und warf es auf den reglosen, fellbedeckten Körper des toten Ghuls. Ich hatte den Dämon nur zufällig aufgespürt.

Eigentlich war ich auf dem Weg in die Stadt gewesen, bevor mich die höllischen Schwingungen erreicht und zu einem kleinen Umweg verleitet hatten. In letzter Zeit tauchten die schwarzen Dämonen mit den spitzen Krallen häufig in unserer Welt auf. Die Ursache lag noch im Dunkeln, aber ich hatte eine Vermutung, die ich bald mit Luca besprechen musste. Es war ein sensibles Thema für ihn, aber ich war beinahe sicher, dass Tristan und sein Zirkel wieder verbotene Rituale praktizierten.

Nachdem der Ghulkörper in den Flammen zu Staub zerfallen war, schwang ich mich zurück auf mein Motorrad. Ich würde mich beeilen müssen, wenn ich pünktlich sein wollte – angeblich legte er Wert darauf. Auf der Fahrt konnte ich mich wieder meiner Vorfreude und der Neugier widmen, die mich seit der Übernahme dieser Mission begleitete. Ich lag Ares schon lange mit einer Bitte in den Ohren, die er mir heute Morgen hatte erfüllen können. Der Orden musste Wächter in einen Zirkel schicken, den ich unbedingt besuchen wollte.

Es war keine gefährliche Mission, vielmehr ein einfacher, langweiliger Botengang, um den sich niemand außer mir riss. Mich trieben die Wiedersehensfreude und eine gehörige Portion Neugier.

Das Gebäude, vor dem ich hielt, war nagelneu und schien einem Architekturmagazin entsprungen. Glasfronten, silberne Fensterrahmen, ein flaches Dach. Die düsteren Auren, die mich erreichten, versicherten mir, dass ich hier richtig war.

Ich zog den Brief, den Ares mir gegeben hatte, aus der Tasche und steuerte auf die dunkelgraue Tür zu. Die Klingel verkündete meine Ankunft, auf meine Wächteraura schien hier niemand zu reagieren. Ich spähte durch eine der Fensterfronten ins Innere des großen Hauses.

Mein Blick fiel auf wunderschöne Kommoden und Schränke, sie waren ohne Zweifel antik. Als mir auffiel, dass an den Möbelstücken Preisschilder klebten, stutzte ich.

Ich drückte die graue Tür auf und trat ein. Das hier war ohne Zweifel ein Laden und sie verkauften wunderschöne Antiquitäten.

»Kann ich dir …«

Die junge Dämonin, die auf mich zusteuerte, wollte ihren Satz mit dem Wort ›helfen‹ beenden, aber mein Anblick ließ sie sofort eine andere Frage stellen.

»Gibt es Ärger?«

Sie sah an mir hinunter und mir fiel auf, dass meine Kleidung nicht unangemessener hätte sein können. Meine Hose hatte einen Riss am Oberschenkel, durch den man den blutenden Kratzer, den mir der Ghul verpasst hatte, sehen konnte. Außerdem waren meine Stiefel schmutzig. Ich sah hinter mich und bemerkte, dass ich Abdrücke auf dem hellbeigen Marmor hinterlassen hatte.

Ich neigte schuldbewusst den Kopf. »Verzeih bitte! Ich habe vorhin einen Ghul gejagt. Eigentlich bin ich aber nur hier, um Conan zu sehen. Der Orden schickt mich.«

Ihre Gefühlswelt wechselte von aufgeregt besorgt zu erleichtert neugierig.

»Ja, er hat so etwas erwähnt.« Sie machte eine Pause und sah mich erwartungsvoll an.

»Ich habe einen Brief für ihn, den Inhalt kenne ich nicht.«

Sie nickte und machte eine einladende Geste, obwohl ich ihre Neugier nicht befriedigen konnte. »Die hinterste Tür führt dich in einen kleinen Flur und dann in den ersten Stock. Es ist die dritte … nein, die zweite Tür links!«

Ich nickte dankend. Die richtige Tür würde ich von selbst finden, solange sich die nachtschwarze Aura dahinter aufhielt.

Vor den großen, kunstvoll gerahmten Spiegeln blieb ich kurz stehen. Alte, von Hand gefertigte Möbel strahlten eine ähnlich große Faszination auf mich aus wie Kunstwerke. Die lange Zeit, die sie schon überdauert hatten … Sie hätten viele spannende Geschichten erzählt, hätten sie sprechen können.

Während ich die Treppe hinaufging, fragte ich mich, ob er sich an mich erinnern würde. Unser erstes und letztes Treffen lag schon lange zurück. Ein paar Tage darauf hatte er sich bei mir bedankt. Eine junge, schüchterne Dämonin hatte ein Päckchen für mich im Orden abgegeben, der Inhalt hatte aus der wunderschönen Armbanduhr, die ich seit jeher trug, und einer Karte bestanden.

> Für den Engel, der mir meine Sünden vergeben hat.
> Meine Tür steht dir immer offen.
> Conan

Ich war froh gewesen, von ihm zu hören, weil ich mich um seinen Zustand gesorgt hatte. Natürlich war er ein Erzdämon, aber er war schlimm zugerichtet worden – umso erleichterter war ich gewesen, eine Nachricht von ihm zu erhalten. Seither war viel passiert, bestimmt nicht nur in meinem Leben.

Die nachtschwarze Aura schwebte durch mich hindurch wie dichter Nebel, der mit melancholischer Stimmung einherging. Ich mochte dieses Gefühl – die Melancholie, die ihn umgab –, weil sie vor Urzeiten sein Engelsleuchten gewesen war.

Obwohl mich die erzdämonischen Schwingungen unweigerlich an Tristan und seinen Wahnsinn erinnerten, machte mir das Treffen mit Conan keine Angst.

Ich klopfte an die dicke, schwere Holztür und fühlte die Dunkelheit nahen. Es war nicht Conans mächtige Aura, die sich auf mich zubewegte, aber sie gehörte definitiv auch einem mächtigen Wesen mit schwarzen Flügeln.

»Komm rein.«

Ich hatte noch nie eine tiefere Stimme gehört. Er hatte kinnlanges tiefschwarzes Haar und auffallend schöne Lippen. Ich hätte ihn noch länger angestarrt, aber da war plötzlich dieser einnehmende, seelenforschende Blick, der auf mir ruhte. Dunkle Iriden musterten mich, sie gehörten zu einem Gesicht, das ich ganz anders in Erinnerung gehabt hatte. Es war nicht mehr zerschrammt oder blutverschmiert.

Jetzt, da seine Mimik nicht mehr durch Schmerzen und Erniedrigung gezeichnet war, hätte man ihn mühelos für einen Erzengel halten können. Perfekte Züge, helle, feine Haut und diese Statur – irgendjemand mit großer Begabung musste ihn unbedingt malen.

»Lässt du uns allein, Siro? Das hier ist besonderer Besuch.«

Seine Worte machten mich ein wenig verlegen, auch wenn ich mir sicher war, dass er oft mit süßer Zunge sprach.

Der schwarzhaarige Dämon nickte mir freundlich zu und verschwand dann durch die Tür, durch die ich gerade gekommen war. Seine Aura bewegte sich davon und zurück blieben nur mächtige Schwärze und mein Wächterleuchten.

»Ich dachte, du hättest mich vergessen«, sprach er eigentlich meine Sorge aus und stieß sich von der Wand ab, an der er bis gerade eben gelehnt hatte. Seine Stimme schien mir fremd, weil ich sie schmerzerfüllt in Erinnerung hatte.

»Nein, wie könnte ich?«

Mein Lächeln ließ die Dunkelheit wirbeln. Ich konnte nur schwer in ihm lesen, aber er freute sich, mich zu sehen, so viel war sicher.

»Schmeicheln ist eigentlich meine Aufgabe«, entgegnete er und trat näher. Er trug einen wirklich schönen dunkelblauen Anzug.

»Ich wollte dir nicht schmeicheln, ich war nur ehrlich. Jemanden wie dich könnte ich nicht vergessen, du bist etwas Besonderes.«

Conan hielt einen Meter vor mir inne. Ich konnte sein Parfum riechen – ein schwerer, einprägsamer Duft.

»Du stiehlst mir all die schönen Worte, die ich dir sagen wollte. Hör auf damit.« Er klang plötzlich ernst und kühl, aber nur bis dieses schiefe Lächeln über seine Lippen huschte. »Du bist ein wenig älter geworden«, stellte er fest und ließ seinen Blick eine Sekunde lang über mich schweifen. »So stark, so schön, aber noch nicht erwachsen.«

Ich konnte mir nur ein Schulterzucken abringen, weil ich das Thema eigentlich leid war.

Von Astaras hörte ich diesen Satz mindestens einmal die Woche: Ich war noch nicht erwachsen! Ich jagte Ghule, trainierte mit dem Krieg, führte ein Schwert, fuhr ein Motorrad, aber ich war noch nicht erwachsen. Für mich machte das absolut keinen Sinn, aber ich ließ ihnen ihre Meinung, weil sie so stur wie Esel waren.

»Ich habe einen Brief für dich.«

Ich hielt ihm das weiße Kuvert hin. Es trug das Wachssiegel des Ordens.

Conan beugte sich ein wenig nach vorn und rümpfte kurz die Nase. »Riecht nach blasierter Eitelkeit und Schuldzuweisungen – warum schreibt mir der Erzengel?«

Das leise Lachen, das ich nicht unterdrücken konnte, ging meiner Antwort voraus. »Ich weiß es nicht, ich bin nur die Botin.«

Er nahm mir den Brief ab und legte den Kopf leicht schief. »Normalerweise würde ich ihn nicht lesen, aber weil er mir dich geschickt hat, tue ich ihm den Gefallen.«

Ich verschwieg ihm, dass es eigentlich Ares war, der mir den Gefallen dieser Mission getan hatte, weil ich wollte, dass Conan Raphaels Brief las. Er hatte mir nicht verraten, warum er dem Erzdämon geschrieben hatte, aber ich war mir sicher, dass es wichtig war.

Er riss den Umschlag auf und überflog die Zeilen. Als er fertig war, sah er gelangweilt aus. »Sag ihm: Nein. Nein. Niemals. Nur wenn die apokalyptischen Reiter hier auftauchen. Und ja, wenn ich dich dafür bekomme.« Seine letzte Antwort wurde durch ein süffisantes Grinsen untermalt.

Ich hatte keine Ahnung, worum die Zeilen Conan gebeten hatten, aber er schien davon so wenig beeindruckt, dass der Brief schnell auf dem großen dunkelbraunen Schreibtisch landete.

»Jetzt zu uns …«

Er trat noch näher. Die Dunkelheit strömte so intensiv durch mich hindurch, dass mein Wächterleuchten beinahe erlosch. Seine Nähe war nicht unangenehm, ich konnte ihr etwas sehr Besonderes abgewinnen, weil er genau das war.

»Du hast mein Leben gerettet – das Leben eines Erzdämons. Bist du töricht oder grenzt dein Edelmut an Naivität?«

Auch wenn seine Frage noch so rau und ernst gesprochen war, fühlte ich Dankbarkeit hinter der Dunkelheit – sie ging sogar mit Schuldgefühlen einher. Mir war klar, worauf er anspielte. Er hielt sich für einen Sünder, der es nicht wert war, gerettet zu werden. Seine Reuegefühle grenzten an Selbstgeißelung, aber er war kein schlechtes Wesen, auch wenn er das nicht hören wollte.

»Wer bin ich, dich zu verurteilen? Du scheinst hier ein aufregendes, menschliches Leben zu führen, also war meine Entscheidung zumindest nicht töricht, oder?«

Conan nickte beeindruckt. »Du trägst eine alte Seele in dir …«, stellte er gedankenverloren fest.

»Eine schöne Umschreibung für das ›altkluge‹ Kind, für das du mich hältst.«

Er lachte und verlor dabei den bedrohlichen erzdämonischen Ausdruck, den er eigentlich gern beibehalten hätte. »Wie anziehend kann eine so reine, unschuldige Seele sein? Faszinierend!«

Ich wäre rot geworden, hätte er im nächsten Moment nicht meinen Arm genommen und mir dadurch unfreiwillig sein Inneres ganz deutlich offengelegt. So konnte ich viel müheloser hinter den schwarzen Nebel blicken. Conan war ehrlich, eitel, stolz und voller Schuldgefühle.

»Das Glas der Uhr hat einen Sprung. Lass sie mir hier, ich kümmere mich darum.«

Seine Worte drangen nur an mein Unterbewusstsein, weil ich meine ganze Konzentration dafür aufwenden musste, ihm diese beißenden negativen Emotionen zu nehmen, an denen er so angestrengt festhielt. Ich wollte ihm das schlechte Gewissen und die Schuldgefühle entreißen, aber ich hatte die Wucht erzdämonischer Gefühle bei Weitem unterschätzt. Bei Tristan hatte ich meine Gabe anders eingesetzt – ich hatte ihm Emotionen aufgezwungen, nicht entrissen, und auch das war ein Kraftakt gewesen.

Wahrscheinlich wäre ich umgekippt, weil mir mein Gleichgewichtssinn den Dienst quittierte, aber mich hielten starke

Arme auf den Beinen. Conan hatte mich an den Oberarmen gepackt, was mir erst bewusst wurde, als mein Blick den rauchigen Schleier verlor.

»Was machst du da?!«, wollte er wissen.

Seine Stimme klang noch dumpf in meinen Ohren, ein sicheres Zeichen dafür, dass mein Körper noch verrücktspielte. Conans Gefühle zu schlucken, war unglaublich schwierig und kraftraubend – beinahe unmöglich. Hätte ich seine Emotionen nicht losgelassen, wäre ich wohl ohnmächtig geworden.

»Dummes Mädchen! Hör auf damit!«

Seine eindringlichen Worte halfen mir dabei, wieder klarer zu werden. Ich ließ meine Gabe ruhen und starrte ihn mit großen, verlegenen Augen an.

»Entschuldige! Ich wollte dir nur …«

»Etwas Gutes tun? Ich bin ein Gefallener! Ich habe getötet, geheuchelt, geleugnet und verdorben. Meine Gefühle sind Gift für deine reine Seele. Ich verstehe deine Gabe, aber wenn du sie an mir auf diese Weise einsetzt, bist du dumm und selbstzerstörerisch. Du kannst mich jederzeit angreifen, aber versuche nie wieder, mich zu heilen!«

Was als Nächstes passierte, ließ mich wieder ein Stück weit abdriften, aber auf eine angenehme, wohltuende Weise. Conan nahm mich in den Arm. Die Dunkelheit umschwebte mich und hüllte mich in Nebel, der sich nach Schutz und Geborgenheit anfühlte. Ich versuchte nicht mehr, ihn zu beeinflussen oder ihm seinen Schmerz zu entreißen, weil er recht hatte: Ich war seinen Gefühlen nicht gewachsen.

»Wenn ich irgendetwas für dich tun kann …«, flüsterte er. Seine Stimme konnte unglaublich sanft klingen. »Egal, wonach es dir verlangt, ich erfülle dir jeden Wunsch, hast du verstanden? Ich stehe tief in deiner Schuld, mein Engel.«

Nachdem er seinen Satz beendet hatte, ließ er mich los und trat einen Schritt zurück. Ich wollte den Kopf schütteln und ihm sagen, dass er mir gar nichts schuldete, aber das hätte ihn verletzt. Er wollte mir etwas schulden, unbedingt.

»Danke …«

Er fand Gefallen an den schüchternen Blicken, die ich ihm schenkte. Dass er mich »Engel« nannte, zeugte davon, dass er die weißgeflügelten Wesen, denen er einmal angehört hatte, noch immer als besonders empfand, sonst hätte er das Wort nicht als Kosenamen verwendet. Conan mochte geheuchelt, geleugnet und verdorben haben, aber er bereute so aufrichtig, dass ich mir sicher war, dass Gott ihm schon längst vergeben hatte.

»Kommst du mich wieder besuchen oder muss ich Vorwände finden, um dich herzulocken?«

»Ich komme gern wieder! Dein Laden ist wunderschön.«

Er nickte, ließ die Hände in den Hosentaschen verschwinden und ein süffisantes Grinsen seine Lippen zeichnen. »Du bist mir jederzeit willkommen. Sieh dich aber vor, wenn ein wenig Zeit vergangen ist und ich das Kind in dir nicht mehr sehe.«

Er beugte sich zu mir und hauchte mir einen Kuss auf die Wange, der mich erröten ließ. Conan war ohne Zweifel eines der verführerischsten Wesen, das mir je begegnet war – vor einer Weile wäre mir das nicht mal aufgefallen, viel Kind konnte nicht mehr in mir stecken.

Meine Entscheidung

Die Tür zu meinem Zimmer stand einen Spaltbreit offen. Seine Aura lag noch in der Luft, er musste gerade erst gegangen sein.

Ich platzierte Gabriels Schwert in der Halterung neben meinem Bett und sah mich neugierig um. Er kam nie, ohne etwas zu hinterlassen. Meistens ließ er Blumen hier, Rosen aus dem Schlossgarten, die er selbst dort angepflanzt hatte.

Raphael verstand sich mittlerweile wie kein Zweiter auf das Großziehen der schönen Blumen. Angefangen hatte alles mit dem kleinen Rosenstock, den ich ihm bei unserem ersten Treffen geschenkt hatte. Die seltenen weißen Rosen blühten heute in all ihrer Pracht. Manchmal stellte Raphael mir einen Strauß ins Zimmer, aber nicht heute. Mein Blick fiel auf das Päckchen auf dem Schreibtisch, es war in dunkelrotes Seidenpapier gewickelt und mit einer Karte versehen.

Manchmal braucht es nur eine helfende Hand, um Mut größer werden zu lassen als Angst. Wenn du meine Hand greifen möchtest, dann weißt du, wo du mich finden kannst.
Raphael

Seine Schrift war so schön, dass ich jede seiner Nachrichten aufbewahrte. Ich ließ die Karte in dem kleinen Karton verschwinden, auf dem eigentlich sein Name stehen sollte. Alle Zeilen, die er mir je hatte zukommen lassen, getrocknete Rosenblätter seiner Sträuße und der Schal, den er mir einmal um den Hals gelegt hatte, als wir einen Spaziergang im Schnee gemacht hatten.

Genau genommen war er eigentlich Diebesgut, weil ich versprochen hatte, ihn zurückzugeben, aber hätte ich mich von ihm getrennt, hätte meine Raphael-Kiste nicht mehr nach Raphael gerochen.

Schmunzelnd öffnete ich das Paket, um seine Nachricht zu verstecken. Als meine Finger über das elastische Stück Stoff strichen, verschwand das Lächeln von meinen Lippen. Mut größer werden lassen als Angst – ich hatte Raphael vor ein paar Tagen von meiner Angst vor Wasser erzählt und nun wollte er mir helfen, sie zu überwinden. Seufzend fuhr ich mir durch die Haare. Ich hatte ihm anscheinend nicht klarmachen können, dass meine Angst Panik glich, der ich mich eigentlich nie wieder stellen wollte.

Ich haderte eine ganze Weile mit mir selbst. Eigentlich hätte ich mich gern für eine Stunde schlafen gelegt, mich ausgeruht, weil ich vorhatte, die ganze Nacht wach zu bleiben und mit Astaras zu verbringen, aber Raphael umsonst warten zu lassen, brachte ich nicht übers Herz. Ich wusste, wo ich ihn finden konnte, auch wenn es mir davor graute, diesen Raum zu betreten.

Schimmernde hellblaue Lichtpunkte tanzten auf der gläsernen Tür. Ich zögerte, einzutreten, und sonnte mich stattdessen in den warmen Wellen seiner Aura. Raphael strahlte das Element aus, vor dem ich mich am meisten fürchtete, und trotzdem zog mich das gleißende Erzengelleuchten unweigerlich an.

»Gehst du schwimmen?«

Ich war in Gedanken und den sanften Wellen versunken, ich hatte Milan nicht bemerkt, obwohl er direkt hinter mir stehen geblieben war. Er schien gerade trainiert zu haben, war verschwitzt und trug sein Schwert über den Schultern. Seine Klinge war besonders, nicht nur weil sie schwarz schimmerte. Sie war von Rittermönchen geschmiedet worden, Wächtern, die ein Gelübde abgelegt hatten, das dem von katholischen Mönchen ähnelte. Heute gab es nur noch wenige Mitglieder dieser Untergruppierung, was von ihnen geschmiedete Waffen noch mehr besonders machte.

»Nein! Ich schwimme nicht, ich wollte nur …«

Ich wollte nur einen Fuß ins Wasser halten, um Raphael nicht gänzlich zu enttäuschen, aber das brachte ich natürlich nicht über die Lippen.

Milan grinste plötzlich wissend. »Ah! Unser unnahbarer Erzengel schwimmt doch jeden Abend, oder?«

Er drängte sich an mir vorbei und lugte durch den offenen Spalt der beschlagenen Milchglasscheibe. Milans Neugier ging mit zu viel Sensationslust einher, ich musste sie zerstreuen.

»Geht mich eigentlich nichts an …«, murmelte er brav und kratzte sich dann verlegen und etwas verwirrt über seinen Gemütswandel am Hinterkopf. »Ich erzähl's keinem!«, versicherte Milan und zwinkerte verschwörerisch.

»Es gibt nichts zu verheimlichen!«

Er schien sich, trotz aller Beeinflussung und Zureden, nicht von der Überzeugung abbringen zu lassen, mich bei etwas erwischt zu haben. Ich verabschiedete ihn mit einem Seufzen.

Wahrscheinlich fühlte er meine Anwesenheit schon die längste Zeit. Als ich eintrat, wurde der Chlorgeruch intensiv und löste eine innerliche Anspannung in mir aus. Ich hatte ihn zwar immer bewusst gemieden, aber ich musste zugeben, dass dieser Raum wirklich schön war. Das Schwimmbecken lag in einem der Kellerräume, es war beheizt und wir konnten es rein theoretisch das ganze Jahr über benutzen. Das Ambiente des

Steinkellers passte hervorragend zu den surreal wirkenden Farben, die der Schimmer des hellblauen Wassers an die Wände zauberte.

»Ich war mir nicht sicher, ob du kommst.« Seine Stimme hallte von der hohen Decke wider – so klang sie ehrfurchterregend. Hätte er mir nicht dieses freundliche Lächeln geschenkt, wäre ich von seiner Erscheinung eingeschüchtert gewesen, und das, obwohl ich ihn so unendlich lieb gewonnen hatte.

Er hob seinen Körper aus dem Wasser und kam auf mich zu. Die David-Statue wäre neben ihm verblasst, aber ich verbot mir, den Blick zu lange schweifen zu lassen, weil ich ansonsten kein Wort herausbekommen hätte.

»Passt dir der Badeanzug?«

Ich nickte hektisch und zog mein Top ein Stück nach oben, um meinen guten Willen zu demonstrieren. Ich hatte den Badeanzug zwar angezogen, aber nass machen wollte ich ihn nicht. »Danke. Aber ich weiß nicht, ob ich das kann …«

»Keine Angst, dir kann nichts passieren.«

Seine Worte waren das Gegengift für meine Anspannung.

Ich wurde deutlich ruhiger, aber mir war noch immer mulmig zumute.

»Du wärst schon einmal beinahe ertrunken, Lia. Nicht schwimmen zu können, ist gefährlich. Du bist so eine kluge junge Frau, lass dich nicht von der Furcht vor deiner Angst in die Knie zwingen.«

Er streckte die Hand nach mir aus und ich griff zu, weil er etwas gesagt hatte, das so viele Glückshormone in mir freisetzte, dass sie sogar gegen meine Angst ankamen. Raphael hatte mich zum allerersten Mal nicht »Kind« genannt.

Diese Tatsache sprengte eine Mauer in mir, hinter der sich viele Sorgen und Ballast aufgestaut hatten.

Er zog mich vor sich und legte mir seine Hand auf die Wange. Heilende Wellen, eine Wohltat für meinen Körper, aber seine Berührung ließ ungewohnt viel Wärme in mir aufsteigen.

»Zieh dich aus.«

Ich wäre unter seiner Hand verglüht, wenn er sie nicht weggenommen und einen Schritt zurück gemacht hätte. Sein Satz wiederholte sich einige Male in meinen Gedanken. Erst beim vierten Mal konnte ich ihn als gewöhnlich und selbstverständlich abtun.

Natürlich musste ich mich ausziehen, ich trug über meinem Badeanzug noch Sportkleidung. Ich zog mir das Top über den Kopf und drehte Raphael dabei den Rücken zu. Es war lächerlich, dass ich mich nackt fühlte, ich trug einen schwarzen, absolut blickdichten Badeanzug.

Als ich aus meiner Jogginghose gestiegen war, wurde mir bewusst, dass ich wieder dabei war, nervös zu werden. Ich hörte Raphael wieder in den Pool steigen, aber seltsamerweise war es nicht das Geräusch des Wassers, das mich unruhig machte.

»Komm, du kannst dich an mir festhalten.«

Meine Beine trugen mich bis vor den Beckenrand. Ich sah das tiefe Nass gar nicht, nur diese leuchtend blauen Augen, die mir plötzlich noch viel schöner vorkamen als jemals zuvor.

Ich ging in die Knie und hielt mich sofort an Raphaels Schultern fest. Seine Haut war kühl, genau wie das Wasser. Ich bekam Gänsehaut und piepste erschrocken auf, als sich seine Hände an meine Taille legten.

»Nicht!«

»Schon gut, ich lasse nicht zu, dass dir etwas passiert.«

Raphael hob mich ins Wasser. Es war viel kälter, als ich angenommen hatte, aber in meinem Inneren brodelte es trotzdem. Ich krallte mich regelrecht an ihm fest, weil ich im zwei Meter tiefen Becken unmöglich stehen konnte.

»Willst du versuchen, zu schwimmen?«

Seine Stimme war so nah, dass ich seinen Atem an meinem Ohr spüren konnte.

Ich hatte die Arme um ihn geschlungen und die Augen geschlossen, weil ich die aufkommende Panik im Zaum halten wollte.

»Nein! Ich kann das nicht! Lass mich bitte nicht los!«

»Schon gut …« Er legte einen Arm um mich, fest genug, um mir klarzumachen, dass er nicht loslassen würde. »Dir passiert nichts. Ich zwinge dich zu nichts, was du nicht möchtest.«

Die sanft gesprochenen Worte zeigten Wirkung. Ich glaubte Raphael. Er würde mich nicht loslassen, ich musste die Panik ziehen lassen.

»Ganz ruhig, Lia. Eigentlich ist das hier sehr schön.«

Ich öffnete die Augen und sah in sein Gesicht. Sein schwaches Lächeln verwies meine Angst in ihre Schranken. Ich begann, die Situation bewusster wahrzunehmen. Unsere Körper waren sich so nah, dass ich Raphaels Herzschlag fühlen konnte. Ich war mir sicher, dass Erzengelherzen normalerweise ruhiger schlugen, aber es schien sich meinem angepasst zu haben.

»Hältst du es aus?«, fragte er leise und drückte mich noch fester an sich. Seine Hand streichelte über meinen Rücken.

»Ja …« Meine Antwort war nicht mehr als ein Hauchen, weil das Fehlen der Angst plötzlich viel Platz in meinen Gefühlen und Gedanken gemacht hatte. Jetzt wurde mir bewusst, was in mir tobte, was zwischen uns vorging.

Raphaels Lippen legten sich auf meine Wange und mir wurde so warm, als hätte jemand die Heizung im Pool bis zum Anschlag aufgedreht. Der unschuldige Kuss hatte nichts mit meinen konfusen Gefühlen oder Gedanken gemein. Ich starrte in die blauen Augen. Als sich seine Lippen auf meine legten, ging ich in den imaginären Wellen unter. Ich fühlte starke, sanfte Hände, die sich auf meine Oberschenkel legten und sie nach oben zogen. Was ich als Nächstes fühlte, ließ die Erkenntnis wie ein Blitz durch mein Bewusstsein schießen.

»Nicht!«

Ich stieß mich von Raphael weg, so schwungvoll ich konnte, weil ich das hier keine Sekunde länger zulassen durfte. Als mir bewusst wurde, wie dumm es war, ihn loszulassen, ging ich auch schon unter – diesmal nicht in imaginärem Wasser, sondern in echtem.

Eigentlich wollte ich noch mal nach Luft schnappen, aber ich atmete zu spät ein und schluckte Unmengen an Wasser, als mein Kopf unter der Oberfläche verschwand. Bevor ich gänzlich der Panik verfallen konnte, wurde ich aber schon wieder an die Oberfläche gezogen. Ich musste so stark husten, dass ich kaum Luft holen konnte.

Es fühlte sich kurz so an, als würde ich ersticken, aber Raphael legte mir die Hand auf die Schulter und ich spuckte das Wasser, das ich geschluckt hatte, wieder aus. Er hatte mich aus dem Pool gehoben und auf den beheizten Bodenplatten abgelegt.

»Entschuldige bitte …«, flüsterte Raphael.

Ich brauchte ein paar Sekunden, um mir bewusst zu machen, dass ich nicht mehr am Ertrinken und auch nicht mehr dabei war, Astaras zu hintergehen. Ich drehte mich auf den Rücken und versuchte, mit geschlossenen Augen durchzuatmen. Als ich die Augen wieder öffnete, sah ich in ein wunderschönes, schuldbewusstes Gesicht.

»Verzeih mir, ich war unbeherrscht und ungeduldig. Ich dachte, du wärst …«

Er beendete seinen Satz nicht, aber seine Worte schmerzten auch so zur Genüge. Mein Herz verkrampfte sich so unangenehm in meiner Brust, dass ich Angst hatte, dass es brechen würde. Mir war nicht klar gewesen, dass Raphael so für mich empfand, weil ich ein dummes, naives Kind gewesen war. Heute hatte ich die konfusen Gefühle und die aufsteigende Hitze zum ersten Mal zuordnen können und ich hatte ihm ganz eindeutig die falschen Signale geschickt – es war nicht seine Schuld.

»Es ist nicht deine Schuld!«

Er schüttelte sanft den Kopf, wollte widersprechen, sich entschuldigen, aber das konnte ich nicht zulassen, weil mein Herz sonst wirklich zersprungen wäre.

»Ich liebe dich!« Die Worte kamen leicht aus meinem Mund, aber sie klangen so ängstlich und schmerzerfüllt, wie ich mich fühlte. »Ich würde alles tun, um dich glücklich zu machen, alles, um dich lächeln zu sehen, Raphael, aber ich kann nicht …«

»Schon gut. Ich habe dich bedrängt, du bist noch viel zu …«

»Nein! Ich bin nicht zu jung! Ich liebe dich nur nicht auf diese Weise.«

Wir waren einander so oft ins Wort gefallen und jetzt schwiegen wir. Diese Stille war unangenehm, weil Tausende Nadeln mein Herz traktierten, während sie verstrich. Was ich gesagt hatte, war ehrlich – wahr, aber furchtbar. Ich hasste mich beinahe dafür, weil ich ihm wehtun musste – ich konnte es in seinen Augen sehen. Vielleicht hatte ich mich grenzenlos dumm ausgedrückt, aber was ich für Raphael empfand, war Liebe, das hatte ich schon damals gewusst, als er im Orden aufgetaucht war und mich zum ersten Mal angelächelt hatte. Ich liebte diesen Erzengel und ich hätte mein Leben für ihn gegeben, aber was er von mir wollte, konnte ich ihm nicht geben. Ich wusste kaum etwas über dieses brennende Gefühl, das meinen Körper und mein Herz heimsuchen konnte, aber ich wusste, dass es Astaras und nicht Raphael galt. Ich liebte meinen stoischen, temperamentvollen Engel und ich wollte ihm nahe sein – ihm, und sonst niemandem.

Ich hielt dieses Schweigen nicht mehr aus. Raphaels Gesicht schien versteinert. So hatte ich ihn kennengelernt, so wollte ich ihn eigentlich nie wieder sehen und jetzt war ich selbst schuld an diesem leidenden Trancezustand.

Ich raffte mich auf die Beine und griff mir meine Kleidung. »Es tut mir leid! Du verdienst ein viel schöneres, unkomplizierteres Mädchen als mich und du findest sie, weil dir jedes

Wesen verfallen wird! Jedes, das nicht so dumm ist wie ich! Verzeih mir!«

Meine letzten Worte rief ich ihm vom Flur aus zu, dann rannte ich davon. Ich lief, als wäre ein Ghul hinter mir her, der mir das Herz aus der Brust fetzen wollte. Vielleicht hatte er mich aber schon längst erwischt.

Meine grosse Liebe

Der Fahrstuhl fuhr quälend langsam nach oben, so als würde er sich an meiner Ungeduld ergötzen. Ich war schon so oft hier gewesen, immer ungeduldig gewesen, aber heute hätte ich das schmiedeeiserne Tor am liebsten aufgerissen. Als es sich endlich auftat und mir den Weg in das schöne Loft mit den Ziegelsteinwänden freigab, fühlte es sich an, als hätte ich mich durch die Hölle kämpfen müssen, um hierherzugelangen. Ich war außer Atem, nervös, mein Herz blutete und mein Gewissen peinigte mich mit schmerzhaften Bissen.

»Astaras?«

Wenn er seine Aura gedrosselt hatte und ich so durch den Wind war wie heute, konnte ich ihn kaum ausfindig machen. Das Loft schien leer. Ich griff mir einen der sieben Kaffeebecher, die auf dem Tisch standen, und stellte fest, dass er noch warm war. Mein Blick fiel auf das breite schwarze Sofa, das mit der Rückenlehne zu mir stand. Ich lief darum herum und kniete mich auf den weichen dunkelgrauen Langhaarteppich. Sein Anblick trieb mir trotz der tobenden Gefühle ein Lächeln auf die Lippen. Ich kannte außer ihm kein Wesen, das so viel Koffein in sich hineinschütten und danach seelenruhig schlafen konnte. Wahrscheinlich träumte er einen seiner besonderen Träume, dabei sah er meistens glücklich aus. Vorsichtig tastete ich nach der schwarzen Haarsträhne, die ihm ins Gesicht gefallen war. Ich strich sie hinter sein Ohr, aber sie rutschte trotzdem wieder nach vorn, weil seine Haare dafür noch zu kurz waren.

»Starrst du mich an, während ich schlafe?«

Ich erschrak, weil er die Augen nicht aufgeschlagen hatte. Seine Stimme klang verschlafen, aber sie verlor den süffisanten Unterton beinahe nie.

»Ja, du siehst sehr schön aus …«

»Ich weiß. Solange ich nicht sabbere, bin ich unsagbar attraktiv.«

Das Lachen blieb mir im Hals stecken und ich musste husten. Mein Mund schmeckte noch immer nach Chlor.

Astaras schlug die dunkelblauen Augen auf und blinzelte schwer. »Ich dachte, wir wären später verabredet und ich könnte mich noch ausschlafen, um dann dir beim Schlafen zuzusehen.« Während er sich aufraffte, stutzte er. »Deine Haare sind nass und deine Kleider …« Er legte den Kopf fragend schief. »Regnet es?«

Ich verneinte nonverbal und ließ den Blick zu Boden wandern.

»Hey, was ist los?«

Er griff nach meinem Kinn und hob es an, sodass ich ihm in die Augen sehen musste. Ich war mir beinahe sicher, dass er es mir ansehen konnte. Er war unglaublich gut darin, in mir zu lesen.

Als ich den Mund aufmachen und ihm gestehen wollte, was passiert war, verschloss er meine Lippen mit seinen. Er küsste mich nicht stürmisch, aber verboten leidenschaftlich – wie er es gern nannte. Als er von mir abließ, fühlte ich Emotionen in ihm wachsen, vor denen es mir graute.

»Du schmeckst nach Pool«, stellte er tonlos fest. Sein Blick wurde kühl. »Und die Erzengelaura, die an dir klebt …«

Astaras stand auf, ich blieb auf dem weichen Teppich knien, weil ich mein schlechtes Gewissen von hier aus besser ertragen konnte.

»Warst du verletzt und er musste dich heilen?«

Seine Frage kam schnell und laut. Er war mehr als gereizt, aber er versuchte, die aufkommende Wut zu unterdrücken. Gleich würde ihm das nicht mehr gelingen, dabei war ich mir sicher. Ich kannte Astaras und sein Temperament mittlerweile gut und es machte ihn für mich umso besonderer, aber so gern ich das Feuer auch lodern sah, es unkontrolliert wüten zu sehen, wollte ich nicht.

»Ich liebe dich, das weißt du«, setzte ich vorsichtig an. Dass ich ausgerechnet mit diesen Worten begann, schien ihn nicht zu beruhigen – der Damm aus Beherrschtheit, der sowieso schon Risse und Sprünge hatte, begann einzustürzen.

»Was hat er mit dir gemacht?!«

Er strich sich aufgebracht die Haare nach hinten. Das Funkeln in seinen Augen hatte mich noch nie so unruhig gemacht. Ich wollte ihn nicht verletzen, ich hatte schon Raphael verletzt. Ihr Leid war mein Schmerz und ihn zu ertragen, machte meine Gabe beinahe unbrauchbar. Ich konnte Astaras kaum beeinflussen, weil ich keine schönen Emotionen in mir wachrufen konnte, die ich gegen seine Eifersucht hätte eintauschen können. Ich wollte trotzdem versuchen, ihn zu beruhigen, aber dazu musste ich ihn berühren. Als ich aufstand, zwang mich die Welle aus Wut beinahe wieder in die Knie. Ich ging auf ihn zu und legte meine Hände auf seine Wangen. Sein Blick blieb eiskalt, obwohl hinter den dunkelblauen Iriden Flammen tobten.

Er rührte sich keinen Millimeter und die Ruhe, die ich ihm aufzwingen wollte, prallte an einer Mauer aus Verschlossenheit ab.

»Wir waren schwimmen. Er hat mich nur geküsst. Fünf Sekunden, nicht länger.«

Der Versuch, meine Stimme beruhigend klingen zu lassen, scheiterte an meinem verzweifelten Unterton. Ich bekam gerade große Angst, zu verlieren, was mir am wichtigsten war. Ich hatte Raphaels Herz gebrochen und Astaras konnte mein Herz brechen.

»Fünf Sekunden sind eine verdammte halbe Ewigkeit!«

Er trat einen Schritt zurück, löste meine Berührung und lief in Richtung Küchenzeile.

»Es ist nichts weiter passiert! Ich würde nie zulassen, dass ein anderer außer dir …«

»Du hast mir erlaubt, auf dich zu warten! Du weißt, dass ich dich liebe, und du hast mir dasselbe gesagt! Ich kann den Gedanken, dass dich ein anderer anfasst, nicht ertragen, Lia!«

Das Glas, das er mit der rechten Hand umklammert hielt, zersprang in Scherben. Ich hatte kurz Angst, dass er sich geschnitten hatte, aber ich sah kein Blut.

»Raphael weiß nichts von uns, aber ich habe ihm gesagt, dass ich ihn nicht auf diese Weise liebe! Er hat verstanden, dass …«

»Auf diese Weise lieben!? Lieben?! Du liebst ihn?!«

Seine Stimme wurde markerschütternd laut. Bevor er zum Fenster lief, wischte er über den Tresen und ließ ein Scherbenmeer entstehen. Die Gläser und Tassen zerschellten am Fliesenboden.

Ich konnte sein Herz schonen und ihn anlügen oder ich konnte ehrlich sein und riskieren, dass als Nächstes die große Fensterscheibe zu Bruch ging. Wahrscheinlich würde ich es bereuen, aber zu lügen, war für mich nie wirklich eine Option gewesen. Ich hatte zwar gelernt, mit einem Geheimnis zu leben, aber die Alternative zum Schweigen war es, die Wahrheit auszusprechen. Dass diese manchmal unangenehm und sogar verletzend sein konnte, lernte ich gerade.

»Ich will, dass er glücklich ist. Ich bin gern bei ihm und würde ihn nie im Stich lassen. Ihn unglücklich zu sehen, macht mich fertig, und ich würde beinahe alles dafür geben, ihn lächeln zu sehen … beinahe alles.«

Ich wiederholte diese letzten Worte mit Absicht, weil ihn alle anderen zuvor so verletzt hatten. Die Eifersucht schnürte ihm beinahe die Kehle zu, er atmete, als hätte er dem starken Bewegungsdrang nachgegeben, der in ihm brodelte.

»Du kannst nicht zwischen Freundschaft und Liebe unterscheiden!«, warf er mir vor und schlug mit der Faust gegen die Ziegelmauer.

Ich zuckte zusammen, weil ich zuerst dachte, er würde gegen die Scheibe schlagen. Roter Staub fiel auf den Boden. Ich starrte auf seine Hand, die kurz zitterte, weil sie bestimmt schmerzte, dann lief ich auf ihn zu.

Er wollte mich fernhalten, packte mich an den Schultern, aber ich streckte die Hände nach ihm aus und legte sie auf seine Wangen.

»Bleib weg von mir … ich bin wütend«, flüsterte er leise.

»Denkst du, ich könnte Angst vor dir haben? Nur für eine Sekunde?«, erwiderte ich eindringlich und sah in die vor Wut glänzenden Iriden. »Ich kenne den Unterschied zwischen meiner Liebe zu ihm und meiner Liebe zu dir, nach diesem Kuss mehr denn je! Alles, was ich für Raphael empfinde, empfinde ich auch für dich, aber da ist noch viel mehr. Gefühle, die nur du in mir weckst, die nur du stillen kannst. Du bist das besonderste Wesen der Welt für mich, das warst du von Anfang an und du weißt das …«

Er war sonst so unerschütterlich selbstbewusst. Astaras wusste, dass ich ihm verfallen war, aber die Eifersucht konnte ein tückisches Monster sein, das einem ein falsches Bild der Realität vor Augen hielt.

Er packte mich wieder an den Oberarmen und drückte mich so schwungvoll an die Ziegelwand, dass mir beinahe schwindlig wurde. Sein Gesicht kam ganz nah, seine Lippen berührten beim Sprechen mein Ohr.

»Ich kann dich nicht teilen! Das würde mich verrückt machen und ich wäre wohl ein gefährlicher verrückter Engel, den du mit deiner verdammten Erzengelklinge aufspießen müsstest.« Seine rechte Hand legte sich auf meinen Hals, unter mein Kinn, obwohl ich ihn sowieso ansah.

»Ich werde dir nie einen Grund geben, verrückt zu werden, versprochen. Ich will nur dich … niemanden sonst.«

Sein Daumen fuhr über meine Lippen. »Wenn sich das ändert, brich mir das Herz, bevor du dich jemand anderem hingibst.«

Ich konnte mir keine Zukunft vorstellen, in der ich Astaras jemals das Herz brechen würde. Das hätte ich ihm gern versichert, aber ich konnte nicht sprechen, weil er mich küsste. Die Hitze stieg wieder in mir hoch, aber diesmal konnte und wollte ich sie zulassen.

Als er mich plötzlich hochhob, wusste ich nicht, wo er mich hintragen wollte. Er ließ den Kuss erst enden, als er mich in die weiche, zerwühlte Satinbettwäsche fallen ließ. Ich blinzelte ihn verwirrt und verlegen an, während er sich das schwarze T-Shirt über den Kopf zog. Wir hatten noch nie zusammen in diesem Bett gelegen, kein einziges Mal. Er hatte immer behauptet, er würde sich nicht mehr beherrschen können, wenn er mit mir hier lag.

»Ich dachte …«

Bevor ich meinen Satz beenden konnte, hatte sich Astaras über mich gebeugt und mir die Hand auf den Mund gelegt. In seinen Augen war die Wut verpufft, vielleicht hatte sie sich aber auch gewandelt, in Leidenschaft, Lust und Ungeduld.

»Ich bin das Warten leid …«, hauchte er mir ins Ohr.

Mein Körper hatte noch nie so stark auf bloße Worte reagiert. Ein wohliger Schauer fuhr über meine Haut und ließ die Wärme, die in mir aufstieg, zu Hitze werden.

Er küsste meinen Hals, würde dort blassblaue Flecke hinterlassen, wenn er sich weiter so seiner Leidenschaft hingab. »Ich liebe dich und ich will dich, so wie er dich wollte. Du bist erwachsen genug. Hast du Einwände?«

Astaras nahm die Hand von meinem Mund und richtete sich über mir auf. Er konnte das Grinsen des Teufels auf den Lippen haben, aber ich liebte diesen süffisanten, selbstbewussten Ausdruck auf seinem Gesicht.

Mein Blick schweifte über die schwarzblauen Linien auf seinem wunderschönen Körper. Jede einzelne seiner Tätowierungen hatte eine Geschichte zu erzählen, jeder Millimeter seiner Haut war für mich spannend. Ich wollte sie erkunden, ihn spüren, ihm so nah sein, wie es nur ging.

»Ich will dich auch … so sehr. Ich liebe dich.«

Meine Worte konnten in ihm auch Euphorie wachsen lassen. Als er wieder begann, meinen Hals zu küssen, vermischten sich unsere Lust und das Verlangen zu einer geballten Welle aus Gefühlen, die ich mit Genuss über uns hereinbrechen ließ. Er zog mir das Top über den Kopf und streifte mir die Hose vom Körper. Ich hatte mich schon längst in verheißungsvollen Fantasien verloren, aber ich fühlte plötzlich wieder einen Funken Wut in ihm aufflammen.

»Trägst du einen Badeanzug?«

Ich hatte vergessen, dass ich mich nicht umgezogen hatte. Das anschmiegsame elastische Stück Stoff brannte plötzlich auf meiner Haut. Es erinnerte nicht nur mich an etwas, das wir eigentlich zu vergessen versuchten.

»Entschuldige, ich …«

Ich wollte ihm verlegen anbieten, den Badeanzug auszuziehen, aber er legte mir kurz seinen Zeigefinger auf die Lippen und nahm das schwarze Stück Stoff dann am Dekolleté-Rand zwischen die Zähne. Mit dem reißenden Geräusch ging Schamgefühl einher. Ich wollte die Arme vor der Brust verschränken, aber Astaras hielt sie fest.

»Nicht. Ich will dich sehen … Du bist wunderschön.«

Eine Mischung aus Nervosität und Vorfreude ließ mich auf meiner Unterlippe herumbeißen. Er bedeckte meine Haut mit Küssen. Jede ungewohnte Berührung entlockte mir ein wohliges Seufzen, das irgendwann in ein Stöhnen überging. Mir war danach, seinen Namen zu hauchen, weil er im Augenblick alles war, was ich vom Leben wollte, aber ich war zu schüchtern, um zu sprechen, und meine Stimme hätte bestimmt gezittert.

Unsere Welt hatte unzählige wunderschöne Dinge zu bieten, warme, wohltuende Gefühle, nach denen sich selbst Wesen sehnen konnten, denen starke Emotionen fremd waren, aber ich war mir in diesem Moment absolut sicher, dass es nichts Atemberaubenderes gab als die Leidenschaft der Liebe. Kein Gefühl hatte mich jemals so beherrscht, so süchtig gemacht. Ich war bereit, mich darin zu verlieren und unter Astaras' schönem Körper zu verglühen.

»Das wird zu Beginn ein wenig wehtun. Sag mir, wenn ich aufhören soll.«

Ich war noch nie so frei von Angst gewesen wie in diesem Augenblick, weil ich noch nie etwas so sehr gewollt hatte.

»Das soll nie wieder aufhören …«, hauchte ich glücklich und mit dem befürchteten Zittern in der Stimme.

Astaras lachte leise. »Ich bin ein Engel, kein Gott, aber ich werde mir Mühe geben …«

Meine Neugier

Das Mondlicht ließ die Tinte in seiner Haut bläulich schimmern. Ich hatte den Kopf auf Astaras' Oberarm gelegt und fuhr mit den Fingerspitzen die fein gezogenen Linien nach. Er war müde, blinzelte immer wieder schwer.

»Schläfst du gleich ein? Kannst du noch wach bleiben?«, wollte ich amüsiert wissen, weil ich ihn noch nie so ausgelaugt erlebt hatte. Sonst war er es, der mir die ganze Nacht Geschichten erzählte, mich zum Lachen brachte und immer wieder fragte, ob ich noch wach bleiben konnte.

Er murrte. »Ich schlafe nicht ein, ich falle ins Koma, und das alles wegen dir …«

Schuldzuweisende Blicke trafen mich aus den dunkelblauen Augen, sie waren gespielt hoheitsvoll und theatralisch.

Ich musste schmunzeln. »Beim nächsten Mal nehme ich dir ein wenig Arbeit ab«, versprach ich zwinkernd.

Astaras zog eine Augenbraue nach oben, er hob die Hand, aber nur kurz, dann ließ er sie wieder auf die weiche Matratze fallen.

»Verheißungsvoll, aber ich bin zu müde. Ich werde davon träumen und dir dann zeigen, wie es sein wird.«

Seine Ankündigung war durchaus ernst gemeint. Er untermalte sie mit einem Lächeln.

Ich hatte erst vor Kurzem erfahren, dass Astaras' Träume visionär waren. Er konnte die Zukunft in ihnen sehen, wenn auch manchmal schemenhaft und unzusammenhängend.

Die Bilder, die er mir bei unserem zweiten Treffen gezeigt hatte, waren alle wahr geworden. Wir hatten so viele erfüllende, besondere Stunden und Tage miteinander verbracht und Astaras hatte sie kommen sehen. Seine Gabe funktionierte nicht auf Abruf, so wie meine, aber er träumte oft, wenngleich er manchmal nicht sicher war, ob sein Unterbewusstsein oder seine Fähigkeit ihm Bilder zeigte.

Er seufzte zufrieden und ich wollte meinen Blick zum Fenster auf den Vollmond schweifen lassen, aber etwas anderes zog meine Aufmerksamkeit auf sich.

Weil ich noch nie in diesem Bett gelegen hatte, war mir die dunkelgraue Feder, die auf dem Nachttisch in der kleinen hellgrünen Vase steckte, noch nie aufgefallen. Sie war groß und prachtvoll, aber sie war weder so weiß wie Engelsflügel noch so schwarz wie Dämonenschwingen.

»Die graue Feder …«, setzte ich neugierig an und hoffte, dass Astaras noch nicht eingeschlafen war.

Wenn er mal schlief, war er kaum wachzubekommen.

Ich hatte mich auf die Seite zum Nachttisch gedreht.

Seine Hand legte sich auf meinen Bauch und sein Kopf auf meine Schulter. Er murrte wieder dieses zufriedene, müde Murren.

»Wem hat sie gehört?«, wollte ich wissen und zeigte mit dem Finger auf die Feder, für den Fall, dass er zu müde war, um mir gedanklich zu folgen.

Seine Antwort ging mit einem Gähnen einher. »Luzifer.«

Ich riss die Augen auf und drehte mich zu ihm um. Wahrscheinlich hatte ich mich verhört, weil er so unbeeindruckt blinzelte, als hätte er einen x-beliebigen Namen ausgesprochen. »Sagtest du ›Luzifer‹?«

Er nickte und wollte die Augen tatsächlich wieder schließen. Manchmal war er unglaublich gleichgültig, vor allem wenn er schlafen wollte.

»Der gefallene Engel? Der Höllenfürst? Der Morgenstern?« Mein Tonfall wurde aufgebracht, gebührend aufgebracht, schließlich sprachen wir hier von einem Wesen, dessen düstere, blutrünstige Geschichte sogar von den Menschen seit Urzeiten weitererzählt wurde.

Astaras lachte leise. »Ja … er mochte diese Spitznamen.«

»Kanntest du ihn?«

Er nickte und ich erlebte einen dieser seltenen Momente, in denen mir bewusst wurde, wie fern Astaras und seine Welt mir und meiner sein konnten. »Er war gar kein übler Kerl, zumindest vor dem Krieg.«

»Du meinst seine Rebellion gegen Gott?«

»Seine Rebellion war nicht das Problem. Er hatte ein paar kluge Dinge zu sagen. Dinge, die eben nicht jeder hören wollte.«

»Aber er hat unzählige Engel getötet!«

Astaras wirkte plötzlich wieder wacher. »Du brauchst mir nichts über diesen Krieg zu erzählen, ich war dabei.«

Ich biss mir verlegen auf die Lippen, weil ich wieder mal vergessen hatte, dass er viel mehr Ahnung von all diesen Dingen hatte als ich, auch wenn er nun dieses scheinbar unbeschwerte, genießerische, irdische Leben führte.

»Entschuldige …«, hauchte ich.

Er zuckte kaum merklich mit den Schultern und gab mir einen Kuss auf die Stirn. »Ich war nie jemand, der in der Vergangenheit gelebt hat. Was war, interessiert mich nicht, weil es keine Rolle mehr spielt. Aber das ist nur die Ansicht eines alten, unsterblichen Egoisten, du musst sie nicht teilen oder verstehen.« Er schmunzelte schief und wirkte wieder müde.

»Du hast dich aber gut gehalten für dein Alter …«

Diese Anspielung zeigte Wirkung bei ihm, das tat sie immer.

Er zog eine Braue nach oben und funkelte mich an. »In deiner Welt bin ich fünfundzwanzig, für immer fünfundzwanzig, und ich sehe kein Jahr älter aus.«

»Da hast du recht, du eitler, schöner Egoist.«

Das brachte ihn zum Lachen, weil er sich selbst bei Weitem nicht so ernst nahm, wie es auf den ersten Blick den Anschein hatte. Ich wollte seine gute Stimmung nutzen, um noch mal auf das eigentliche Thema zurückzukommen.

»Erzählst du mir von Luzifer und woher du eine seiner Federn hast?«

Astaras schloss die Augen. »Nein, ich schlafe.«

Er war zwar selbstironisch, aber auch ohne Ende stur.

»Ich will den Himmel und was darin passiert ist verstehen lernen. Wenn du es mir nicht erzählst, muss ich wohl jemand anderen fragen.«

Er konnte doch noch die Augen aufmachen, weit sogar, und das wütende Funkeln brachte er auch noch problemlos zustande.

Ich unterdrückte ein Schmunzeln, als er mich auf sich zog.

Seine Hände legten sich um meine Oberarme, so als müsste er mich festhalten.»Ich erzähle dir von Luzifer, aber nicht heute. Seine Geschichte ist lang und spannend und niemand erzählt sie so gut wie ich – du brauchst also niemand anderen danach zu fragen.«

Genau das hatte ich von ihm hören wollen. Ich nickte zufrieden.

»Und glaub nicht, dass ich nicht weiß, dass das eben so etwas wie Erpressung war. Dafür büßt du, sobald ich wieder wacher bin.« Er biss mir ins Ohrläppchen.

Seine Drohung klang verführerisch, ich freute mich darauf, zu büßen.

»Ich liebe dich. Du darfst jetzt ins Koma fallen.«

»Ich liebe dich auch, danke.«

Das prasselnde Geräusch des Regens weckte mich aus einem scheinbar traumlosen Schlaf.

Ich brauchte ein paar Sekunden, um zu realisieren, wo ich war, aber dann huschte das Lächeln ganz automatisch über meine Lippen, auch weil die Erinnerungen an die letzte Nacht wach wurden.

Dieses Bett war so warm und bequem, dass ich mit dem Gedanken spielte, noch mal die Augen zuzumachen.

Ich wollte mich zu Astaras drehen und mich an ihn kuscheln, aber neben mir lag nur noch die zerwühlte Satindecke. Als mir klar wurde, dass ich ihn nicht fühlen konnte, raffte ich mich seufzend auf.

Mein Blick schweifte durch das große leere Loft und blieb schlussendlich an dem Stück Papier hängen, das auf seinem Nachttisch lag.

Er hatte es einmal gefaltet und neben die kleine Vase mit Luzifers Feder gelegt.

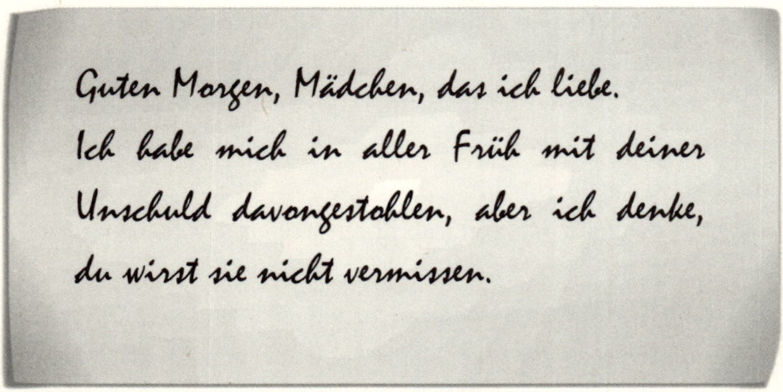

Guten Morgen, Mädchen, das ich liebe.
Ich habe mich in aller Früh mit deiner Unschuld davongestohlen, aber ich denke, du wirst sie nicht vermissen.

Ich stoppte kurz, um mich über seine Wortwahl zu amüsieren. Selbst wenn er nicht da war, brachte er mich zum Schmunzeln.

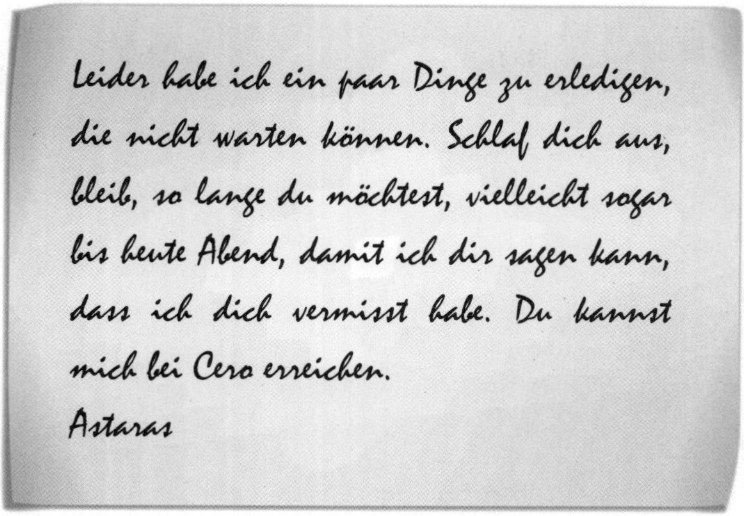
Leider habe ich ein paar Dinge zu erledigen, die nicht warten können. Schlaf dich aus, bleib, so lange du möchtest, vielleicht sogar bis heute Abend, damit ich dir sagen kann, dass ich dich vermisst habe. Du kannst mich bei Cero erreichen.
Astaras

Seine Handschrift war verschnörkelt und ungleichmäßig, genau so hatte ich sie mir vorgestellt.

Ich faltete den Zettel noch mal, um ihn mitzunehmen und aufzubewahren. Hierbleiben konnte ich nicht, auch wenn ich die Zeit in diesem Loft auch noch so genoss. Der Orden rief nach mir und ich würde diesem Ruf mein Leben lang folgen.

Meine Wut

In der Aula herrschte eine seltsame Stimmung, die mich schon erreichte, bevor ich durch das Flügeltor getreten war. Sie standen zu acht vor der Fensterfront, die den Blick auf den Garten freigab. Obwohl ihre Gefühle voll von Verwunderung, Neugier und Unsicherheit waren, schwiegen sie.

»Was ist denn los?«, wollte ich wissen und stellte mich neben Luna, die mir sofort ein Lächeln schenkte, nach dem ihr eigentlich gar nicht war.

»Sieh dir das an.«

Ich folgte ihrem Zeigefinger mit dem Blick. Draußen auf den Steinplatten vor dem Schloss glitzerte etwas. Als ich erkannte, dass es Scherben waren, wurde mir mulmig zumute. Ich sah nach oben und entdeckte das kaputte Balkonfester – es gehörte zu Raphaels Zimmer.

»Was ist passiert?!«

Milan schüttelte langsam den Kopf und zuckte mit den Schultern. »Das Glas hat wohl seine Astralkraft zu spüren bekommen. Irgendetwas hat ihn aus der Haut fahren lassen. Diese Energiewelle war der Wahnsinn! Ares ist bei ihm, aber wir wissen nichts Genaueres.«

»Hoffentlich geht es ihm gut. Raphael hat gestern schon so traurig ausgesehen. Können Erzengel krank werden?«

Lunas Spekulation ließ meine Herzschläge schmerzhaft werden.

»Krank vielleicht nicht, aber wütend, das steht fest«, meinte Milan und lachte ein beeindrucktes und doch besorgtes Lachen.

Es war mir egal, was sie von mir denken würde, ich musste nach ihm sehen, also lief ich die Treppe hinauf.

»Warte, Lia. Ares will nicht, dass wir nach oben gehen.«

Auf dieses Verbot Rücksicht zu nehmen, hätte ich nicht übers Herz gebracht. In mir wuchs eine Angst, die ich nicht unter Kontrolle gebracht hätte, wäre ich im Ungewissen geblieben.

Ich lief Ares direkt in die Arme, weil er gerade aus Raphaels Zimmer kam. Das Meer toste, ich konnte die peitschenden Wellen schon hier fühlen.

»Gut, dass du da bist. Er redet seit gestern mit niemandem. Ich weiß nicht, was ich machen soll, und ich weiß nicht, was passiert ist. Vorhin war ein Engel hier. Nachdem er wieder gegangen ist, hat das Schloss gebebt.«

Ich starrte Ares mit großen schockierten Augen an, hinter denen nicht nur unermessliche Schuldgefühle wuchsen, sondern auch Wut. Er konnte nicht hier gewesen sein. Er konnte Raphael nicht so wehgetan haben, obwohl er wusste, wie viel mir der Erzengel bedeutete. Astaras wusste, dass ich ihn gestern schon verletzt hatte, und er wusste, dass ich Raphael unsere Liebe nicht ins Gesicht schmettern wollte.

»Weißt du, was los ist?«

Ich schüttelte den Kopf, schüttelte die Vermutung weg, die mich innerlich zerrissen hätte. »Nein, aber ich finde es heraus.«

Ares ließ mich vorbei. Vor seiner Tür hielt ich eine Sekunde lang inne, um meine Gefühle zu zähmen. Wenn ich dort drinnen mit Wut und Enttäuschung um mich schlug, würde Raphael das Schloss bestimmt wieder zum Beben bringen.

»Darf ich reinkommen?«

Ich klopfte nicht, öffnete die Tür nur einen kleinen Spalt und stellte meine Frage. Die Antwort blieb aus.

Er wollte nicht reden, allein diese Tatsache schmerzte mich. Ich trat einfach ein, in ein verwüstetes Zimmer. Raphael stand vor dem zersprungenen Fenster, er hatte mir den Rücken zugewandt.

Ich wollte auf ihn zugehen, auf ihn einreden, ihn in den Arm nehmen, ihm sagen, wie wichtig er mir war und dass ich es nicht aushielt, ihn wieder ins Leere starren zu sehen, aber meine Beine rührten sich nicht. Die Aura, die ich heute Morgen noch so sehr geliebt hatte, schwebte noch in der Luft. Astaras war noch nicht lange weg, ich konnte sogar noch sein Parfum riechen.

»Was hat er zu dir gesagt?«

Meine Stimme klang schwach, wie die des Kindes, das ich nicht mehr war, aber gerade wieder sein wollte, weil das Erwachsensein so grenzenlos schmerzte.

Raphael drehte den Kopf zur Seite, in meine Richtung. Seine blauen Augen hatten nie kälter ausgesehen.

»Etwas, das ich gern von dir gehört hätte, aber es spielt jetzt keine Rolle mehr.«

Gleichgültigkeit. Er hätte mich mit nichts Schlimmerem strafen können. Mir standen die Tränen in den Augen, weil es sich anfühlte, als würde ich ihn gerade verlieren. Vielleicht wollte er mich nicht mehr um sich haben, nie wieder. Vielleicht würde er den Orden verlassen. Vielleicht würde er mir nie mehr verzeihen, dass ich ihm meine Liebe zu Astaras verschwiegen hatte.

»Es tut mir leid! Ich hätte es dir sagen müssen, aber ich …«Aber ich hatte vom ersten Moment Angst gehabt, ihn zu verlieren. In Wahrheit hatte ich ihn wahrscheinlich hingehalten. Ich hatte jetzt kein Recht, zu weinen, ich war grenzenlos egoistisch gewesen.

»Ich hatte Angst, dass du gehst, wenn du erfährst, dass ich …«

»Dass du dich in einen anderen verliebt hast?«, beendete er meinen Satz und wandte den Blick wieder von mir ab. Ich sah sein Profil, es wirkte wieder wie in Melancholie versteinert, so wie bei unserem ersten Treffen.

»Hat er dein Zimmer verwüstest?«, wollte ich wissen, obwohl mir die Frage unendlich schwer über die Lippen kam. Ich kannte Astaras' Temperament, aber es machte mich zum ersten Mal wütend.

»Nein, das war ich. Er ist wahnwitzig selbstbewusst und unsagbar vorlaut, aber er ist nicht lebensmüde. Ich mag die Heilung sein, aber ich könnte ihn zerfetzen, deinen Engel …«

Raphael hätte Astaras nichts angetan, aber diesen hypothetischen Satz auszusprechen, tat ihm gut. Er hatte jedes Recht, wütend zu sein, ich wollte nur keine Gleichgültigkeit mehr in seinem Blick sehen. Wut verpuffte irgendwann, die Zeit konnte sie davontragen und man konnte ihr Luft machen – genau das wollte ich jetzt tun.

Raphael sehnte sich ganz klar nach Ruhe, er wollte allein mit seinen Gedanken sein. Er brauchte ein wenig Abstand, um die beißenden, durch und durch menschlichen Gefühle loszuwerden, die ihn dazu veranlasst hatten, sein Zimmer zu verwüsten. Ich würde mich noch Tausende Male bei ihm entschuldigen, aber vorerst war mir danach, zu schreien. Ich bat ihn darum, mir Bescheid zu geben, wenn er wieder mit mir reden wollte. Dass er nickte, musste mir als Antwort genügen.

Als ich sein Zimmer verließ, konnte ich die Enttäuschung, die mich so wütend stimmte, endlich in mir wachsen lassen. Ich lief in mein Zimmer und wählte Ceros Nummer. Mein Herz schlug mir bis zum Hals, als er den Anruf entgegennahm.

»Garten Eden«, säuselte er amüsiert.

Ich war nicht in der Stimmung für Scherze.

»Hier ist Lia. Ist er bei dir?«

»Der Mann, der über dich hergefallen ist? Ja, und er spricht nur von dir.«

Ich ballte meine linke Hand zur Faust, weil ich mich auch nie damit einverstanden erklärt hatte, dass er mit Cero über unsere letzte Nacht sprach.

»Hol ihn ans Telefon!«

Ich fühlte mich beinahe ausgenutzt, obwohl ich wusste, dass seine Liebe zu mir nicht gespielt war.

Er hatte trotzdem kein Recht, etwas für mich so Besonderes und Neues mit der ganzen Welt zu teilen. Ich tat schwer genug daran, selbst mit all diesen neuen Gefühlen zurechtzukommen.

Unzählige Monate hatte er mich für zu jung und zu verletzlich gehalten, nun sollte ich unsere Liebe in die Welt hinausschreien – so war ich aber nicht.

»Lia?« Seine Stimme klang unschuldig, aber er wusste, warum ich anrief.

»Wie konntest du nur?! Hinter meinem Rücken! In meinem Orden! Ich habe dir gesagt, dass er schon verletzt ist! Ich habe dir gesagt, dass ich dich nie hintergehen würde! Hast du nur so getan, als würdest du mir glauben, damit du mit mir schlafen und es dann Cero erzählen kannst?!«

Er hatte unsagbares Glück, dass er gerade nicht bei mir war. Ich hätte ihn gern geohrfeigt und meine Wut spüren lassen.

»Ich habe dir gesagt, dass ich dich nicht teilen will, und er hatte ein Recht darauf, es zu erfahren. Er liebt dich und ich hasse ihn dafür. Das steht mir zu!«

»Es steht dir aber nicht zu, mein Leben zu sabotieren! Dieser Orden ist mein Zuhause! Eine Wächterin zu sein, ist alles für mich und Raphael ist und bleibt mein Ordensleiter! Hier gehöre ich her! Nimm mir das nicht weg!«

Er wurde auch laut. »Bleib in deinem verdammten Orden! Wenn *er* alles für dich ist! Werde die große Wächterin, die du sein willst, und heirate deinen verfluchten Erzengel!«

Es knackte in der Leitung – er hatte aufgelegt. Ich ließ den Hörer fallen und meine Tränen fließen.

Ich hatte geglaubt, alles über Gefühle zu wissen, jede einzelne Emotion zu kennen, die diese Welt zu bieten hatte, aber ich hatte so unendlich falschgelegen.

Wenn Liebe schmerzhafter als Hass sein konnte, machte sie mir Angst.

Mein Alltag

Ein Jahr später

Die Sonne hatte ihren höchsten Punkt erreicht und ließ die Luft vor dem Schloss in Hitzewellen schwimmen. Die beiden jungen Wächter, die gestern angekommen waren, besichtigten gerade mit Luna das Anwesen. Seit ich hier lebte, hatte es viele Neuzugänge gegeben, aber dass zwei Wächter gemeinsam erwachten, war etwas Besonderes.

Sie waren Zwillinge, eineiig, ein Junge und ein Mädchen. Ich hatte gehofft, dass die beiden jünger waren als ich, aber als ich bei Ares nachgefragt hatte, war meine Hoffnung schnell zunichtegemacht worden.

Ich war mit meinen sechzehn Jahren nach wie vor die jüngste Wächterin im Schloss, auch wenn das hier schon der dritte Sommer war, den ich als Ordensmitglied erlebte. Ich war grenzenlos dankbar, meinen Platz in der Welt so früh gefunden zu haben.

Mein Blick glitt wieder auf die Zeilen des Buches in meiner Hand. Hier im Schatten des Waldrands konnte ich konzentrierter arbeiten als oben in meinem Zimmer. Ich hatte es mir schon am Morgen am Stamm der hohen Tanne gemütlich gemacht, weil ich von hier aus einen guten Blick auf das Schloss hatte und trotzdem diese kühle, duftende Waldluft einatmen konnte. Das Lernen fiel mir zum Glück nicht schwer, aber der Wächteralltag war fordernd und mein Terminplan so voll, dass ich eigentlich viel zu selten dazu kam, Bücher zu wälzen. Ich las gern, auch abseits von schulischer Pflichtlektüre, aber mein Leben konnte sich schnell selbst in einen Roman verwandeln, der mir keine Zeit ließ, in fiktive Welten abzudriften.

Mein Herzschlag wurde angenehm leicht und meine Seele wurde in sanftes, heilendes blaues Licht getaucht. Als ich den Kopf wieder hob, glitt mein Blick automatisch zu den prächtigen Rosen, die rund um den großen Messingbogen in unserem Garten blühten.

Wenn er nach draußen ging, zog es ihn immer als Erstes zu seinen Pflanzen. Raphael hatte hier ein kleines Stück Himmel aus der Erde wachsen lassen – sein ganz persönliches Stück. Er fühlte sich sichtlich wohl in seinem Rosengarten, vielleicht, weil die zarten, besonderen Blüten irgendwie seiner Schönheit glichen.

Raphael hatte es geschafft, die beeindruckendsten und größten weißen Rosen zu züchten, die ich je gesehen hatte. Sie waren empfindlich, unwirklich schön, und ich war mir sicher, dass sie zugrunde gegangen wären, wären sie nicht mehr in der Obhut eines Erzengels gewesen. Die kleine Jungpflanze, die ich ihm bei einem unserer ersten Treffen geschenkt hatte, war der Grundstein für etwas gewesen, das Raphael heute zum Lächeln bringen konnte.

Auch auf meinen Lippen zeichnete sich Freude ab, als ich ihn dabei beobachtete, wie er durch den Rosengarten streifte. Er sah die Blumen in letzter Zeit so verliebt an, als würden sie ihm die schönsten und besondersten Geschichten der Welt erzählen. Ich wunderte mich schon eine Weile über das warme, breite Lächeln, das er immer dann präsentierte, wenn er sich unbeobachtet fühlte. Es war herzerwärmend, zu sehen, wie die heroische, unnahbare Erzengelfassade menschlichen Emotionen weichen konnte, auch wenn er das Überirdische an und in ihm nicht abstellen konnte – das hätte ich mir auch nicht gewünscht.

Ich wollte aufstehen und ein paar dieser besonderen Worte mit unserem Ordensleiter wechseln, die manchmal nicht mehr waren als lieb gemeinte Floskeln und Belanglosigkeiten aus einem der schönsten Münder dieser Welt.

Wir sprachen oft miteinander, aber Raphael hatte so viel zu tun, dass ich meistens ein schlechtes Gewissen bekam, wenn ich ihm Zeit stahl. Der Orden verlangte ihm einiges ab und seit ein paar Wochen schien er auch abseits der Schlossmauern viel Arbeit zu haben.

Ich wusste, dass er im Krankenhaus aushalf, sich mit Medizin und Chirurgie beschäftigte, aber wohin er am Wochenende oft verschwand, konnte ich nicht sagen. Als ich ihn das letzte Mal darauf angesprochen hatte, hatte ich nichtssagende Sätze zu hören bekommen.

Die Neugier trieb mich auf die Beine, weg von dem kühlen, ruhigen Wald, hin zu dem heißen, schönen Stückchen Himmel, in dem Raphael gerade versunken schien. Als er den Kopf in meine Richtung drehte, legte sich ein Lächeln auf meine Lippen. Die weißen Rosen um ihn herum rahmten sein Erscheinungsbild auf eine malerische Art und Weise. Hätte es nicht idiotisch ausgesehen, wäre ich jetzt gern in Ares' Büro gerannt und hätte mir seine Kamera ausgeliehen, um ein Foto von Raphael zu schießen.

»Lia, ich dachte, du wärst bei Gabriel?«

Ich stellte mich zu ihm und ließ meine Fingerspitzen kurz über die samtweichen Blütenblätter gleiten. »Erst heute Nachmittag, er hat zu tun.«

»Geht es ihm gut?«

»Ja.«

Diese Frage stellte Raphael oft. Ich hörte sie auch von Gabriel regelmäßig. Man hätte meinen können, sie legten Wert darauf, zu hören, dass es dem einzigen anderen Wesen ihrer Spezies gut ging, aber diese Frage war nicht mehr als ein Beschwichtigungsbemühen, das sie glaubten, mir schuldig zu sein. Sie fragten nur nach, weil sie wussten, dass es mir wichtig war, dass sie sich umeinander sorgten, und dass die Gewissheit, dass sie sich nicht nahestanden, mich traurig und nachdenklich stimmte.

Ich hatte sie schon darauf angesprochen, indirekt und subtil, aber auch ganz direkt. Keiner der beiden hatte mir erklären können, was sie hatte auseinanderdriften lassen. Ich verstand dieses ›große‹, ›komplizierte‹ Problem einfach nicht und war irgendwann so wütend geworden, dass ich die Contenance verloren hatte.

Ich hatte Gabriel die Ohren vollgeheult, war für mindestens eine Stunde zu einem mit zitternder Stimme sprechenden kleinen Mädchen geworden, das in die Sofakissen von Gottes kriegerischer Hand geweint hatte. Gabriel hatte mir an die neun Taschentücher reichen müssen und sich mindestens zwanzig Mal angehört, dass ich ihn und Raphael Brüder nannte, obwohl ihm diese Bezeichnung verhasst war.

Als ich mich wieder beruhigt hatte, war ich zurück ins Schloss geschlichen und hatte zum ersten und wahrscheinlich letzten Mal erlebt, dass Gabriel und Raphael doch kommunizieren konnten. Als ich angekommen war, hatte mich die linke Hand Gottes auf sein Zimmer geführt und mir mit seiner eindringlichen, melodischen Stimme versichert, dass ich mir keine Sorgen um ihn und seinen ›Bruder‹ machen musste. Bei dem Wort hatte Raphael zwar geschmunzelt, aber es hatte ihn innerlich vor Abneigung geschüttelt – das konnte ich in seinen Augen lesen.

Seit diesem für mich sehr peinlichen Tag hatten die beiden damit angefangen, mir die ›Wie geht es ihm‹-Frage zu stellen.

Es ehrte mich ungemein, dass sie mich nicht weinen sehen konnten, aber dieses gespielte Interesse war viel schlimmer als die Gleichgültigkeit, mit der sie vorher um sich geworfen hatten. Die Antwort war ihnen sichtlich egal und ich fühlte mich auf gewisse Weise gekränkt, dass sie annahmen, dass ich ihnen ihr geheucheltes Interesse abnahm. Wenn ich ihnen erzählt hätte, dass es ihrem ›Bruder‹ gerade nicht gut ging, weil er in Flammen stand, hätte ich wahrscheinlich nur ein »Aha« zu hören bekommen.

»Gabriel soll nicht zu hart mit dir trainieren. Die blauen Flecke sind nicht notwendig, um dich stärker zu machen«, sprach Raphael mahnend aus und musterte prüfend meinen Oberkörper.

Ich wandte den Blick verlegen ab, weil ich ihm nicht erklären wollte, dass die hellblauen Verfärbungen an meiner Haut eigentlich keine Verletzungen waren und nicht von Gabriel stammten.

»Deine Rosen blühen prächtig. Deine Gabe scheint sich auch auf Pflanzen zu übertragen«, wechselte ich das Thema und dachte, dass unser Gespräch in eine banale Richtung abdriften würde. Anstatt mich anzulächeln und zu relativieren, wie besonders er war, sah Raphael aber plötzlich nervös aus. Diese durch und durch menschlichen Züge: die großen, fragenden Augen, das Beißen auf der Unterlippe – all das hatte er sich erst in den letzten Wochen und Monaten antrainiert. Ich musterte ihn ein wenig zu intensiv, weil ich nichts lieber getan hätte, als in ihm zu lesen, aber der passive Teil meiner Gabe drang nicht zu seiner Erzengelseele durch. Raphaels Blick huschte hektisch auf die Uhr um sein Handgelenk und zwei Sekunden später wieder zu mir.

»Hast du einen Termin?«, wollte ich wissen.

»Einen Termin …«, wiederholte er mit einer dezent fragenden Note, so als wäre ihm dieses Wort fremd. Unser Ordensleiter konnte »Termin« in unzähligen verschiedenen Sprachen sagen und schreiben, sein ganzes Leben hier im Schloss bestand aus nichts anderem, trotzdem sah er mich gerade an, als hätte ich ihm eine philosophisch schwierige Frage gestellt.

»Ich werde erwartet. Dann ist es wohl ein Termin«, meinte er schließlich und wäre mir dankbar gewesen, wenn ich nicht weiter nachgebohrt hätte. Raphael gehörte zu den wichtigsten Menschen in meinem Leben, ich hätte ihm viele Wünsche und Bitten erfüllt, jetzt nicht neugierig zu sein, war aber keine davon.

»Wohin gehst du?«

»Zum Stadtrand.«

»Wer erwartet dich?«

»Jemand.«

»Was tust du dort?«

»Hauptsächlich reden.«

»Und nebensächlich?«

»Nicht reden.«

Diese Antworten waren so informationsfrei, dass ich sie auch aus den Rosen hätte herauskitzeln können.

»Entschuldigst du mich?«, sprach er eine höfliche Floskel aus, die meine Neugier davon abhalten würde, weiter an der undurchdringbaren Mauer aus Verschlossenheit und Einsilbigkeit abzuprallen. Ich nickte und legte den Kopf schief, während sich Raphael abwandte und hinter dem Schloss verschwand. Er würde mit seinem Motorrad wegfahren, auch das tat er in letzter Zeit oft. Wo auch immer irgendjemand hauptsächlich mit ihm reden wollte, er wählte immer irdische Transportmittel und verzichtete auf die schnellere Luftlinie.

Leise seufzend streckte ich mein Gesicht der gleißenden Sonne entgegen und schickte einen schnellen Dank in den Himmel. Wir hatten alle unsere kleinen Geheimnisse und Probleme, aber wir waren glücklich und ich wusste dieses Privileg zu schätzen.

Mein Krieger

Ich öffnete das gusseiserne Tor und lief den Weg entlang, den ich schon so oft hatte betreten dürfen. Er erlaubte mir, zu kommen, wann ich wollte, obwohl ihm seine Ruhe so heilig war. Gabriel war alles andere als gesellig, deshalb war es nicht selbstverständlich, seine Gesellschaft genießen zu dürfen.

Wahrscheinlich hätten sich die meisten in seiner Nähe auch eingeschüchtert gefühlt, aber ich hatte gelernt, dem kalten Blick und der steinernen Miene nicht immer Beachtung zu schenken. Gabriel war so viel mehr als der Krieg, die strafende Hand Gottes. Wem er erlaubte, ihn kennenzulernen, machte Bekanntschaft mit einem selbstlosen, großzügigen, ironischen Charakter, der nicht nur mit seiner Stärke zu beeindrucken wusste.

Seine Tür stand meistens sperrangelweit offen, weil er wusste, dass ungebetener Besuch lebensmüde sein musste. Ich klopfte trotzdem immer an der schweren Holztür, bevor ich in den hellen Eingangsbereich trat, in der das Gemälde hing, das ich so liebte. Auf mein Klopfen kam nur selten eine Reaktion, aber ich kündigte mich zumindest an. Ich ging an dem violetten Himmel vorbei ins Wohnzimmer. Der schwarzhaarige

Erzengel stand vor dem beeindruckend großen Bücherregal und ließ seinen Blick über die Buchrücken schweifen.

»Ich kann mich an Dinge erinnern, die vor Jahrtausenden meines Lebens passiert sind, aber nicht daran, wo ich Tolstoi abgestellt habe«, murrte er, ohne sich nach mir umzudrehen.

Ich lachte leise und legte die Schwerthalterung ab, bevor ich mich auf das Sofa fallen ließ. »Du solltest dir mal leichtere, fröhlichere Lektüre beschaffen«, schlug ich vor und zog die silberne Klinge aus dem Schaft, um sie zu polieren. Gabriels Schwert hatte mir schon unzählige Male gute Dienste erwiesen – mehr als das, ich war mir sicher, dass ich ohne die Erzengelklinge schon oft schwer verletzt worden wäre. Sie machte mich zu einer viel stärkeren Wächterin, als ich eigentlich war. Gepaart mit meiner Gabe war ich dem Orden eine Hilfe und nichts anderes hätte mich ähnlich glücklich gemacht.

»Fröhlichere Lektüre? Weil sie besser zu meinem freundlichen Wesen passt? Hast du wieder Wein getrunken?«

Seine Frage war amüsant, machte mich aber auch verlegen. Gabriel hatte mich schon betrunken erlebt, leider. Ein peinlicher, schwacher Moment in meinem Leben, den ich am liebsten verdrängt hätte. Ceros dummer Wein und seine Überredungskünste hatten dazu geführt, dass ich zu einer unserer Trainingsstunden mit einem ausgeprägten Schwips aufgetaucht war. Ich hatte keine Ahnung von Alkohol gehabt und dass ich kaum etwas vertrug, hatte ich auch erst festgestellt, als ich mich in Gabriels Garten übergeben hatte.

»Musst du mich immer wieder an diesen peinlichen Abend erinnern?«, flüsterte ich und behielt den Blick auf der glänzenden Klinge, obwohl er sich neben mich setzte.

Ich hörte Gabriel leise lachen. »Ja, ich muss dich manchmal daran erinnern, dass du erst sechzehn und nicht sechstausend bist. Solche Momente unterstreichen das hervorragend.«

Ich rollte mit den Augen, weil der schöne, starke Erzengel zu meiner Rechten der Letzte war, der mich noch immer für ein

Kind hielt. Dass er aus diesem Kind eine Kriegerin gemacht hatte, schien für ihn keine Rolle zu spielen.

»Darf ich mit dem Schwert auf dich einschlagen? Mir ist gerade danach«, blaffte ich, weil er mich irgendwann in den letzten Jahren mit seiner Ironie angesteckt hatte.

Er legte den Kopf schief. Dieser Blick würde mir keine Trainingseinheit bescheren. Wenn die smaragdfarbenen Iriden so dumpf glühten, hatte er keine Lust, zu kämpfen. Ab und an passierte das, dann spielten wir Schach und er bewies mir, dass er nicht nur der geborene Kämpfer, sondern auch der geborene Schlachtenführer war.

»Wir haben schon gestern trainiert, und vorgestern. Wenn du noch mehr Krieg in dein Leben lässt, verfolgt er dich irgendwann im Schlaf.«

»Meine Träume sind schön«, versicherte ich und ließ mein wertvolles Schwert seufzend in der Halterung verschwinden. »Ich habe keine Lust auf Schach. Du schlägst mich immer.«

Er zog die Brauen erwartungsvoll in die Höhe, weil ich noch nie eine Partie mit ihm ausgeschlagen hatte. Wenn das Training ausfiel, hatte ich Zeit, die ich mit Unsinn füllen konnte – etwas, das sonst so gut wie nie passierte. Mein Terminplan schrieb mir erst wieder in gut zwei Stunden etwas vor und ich hatte den Drang, etwas zu tun, zu dem ich sonst nicht kommen würde.

»Wenn du nicht trainieren willst, sollte ich dir deine Zeit nicht stehlen«, erklärte ich und stand auf, um die Schwerthalterung wieder zu befestigen.

»Das klingt, als wäre dir gerade etwas Spannenderes eingefallen, als hier zu sein. Das kränkt mich.«

Ich kränkte Gabriel keineswegs, das konnte wahrscheinlich niemand auf dieser Welt, aber er brachte mich so dazu, meinen kindischen Plan zu verraten. Er mochte es, wenn ich kindisch war, vielleicht würde ihm meine Idee sogar gefallen.

»Ich will jemandem hinterherspionieren«, erklärte ich und schmunzelte, weil es wirklich infantil klang.

»Wer interessiert dich so brennend, dass du mich versetzt?«

Dass er mir noch immer vorspielte, beleidigt zu sein, deutete darauf hin, dass er mehr erfahren wollte.

»Raphael«, sprach ich so vorsichtig aus, wie ich seinen Namen immer aussprach, wenn ich hier war.

Ich dachte, Gabriel würde jetzt das Interesse verlieren, aber er neigte fragend den Kopf.

»Mir war nicht klar, dass er so spannend für dich ist. Wann ist das passiert?«

Ich winkte ab, weil Gabriels Vermutung in eine vollkommen falsche Richtung ging. »Es geht nicht um ihn und mich, sondern um ihn und …«

Mein Schulterzucken ging mit einem Seufzen einher. Eigentlich hatte ich keine Ahnung, ob denn nicht auch meine Vermutung ins Leere verlief, aber ich war mir beinahe sicher.

»Ich denke, er trifft sich mit einer Frau, schon eine ganze Weile.«

Mein Satz hatte eigentlich nichts Witziges an sich, Gabriel lachte trotzdem, sehr herzhaft – das tat er selten. Ich hätte mich darüber gefreut, wenn ich mir nicht so dumm vorgekommen wäre.

»Du willst herausfinden, ob er eine Frau trifft? Dazu musst du dieses Haus nicht verlassen. Ich bin mir sicher, dass er das nicht tut.«

»Wieso? Er hat schließlich kein Zölibat abgelegt«, entgegnete ich und hätte beinahe hinzugefügt, dass er auch ›nur‹ ein Mann war, was unpassender nicht hätte sein können. Er war ein Erzengel, kein gewöhnlicher Mann, aber ich war mir trotzdem sicher, dass er dieselben Gefühle haben konnte wie wir Menschen.

»Du triffst auch Frauen, oder?«, stellte ich Gabriel eine Frage, die mich einiges an Überwindung kostete. Eigentlich ging mich das nichts an, aber ich hatte schon öfter Lippenstifte in seinem Badezimmer gefunden und wenn er sie nicht selbst trug, hatte er Frauen hier.

»Ich bin vermenschlichter als er. Meine Begierden gleichen denen der Menschen mehr, als mir manchmal lieb ist.«

Das war die Art, wie Gabriel mir gestand, dass er selbst keinen Lippenstift trug, sondern mit Frauen das Bett teilte.

»Ich weiß, dass *du* Begierden in ihm geweckt hast, aber ich denke nicht, dass er schon so weit ist, sie mit anderen Frauen zu stillen«, stellte er klar.

Rot zu werden, konnte ich genauso wenig verhindern, wie verlegen zu glucksen, bevor ich meinen nächsten Satz aussprach.

»Ich habe gar nichts in ihm geweckt … das hat er alles schon in sich getragen.«

»Ich bin noch keinem Wesen begegnet, das seine Besonderheit so hartnäckig ignoriert wie du.«

»War das ein Kompliment?«, wollte ich wissen, um nicht noch verlegener zu werden, obwohl es eigentlich nicht notwendig war.

»Nein«, entgegnete Gabriel kühl und schüttelte zur Untermalung auch noch den Kopf.

»Ich bin nur neugierig, wer ihn so glücklich macht. Er lächelt in letzter Zeit oft und das ist wirklich schön.«

Es ging hier um Raphael, nicht um mich, und eigentlich müsste Gabriel schon längst das Interesse verloren haben.

»Wahrscheinlich sucht er nur Ruhe abseits der Ordensmauern und starrt von einer Brücke ins Wasser.«

Diese Vorstellung gefiel mir nicht. Ich sah Raphael wieder einsam auf der Bank sitzen und in Melancholie ertrinken, aber es ging ihm gut, er litt schon lange nicht mehr unter etwas, das ich heute ›Engelsdepression‹ nannte.

»Ich bin nur neugierig und mir beinahe sicher, dass ich recht habe. Du kennst ihn wohl nicht mehr so gut, wie du glaubst«, warf ich Gabriel vor, der wie erwartet eine versteinerte Miene zum Besten gab.

»Wenn Raphael eine Frau gefunden hat …«, setzte er zu einem Satz an, der bestimmt auf der ›Dann fresse ich einen Besen‹-Floskel aufbaute. »… dann lade ich die beiden zu mir ein und singe den ganzen Abend Lobgesänge auf die einzigartige Seele meines Bruders«, versicherte Gabriel ebenso überzeugt davon, dass er recht behalten würde, wie abgestoßen von dem Angebot, das er ausgesprochen hatte.

Ich lachte und wandte mich zum Gehen. »Ich sage dir Bescheid und nehme dich beim Wort!«, versicherte ich und stutzte, als ich die winddurchflutete, mächtige Aura plötzlich direkt hinter mir spürte. Als ich mich umdrehte und zu ihm aufsah, zeichnete sich ein schiefes Lächeln auf Gabriels Lippen ab.

»Ich begleite dich.«

»Aber es geht um Raphael«, machte ich ihm abermals bewusst, während mein Herz bereits schnell und leicht schlug, weil Gabriel noch nie so viel Interesse an ihm gezeigt hatte.

»Ich weiß, heute verhalten wir uns wohl beide kindisch.«

Mein glücklicher Erzengel

Mein Ausflug hätte ohne Gabriel viel länger gedauert. Ich wäre mit dem Motorrad an den Stadtrand gefahren und hätte versucht, Raphaels Aura aufzuspüren. Wahrscheinlich wäre mir das auch gelungen, aber nicht so schnell und so zielsicher.

Die leuchtend weißen Erzengelschwingen trugen uns an einen wunderschönen Ort, den ich nicht kannte. Gabriel setzte mich vor den Mauern eines großen gotischen Klosters ab. Das beeindruckende Gebäude war von viel Grün umgeben, lag abseits von anderen Bauten und Straßen. Nur ein schmaler gepflasterter Weg führte durch einen kleinen Wald zurück in stärker besiedeltes Gebiet.

Raphael war definitiv hier. Ich fühlte die mächtige Wasseraura durch die vielen hellen, rein menschlichen Lichter. Meine Vermutung erschien mir mit einem Mal auch abwegig. Er würde keine gottesfürchtige Nonne dazu bringen, ihr Zölibat zu brechen.

Oder würde er?

»Wenn du deine Aura nicht drosselst, spürt er dich kommen«, prophezeite Gabriel. Er hatte den Wind in seinem Inneren bereits zu einem unscheinbaren Lüftchen werden lassen.

Ob Raphael ihn nicht trotzdem schnell wahrnehmen würde, dabei war ich mir nicht sicher, schließlich gehörten sie zusammen, auch wenn sie das nicht hören wollten.

Ich schloss kurz die Augen und versuchte, sowohl die Wächterin als auch die Sephirot in mir hinter dem Menschen zu verstecken. Wir würden trotzdem Abstand halten müssen, weil ich eigentlich nicht beim Ausspionieren erwischt werden wollte.

Gabriel ging voraus, führte mich durch die hohen Rundbögen, vorbei an freundlich nickenden Nonnen, die gerade eine Touristengruppe durch ihr Zuhause führten.

Nicht nur die Blicke der gottesfürchtigen Frauen verrieten, dass sie die Besonderheit hinter meiner Begleitung mühelos erkannten. Ihre Gefühle waren getränkt von Bewunderung, Ehrfurcht und Dankbarkeit. Sie glaubten, einen Engel in Gabriels überirdisch schönen Zügen zu erkennen, denn sie hatten schon Engel in ihren heiligen Hallen gesehen. Dass die rechte Hand Gottes ihnen gerade so nah war, konnten sie aber nicht erahnen.

Wir liefen über das Anwesen, vorbei an einem Schild mit der Aufschrift ›Gärtnerei‹. Das Backsteingebäude, auf das wir zuhielten, war von Blumenbeeten und kleinen gläsernen Gewächshäusern umgeben. Es unterschied sich architektonisch deutlich vom imposanten Klostergebäude, wirkte wie ein einfaches Einfamilienhaus, dessen Erdgeschoss zu einem Laden umfunktioniert worden war. Die Nonnen schienen ein Händchen für Botanik zu haben. Die Blumen, die hier blühten, waren malerisch schön, sie verkauften sich bestimmt gut.

Je näher wir der Wasseraura kamen, umso sicherer wurde ich mir, dass Gabriel recht behalten würde. Was Raphael hergetrieben hatte, war seine Liebe zu Pflanzen, nicht zu einer Frau.

Der schwarzhaarige Erzengel stoppte mich, als wir vor dem Haus angekommen waren. »Das ist nah genug«, entschied er. Ich wollte protestieren, weil ich Raphael zumindest sehen wollte, aber Gabriel deutete durch die großen Fenster, die nicht nur einen Blick ins Innere des Blumenladens freigaben, sondern auch auf die andere Seite des Hauses und den Rosengarten. Er stand neben den gleichen weißen, großen Rosen, die in unserem Schlossgarten blühten. Obwohl er uns den Rücken zugewandt hatte, war ich mir sicher, dass er lächelte.

»Wenn er sich in eine Rose verliebt hat, dann zählt das nicht«, stellte Gabriel klar und zog einen Mundwinkel nach oben.

Er hatte natürlich recht, aber ich war trotzdem froh, dass Raphael glücklich war. Ein kleiner Teil von mir verspürte sogar etwas, das sich verdächtig nach Erleichterung anfühlte. Ich war dabei, diese überflüssige Emotion stumm zu schalten, als sie plötzlich in meinem Blickfeld auftauchte.

Sie hielt blühende Magnolienäste im Arm, legte sie auf einer der Bänke ab und ging auf Raphael zu. Ihr Lächeln war warm, aber näher an süffisant als an schüchtern. Sie war älter als ich, vielleicht drei oder vier Jahre, mehr nicht. Ihr Gesicht war einprägsam hübsch, auf eine durch und durch menschliche Weise. Ihre glänzend grauen Augen ruhten auf Raphael, sie bewegte die Lippen, aber wir konnten sie natürlich nicht hören.

Ich sah zu Gabriel auf, der wie gebannt durch die Scheibe starrte. In seinem Gesicht war keine Emotion abzulesen. Er hätte jetzt noch nichts zugegeben, was nicht bewiesen war. Wir würden hier so lange stehen, bis wir sicher waren, dass das hübsche Mädchen Raphael nicht nur mit ihren Blumen glücklich machte. Zumindest lenkte sie ihn so sehr ab, dass er unsere Auren ganz bestimmt nicht wahrnehmen und sich nach uns umdrehen würde.

Während ich froh darüber war, dass uns Raphael nicht bemerkte, ruhten mit einem Mal funkelnd graue Iriden auf mir und Gabriel. Natürlich sah sie uns durch die Scheibe, schließlich konnten wir sie auch sehen. Noch während sie die Hand zum freundlichen Gruß hob und uns zuwinkte, zerrte ich Gabriel ein Stück nach links, weg von den Fenstern.

»Wir sollten verschwinden«, schlug ich vor, aber der Erzengel schien anderer Meinung.

»Das letzte Wunder, das ich gesehen habe, war die Entstehung dieser Welt. Wenn hier das vor sich geht, was du vermutet hast, will ich es sehen.«

Mir war diese Situation mehr als unangenehm, aber ich hatte das Gefühl, dass sich mein Unbehagen noch steigern würde. Ich wusste plötzlich nicht mehr, was ich mir von dieser Aktion versprochen hatte. Es war nicht nur kindisch, sondern auch unhöflich, sich in Raphaels Privatleben einzumischen, auch wenn die Neugier in mir tobte.

»Hallo. Kann ich euch helfen oder wollt ihr euch nur umsehen?«

Ihre Stimme klang hell, jung, aber selbstbewusst. Genau das strahlte sie auch aus. Als ich mich nach ihr umdrehte, begann ich, in ihr zu lesen. Ein gefestigter Charakter: willensstark, stoisch, aufopfernd, strebsam. Sie hatte so viel Persönlichkeit, dass man sie problemlos mit einem gemachten Engel verwechseln konnte, obwohl sie Menschlichkeit in Reinkultur ausstrahlte. Wahrscheinlich hatte sie genau das, was man mir oft unterstellte: eine alte Seele in einem jungen Körper.

»Wir wollten nur …«

Dieser Satz würde mit einer Lüge enden, die mir erst einfallen musste, weil ich noch immer damit beschäftigt war, das Mädchen, das einen Erzengel zum Lächeln bringen konnte, zu mustern. Jetzt, da ich mit ihrem Inneren fertig war, fiel mir auf, wie gut ihr das weiße Sommerkleid stand. Sie hatte die schönsten Beine der Welt, das bemerkte ich, obwohl ich kein Mann war. Während sie auf uns zukam, strich sie sich die dunkelblonden langen Haare hinter die Ohren.

»Wir wollten uns nur umsehen«, brachte ich endlich heraus und kratzte mich verlegen am Hinterkopf. Sie blieb vor uns stehen und ihr Blick verfing sich – verständlicherweise – in Gabriels Augen.

»Du bist …«, setzte sie an.

»Unerwünscht«, tönte Raphaels Stimme, bevor wir ihn sehen konnten. Als er hinter der Häuserecke auftauchte, war das Lächeln von seinen Lippen verschwunden. Es war einer versteinerten Erzengelmiene gewichen.

Er blieb neben dem Mädchen stehen. Als sie zu ihm aufsah, stemmte sie eine Hand an die Hüfte.

»Ich wollte sagen, dass er unheimlich gut aussehend ist«, verriet sie, ohne dabei rot zu werden. Raphael ignorierte diese Aussage. Er war wütend auf uns, seine blauen Augen füllten sich mit Unverständnis und vielleicht auch mit Unbehagen.

»Was wollt ihr hier?«

Ich hätte auf diesen tonlosen, kühlen Satz nichts erwidern können, nur verlegen den Blick abgewandt, aber ich war zum Glück nicht allein. Gabriel konnte auch so klingen und sich gänzlich unbeeindruckt von den kalten seeblauen Augen zeigen.

»Ich wollte ein Wunder sehen«, verriet er und zuckte kaum merklich mit den Schultern. Gabriel war nicht erstarrt, nicht in diesen heroischen, überirdischen Modus verfallen. Er schien sogar irgendwie amüsiert.

»Oh, das sind Freunde von dir? Sagt das doch gleich!«, tönte das Mädchen und stieß den blonden Erzengel neben sich kurz in die Seite, ehe sie uns anlächelte. »Kommt! Ich habe Tee gekocht. Richtig ekelhaften für Raphael und weniger ekelhaften für Leute mit Geschmacksnerven.«

Ich musste kichern, weil ich wusste, dass Raphaels Teemischungen unheimlich gesund waren, aber nach Erde schmeckten.

Das Mädchen ging voraus, nicht ohne die Hand des erstarrten Mannes an ihrer Seite zu nehmen. Diese unschuldige Berührung löste tausend Emotionen in mir aus, derer ich sofort

Herr werden musste, weil ich ansonsten mit ihnen um mich geschlagen hätte. Es fühlte sich merkwürdig an, die beiden so zu sehen, eine seltsame Tatsache, die ich nicht analysieren wollte. Ich konzentrierte mich auf die Freude, die ich zweifelsohne für Raphael empfand, und die Neugier, die noch immer in mir tobte, weil es doch noch viele offene Fragen gab.

»Na komm schon! Das wird Spaß machen! Ich wollte schon immer Freunde von dir kennenlernen, das weißt du!«

Dieses ›schon immer‹ veranlasste mich, darüber nachzudenken, wie lange Raphael schon dieses seltsame Lächeln auf den Lippen hatte. Mehrere Wochen, nein, Monate, vielleicht schon ein Jahr? Er verschwand schon lange ohne Begründung, aber ich war noch nie so aufdringlich gewesen wie heute.

»Wir wollten euch nicht stören! Wir waren nur … neugierig«, gestand ich. »Wir werden jetzt gehen«, fügte ich hinzu und warf Gabriel einen vielsagenden Blick zu.

»Nein! Geht nicht. Ihr wart neugierig? Ich bin das auch! Raphael muss man tausendmal bitten, bevor er etwas über sich erzählt. Ich bin froh, dass ihr hier seid, wir können uns ein wenig unterhalten.«

Raphael schnaubte, aber sie strafte ihn sofort mit funkelnden Blicken. Ich war mir sicher, dass sie der erste Mensch auf dieser Welt war, die ihn so ansah, und ich war mir sicher, dass er geschmunzelt hätte, wenn wir nicht hier gewesen wären. Die kühle, abweisende Miene schien sie aber nicht abzuschrecken.

Hätte Gabriel sich nicht in Bewegung gesetzt, wäre ich wohl an Ort und Stelle versteinert. Ich folgte dem Wind und versuchte, mich auf seine Aura, die er nicht mehr drosselte, zu konzentrieren.

»Setzt euch! Ich hole nur schnell ein paar Tassen.«

Sie zeigte auf die geflochtenen Stühle um den Mosaik-Tisch. Wir waren in den Rosengarten gegangen, hier roch es fantastisch und die Atmosphäre glich einem zur Realität gewordenen Gemäldeszenario.

Ich setzte mich neben Gabriel, weil er mich vor den durchdringenden Erzengelblicken abschirmen konnte und mir Kraft gab, meine Gabe nicht verrücktspielen zu lassen.

»Es tut mir leid. Das war meine Idee. Sei uns nicht böse«, hauchte ich vorsichtig.

Die Frage, die folgte, wurde von Gabriel gestellt, der das Feingefühl einer Dampfwalze an den Tag legte.

»Liebst du dieses Mädchen?«, wollte er wissen und neigte neugierig den Kopf.

Raphael saß so vorbildlich gerade, trotzdem würde es ihn vielleicht vom Stuhl werfen – ich hätte das verstanden.

»Sie ist fast noch ein Kind«, fügte Gabriel hinzu und obwohl es nicht um mich ging, fühlte ich mich von dieser Feststellung irgendwie angegriffen. Sie war kein Kind, sie war eine junge Frau, und sie war so besonders, dass es mich beinahe schmerzte.

Als Gabriel wieder den Mund aufmachte, konnte diese Situation nur schlimmer werden. »Verstehst du Liebe überhaupt? Kannst du sie von bloßer Begierde unterscheiden?«

Das hier war zweifelsohne das unangenehmste Verhör der Welt. Raphael verlor kein einziges Wort, aber ich war mir sicher, dass er innerlich tobte. Die sonst so sanften Wellen peitschten gegen den messerscharfen Wind an. Wenn das hier eskalierte, hatten wir ein riesiges Problem! Zwei erzürnte Erzengel, die ihre Kräfte aufeinanderprallen ließen. Ich war mir sicher, dass sie großen Schaden anrichten konnten, an ihren Seelen und diesem kleinen Paradies.

»Sie ist ein Mensch. Wenn du ein Spielzeug brauchst, such dir einen Engel oder einen Dämon, der deine Lust zu zügeln weiß.«

Mir war danach, vor Scham und Unbehagen zu explodieren. Was Gabriel Raphael vorwarf, war so unsagbar persönlich und intim, dass ich mir am liebsten die Ohren zugehalten hätte. Nur die beißenden Blicke zwischen den beiden und die spürbar angespannte Stimmung verhinderten, dass ich rot anlief, weil ich jeden Moment damit rechnete, den lächerlichen Versuch starten zu müssen, die beiden mächtigsten Wesen die es gab, daran zu hindern, sich die Flügel auszureißen.

»Ich wusste nicht, ob ihr Zucker in euren Tee wollt, deshalb habe ich einfach die Packung mitgebracht.«

Diese selbstbewusste, liebliche Stimme und die freundliche Banalität ihres Satzes ließen uns alle zu ihr aufschauen. Sie war mit einem Tablett aus dem Haus aufgetaucht, grinste und entblößte dabei Grübchen. Ich hatte keine Ahnung, wie, aber sie hatte es geschafft, die aufgeladene, unheilvolle Stimmung wegzuscheuchen, ganz mühelos sogar. Wollten wir Zucker im Tee? Diese einfache Frage war kraftvoll genug, uns wieder in das malerische Idyll dieses Rosengartens zurückzuholen.

»Danke«, schallte es im schönsten Chor der Welt. Ich hatte sie noch nie gleichzeitig sprechen hören, aber wenn sie es taten, war es einprägsam.

»Mein Name ist Sora.«

Sie stellte sich selbst vor, weil Raphael dazu nicht in der Lage war. Dank Gabriel und mir hatte er gerade den Erzengel-Modus an. Es war an mir, etwas zu sagen, bevor alles wieder unwirklich wurde.

»Ich heiße Lia. Ich bin …«

Was war ich? Raphaels Schülerin? Sein Schützling? Was wusste sie von ihm?

»Ich bin froh, dich kennenzulernen«, beendete ich meinen Satz und untermalte ihn mit einem Lächeln. Sie nickte und sah Gabriel erwartungsvoll an. Ich war mir nicht sicher, wie er sich geben würde. Er war schwierig, schweigsam, konnte kalt und unnahbar sein.

»Ich heiße Gabriel.«

Oder er war einfach höflich und sah bezaubernd dabei aus.

Sora musterte die markanten Züge des Erzengels neben mir sehr genau, ohne dabei so verlegen zu werden wie die meisten

Frauen. Als sie mit ihrer Inspektion fertig war, drehte sie den Kopf zu Raphael.

»Seid ihr irgendwie verwandt? Ihr seht euch so ähnlich.«

Weder ich noch Gabriel konnten ihr eine Antwort darauf geben, es war allein Raphaels Entscheidung, welchen Platz er Gabriel in seinem Leben geben wollte. Sie schien nichts von Erzengeln zu wissen, sonst hätte sie diese Frage nicht gestellt. Ich hegte die Vermutung, dass Raphael ihr nichts von seinen weißen Flügeln oder dem Himmel, aus dem er kam, erzählt hatte.

»Wir sind Brüder«, sprach er einen Satz aus, von dem ich geglaubt hatte, ihn nie aus seinem Mund zu hören. Nach menschlichem Ermessen waren sie genau das und für Sora war Raphael ein Mensch, ein berauschend schöner Mann mit einem berauschend schönen Bruder.

»Wow, das nenne ich einen Wahnsinnsgenpool!«, stellte sie fest und steckte mich mit ihrem Lachen an. »Du hast mir nicht erzählt, dass du einen Bruder hast! Das hättest du ruhig erwähnen dürfen …«, tadelte sie Raphael und berührte seinen Arm dabei so beiläufig und liebevoll, dass ich keinen Zweifel mehr daran hatte, dass sie sich schon eine ganze Weile kannten und nahestanden.

Da Raphaels Antwort ausblieb, wandte sie sich wieder mir zu.

»Ist schwierig mit so abnormal hübschen, schweigsamen Männern, oder?«

Ihre Frage warf mich aus der Bahn, obwohl sie sie so kokett und scherzhaft gestellt hatte. Mir fiel auf, dass sie mich und Gabriel für ein Pärchen halten musste. Ich stammelte bereits die ersten Buchstaben, als Raphael sich zu Wort meldete.

»Lia hat eine Vorliebe für geschwätzige Männer. Gabriel ist nur ein Freund, genau wie ich.«

Mir war noch immer danach, aufzustehen und davonzuschleichen, weil mir beinahe alles, was hier gesagt und thematisiert wurde, furchtbar unangenehm war, aber Sora war ein sehr, sehr nettes Mädchen und ich wollte nicht merkwürdig auf sie wirken.

»Oh, entschuldigt, ich nahm nur an, dass … Weil ihr gemeinsam hergekommen seid.« Sie zuckte entschuldigend mit den Schultern.

»Lia ist eine meiner Schülerinnen«, erklärte Raphael und schrammte damit gar nicht mal weit an der Wahrheit vorbei.

Für sie war er also ein Lehrer, mein Lehrer. Wieso um alles in der Welt spionierte ich meinen Lehrer aus?

»Wir haben uns aber schon vor einigen Jahren kennengelernt. Sie hat mir damals sehr geholfen, als ich … eine schwere Zeit durchlebt habe.«

Soras Augen wurden groß. In ihr wuchs eine Erkenntnis. »Du bist das Mädchen von der Parkbank!«, rief sie plötzlich und musterte mich schief grinsend.

Dass sie unsere Geschichte kannte, wunderte mich.

»Raphael hat mir von dir erzählt! Er hat mal deinen Freund verprügelt!«, tönte sie lachend.

Ich konnte nicht verhindern, dass mir der Mund offen stehen blieb. Mein Blick traf die tiefblauen Iriden, in denen ich nicht lesen konnte. Dass er Sora so viel über sich erzählt hatte, warf mich aus der Bahn, zumal wir selbst nie mehr über diesen Tag oder Astaras gesprochen hatten.

»Entschuldige! Ich wollte dir nicht zu nahe treten …«, versicherte Sora und schenkte mir ein vorsichtiges Lächeln. »Ihr seid doch wieder zusammen, oder? Es ist wieder alles gut geworden zwischen euch.«

Mein Nicken war monoton – nicht, weil sich die Wogen zwischen mir und Astaras nicht wieder geglättet hatten, sondern weil ich gerade zu verstehen begann, wie wichtig dieses Mädchen Raphael sein musste.

Ich hatte geglaubt, ihm nahe zu stehen, aber ich konnte mir nicht vorstellen, wie solche Geschichten aus seinem Mund klangen. Mit mir sprach er nicht über die Eindrücke unseres Kennenlernens oder über meine Beziehung mit Astaras. Mir hatte er auch nie von Sora erzählt. Ich kannte Raphael wahrscheinlich gar nicht. Für mich war er der Erzengel, der einst in Melancholie ertrunken war und der mir heute ab und an ein Lächeln schenkte, weil ich ihn vor dem Ertrinken gerettet hatte.

»Mir war nicht klar, wie geschwätzig dich dein neuer Beruf gemacht hat«, durchbrach Gabriel das Schweigen, das sich ausgebreitet hatte, weil ich meine Gedanken und Gefühle ordnen musste.

Raphael antwortete natürlich nicht auf Gabriels Satz, das übernahm Sora für ihn.

»Raphael ist wohl das Gegenteil von geschwätzig, aber ich bin ganz gut darin, jemandem Persönliches zu entlocken. Wenn man so lange in einem Kloster lebt, ist man dankbar für jedes Gespräch.«

Sie überschlug die hübschen Beine und streckte sich genüsslich. Ich fand zurück zu meiner Contenance, weil sich die Neugier wieder zu Wort meldete.

»Du lebst hier im Kloster? Bist du eine …?«

»Nonne?«, vervollständigte Sora meine Frage und begann, den Kopf zu schütteln. »Dann hätte ich eindeutig die falsche Kleidung im Schrank!«, entgegnete sie und brachte mich zum Lachen, obwohl mir nicht danach war. Ich sah, was Raphael an ihr fand, so deutlich, dass ich nicht mal mehr meine Gabe gebraucht hätte. Sie war lebensfroh, so durch und durch Mensch, dass man sie als Aushängeschild unserer Welt hätte benutzen können. Lachen, den Ernst verscheuchen, den Moment genießen, im Hier und Jetzt leben – Sora war das pure Leben in all seiner Schönheit.

»Ich wäre eine wirklich schlechte Nonne. Nicht, dass ich nicht glauben würde, aber diese ganzen Regeln und Verbote, die sich diese Frauen selbst auferlegen, würden mich in den

Wahnsinn treiben. Ich hätte schon mit dem Zölibat gebrochen, bevor ich den ersten Rosenkranz fertig geknüpft hätte.«

Sogar Gabriel musste schmunzeln. Nicht viele Menschen konnten diese Mimik auf sein Gesicht zaubern, Sora gelang das mühelos.

»Ich lebe hier im Kloster, weil das Anwesen schon seit Generationen meiner Familie gehört. Meine Eltern haben den Blumenladen aufgemacht und ich führe ihn weiter. Die Schwestern sind aber Familie für mich geworden, vor allem seit …«

Ihre Gefühlswelt schlug um, sie wurde dunkel und schmerzerfüllt. Ich nahm ihr die tiefe Trauer, die ihren Frohsinn in die Knie zwingen konnte. Ihr Verlust lag noch nicht lange zurück. Die Wunden klafften noch, die Zeit hatte sie noch nicht vernarbt.

»Meine Eltern sind vor ein paar Monaten bei einem Unglück umgekommen – eine Gasexplosion in der Innenstadt.«

Ich gab ihr die Kraft, die sie brauchte, um diese Worte über die Lippen zu bringen, ohne dabei in Trauer zu ertrinken. Nach ein paar Sekunden fand sie ihr Lächeln wieder.

»Aber Unglücke geschehen wahrscheinlich nicht ohne Grund. In solchen Situationen tut die Nähe zum Kloster und den Schwestern wirklich gut …«

Ich war gedanklich noch immer bei der Gasexplosion. Der Orden vertuschte Ritualmorde und Übergriffe von Dämonenwesen oft mit dieser Begründung. Wir Wächter waren geboren worden, um unsere Welt zu beschützen, aber wir konnten nicht überall sein und manchmal kamen wir schlichtweg zu spät. Wir konnten den Tod oder das Schicksal nicht immer an der Arbeit hindern, aber wo wir versagten, gab es eine größere Macht.

Er hielt schützend die Hand über seine Schöpfung, auch wenn wir seine Zeichen und Wunder nicht immer als solche erkannten. Sora hatte ihre Familie verloren und Gott hatte ihr einen seiner Erzengel geschickt, der auch auf der Suche nach

Balsam für sein Herz gewesen war. Wenn er uns auf steinige Wege schickte, nahm er uns meistens an die Hand.

»Wie alt bist du?«

Gabriels Frage half Sora, auch das letzte bisschen Trauer vorerst ziehen zu lassen. Sie hatte eine starke Seele, einen festen Charakter und die Heilung an ihrer Seite.

»Ich sehe jünger aus, als ich bin«, nahm sie vorweg und schlug wieder ein Bein über das andere.

Die Antwort würde Gabriel trotzdem schmunzeln lassen, wenn sie nicht über zwei- oder dreitausend liegen würde.

»Ich bin zweiundzwanzig.«

Sie sah wirklich jünger aus, aber das tat der Mann neben ihr auch. Wahrscheinlich hatte er ihr erzählt, dass er fünfundzwanzig war. Dass er das für immer bleiben würde, hatte er mit ziemlicher Sicherheit ausgelassen.

»Bist du älter oder jünger als Raphael?«, wollte Sora von Gabriel wissen.

Die smaragdfarbenen Iriden suchten Blickkontakt mit den meerblauen Seen. Wenn sie sich ansahen, lag etwas Unwirkliches in der Luft, so als wäre die Realität, aus der sie kamen, plötzlich über unsere eigene hereingebrochen.

»Wir sind gleich alt«, beantwortete Raphael Soras Frage. Sein Tonfall hatte die Gleichgültigkeit verloren. Mir war nicht bewusst, dass er das konnte, wenn er von Gabriel sprach. Er schenkte Sora eines dieser kostbaren Lächeln, die sie zu schätzen wusste, ohne über ihren Seltenheitswert Bescheid zu wissen.

»Oh, ihr seid Zwillinge? Ja, das erklärt die Ähnlichkeit!«, schlussfolgerte sie und streckte ihr Gesicht dann zufrieden schmunzelnd der Sonne entgegen. Sie genoss diesen Moment, in dem sie Raphael so nah war und er ihr einen kleinen Einblick in seine Welt gewährte. Ich glaubte, zu wissen, dass es schwierig mit ihm war, vor allem wenn man mit den Worten ›Ordo Equester‹ und ›Erzengel‹ nichts anfangen konnte. Sora schaffte es aber auch ohne dieses Wissen, in einem der mächtigsten, unnahbarsten Wesen den Wunsch wachsen zu lassen, bei ihr zu sein.

»Danke für den Tee und deine Gastfreundschaft«, setzte ich an, weil der Moment gerade günstig schien. »Ich muss leider los, ich habe noch eine Verabredung.«

Sora stand mit mir gemeinsam auf und griff sich meine Hände. Ihre Berührung hatte etwas Besonderes an sich, ich vergaß für den Moment, dass diese Situation mir jemals unangenehm gewesen war.

»Komm mal wieder vorbei! Lass uns reden, wenn du Zeit findest.«

Sie zwinkerte mir zu, so als hätten wir uns gegen Raphael verschworen. Der Gedanke amüsierte mich, vor allem, weil er gerade die Kontrolle über seine Miene verlor. Der Gedanke, dass Sora und ich uns allein treffen könnten, missfiel ihm sichtlich.

»Ja, ich komme gern wieder. Es ist wunderschön hier.« Nachdem ich Sora versichert hatte, dass ich ihrer Einladung nachkommen würde, wandte ich mich Gabriel zu. »Kommst du? Du bist mein Transportmittel«, erinnerte ich ihn und dachte nicht darüber nach, dass dieser Satz in Soras Ohren seltsam klingen musste. Sie hakte nicht nach, zwinkerte Gabriel nur zu und setzte sich wieder zu Raphael.

Natürlich ließ es sich der schwarzhaarige Erzengel nicht nehmen, sich auf seine ganz spezielle Weise zu verabschieden. »Wenn du die schweigsamen Männer leid bist, sag Bescheid.«

Sora lachte und sie konnte doch verlegen werden – ihre Wangen färbten sich rosa und sie winkte ab. Gabriels Provokation war als Scherz gemeint, ich wusste das, weil ich ihn kannte, und Raphael musste das auch klar sein, weil er ihn noch besser kannte, trotzdem vereiste sein Blick. Er hätte ihm Sora nie und nimmer streitig gemacht. Ich glaubte, zu erkennen, dass er sich sogar für Raphael freute, egal wie viele unangenehme Fragen er gestellt hatte. Bevor wir den malerischen Rosengarten verließen, drehte ich mich noch mal nach diesen beiden besonderen Wesen um, die sich gesucht und gefunden hatten.

»Ach, wenn ihr mal Zeit habt, besucht Gabriel. Er möchte euch ein paar Lobgesänge vorsingen.«

Mein Angebot brachte den schwarzhaarigen Erzengel neben mir zum Seufzen. Natürlich würde ich ihn auf seinem Versprechen festnageln. Ob sie das Angebot nützten, lag aber an Sora und Raphael.

Meine Leidenschaft

Gabriel setzte mich vor seiner Haustür ab und versicherte mir, dass er wusste, dass Raphael nicht mit Sora zu ihm kommen würde. Ich schenkte ihm einen kokett fragenden Blick und hielt ihm vor, dass er sich heute schon einmal getäuscht hatte. Kurz nachdem ich ihn darauf angesprochen hatte, hätte er doch gern mit mir trainiert. Es war ihm danach, mich ein paar Mal auf die Nase fallen zu lassen, aber ich wurde bereits woanders erwartet und hatte leider keine Zeit, mit der schönsten und gerade sehr beleidigten Verkörperung des Krieges zu kämpfen.

Wir verabredeten uns für übermorgen und ich versprach, nicht mehr auf seiner Fehleinschätzung herumzureiten. Zumindest hatte ich jetzt einen Trumpf im Ärmel, wenn Gabriel wieder mal der Meinung war, dass er mich daran erinnern musste, dass ich mal betrunken bei ihm aufgekreuzt war.

Ich fuhr in die Stadt, vorbei an einer seltsamen Anomalie aus höllendämonischen Auren, die mich beinahe zum Anhalten veranlasst hätte. Die vielen Motorräder vor dem Wohnhaus, das mich hatte aufmerksam werden lassen, machten mir aber bewusst, dass der Orden längst eingeschritten war. Selbst wenn Raphael nicht in seinem Büro saß, funktionierte die *Ars Vivendi* so zuverlässig wie ein Schweizer Uhrwerk. Ares trug Sorge dafür, dass die Wächter dort auftauchten, wo sie gebraucht wurden. Obwohl ich die Abläufe kannte und wusste, dass viele von uns ein gutes Gespür dafür hatten, wo ihre Hilfe verlangt wurde, war es immer noch faszinierend, zu beobachten, wie still und zuverlässig der Orden seine Ritter aussenden konnte. Auf der ganzen Welt funktionierte dieser Schutzmechanismus, der der Menschheit schon seit Anbeginn ihrer Existenz diente.

Ares hatte mal behauptet, dass wir das älteste und am besten gehütete Geheimnis der Welt seien, aber er hatte seine Antwort schnell revidiert. Das älteste Geheimnis der Welt war schon lange in Vergessenheit geraten und mitunter der Grund dafür, warum niemand die Sephirot in mir sah.

Die Gittertür des Aufzugs ließ sich nicht ohne lautes Knarren öffnen. Wahrscheinlich schlief mein wilder Engel noch, aber meine laute Ankunft würde daran nichts ändern. Kein Geräusch der Welt konnte ihn wecken, wenn er in seinen Träumen versunken war. Zum Glück gab es aber andere Methoden, ihn dazu zu bringen, die Augen aufzuschlagen.

Ich lief durch das Loft, sammelte im Vorbeigehen sein T-Shirt und seine Hose ein und stellte fünf leere Kaffeebecher in die Spüle. Es war dunkel hier, weil er die Vorhänge vor die großen Fenster gezogen hatte. Alles schimmerte in einem dumpfen Blauton, weil die tief stehende Abendsonne die Farbe des dunklen Stoffes im Loft verteilte. Als ich auf das Bett zusteuerte, stellte ich fest, dass es zerwühlt, aber leer war. Ich ließ meine Erzengelklinge samt Halterung auf die weiße Decke fallen und machte mich auf die Suche.

Wenn er es tatsächlich geschafft hatte, vor vier Uhr nachmittags aufzustehen, hatte er sich definitiv ein Lob verdient. Meistens schlief er bis abends, wenn er die Nacht zuvor mit Cero verbracht hatte. Ich gönnte ihm seinen Spaß, zumal ich wusste, wie ernst und erdrückend der größte Teil seines Lebens gewesen war.

Ich kannte keinen gemachten Engel, der die Freuden unserer Welt so gern und exzessiv auskostete wie Astaras. Er liebte es, hier zu sein, verzehrte sich nach der Palette an Gefühlen, die uns Menschen mitgegeben worden war. Ich hatte seinesgleichen schon an unserer Welt zerbrechen sehen.

Es tat unendlich gut, zu beobachten, wie jemand im Grün unserer Welt aufblühte, obwohl er den silbernen Schein des Himmels in seiner Seele trug.

Astaras war besonders, impulsiv, süchtig nach meiner Welt und einfach anders. Vielleicht verzieh ich ihm deshalb so oft, wenn sein Temperament mit ihm durchging, weil ich genau das an ihm so bewunderte. Ich wünschte mir nichts sehnlicher, als dass er bis in alle Ewigkeit dem Feuer in seinem Herzen und seiner Liebe zu seinen Träumen frönen konnte.

Er war das Pendant zu meiner pflichtbewussten, nachdenklichen, alles abwiegenden Seele und genau deshalb taten wir uns gegenseitig so grenzenlos gut.

Schmunzelnd darüber, dass meine Gefühle für ihn tatsächlich noch immer stärker und stärker werden konnten, ging ich auf das Badezimmer zu.

Er war definitiv hier, ich fühlte die helle, gleißende Aura, die ich unter Abermillionen herausgespürt hätte. Als ich die Tür aufstieß, schlug mir feuchte, warme Luft entgegen. Das Wasser in der Dusche war noch an, obwohl er gar nicht mehr darunter stand.

»Du bist ja schon wach …«, stellte ich lächelnd fest und wartete ab, bis dieser grenzenlos müde, aber kokette Blick meinen traf. Astaras saß auf dem breiten Fenstersims. Seine nassen tiefschwarzen Haare tropften das Eichenholz nass.

»Mmmm.«

Ein tiefes Murren, ein schiefes Grinsen, das war seine Art, »Guten Morgen« zu sagen.

Ich schmunzelte, stellte das Wasser ab und streckte meine Hand nach der Tasse aus, die er umklammert hielt. Er rückte das weiße Porzellan nicht raus, aber es war sowieso schon leer.

»Ich koche dir neuen Kaffee«, versprach ich und legte meine Finger fester um die Tasse, um ihn zum Loslassen zu bringen. Entweder würde er mich gleich knurrend beißen oder mich …

Er zog mich zu sich und küsste mich. Sein Kuss war fordernd und leidenschaftlich, obwohl er noch gar nicht richtig wach war.

Er gab mich erst nach einer ganzen Weile frei und wahrscheinlich nur, weil ihn das Angebot mit dem Kaffee im Moment noch mehr reizte als alles andere.

Als ich zurück in den großen Wohnraum verschwand, schob ich als Erstes die Vorhänge zur Seite. Mein Blick fiel kurz auf ein vorbeifahrendes Motorrad. Der Wächtereinsatz musste beendet sein. Hoffentlich war alles gut gegangen, sonst würde sich mein Gewissen zu Wort melden.

Der herbe Geruch des schwarzen Gebräus, das jedem anderen außer Astaras Herzrasen verschafft hätte, stieg mir in die Nase. Als er hinter mir auftauchte, legte er die Arme um mich. Einen kurzen Kuss auf die Wange später, streckte er schon eine Hand nach der Tasse aus. Er trank sie leer, obwohl der Inhalt kochend heiß war.

»Danke. Wo warst du heute? Du hast gestern nicht mehr angerufen. Ich liebe dich.«

Jetzt war er wach und konnte alles loswerden, was sich in ihm aufgestaut hatte. Ich drehte mich zu ihm um und legte meine Arme auf seine Schultern. »Entschuldige, ich war beschäftigt. Außerdem ist es meistens sinnlos, wenn ich versuche, dich bei Cero zu erreichen.«

Er biss mir für meinen Vorwurf sanft ins Ohrläppchen und wandte sich dann leise knurrend von mir ab. »Du riechst schon wieder so intensiv nach Erzengel, dass ich mich übergeben könnte«, spottete er und ging auf das Bett zu.

»Ja, weil ich mit Gabriel geflogen bin«, erzählte ich und verschränkte erwartungsvoll die Arme vor der Brust, weil Astaras sich die Erzengelklinge geschnappt hatte. Er beäugte das silbern glänzende Metall so missmutig, als ob sie vom Teufel persönlich geschmiedet worden wäre.

»Der große Gabriel ...«, setzte er zu einem Satz an, der wenig schmeichelhaft enden würde. »... Gottes schlechte Laune.«

Ich lachte, weil er immer wie ein missmutiger Teenager klang, wenn er eifersüchtig war. Er wusste genau, dass es keinen Grund für dieses negative Gefühl gab, und trotzdem hatte er mir verboten, es ihm zu entreißen. Er mochte es nicht, wenn ich meine Gabe an ihm einsetzte, weil sie seiner Meinung nach manipulierend war.

»Wenn du schon dabei bist, dich in Rage zu reden ...«, begann ich, das Feuer zu schüren, das er auch ohne meinen Einfluss zu kontrollieren gelernt hatte, »... kann ich dir ja gleich sagen, dass ich morgen keine Zeit habe, weil Conan mich zum Essen eingeladen hat.«

Astaras schenkte mir finstere Blicke, warf die Klinge auf den Teppich und schleuderte die Halterung hinterher. »Hört das irgendwann auf?«, wollte er mit wütender Stimme wissen. In ihm tobte derselbe Sturm wie immer, er war mir vertraut, weil ich ihn schon hundert Mal wüten gesehen hatte. »Hört es irgendwann auf, dass sich all die Großen um dich zusammenrotten?! Gabriel, Conan, ... Raphael.« Den letzten Namen sprach er besonders giftig aus. »Das war früher eine Liste von Namen starrsinniger, eingebildeter Wichtigtuer, die mir egal waren!«

»Was hat sich geändert?«

Ich stellte diese Frage nur, weil es ihm guttat, es loszuwerden. Nachdem er es ausgesprochen hatte, würde er sein Feuer wieder kontrollieren können.

»Jetzt ist es eine Liste von Männern, mit denen ich dich in meinen Albträumen schlafen sehe!«

Das verzweifelte Schmunzeln auf meinen Lippen hatte er schon oft gesehen, deshalb reagierte er auch gereizt darauf.

»Du weißt, dass meine Träume visionär sind! Du kennst meine Gabe, Lia!«

Ich ging auf ihn zu. »Ja, ich weiß, was du kannst, aber ich weiß auch, dass nicht all deine Träume Visionen sind. Du kannst selbst am besten unterscheiden, ob du die Zukunft siehst oder dein Unterbewusstsein dir Streiche spielt.«

Er wandte mir den Rücken zu. Weil er sich noch immer nichts angezogen hatte, konnte ich jeden seiner Muskeln sehen. Ich streckte meine Finger nach den sanften Wölbungen aus und zeichnete sie nach.

»Hört das irgendwann auf?«, stellte ich dieselbe Frage, die er mir vorhin gestellt hatte. »Hörst du irgendwann auf, zu glauben, ich könnte dir das Herz brechen?« Ich drückte mich an seinen Rücken, schlang meine Arme um ihn und atmete den Duft seiner Haut ein. »Hör auf, Astaras«, bat ich im Flüsterton. »Hör auf, zu vergessen, dass ich dich liebe.«

Ein leises Murren entwich seiner Kehle. »Hör du auf, dich in meinen Träumen mit Erzengeln zu räkeln.«

Wir schwiegen eine Weile. Ich ließ ihn nicht los und irgendwann seufzte er.

»Es tut mir leid …«, gestand er schließlich tonlos und fuhr sich durch die tiefschwarzen Haare. »Ich weiß, dass ich Blödsinn rede, ich höre es selbst, aber …« Er drehte sich nach mir um, hob mein Kinn an und drückte seine Stirn gegen meine. »Ich werde immer eifersüchtig sein. Ich werde dich immer wieder dasselbe fragen und immer wieder hören wollen, dass du mich liebst.«

»Ich weiß, das ist in Ord…«

Astaras unterbrach mich, indem er mir den Zeigefinger auf die Lippen legte. »Nein. Du sollst wissen, dass du gehen kannst, wenn es dir zu viel wird. Ich weiß, ich bin schwierig. Du darfst mir das Herz brechen. Versprich mir nur eins …«

Ich wollte ihm auf diese schauderhafte Eventualität kein Versprechen geben, aber ich nickte trotzdem.

»Wenn du mich verlässt, dann bevor du dich einem anderen hingibst. Ich könnte es sonst nicht ertragen und du müsstest mich mit der Erzengelklinge aufspießen.«

Ich bat um einen Kuss, der diese erdrückende Stimmung verscheuchen würde. Astaras gewährte ihn mir und ließ sich mit mir in das zerwühlte Bett fallen.

»Lass uns etwas Spaß haben. Zuerst hier und dann irgendwo anders. Ich will dich glücklich machen, dich lachen sehen«, hauchte er und zog die weiche, warme Decke über uns.

Das waren wir, unser Herz, unsere Seele. Wir stritten, wir liebten uns, wir zweifelten, wir hatten Spaß und wir lachten. Ich hätte es nicht anders gewollt, auch wenn das hier alles andere als einfach war.

Ich wurde wach, weil Astaras im Schlaf murmelte. Es war noch früher Morgen und ich hatte kaum mehr als vier Stunden geschlafen. Wir waren im Stadtpark spazieren gegangen, hatten uns im Kino einen Film angesehen und eine Reise nach Frankreich geplant. Wir hatten so viele schöne Erinnerungen geschaffen, dass es mir nichts ausmachte, jetzt dafür mit Müdigkeit zu bezahlen.

Ich schälte mich vorsichtig aus den warmen, starken Armen, in denen ich eingeschlafen war. Während Astaras etwas von »falschen Kerzen« murmelte, schlich ich zur Küchenzeile. Wenn es ein Gegenmittel für meine Müdigkeit gab, dann das medizinisch bedenkliche Gebräu, das sich mein Engel jeden Tag zu Gemüte führte.

Schon der Geruch des Kaffees war herb und markant. Ich nippte an dem braunschwarzen, dickflüssigen Getränk und musste gegen den Drang ankämpfen, es in die Spüle zu spucken.

»Nicht schmecken, einfach nur schlucken.«

Der Ratschlag wurde von einer rauen, müden Stimme ausgesprochen, die im nächsten Moment ein herzhaftes Gähnen ertönen ließ.

Ich drehte mich um und spähte zum Bett, aus dem mir dunkelblaue Augen entgegenblinzelten.

»Du bist schon wach?«, fragte ich verwundert, weil ich damit gerechnet hatte, dass ich mich problemlos aus dem Loft schleichen konnte, ohne ihn zu wecken.

»Ja, der Geruch hat mich aufgeweckt, dann habe ich dich würgen sehen.« Er grinste breit, zeigte dabei kurz seine schneeweißen Zähne und streckte sich genüsslich.

»Ich wollte nur wacher werden, aber mir war nicht klar, wie scheußlich dein Kaffee schmeckt.«

»Soll ich dich wach machen? Dabei besteht zumindest nicht das Risiko, dass du ein Magengeschwür bekommst.«

»Wie kannst du dieses Zeug nur immer trinken?«

Er zuckte mit den Schultern und streckte die Hand nach mir aus. »Ich habe wohl eine Affinität zu Dingen mit Nebenwirkungen. Seien es Magenschmerzen oder rasende Eifersucht.«

Ich stemmte eine Hand in die Hüfte und legte den Kopf schief. »Vergleichst du mich gerade mit dieser braunen Brühe?«

Er nickte amüsiert und machte eine auffordernde Geste, damit ich endlich zu ihm kam. Diesen Wunsch würde ich ihm nicht erfüllen können, weil die Pflicht nach mir rief.

»Ich muss zurück in den Orden. Ich patrouilliere mit Luca.«

»Die Welt wird nicht untergehen, nur weil du fünf Minuten zu spät kommst.«

Das war Astaras' Standardspruch, wenn ich gehen musste. Die Welt würde nicht untergehen, wenn ich zu spät kam, damit hatte er natürlich recht, aber ich konnte den Wächter in mir trotzdem nicht stumm schalten.

»Ich muss los, ich habe Pflichten, die ich nicht vernachlässigen kann, das weißt du.«

»Weiß ich das?«, blaffte er beleidigt und drehte mir den Rücken zu. Ich ging doch auf ihn zu, um ihm einen Kuss auf den Nacken zu hauchen und zu versichern, dass wir uns bald wiedersehen würden. Als ich in Reichweite war, packte er mich am Unterarm und zog mich zu sich ins Bett. Das triumphierende, kokette Grinsen, das seine Lippen zeichnete, hatte er vom Teufel persönlich entliehen.

»Ich falle jedes Mal auf dich herein!«

»Ich weiß. Leichtgläubiges Lämmchen.«

Meine besondere Einladung

Ich rannte das Treppenhaus hinauf, weil er Verspätungen nicht leiden konnte. Luca hatte mich aufgehalten, als ich wiedermal ein neues Tattoo an ihm entdeckt hatte und er mir zuerst glaubhaft machen wollte, dass die Zeichnung auf seiner Haut nichts mit irgendwelchen verbotenen Beschwörungen zu tun hatte. Ohne meine Gabe hätte ich ihm Glauben geschenkt, er war ein guter Lügner geworden. Als ich ihn dazu gebracht hatte, mit der Wahrheit rauszurücken, hatte ich die Zeit übersehen. Dass ich mit Conan verabredet war, war mir erst wieder eingefallen, als mir Luca versichert hatte, dass er keine gemeinsame Sache mehr mit Erzdämonen machte. Sein Interesse für verbotene Mächte machte mir trotzdem Sorgen. Er war ohne Zweifel einer der stärksten Wächter, die ich kannte, aber er spielte mit Kräften, die nicht für Menschen gemacht waren.

Nachdem ich die Klingel durchgedrückt hatte, begann ich, meine Haare zu ordnen. Wahrscheinlich sah ich zerzaust aus, abgehetzt. Eigentlich hatte ich mich zurechtmachen wollen, aber Conan würde mir meinen Auftritt verzeihen. Er scharrte im Alltag genügend hübsche Frauen um sich, wahrscheinlich hatte er sich an perfekten Frisuren heute schon sattgesehen.

Der Erzdämon lebte in einem schönen Viertel der Stadt. Hier waren junge, ledige Geschäftsleute zu Hause, ehrgeizige Workaholics und ein gefallener Engel, der diese Welt schon allein wegen der schönen italienischen Anzüge und dem süffigen französischen Wein liebte. Conan hatte sich so gut angepasst, dass trotz des überirdisch schönen Gesichts kein Mensch in ihm den übernatürlichen Erzdämon sah. Angezogen fühlten sie sich natürlich trotzdem, aber wer konnte ihnen das verdenken?

»Du musst Lia sein! Komm bitte rein, Conan erwartet dich.«

Der junge Engel, der mir geöffnet hatte, machte eine einladende Geste. Sie war klein, zierlich, hübsch, aber kein gemachter Engel. Ich hatte so etwas erwartet. In den letzten Monaten war ich oft hier gewesen und wusste mittlerweile, dass Conan nicht allein lebte. Dass mir nie zweimal dasselbe Mädchen die Tür öffnete, daran hatte ich mich gewöhnt. Sie waren alle immer zierlich und hübsch, manchmal waren sie Engel, manchmal Dämonen, manchmal Menschen. Conan machte keine Rassenunterschiede, nicht im Berufsleben und nicht bei seinen Freundinnen. Ich rechnete ihm diese Einstellung hoch an. Auch wenn er ein Herzensbrecher war, er brach sie ohne Vorurteile gegen ihre Herkunft oder Abstammung. Zwei Daumen nach oben für so viel Liberalität, aber als Liebhaber war er eine launische Katastrophe.

»Ich heiße Rala«, stellte sich der blonde Engel mit den schulterlangen Haaren vor und reichte mir die Hand. Sie hatte einen ruhigen Charakter, eher schüchtern – was ungewöhnlich für Conans Liebschaften war.

»Freut mich«, entgegnete ich lächelnd und nahm ihr die Nervosität, die sie vor mir verstecken wollte.

»Conan hat mir schon viel von dir erzählt. Die große Wächterin! Mir war nicht klar, dass du noch so jung bist.«

Ich wollte etwas erwidern, das ›große Wächterin‹ relativierte, aber die Dunkelheit unterbrach uns.

»Lia wird nicht gern darauf aufmerksam gemacht, dass sie noch so jung ist. Behandle sie wie einen tausend Jahre alten Engel, dann freut sie sich«, meinte Conan, während er grinsend auf uns zukam.

Rala nickte, weil sie den scherzhaften Seitenhieb nicht herausgehört hatte.

Ich verzog den Mund. »Tausend Jahre ist mir etwas zu alt. Sagen wir neunzig?«, schlug ich vor und kassierte sogleich den nächsten sarkastischen Kommentar, den ich – zugegebenermaßen – heraufbeschwört hatte.

»Na gut. Dann: Willkommen, Großmütterchen!«

Conan packte mich an den Schultern und hauchte mir einen Kuss auf die Wange. Erzdämonenlippen hinterließen ein seltsames Gefühl auf der Haut, prickelnde Wärme, die man schnell und gern zu schätzen lernte. Das süffisante Grinsen auf seinen Lippen verschwand nach seiner Begrüßung schnell.

»Du bist spät dran«, tadelte er und ergriff mein Handgelenk. »Ist deine Uhr schon wieder kaputt?«

Ich schüttelte den Kopf und schenkte ihm einen vielsagenden Blick, in dem auch ein ›Entschuldige‹ versteckt lag. Natürlich war die Uhr, die ich von ihm bekommen hatte, nicht kaputt. Ich trug sie jetzt seit über zwei Jahren und sie erinnerte mich bei jedem Blick auf sie an unsere erste Begegnung.

»Ich hoffe, du hast Hunger. Das Essen ist schon angerichtet.«

»Hast du es selbst gekocht?«, wollte ich wissen und erntete so düstere Blicke, als hätte ich ihn gefragt, ob er Gott ein zweites Mal den Rücken gekehrt hatte.

»Nein«, knurrte er und störte sich im nächsten Moment an meinem Grinsen.

Meine Sorgen waren absolut berechtigt, zumal ich das letzte Mal, als ich Conans Kochkunst gefrönt hatte, eine Lebensmittelvergiftung bekommen hatte. Hätte ich nicht die heilende Hand Gottes zu meinen engsten Freunden gezählt, würde ich mich wahrscheinlich heute noch übergeben.

»Das Essen wurde von einem Restaurant geliefert. Und dafür, dass dieser Fisch verdorben war, konnte ich nichts. Ich bin ein Erzdämon, nicht das Gesundheitsamt.«

Lachend folgte ich Conan durch die Wohnung, dicht gefolgt von Rala, die uns irgendwann überholte und in die Küche verschwand.

Die Räume hier waren hell und weitläufig. Obwohl Conan mit Antiquitäten handelte, war sein Einrichtungsstil modern und steril. Bei meinem ersten Besuch hier hatte ich ihn getadelt, weil er kein einziges Gemälde aufgehängt hatte. Ich hatte ihm erklären wollen, dass Kunst die Seele widerspiegelte. Zwei Wochen später war neben dem großen weißen Esstisch ein Ölgemälde aufgetaucht. Ein von schwarzen Federn umhülltes, blutendes Herz. Als er es mir gezeigt hatte, hatte er schief gegrinst. Dass er seine Seele in diesem Gemälde wiederzufinden glaubte, war typisch für ihn. Conan geißelte sich schon so lange selbst, dass er irgendwann bedenklichen Gefallen daran gefunden hatte. Seiner Meinung nach würde er ewig der gefallene Engel bleiben, ein reuiger Sünder. Für mich war er eine der schönsten Seelen überhaupt – Dunkelheit hin oder her.

»Setz dich, Rala holt uns Wein.« Er rückte mir einen der Stühle zurecht und setzte sich dann auch.

»Sie ist sehr introvertiert. Ganz anders als die Frauen, die ich bei dir bisher kennengelernt habe«, merkte ich an und entlockte seiner Kehle ein amüsiertes Seufzen.

»Man lernt Abwechslung sehr zu schätzen, wenn man schon so lange lebt wie ich. Aber das wirst du auch noch herausfinden, du bist ja noch jun… erst neunzig.« Er grinste und füllte mein Wasserglas auf. »Wie steht es mit deinem Herzen? Hält mein alter, hitzköpfiger Freund es noch gefangen oder hast du es endlich an Gottes Krankenschwester verschenkt?«

An diesem Satz störten mich unzählige Dinge, aber lachen musste ich trotzdem.

Dass Conan Astaras seinen alten, hitzköpfigen Freund nannte, war nicht das erste Mal. Ich wusste mittlerweile, dass die beiden an einem uralten, dummen Streit festhielten, der im Himmel vorgefallen war. Worum es dabei ging, konnten sie mir angeblich nicht erklären, aber sie hielten sehr wenig voneinander, obgleich ihr Groll nicht so weit ging, dass sie sich die Köpfe eingeschlagen hätten.

Raphael ›Gottes Krankenschwester‹ zu nennen, war noch spöttischer. Die beiden konnten sich auch nicht leiden, warum, lag aber deutlicher auf der Hand.

Erzengel und Erzdämonen hatten einen Krieg hinter sich, der, obwohl er in einer anderen Welt stattgefunden hatte, auch heute noch in ihre Seelen gebrannt war. Es war ihr stoischer Charakter, der sie so nachtragend machte, aber unsere Welt hatte sie zumindest gelehrt, dass die Zeit Wunden heilen und Groll verpuffen lassen konnte. Heute sprangen sie sich nicht mehr an die Gurgel, lebten nebeneinander her oder kooperierten sogar bis zu einem gewissen Grad. Spott hatten sie aber nach wie vor im Übermaß füreinander übrig.

Was mich aber am meisten an Conans Satz gestört hatte, würde ich gleich verbalisieren.

»Wieso denkt die ganze Welt, dass Raphael und ich ein Paar werden?«, wollte ich in genervtem Tonfall wissen.

Conan gegenüber fiel es mir oft leicht, wie ein bockiges Kind zu klingen, weil die Dunkelheit weniger fordernd war als das gleißende Leuchten. Er verzieh mir so viel, weil er sich selbst nicht verzeihen konnte.

»Wenn du dieses Gerücht aus der Welt schaffen möchtest, solltest du aufhören, so leuchtende Augen zu bekommen, wenn du von eurem Ordensleiter sprichst«, entgegnete Conan und wandte den Blick Rala zu, die gerade mit einer Flasche Wein in der Hand aufgetaucht war.

»Der Erzengel Raphael steht eurem Orden vor, oder? Wie ist er so? Ich wollte ihn schon immer mal …« Sie stockte und biss sich auf die Unterlippe, weil sie vor Conan nicht zugeben wollte, wie fasziniert sie von dem großen Erzengel war.

»Ich beginne gerade, an deinem Geschmack zu zweifeln, Liebes«, warnte er und bedachte Rala mit strengen Blicken. Sie setzte sich neben ihn und starrte verlegen das wohlriechende, appetitliche Essen an.

»Vielleicht sollten wir das Thema wechseln«, schlug ich vor, weil ich mittlerweile gelernt hatte, dass schon allein Raphaels und Gabriels Namen das Gespräch in eine unangenehme Richtung lenken konnten. Astaras wurde eifersüchtig, Conan wurde eingeschnappt und ich focht meinen ganz eigenen gefühlsmäßigen Kampf mit diesem Thema aus. »Wie läuft dein neues Club-Projekt?«, wollte ich wissen und entlockte Conan die süffisant anmutenden Gesichtszüge, die ich an ihm sehen wollte.

Ich wusste, dass er vorhatte, sein Unternehmen zu erweitern, aber als er mir erzählt hatte, dass er einen Nachtclub aufmachen wollte, hatte ich gestutzt. Mir war aber schnell klar geworden, dass dieses Projekt zu ihm passte. Ich konnte mir keinen besseren Club-Besitzer vorstellen als den genusssüchtigen, gastfreundlichen, Frivolitäten liebenden Erzdämon, der mir gerade den Gemüseteller reichte.

»Ich habe noch keine passende Lokalität gefunden. Es dauert wohl noch eine ganze Weile, bis ich den Club realisieren kann«, verriet er und seufzte im nächsten Moment. »Aber es gibt im Moment im Zirkel ohnehin so viel zu tun, dass ich kaum Zeit für meine menschlichen Pflichten habe.«

Ich zog die Brauen fragend nach oben. Mir war zu Ohren gekommen, dass es in Conans Zirkel ein paar Zwischenfälle gegeben hatte. »Was ist passiert?«

Er grinste schief und antwortete mir erst, nachdem er den Kopf geschüttelt hatte. »Ich habe keine Lust, mit einer Wächterin darüber zu sprechen. Frag mich etwas anderes, mein Engel.«

Rala fühlte sich kurz angesprochen. Conan nannte mich schon lange ›Engel‹, wenn er mit süßer Zunge sprach. Dass er ausgerechnet dieses Wort als schmeichelnden Kosenamen verwendete, war etwas merkwürdig für einen Erzdämon, aber bezeichnend für ihn.

»Das kränkt mich«, stellte ich klar und hielt dem dämonischen Blick stand, der viele schaudern lassen konnte.

»Was? Dass ich dich ›Engel‹ nenne oder dass ich dir Dinge verschweige, weil du unter dem Flügelkreuz dienst?«

»Du hast ein Friedensbündnis mit dem Orden geschlossen. Ich dachte, du hättest keine Vorurteile mehr«, warf ich ihm vor und stellte fest, dass das Essen wirklich köstlich war.

Conan neigte den Kopf und musterte mich eindringlich. »Du weißt, dass ich das dir zuliebe getan habe. Ich stand in deiner Schuld, schon lange.«

»Du hast nie in meiner Schuld gestanden, Conan. Dass du dich auf dieses Bündnis eingelassen hast, liegt daran, dass wir für dieselben Werte und Ideale einstehen.«

Er knurrte belustigt in sein Weinglas, setzte es ab und schüttelte wieder den Kopf. »Jedes andere Wesen würde ich für diese Unterstellung hassen. Du hast einen sehr privilegierten Platz in meinem Herzen, Lia – ich hoffe, du weißt das zu schätzen.«

Seine Aussage schmeichelte mir, obwohl sie wie eine Drohung klang. Rala versetzte sie einen Stich ins Herz. Die Eifersucht, die in ihr aufkam und die sie hinter Schüchternheit und Unsicherheit versteckt hielt, nahm ich ihr schnell wieder – sie hatte sie nicht verdient. Conan konnte unglaublich unsensibel sein, unsensibel und engelsgleich stoisch.

»Du willst also nicht über deinen Zirkel mit mir sprechen, weil ich eine Wächterin bin«, fasste ich noch mal zusammen und zuckte im nächsten Moment mit den Schultern. »Gut, dann lassen wir das. Kommen wir doch wieder auf unser altes Thema zurück.« Ich wandte mich Rala zu und lächelte sie an.

»Du wolltest etwas über Raphael wissen? Er ist unglaublich gütig, klug, stark und der wahrscheinlich schönste Mann der Welt.«

Sie lachte mit mir gemeinsam, als Conan sich hörbar am Wein verschluckte, weil meine Provokation natürlich fruchtete.

»Schluss jetzt! Sonst lege ich euch beide übers Knie!«, drohte er und biss sich eine Sekunde später auf der Unterlippe herum. »Eigentlich gar keine so üble Idee …«, scherzte er in Dämonenmanier und hätte noch etwas Frivoles ergänzt, wenn das Telefon nicht geklingelt hätte.

Er entschuldigte sich kurz und ich blieb mit dem hübschen blonden Engel allein zurück.

»Du bist unglaublich! Ich habe noch nie erlebt, dass jemand so mit Conan spricht. Er mag dich sehr!«

Dass sie das schmerzlos aussprechen konnte, lag nur daran, dass ich sie beeinflusste.

»Er ist ein guter Freund, den Erzdämon in ihm sehe ich eigentlich kaum noch«, erklärte ich und ergänzte meinen Satz schnell. »Außer wenn er sich stur stellt und mir nichts aus seinem Zirkel erzählt.«

Rala nickte wissend und rang kurz mit sich.

Auch bei der Entscheidung, ob sie aussprechen sollte, was ihr durch den Kopf ging, half ich ihr.

Meine Gabe konnte Leute schnell sehr redselig machen – was meistens praktisch war.

»Soviel ich mitbekommen habe, geht es um Streitigkeiten mit einem anderen Zirkel«, verriet Rala mit leiser Stimme. Conan telefonierte im Nebenraum, trotzdem hatte sie Angst, dass er sie beim Ausplaudern erwischte.

»Ein Engelszirkel?«, wollte ich wissen. Der Orden war seit ein paar Wochen einem radikalen Engelszirkel auf der Spur, der für Morde an Dämonen verantwortlich war. Schwarze Seelen gab es auf beiden Seiten, die Flügelfarbe spielte dabei selten eine Rolle.

»Ich weiß es nicht. Ich weiß nur, dass …« Sie beendete ihren Satz nicht, weil ich mir den Zeigefinger schnell auf die Lippen legte, als ich die Dunkelheit nahen fühlte. Ich wollte ihr keinen Ärger bescheren, zumal ich mir sicher war, dass Conan seine Drohung, jemanden übers Knie zu legen, gern wahr gemacht hätte. Als er durch die Tür kam, schlugen mir seltsame Emotionen entgegen. Der Erzdämon konnte seine Gefühlswelt größtenteils von mir abschirmen, vorherrschende, starke Emotionen erreichten mich trotzdem.

»Was ist passiert?«, wollte ich wissen. Ich war mir sicher, dass etwas im Argen lag.

Conan setzte sich nicht. Er blieb vor dem Tisch stehen und kniff nachdenklich die Augen zusammen. »Irgendetwas stimmt im Laden nicht …«, murmelte er gedankenverloren. In ihm wuchsen Sorgen und Wut zu gleichen Teilen. »Dort ist jemand aufgetaucht, der seltsame Fragen stellt.«

»Seltsame Fragen?«, wiederholte ich.

Er winkte ab und lächelte. Niemand konnte so perfekt aufgesetzt lächeln wie Conan. »Entschuldigt ihr mich für zwanzig Minuten? Ich muss nach dem Rechten sehen.« Als er bemerkte, dass ich auch aufstehen wollte, bekam ich ein paar Erzdämonenblicke spendiert. »Das ist keine Wächterangelegenheit!«, stellte er in schroffem Tonfall klar. »Bleib hier und iss. Ich bringe eine Flasche Champagner mit, die ich noch mit euch trinken möchte.«

Diese Worte klangen weitaus sanfter. Auch wenn ich es gern getan hätte, ich konnte mich Conan nicht aufdrängen. Es war sein Zirkel, seine Verantwortung. Ich würde mir nicht anmaßen, Leibgarde für einen Erzdämon spielen zu können, zumal ihn das nur gekränkt und alte Wunden aufgerissen hätte.

»Geh nur. Dann kann ich Rala noch mehr von Raphael erzählen«, scherzte ich und griff nach dem Weinglas.

Conan wandte sich kopfschüttelnd ab. Er verschwand, aber nicht, ohne noch etwas vor sich hin zu murmeln.

»Und dann wundert sie sich, warum alle Welt glaubt, dass sie in Gottes Krankenschwester verliebt ist …«

Die Erzdämonenaura verschwand und ich blieb mit einem lächelnden Engel zurück, der die Gelegenheit wirklich nutzte, um mich über unseren Ordensleiter auszufragen. Ich erzählte ihr, was sie wissen wollte, auch wenn ich lieber über die Vorfälle in Conans Zirkel gesprochen hätte. Sobald sie genug geschwärmt hatte, würde ich wieder bei diesem Thema ansetzen.

Meine rettende Dunkelheit

Rala bewies Ausdauer. Sie stellte so viele Fragen zu den beiden großen Erzengeln in meinem Leben, dass ich das Glas Wein schnell ausgetrunken hatte. Als ich ihr erzählte, dass Raphael eine Freundin hatte, kam sogar so etwas wie Enttäuschung in ihr auf. Dass ich ihr dieses Gefühl nicht nehmen konnte, hätte mich nachdenklich gemacht, aber etwas lenkte meine Aufmerksamkeit zu der Balkontür hinter dem weißen Vorhang. Meine Haltung wurde gerader, meine Sinne hellhöriger und mein Herzschlag schneller.

»Alles in Ordnung?«, fragte Rala vorsichtig, weil sie meinen Stimmungswandel nicht deuten konnte. Als ich aufstand, um auf das große Fenster zuzugehen, wurde sie unruhig, weil meine eigene Unruhe sich auf sie übertrug. Ich schob den Vorhang zur Seite und öffnete die Balkontür, um nach draußen zu treten. Der junge Engel folgte mir und starrte mit mir gemeinsam in den grauen Himmel.

»Wer ist das?«

Ihre zitternde Stimme verriet, dass sie schon erkannt hatte, dass die schwarzen Flügel nicht an Conans Schultern thronten. Dass ich ihn schon so früh nahen gespürt hatte, lag daran, dass seine Aura erschlagend düster war. Undurchdringbare, erstickende Dunkelheit, die mir vertraut war, weil sie mir schon mal das Atmen schwer gemacht hatte.

Auch wenn unsere Begegnung lange zurücklag, waren die Erinnerungen mit einem Mal so greifbar, als wäre ich den schwarzen, eiskalten Iriden erst gestern ausgesetzt gewesen.

»Lauf weg!«, rief ich und drehte mich sofort nach Rala um, um sie zurück in die Wohnung zu schubsen.

Ich konnte gerade noch die Tür hinter ihr zureißen. Als ich mich umdrehte, landete er auf der metallenen Verstrebung des Balkongeländers.

Für mich hätte es keinen Sinn gemacht, wegzulaufen. Er hätte mich eingeholt und dann wäre auch Rala in großer Gefahr gewesen.

Ich hielt mein Herz an, ruhiger zu schlagen, und bereitete meine Gabe auf eine Überbeanspruchung vor, während er ein paar Schritte auf dem schmalen Metall balancierte. Kupferfarbenes Haar, schwarze Augen und ein Schwall aus Besessenheit und Wahnsinn: genau so hatte ich Tristan in Erinnerung.

»Ich hatte hier eine von Conans Schlampen erwartet, aber dass ich dich hier treffe, ist amüsant.«

So viel Kälte konnten nur Erzdämonen in ihre Stimme legen.

Er sprang auf den Balkon und hielt einen Meter vor mir inne. »Mir war klar, dass wir uns wiedersehen würden. Freust du dich?«, wollte er in spöttischem Tonfall wissen und versuchte, Angst in meinem Blick ausfindig zu machen. Er würde lange danach suchen, weil ich sie so gut versteckt hielt, dass nicht mal der nahende Tod sie auf mein Gesicht hätte zeichnen können.

»Was willst du hier?!« Meine Stimme konnte auch fest klingen.

Dass Tristan kaum zehn Minuten nach Conans Verschwinden hier auftauchte, konnte kein Zufall sein. Dass ihn meine Anwesenheit überraschte, verriet mir aber auch, dass er eigentlich auf keine Konfrontation aus gewesen war.

»Eigentlich wollte ich etwas suchen …«, verriet er und ließ ein breites Grinsen seine Lippen zieren.

Was in ihm wuchs, ließ mich innerlich schaudern und meine Muskeln vor Anspannung zucken.

»Aber das hier wird ein noch interessanteres Spiel, als ich vermutet hatte.«

Als er einen Schritt auf mich zu machte, wich ich intuitiv zurück. Die gläserne Tür in meinem Rücken machte mir bewusst, dass das hier schmerzhaft enden würde. Mit Tristan zu kämpfen, war etwas, das ich eigentlich vermeiden wollte, aber dieser Ausdruck in seinen Augen schrie das Unvermeidliche in den grauen Himmel, aus dem er aufgetaucht war.

»Ich nehme an, Conan weiß nichts von deinem Besuch und einer deiner Leute hat ihn weggelockt. Du solltest wieder verschwinden und ich verzichte darauf, dem Orden zu erzählen, dass du in die Wohnungen anderer Erzdämonen einbrichst.«

Eine diplomatischere Drohung war mir nicht eingefallen. Natürlich verfehlte sie ihre Wirkung, nichts anderes hatte ich erwartet, aber ich war dabei, Zeit zu schinden. Conan würde hoffentlich bald wieder hier auftauchen und ich war mir sicher, dass Tristan nicht gegen uns beide kämpfen wollte.

»Es ist mir neu, dass der Orden sich in Erzdämonenangelegenheiten einmischt«, erwiderte er bedrohlich ruhig. »Aber ich gebe den Wächtern gern einen wirklichen Grund, wütend auf mich zu sein.«

Er streckte die Hand nach mir aus. Ich wollte sie wegschlagen, aber die Druckwelle, die plötzlich von ihm ausging, presste mich so fest gegen die Scheibe, dass ich das Glas knacken hörte. Meine Haut fühlte sich an, als würde sie unter großer Anspannung reißen. Gerade als ich mit meiner Gabe zurückschlagen wollte, gab die Scheibe nach und das Sicherheitsglas zerbrach in Abertausende Stücke. Ich fiel in die Wohnung, raffte mich sofort aus den Scherben auf und ließ Tristan meinen mentalen Schlag spüren.

Ich brachte seinen Wahnsinn durcheinander, seine Gefühle in einen schmerzhaften Konflikt und er geriet schnell ins Wanken. Während er sich an der Wand abstützen musste, rannte ich in den Flur.

Ich brauchte Gabriels Schwert, weil ihn meine Gabe allein nur kurz aus dem Konzept bringen konnte. In mir schrie alles danach, zu kämpfen, aber ich hatte einem Erzdämon körperlich sehr wenig entgegenzusetzen. Ohne die glänzende besondere Klinge würde ich in ein paar Minuten keuchend am Boden liegen und etwas über mich ergehen lassen müssen, das mich nicht nur physisch sehr geschmerzt hätte.

Meine Finger streckten sich nach dem Griff aus, legten sich für den Bruchteil einer Sekunde auf das Material, das nicht unserer Welt entsprungen war, dann verlor ich den Boden unter den Füßen. Ich prallte gegen die Garderobe, weil Tristans Psychokinese noch stärker ausgeprägt war, als ich sie in Erinnerung hatte.

Ich sah ihn auf mich zukommen – nicht hektisch, genüsslich grinsend, seinen Wahnsinn nicht verbergend. Er kannte meine Gabe jetzt, ich hatte ihn nicht so überraschen können wie bei unserer ersten Auseinandersetzung.

»Widerspenstiges Wächterflittchen«, knurrte er, die Hand noch immer nach mir ausgestreckt. Dieses schmerzhafte Gefühl auf der Haut hinderte mich daran, so fest zuzuschlagen, wie ich eigentlich wollte. Tristan musste sich trotzdem an den Kopf fassen, weil ich ihm auch Schmerzen bereiten konnte.

Ich wollte mich an ihm vorbeistehlen, anders hätte ich Gabriels Schwert nicht erreicht, aber er packte mich am Arm und riss mich zu Boden.

Ständig diese dunklen, verdorbenen Gefühle zu schlucken, machte mir zu schaffen. Sie waren wie Gift, das langsam durch meinen Körper floss und mir die Kraft raubte. Selbst Conan zu beeinflussen, fiel mir schwer, Tristan mit Emotionen zu fluten, war etwas, das ich nicht mehr lange durchhalten würde.

Er drückte meine Oberarme auf den Fliesenboden, hatte sich über mich gebeugt und knurrte gegen die Schmerzen an, die ich ihm bereitete.

»Das ist alles? Das sind die Kräfte der großen Wächterin, von der man sich erzählt?«, presste er zwischen den angespannten Lippen hervor.

So schwach, wie er behauptete, war ich nicht, aber ich war auch nicht stark genug, ihn von mir wegzudrücken. Ich wünschte mir im Moment nichts sehnlicher als Lucas Fähigkeiten. Mir fehlte schlichtweg die körperliche Kraft, um diesen Kampf ausgewogen zu halten.

Mein Einfluss auf Tristan wurde von Sekunde zu Sekunde schwächer. Meine Gabe ließ mich innerlich verbrennen. Ich konnte kaum noch vernünftig Luft holen und meine Muskeln begannen zu zittern.

»Braves Mädchen, ganz ruhig liegen bleiben …«

Dass seine Stimme nicht mehr angespannt klang, war kein gutes Zeichen. Ich schloss die Augen und schickte ein flehendes Stoßgebet in den Himmel, in dem ich darum bat, dass Rala bereits Hilfe geholt hatte.

»Wenn du mich anfasst, dann …« Ich klang so atemlos und gequält, wie ich mich fühlte.

»Dann rächt sich Astaras an mir?«, vollendete er meinen Satz.

Ich starrte ihn verwirrt an, sah ihn wieder grinsen.

»Mir ist zu Ohren gekommen, dass du mit ihm zusammen bist. Wir sind alte Freunde, musst du wissen …«

Meine Gedanken wollten sich überschlagen, aber ich zwang mich dazu, nur darüber nachzudenken, wie ich von Tristan loskommen konnte.

»Schade, dass er wütend auf mich werden wird, aber na ja, Freunde kommen, Freunde gehen …«

Als sich Tristans Lippen auf meine legten, wollte ich den Kopf wegdrehen, aber er drückte eine seiner Hände auf meinen Hals, direkt unter mein Kinn. Mit der nun freien Hand versuchte ich, ihn von mir wegzuschieben, aber ich hatte keinen Funken Kraft mehr im Körper. Möglicherweise würde ich sogar ohnmächtig werden, weil dieses Gift in mir tobte, aber das war vielleicht gut. Ich wollte dieses Brennen auf den Lippen nicht fühlen und seine verstörenden Gefühle dabei spiegeln.

Es würde der Tag kommen, an dem ich mich rächen konnte. Rache war eine furchtbare Emotion, aber es war das Einzige, was mir im Moment guttat.

Als er seine kalte Hand unter mein T-Shirt schob, verpasste ich ihm eine Ohrfeige, die viel zu schwach ausfiel. Er grinste nur schief und revanchierte sich dann mit einem so kraftvollen Schlag, dass ich vor Schmerzen aufstöhnte.

»Du solltest mich in dieser Situation nicht noch mehr reizen. Das könnte sehr, sehr unangenehm für dich werden …«, hauchte er in mein Ohr und fuhr dann mit der Zunge darüber.

Ich unterdrückte das Wimmern, das in meiner Kehle stecken blieb und dort wie ein fester, schwerer Kloß verweilte. Zu flehen, hätte Tristan nur noch mehr angestachelt, zu drohen auch. Es gab nichts, was ich sagen konnte, nichts, was ich tun konnte, außer mich selbst dafür zu verfluchen, dass ich noch immer viel zu schwach war. Ich starrte an die weiße Decke und versuchte, Tristan nicht mehr zuzuhören, weil mich jedes seiner Worte schaudern ließ.

»Du schmeckst so gut, wie du riechst …«

Er zwang mir wieder einen Kuss auf, aber Sekunden nachdem er seine Lippen auf meine gelegt hatte, hielt er inne. In ihm wuchsen Ärger und Groll, in mir Hoffnung und grenzenlose Dankbarkeit. Ich hatte die Dunkelheit noch nie so herbeigesehnt wie in diesem Moment. Conans düstere Aura war wie ein Silberstreif am Horizont. Ich hatte um Hilfe gebetet und Gott hatte mir schwarze Flügel geschickt – ich war selten dankbarer gewesen.

Als Conan seine eigene Haustür auftrat, sprang Tristan von mir runter auf die Beine. Ich wollte den Oberkörper anheben, aber mein Kopf dröhnte wie verrückt, weil ich noch immer irgendwie versuchte, Einfluss auf Tristan auszuüben.

Meine inneren Alarmglocken schrillten, nicht mehr wegen der unerwünschten Berührungen, sondern wegen der Tatsache, dass ich innerlich so ausgelaugt war, dass ich kurz vor dem Kollaps stand.

Glas zerschellte, Holz zerbarst, schwarze Federn flogen durch die Luft. Ich sorgte mich um Conan, aber er war stark, stärker als ich, und diesmal konnte Tristan nicht mit unfairen Mitteln kämpfen.

Als ich plötzlich eine weitere Dämonenaura wahrnahm, erschrak ich. Ich raffte mich doch irgendwie auf die Beine, weil ich Angst hatte, dass Tristan Verstärkung bekommen hatte, aber der schwarzhaarige Dämon, der durch die Tür gestürmt kam, gehörte zu Conans Zirkel.

Mein trüber Blick zeigte mir, wie er Tristan an den Flügeln packte und Conan auf ihn einschlug. Dass er sich losreißen konnte, machte mich kurz nervös, aber er wehrte sich nicht, sondern flüchtete durch das zersplitterte Balkonfenster nach draußen.

Conan lief ihm hinterher und der schwarzhaarige Dämon drehte sich nach mir um.

»Bist du schlimm verletzt?« Diese Stimme kam mir bekannt vor, ich hatte sie schon mal gehört, aber mein Blick war zu trüb, um seine Gesichtszüge genau zu erkennen.

Erst als er auf mich zukam und mich besorgt aus der Nähe musterte, erkannte ich ihn wieder. Siro war Conans rechte Hand. Auch er war früher ein gemachter Engel gewesen und in die Hölle hinabgestiegen. Obwohl er kein Erzdämon war, war er sehr stark. Ich wollte schmunzeln, weil mir bewusst wurde, dass es manchmal Dunkelheit brauchte, um Dunkelheit zu vertreiben, aber dazu hatte ich keine Kraft mehr.

Siro legte mir die Hand auf die Schulter und ich nutzte die Gelegenheit, um dem Drang nachzugeben, umzufallen. Ich landete in den Armen des Dämons und fühlte die Wirkung des Adrenalins langsam nachlassen. Ja, ich war definitiv am Ende mit meinen Kräften, mir war schwindlig, elend, eiskalt und übel.

»Conan!«, hörte ich die dunkle, tiefe Stimme rufen. Siro sorgte sich um mich, das wusste ich, obwohl meine Gabe mir den Dienst quittiert hatte. Die Aufregung in seiner Stimme war kaum zu überhören.

Ich fühlte die erzdämonische Dunkelheit nur nahen, sehen konnte ich Conan nicht, weil ich die Augen geschlossen halten musste. Selbst meine Lider zu öffnen, war mir zu anstrengend. Ich driftete irgendwo zwischen Ohnmacht, Schlaf und Wachzustand.

Er wiederholte meinen Namen ein paar Mal, aber ich wollte nicht antworten, ich war zu müde.

Zum Glück war Conan Tristan nicht hinterher. Dieses Zusammentreffen hatte zum Glück viel glimpflicher geendet, als ich befürchtet hatte. Niemand war verletzt worden.

»Bring sie zu Raphael!«

Raphael – diesen Namen zu hören, tat gut. Ich sehnte mich gerade wirklich nach den heilenden Wellen. Seine Gabe war das Gegenmittel zu dem Gift, das gerade durch meinen Körper jagte.

Ich wurde getragen, von schützender Dunkelheit eingeschlossen. Das Zeitgefühl kam mir abhanden, ich hörte Conan nur ab und an mit mir sprechen.

»Stirb mir nicht weg, ja?«

Unsinn, ich würde nicht sterben, ich war nur müde. Mir war danach, ihn anzulächeln, seine lächerlichen Sorgen zu zerstreuen, aber ich konnte nicht.

Mein Schock

Ich sah alles in blassen Farben, dumpf, aber irgendwie malerisch. Ein großer, leerer Raum mit geöffneten Terrassenfenstern und ein sanfter Frühlingswind. Ich war nicht allein.

Sie standen an verschiedenen Plätzen, nicht sehr nah beieinander, aber sie waren alle hier und das machte mich unheimlich glücklich.

Raphael und Gabriel lehnten links und rechts von der Fensterfront, hatten die Hände in den Hosentaschen vergraben und neigten den Kopf, als sie mir zulächelten.

Conan stand auf der gegenüberliegenden Seite, die Arme vor der Brust verschränkt, aber auch seine Lippen zierte ein schiefes Grinsen.

Ich sah mich um, weil ich seine Aura fühlte, ihn aber nicht entdecken konnte. Als ich Astaras ausgemacht hatte, schlug mein Herz angenehm schnell. Er stand hinter mir, nahm mich in den Arm und vergrub sein Gesicht in meiner Halsbeuge. Sie waren alle hier und ich hatte mich noch nie so sicher, wohl und beschützt gefühlt, obwohl ich wusste, dass ich träumte.

»Wenn du sie noch einmal anfasst, dann kannst du dich selbst verarzten! Es ist mir egal, ob du ein Erzengel bist!«

Dieser wütend gesprochene Satz passte so gar nicht in das Bild meines Traumes. Astaras war aufgebracht, sorgenerfüllt, eifersüchtig.

»Reiß dich zusammen oder ich werfe dich raus!«, drohte Raphael, ebenso ruhig wie ernst. Ich hatte ihn noch nie so sprechen gehört. Auch in seinem Tonfall schwang Sorge mit.

»Sind die Schnitte tief? Ich glaube, sie ist durch eine Glastür gefallen«, berichtete die Dunkelheit.

Conans Stimme erinnerte mich wieder daran, was passiert war. Ja, ich war durch eine Glastür gefallen, aber hatte ich mich dabei verletzt?

»Wieso bist du eigentlich noch hier?! Es ist deine Schuld, dass sie verletzt ist! Verschwinde!«, verlangte Astaras. Er konnte sich nicht beruhigen.

»Er hat recht, du solltest gehen, Erzdämon«, pflichtete Raphael ihm bei, nicht ohne dabei herablassend und wütend zu klingen.

»Glaub nicht, dass ich unter anderen Umständen jemals einen Fuß in deinen Kindergarten setzen würde! Ich habe sie nur zu dir gebracht, weil du Gottes beste Krankenschwester bist!«, fauchte Conan.

Das Wasser, das mir eigentlich so guttat, schlug tosende Wellen.

»Verspottest du mich in meinem Schloss?!«, knurrte Raphael fragend.

»Ja, schlagt euch die Schädel ein, dann erspart ihr mir die Arbeit!«, spornte Astaras die beiden heroischen Anführer an.

»Schluss jetzt!«

Selbst mein innerer Monolog verstummte, weil Gabriels Stimme so markerschütternd durchdringend war. Sie hielten tatsächlich den Mund, zumindest für ein paar Sekunden. So einschüchternd Gabriel auch war, Raphael ließ sich nicht lange davon beeindrucken, weil er am wenigsten Angst vor der kriegerischen Hand Gottes hatte.

»Du kannst auch gehen. Ich weiß nicht, was ihr alle noch hier wollt, ich kümmere mich um sie!«

Das war Astaras' Stichwort. »Ja! Ich sehe, wie du dich um sie kümmerst! Brauchst du Hilfe beim Öffnen ihres BHs?!«

Conan setzte nach. »Ja, hilf ihm. Dabei hat der große Erzengel wohl erschreckend wenig Übung – wundert mich aber nicht.«

Ich glaubte kurz, in den schäumenden Wellen zu ertrinken.

»Noch ein stupides Wort von euch und ich reiße euch die Flügel aus!«, stellte Raphael klar.

»Leidest du an einer Identitätskrise, weil du dich plötzlich für Gabriel hältst? Du könntest sie uns höchstens wieder annähen, Medizinmann«, war Conans spöttische Antwort.

Was war mit den sanft lächelnden, glücklichen Wesen aus meinem Traum passiert? Die Realität war rau, gespickt mit Unhöflichkeiten, Beschimpfungen und Misstrauen, vielleicht wollte ich deshalb nicht die Augen öffnen.

»Du solltest langsam aufwachen, sonst schlagen sie sich deinetwegen noch die Köpfe ein«, flüsterte mir eine Stimme zu, die so sanft und melodisch war, dass sie mich zum Schmunzeln brachte. Gabriels Stimme konnte so weich klingen, leider ließ er diesen Tonfall nur selten zu. »Ich weiß nicht, ob ich die Muße habe, ihren Kampf zu schlichten, also wach auf, Lia.«

Diese Worte waren wie ein Befehl an mein Inneres. Ich durchbrach diese dünne Grenze zur Realität, hinter der mein Bewusstsein noch festgesteckt war, und öffnete die Augen. Das Smaragdgrün in Gabriels Iriden war das Erste, das ich sah, dann schweifte mein Blick auf die andere Seite des Zimmers, wo Raphael, Conan und Astaras sich gleich an die Gurgeln springen würden.

»Guten Morgen«, tönte Gabriel so laut, dass sie ihr Wortgefecht beendeten und in meine Richtung blickten. Astaras und Raphael kamen auf mich zu und blieben neben dem Bett stehen, in dem ich lag.

»Wieso seid ihr alle hier?«, wollte ich mit beschlagener Stimme wissen. Ich lag in Raphaels Zimmer, in seinem Bett in der *Ars Vivendi*. Wie ich hergekommen war, wusste ich nicht mehr, nur, dass mein Rücken wie Feuer brannte.

»Wie fühlst du dich?«, fragte Raphael, ohne mir zu antworten.

»Als hätte mich ein Zug überfahren«, entgegnete ich und bereute meine Ehrlichkeit sofort. Astaras' Sorgen erschlugen mich beinahe. Ich wollte ihn beruhigen, aber meine Gabe funktionierte nicht.

»Du siehst furchtbar aus«, erklärte mir mein Engel.

Ich lächelte ihn schwach an. »Du hast mir schon schönere Komplimente gemacht«, scherzte ich, aber hier war niemand in der Stimmung, zu lachen.

»Erinnerst du dich daran, was passiert ist«, wollte Conan wissen, der noch immer an der anderen Seite des Zimmers stand.

Ich durchforstete meine Erinnerungen, in denen Bilder und Gefühle wachgerufen wurden, die mir unangenehm waren.

»Tristan …«, murmelte ich. »Du und Siro habt mich gerettet.«

Raphael schnaubte und Astaras verbalisierte seine Wut.

»Du verwechselst da etwas! Der schwarzgeflügelte Bastard da drüben ist an deinen Verletzungen schuld!«

Was Astaras Conan vorwarf, stimmte nicht. Ich schüttelte den Kopf, aber er dröhnte so stark, dass ich es gleich wieder sein ließ.

»Er hat recht«, pflichtete Raphael bei. »Man lädt niemanden zu sich ein, wenn man private Fehden austrägt.«

Conans Blick vereiste nach den Anschuldigungen. Ich fühlte Schuldgefühle in ihm aufflammen, die ihn geißelten.

»So ein Schwachsinn! Er hat Tristan doch nicht auf mich losgelassen. Wenn Conan nicht zurückgekommen wäre und mir geholfen hätte, dann …« Ich verstummte, weil die Erinnerungen so unangenehm waren, dass ich zusammenzuckte. Ich wollte sie verdrängen, schnell. »Ich verstehe, dass Conan mich hergebracht hat. Aber was macht ihr beide hier?« Mein Blick schweifte zu Gabriel und zu Astaras.

Was sie dazu bewegt hatte, in die *Ars Vivendi* zu kommen, war mir ein Rätsel. Sie waren nicht gern hier.

Der schwarzhaarige Erzengel zu meiner Rechten klärte mich auf. »Conan hat dich zu Raphael gebracht und ich habe mir Sorgen gemacht. Seine Gedanken waren so absurd verstörend, dass ich dachte, du würdest sterben. Deshalb habe ich auch Astaras Bescheid gesagt und bin hergekommen. Das hier wird aber wohl kaum dein Totenbett. Raphael wird in Zukunft daran arbeiten, dich nicht schon für tot zu erklären, wenn du einen Kratzer abbekommst.«

Ich starrte Gabriel verwirrt an, der wiederum Raphael mit vorwurfsvollem Blick musterte. »Du kannst Raphael denken hören?«, wollte ich wissen und war mir nicht sicher, ob ich ihn richtig verstanden hatte. Hätten sie tatsächlich eine Direktleitung in das Gehirn des anderen gehabt, hätte Gabriel auch von Sora gewusst. Ich musste etwas falsch verstanden haben.

Raphael übernahm das Antworten für seine kriegerische Hälfte. »Wir hören uns nicht immer denken, nur …«

»Nur wenn der innere Monolog sehr laut und unbeherrscht wird«, fügte Gabriel hinzu und seufzte im nächsten Moment. »Das ist ziemlich unangenehm, also würde ich in Zukunft gern darauf verzichten.«

Raphael sah regelrecht eingeschnappt aus und begann, mit Sarkasmus um sich zu schlagen. »Entschuldige, wenn wir dich alle von so wichtigen Dingen wie deinen Büchern und deinen Frauen abhalten! Du wirst hier nicht mehr gebraucht.«

Astaras beendete das brüderliche Streitgespräch, bevor ich es konnte. »Zickt euch doch an, wenn ihr allein seid. Ich habe keine Lust auf eure verstörend inzestuösen Beziehungsprobleme.«

Ich wollte mich aufraffen, um zu verhindern, dass mein Engel jeden Moment von Gottes beiden Händen in Stücke gerissen wurde, aber meine Muskeln spielten nicht mit und ich wäre aus dem Bett gefallen, hätte Astaras mich nicht aufgefangen. Eigentlich wollte Raphael mich packen, aber er hatte ihn einfach zur Seite gedrängt.

»Geht es?«, hauchte er in mein Ohr und drückte mich ein wenig zu fest an sich. Mir war danach, aufzustöhnen, aber das hätte seine Sorgen nur noch mehr geschürt.

»Es ist halb so schlimm«, versicherte ich, ohne zu wissen, ob ich die Wahrheit sagte. Ich hatte mich anscheinend doch mehr verausgabt und verletzt, als ich vermutet hatte. Mein Rücken schien voller Wunden vom Sturz durch das Fenster. Das Adrenalin hatte mich die Schnitte nicht spüren lassen, jetzt machten sie mir zu schaffen.

»Leg dich wieder hin, du musst dich ausruhen«, forderte Raphael und brachte Astaras dazu, mich wieder in dem weichen, warmen Bett abzulegen.

Er tat das äußerst widerwillig und nicht ohne leise zu knurren. »Wenn du sie auch nur einmal öfter anfasst, als es notwendig ist, dann …«

»Schon gut, Astaras«, beschwichtigte ich und zog ihn am Nacken an mich heran, um ihm einen Kuss auf die Lippen zu hauchen. Dass uns so viele Augen dabei beobachteten, war mir unangenehm, aber er brauchte diese Art der Zuwendung jetzt und ich schluckte mein Schamgefühl hinunter.

»Ich werde sie mir wohl oder übel noch mal ansehen müssen, wenn du willst, dass sie schnell wieder auf die Beine kommt«, stellte Raphael klar und schob Astaras so beiläufig und doch bestimmt zur Seite, dass er etwas verdutzt aussah. »Deine Schnittwunden werden rasch heilen, aber du bist sehr, sehr schwach«, stellte Raphael verwundert fest.

Ich wollte ihm erklären, dass die Überbeanspruchung meiner Gabe für meinen lädierten Zustand verantwortlich war, aber er begann, Fragen zu stellen, die mir mehr als unangenehm waren.

»Ist außer dem Sturz durch die Scheibe sonst noch etwas passiert? Hat Tristan dich vergewaltigt?«

Kaum hatte er es ausgesprochen, peitschten mir Wut und Vergeltungsdrang entgegen. Astaras war kurz davor, die Beherrschung zu verlieren. Er stürmte zur Tür, während ich um Beschwichtigung bemüht war.

»Nein! Er hat mich nur …« Ich stoppte mitten im Satz, weil selbst die Tatsache, dass er mich gegen meinen Willen geküsst hatte, Astaras zum Ausrasten bringen würde. »Conan und Siro kamen rechtzeitig! Es ist nichts passiert!«, rief ich noch, aber der Engel, dem mein Herz gehörte, war schon davongestürmt.

Ich wollte aufstehen, ihm hinterherlaufen, um zu verhindern, dass er einen Kampf heraufbeschwor, der ihn in Gefahr bringen konnte, aber Raphael drückte mich zurück auf das Bett. »Du musst dich ausruhen, du kannst ihm nicht hinterher.«

»Aber …!«

»Ich begleite ihn«, verkündete Conan plötzlich und wandte sich ebenfalls der Tür zu. »Ich kann seine Wut nachvollziehen. Ich habe mit Tristan auch noch eine Rechnung offen.«

»Lasst gut sein! Ich will nicht, dass ihr meine Kämpfe für mich ausfechtet!«, rief ich und verspürte noch immer das Bedürfnis, aufzustehen, um sie davon abzuhalten, ihren Rachegelüsten in einen sinnlosen Kampf zu folgen.

Raphael machte keinerlei Anstalten, mich loszulassen.

»Sie werden sich verletzen, sie werden kämpfen!«, rief ich aufgebracht und erntete ein Schulterzucken von dem heilenden Erzengel an meiner Seite.

»Sie haben immer gekämpft, lange bevor sie dich kannten. Jetzt vergießen sie das Blut zumindest für einen guten Zweck.«

»Soll mich das etwa aufheitern?!«, wollte ich aufgebracht wissen. Als Gabriel sich plötzlich rührte, fühlte ich den lauen Wind rau werden.

»Schon gut. Wenn du dich dann besser ausruhen kannst, gehe ich mit«, verkündete er und zog eine der schwarzen Augenbrauen nach oben.

Dieser kokette Blick verschaffte mir nicht nur Erleichterung, sondern zauberte sogar ein Schmunzeln auf meine Lippen.

Die strafende Hand Gottes konnte sehr launisch sein, stoisch und eigensinnig, aber mir tat sie einen so besonderen Gefallen, dass ich mich gerade wie das privilegierteste Wesen dieser Welt fühlte.

»Danke, Gabriel«, hauchte ich und Raphael hörte auf, mich auf das Bett zu drücken, weil meine Muskeln sich endlich entspannten.

Egal, wie viel Wahnsinn in Tristans Innerem tobte, gegen den personifizierten Krieg hatte er keine Chance. Gabriel würde dafür sorgen, dass Astaras und Conan nichts passierte, und ich konnte mich ganz meiner Scham über die Situation und meinen lauten inneren Vorwürfen hingeben.

Die Tür war einmal mehr ins Schloss gefallen und ich blieb mit den heilenden Wellen zurück, die mir so grenzenlos guttaten.

»Beeindruckend«, hauchte Raphael scheinbar gedankenverloren, während er mit einem Wattebausch und Desinfektionsmittel hantierte. Ich schenkte ihm fragende Blicke, die ihn dazu brachten, sich zu erklären. »Du bringst das stärkste und egoistischste Wesen der Welt dazu, einen vor Eifersucht rasenden, vorlauten Engel und einen Erzdämon zu beschützen.«

Ich schüttelte den Kopf. »Gabriel ist alles andere als egoistisch. Und er teilt sich den Platz für das stärkste Wesen mit dir.«

Meine Aussage ließ Raphael sanft den Kopf schütteln, aber ich war mir seiner Kräfte noch nie so bewusst gewesen wie in diesem Moment.

Ohne den schönen Erzengel an meiner Seite hätte ich wohl tagelang gelitten und mich mit meinen Schmerzen gequält. Mit der linken Hand Gottes an meiner Seite würde es mir bereits in ein paar Stunden besser gehen.

Kraft hatte viele Gesichter, Stärke und Heilung waren aber wohl ihre schönsten.

»Es ist mir unangenehm, dass ihr euch alle so große Sorgen gemacht habt«, verriet ich, als mir der trübe Blick in Raphaels Augen bewusst wurde.

»Schon gut. Ich habe wohl mit meiner Sorge ein wenig übertrieben. Ich habe meine Gedanken und Gefühle schon den ganzen Tag nicht unter Kontrolle. Gabriel hatte mit seinem Vorwurf recht.«

Auch wenn seine Sätze beiläufig gesprochen klangen, wurde ich hellhörig. »Geht es dir nicht gut? Ist etwas passiert?«

Er schwieg, streifte mir ein paar Haarsträhnen aus dem Gesicht. Seine Miene war dabei, zu einer überirdisch schönen Maske zu werden. Das galt es zu vermeiden. Wenn er erst zugemacht hatte, würde ich nichts mehr aus ihm herausbekommen und er hatte so seltsam niedergeschlagen auf mich gewirkt, dass ich das starke Bedürfnis hatte, ihm zu helfen. Wahrscheinlich war es anmaßend, einem Erzengel helfen zu wollen, aber seine Probleme schienen weltlicher Natur. Er hatte gesagt, dass er seine Gefühle nicht unter Kontrolle hatte. Das war eigentlich mein Spezialgebiet.

»Stimmt irgendetwas nicht mit Sora und dir? Ihr habt so glücklich gewirkt, als Gabriel und ich euch … hinterherspioniert haben.«

Ich riet ins Blaue, löste aber tatsächlich eine Reaktion bei Raphael aus. Er starrte mich mit großen Augen an, zuerst fragend, dann bedrückt. Die Neugier veranlasste mich dazu, mich ein wenig hochzuraffen, was schmerzte, aber notwendig war, um ihn so genau mustern zu können, wie ich wollte. Es war unheimlich schwer für mich, Raphaels Reaktionen zu deuten. Irgendetwas stimmte nicht und es hatte mit Sora zu tun, da war ich mir sicher.

»Du hast gerade einen Kampf mit einem Erzdämon hinter dir. Konzentrier dich darauf, gesund zu werden, und nicht auf meine Probleme.«

Dass er es ›Probleme‹ nannte, ließ mein Herz unangenehm schnell schlagen. Ich hatte Raphael noch nie sagen hören, dass er Probleme hatte. Arbeit, ja. Viel um die Ohren, sicher. Sorgen, manchmal. Aber Probleme …

»Du weißt, dass du mir alles erzählen kannst, oder? Ich verliere kein Sterbenswörtchen darüber, wenn du mir etwas anvertraust.« Ich sagte die Wahrheit, aber aus dem Mund des Menschen, der ihm vor Kurzem noch hinterherspioniert hatte, um seine Neugier zu befriedigen, klangen diese Worte wahrscheinlich etwas zu sensationslüstern.

»Ich vertraue dir, Lia, mehr als jedem anderen Wesen, aber …« Wieder eine Premiere. Raphael fehlten die Worte, er biss sich auf der Unterlippe herum.

Ich versuchte, den aktiven Teil meiner Gabe wieder aufzuwecken, aber noch war ich zu kraftlos, um ihn zu beeinflussen. Er musste sich aus freien Stücken öffnen, aber ich war mir nicht sicher, ob er das wollte.

»Ich bin wohl überfordert mit meinen Gefühlen. Ich weiß nicht, ob es überhaupt hilfreich ist, darüber zu sprechen. «

»Mit einem Freund zu sprechen, hilft immer. Wenn dir etwas auf der Seele lastet, sprich es aus, dann ist es leichter zu ertragen.«

Er schmunzelte, wahrscheinlich, weil ich anmaßend geklungen hatte. Ich gab jemandem Ratschläge, der älter war als meine Welt. Ich neigte dazu, zu vergessen, wie lange Raphael schon lebte. Das Menschsein war ihm trotzdem neu, darin hatte ich eindeutig mehr Erfahrung.

»Ich bin eigentlich hier, um dir zu helfen, nicht umgekehrt …«, stellte er klar, linste mich aber so unschuldig und unsicher an, als würde er auf eine weitere Bestätigung warten, dass es in Ordnung war, wenn er sich mir anvertraute.

»Jeder braucht ab und an mal Hilfe, auch ein Erzengel. Gabriel braucht zum Beispiel Hilfe dabei, den grimmigen Blick abzulegen«, scherzte ich, um der Situation die Anspannung zu nehmen.

Raphael seufzte leise. »Ich fürchte, mein Problem ist größer und weitreichender als Gabriels unsympathisches Gesicht.«

Dass ich lachte, fühlte sich im Moment falsch an, aber der Seitenhieb war wirklich köstlich gewesen.

Raphael setzte sich an den Rand seines Bettes und starrte durch mich hindurch. Als er endlich den Mund aufmachte, schlugen seine Worte in meinem Bewusstsein ein wie ein Blitz.

»Sora ist schwanger.«

Ich stotterte scheinbar wahllos ein paar Buchstaben und Fragewörter. Raphael wartete geduldig, bis ich einen Satz formulieren konnte.

»Schwanger?! Bist du dir sicher?«

Er neigte den Kopf. »Ja, ich kann so etwas fühlen«, versicherte er.

Natürlich konnte er das. Meine Frage war dumm gewesen, aber meine nächste würde das wahrscheinlich auch sein.

»Kannst du denn Kinder zeugen? Ich meine …«

Mir war selten etwas so unangenehm gewesen, wie seine Zeugungskraft infrage zu stellen, aber Raphael war ein Erzengel und Sora ein Mensch.

Er zuckte mit den Schultern, so als ob ich seine Manneskraft gerade nicht angezweifelt hätte. »Mir ist bewusst, dass Engel und Dämonen mit Menschen Kinder zeugen können«, erklärte er etwas, das ich auch wusste. Genau deshalb trafen Astaras und ich auch die nötigen Vorsichtsmaßnahmen. »Aber mir war nicht klar, dass ich … Ich meine … Ich wusste, dass Gabriel Liebschaften hat. Er hat auch keine Kinder gezeugt …«

Damit hatte Raphael recht, aber Gabriel trug auch Kondome mit sich herum. Leider schien das komplett an Raphael vorbeigegangen zu sein.

Dort vor mir saß das mitunter schönste, klügste, stärkste Wesen, das Gott geschaffen hatte, und mir wurde schlagartig bewusst, dass er nicht nur grenzenlos mächtig war, sondern auch unsagbar unschuldig.

Sex, Lust und körperliche Liebe waren Dinge, die Begierde voraussetzten. Begierde, die Engel nicht kannten, zumindest nicht, solange sie noch keine Vermenschlichung zugelassen hatten. Bei Raphael war dieser Prozess gerade in vollem Gange, deshalb sahen mich auch gerade der Erzengel und die menschliche Seite in ihm fragend an.

»Zuerst dachte ich, sie hätte sich mit einem anderen eingelassen. Ich war wütend, irrational, furchteinflößend. Ich habe so sehr überreagiert, dass sie mir angeboten hat, das Kind abzutreiben.«

Egal, wie sehr es schmerzte, ich musste mich aufraffen, um Raphael in den Arm zu nehmen. So grenzenlos traurig hatte er das letzte Mal auf der Parkbank ausgesehen. Ich wollte ihn nie wieder so niedergeschlagen erleben, vor allem, weil es eigentlich keinen Grund dazu gab.

»Du lässt nicht zu, dass sie das tut«, stellte ich wissend fest und drückte meinen Kopf gegen seinen Oberarm. Ich hatte mich neben ihn gesetzt. Wir konnten uns gerade beide sehr viel geben. Raphael heilte mich und ich versuchte dasselbe mit ihm.

»Nein, das lasse ich nicht zu …«, versicherte er tonlos und starrte ins Leere. »Ich habe mich bei ihr entschuldigt, nachdem ich mich wieder halbwegs unter Kontrolle hatte. Ich habe ihr alles erzählt. Wer ich bin, als was ich erschaffen wurde und was ich hier tue.«

»Wie hat sie reagiert?«

Er atmete einmal tief durch. »Verständnisvoll. Sie war nicht so überrascht, wie ich dachte.«

»Weil sie gespürt hat, dass du besonders bist. Ich denke, Sora ist sehr feinfühlig.«

Er nickte. »Ja, das ist sie.«

Dass der nächste Satz von einem leisen Kichern untermalt wurde, konnte ich nicht verhindern. »Freust du dich? Du wirst Vater!«

Als ich zu ihm aufblickte, sah ich ihn so große Augen machen, als würde er sich jetzt erst der Tragweite von Soras Schwangerschaft bewusst. Der Anblick war herzerwärmend, süß und engelhaft unschuldig.

»Ich weiß nicht, ob ich das kann«, entgegnete er unsicher.

Ich stieß ihm in die Seite. »Natürlich kannst du! Du kannst der beste Vater werden, den diese Welt je gesehen hat! Dein Kind wird so besonders sein wie du.« Ich ließ mir meinen letzten Satz noch mal durch den Kopf gehen und korrigierte ihn. »Vielleicht sogar noch besonderer! Es wird halb Erzengel, halb Mensch. So etwas gab es noch nie. Ein einzigartiges Wesen!«

Raphael ließ den Kopf leicht sinken. Mir war kurz so, als wollte er sich freuen, dann übermannten ihn wieder beißende Sorgen.

»Sora ist nicht ganz gesund. Ich habe vor Kurzem etwas in ihr gefühlt. Ich weiß noch nicht, was es ist, aber ich habe Angst, dass die Schwangerschaft zu viel für sie ist.«

Ich legte meinen Kopf auf seine Schulter und streichelte mit der Hand über seinen Rücken. »Mach dir keine Sorgen. Sie hat die beste Krankenschwester von allen an ihrer Seite«, scherzte ich und sah seine Lippen kurz zucken. »Außerdem denke ich, dass er euch beschützen wird.«

»Er?«, wiederholte Raphael fragend.

Ich schmunzelte, weil ich ihn tatsächlich daran erinnern musste.

»Gott.«

Meine Verführung

Neun Monate später

Ich drängte mich durch den vollen Eingangsbereich, vorbei an lachenden, beschwipsten Engeln. Sie hatten sich in Schale geworfen und frönten der ungezwungenen Ausgelassenheit.

Die vielen tanzenden, schunkelnden Körper machten es mir schwer, voranzukommen. Die Musik war nicht mein Fall. Zu basslastig, zu melodiearm und vor allem zu laut.

Cero hatte einen eigenwilligen Geschmack, was Unterhaltung betraf, zumindest eigenwillig für einen Tausende Jahre alten Engel. Für einen pubertierenden Fünfzehnjährigen wäre es in Ordnung gewesen.

Dass er regelmäßig solche Feste ausrichtete, wussten aber viele zu schätzen, nicht nur Mitglieder seines Zirkels. Das große Haus war voll, wenn der charismatische Engel die Musik aufdrehte und den Wein fließen ließ.

Ich gönnte jedem von ihnen diesen Ausgleich zum Alltag, der nicht nur für uns Wächter in letzter Zeit besonders fordernd und zehrend gewesen war. Wir hatten wochenlang unzählige Anomalien festgestellt, die dazu geführt hatten, dass Dämonenwesen vermehrt in unsere Welt vorgedrungen waren. Die vielen Zwischenfälle hatten den Orden dazu bewogen, auch in den Zirkeln um Hilfe zu bitten. Engel und Dämonen hatten uns geholfen, unsere Welt zu beschützen. Eine Welt, die sie auch Zuhause nannten.

Die Zusammenarbeit mit den Zirkeloberhäuptern war unserem Erzengel nicht immer leichtgefallen. Conan hatte sich selbst dann noch stur gestellt, als ich Raphael zu einem der Treffen begleitet und um seine Hilfe gebeten hatte. Erst die Nachricht, dass unser Ordensleiter bald Vater werden würde, hatte ihn so sehr aus der Bahn geworfen, dass er uns letzten Endes seine Hilfe zugesichert hatte.

Ich sorgte mich sehr um Raphael. Es war zwar wieder ruhiger in unserer Welt geworden, aber er litt trotzdem unter Schlafmangel und seine Ängste erschlugen ihn beinahe. Mir war nie klar gewesen, wie verletzlich die Vermenschlichung die besonderen Wesen machen konnte, die an unserer Seite lebten.

Die heilende Hand Gottes litt an Ängsten, die nicht mal ich ihm nehmen konnte. Soras Schwangerschaft war problematisch verlaufen, mehr als das, ich war mir beinahe sicher, dass sie nicht mehr am Leben gewesen wäre, hätte Raphael nicht über sie gewacht.

Er wich seit zwei Wochen nicht mehr von ihrer Seite, ein Umstand, der nicht nur unseren Ordensalltag bestimmte. Ares hatte wieder das Kommando und natürlich hatte er alles unter Kontrolle. Was niemand kontrollieren konnte, waren die bitteren Sorgen, die wie ein Damoklesschwert über Raphaels Leben hingen.

Mein Herz war endlos schwer, weil ich zu fühlen glaubte, wie er litt. Ich war in jeder freien Minute bei ihm und Sora gewesen, um ihnen in dieser schweren Zeit beizustehen, aber meine Gabe war nur ein Tropfen auf dem heißen Stein gewesen.

Ich schickte tagtäglich unzählige Gebete in den Himmel und flehte darum, dass das Bangen bald ein Ende haben würde. Sobald ihr Kind geboren war, würde es Sora hoffentlich besser gehen.

»Lia!«

Die helle Stimme, die meinen Namen rief, veranlasste mich dazu, meine Miene wieder fröhlichere Züge annehmen zu lassen. Ich war nicht hier, um in meinen Sorgen zu ertrinken, sondern um sie für eine Weile zu vergessen.

Ich lief auf Kleo zu, die gerade die breite Treppe hinunterkam und neben der großen Schachfigur aus Marmor stehen blieb. Der Engel sah immer unglaublich gut aus. Das waldgrüne kurze Kleid passte zu ihren Augen und die glänzenden roten Haare umspielten ihr Gesicht.

Als sie mich umarmte, atmete ich ihren Duft ein. Das Parfum, das sie immer trug, war so einprägsam und betörend, dass es mich nicht wunderte, dass Cero sie so gern um sich hatte.

Die beiden führten eine seltsame Liebesbeziehung, fernab von Exklusivität oder Versprechungen. Sie taten sich dabei aber nicht weh und solange es für die beiden in Ordnung war, war es das für mich auch.

»Cero hat mir gesagt, dass du vielleicht kommst! Schön, dich mal wiederzusehen. Du hast in letzter Zeit sehr viel um die Ohren, oder?«

Ich zuckte mit den Schultern und lächelte. »Es ist schon wieder ruhiger geworden.«

»Ist Raphaels Kind schon auf die Welt gekommen?«, wollte sie wissen und ich musste ein Seufzen unterdrücken.

Dass so viele darüber Bescheid wussten, war mir nicht recht. Raphael hatte zwar kein Geheimnis daraus gemacht, aber an die große Glocke wollte er diese Neuigkeit auch nicht hängen. Sein Kind würde so besonders werden, dass er gut daran tat, Sicherheitsmaßnahmen zu treffen. Die Schwangerschaft nicht in die Öffentlichkeit hinauszuschreien, war ein Teil davon. Ich konnte mir aber denken, von wem Kleo davon wusste.

»Nein, noch nicht«, gab ich wahrheitsgemäß zu und beeinflusste sie dann, indem ich ihre Neugier in der Luft verpuffen ließ. Sie würde keine Fragen mehr stellen, die ich nicht beantworten wollte.

»Komm! Die beiden sind in der Bibliothek!«

Der schöne Engel nahm meine Hand und führte mich mit eleganten Schritten durch die Menge. Natürlich wusste sie, warum ich hier war. Ich war nicht als Wächterin gekommen, sondern um jemanden zu sehen, der mir unheimlich fehlte, weil wir kaum Zeit füreinander hatten.

Wir traten in das große, mit Büchern gefüllte Zimmer, in dem es nach Zedernholz roch. Das schummrig bläuliche Licht ging von den vielen runden Lampen aus, die wie leuchtende Seifenblasen in den Regalen standen.

Ich hörte melodisches Lachen, eine der Stimmen ließ mein Herz angenehm schnell schlagen. Es war vielleicht drei oder vier Tage her, seit wir uns das letzte Mal gesehen hatten, aber unsere Treffen waren meistens kurz gewesen, weil mich der Orden oft gebraucht hatte.

Wir bogen an einem der Regale ab und in meinem Blickfeld baute sich das schwarze Ledersofa auf, auf dem ich gesessen hatte, als wir uns zum ersten Mal begegnet waren. Astaras stand auch heute neben dem Fenster, hatte sich Cero zugewandt, auf dessen Schoß sich gerade zwei hübsche Frauen rekelten.

»Seht euch an, wen ich mitgebracht habe! Ich habe die süßeste Wächterin des Ritterordens gefunden!«, kündigte Kleo mich lieb gemeint an und ließ Verlegenheit in mir wachsen, die nicht nur ihren Worten geschuldet war. Ich mochte Cero und seinen Zirkel, aber seine Feiern waren noch nie nach meinem Geschmack gewesen. Dass Astaras gern hier war, war in Ordnung, weil ich ihm vertraute.

Nicht nur, weil ich seine Gefühle lesen konnte, wusste ich, dass er mich nicht hintergangen hätte, egal wie viele hübsche Gesichter sich nach ihm verzehrten. Hier zu sein und ihn neben einem verführerischen Engel mit den langen schwarzen Haaren stehen zu sehen, schmerzte trotzdem. Ich fühlte das Verlangen, das die junge Frau ihm regelrecht entgegenschmetterte, und ich fühlte ihre Eifersucht, die sich an meiner stieß.

Als er sich zu mir drehte, verzog er die Lippen zu einem schwachen Lächeln und wandte sich von den perfekten Kurven ab. »Ich war mir nicht sicher, ob du kommst …«, hauchte er ohne viel Emotion in der Stimme.

Die Gefühle, die in ihm tobten, konnte er aber nicht vor mir verstecken. Seine Sehnsucht glich meiner. Wir hatten uns vermisst, sehr sogar.

»Luna hat meine Patrouille übernommen«, verriet ich und neigte das Kinn mit jedem Schritt, den er machte, ein wenig höher, um ihm weiterhin in die Augen blicken zu können.

Er hielt ganz dicht vor mir inne.

»Warst du schon immer so groß?«, scherzte ich und freute mich über das Grinsen auf seinen Lippen.

»Ja, aber es wundert mich nicht, dass du das vergessen hast.«

Bevor ich etwas erwidern konnte, beugte er sich zu mir herunter und küsste mich. Ich ignorierte die neugierigen Blicke, die auf uns lagen, die Eifersucht, das Getuschel und auch Ceros dummen Spruch.

»Wenn du hier junge Mädchen verführen willst, dann nicht ohne mein Einverständnis. Mein Haus, meine Regeln.«

Das Zirkeloberhaupt war auf uns zugekommen und zog mich am Oberarm von Astaras' Lippen los. Er präsentierte sein schneeweißes Lächeln und umarmte mich dann.

»Es freut mich, dass du gekommen bist. Du wirst von Mal zu Mal schöner«, warf er mit einem Kompliment um sich, das er mir gern machte und das mir noch immer so unangenehm wie beim ersten Mal war.

»Danke, dass ich auf deiner Gästeliste stehe«, erwiderte ich und strich mir die Haare nach hinten, weil ich Angst hatte, dass sie zerzaust aussahen. Ich hätte mich zurechtmachen sollen, aber der aufsehenerregende gestylte Auftritt lag mir sowieso nicht.

»Die große Liebe meines besten Freundes ist mir immer willkommen! Du bist übrigens viel zu gut für Astaras, hatte ich das schon mal erwähnt?«

Ich grinste und sah zu meinem Engel, der die Lippen verzog und Cero mit einem Kopfschütteln bedachte.

»Sind wir wirklich befreundet?«, wollte er in sarkastischem Tonfall wissen und zog mich wieder zu sich.

Mein Blick schweifte zu den fremden Frauen, denen ich nicht so willkommen war wie ihrem Zirkeloberhaupt.

Intimität vor anderen war mir schon immer unangenehm gewesen. Astaras wusste das, aber er schlang trotzdem die Arme um mich und schob seine linke Hand unter mein T-Shirt, um sie auf meinem Rücken zu platzieren. Als er meine Anspannung fühlte, seufzte er leise und nahm mich an der Hand.

»Komm«, forderte er mich auf und zog mich zu der Tür, hinter der ein Arbeitszimmer lag.

»Pass auf, er ist schon seit Tagen ungeduldig!«, warnte Cero mich zwinkernd und legte den Arm um Kleo, die viel besser mit der Atmosphäre und den neugierigen Blicken zurechtkam als ich.

Als die Holztür hinter uns ins Schloss fiel, entspannte sich mein Körper wirklich. Hier war es still, dunkel und wir waren unter uns.

Ich ging auf das große schöne Buntglasfenster zu, durch das sich das Mondlicht in surrealen Farben brach. Auf dem angrenzenden Balkon breitete gerade eine Krähe ihre Schwingen aus.

»Ich wollte dich nicht von deinen Freunden losreißen. Du scheinst Spaß gehabt zu haben.« Ich ließ meinen Satz möglichst neutral klingen, auch wenn er das nicht war.

Weil ich Astaras den Rücken zugewandt hatte, konnte ich seine Reaktion nicht sehen, aber ich konnte sie fühlen, vor allem als er die Arme von hinten um mich schlang und seine Lippen mein Ohr berührten.

»Eifersüchtig?«, hauchte er amüsiert. »Willkommen in meiner Welt.«

Er küsste meinen Hals, während mein Schmunzeln von einem leisen Stöhnen weggewischt wurde. Seine Hände schoben sich wieder unter mein T-Shirt, legten sich auf meine Haut, wo sie sanft zudrückten.

»Ich will dich so sehr …«, gestand er leise zwischen seinen Küssen.

Seine Worte ließen wohlige Schauer durch meinen Körper gleiten. Ich drehte mich trotzdem zu ihm um und schob ihn weg.

»Nicht hier«, bat ich und schüttelte sanft den Kopf.

Seine Augen funkelten. »Wieso?«

Dass ich ihm das tatsächlich erklären musste, ließ mich mit den Augen rollen. Er kannte mich besser als jeder andere, vor allem auf diesem Gebiet.

»Das ist mir zu öffentlich. Hinter dieser Tür warten Cero, Kleo und drei fremde Frauen, die gerade gern mit mir tauschen würden.«

»Ich erwarte nicht von dir, dass ich dich vor ihren Augen haben darf …« Dieser Satz war noch nicht zu Ende, ich kannte Astaras auch sehr gut. »… obwohl ich nichts dagegen hätte«, raunte er und biss sich auf die Unterlippe.

»Es ist mir trotzdem unangenehm.«

Er grinste. »Ich weiß. Deshalb liebe ich dich. Und deshalb will ich dich auch gerade so sehr. Ich kann gar nicht anders.«

Er trat wieder näher, strich mir die Haare nach hinten.

Ich drückte meine Schläfe gegen seine Handfläche. »Was ist, wenn ich Nein sage?«, wollte ich wissen und zog die Brauen nach oben. Ganz so unschuldig, wie ich mich gerade gab, war ich nicht, aber ich konnte Astaras' Augen so dazu bringen, noch mehr zu funkeln.

»Wenn du Nein sagst, muss ich wohl über dich herfallen.«

Er war wirklich ungeduldig. Das letzte Mal hatte er so unter Strom gestanden, als die Sache mit Tristan passiert war. Er hatte mich tagelang wie ein rohes Ei behandelt, obwohl es mir schnell wieder besser gegangen war. Dass er Tristan trotz Conans und Gabriels Hilfe nicht gefunden hatte, machte Astaras heute noch zu schaffen.

Der Erzdämon schien wie vom Erdboden verschluckt, was wahrscheinlich sogar auf gewisse Weise zutraf, da Conan ihn in der Hölle vermutete.

»Dreh dich um«, bat Astaras und griff meine Oberarme, damit ich seiner Bitte schneller nachkam. Er drückte mich gegen eine der Wände, stellte sich so dicht hinter mich, dass ich jeden Muskel an seinem Körper fühlen konnte. Als er wieder begann, meinen Hals zu küssen, schloss ich genießerisch die Augen.

Ich verzehrte mich genauso nach ihm wie er sich nach mir – jedes Mal.

Meine vernebelten Sinne arbeiteten unzuverlässig, weil mein Geist irgendwo zwischen Lust, Liebe und der Stillung meiner Sehnsucht gefangen war.

Astaras' warmer Atem an meinem Nacken, sein wohliges Stöhnen an meinem Ohr, eigentlich wollte ich nichts anderes wahrnehmen, aber das seltsame Gefühl von Wind wurde mit einem Mal so stark, dass ich es nicht mehr ignorieren konnte.

Nachdem ich die Augen aufgeschlagen hatte, konnte ich seine Silhouette bereits durch die Buntglasscheibe erkennen, die im nächsten Moment aufsprang.

Als er vom Balkon in den Raum trat, riss ich mich so abrupt von Astaras los, dass er aufschrie, weil ich ihm wehgetan hatte. Ich hatte keine Zeit, ein schlechtes Gewissen zu bekommen, weil ich damit beschäftigt war, mich in Grund und Boden zu schämen und meine Kleidung zurechtzurücken. Genau deshalb wollte ich das hier auch immer nur hinter verschlossenen Türen tun.

Gabriel neigte den Kopf und tat mir nicht den Gefallen, den Blick abzuwenden, während ich mit hochrotem Kopf durch den Raum stolperte.

»Ich komme wohl unpassend«, stellte er fest und bekam sogleich eine Bestätigung von Astaras.

»Niemand hat dich eingeladen, Erzengel!«, knurrte er unbeherrscht, weil seine Gefühle durcheinanderwirbelten.

Dass wir mitten in unserer Zweisamkeit unterbrochen worden waren, machte nicht nur mir zu schaffen. Selbst ich hatte meine Emotionen nicht unter Kontrolle, versuchte, die Lust abzutöten, die Verlegenheit zu ignorieren und den Nebel in meinen Sinnen davon zu pusten. Der kühle Wind half mir dabei.

»Genau genommen wurde ich eingeladen. Cero tut das seit vielen Jahren. Aber seine Gäste sind mir zu jung und zu betrunken«, verriet Gabriel und klang dabei gewohnt herablassend.

»Was willst du dann hier?!«, herrschte Astaras ihn an.

Ich musste ihn am Arm festhalten, sonst wäre er dumm genug gewesen, Gabriel zu nahe zu kommen. Die kriegerische Hand Gottes zeigte nur mir zuliebe so viel Geduld mit ihm. Ich wusste aber nicht, wie weit Astaras Gabriels Nerven strapazieren konnte, ohne mit Konsequenzen rechnen zu müssen. Er antwortete zumindest nicht auf seine Frage, sondern blickte zu mir.

»Luca hat mir gesagt, dass ich dich hier finden kann. Mir war nicht klar, dass du gern frivole Feste besuchst.«

Ich hätte gestottert, um mich zu erklären, aber Gabriel setzte noch nach und ließ mich damit endgültig verstummen und innerlich verglühen.

»Es gibt bessere Partys als Ceros. Du hättest mich nur fragen müssen.« Das schiefe Grinsen, das die Lippen des Erzengels zierte, machte mich verlegen und Astaras wütend.

»Bist du gekommen, um uns über deinen fragwürdigen Lebensstil aufzuklären?! Du hast dir einen schlechten Zeitpunkt ausgesucht!«

»Wirft mir jemand, der früher lichterloh gebrannt hat, vor, dass ich mit Feuer spiele?«, entgegnete Gabriel und bedachte Astaras mit wissenden Blicken.

Ich wusste, worauf er anspielte. Ich kannte die Vergangenheit des Engels, dem ich mein Herz geschenkt hatte. Er hatte nie ein Geheimnis daraus gemacht, trotzdem wurde er nicht gern daran erinnert, schon gar nicht von Gabriel.

Bevor ich wirklich dazwischengehen musste, ließ ich eine Welle aus Ruhe durch den Raum gleiten und fand meine Contenance wieder. »Wieso bist du gekommen?«

Mir würde er diese Frage beantworten. Ich hatte Angst, dass er schlechte Nachrichten im Gepäck hatte, aber dieser Gedanke war Vorurteilen geschuldet, die mir eigentlich zuwider waren. Nur weil er der Krieg war, musste Gabriel kein Vorbote des Unheils sein – im Gegenteil.

Als er lächelte, wurde mir schlagartig warm ums Herz. Seine Stimme klang so sanft, dass ich sie beinahe mit der von Raphael verwechselt hätte.

»Das Kind ist da.«

Meine Augen wurden groß und so glasig, dass ich mir verbot, zu blinzeln. Die Aufregung in meinem Inneren steigerte sich in bedenkliche Höhen.

»Wirklich?! Ist es gesund?! Geht es Sora gut?!«

Er schwieg für zwei Sekunden, viel zu lange für mein rasendes Herz.

»Das Kind ist gesund. Sora geht es schlecht. Raphael ist bald am Ende seiner Kräfte.«

Ich schluckte schwer, machte mir aber bewusst, dass es zumindest dem Baby gut ging. Um nichts anderes hatte Sora in all den Monaten gebetet. Ihre Bitte schien erhört, Raphaels hingegen …

»Bring mich zu ihnen!«, bat ich und spürte plötzlich eine Hand am Oberarm, die mich davon abhielt, auf Gabriel zuzugehen.

»Du gehst? Jetzt?!«

Astaras' gekränkte Stimme drang zwar an mein Ohr, aber ich hatte im Moment keinen Platz mehr dafür in meinen Gefühlen.

»Es tut mir leid, aber ich muss«, erklärte ich und wollte mich losreißen.

Er ließ nicht von mir ab. »Wir sehen uns kaum noch! Und jetzt tauchst du für eine halbe Stunde hier auf und verschwindest wieder?!«

»Lass sie los«, forderte Gabriel mit tiefer Erzengelstimme.

Astaras zögerte für einen Moment, sah mich mit vorwurfsvollen Blicken an, die mein Herz wie Nadeln trafen, dann ließ er von mir ab.

»Mach, was du willst!«, hörte ich ihn noch sagen, bevor er durch die Tür zur Bibliothek stürmte. Ich starrte auf das dunkle Holz und schluckte den Drang, ihm hinterherzulaufen, hinunter.

»Du neigst zu komplizierten Liebschaften«, riss mich Gabriels Stimme zurück ins Hier und Jetzt. Er legte mir die Hand auf die Schulter und nickte mir auffordernd zu. »Lass uns gehen.«

Mein Wunder

Wir landeten zwischen den Rosen, die dabei waren, sich dem langen, strengen Winter zu widersetzen und im ersten warmen Frühlingswind zu erblühen.

Im Schutz der Sterne sah Soras kleines Paradies noch schöner aus. Die hohen nahegelegenen Klostermauern schienen über das kleine Einfamilienhaus zu wachen, vielleicht versteckten sie es sogar vor der Welt.

Aus den Fenstern drang Licht. Bereits an der Tür erreichten mich starke, schöne Auren, die ich kannte: Raphaels heilende Wellen und Soras engelsgleiches Menschenstrahlen. Die dritte Aura war mir fremd und veranlasste mich dazu, für einen Moment innezuhalten.

Heller Sonnenschein, warm, auffallend einzigartig, eigenartig einnehmend.

Ich blickte zu Gabriel auf, weil ich plötzlich aufgeregt war. Er öffnete die Tür für mich und nickte mir bestätigend zu. Als ich den ersten Schritt ins Innere des Hauses gemacht hatte, ließ die Vorfreude mich beinahe rennen. Ich lief an den Blumen vorbei, hin zur Treppe, die in den ersten Stock und Soras Wohnräume führte.

Als ich den großen Flur erreicht hatte, musterten mich zwei grenzenlos müde, intensiv blaue Augen. Raphael stand mit dem Gesicht zur Fensterfront. Er musste bis gerade eben in diese unwirklich schöne Nacht gestarrt haben.

»Na? Wie geht es dir?«, fragte ich und ließ ein wissendes Lächeln über meine Lippen huschen. Hier konnte ich die besondere, unbekannte Aura noch deutlicher fühlen. Sora lag gleich im Raum nebenan und ich war mir sicher, dass sie dort nicht allein war.

»Sie ist sehr erschöpft. Ihm geht es gut«, entgegnete Raphael und schien im nächsten Moment durch mich hindurchzusehen.

»Ihm?«, wiederholte ich aufgeregt. Ich hatte das Geschlecht des Kindes nicht gekannt. Sora hatte sich auch überraschen lassen wollen und ich hatte mich ihrer Entscheidung angeschlossen.

»Ein Sohn? Dein Sohn?«, tönte ich freudestrahlend. Raphael nickte und ließ ein so kurzes, melancholisches Lächeln über seine Lippen huschen, dass mir seltsam zumute wurde. Er hatte mir auf die Frage, wie es ihm selbst ging, keine Antwort gegeben, weil sie bedrückend gewesen wäre.

Es ging ihm nicht gut. Er war blass, müde, voller Ängste. All die Tage und Wochen, die er an Soras Seite verweilt hatte, um ihr Kraft zu geben und ihren Gesundheitszustand zu beeinflussen, hatten ihm zugesetzt.

Ich legte ihm kurz meine Hand auf die Schulter und flutete ihn mit meiner Freude, meiner Neugier und dem Gefühl, das die besondere Aura in mir auslöste.

»Darf ich ihn kennenlernen?«, wollte ich wissen und erntete ein Nicken von dem Erzengel, der als die Heilung erschaffen worden war und nun selbst nach Möglichkeiten suchte, die Wunden in seiner Seele klein zu halten. Gabriel trat neben mich, lehnte sich mit dem Rücken zur Scheibe und erstarrte dort zu einem überirdisch schönen Wesen.

Am liebsten hätte ich Raphael gesagt, dass er sich dort am besten festhalten konnte – an der Schulter des Krieges, seines Bruders, aber es reichte schon, dass Gabriel hier war, auch wenn sie nur stumm nebeneinander verweilten.

Ich wandte mich von den Erzengeln ab und öffnete vorsichtig die Tür zu dem Zimmer, hinter dem etwas so Besonderes verborgen lag, dass ich im ersten Moment den Atem anhielt. Es war warm hier drinnen, nicht nur weil im Kamin Feuer brannte.

»Hallo«, hauchte ich und schlich mit leisen Schritten auf das große Bett zu, aus dem mich Soras graue Augen musterten. Es lag so viel Glück, Freude, Begeisterung und Dankbarkeit in ihnen, dass mein Herz nicht schwer wurde, obwohl sie so geschafft und kränklich aussah.

»Lia«, sprach sie meinen Namen beruhigend und lieb gemeint aus, als würde sie ihn singen. »Schön, dass du gekommen bist.«

Ich ging auf sie zu, den Blick wie gebannt auf das kleine Bündel gerichtet, das in eine weiße Decke geschlungen auf ihrer Brust lag.

»Ist er … Darf ich … Wie …« Meiner Emotionen Herr zu werden, war mir noch nie so schwergefallen wie in diesem Moment. Ich hätte heulen können, vor Glück, vor Begeisterung, vor Aufregung. Ich spiegelte Soras Gefühle so ungefiltert, dass sich ihr Mutterglück in mir ausbreitete, als hätte ich gerade ein Kind zur Welt gebracht.

»Komm nur. Nimm ihn hoch. Er ist wunderschön.«

Er war nicht wunderschön, er war perfekt. Als ich die Arme nach dem schlafenden Baby ausstreckte, öffnete er die Augen. Ich dachte, er würde weinen, vielleicht erschrecken, weil ich ihn von der warmen Brust seiner Mutter nahm, aber er sah mich nur an, als wäre ich gerade das lustigste und spannendste Ding der Welt.

»Er hat deine Augen«, stellte ich begeistert fest und sah in die großen graublauen Iriden, die glänzten, als hätte sie jemand verzaubert.

Sora seufzte und kicherte dann leise. »Ja, leider.«

Ich bedachte sie mit vorwurfsvollen Blicken, weil sie nicht verstehen wollte, dass mein Satz als Kompliment gemeint war. »Aber sonst ist er Raphi wie aus dem Gesicht geschnitten, oder?«

Ich musterte den kleinen Jungen in meinem Arm und ließ mich von der besondersten aller Auren umschließen. Einzigartig – nichts hätte dieses süße, unschuldige, schöne Wesen besser beschrieben.

»Er wird bestimmt irgendwann ein unglaublich schöner Mann«, stellte sie schmunzelnd etwas fest, das deutlicher nicht auf der Hand liegen konnte. »Du musst mir versprechen …« Soras Stimme wurde leiser und ihre Augen schwerer. »… dass du auf ihn aufpasst, Lia, ja?«

Ich begann, den Kopf zu schütteln. Nicht, weil ich ihr dieses Versprechen nicht geben wollte, sondern weil ich die Gedanken, die sie dazu bewegten, so etwas von mir zu verlangen, nicht dulden wollte. Ich flutete sie mit Optimismus und Vorfreude auf die Zukunft. Sora war nur müde, erschöpft, sie musste sich erholen und gesund werden.

»Ich werde ihn mit meinem Leben verteidigen, immer, gegen jeden und alles.«

Sie nickte zufrieden. »Das hat Gabriel auch gesagt – schön.«

»Ihm kann absolut nichts passieren. Raphael und du werdet die besten Eltern sein, die er sich wünschen kann. Und wir werden ihn beschützen und da sein, versprochen.«

»Raphael wird dich brauchen«, flüsterte sie und lächelte mich an, als hätte sie gerade nicht diese furchtbaren Gedanken. Obwohl ich sie so stark beeinflusste, hörte sie nicht auf, um Dinge zu bitten, die ich mir nicht vorstellen wollte oder konnte. »Ich will nicht, dass Raphael den Orden aufgibt. So viele Menschen verlassen sich auf ihn.«

»Er wird jetzt erst mal bei dir und dem Kleinen bleiben, und das ist gut so. Ares kümmert sich um alles, wir kommen gut zurecht«, versicherte ich.

Sora musste sich nicht auch noch Gedanken um die Wächter machen. Sie schien regelrecht in Sorgen zu ertrinken. Es jagte mir einen eiskalten Schauer über den Rücken, dass sie dabei dieses Lächeln auf den Lippen hatte. Meine Großmutter hatte auch so gelächelt, weil sie geerdet gewesen war und abgeschlossen hatte.

»Er kümmert sich nur noch um mich. Ich wollte der Welt nie einen Erzengel wegnehmen«, flüsterte sie eindringlich und sah mich an, als ob sie Absolution von mir erwarten würde.

»Du hast niemandem irgendetwas weggenommen, Sora! Im Gegenteil. Sieh dir an, was du der Welt geschenkt hast …« Ich wollte ihr ihren Sohn wieder auf die Brust legen, aber sie schüttelte sanft den Kopf.

»Kannst du für ein paar Minuten auf ihn aufpassen? Ich will die Augen kurz schließen, nur für eine Weile …«

»Natürlich. Ruh dich aus, du musst geschafft sein.«

Bevor Sora in den mehr als wohlverdienten Schlaf abdriften konnte, stellte ich ihr noch eine sehr wichtige Frage. »Was für einen Namen habt ihr ihm gegeben?«

Sie schlug noch mal die grauen Augen auf und lächelte warm. »Keon. Sein Name ist Keon.«

Ich schlich aus dem Zimmer, dieses besondere Wesen im Arm, das so zerbrechlich aussah und trotzdem so viel Stärke in der jungen, einzigartigen Seele trug. Raphael löste den Blick sofort vom Sternenzelt, obwohl er so tranceartig versunken schien.

»Sora ist eingeschlafen«, erklärte ich, weil er mich so sorgenerfüllt musterte, als ob ich ihm viel schlimmere Nachrichten verkünden würde. Er setzte sich sofort in Bewegung, blieb neben mir stehen und senkte den Blick, um sich in den Augen seines Sohnes zu verlieren.

»Ich lege mich zu ihr …«, flüsterte er.

Keon begann, sich in meinen Armen zu rühren. Wahrscheinlich wollte er von den sanften Wellen hochgehoben werden, die ihm das Leben geschenkt hatten, aber Raphaels Herz war gerade zu schwer, um sich von Keons Augen verzaubern zu lassen. Ich war mir nicht mal sicher, ob er ihn überhaupt schon mal auf den Arm genommen hatte. Noch schien er dazu keine Kraft zu haben, aber er würde sie finden, bei nichts war ich mir jemals sicherer gewesen.

»Geh nur. Gabriel und ich passen auf ihn auf«, versprach ich und sah kurz zu dem schwarzhaarigen Erzengel, dessen Miene nicht mehr ganz so versteinert wirkte.

»Ihr bekommt bald Besuch. Glückwünsche und Neugier. Kommst du damit zurecht?«, wollte Gabriel von Raphael wissen.

»Ich will nur zu Sora. Wir sind müde. Sprich du für mich.«

Ich lauschte wie gebannt ihren Worten, verstand aber nur so viel, dass Raphael Gabriel jetzt brauchte. Er musste wirklich am Ende sein, wenn er so leise und eindringlich um Unterstützung bat. Gabriel nickte, ohne etwas Unangenehmes oder Vorwurfsvolles zu erwidern. Er würde ihm gerade jeden Gefallen tun, ein Zustand, den ich eigentlich schon lange herbeigesehnt hatte und den ich freudestrahlend begrüßt hätte, wären die Umstände, die dazu geführt hatten, nicht so schrecklich gewesen.

Ich hielt das blühende, wunderschöne Leben in den Händen und begann trotzdem, den Hauch des Todes im Nacken zu fühlen. Kaum war die Tür zu Soras Schlafzimmer hinter Raphael ins Schloss gefallen, wandte ich mich Gabriel zu.

»Sie wird nicht sterben. Raphael wird sie heilen. Sie braucht nur Zeit«, sprach ich Sätze aus, die ich absichtlich nicht als

Frage formuliert hatte, weil mir die Antwort so große Angst machte.

Gabriel neigte den Kopf, blinzelte, ohne eine Gefühlsregung zu zeigen. Dass er nicht traurig oder besorgt aussah, hätte man als gutes Zeichen werten können, aber ich kannte den kriegerischen Erzengel. Der Tod machte ihm keine Angst, und Raphaels Leid zu fühlen, zeichnete nur seine Seele, nicht seine Miene.

»Er ist die Heilung, kein Wunder«, sprach er und klang dabei nicht kühl, sondern so, als würde er mit einem Kind sprechen, das er nicht zum Weinen bringen wollte. Ich konnte meine Gefühle nur kontrollieren, weil der Sonnenschein in meinem Arm mich so stark machte.

»Ist sie so krank? Ist es so schlimm?«

Gabriel nickte, zuckte im nächsten Moment aber mit den Schultern. »Er wird alles tun, was er für sie tun kann. Aber er wurde nicht dazu gemacht, den Tod zu betrügen. Das kann niemand. Im Moment gibt er sich dieser Hoffnung aber hin.«

Dass er vorwurfsvoll klang, ließ mich doch die Sorgen in ihm erkennen. Er hätte Raphael die Last, die er sich auf die Schultern lud, gern abgenommen.

»Vielleicht ist Hoffen im Moment der einzig richtige Weg«, mutmaßte ich und senkte meinen Blick wieder zu dem kleinen Halb-Erzengel, der so etwas wie Sorgen oder Leid nicht kannte. Wir alle würden diese Dinge so lange von ihm fernhalten, wie es nur irgend möglich war.

Keon würde leben, erwachsen werden, glücklich sein, für immer besonders bleiben – wir hatten heute schon ein Wunder erlebt, und das klammerte sich gerade müde mit der kleinen Hand an meinem Zeigefinger fest.

Nachdem wir eine Weile geschwiegen hatten und ich den Blick von den hübschen graublauen Augen losreißen konnte, fiel mir wieder ein, dass Gabriel vorhin von Besuch gesprochen hatte.

»Wer kommt hierher?«, wollte ich wissen und schaukelte den kleinen Keon in den Schlaf.

»Fühlst du sie nicht?«, entgegnete Gabriel und zog regelrecht vorwurfsvoll eine Augenbraue in die Höhe. Ich verzog den Mund, weil er dazu neigte, ab und an übertriebene Anforderungen an meine Kräfte zu stellen. Ich war kein Erzengel, sondern ein Mensch, der sich nur oft und gern im Schein der ganz mächtigen Auren sonnte.

»Wir sollten nach unten gehen, um die beiden nicht zu stören«, schlug er vor und setzte sich in Bewegung. Ich folgte Gabriel ins Erdgeschoss zu den vielen Blumen, die nicht annähernd so gut dufteten wie das Baby in meinem Arm.

Ich setzte mich auf die Bank neben der Fensterfront, um nach draußen blicken zu können. Obwohl ich nicht wusste, auf wen wir warteten, war ich glücklich, was allein Keon zu verdanken war. Es hätte mich nicht gewundert, wenn Gott persönlich vorbeigeschaut hätte, um sich dieses kleine Wunder anzusehen. Ich hätte eine Bitte an ihn gehabt …

»Willst du ihn mal halten?«, fragte ich Gabriel und löste damit eine Kette von menschlichen Reaktionen bei ihm aus, die mich zum Schmunzeln brachten. Erst machte er große Augen, dann hob er die Hände schützend vor den Oberkörper, als hätte ich ihm gleich etwas Hochexplosives zugeworfen. Seine Worte sollten abschreckend und bedrohlich wirken, aber er klang so übertrieben düster, dass ich lachen musste.

»Diese Hände wurden zum Töten gemacht.«

»Dir ist schon klar, dass du sein Onkel bist, oder?«

Er seufzte. »Du hältst an diesen menschlichen Verwandtschaftsverhältnissen fest, obwohl du weißt, dass sie mir zuwider sind.«

»Klar. Dein Bruder hat heute ein Kind bekommen und du liebst ihn mehr als dein Leben. Ein seltsames Gefühl, oder? Das ist dir fremd.«

»Wenn du ihn mir gibst, lasse ich ihn am Ende noch aus Versehen fallen! Dann muss ich diese Welt wohl untergehen lassen, um das zu vertuschen!«, drohte Gabriel sarkastisch. Wenn Keon etwas von ihm mitbekommen würde, dann bestimmt nicht nur beneidenswerte Kraft, sondern auch rabenschwarzen Humor.

Meine Sinne ließen mich den Blick wieder nach draußen richten, dorthin, wo gerade etwas so Merkwürdiges passierte, dass ich den Atem anhielt. Mir war, als würde sich der Himmel öffnen, weit, aber nur für den Bruchteil von Sekunden. Verwirrt und endlos neugierig starrte ich hoch in die Wolken, um einen Blick auf die Welt dahinter zu erhaschen, von der ich mir in meinen wildesten Träumen keine Vorstellung machen konnte.

Feuriges Leuchten und erdige Macht kamen auf uns zu und ließen mein Herz vor Aufregung hämmern. So starke Auren, die mir fremd waren, aber so vertraut schienen, als wären sie ein natürliches Phänomen, von dem man wusste, das man aber noch nie mit eigenen Augen gesehen hatte.

»Wer …«

»Die Cherubim«, antwortete Gabriel und öffnete die Tür für die beiden besonderen Engel, deren Namen in unserer Welt oft im selben Atemzug genannt wurden wie die von Gabriel und Raphael.

»Michael und Uriel …«, hauchte ich beeindruckt.

Tatsächlich waren sie nicht so machtvoll wie die beiden Erzengel, aber ähnlich besonders. Die ersten Engel, geformt von Gottes Hand, geschaffen, um über den Himmel und ihresgleichen zu wachen. Ich hatte unzählige Geschichten über sie gehört, in so vielen Büchern über sie gelesen, aber ich hatte keine Vorstellung von ihren Gesichtern gehabt.

Die gleißende Feueraura ging von dem kleineren der beiden aus. Dunkelrotes Haar, helle Haut, bernsteinfarbene Augen. Michael war der klassischste aller Engel, die mir je begegnet waren. Neben Uriel wirkte er regelrecht schmächtig, aber das galt sogar für Gabriel. Der Engel mit den langen, glänzend schönen dunkelbraunen Haaren war weit über zwei Meter groß und eine wahre Augenweide.

»Ich hoffe, wir kommen nicht ungelegen.«

Diese freundliche, liebevolle Stimme stand im absoluten Kontrast zu der feurigen Aura. Michael neigte den Kopf. Die ehrfürchtige Geste galt nicht mir, sondern Gabriel.

Ich bekam ein Lächeln von dem rothaarigen Engel spendiert, das mich so freudig überraschte, dass ich beinahe gekichert hätte. Seine Mimik war sehr menschlich, was daran lag, dass Michael schon lange unter uns lebte. Der Cherub war nicht nur ein Bewohner unserer Welt, er stand dem ganzen Ordo Equester vor, meinem Orden. Da er in Italien lebte, war ich ihm noch nie zuvor begegnet, aber ich hatte gehört, dass er großartig, stark und aufopfernd war.

Uriel verließ den Himmel nie. Zumindest erzählte man sich das. Ich war mir nicht sicher, ob er gerade wirklich zum ersten Mal einen Fuß in unsere Welt gesetzt hatte, aber er sah so unwirklich heroisch und unnahbar aus, dass jeder noch so unwissende Mensch ihn problemlos von unseresgleichen hätte unterscheiden können.

»Raphael ruht. Er lässt euch grüßen«, sprach Gabriel kurz und knapp und ließ den Blick zwar in meine Richtung, aber nicht auf mich schweifen. Was ich im Arm hielt, war der Grund für das Kommen der beiden Cherubim, also machte ich einen Schritt auf sie zu und hoffte, dass meine Stimme nicht zu viel von meiner Nervosität preisgab.

»Das ist Keon«, stellte ich den beiden Urgewalten jemanden vor, der sie staunen lassen konnte, obwohl sie schon bei der Geburt zweier Welten Zuschauer gewesen waren.

Michael beugte sich neugierig ein Stück hinunter und neigte den Kopf, als der kleine Halb-Erzengel in meinem Arm zu brabbeln begann. »Buonasera. Tanti auguri«, flüsterte Michael mit sanfter, freundlicher Stimme. Ich verstand zumindest so viel Italienisch, dass ich wusste, dass er ihm gerade alles Gute zum Geburtstag gewünscht hatte. Als er sich mir zuwandte, wechselte er wieder zwischen den Sprachen. »Du bist nicht seine Mutter«, stellte er fest und lächelte mich an.

Ich wurde eigentlich nicht leicht nervös, aber mit dem Oberhaupt meines Ordens Schrägstich einem Cherub zu sprechen, stimmte mich ein wenig aufgeregt. »Nein, ich bin nur eine Freundin. Mein Name ist …«

»Lia«, vollendete Michael meinen Satz und ließ mich stutzen.

Meine erste Vermutung war, dass er vielleicht Gedanken lesen konnte, aber von dieser Gabe hätte man gehört. Vielleicht kannte er auch die Namen von all seinen Wächtern – was beeindruckend gewesen wäre, aber er war schließlich ein Cherub.

Er erklärte sich, leider nur kurz und knapp.

»Ich habe von dir gehört«, verriet er und wurde dann von derselben Aura abgelenkt wie wir alle. Keon bekam noch mehr Besuch, aber diesmal tat sich der Himmel nicht auf. Es war Dunkelheit, die sich näherte, kein Licht, aber ich freute mich trotzdem über die wohlbekannten Schwingungen.

Dass selbst er kam, machte mir einmal mehr bewusst, wie besonders diese Nacht und das Ereignis, das sie barg, für alle waren.

»Das Licht zieht die Motten an«, spottete Gabriel, der von Michaels und Uriels Blicken ausgeforscht wurde. Mehr als Spott würde Conan aber nicht zu spüren bekommen – zum Glück. Der Erzdämon hatte dem Orden seine Unterstützung zugesichert, letzten Endes nur, weil sich sein Herz für Raphaels Vaterschaft erwärmt hatte – was er natürlich selbst unter Folter nicht zugegeben hätte. Selbstverständlich trug er schwarze Flügel, aber Conan war weder gefühllos noch annähernd missgünstig. In ihm schlug ein Engelsherz und die Neugier hatte ihn hergetrieben.

»Man erzählt sich, dass heute Nacht etwas Besonderes passiert ist«, tönte er sanft, aber mit großen Gesten, als er durch die Tür schritt.

Sein Blick blieb sofort an den beiden Cherubim hängen, die er wahrscheinlich nicht erwartet, aber natürlich schon vor seiner Ankunft gespürt hatte. Er verzog kurz die Lippen und neigte dann in gespielter Ehrfurcht den Kopf vor den beiden mächtigen Wesen.

»Caspar, Melchior«, begrüßte er sie scherzhaft und präsentierte mir dann sein Balthasar-Lächeln. Obwohl er Humor bewies, schlug ihm das Herz bis zum Hals. Das hier war ein Raum voller Löwen für ihn, trotzdem hielt er an seinen biblischen Scherzen fest. Dass nur ich darüber schmunzeln konnte, störte ihn augenscheinlich nicht. »Wo ist der neugeborene König? Wir haben seinen Stern aufgehen sehen und sind gekommen, um ihm zu huldigen.«

Conan trat einen Schritt an mich heran, viel vorsichtiger als Michael, weil jede Bewegung und Geste, die als Angriffsversuch ausgelegt werden konnte, seinen Tod bedeutet hätte.

Er würde Keon kein Leid zufügen, nicht heute und an keinem anderen Tag seines Lebens. Dass er hergekommen war, war der größte Vertrauensbeweis, den Conan dem Orden und uns allen überhaupt erbringen konnte. Natürlich hieß das nicht, dass sie ab heute nur noch nette Worte und Wohlwollen füreinander übrighatten. Ich hatte gelernt, mich mit den kleinen Gesten und Erfolgen zufriedenzugeben. Wunder waren nicht immer so groß und glänzend wie Keons Augen, die gerade zum ersten Mal einen Erzdämon erblickten.

»Was für ein hübscher kleiner Bastard«, säuselte Conan.

»Hüte deine Zunge, wenn du sie im Mund behalten möchtest«, drohte eine so tiefe und markdurchdringende Stimme, dass ich mir nun sicher war, dass er sie auf dieser Welt noch nie benutzt hatte.

Uriels erdbraune Augen funkelten unwirklich hell.

Ich konnte Gabriel daran hindern, Conan den Hals umzudrehen, vielleicht Michael, weil er als Oberhaupt der Wächter Diplomatie verinnerlicht hatte, aber Uriel davon zu überzeugen, dass er dem Erzdämon nicht die Zunge in die Hosentasche stecken durfte, traute ich mir definitiv nicht zu.

Ich bedachte Conan mit Blicken, die darum baten, dass er die Scherze sein ließ, weil weißgeflügelte Wesen anscheinend immun gegen den dämonischen Humor waren. Er zwinkerte mir nur zu und wandte sich dem Baumstamm von Engel zu.

»Und, hast du dem Kleinen wenigsten ein wenig Weihrauch mitgebracht? Myrrhe? Gold?«, wollte er wissen und erntete zum Glück nur eisiges Schweigen. »Sagt mal, hat keiner von euch sich die Zeit genommen, mal die Bibel zu lesen? Da stehen ein paar spannende Geschichten drin und ihr würdet meine Anspielungen verstehen.«

»Es reicht, Conan.«

Michael konnte auch mit starker Stimme sprechen, aber in seinem Tonfall schwang viel mehr Menschlichkeit mit. Der Erzdämon nickte, wandte sich aber trotzdem nochmal Uriel zu.

»Ist eine Weile her. Ich dachte, du hättest meinen Humor vermisst, himmlischer Richter.«

Himmlischer Richter – diese Worte riefen mir ins Gedächtnis, wofür Uriel und Michael ursprünglich geschaffen worden waren. Des Himmels Richter und sein Henker. Uriel sprach Recht und Michael vollstreckte – zumindest war es früher so gewesen, lange vor unserer Zeit. Heute stand der rothaarige Cherub, der eigentlich, ähnlich wie Gabriel, für den Krieg geschaffen worden war, dem Orden vor und Uriel war der ranghöchste Engel im Himmel. Sie hatten andere Rollen eingenommen, weil die Zeit uns alle auf neue Wege führen konnte.

Conan ergriff noch einmal das Wort und erteilte sarkastische Ratschläge, die er lieber für sich behalten hätte. »Ein wenig menschlicher Spaß würde dir guttun, Uriel. Sieh dir Gabriel an. Dieses lebenslustige Gesicht!«

Gabriel verzog natürlich keine Miene, aber er konnte schlagfertig sein. »Du möchtest, dass Uriel Spaß hat? Dann solltest du ihn für Keon ein Mobile aus deinen Eingeweiden basteln lassen.«

Sogar Michael schmunzelte, nur der himmlische Richter blieb stumm. Hinter dem gleißenden Licht seiner Aura brodelte Wut, eine der wenigen Emotionen, die nicht nur in unserer Welt zu Hause waren.

Ich ballte die Kraft meiner Gabe und flutete den großen Cherub mit Ruhe und den positiven Gefühlen, die mir Keon spendierte, der die ganze Zeit über so ruhig und brav in meinem Arm lag.

Ich hatte nicht den Hauch einer Ahnung, ob ich ihn überhaupt beeinflussen konnte, aber ich hatte Sora versprochen, alles zu tun, um verstörende Erfahrungen von ihrem Sohn fernzuhalten, und das Bild eines zwei Meter großen Cherubs, der einen Erzdämonen ausschlachtete, fiel definitiv unter die Kategorie ›verstörend‹.

Als Uriels Blick meinen traf, erstarrte ich kurz vor Ehrfurcht.

»Eine ungewöhnliche Gabe, ihr habt recht«, sprach er und tat etwas, das mich kurz aus der Bahn warf – mich anlächeln. Es war unglaublich, wie viel Wärme und Freundlichkeit dieses große, mächtige Wesen ausstrahlen konnte. Mir wäre der Mund offen gestanden, hätte nicht plötzlich Aufbruchsstimmung geherrscht.

»Wir wollten nicht stören. Entrichte Raphael unsere Grüße und unsere besten Wünsche. Wenn ich ihm irgendwelche Dienste erweisen kann, bin ich zur Stelle«, versicherte Michael und streckte die Hand nach Keon aus. Was plötzlich so leise aus seinem Mund drang, war vielleicht Italienisch, Latein oder aber ein kurzes Gebet in einer Sprache, die mir vollkommen fremd war.

Die beiden Cherubim wandten sich ab, aber nicht, ohne den Kopf vor Gabriel zu neigen, der seinerseits nicht mehr als ein Blinzeln erwiderte, in dem die Engel wahrscheinlich mehr lesen konnten als ich.

Conan wartete ein paar Sekunden ab, bis sich die mächtigen Auren entfernten, und verbeugte sich dann auch übertrieben tief. »Die besten Wünsche an den großen Erzengel und seine seltsame Familie. Wenn er von mir Dienstleistungen wünscht, sollte er lieber Lia vorschicken. Der Kleine ist auf eine merkwürdige Weise süß. Auch wenn ich das Gefühl habe, dass er mir noch Ärger machen wird.« Er zwinkerte mir zu und verschwand dann ebenfalls.

Ich blieb im Schutz des Windes und im Schein der Sonne zurück. Gabriel und ich würden für Raphael und Sora wach bleiben, wann immer es nötig war. Ich würde die Hoffnung nicht loslassen und ich würde den Glauben nicht verlieren, schon gar nicht in dieser überaus besonderen, sternenklaren Nacht.

Meine Sorgen

Drei Monate später

Wir suchten Schutz vor der gleißenden Hitze und fanden ihn unter der Trauerweide, deren ausladende Äste im heißen Sommerwind schaukelten. Ich kam her, so oft ich konnte, aber mein Herz verging trotzdem häufig vor Sehnsucht nach dem Ort, an dem mein neues Leben seinen Anfang genommen hatte.

Beryl freute sich immer, wenn ich kam, auch wenn er ansonsten gern der Ruhe seines Idylls frönte. Ich war dem sanften, großzügigen Engel noch so dankbar wie an dem Tag, als er mir an dem kalten Winterabend die Tür geöffnet und mir ein Zuhause gegeben hatte. Er war der ruhige, starke Fels in meinem Leben, der nicht wusste, wie lange und zuverlässig er mich schon vor der Brandung schützte.

»Geht es dir gut? Du siehst müde aus.«

Seine Frage versetzte mir einen Stich ins Herz, weil ich in den letzten Wochen von mir verlangt hatte, meine Trauer und Bestürzung wegzusperren.

Ich wäre keine Hilfe gewesen, hätte ich mich nicht zusammengerissen.

Manchmal musste man für andere stark sein, also lächelte ich auch jetzt noch. »Es geht mir gut. Aber die Zeiten sind gerade schwierig.«

Beryl nickte, weil er wusste, worauf ich anspielte. Ich hatte ihn angerufen, als es passiert war, weil ich den Rat einer vertrauten Stimme gebraucht hatte. »Wie geht es ihm?«, wollte er wissen und ich begann, resignierend den Kopf zu schütteln.

»Schlecht. Aber besser. Ich habe keine Angst mehr, dass er auch stirbt. Das ist gut – denke ich ...«

Wirre Worte, aber ich konnte meinen Gefühlen über seinen Zustand nicht besser Ausdruck verleihen. Raphael war lange lethargisch gewesen.

Unsere Welt hatte die heilende Hand Gottes regelrecht gebrochen, weil sie ihm zuerst die Hand gereicht und ihn dann fallen gelassen hatte.

Als Sora gestorben war, war das eigentlich starke Konstrukt seiner Seele wie ein Kartenhaus zusammengebrochen.

Ich hatte so große Angst um ihn gehabt, dass ich beinahe selbst die Nerven verloren hätte. Erst die Erinnerung an meine Großmutter, die Beryl in mir wachgerufen hatte, hatte mir bewusst gemacht, dass ich nur helfen konnte, solange ich stark blieb.

Ich war zur Disziplin erzogen worden, ein Umstand, der mir geholfen hatte, mich nicht von meinen eigenen Gefühlen übermannen zu lassen, sondern die Gefühle der Wesen um mich herum zu kontrollieren. So hatte ich helfen können.

Ich hatte Raphael die Trauer ein kleines Stück weit entreißen und in mir verbrennen lassen können. Ein kraftraubender Akt, aber nur einen Bruchteil so schwer zu ertragen, wie der Anblick eines an Trauer erstickenden Erzengels.

»Du musst jetzt wieder besser auf dich achten, Lia. Es ist edel, was du für Raphael getan hast, aber du bist ein Mensch und verausgabst dich zu sehr. Du siehst mager aus. Isst du zu wenig?«

Ich drückte meinen Kopf an Beryls Schulter, weil die Nähe uns beiden guttat. »Mach dir keine Sorgen. Ich werde schnell wieder die Alte«, versicherte ich und sah ihn nicken. Er glaubte mir immer, aber ich hätte ihn auch nie belogen.

»Was ist mit Keon?«, wollte er wissen und versetzte mir damit abermals einen unangenehmen Stich ins Herz.

»Raphael hat ihn ins Kloster gebracht. Gestern.«

»Das ist gut so. Der Orden ist kein geeigneter Ort für ein Baby.«

Ich nickte monoton. Natürlich hatte Beryl recht, aber es war trotzdem alles andere als leicht für Raphael gewesen, diesen Schritt zu gehen. Hätte er Sora am Totenbett nicht versprochen, Keon in der Obhut der Schwestern aufwachsen zu lassen und die Leitung der *Ars Vivendi* nicht aufzugeben, hätte er dem Orden wahrscheinlich den Rücken gekehrt. Nun war er aber wieder unser Erzengel und kümmerte sich um die Wächter und das Schloss.

Mir war klar, dass die Arbeit Raphael guttun würde, aber ein Teil von ihm würde immer nur seinem Sohn gehören.

Ich war mir sicher, dass es Keon im Kloster an nichts fehlen würde, auch weil Raphael und ich uns trotzdem intensiv um ihn kümmern würden. Dass er abseits von Schwertern, Kämpfen und Kriegern aufwuchs, war wahrscheinlich ein Segen.

»Wie ergeht es dir mit Astaras?«

Ich musste schmunzeln. »Du legst heute eine unglaubliche Treffsicherheit an den Tag, Beryl. Jede deiner Fragen ist mir unangenehmer als die vorherige«, gestand ich und spürte den Engel mit den Schultern zucken.

»Das ist keine Absicht. Du musst mir nicht antworten.«

Er wäre mir wirklich nicht böse gewesen, wenn ich geschwiegen hätte, aber es auszusprechen, würde mir vielleicht sogar Erleichterung verschaffen.

»Es ist schwierig im Moment. Wir haben uns seit zwei Wochen nicht gesehen. Ich denke, er verlässt mich.«

»Hat er das gesagt?«

Ich schüttelte den Kopf. »Nein, aber wenn wir uns gesprochen haben, haben wir nur gestritten. Ich war ihm keine gute Freundin in letzter Zeit.«

Es einzugestehen, machte es nicht leichter, sondern weckte Schmerz in mir auf, für den ich im Moment noch keine Kraft hatte.

»Du liebst ihn und ich denke, er weiß das«, versuchte Beryl, mich aufzuheitern.

»Ja, das denke ich auch. Aber ich habe im Bett eines anderen Mannes geschlafen, mehr als eine Nacht. Das kann er mir wahrscheinlich nicht verzeihen.«

»Du hast Raphael damit die Seele gerettet. Außerdem hatte eure Zweisamkeit emotionale Gründe und keine körperlichen, oder?«

Dass Beryl wirklich so genau nachfragte, wunderte mich. Als ich ihn ansah, wurde er auch prompt verlegen.

»Nicht, dass es mich etwas angehen würde!«, fügte er rasch hinzu.

Obwohl ich über seine Verlegenheit schmunzeln musste, war meine Antwort ernst. »Emotionale Untreue schmerzt mehr als körperliche – denke ich.«

»Bereust du es?«

»Dass ich bei Raphael war? Nein. Ihn allein zu lassen, hätte ich mir nicht verzeihen können.«

»Astaras versteht das bestimmt.«

Ich musste lachen, weil Beryl meinen aufbrausenden Engel kein Stück kannte. Natürlich verstand er meine Gründe, aber sie hatten ihn trotzdem wahnsinnig gemacht.

Ich hatte dem Mann, den ich liebte, so viel Schmerz zugefügt, ihn so viel durchmachen lassen, dass ich ihm beinahe nicht mehr unter die Augen treten konnte.

Ich hatte unser Treffen schon von heute auf morgen verschoben. Mir war so, als ob ich ihn endgültig verlieren würde, sobald ich ihm die Gelegenheit gab, mich zu sehen. Dass er mich verließ, war wahrscheinlich unvermeidlich, aber wahrhaben wollte ich es trotzdem noch nicht.

»Wie schon erwähnt: schwierige Zeiten«, griff ich die Überschrift, die über unserem Gespräch stand, noch mal auf und seufzte ausgiebig.

Beryl legte den Arm um mich. »Weißt du, was das Gute an schwierigen Zeiten ist?«, fragte er und erntete gespannte Blicke von mir. »Dass sie vorübergehen.«

Meine Mission

Es tut mir leid, unser Treffen muss schon wieder ausfallen«, murmelte ich leise, in der lächerlichen Hoffnung, dass mein Tonfall etwas am Inhalt der Nachricht ändern würde.

Ich drückte den Telefonhörer so fest an mein Ohr, dass es wehtat. So brachte ich meinen inneren Schmerz ein wenig in Einklang mit meinem Körper.

»Na gut«, entgegnete er tonlos und ich zuckte regelrecht zusammen.

Er hatte vor ein paar Tagen aufgehört, laut zu werden, emotional zu werden. Astaras warf mit Gleichgültigkeit um sich und nichts hätte mich härter treffen können. Obwohl ich seine Gefühle durchs Telefon natürlich nicht lesen konnte, glaubte ich zu wissen, dass er abgeschlossen hatte. Seine Liebe war verraucht, in den zwanzig Absagen, die ich ihm erteilt hatte, und in Raphaels Bett, von dem ich mich zwar wieder fernhielt, das aber trotzdem einen Keil zwischen uns getrieben hatte.

»Wir müssen aber bald reden, es ist wichtig«, erinnerte er mich mit ruhiger Stimme.

Ja, es war ihm wichtig, sich persönlich von mir zu trennen, aber das war sein gutes Recht.

»Ich muss heute mit Luca an den stillgelegten Bahnhof fahren. Dort stimmt etwas nicht. Morgen früh?«

»Ja.«

Ein einfaches, tonlosen ›Ja‹. Hätte er mich noch geliebt, hätte er mir wutentbrannt erklärt, dass ich doch wissen musste, dass er vor Mittag nicht aus dem Bett kam, weil sein Schlafrhythmus nicht normal war. Es schien ihm aber so wichtig, endlich einen Schlussstrich zu ziehen, dass er dafür sogar bereit war, früh aufzustehen.

Ich unterdrückte die Tränen. Hätte ich sie zugelassen, wäre ich wohl unfähig gewesen, mich auf die bevorstehende Mission zu konzentrieren.

Meinen Gefühlen konnte ich erst heute Nacht freien Lauf lassen, wenn ich in meinem Zimmer lag und einen weiteren Brief an Astaras schrieb, in dem ich alles verpacken konnte, was ich nicht über die Lippen brachte. Es fiel mir leichter, zu schreiben, als zu sprechen, weil die Dinge, die ich ihm erklären wollte, intim waren und ich ihm so viele Erklärungen und Entschuldigungen schuldete, dass es nicht gereicht hätte, es irgendwann auszusprechen.

Ich hatte ihm vier Briefe geschrieben, in denen immer stand, wie sehr ich ihn liebte und dass es in Ordnung war, wenn er nicht mehr so empfand. Wir hatten am Telefon nie ein Wort darüber verloren, aber auch das war in Ordnung. Wahrscheinlich verdiente ich die Gewissensbisse und das bange Warten, das mich langsam, aber sicher zermürbte.

»Konntest du deinen Anruf erledigen?«, wollte Luca wissen, der mit verschränkten Armen und ungewohnt ungeduldig an seinem Motorrad lehnte.

»Ja. Lass uns fahren.«

Er reichte mir meinen Helm und nickte entschlossen. Dass es in ihm brodelte, gefiel mir nicht. Die Aufregung und die Anspannung, die er mit aller Macht vor mir verstecken wollte, waren selten ein gutes Omen. Luca hatte sich regelrecht darum gerissen, diesen Auftrag zu übernehmen, und wenn er das tat, galt es meistens, irgendetwas zu verheimlichen.

Ich drehte mich nach ihr um, bevor sie uns zurufen konnte, weil ich ihre Aura gefühlt hatte.

»Wartet auf mich!«, verlangte Luna und stützte sich kurz atemlos an Lucas Schulter ab, der sofort den Kopf schüttelte.

»Du brauchst nicht mitzukommen! Lia und ich regeln das«, versicherte Luca und rang sich ein Lächeln ab.

Luna kniff die Augen zusammen und drückte ihm ihren Zeigefinger auf die Brust. »Du steckst doch schon wieder in Schwierigkeiten! Hältst du mich für dämlich? Wenn du Raphael anbettelst, dich zu schicken und niemanden sonst, hast du etwas zu verheimlichen!«

Sie hatte absolut recht und ich war nicht bereit, ihr ihr Misstrauen und ihren Ärger über Luca zu nehmen. Er hatte das Funkeln in ihren Augen verdient und vielleicht würde er irgendwann auch schlau daraus werden.

»Kann ich dich irgendwie davon abhalten, mitzukommen? Bestechung? Ein romantisches Wochenende in den Bergen? Schmuck?«

Luna griff sich ihren Helm und setzte sich auf ihr Motorrad. »Denkst du wirklich, du kannst dich da so einfach rauswinden?! Ich komme mit und sehe mir an, was du wieder verzapft hast! Gott! Ich könnte dir jetzt schon den Kopf abreißen!«

Als Luca mich Hilfe suchend ansah, zuckte ich mit den Schultern.

Er hatte sich diese Situation selbst eingebrockt und dass Luna deshalb wütend war, war absolut verständlich.

Wir fuhren über Waldstraßen und Serpentinen zu einem abgelegenen, stillgelegten Industriegebiet. Ein großer alter Bahnhof, ein Schrottplatz, kleinere Lagerhallen. Hier arbeitete schon lange niemand mehr und die Natur war dabei, sich ihr Territorium zurückzuerobern. Moos wuchs über die verrosteten

Stahlträger, hohes, wildes Gras versteckte zerbrochenes Glas und abgefallene Ziegelsteine.

Der Orden war auf diesen eigentlich stillen und abgeschiedenen Ort aufmerksam geworden, weil sich hier eine erstickend düstere Atmosphäre ausgebreitet hatte.

Schon als wir von unseren Motorrädern abstiegen, trafen mich Schwingungen, die meine Sinne in Alarmbereitschaft und meinen Körper in den Kampfmodus versetzten.

Natürlich ging Luca voraus. Ich war mir sicher, dass er nicht zum ersten Mal hier war, warum, konnte ich noch nicht sagen.

»Ist dieser Ort von einem Dämon besessen? Was ist das für ein seltsames Gefühl?«, wollte Luna wissen und festigte den Griff um ihren Bogen, den sie in weiser Voraussicht bereits in der Hand hielt.

»Wahrscheinlich«, antwortete Luca und stapfte dann stumm weiter auf das Bahnhofsgelände zu.

Er wusste mehr, als er verriet, aber das fiel nicht nur mir auf.

»Wahrscheinlich?!«, wiederholte Luna in schroffem Tonfall. »Du weißt doch, was hier vor sich geht! Tu nicht so unschuldig!«

Luca drehte sich nach seiner Freundin um und riss die Hände in die Höhe, um übertrieben zu gestikulieren. »Was willst du denn hören?! Wenn ich die Wahrheit sage, schreist du mich an, wenn ich lüge, schreist du mich an. Ich halte lieber meine Klappe!«

»Ich würde dich nicht anschreien, wenn du damit aufhören würdest, dir Runen und Beschwörungsmale in die Haut stechen zu lassen, du Idiot!«

»Jetzt sind es also die Tattoos?! Ich mag sie zufällig!«

»Wenn du dir den Arm mit einfacher Tinte und Bildchen zustechen würdest, hätte auch niemand etwas dagegen! Tribals und Herzchen, Luca! Nicht Dämonenschlaflieder und satanische Verse!«

»Du tust so, als hätte ich mir eine Teufelsfratze auf den Arsch tätowiert!«

»Beruhigt euch wieder«, mahnte ich und ließ ihre Wut aufeinander im selben Moment verpuffen. Hier war nicht der Zeitpunkt oder Ort, um zu streiten, zumal sich die Dämonenwesen, die sich hinter den Ziegelmauern und Betonböden versteckten, von menschlichen Emotionen ernährten. »Ihr füttert sie nur noch größer, als sie schon sind«, sprach ich etwas aus, was ich zumindest Luca eigentlich nicht erklären musste.

Im Grunde kam es öfter vor, dass ein Gebäude oder ein Ort Anzeichen von ›Besessenheit‹ aufzeigte. Starke Gefühle, aufwühlende Ereignisse, schicksalsträchtige Begegnungen. Dämonenwesen nutzten solche Dinge, um die Barriere zu unserer Welt zu durchbrechen. Wenn sie stark genug wurden, konnten sie aus der Hölle zu uns durchdringen und hier großen Schaden anrichten. Meistens gelang es uns, sie zurückzuschicken, solange sie noch zwischen den Welten feststeckten. Es genügte oft schon, sie dem einzigen Element auszusetzen, das auf allen Ebenen der Existenz zu finden war – Wasser. Wenn man sie herauslockte, ohne sie das Band zu unserer Welt endgültig zerreißen zu lassen, erledigten die gläsernen Pfeile in unserem Köcher den Rest.

Diese ›Wegschwemm-Taktik‹ war simpel und in den meisten Fällen ungefährlich, aber hier nicht mehr anzuwenden.

»Wow, wie viele Dämonen sind das?«, wollte Luna wissen und drehte sich prüfend im Kreis, als wir den Bahnsteig erreicht hatten.

»Vier, fünf …«, mutmaßte ich und sah Luca eindringlich an, der mir Bestätigung geben konnte.

»Oder sieben«, entgegnete er und zuckte gespielt unschuldig mit den Schultern.

»Und was wolltest du mit sieben Dämonen machen?«, stellte ich eine Frage, die er mir eigentlich nicht beantworten wollte, aber er hatte natürlich damit gerechnet.

»Vier davon wollte ich für eine Beschwörung heranzüchten. Einer ist einfach so mitgerutscht und die beiden anderen müssen später dazugekommen sein.«

»Wieso hast du sie so groß werden lassen? Das ist ...« Mir fiel kein netteres Wort ein »... dumm.«

Luca seufzte und krempelte die Ärmel hoch, um die dunklen Linien zu entblößen, die Luna so sauer machen konnten. »Das war keine Absicht ...«, gestand er kleinlaut. »Als Raphael heute dieses Gebiet auf die Liste gesetzt hat, ist mir wieder eingefallen, dass ich hier mal etwas vorhatte.«

»Was?!« Lunas Entsetzen über Lucas ›Missgeschick‹ glich meinem. »Willst du damit sagen, dass du vergessen hast, dass du hier Dämonen geparkt hast?!«

»Ja, aber nur, weil dieses Areal so abgeschieden liegt! Ich bin selbst nicht mehr hier vorbeigekommen und in letzter Zeit war so viel los, dass ich ...«

»Halt einfach die Klappe, Luca ...«, stöhne Luna genervt und spannte den Bogen durch, aber nicht, ohne ihrem Unmut noch mal Luft zu machen. »Irgendwann schmeißt dich der Orden raus. Heul dich dann ja nicht bei mir aus! Idiot ...«

Ich griff mir Gabriels Schwert und versuchte, die Situation noch mal genau abzuschätzen, indem ich die Augen schloss und nach den höllischen Schwingungen fühlte.

»Es wird keinen Sinn haben, sie zwischen den Welten anzugreifen. Sie sind schon zu stark, sie wären längst durchgebrochen, wenn du keinen Bann gesprochen hättest.«

Luca nickte einsichtig. »Wir müssen sie wohl durchbrechen lassen und sie hier erledigen.«

Spätestens jetzt wurde mir klar, warum er mich gebeten hatte, mitzukommen. Normalerweise versuchte er, seine Missetaten geheim zu halten, und kümmerte sich allein um etwaige Fehlschläge. Hier wäre er ohne Hilfe aber nicht weit gekommen.

»Es tut mir leid …«, flüsterte Luca, den Blick auf den Boden gerichtet, weil er sich bereits konzentrierte. Sobald er den Bann, den er gesprochen hatte, aufhob, würde es hier von Dämonenwesen nur so wimmeln.

»Spar dir deine Entschuldigungen für später«, verlangte Luna.

Ich bat sie, sich ein Stück von dem Bahnsteig zu entfernen, weil sie die beste Bogenschützin von uns dreien war und aus der Entfernung besser zielen konnte. Luca war mir dankbar für diesen Einfall, weil er sich Sorgen um sie machte. Er wollte niemandem Schaden zufügen, auch wenn er so potenziell gefährliche Dinge tat. Dass sein leichtsinniges Streben nach übermenschlichen Kräften untragbare, schmerzhafte Konsequenzen fordern konnte, verdrängte er aber nach wie vor.

Als Luca begann, in einer fremden Sprache vor sich hin zu murmeln, festigte ich den Griff um das Erzengelschwert. Die sowieso schon dünne Barriere, hinter der die durchtriebenen Wesen auf ihren Auftritt lauerten, bekam Risse. Ich fühlte ihren Blutdurst, ihren Jagdtrieb, ihre Verdorbenheit.

Dass wir das Wort ›Dämon‹ sowohl für die schwarzgeflügelten Engel als auch für diese Wesen benutzten, war für mich immer seltsam gewesen. Es setzte komplex denkende, Recht von Unrecht unterscheidende, liebende und leidende Wesen mit Monstern gleich. Das Imageproblem, dem Dämonen wie Siro oder Conan in unserer Welt oft ausgesetzt waren, rührte zum Teil daher.

Sie platzten beinahe gleichzeitig in unsere Realität. Der hörbare Knall dabei war mir neu, aber er kam vielleicht auch von dem Aufsetzen schwerer, silbern schimmernder Krallen auf Betonboden.

Ich hob meine Klinge, ließ meine Aura dabei gleißend werden, weil sie auf das Strahlen reagierten und davon angezogen wurden. Rücken an Rücken mit Luca fühlte ich mich sicher, obwohl das hier schnell aus dem Ruder laufen konnte.

Der erste Dämon, der auf mich zustürmte, war groß, aber schwerfällig. Gabriels Schwert glitt mühelos durch ihn hindurch. Die flinken schwarzen Gestalten machten mir mehr Sorgen. Eines der Wesen setzte zum Sprung auf uns an, wurde aber von Lunas Pfeil durchbohrt. Luca und ich mussten trotzdem auseinandersprinten, um nicht von dem Kadaver erschlagen zu werden.

Lucas Schwert thronte noch immer in der Halterung auf seinem Rücken, weil er mit unlauteren Methoden kämpfte. Die psychokinetischen Kräfte, die er nutzen konnte, waren viel stärker ausgeprägt, als ich vermutet hatte. Das letzte Mal hatte er noch nicht so viel Power gehabt, aber das lag auch bestimmt vier oder fünf Beschwörungen zurück.

Während er einen weiteren schwarzen, mannsgroßen Klumpen Wut und Angriffslust gegen die Ziegelsteinmauer schleuderte, entfernten sich zwei der Dämonen von uns. Einer lief auf Luna zu. Sie hatte nicht viel Zeit, um die Sehne durchzuspannen und zu zielen, deshalb reichte es gerade mal für einen Streifschuss. Ich wäre nicht schnell genug bei ihr gewesen, aber Lucas Kräfte warfen den Dämon aus der Bahn. Ich verstand, warum er sie als so nützlich empfand, und ich musste Luca definitiv zugutehalten, dass er mit den übernatürlichen Mächten umgehen konnte und sie für die richtigen Zwecke nutzte. Trotzdem konnte das alles noch ein bitterböses Ende nehmen.

Er rannte zu Luna und zog sich das Schwert vom Rücken, um das Wesen zu töten, bevor es seiner Freundin noch näher kam. Sie war eine gute Bogenschützin, aber eine schlechte Nahkämpferin. Luca würde auf sie aufpassen und dafür Sorge tragen, dass die verbliebenen beiden Dämonen in ihrer Nähe bald ihren letzten Atemzug machen würden.

Ich rannte durch kniehohes Gestrüpp in Richtung des Hügels, hinter dem einer der Dämonen gerade verschwunden war. Wir durften keinen entkommen lassen. Ein freilaufendes

Höllenwesen hätte bedeutet, dass wir im Orden Alarm schlagen mussten, und das hätte wiederum Fragen aufgeworfen, die Luca Kopf und Kragen kosten konnten. Ich befürwortete seine Methoden nicht. Die Regeln, die er beugte oder sogar mit Füßen trat, waren nicht umsonst aufgestellt worden, aber ich würde nicht diejenige sein, die ihn an den Pranger stellte. Solange niemand zu Schaden kam, verurteilte ich nicht, das hatte ich nie gemacht.

Das Vorankommen im hohen Gras war schwer und teilweise schmerzhaft. Die breiten, scharfkantigen Halme ritzten die Haut bei Berührung auf und die moosbedeckten Metallteile, die am Boden verstreut lagen, bremsten mich zusätzlich.

Als ich wieder asphaltierten Boden erreichte, stand ich in den Ruinen einer alten Glasfabrik. Das Dach war bereits zu großen Teilen eingestürzt und die rostroten Stahlträger, die aus den porösen Ziegelsteinmauern ragten, machten einen fragilen Eindruck.

Der Dämon war nicht weit. Auch dass er nicht mehr vor mir davonlief, konnte ich fühlen. Er war viel kleiner als seine Artgenossen, nicht schwerfällig, sondern flink und, was mir am meisten Sorgen bereitete, durchtrieben. Je vernunftbegabter Dämonenwesen waren, desto größeren Schaden konnten sie anrichten. Es war leichter, starken und plumpen Gegnern gegenüberzutreten, als solchen, die einem hinterrücks und durchdacht nach dem Leben trachteten.

Meine Schritte waren langsamer geworden, ich schlich förmlich durch die Ruine, den Blick suchend schweifen lassend. Jedes noch so leise Geräusch ließ meinen Körper sofort reagieren und meine Muskeln kampfbereit versteifen. Hier knarrte viel, weil der Wind lose Teile der Baukonstruktion zum Schaukeln brachte. Als es aber unnatürlich laut wurde und das quietschende Geräusch von aneinander reibendem Metall an mein Ohr drang, schrillten die Alarmglocken in mir. Als ich über mich blickte, sah ich den Dämon auf einen der Stahlträger einschlagen. Ich lief bereits los, bevor sich die Stücke der Deckenkonstruktion endgültig gelöst hatten. Wenn ich zu langsam war, würden mich das Metall und der Schutt erschlagen. Als die schweren Teile auf dem Boden aufschlugen, stolperte ich nach vorn. Gabriels Schwert wurde über den Beton geschleudert, kam erst gut zehn Meter vor mir zum Stillstand. Ich raffte mich auf und rannte wieder los. Wenn der Dämon, der gerade seine Chance witterte, schneller war als ich, hatte ich ein ernsthaftes Problem.

In dem Moment, als ich mich schmerzhaft schwungvoll auf die Knie fallen ließ, um den Griff des Schwertes zu packen, fühlte ich die helle Aura, die schon so nah war. Ich nahm sie erst jetzt bewusst wahr, weil meine Sinne auf Schwärze und Dunkelheit getrimmt gewesen waren und alles andere ausgeklammert hatten. Als ich mich umdrehte, sah ich den Dämon, aber er lief nicht mehr auf mich zu, weil er festgehalten wurde.

Seine weißen Flügel bildeten einen malerischen Kontrast zu der düsteren, heruntergekommenen Kulisse, in der er stand. Er konnte dem Dämon mit bloßen Händen den Kopf vom Rumpf reißen. Die brutale Bewegung stand im absoluten Kontrast zu seiner Erscheinung. Er war so wunderschön, dass selbst das Blut an seinen Händen seinem Zauber auf mich nichts anhaben konnte.

Ich blieb knien, während er auf mich zukam. Mit jedem seiner Schritte schlug mein Herz schneller und fester gegen meine Brust.

»Bist du verletzt?«

Die tiefe, melodische Stimme hallte durch die schmutzige Ruine. Er ließ seine Flügel nicht sofort verschwinden. Das sanfte Glühen, das von ihnen ausging, ließ sie warm und weich aussehen.

Selbst als er vor mir stehen blieb, stand ich nicht auf. Ich sah zu ihm hoch und musste die Tränen unterdrücken, die sich in meinen Augen gesammelt hatten, weil ich dieses Treffen so lange aufgeschoben hatte, dass ich vor Sehnsucht beinahe verging.

»Sprichst du nicht mehr mit mir?«, wollte er wissen und ging vor mir in die Knie.

Dass ich ihm um den Hals fiel, hätte ihn beinahe nach hinten kippen lassen, aber Astaras stützte sich mit der Hand schnell genug ab und legte die andere dann auf meinen Hinterkopf.

Ich drückte meine Stirn so fest gegen seine Brust, dass ich seinen schnellen Herzschlag fühlen konnte.

Wäre im nächsten Moment nicht eine Stimme ertönt, hätte ich wohl endgültig die Fassung verloren und den Tränen freien Lauf gelassen.

»Lia!«

Luca, der besorgt meinen Namen rief, ließ mich nach Fassung ringen und sie auch erhalten. Ich löste mich von Astaras und stand auf, um ihm zu zeigen, dass ich nicht in den Armen des Engels lag, weil ich verwundet war. Er stand am anderen Ende der Ruine, gemeinsam mit Luna. Auch sie waren unverletzt.

»Alles in Ordnung. Ich hatte göttliche Hilfe«, meinte ich zwinkernd und schenkte ihnen ein Lächeln, das sich unnatürlich auf meinen Lippen anfühlte. Mir war nicht danach, zu lächeln. Mir war danach, meine Sehnsucht zu stillen, Dinge loszuwerden, die ich bisher nur auf Papier niederschreiben konnte, und endlich Zeit mit dem Mann zu verbringen, dem mein Herz gehörte und der es zerbrechen durfte.

»Ich bleibe noch. Fahrt ihr zurück in den Orden«, bat ich und erntete ein Nicken von Luca, der Luna an der Hand nahm und sie zu den Motorrädern führte.

»Göttliche Hilfe?«, hörte ich Astaras' Stimme hinter mir ertönen. Er klang regelrecht beleidigt, aber sein Einwand kam ihm nur gespielt leicht über die Lippen. In Wahrheit war sein Inneres genauso durcheinander wie meines. »Das klingt so, als wäre ich einer dieser Vorzeigeengel. Ich war damals nur einen

Schuldspruch davon entfernt, zum Erzdämon zu werden. Habe ich dir diese Geschichte jemals erzählt?«

Ich drehte mich nach ihm um, blieb aber stumm. Ob meine Augen ebenso funkelten wie seine, wusste ich nicht, nur dass der Drang nach einer Aussprache in uns beiden gleich stark war. Es war nun nicht an der Zeit, Scherze zu machen oder einer von Astaras' spannenden Geschichten zu lauschen. Wir mussten reden, und was wir einander zu sagen hatten, war vielleicht Gift für unsere Herzen.

»Wollen wir ein Stück gehen? Hier ist es nicht unbedingt schön.«

Astaras nickte meinen Vorschlag ab und wir verließen die Ruinen gemeinsam.

Die Sonne war dabei, unterzugehen. Wie ein großer roter Feuerball schob sie sich Stück für Stück unter die Linie des Horizonts. Wir waren auf den kleinen Hügel gegangen, hatten die ganze Zeit über geschwiegen.

Obwohl der Anblick des verlassenen, mit Wildwuchs bewucherten Industriegeländes, das sich vor uns erstreckte, nicht sehr malerisch war, hatte diese Kulisse trotzdem etwas Besonderes. Vielleicht war sie sogar bezeichnend für unsere Liebe. Wilde Natur und rostiger Stahl im Feuerrot der untergehenden Sonne.

Ich setzte mich ins Gras, das hier oben weich und kühl war. Astaras tat es mir gleich. Er winkelte ein Bein an und legte seinen rechten Unterarm auf seinem Knie ab.

»Wo hast du dich verletzt?«, wollte ich wissen und wäre beinahe mit den Fingerspitzen prüfend über die Schnittwunde gefahren, die bereits verkrustet war. Ich zögerte im letzten Moment und behielt meine Hände bei mir. Dass ich plötzlich Angst hatte, ihn zu beruhigen, war meinem schlechten Gewissen geschuldet.

»Nur ein kleiner Unfall. Eigentlich sollten wir aber über etwas anderes sprechen, oder?«

Die Ernsthaftigkeit in seiner Stimme war mir ebenso fremd wie unangenehm. Ich wollte ihn wieder lachen sehen, Verlangen in ihm spiegeln, sein Temperament in seinen Augen funkeln sehen, aber es war schlicht und ergreifend meine Schuld, dass er nun so ernst vor mir saß und versuchte, diese Nervosität vor mir zu verstecken.

»Ich habe in all den Tagen, in denen wir uns nicht gesehen haben, viel nachgedacht«, begann er das Gespräch, vor dem es mir schon so lange graute. Er sah mich nicht an, starrte nur auf den Sonnenuntergang, während er sprach. »Diese ganze Situation, alles, was passiert ist und was du mir erzählt hast …«

Während er diese Pause machte, schloss ich kurz die Augen, um mich besser beherrschen zu können. Ich musste mich sehr zügeln, um nicht mit meinen schmerzhaften Gefühlen um mich zu schlagen.

»Ich konnte nicht damit umgehen, Lia. Ich war so wütend auf …«

»Du hast jedes Recht, wütend auf mich zu sein«, unterbrach ich ihn, weil er schon wieder eine Pause einlegen wollte, die meine Gefühle noch mehr strapaziert hätte. Dann würde eben ich es aussprechen, eigentlich spielte es keine Rolle. »Ich war nicht für dich da, das ist mir bewusst. Ich habe mich um alle anderen gekümmert, aber nicht um dich. Ich war mir sicher, dass du auch ohne mich zurechtkommst, aber er wäre ohne Hilfe zusammengebrochen und das konnte ich nicht zulassen.«

Dass ich Raphaels Namen nicht vor Astaras aussprach, hatte seine Gründe. Ich wollte mich nur erklären, nicht noch tiefere Wunden in ihm aufreißen.

»Das stand alles in deinen Briefen, ich weiß.«

»Du hast sie gelesen?« Ich war mir nicht sicher gewesen, ob er sie überhaupt geöffnet hatte, schließlich hatte er am Telefon nie ein Wort darüber verloren.

»Ja, ich habe sie gelesen. Und ich war übrigens nicht auf dich wütend, Lia.«

Unsere Blicke trafen sich, in meinem lag Verständnislosigkeit und Verwunderung.

»Du kennst mich viel besser als jeder andere«, meinte er eindringlich. »Ich sage irrationale Dinge, wenn ich wütend bin. Dinge, die ich nicht so meine. Ich wusste mir nicht anders zu helfen. Dass ich am Telefon meistens so schroff und vorwurfsvoll war, tut mir leid.«

Ich schüttelte sanft den Kopf, weil ich nicht verstand, warum Astaras sich gerade bei mir entschuldigte. Ich hatte ihn tausendmal versetzt, ich hatte im Bett eines anderen geschlafen.

»Du musst dich nicht …«

»Doch!«, unterbrach er mich und bedachte mich für eine Sekunde mit einem so einnehmenden Blick, dass ich plötzlich nicht mehr wusste, in welche Richtung dieses Gespräch gehen würde. Astaras starrte wieder auf den Sonnenuntergang. »Ich will mich entschuldigen, ich muss …«, flüsterte er und ließ ein kurzes, verzweifelt anmutendes Lächeln über seine Lippen gleiten. »Es ist eigentlich nicht wirklich mein Stil, zu Kreuze zu kriechen, aber mir ist in letzter Zeit so einiges bewusst geworden. Am wichtigsten davon war, dass ich dich mehr liebe als jemals irgendetwas oder irgendjemanden zuvor.« Er schmunzelte, während er präzisierte. »Einschließlich mich selbst, und das will etwas heißen, ich bin ein Narzisst.«

Mein Herz wurde so schnell leichter und meine Anspannung nahm so rapide ab, dass mir regelrecht schwindelig wurde.

»Als ich mir das eingestehen konnte, war der nächste Schritt beinahe leicht. Ich habe mir zum ersten Mal bewusst gemacht, dass ich nicht gut genug für dich bin. Cero hat mir das ja schon öfter an den Kopf geworfen, aber das ist lange an meinem lächerlich aufgeblasenen Selbstbewusstsein abgeprallt.«

»Ich liebe dich, Astaras. Du bist der einzige Mann, den ich …«

»Nein, nein, schon gut«, versicherte er und winkte ab, so als hätte er einen ganz banalen Satz von mir unterbrochen. Er wollte weitersprechen und ich ließ ihn. »Ich werde wohl immer eifersüchtig und hitzköpfig sein, aber wenn ich dich bei mir behalten will, muss ich zwei Dinge tun. Das eine fällt mir schwer, das andere leicht, wenn du einverstanden bist.«

Meinen fragenden Blick zu spüren gefiel ihm. Seine Nervosität steigerte sich trotzdem in ungeahnte Höhen.

»Das Erste, das ich ändern muss, ist, zu akzeptieren, dass du wohl die größte und stärkste Wächterin werden wirst, die diese Welt je gesehen hat.«

Jetzt musste ich leise lachen, kein amüsiertes Lachen. »Du musstest mich gerade vor einem Höllenwesen retten. Ich bin nicht sonderlich stark oder herausragend.«

Er schüttelte den Kopf und widersprach, ohne mit der Wimper zu zucken. »Doch, das bist du. Lass es mich anders formulieren: Es kommt mir manchmal so vor, als wärst du ein grenzenlos aufopferndes Wesen, das alle lieben und beschützen wollen, weil sie irgendwie fühlen, dass du einzigartig bist. Ich weiß nicht, was du bist, aber ich weiß, dass nicht nur ich das in dir sehe. Ich werde dich mit der Welt teilen müssen und mit allen, die in deiner besonderen Aura Schutz suchen, aber das ist in Ordnung. Ich kann das akzeptieren. Ab jetzt. Ich werde es akzeptieren, weil ich nur so gut genug für dich bin.«

Astaras musterte mich mit geneigtem Kopf und ich hielt den Atem an, weil noch niemals jemand vor ihm so deutlich die Sephirot in mir gesehen hatte. Es war, als schaute er mir direkt in die Seele, ganz ohne forschende Blicke, sondern mit einem Lächeln auf den Lippen.

Wenn ich es gekonnt hätte, hätte ich ihm in diesem Moment alles erzählt, aber meine Blutlinie, die mich zu dem Wesen machte, das Astaras in mir zu sehen glaubte, verbot mir strikt, darüber zu sprechen. Er verlangte aber nicht mal eine Erklärung oder eine Bestätigung seiner Theorie, sondern begann, in seiner Hosentasche zu kramen.

»Das war der Teil, der mir schwerfallen wird. Jetzt kommt der, der nur klappt, wenn du Ja sagst.«

Ich beugte mich neugierig zu ihm, weil ich sehen wollte, was er in der Hand hielt. Seine Nervosität erschlug mich beinahe. Mir war nicht klar gewesen, dass seine Neven so flattern konnten.

»Vielleicht ist das hier nicht der Ort, an dem man so etwas machen sollte. Der Zeitpunkt ist wahrscheinlich auch schlecht, weil wir gerade eine schwere Phase hinter uns haben. Außerdem hast du zu Beginn unseres Gesprächs ganz offensichtlich gedacht, dass ich mich von dir trennen möchte. Und du bist ganz schön blass um die Nase. Versprich mir, dass du nicht ohnmächtig wirst, ja?«

Dass er gerade jetzt seine ausschweifende Art, amüsante Monologe zu führen, wiedergefunden hatte, machte mich beinahe wahnsinnig. Ich war so ungeduldig, dass ich mir auf den Lippen herumbiss und am liebsten seine Hand gepackt und sie zu mir gezogen hätte, um zu sehen, was er darin versteckt hielt. Als er sie mir entgegenstreckte und das kleine, in Rosétönen funkelnde Schmuckstück offenbarte, wäre ich wirklich beinahe ohnmächtig geworden.

»Heiratest du mich, Lia?«

Meine Spontaneität

Zehn Monate später

Ich drückte mich fest an den starken Rücken, nicht nur, weil sich seine Aura nach Familie anfühlte. Ares und ich waren vielleicht nur weitspurig verwandt, aber das Leuchten in unserem Inneren, das hinter der Wächteraura so gut verborgen lag, ähnelte sich.

Er war ein beeindruckender Mensch: stark, warmherzig, manchmal etwas zerstreut, aufopfernd und noch mindestens zwanzig andere positive Dinge, aber er fuhr Motorrad, als wäre er ein lebensmüder Geisteskranker.

Seit wir unterwegs waren, hatte ich Mühe damit, mich fest genug an ihn zu klammern, um in den Kurven nicht von der Maschine zu rutschen. Mir wurde selbst bei den waghalsigsten Flugmanövern mit Gabriel oder Astaras nicht schlecht, aber was Ares seinem Motorrad und meinem Magen abverlangte, war jenseits von Gut und Böse.

Als wir endlich hielten, klammerte ich mich noch immer an ihn. Ich musste meine Arme regelrecht dazu überreden, loszulassen, weil die Übelkeit nur langsam verflog.

»Alles klar? Bin ich zu schnell gefahren?«, fragte er und zog sich den Helm vom Kopf, noch immer in meiner Umklammerung gefangen.

»Wenn du noch schneller gefahren wärst, hätte ich endlich herausgefunden, wie sich der Knall beim Durchbrechen der Schallgeschwindigkeit anhört.«

Er lachte und ich konnte meinen Körper endlich dazu überreden, locker zu lassen und abzusteigen.

»Wenn du das herausfinden willst, musst du nur eine Peitsche schwingen«, entgegnete er grinsend.

»Danke, Herr Lehrer.«

Ares zuckte entschuldigend mit den Achseln. »Ich schlüpfe nur schon mal in meine Rolle. Du weißt, dass mein Bruder denkt, dass ich ein gewöhnlicher Lehrer bin«, erinnerte er mich.

»Ja. Ein gewöhnlicher Lehrer auf einem Motorrad mit Schwert- und Bogenhalterung«, entgegnete ich zwinkernd.

Er seufzte leise und ließ dann doch ein Lächeln über seine Lippen huschen. Hier zu sein, löste schöne, angenehme Gefühle in ihm aus, die sich wie sanfte Streicheleinheiten anfühlten. Dass er seine Emotionen auch übertragen konnte, war das sicherste Zeichen dafür, dass die Sephirot seine Blutlinie gekreuzt hatten.

»Sie sind ahnungslos, aber sehr, sehr nett«, erklärte Ares, während er auf das schöne hellgrüne Einfamilienhaus zusteuerte.

Mich seinem Bruder und dessen Frau vorzustellen, war ihm schon lange ein Anliegen gewesen. Auch wenn die beiden nicht wirklich blutsverwandt waren, hatte er ein inniges Verhältnis zu seinem Bruder. Die Familie, die Ares adoptiert hatte, weil auch seine leiblichen Eltern jung gestorben waren, war für ihn der Anker zur ›normalen‹ Welt. Etwas, das er sich auch für mich wünschte, weil er der Meinung war, dass es guttat, die irdische Realität ab und an auf sich wirken zu lassen. Ich sah das anders, weil um mich herum nie alles ›normal‹ gewesen war, aber ich wusste seinen guten Willen zu schätzen.

Nachdem er geklingelt hatte, drehte er sich noch mal zu mir um. »Wenn du ihnen den Verdacht nehmen könntest, dass du meine blutjunge Freundin bist, wäre das toll. Mein Bruder bildet sich ein, dass ich ihm meine zukünftige Frau vorstellen möchte, seit ich ihm gesagt habe, dass ich jemanden mitbringe.«

»Eine Freundin würde dir aber nicht schaden«, entgegnete ich eindringlich.

Ares versteckte sich gern hinter seiner Arbeit. Hätte er mal hinter seinen Büchern und dem Turm aus Abschriften hervorgelinst, hätte er eine rege Auswahl an Frauen gehabt, die dem hübschen, ehemaligen Ordensleiter gern ihr Herz geschenkt hätten.

Er runzelte die Stirn. »Ja, aber dann doch bitte eine Frau, die nicht meine Tochter sein könnte.«

Ich schmunzelte über die Altersbarriere in Ares' Kopf. »Stimmt, du solltest dir einen Tausende Jahre alten Engel anlachen«, entgegnete ich, flüsterte den letzten Teil meines Satzes aber, weil uns geöffnet wurde.

Ares' Bruder war jünger als er, ein großer, dunkelhaariger Mann mit einem freundlichen, durch und durch menschlichen Lächeln. »Schön, dass ihr gekommen seid!«, tönte er und reichte mir die Hand. Ich mochte sein Wesen sehr, diese geerdete, menschliche Seele, die das Übernatürliche nicht kannte. »Mein Name ist Armin.«

»Lia«, entgegnete ich und ließ ein Lächeln über meine Lippen huschen.

»Kommt nur rein. Meine Frau will dich unbedingt kennenlernen! Ares hat noch nie jemanden mit hierher gebracht. Wir dachten schon, er hätte ein Zölibat abgelegt.«

Sein Scherz brachte mich zum Schmunzeln, aber ich tat Ares den Gefallen und zerstreute die Gedanken seines Bruders, was meine Rolle in seinem Leben betraf. Meine Beeinflussung veranlasste Armin sofort dazu, sich verlegen am Kopf zu kratzen.

»Na ja, ich will euch natürlich nichts unterstellen. Es sieht so aus, als wärt ihr nur Freunde.«

»Das sind wir«, bestätigte Ares. »Lia war eine meiner Schülerinnen und wenn du mich nicht für pervers hältst, kannst du mir glauben, dass wir nur Freunde sind.«

»Niemand hält dich für einen Schwerenöter, mein lieber Schwager. Wir waren nur überraschst, dass du uns jemanden aus deinem Freundeskreis vorstellst. Das hast du sonst immer vermieden.«

Die helle, klare Stimme war aus dem Wohnzimmer gekommen. Sie streckte den Kopf kurz in den Flur. Ihre langen, dunklen Haare fielen ihr ins Gesicht, während sie mir zuzwinkerte.

»Ich bin Linda. Im Wohnzimmer stehen Kekse und Tee für euch, falls ihr Lust habt.«

Ich liebte dieses warme, gemütliche Haus. Die Atmosphäre, die hier herrschte, und die Gefühle, die die beiden füreinander hegten. Liebe konnte auch einfach sein, bedingungslos und leise.

Wir saßen auf dem Sofa und führten Gespräche, die nichts mit Himmel und Hölle zu tun hatten. Mein Herz wurde dabei ungeahnt leicht. Ich verstand, was Ares mir hatte zeigen wollen. Normalität war süß und wohltuend, nichts, was man aus seinem Leben verbannen durfte. Auch wenn das hier nicht meine Realität war, war ich mir noch nie so sicher gewesen, dass dieser Alltag Potenzial hatte, sich schützend über Seelen zu legen.

»Sag mal, Lia …« Ich fühlte Neugierde in Linda wachsen, während ihr Blick auf meiner Hand ruhte. »Bist du verlobt?«

Die warmen Gefühle, die sich in mir breitmachten, kamen mit schönen Erinnerungen einher. »Ja, schon eine ganze Weile.«

»Habt ihr einen Hochzeitstermin?«

Ich schüttelte den Kopf und seufzte.

Vielleicht lockerte der süße Tee meine Zunge oder aber die Vertrauenswürdigkeit, die in der Luft schwebte und von unseren beiden Gastgebern ausging.

»Wir haben es noch nicht wirklich geschafft, etwas festzulegen. Es kam immer irgendetwas dazwischen.«

Auch wenn Ares mich so neugierig von der Seite musterte, er hörte gerade nicht zum ersten Mal, dass Astaras und ich vorhatten, zu heiraten.

Der Ring an meinem Finger war schon vielen im Schloss aufgefallen. Die, die mir nahestanden, wussten, dass ich kein großes Fest geplant hatte, sondern alles intim und privat halten wollte.

»Spontaneität ist manchmal die beste Lösung, um lange aufgeschobene Dinge genießen zu können«, gab mir Linda einen Ratschlag, der mir viel mehr schenkte, als ihr wahrscheinlich bewusst war. Ich nickte lächelnd und ließ meinen Blick auf den glänzenden Ring gleiten. So viele Ausreden, so viele Termine, so viele neugesetzte Prioritäten. Ich war gut darin, mein Glück aufzuschieben, obwohl ich mir nichts sehnlicher wünschte, als Astaras dieses Versprechen zu geben.

»Wie läuft es mit eurer Nachwuchsplanung?« Ares' persönliche Frage riss mich aus meinen Gedanken.

Ich dachte zuerst, er würde mit mir sprechen, und wollte verlegen herumglucksen, aber sein Blick fixierte das hübsche hölzerne Kinderbett, das so unscheinbar in der Ecke stand.

Ihre Gefühle schlugen um, wurden schwermütig, beinahe dunkel. Ich konnte ihnen ihr Lächeln zurückschenken, aber es kostete mich mehr als einen kurzen Wink mit meiner Gabe.

»Wir werden wohl keine Kinder bekommen können«, verriet Armin und legte seinen Arm um Linda, die sich tapfer ein Lächeln abrang, obwohl die Trauer über die Unerreichbarkeit ihres Wunsches an ihr zehrte.

»Brauchst du vielleicht bald ein Kinderbettchen, Lia?«, wollte sie wissen und zwinkerte mir wieder zu. Ich konnte nicht verhindern, rot zu werden, während ich den Kopf schüttelte.

»Nein! In nächster Zeit sicher nicht … Aber danke.«

Sie lachten ob meiner Verlegenheit und Ares und ich steigerten diese positiven Emotionen, so gut wir konnten. Die beiden wären fantastische Eltern geworden, aber ich war mir sicher, dass das Schicksal sie nicht vergessen hatte. Sie würden sich ihren Wunsch erfüllen, wie, stand aber wohl noch in den Sternen.

Ich war Ares dankbar für diesen Ausflug. Als wir uns verabschiedet hatten, hatte ich Linda und Armin versprochen, sie wieder zu besuchen. Ich hatte ihr schönes Haus mit einem Drang verlassen, den wohl nichts so stark hätte werden lassen können wie das warme Strahlen der Normalität. Ich sehnte mich auch danach: Beständigkeit, Halt, eine Zukunft, in der ich kein Krieger mehr war. Auch wenn das alles noch in sehr weiter Ferne lag, war ich bereit, einen Schritt zu tun, der mich dieser friedlichen Zukunft näher bringen würde.

Als sich die Fahrstuhltür zu Astaras' Loft öffnete, empfing mich mein schwarzhaariger Engel mit einem breiten Lächeln und verwunderten Blicken. »Ich dachte, du würdest heute im Orden übernachten.«

Meine Arme legten sich auf seine Schultern und ich verschloss die Hände in seinem Nacken. »Ich schwänze meine Pflichten«, verriet ich und küsste ihn.

Seine Lippen bewegten sich nur kurz im Rhythmus mit meinen, weil die Verwunderung, die in ihm wuchs, zu groß war. »Hast du gerade gesagt, dass du schwänzt? Wer bist du und warum steckst du im Körper meiner Freundin?«

Ich musste schmunzeln und seufzte im nächsten Moment, weil mir schmerzhaft bewusst wurde, dass ich Astaras noch nie den Vorzug vor meinen Pflichten gegeben hatte. Eigentlich eine traurige Begebenheit, die mir noch mal vor Augen führte, dass ich seltener meinem Herz als meinem Verstand folgte.

»Ich war gerade bei Beryl …«, verriet ich und drückte meinen Kopf gegen seine Brust.

»Wolltest du nicht Ares zu seiner Familie begleiten?«

»Ja, heute Vormittag. Aber danach war ich bei Beryl, um …«

Mir wurde warm, weil sich meine Glücksgefühle mit meiner Verlegenheit mischten. Astaras drückte mich, lauschte einem Satz, der ihn nur noch mehr verwirrte.

»Spontaneität ist etwas Gutes, etwas Schönes, oder?«

»Habe ich etwas verpasst? Es fühlt sich so an.«

Ich lachte leise und griff mir seine Hand. Seine blauen Augen glänzten so schön, dass ich ihn gern noch länger auf die Folter gespannt hätte, aber ich wollte es aussprechen, weil es ihn genauso glücklich machen würde wie mich.

»Beryl hat mir versprochen, uns zu trauen.«

»Ähm … okay.«

Er brachte nicht mehr heraus, weil wir zum ersten Mal seit einer gefühlten Ewigkeit über unsere Hochzeit sprachen. Sonst lieferte ich ihm nur Gründe, warum ich keine Zeit hatte. In seinem Inneren glühte dieselbe Vorfreude wie in meinem.

»Ich habe ihn gebeten, es morgen zu machen«, fügte ich hinzu und wandte verlegen den Blick ab, weil ich ihn damit überrumpelte.

»Morgen?«, wiederholte er leise. »Morgen ist Silvester. Du hast gesagt, du müsstest etwas für den Orden erledigen.«

Ich nickte. »Ja, tagsüber. Aber abends habe ich Zeit. Ich weiß, es ist spontan und verrückt und ein seltsames Datum, aber …«

»Ja! Lass es uns machen!«

»Wirklich?«

Astaras packte mich an den Oberarmen und schüttelte mich sanft. »Ich brauche keine Feier, keine große Zeremonie, kein spezielles Datum. Ich will, dass du mir vor Gottes Augen deine

Liebe schwörst, egal wann und wo.« Er küsste mich, drückte mich an sich und ließ seine Hände über meinen Körper wandern. Als ich ihn von mir schob, sah er mich sehnsüchtig fragend an. »Was? Ich dachte, wir würden das dort drüben in meinem Bett feiern.«

Ich schüttelte den Kopf und legte ihm mahnend den Zeigefinger auf die Brust. »Die Nacht vor der Hochzeit verbringt man nicht in Sünde«, scherzte ich und trat einen Schritt zurück.

»Sünde?«, wiederholte Astaras überbetont. »Bin ich ein katholischer Priester oder was?«

»Nein. Du bist ein Engel, der bis morgen Nacht warten wird, um mich zu lieben. Tust du mir den Gefallen?«

Er verzog den Mund und knurrte seine Antwort. »Wenn es sein muss.«

Ich legte ihm meine Hand auf die Wange und hauchte ihm einen kurzen Kuss auf die Lippen. »Dafür versichere ich dir, dass die morgige Nacht besonders wird.«

Mein Versprechen

Völlig in Gedanken versunken, rannte ich durch die Aula, vorbei an dem großen Ordenswappen, das in Stein gemeißelt über dem prasselnden Kamin thronte. Ich nahm weder meine Umgebung noch die Wächter, denen ich begegnete, bewusst wahr. Jedes freundliche Lächeln, jedes »Hallo«, das über meine Lippen huschte, war eine automatisierte Reaktion.

Während mich meine Beine durch das Schloss trugen, sah ich fünf Mal auf die Uhr, so als würde sich die Zeit in einer anderen Geschwindigkeit als sonst ändern.

Mein lauter innerer Monolog drehte sich um Dinge, die ich unbedingt noch erledigen musste, bevor ich aufbrach. Duschen stand an erster Stelle, dicht gefolgt von hilflos vor dem Kleiderschrank stehen und sich verzweifelt eingestehen, dass ich nichts anzuziehen hatte.

Ich musste einen Rucksack packen, meine Frisur in Ordnung bringen und …

Es fühlte sich im ersten Moment so an, als wäre ich gegen eine warme Steinmauer gelaufen. Ich wurde abrupt aus meinem automatisierten versunkenen Zustand gerissen und blinzelte ihn verwirrt an. Raphael zu rammen, konnte schmerzhaft enden, weil er nicht nur der metaphorische Fels in der Brandung war.

»Ich wusste nicht, dass ich so leicht zu übersehen bin«, meinte der blonde Erzengel schmunzelnd und streckte die Hand nach mir aus, um sie mir auf die Schulter zu legen. Mein verdutzter Blick und die Tatsache, dass ich gerade durch ihn durchlaufen wollte, veranlassten ihn zur Sorge.

»Entschuldige. Ich war nur in Gedanken«, versicherte ich und winkte ab.

Während ich die Hand hob, glitt Raphaels Blick über den Ringfinger meiner linken Hand. Das funkelnde Schmuckstück, das dort lange geglänzt hatte, war verschwunden. Astaras verwahrte den Ring, bis er ihn mir an die rechte Hand stecken durfte, aber Raphael interpretierte das Fehlen des Schmuckstücks anders.

»Habt ihr euch getrennt?«, wollte er wissen, obwohl er sonst nie so direkte Fragen stellte.

Unser Verhältnis war so innig, so besonders, und trotzdem gab es ein Thema zwischen uns, das mir so grenzenlos unangenehm war, dass ich Raphael am liebsten angelogen hätte.

»Nein, wir haben uns nicht getrennt …«, erwiderte ich leise.

Allein die Tatsache, dass ich nicht in normaler Lautstärke sprechen konnte, war bezeichnend für den inneren Zwiespalt, den ich austrug. Ich hätte beinahe alles dafür gegeben, Raphael ein Lächeln auf die Lippen zu zaubern, aber nur beinahe.

Während er mich durchdringend musterte, vereiste seine Miene. »Ab wann gehörst du nur noch ihm?«, wollte er wissen. Seine Stimme klang kühl.

Ich schüttelte den Kopf, weil er so klang, als würde ich meine Seele an Astaras verkaufen. »Es wird sich nichts ändern. Ich bleibe hier im Orden und ich bin bei dir und Keon, wann immer ihr mich braucht.«

»Das beantwortet meine Frage nicht.«

Ich biss mir auf die Unterlippe und schloss die Augen, während ich es aussprach. Ich wollte Raphaels Reaktion nicht sehen. »Heute Nacht.«

Obwohl uns weniger als ein Meter trennte, fühlte es sich so an, als würden wir uns plötzlich endlos weit voneinander entfernen. Ich stand mit einem Mal allein im tiefen, eiskalten Wasser und streckte die Hand nach Raphael aus, der nur noch eine Silhouette am Horizont war.

»Sei nicht wütend …«, bat ich eindringlich, aber wieder so leise, dass meine Stimme nur mehr ein dünnes Flüstern war.

»Wie soll ich nicht wütend sein, wenn er dich vor den Augen Gottes an sich kettet?«, wollte er wissen und neigte tatsächlich fragend den Kopf.

Ich kannte die richtige Antwort auf diese Frage nicht, nur viele, viele falsche. »Du weißt, dass ich dich …«, begann ich, brachte es aber nicht über die Lippen. Nicht heute.

»Dass du mich liebst? Aber ihn liebst du mehr. Du liebst ihn mehr als mich, mehr als Keon, mehr als dieses Schloss.«

»Tu mir nicht so weh, Raphael«, verlangte ich tonlos und starrte durch ihn hindurch. Wahrscheinlich hatte ich diesen Schmerz, der durch mein Herz kroch, verdient. Zu lieben konnte verletzen, nicht nur die eigene Seele. Ich war wohl so etwas wie ein Sadist, weil ich meine Gefühle Raphael gegenüber nicht abschwächen und ausschließlich auf Astaras fokussieren konnte. Ich tat ihnen beiden damit weh. Vielleicht war ich auch ein Masochist, weil ich schon so lange zuließ, dass mich diese Zerrissenheit schmerzte.

»Verzeih mir, Lia.«

Seine sanfte Stimme holte mich aus dem Gedankenstrudel, der mich wieder dem Hier und Jetzt entrissen hatte. Ich sah in die glänzenden Augen, hinter denen das heilende Wasser sanfte Wellen warf.

»Du hast so viel für mich und Keon getan und geopfert, glaub nicht, dass ich das nicht zu schätzen weiß«, setzte

Raphael an. »Aber wenn ich diese Hochzeit verhindern könnte, würde ich es tun. Wenn ich dich dazu bringen könnte, ihn gehen zu lassen, würde ich keine Sekunde zögern.«

So viel Ehrlichkeit, die mir wehtat, aber die bitterste Wahrheit war erträglicher als die süßeste Lüge. Ich musste auch ehrlich sein.

»Ich weiß, dass du Astaras nicht magst, aber das musst du auch nicht. Auf deinen Schultern lastet so viel Verantwortung, mein Erzengel, aber diese Entscheidung nicht. Ich muss sie treffen – ich habe sie getroffen.«

Er nickte. Ein einfaches Nicken, keine große Geste, und trotzdem steckte so viel dahinter. Unter anderem ein Segen, den er mir nur widerwillig gab.

»Jetzt weißt du endlich, warum mich Gabriel egozentrisch nennt«, meinte Raphael und verzog die Lippen zu einem schiefen Schmunzeln.

»Ich kenne dich genauso gut wie Gabriel«, entgegnete ich und legte Raphael meine Hand auf die Wange. Ich flutete ihn mit positiven Gefühlen, den stärksten, die ich in mir finden konnte. Als ich loslassen wollte, griff er mein Handgelenk.

»Bevor du gehst …« Er sprach diese Worte, als würde ich für immer verschwinden, als wäre das hier unser letztes Treffen. »Unter anderen Umständen … In einer anderen Wirklichkeit … Wenn es ihn nicht geben würde …«

Er formulierte seine Frage zwar nicht, aber ich konnte ihm trotzdem antworten, ohne zu zögern.

»Dann du und ich, für immer.«

Ich hielt vor einer großen gotischen Kirche, die abseits von Häusern und Straßen auf einem Hügel thronte. Dieser Ort sah bestimmt schon seit vielen Jahrhunderten so aus. Das majestätische Bauwerk, der Wald und die Natur um es herum – mir wurde bewusst, dass Schönheit keineswegs zwangsläufig vergänglich war. Manche Dinge überdauerten die Zeiten, egal ob sie düster oder sonnig waren.

Astaras hatte sich diese Kirche ausgesucht, weil er besondere Erinnerungen mit ihr verband. Als er den Himmel verlassen hatte, war das hier der erste Ort, den er in unserer Welt betreten hatte. Er scherzte gern darüber, dass er nur hier gelandet war, weil er noch keine Ahnung von Weingütern und Bars gehabt hatte, aber er verband trotzdem viel mit den alten, ehrwürdigen Mauern.

Nervös stapfte ich durch den Schnee, hob beeindruckt den Blick, weil die Kirche mit jedem Schritt immer größer und größer zu werden schien. Aus den Buntglasfenstern drang Licht, das in regenbogenartigen Farben in die Düsterheit der Abenddämmerung strahlte. Ich war unendlich froh, dass ich Astaras' Aura noch nicht fühlen konnte, weil ich absichtlich früher gekommen war. Ein helles Engelsleuchten schlug mir trotzdem entgegen, als ich das große Tor öffnete und in die Kirche trat. Beryl stand vor dem prunkvollen Altar und drehte sich sofort nach mir um, obwohl ich mir sicher war, dass er gerade in ein Gebet vertieft gewesen war.

»Lia. Du kommst früh«, stellte er fest und wollte mir ein Lächeln schenken, das nicht über seine Lippen kam, weil er seinen Blick gerade über mich hatte schweifen lassen. Er neigte den Kopf und konnte das Unverständnis, das sich in ihm formte, nicht sehr gut vor mir verstecken. »Ich weiß, dass ihr eine intime, leise Hochzeit wollt, aber möchtest du tatsächlich in Motorradstiefeln vor den Traualtar treten?«

Beryl legte selten so viel Tadel in seinen Tonfall. Sein schockierter Blick amüsierte mich zusätzlich.

Ich hob die Tasche, die ich dabeihatte, hoch und zerstreute seine Sorge, dass ich dieses besondere Ereignis nicht zu würdigen wusste. »Keine Angst. Ich ziehe mich noch um, deshalb bin ich so zeitig hier.« Er seufzte erleichtert und ich legte ihm meine Hand auf die Schulter und stellte mich auf die Zehenspitzen, um ihm einen Kuss auf die Wange zu hauchen. »Vielen Dank, dass du das hier für uns tust.«

Ich wusste wirklich zu schätzen, dass Beryl sich bereiterklärt hatte, uns zu trauen. Er sah in der schwarzen Priesterrobe nicht nur unheimlich schön aus, seine Anwesenheit fühlte sich für mich auch nach Familie an.

»Wenn du dir sicher bist, dass du ihm dein Herz schenken möchtest, bin ich der glücklichste Engel der Welt.«

Niemand sonst begegnete unserer Liebe so vorurteilsfrei wie Beryl.

Unsere Beziehung war nicht immer einfach gewesen – Astaras und ich waren nicht einfach –, aber die spannendsten und schönsten Ereignisse unserer Welt hatten eines gemein: Man erzählte sie sich nie mit dem Satz ›Es war einfach‹.

»Ich liebe ihn und möchte ihn heiraten«, versicherte ich Beryl und linste über seine Schulter zu der unscheinbaren Tür, hinter der ich das Priesterzimmer vermutete. »Kann ich mich dort umziehen?«, wollte ich wissen und erntete ein Nicken von dem Engel, der diese leichte Nervosität vor mir versteckt hielt, die mir bewusst machte, wie wichtig ich ihm war.

Heute fühlte ich mich wie das privilegierteste Wesen der Welt. Ich würde den Mann heiraten, den ich liebte und in dessen Schönheit ich mich schon verloren hatte, als wir uns das erste Mal begegnet waren.

Während ich mich umzog, visualisierte ich noch mal die Bibliothek und das Fenster, vor dem er gestanden hatte. Sein erster Blick war kühl und flüchtig gewesen und trotzdem hatte er sich in mein Gedächtnis gebrannt. Astaras war für mich von Anfang an besonders gewesen und er hatte über all die Jahre kein Stück seines Zaubers verloren.

Ich musterte mein Gesicht prüfend in dem kleinen ovalen Spiegel und ordnete meine Haare. Auch wenn ich mir selten viel Mühe mit meinem Äußeren gab, war es mir wichtig, zumindest heute hübsch auszusehen. Ob mir das gelungen war, konnte ich nicht sagen, nur, dass mir in dem weißbeigen Leinenkleid unheimlich kalt gewesen wäre, hätte meine Nervosität mich nicht von innen heraus gewärmt.

Als ich wieder vor den großen Altar trat, war Beryl damit beschäftigt, die Kerzen zu entzünden. Er sah nicht gleich zu mir auf, weil er sich auf den Docht und die Flamme konzentrierte.

»Erwartet ihr noch Gäste?«, wollte er wissen und machte im nächsten Moment große Augen, weil er mich wieder musterte. »Du siehst wunderschön aus. Ich habe dich noch nie in einem Kleid gesehen.«

Sein Kompliment machte mich ein wenig verlegen, aber ich hörte es gern, weil es mir die Aufregung ein Stück weit nahm. »Es kämpft sich eleganter in Hosen«, entgegnete ich schmunzelnd und zuckte mit den Schultern. Ich hatte sonst wirklich nie die Gelegenheit, ein Kleid zu tragen, deshalb fühlte ich mich gerade auch so seltsam. »Wir erwarten übrigens niemanden«, beantwortete ich die Frage, die Beryl eigentlich gestellt hatte. »Ich habe keinem von diesem Termin erzählt, außer …«

Mein Herz wurde kurz schwer, weil ich mir vorstellte, dass es ihm gerade schlecht ging.

»Raphael weiß es, aber er kommt nicht«, sprach ich etwas aus, das überflüssig zu erwähnen war.

Beryl nickte und wandte den Blick dann auch zur Tür, vor der die helle Aura gerade aufgetaucht war.

Als er eintrat, war er atemlos, so als wäre er gerannt. Seine Lippen zierte aber ein Lächeln, als er durch den langen Gang auf uns zukam. »Entschuldige! Ich wollte früher hier sein, aber ich musste noch etwas vorbereiten!«, verriet er und wurde auf den letzten paar Metern plötzlich langsamer. Astaras' dunkelblaue Augen glänzten und er begann, sich auf der Unterlippe herumzubeißen. »Du siehst unglaublich gut aus«, raunte er leise und schmetterte mir Verlangen, Nervosität und Liebe entgegen, die ich gern spiegelte.

Er sah selbst sehr, sehr gut aus. Wir hatten beschlossen, auf schicke Kleidung zu verzichten, weil wir uns wohl und nicht verkleidet fühlen wollten, aber das weiße Hemd stand ihm großartig. Als er mich erreicht hatte, legte er mir die Hand auf die Wange und wollte mich küssen, aber er versteinerte einen Zentimeter vor meinen Lippen und sog die Luft scharf ein. Seine Hände steckten plötzlich in seinen Hosentaschen.

»Ich habe etwas verloren! Gib mir eine Minute!«, bat er und rannte wieder nach draußen.

Beryl starrte mich fragend an, aber ich konnte selbst nur mit den Schultern zucken. Astaras war alles zuzutrauen, es hätte auch sein können, dass ihm gerade eingefallen war, dass er die Nerven verloren hatte.

Er kam wirklich nach einer Minute wieder, genauso atemlos wie vorhin. Als er die Hand hochhielt, glitzerte etwas zwischen seinen Fingern. Ich musste schmunzeln, weil er ganz augenscheinlich unsere Ringe verloren gehabt hatte.

»Jetzt kannst du loslegen!«, rief er Beryl zu und griff sich meine Hand, um sie mit seiner zu umschließen. Ich lachte und drehte mich dann mit Astaras zu dem großen Altar, vor dem der Engel mit dem Kollar stand und lächelnd den Kopf schüttelte. Diese Trauung würde unkonventionell werden, fernab von aufwendig oder prunkvoll, aber hier zu stehen und Beryl fragen zu hören, ob wir uns vor Gottes Augen unsere Liebe schwören wollten, fühlte sich wie der besonderste Moment meines Lebens an.

Mein Tag mit der Sonne

Ein Jahr und drei Monate später

Die warme Hand, die meine hielt, war klein, aber sie vermochte mich mit den intensivsten Glücksgefühlen zu durchströmen, die ich kannte. Seine Aura war beeindruckend, ein Unikat, so wie er selbst. Ich kannte kein Wesen, dessen Strahlen so nah an das Gleißen der Sonne heranreichten. Es kam mir manchmal so vor, als würde er von Tag zu Tag stärker und besonderer werden. Was man keinesfalls leugnen konnte, war, dass er Raphael immer ähnlicher sah. Hätte er nicht Soras graue Augen gehabt, hätte jeder gesehen, dass der kleine Junge der Sohn der heilenden Hand Gottes war. Ich war dankbar, dass die grauen Iriden ein Stück der Besonderheit dieser einzigartigen Seele verstecken konnten. Nicht jeder wünschte dem Halb-Erzengel das Beste und obwohl wir seine Existenz nie zum Himmel geschrien hatten, hatte es sich mittlerweile herumgesprochen, dass es dieses besondere Wesen gab, nach dessen Kraft und Einzigartigkeit viele trachteten.

Keon zog mich regelrecht durch den Park, weil er wusste, dass auf der anderen Seite der Grünanlage Tiergehege waren.

Ich hatte ihm diesen Ausflug schon lange versprochen, aber das Wetter hatte uns eine ganze Weile einen Strich durch die Rechnung gemacht. Umso aufgeregter war das kleine Energiebündel gewesen, als ich ihn abgeholt hatte. Die Nonnen sorgten sich unheimlich liebevoll und aufopfernd um ihn, aber sein Temperament zu zügeln, fiel den ehrfürchtigen Frauen nicht immer leicht. Er hatte Soras Esprit, ihr Lachen und ihr Feuer. Da sich das alles mit Raphaels Kraft paarte, konnte auf ihn aufzupassen manchmal zur echten Herausforderung werden.

»Fische! Fische!«

Wir hielten natürlich vor dem großen Teich, in dem sich die rot-weißen Kois tummelten. Keon ging in die Knie und wäre beinahe vornüber ins Wasser gekippt, hätte ich ihn nicht am Pullover festgehalten.

»Dicker Goldfisch!«, tönte er amüsiert und kicherte, weil die japanischen Karpfen wirklich aussahen wie überfütterte Goldfische. Ich ging neben ihm in die Knie und begann, die Kois mit ihm zu zählen.

Die Zeit mit Keon war mir unheimlich kostbar. Die Welt durch die Augen eines Kindes sehen zu dürfen, war ein Privileg, das man erst zu schätzen wusste, wenn man den ersten Blick gewagt hatte.

»Sieben, drei, zehn, hundert!«

»Ja, gut geschätzt!«, entgegnete ich lachend und erntete ein unbezahlbares Lächeln. Ich hätte ihn korrigieren und ihn auffordern können, wirklich zu zählen, aber Keon war schon weit genug für einen Zweijährigen. Ein Umstand, den er nicht zuletzt Raphael zu verdanken hatte. Er förderte ihn zur Genüge, manchmal verlangte er ihm vielleicht sogar zu viel ab, aber Keon wusste sich stur zu stellen, wenn er keine Lust mehr hatte. Die Erinnerung an den Nachmittag, an dem er Raphael sein Eis ins Gesicht gedrückt hatte, weil er nicht aufgehört hatte, ihn über Komplementärfarben zuzutexten, konnte mich heute noch zum Lachen bringen.

Als er sich an den Fischen sattgesehen hatte, liefen wir weiter zu den Erdferkeln, die Keon beinahe zum Weinen gebracht hätten, weil sie seines Erachtens nach wirklich hässliche Hunde waren. Die Kapuzineraffen stimmten ihn wieder fröhlich und ich konnte ihn gerade so daran hindern, den Äffchen seinen Pullover zu überlassen.

Der Kleine fand irgendwann Gefallen daran, den Tieren Namen zu geben. Da ihm noch nicht allzu viele Namen untergekommen waren, benannte er die Tiere natürlich nur nach Leuten, die er kannte. Ich wurde zum Kaninchen, Raphael zum Eisbären und Conan zum Wolf. Wirklich zum Lachen brachte er mich aber, als wir an den Bisons vorbeikamen.

»Gabriel!«

Er zeigte freudestrahlend auf eines der großen, dunklen Tiere und lachte im nächsten Moment so herzhaft, als ob er wüsste, dass er gerade einen wirklich tollen Witz gemacht hatte.

»Wenn du deinen Onkel mit einem Rindvieh vergleichst, wird er bestimmt böse!«, meinte ich grinsend und hörte ihn im nächsten Moment amüsiert glucksen. Er hatte keine Ahnung, was für starke Wesen sich regelmäßig um ihn scharten. Für Keon waren die strahlenden Auren Familie und das Normalste auf der Welt.

»Hast du auch Hunger? Wollen wir etwas essen?«

Er nickte und legte im nächsten Moment den Kopf so unschuldig süß schief, dass ich ihn am liebsten geknuddelt hätte. »Eis?«

So anbetungswürdig er auch aussah, ich konnte ihm nicht jeden Wunsch erfüllen.

»Wenn ich dir nur Eis gebe, sieht mich dein Papa wieder an, als hätte ich dich mit Hundekaka gefüttert.«

Keon verzog angewidert das Gesicht, fand meine Beschreibung dann aber doch lustig. So hatte ich ihm das Eis aus dem Kopf schlagen können und würde ihn leichter zu den Obstpfannkuchen überreden.

Wir setzten uns auf eine Bank und fütterten die Tauben mit den letzten Krümeln unseres Essens. Ich wagte einen Blick auf die Uhr und wurde dabei von Keon erwischt, der mir sogleich eine Frage stellte.

»Wann kommt Papa?«

»Bald. Er ist noch im Schloss, weil sich jemand schlimm verletzt hat. Er muss ihn zuerst heilen, dann kommt er zu uns.«

Keon nickte und grinste dann, weil er unheimlich stolz auf Raphael war. Er erzählte jedem, dass sein Papa der beste Arzt der Welt war, und fügte meistens sogar hinzu, dass er die schönsten Flügel von allen hatte. Aus dem Mund eines Kindes klang das fantasievoll, aber wir bemühten uns trotzdem, ihm beizubringen, Fremden gegenüber nichts von Flügeln oder übernatürlichen Fähigkeiten zu erwähnen.

»Mülltonne«, tönte Keon und lief mit seiner Serviette los. Ich blieb sitzen, weil ich ihn von hier aus gut im Blick hatte und er nur zehn Meter weit laufen würde.

Während ich darüber schmunzelte, wie flink das kleine Energiebündel war, meldete sich mein sechster Sinn zu Wort. Unterbewusst hatte ich die Gegend schon die ganze Zeit abgefühlt. Dieser Ort war bei Schönwetter gut besucht und dass sich unter die vielen menschlichen Schwingungen Dämonen- und Engelsauren mischten, war normal.

Wann diese gewöhnliche Verteilung gekippt war, konnte ich nicht sagen, nur, dass ich gerade so viele dunkle Schwingungen wahrnahm, dass ich intuitiv aufstand.

Während ich auf Keon zuging, musterte ich die beiden Dämonen, die von der anderen Seite des Parks auf uns zukamen. Mich trafen Gefühle, die mich dazu veranlassten, meine Schritte zu beschleunigen. Die Angriffslust und der von Machtgier dominierte Tatendrang trafen mich aus allen Richtungen. Sie hatten uns eingekreist, und dass ich das zugelassen hatte, machte mich wütend auf mich selbst. Ich hätte sie früher spüren müssen, aber sie hatten sich so unauffällig unter die vielen

Menschen gemischt, dass meine Sinne sich viel zu spät zu Wort gemeldet hatten.

»Komm her, Keon.« Ich schrie nicht, ich rannte nicht, weil sie noch nicht bemerkt zu haben schienen, dass ich um ihren Angriff wusste. Es musste sich um einen ganzen Zirkel handeln, sonst hätten sie sich nicht so rasch organisieren können.

Es gab leider viele hinterhältige Wesen, die nach der starken, besonderen Sonnenaura trachteten. Dass sie aber in so großer Zahl auftraten, passierte zum ersten Mal.

Ich bückte mich, hob Keon hoch, drückte ihn an mich und richtete mich auf. Mein Herz hämmerte schon jetzt, weil alle Eventualitäten, die sich in meinem Kopf abspielten, Adrenalin freisetzten. Den Kampf zu suchen, wäre gefährlich. Ich wollte Keon nicht loslassen und ihm Bilder zumuten, die er vielleicht nie verarbeiten würde.

»Böse Männer …«, murmelte er und drückte seine Wange an meine Brust, weil er sich von mir beruhigen lassen wollte. Ich konnte ihm den Gefallen nicht tun, weil ich meine Gabe zügeln musste. Sie würde mir den Weg freimachen, den ich mir gerade ausgesucht hatte. Er führte mich zurück in die Innenstadt. Es waren kaum zwei Kilometer, die ich zurücklegen musste, um Keon in Sicherheit zu bringen. Ich wusste, bei wem ich Schutz suchen konnte, aber ich musste erst mal raus aus diesem Park.

»Halt dich gut fest, ja? Wir laufen ein Stück«, flüsterte ich ihm ins Ohr und fühlte, wie fest er sich an mich drückte.

Als ich losrannte, fokussierten sich die dunklen Auren immer schneller auf uns. Die beiden Dämonen, auf die ich zulief, verfinsterten den Blick und griffen in ihre Taschen. Bevor sie die Waffen ziehen konnten, schlug ich mit Emotionen auf sie ein.

Sie gerieten ins Wanken, fielen auf die Knie und machten mir den Weg frei. Keon schrie in meinem Arm kurz auf, weil er etwas abbekommen hatte. Er war so nah bei mir, dass ich nicht verhindern konnte, dass ihn der schmerzhafte Emotionswall streifte.

»Es tut mir leid!«, keuchte ich und versuchte, die innere Wunde, die ich ihm zugefügt hatte, sofort wieder zu schließen.

Sie verfolgten uns. Ihre dunklen Auren und ihre verdorbenen Gedanken klebten an uns, weil sie eine Chance witterten, die so schnell nicht wiederkommen würde. Keon ohne einen der beiden Erzengel anzutreffen, war ein Glücksfall für sie. Im Kloster war er sicher, weil niemand wusste, dass dieses besondere Licht dort lebte. Was sie aber auch nicht wussten, war, dass sie ihn selbst dann nicht bekommen hätten, wenn sie uns eingeholt hätten.

Ich wählte mit meiner Flucht nur den Weg des geringsten Widerstandes. Mich Dämonen töten zu sehen, wäre für Keon traumatisierend gewesen, aber ich hätte sie mit Gabriels Schwert geköpft, bevor sie ihm etwas antun konnten. So oder so verwirkten sie gerade ihr Leben, weil sie – selbst wenn ich die Erzengelklinge an meinem Rücken nicht zückte – durch die kriegerische Hand Gottes den Tod finden würden. Gabriel konnte zum nachtragendsten Wesen aller Welten werden, wenn jemand hinter Keon her war. Er würde sie finden und sie würden keine Gelegenheit mehr bekommen, jemals wieder Ärger zu machen.

Ich rannte durch schmale Seitengassen, weil ich Abkürzungen kannte, die mich schneller zu ihm brachten. Dieses Tempo konnte ich nicht sonderlich lange halten, auch wenn ich ausdauernd war.

Als ich durch die Eingangstür stürmte und im Aufzug zum Stehen kam, begann ich, diesen Fahrstuhl zu verfluchen. Ich drückte den Knopf an die hundert Mal in zehn Sekunden, die Türen schlossen sich trotzdem quälend langsam.

»Zieh in eine Wohnung mit gewöhnlichen Treppen!«, murmelte ich aufgebracht und atmete erleichtert aus, als es endlich nach oben ging. Während mein Herz aufhörte, zu hämmern, begann es, sich schmerzhaft zu verkrampfen, weil Keon Tränen über die Wangen liefen.

»Schon gut. Es ist vorbei, wir sind hier sicher …«, flüsterte ich ihm ins Ohr und strich ihm über den Kopf. Obwohl ich ihn mit Ruhe und Freude flutete, wimmerte er leise vor sich hin. Er konnte zumachen, sich komplett vor meiner Gabe verschließen. Das Erzengelblut in ihm befähigte ihn dazu.

»Papa«, piepste er und vergrub das Gesicht in meinem Shirt.

»Er kommt hierher. Er weiß, wo du bist. Es dauert bestimmt nicht mehr lange.«

Raphael würde uns hier finden, weil er der Aura seines Sohnes mühelos folgen konnte.

Als sich die Fahrstuhltür öffnete, erwartete uns Astaras schon, weil das Leuchten des kleinen Halb-Erzengels auch für sein inneres Auge unübersehbar war.

»Dämonen im Park. Acht oder neun. Sie sind hinter uns her.« Meine Begrüßung war nicht mehr als ein Lagebericht. Astaras nickte und lief zur großen Fensterfront neben seinem Bett. »Warte! Ich will nicht, dass du gegen sie kämpfst. Ich sage Gabriel Bescheid!«

Er warf mir einen eisigen Blick zu und sprang nach draußen. Ich ließ Keon runter, um auch zum Fenster zu laufen.

Astaras war bereits verschwunden und ich ballte die Fäuste, weil ich nichts tun konnte. Ich hatte nicht gewollt, dass er kämpft, weil er krank war, schon eine ganze Weile. Eigentlich sollte er im Bett bleiben und keine Dämonen jagen.

»Lia. Lia.« Keon zog an meiner Hand und sah mich mit großen Augen an, die vom Weinen noch feucht waren. Ich bückte mich nach ihm, weil ich fühlte, dass er mir ganz dringend etwas zu sagen hatte. Zuerst dachte ich, er würde wieder nach Raphael fragen oder noch Angst vor den Dämonen haben, aber er musste schlicht und einfach auf die Toilette.

Es war beeindruckend, wie schnell er solche Erlebnisse wegstecken konnte. Seine kleine Seele war unheimlich stark.

Als wir aus dem Badezimmer kamen, war Astaras bereits zurück. Seine Hände waren blutverschmiert, sein Gesicht so blass wie in den letzten Tagen. »Ich habe nur zwei getötet. Der Rest ist geflohen.«

Keon klammerte sich an meinem Bein fest, weil ihn der Anblick des blassen Engels mit den in Blut getauchten Händen ängstigte. Er begegnete Astaras nicht zum ersten Mal, aber er kannte ihn nicht gut, weil ich diese beiden Teile meines Herzens voneinander getrennt hielt.

»Du hast nicht gesagt, dass du heute Kindergärtnerin spielst«, warf er mir vor und begann, sich seine Hände im Küchenspülbecken sauber zu waschen. »Du hast behauptet, du hättest im Orden zu tun.«

Mein Gewissen geißelte mich sofort, weil Astaras mit seinem Vorwurf recht hatte. Als ich das Loft heute Morgen verlassen hatte, hatte ich ihm nicht erzählt, dass ich mich mit Keon und Raphael im Park treffen würde. »Ich wollte, dass du dich ausruhen und gesund werden kannst.«

Er drehte sich nicht nach mir um, aber ich fühlte seinen Unmut auch so. »Du meinst, dass es mich aufgeregt hätte, wenn ich gewusst hätte, dass du mit Raphael Familie spielst?«

Diese tonlose Art, zu sprechen … Ich hasste es, wenn er das tat. Seit er diese gesundheitlichen Probleme hatte, war er viel gereizter als sonst. Mit dem temperamentvollen Engel, der schrie und mich im nächsten Moment küsste, konnte ich umgehen, ich liebte ihn sogar, aber diese kalte Wut, die mit dem Fieber eingesetzt hatte, war schrecklich.

Ich bückte mich nach Keon, bevor ich dieses Gespräch weiterführte. »Möchtest du ein paar schöne Vögel sehen? Dort vom Fenster aus siehst du einen Baum, in dem ein weißes Taubenpärchen nistet.«

Der Kleine nickte und tapste neugierig auf das große Fenster neben dem Bett zu. Auch wenn er uns wahrscheinlich nicht folgen konnte, wollte ich nicht, dass er dieses Gespräch mitbekam.

»Ist es noch immer so schlimm? Du siehst furchtbar blass aus.« Ich ging auf Astaras zu und legte ihm meine Hand auf den Rücken. Der Blick, der mich traf, war vorwurfsvoll und müde. Als ich begann, ihn mit meiner Gabe zu beeinflussen, machte er einen Schritt, damit ich von ihm abließ.

»Hör auf, in meinen Gefühlen herumzupfuschen. Ich möchte wütend sein.«

»Warum? Du weißt, dass ich für Keon da bin. Daran wird sich nichts ändern. Und das ist auch nicht neu für dich.«

»Du bist aber nicht seine Mutter. Hast du dir das jemals bewusst gemacht? Weiß der Kleine es überhaupt oder nennt er dich ›Mama‹?«

»Hörst du dich eigentlich selbst reden, Astaras?«

Meine strenge Stimme veranlasste ihn dazu, kurz in sich zu gehen. Er schien den wahnwitzigen Groll und die übertriebene Wut erst jetzt bewusst wahrzunehmen. Als sein Blick weicher wurde, ging ich wieder auf ihn zu. Ich legte ihm die Hände auf die Wangen. Sie glühten, obwohl seine Haut so blass war. Die körperliche Anstrengung, die er sich vorhin zugemutet hatte, hatte ihm nicht gutgetan.

»Dieses Fieber geht mir auf die Nerven«, murmelte er und fasste sich an die Stirn. »Ich rede nur Unsinn, es tut mir leid, ich …«

»Schon gut. Ich weiß, wie sich das anfühlt.«

Mit Fieber kannte ich mich aus. Meine Gabe strafte mich zuverlässig damit, wenn ich sie überbeanspruchte. Dass Astaras nicht daran gewöhnt war, krank zu sein, machte es ihm nicht leichter, seine Launen unter Kontrolle zu halten.

Er war es leid, im Bett zu liegen, vor allem, weil er jede Nacht schlecht träumte. Ich hätte ihn liebend gern zu einem Arzt gebracht, aber er stellte sich natürlich stur. Dass sich gleich eine Gelegenheit dazu bieten würde, ihn doch jemandem vorzuführen, der Ahnung von Krankheiten hatte, verschwieg ich ihm, so lange es ging.

»Du hättest dich nicht so verausgaben dürfen. Soll ich dir einen Tee kochen?«

Er verzog die Lippen. »Kaffee ist mir lieber. Aber den hast du ja versteckt.«

Ich blinzelte ihn gespielt unschuldig an. »Wenn man krank ist, trinkt man keinen Kaffee.«

»Wenn man Astaras heißt, schon.«

Wir schmunzelten uns an, aber das Lächeln gefror auf seinen Lippen, als Keon sich zu Wort meldete.

»Papa! Papa!«

Die mächtige Wasseraura näherte sich tosend.

Ich ging zu dem großen Fenster, durch das Raphael gerade stieg. Er war regelrecht außer Atem, so als wäre er gesprintet.

»Was ist passiert?«, wollte er wissen und bückte sich sofort den kleinen Händen entgegen, die nach ihm griffen. Er wusste natürlich, dass etwas vorgefallen war, sonst hätte er uns nicht hier angetroffen.

»Wir haben Fische gesehen!«, verriet Keon begeistert. »Und böse Männer!«, fügte er hinzu und wunderte sich im nächsten Moment über das schockierte Gesicht seines Vaters.

Raphael sah mich prüfend an und ich versuchte, die tosenden Wellen in ihm zu glätten. »Ich bin mit ihm hierher geflohen, weil ich nicht vor ihm kämpfen wollte. Es waren acht bis zehn Dämonen, vielleicht ein Zirkel. Sie müssen sich schnell organisiert haben, ich habe sie etwas zu spät bemerkt …«

Der letzte Satz kam mir schwer über die Lippen. Hätte ich die Gefahr schneller erkannt, hätte ich Keon diese Verfolgungsjagd erspart.

»Warum ist Gabriel noch nicht hier? Sind sie entkommen?«

Ich verstand seinen schroffen Ton, er war den endlosen Sorgen geschuldet, die er sich um dieses besondere Wesen in seinem Arm machte, für das er die Welt angehalten hätte.

Astaras zeigte nicht so viel Verständnis. »Spar dir den vorwurfsvollen Tonfall. Lia hat getan, was sie konnte. Du hättest lieber selbst dort sein müssen. Wo warst du denn, anstatt auf deinen Sohn aufzupassen?«

Diese Funken aus Wut und Antipathie, die in der Luft schwebten, mussten sofort abgetötet werden, weil sie zu einem brennenden Inferno führen konnten, dem ich keinesfalls mehr Herr hätte werden können.

Ich ließ einen so mächtigen Wall aus Ruhe durch den Raum gleiten, dass der kleine Keon auf Raphaels Arm gähnte und müde zu blinzeln begann.

»Mein Leben geht dich nichts an, und mein Sohn ebenso wenig«, entgegnete Raphael.

Das war die sehr stark abgeschwächte Version von dem, was er eigentlich hatte sagen wollen. Auch Astaras konnte nicht so wütend reagieren, wie er eigentlich reagieren wollte.

»Ich würde gern dasselbe von meinem Leben behaupten, aber du leihst dir ja ständig meine Frau aus.«

Es war höchste Zeit, das Thema zu wechseln. »Astaras hat zwei der Dämonen getötet«, verriet ich Raphael, der sich wohl eher jede Feder einzeln ausgerissen hätte, bevor er sich bei dem schwarzhaarigen Engel an meiner Seite bedankt hätte. Ich war auch nicht auf eine Danksagung aus, sondern auf die heilenden Wellen. »Er hätte bestimmt mehr erwischt, aber er hat seit zwei Wochen Fieber. Könntest du ihn dir kurz ansehen?«

Auf mir ruhten drei Augenpaare. Zwei davon sahen mich schockiert an, eines schielte müde durch mich hindurch.

Astaras wandte sich von mir ab, gab dem plötzlichen Bewegungsdrang nach und kam vor dem Sofa wieder zum Stehen. »Ich brauche keinen Arzt!«, knurrte er. Die Wut, die in ihm brodelte, war schwer zu kontrollieren.

»Nein, du brauchst einen Erzengel!«, entgegnete ich eindringlich. Ich ging zu ihm und er machte ein paar Schritte zur Seite. Es kam mir so vor, als müsste ich ihn einfangen, um ihn festzuhalten. »Raphael kann dich heilen. Das Fieber wird verschwinden und du kannst endlich wieder durchschlafen. Bitte, Astaras. Du quälst dich doch! Seit du krank bist, bist du …«

Ich sprach es nicht aus, weil der Vorwurf zu hart geklungen und ihn zu sehr geschmerzt hätte. Er wusste, dass er in letzter Zeit schwierig war, ich musste es nicht extra erwähnen.

Mein flehender Blick entlockte ihm ein leises Knurren, aber er blieb endlich stehen und hörte auf, im Loft herumzulaufen. Ich wusste, dass er nicht mehr so sein wollte. Sobald das Fieber verschwunden war, würde er auch wieder Kontrolle über seine Gefühle bekommen und mich wieder näher an ihn heranlassen.

Ich wandte mich zu Raphael und schenkte ihm einen ähnlich flehenden Blick wie Astaras. Er konnte darin lesen, dass ich wusste, dass ich ihm mit diesem Gefallen viel abverlangte, aber er musste ihn mir trotzdem tun. »Kannst du ihm das Fieber nehmen? Bitte.«

Er ging so langsam, als würde er sich in Zeitlupe bewegen. Als er mich erreicht hatte, drückte er mir Keon in den Arm und sah mich an, als würde ich ihn gleich dazu zwingen, sich selbst in Brand zu stecken.

So große, starke, schöne Männer, so theatralische Diven!

Als Raphael vor meinem Engel innehielt und die Hände hob, blockte Astaras kopfschüttelnd ab. »Kann das nicht ohne Anfassen ablaufen?!«

Raphael verfinsterte den Blick. »Denkst du, ich fasse dich an, weil ich es schön finde?!«

Sie diskutierten hier über eine so einfache Berührung, dass ich mir am liebsten an den Kopf gefasst hätte. Ich ließ ihnen aber die Zeit, die sie brauchten, bis Raphael seine Hände auf Astaras' Schultern legen durfte. Sie stellten sich an, als müssten sie sich einen Zungenkuss geben.

Als Raphael wieder losließ und sich zu mir umdrehte, sah ich ihn fragend an. »Mehr kann ich nicht tun«, meinte er.

Ich war mir nicht sicher, ob der Satz nicht eher ›Mehr will ich nicht tun‹ lauten sollte, aber Astaras sah tatsächlich besser aus – er hatte zumindest wieder Farbe bekommen.

»Danke«, hauchte ich und senkte demütig den Kopf vor dem Erzengel, den ich ebenso gut darum hätte bitten können, dem Teufel zu huldigen – das wäre ihm ähnlich unangenehm gewesen.

Keon war in meinen Armen eingeschlafen. Er wachte auch nicht auf, als ich ihn wieder in Raphaels Arme legte.

»Es tut mir leid, was passiert ist. Denk bitte nicht, ich würde nicht gut auf ihn aufpassen«, bat ich Raphael leise.

Ich hörte Astaras schnauben, obwohl er auf der anderen Seite des Lofts stand. Er wollte nicht, dass ich mich entschuldigte, aber mir war danach.

»Es ist nicht deine Schuld. Du hättest nicht besser reagieren können. Danke. Gabriel wird sich um die Dämonen kümmern.«

Ich nickte und schluckte die bittere, erschreckende Gewissheit hinunter, dass Gabriel wohl nie alle Wesen töten konnte, die Keon Böses wollten. Wir konnten ihn beschützen, aber wir konnten ihn nicht vor der Welt verstecken.

Als Raphael mit Keon durch das große Fenster verschwand, wehte warmer Frühlingswind herein. Ich drehte mich nach Astaras um, der auf mich zugekommen war und die Arme um mich legte. Sein Herzschlag war viel ruhiger geworden und obwohl das Fieber verschwunden war, kam es mir so vor, als würden seine Emotionen immer noch glühen. Ein seltsamer Zustand, der aber bald wieder verschwinden würde. Ich war zuversichtlich, weil zu hoffen in meiner Natur lag.

Meine Zerrissenheit

Sechs Monate später

Ich saß an dem Erkerfenster in meinem Zimmer, den Blick auf den Schlossgarten gerichtet, ohne einen bestimmten Punkt zu fixieren. Meine Gedanken kreisten, ich griff keinen von ihnen bewusst auf und ließ sie rotieren.

Die Stille um mich herum tat gut, konnte aber zu einem lauten Rauschen werden, das von meinem Gewissen erzeugt wurde. Eigentlich durfte ich nicht lange verweilen, ich durfte nicht egoistisch sein und meine Zeit in diesem melancholischen Zustand verschwenden, aber er betäubte den großen, vorherrschenden Teil in mir, der in Zukunftsängsten zu ertrinken drohte.

Während ich darum bemüht war, das Zeitgefühl zu verlieren, sah ich eine Silhouette durch den Rosengarten streifen. Er ging in Richtung Wald, den Kopf geneigt, die Hände in den Hosentaschen vergraben. Eigentlich wollte ich mit niemandem sprechen. Ich hatte gedacht, dass mir nicht nach Gesellschaft oder Reden zumute wäre, aber sein geknickter Gang erklärte sich so solidarisch mit meinem Gemüt, dass ich mein Zimmer verließ.

Luca hatte sich am Waldrand niedergelassen, saß auf dem Stamm der umgeknickten Eiche, die der letzte Sturm entwurzelt hatte. Er hatte mich kommen sehen, trotzdem behielt er den Blick auf das Gras vor sich gerichtet.

Als ich mich neben ihn setzte, vermischte sich seine Trübsinnigkeit mit meiner und sie erzeugten diese erdrückend große, unsichtbare Wolke, die über unseren Köpfen schwebte.

Das Schloss sah von hier gespenstisch schön aus. In der Dunkelheit der Nacht wirkte es wie aus einer anderen Zeit. Diese dicken Mauern hatten bereits Jahrhunderte überdauert. Schon lange vor unseren Tagen hatten sie helle Wächterauren beheimatet und dunklen Zeiten getrotzt.

Ich war mir sicher, dass es alles überdauern würde, was die Zukunft brachte, ganz gleichgültig, ob die Tage düster oder hell sein würden. Dasselbe hätte ich gern von mir selbst behauptet, aber mir war nicht danach, die Stärke meiner Seele mit der der *Ars Vivendi* zu vergleichen.

»Und? Auch so fröhlich wie ich?«, wollte Luca nach einer ganzen Weile wissen und durchbrach damit die Stille, die langsam angefangen hatte, uns zu erdrücken.

»Ja. Ich kann gar nicht mehr aufhören, zu lachen.«

»Willkommen im Club der optimistischen Versager.« Luca schraubte seine Wasserflasche auf und nahm einen Schluck.

»Fühlt sich eher nach dem Club der versagenden Optimisten an«, entgegnete ich und schmunzelte, ohne dabei etwas zu fühlen.

»So oder so, das Wort ›versagen‹ fiel in den letzten Stunden zwar nie direkt, aber in so vielen Varianten und Synonymen, dass ich einen Lexikoneintrag darüber schreiben könnte«, beichtete Luca und schloss seufzend für ein paar Sekunden die Augen.

»Willst du darüber reden?«, wollte ich wissen und sah ihn den Kopf schütteln.

»Darüber, dass Luna gedroht hat, mich zu verlassen, und mir Ares gerade einen zwei Stunden langen Vortrag über Verrat und Exkommunikation gehalten hat? Nein.«

»Weiß er über deine Beschwörungen Bescheid?«

Luca zuckte mit den Schultern und trank wieder einen Schluck. »Nicht mal annähernd über das wahre Ausmaß, aber ihm gefiel das Kratzen an der Oberfläche schon nicht, da werde ich ihm wohl kaum den ganzen Eisberg zeigen.«

»Soll ich mit ihm reden?«

Ich hätte gern ein gutes Wort für Luca eingelegt und Ares versichert, dass er jede Regel, die er brach, nicht ausschließlich aus selbstsüchtigen Gründen sprengte.

Oberflächlich betrachtet war Luca ein machthungriger Egoist, der um jeden Preis nach Stärke strebte, aber seine innersten Beweggründe waren rein und edel. In gewisser Weise erinnerte er mich an einen von mir sehr gemochten Erzdämon, der eine falsche Entscheidung getroffen und dafür schwarze Flügel bekommen hatte.

»Lass gut sein, ich will dich in nichts reinziehen. Du siehst aus, als hättest du selbst genügend Probleme.«

Ich nickte und griff nach Lucas Wasserflasche, weil mein Mund so trocken war. Er beobachtete mich so genau beim Öffnen und Ansetzen, dass ich kurz dachte, er wollte mir nichts abgeben. Als ich einen viel zu großen Schluck genommen und den Inhalt sogleich in sprühregenähnlicher Form auf dem Waldboden verteilt hatte, begann er leise zu lachen.

»Dachtest du wirklich, dass ich Wasser trinke?«, wollte er mit hochgezogenen Augenbrauen wissen und klopfte mir auf die Schulter, weil ich anfing, zu husten.

Ich nickte hektisch und fühlte meinen Magen Feuer fangen, weil ein Zentiliter der klaren, scharfen Flüssigkeit doch den Weg nach unten gefunden hatte. »Was ist das?! Säure?!«

»Absinth.«

»Furchtbar!«

»Ansichtssache.«

Ich wollte Luca die unscheinbare Plastikflasche zurückgeben, aber er nahm sie nicht an, sondern zog meinen Arm zu sich. Ich verkrampfte mich kurz, weil mir diese Musterung unangenehm war. Zu viel Unbehagen wollte ich aber auch nicht durchblicken lassen.

»Sieht aus wie Blutergüsse. Woher stammen sie?«, wollte er wissen.

»Das sind nur blaue Flecke, nichts weiter.«

»Das war aber keine Antwort auf meine Frage.«

»Nein, das war es wohl nicht.«

Ich erntete ein Nicken, für das ich Luca unglaublich dankbar war. Er ließ einfach gut sein und nichts hätte es mir im Moment leichter gemacht. Ich wollte nicht reden, weil ich mein Problem noch gar nicht richtig formulieren konnte. Es war trotzdem da, erschlagend ernst, unbeherrscht undefiniert und potenziell schwerwiegend.

Unsere Blicke glitten in Richtung Schloss, hin zu Ares, der schnellen Schrittes durch das Tor getreten war und sich suchend im Kreis drehte.

Luca stand sofort auf und seufzte laut. »Ich habe keine Lust, noch mal mit ihm zu reden. Ich gehe.« Bevor er im Wald verschwand, wandte er sich noch mal mir zu. »Wenn du Hilfe von einem verrückten, kurz vor der Exkommunikation stehenden Dämonenbeschwörer brauchst, sag Bescheid.«

Ich nickte dankend und raffte mich auch hoch. Während Luca seiner Einsamkeit frönte, ging ich zurück zum Schloss, um Ares mitzuteilen, dass er aufhören konnte, zu suchen.

Kaum hatte mich sein Blick ausfindig gemacht, kam er auf mich zu. »Lia. Da ist ein Anruf für dich. Es ist wichtig.«

Ich versteinerte für eine Sekunde, weil ich überrascht war, dass Ares mich und nicht Luca gesucht hatte. Mein nächster Gedanke brachte schlimmere Gefühle mit sich als Überraschung. Während ich in Richtung Büro lief, spielten sich viele

Szenarien in meinem Kopf ab, aber ich wollte, dass keines von ihnen Realität wurde.

Der Hörer lag auf dem Schreibtisch. Als ich danach griff und ihn ans Ohr drückte, schloss ich die Augen. »Hallo?«

»Lia …«

Ich hatte Ceros Stimme mal gern gehört, weil er diese leicht frivole, unglaublich lebenslustige Art zu sprechen hatte. Diesmal schwang kein Stück Frohmut in seinem Tonfall mit. Das beschwingt Fröhliche war seit Langem aus seiner Stimme verschwunden, zur selben Zeit, als ich angefangen hatte, Melancholie und Ängste in meiner Seele zu horten.

»Du musst herkommen. Er hört mir nicht mehr zu.«

Mein Herz wurde von einem intensiven Stich zum Schmerzen gebracht. Während ich losrannte, machte ich mir Vorwürfe. Ich hatte mich hier im Schloss verkrochen, um für mich zu sein, ich hatte ihn allein gelassen, obwohl ich um seinen Zustand wusste. Wenn ihm oder jemand anderem etwas passiert war, würde ich mir das niemals verzeihen können.

Die Tür zu dem großen Haus stand sperrangelweit offen. Die Musik war noch aufgedreht, aber die Eingangshalle leer.

Seine Aura führte mich die Treppe hinauf, hin zur Bibliothek. Dass ich sie über so große Entfernung fühlen konnte, war nicht immer so gewesen. Er hatte für mich vom ersten Tag an sehr hell geleuchtet, aber das Strahlen war so intensiv geworden, dass es auf der Netzhaut gebrannt hätte, wäre es real gewesen. Die Intensität war seltsam, beinahe verstörend, weil sie beklemmende Gefühle in mir auslösen konnte. Es war, als würde dieses Leuchten nicht mehr zu ihm gehören.

Ich riss die Tür auf und stand in einem Raum, in dem das Chaos gewütet hatte. Viele der hohen Regale waren umgefallen, Hunderte von Büchern lagen am Boden.

»Ich habe sie alle weggeschickt. Es war hier nicht mehr sicher für sie.«

Diese leise, eindringliche Stimme kam von Cero. Er stand auf der anderen Seite des verwüsteten Raumes, hatte mir den Rücken zugewandt.

»Was … ist … passiert?«

Ich bekam die Frage kaum über die Lippen, weil es mir vor der Antwort graute. Als Cero sich nach mir umdrehte, sog ich die Luft vor Schreck laut ein. Ihm lief Blut über die Schläfe, die Wunde war noch frisch.

»Er ist ausgerastet. Ein banaler Streit mit einem anderen Engel. Es ging um eine Lappalie.«

Nachdem ich mir den Weg durch das Büchermeer gebahnt hatte, legte ich Cero sofort die Hand auf die Wange. In den eisblauen Augen spiegelten sich Entsetzen und eine Emotion, die ich ihm nicht nehmen konnte, weil sie in mir selbst so stark ausgeprägt war: Ratlosigkeit.

»Hat er jemanden …«

»Umgebracht?«, sprach der blonde Engel das Wort aus, das mein Herz noch mehr krampfen lassen konnte. »Nein, aber das war nur Zufall. Er ist so stark, dass ich keine Chance mehr gegen ihn habe«, erklärte Cero und formulierte sogleich eine so eindringlich klingende Frage, dass ich Gänsehaut bekam. »Wieso ist er so stark, Lia?«

Ich schüttelte kaum merklich den Kopf, während ich nach der blutenden Stelle an seinem Kopf tastete. »Ich weiß es nicht …«, hauchte ich leise, weil meine Stimme mir den Dienst versagte.

»Er verliert die Kontrolle über seine Kräfte. Und über seine Gefühle«, sprach Cero Dinge aus, die ich nicht hören musste, um zu wissen, dass sie wahr waren. Ich hatte vor ihm mitbekommen, dass etwas mit Astaras nicht stimmte, ich hatte es bemerkt, bevor er es selbst realisiert hatte. Es war, als hätte das Fieber damals irgendetwas losgetreten, das nun so schmerzhaft und unbarmherzig in ihm tobte, dass er Dinge tat, die er eigentlich nie tun würde.

»Ich gehe zu ihm«, flüsterte ich und wollte mich dem Arbeitszimmer zuwenden, in das sich die unnatürlich gleißende Aura zurückgezogen hatte, aber Cero packte mein Handgelenk. Es folgten weitere, herzzerreißend eindringliche Worte, die mir wehtaten, weil ich seinen Schmerz verstand.

»Er greift mich an, Lia. Mich! Und er spricht von seltsamen Visionen. Es ist, als ob er dabei wäre, den Verstand zu verlieren!«

»Ich kann ihn beruhigen. Dass er dich angegriffen hat, tut ihm bestimmt unendlich leid. Es wird vorbeigehen, er braucht nur etwas Zeit und …«

»Lia!« Cero sprach meinen Namen so forsch aus, als ob er mich aus einem gefährlichen Traum wachrufen müsste. »Wir reden hier nicht mehr über Wutausbrüche oder seine Launen! Das hier geht weiter. Zu weit! Ich sehe mir das nicht mehr tatenlos an. Er braucht Hilfe, du brauchst Hilfe!«

Ich wollte meine Hand losreißen, aber Cero hielt mich so fest, dass ich ihn hätte angreifen müssen, um meinen Arm freizubekommen.

»Die ganzen blauen Flecke auf deinem Körper. Woher stammen sie?«

»Ich bin eine Wächterin! Ich kämpfe, ich trainiere, ich falle auch schon mal hin.«

»Ja, du fällst in die Arme eines Engels, der dich verletzt! Ich bin nicht mehr bereit, das zuzulassen. Wenn dir etwas passiert, dann könnte ich mir das niemals verzeihen. Ich werde mit den Erzengeln reden.«

Anstatt zu versuchen, mich loszureißen, drückte ich meine freie Hand auf Ceros Brust, um ihn spüren zu lassen, was seine Entscheidung für Konsequenzen nach sich ziehen konnte.

»Du willst ihn an Raphael und Gabriel verraten? Weißt du, was das bedeuten könnte?! Das darfst du nicht machen.«

Dass ich diejenige war, die Cero davon abhalten musste, Astaras an zwei der wichtigsten Wesen in meinem Leben zu verraten, fühlte sich so absurd an, dass meine eigene Stimme für mich fremd klang. Ich wusste, was sie tun würden, sobald sie von seinen Wutausbrüchen und der Kontrolllosigkeit, die ihn manchmal heimsuchte, wussten. Es hätte meine Seele in zwei Hälften zerrissen, mich für eine der Seiten zu entscheiden, die ich nicht entstehen lassen wollte.

»Gib mir Zeit, Cero! Ich werde bei ihm bleiben. Ich kann ihn beruhigen, ich kann ihm helfen, gesund zu werden.«

In den Eisaugen spiegelte sich dieselbe Zerrissenheit, die in mir tobte. Meine Liebe hielt sie hinter Optimismus und Hoffnung gefangen, Cero musste seine Freundschaft bitten, dasselbe zu tun.

»Wer hilft dir, wenn du mit ihm allein bist und er ausrastet?«

So leise meine Stimme auch seit Beginn unseres Gespräches gewesen war, so fest klang sie jetzt. »Er hat mir noch nie etwas angetan und er wird mir auch nichts antun. Er ist kein Monster, er ist ein Engel. Mein Engel …«

Sein Nicken fiel schwach und zaghaft aus. Hätte ich ihn nicht so stark beeinflusst, hätte er sich nicht mehr umstimmen lassen. »Ruf mich an, wenn du unrecht hast und die Kontrolle über ihn verlierst … Falls du das dann noch kannst.«

»Das wird nicht passieren«, versicherte ich und spürte endlich, dass sich Ceros fester Griff um mein Handgelenk löste.

Ich wandte mich von ihm ab und ging dorthin, wo ich gebraucht wurde, dorthin, wo er mich schon viel früher gebraucht hätte.

Er hatte sich ins Arbeitszimmer zurückgezogen, um allein zu sein oder um sich selbst wegzusperren, ich war mir nicht sicher.

Meine Schritte knarrten auf dem alten Dielenboden, auch wenn ich noch so langsam auf ihn zuging. Er stützte sich mit den Händen am Fenstersims ab und starrte durch die Reflexion der Scheibe in die Nacht.

»Astaras …«

Ich sang seinen Namen förmlich, wie ein schwermütiges Lied, das einen in Melancholie ertrinken ließ.

Gegen diese seltsam strahlende Aura mit meiner Gabe anzukommen, war ein Kraftakt, das wusste ich schon lange, aber ich flutete ihn trotzdem mit Hoffnung, Liebe, den positivsten Dingen, die ich in mir finden konnte.

Als er den Kopf endlich in meine Richtung drehte, stand ich schon neben ihm. Auf seiner Wange klebte eingetrocknetes Blut. Ich war mir nicht sicher, ob es sein eigenes war.

»Kommst du, um mich zu verlassen?«, wollte er wissen.

Dieser Schmerz, der in ihm aufkam, konnte schnell zu Wut werden, deshalb ließ ich ihn verrauchen.

»Ich komme, um bei dir zu bleiben«, versicherte ich und drückte mich gegen seinen linken Arm. »Du musst wieder gesund werden.«

»Ich bin nicht krank.«

»Du hast Cero verletzt. Du hast die Bibliothek verwüstet.«

Ich war mir nicht sicher, ob er wusste, was für einen Schaden er angerichtet hatte. Wenn er die Kontrolle verlor, schien er wie ein anderes Wesen.

»Das war keine Absicht. Ich wollte ihm nicht wehtun, er stand einfach zu nah«, entgegnete er tonlos.

»Ich weiß, dass du ihn nicht absichtlich verletzen würdest, aber du hast es getan. Das ist nicht in Ordnung. Das kann nicht so weitergehen.«

»Wie soll es denn weitergehen?«

Der Ton, in dem er diese Frage stellte, klang, als ob er meine Pläne anzweifeln würde.

»Du musst wieder der Alte werden. Du musst diese Kräfte loswerden, diese Wut …«

Er nickte. »Ja, die Wut will ich loswerden. Ich will nicht wütend sein. Es tut mir leid …«

»Was auch immer in dir tobt, bist nicht du. Es muss verschwinden.«

Er erwiderte nichts mehr, legte nur die Arme um mich und drückte mich an sich. Sein Herz schlug so langsam, als würde er schlafen. »Ich liebe dich, Lia. Lass mich nicht sterben.«

Die Tränen schossen mir regelrecht aus den Augen. Ich hielt ihn so fest, als würde er verschwinden, sobald ich losließ. »Ich lasse nicht zu, dass du stirbst! Das schwöre ich dir bei meinem Leben.«

Meine Zukunftsängste

Zwei Monate später

Ein intensiver Schmerz ließ mich aus dem Tiefschlaf hochschrecken. Ich hatte einen Albtraum gehabt und konnte mich nicht sofort orientieren. Es fühlte sich so an, als würde ich erdrückt werden. Ich bekam kaum Luft. Die unnachgiebig kräftigen Arme, die um meine Taille und meinen Oberkörper geschlungen waren, ließen mir keinen Zentimeter Bewegungsspielraum.

»Lass mich los …«

Meine Stimme war heiser, ein Krächzen. Wenn er noch fester zugedrückt hätte, wäre ich wohl ohnmächtig geworden. Ich hatte keine andere Wahl, als ihm einen schmerzhaften Gefühlsschlag zu verpassen, sonst wäre er nicht aufgewacht. Als er sich rührte und zu murren begann, bemühte ich mich, meine Stimme laut klingen zu lassen.

»Wach auf! Du erdrückst mich, Astaras!«

Er ließ sofort von mir ab und ich holte so tief Luft, wie ich konnte. Mein Kopf dröhnte, wie so oft in den letzten Nächten.

»Habe ich dich verletzt?« Auch seine Stimme klang heiser. In ihr schwangen Schuldgefühle und Ängste mit, die ihn dazu veranlassten, das Licht anzuknipsen. Er begann, mich genau zu mustern, und legte seine Hand dann so vorsichtig auf meine Wange, als wäre ich plötzlich aus Glas. »Ich hasse mich, wenn ich dir wehtue«, flüsterte er und drückte seine Stirn gegen meine.

»Hast du wieder schlecht geträumt?«, wollte ich wissen und strich ihm sanft durch die Haare.

Meine Frage war eigentlich überflüssig. Ich wusste, dass er seltsam verstörende Bilder gesehen hatte, weil er sie mir gezeigt hatte. Wenn wir uns so nah waren, übertrug er das, was ihn seine Gabe sehen ließ, unbewusst auf mich. Ich wurde aus den wirren Szenen und Symbolen beinahe nie schlau. Astaras konnte sie besser deuten als ich.

»Ich sehe eiskalte, surreale Räume, eine verzerrte Realität, in der es leer und unheilvoll ist.«

Er drückte sich in letzter Zeit manchmal so kryptisch aus, als wäre er wieder ein Engel, der nie Vermenschlichung erfahren hatte.

»Groteske Wesen, gewissenlos diabolisch. Sie wurden dort erschaffen.«

»Dort?«, wiederholte ich fragend und visualisierte noch einmal den Ort, von dem er geträumt hatte.

»Ich habe die Hölle gesehen.«

Mein Herz begann, schnell zu schlagen, weil das Unwohlsein mein Inneres überschwemmte. »Bist du dir sicher? Vielleicht war es nur ein gewöhnlicher Traum, keine Vision.«

Er zuckte mit den Schultern und ließ sich augenscheinlich kraftlos wieder neben mir ins Bett fallen. Seine Kräfte hatten ihn nicht verlassen, ich konnte förmlich dabei zusehen, wie sie stärker wurden, von Tag zu Tag, von Woche zu Woche.

»Ich muss etwas tun …«, murmelte er mit geschlossenen Augen und tastete blind nach meiner Hand, um sie mit seiner zu umschließen.

Ich machte mir keine falschen Hoffnungen. Er würde mir jetzt nicht sagen, dass er versuchen würde, diese fremde, eigenartige Kraft in sich loszuwerden. Das wollte er nicht, nicht mal dann, wenn er sich hasste, weil er mich zu fest berührte.

»Ich muss etwas Wichtiges tun.«

Immer wieder derselbe, inhaltsarme Satz. Ich war ihn beinahe leid.

»Aber du kannst nicht sagen, was«, entgegnete ich tonlos und schloss ebenfalls die Augen. Nach all der Zeit hatte ich mich noch immer nicht an diese seltsame, schmerzhaft strahlende Aura in ihm gewöhnt. Neben ihm zu liegen, war kraftraubend für mich, weil ich ihn ständig beeinflussen wollte. Ich hätte ihm alles Fremde, das sich in ihm breitgemacht hatte, unendlich gern entrissen, aber es haftete an seiner Seele wie ein Schatten.

»Ich werde dich beschützen, Lia. Ich denke, ich bin stark genug, um die ganze Welt zu beschützen. Das ist gut, oder?«

Ich konnte ihm diese Frage nicht beantworten, aber er hatte sie auch nur rhetorisch gestellt. Für Astaras war das, was ihn so anders machte, das, was ich als Krankheit sah, kein Defizit. Er glaubte an einen tieferen Sinn, an eine Mission, die er nicht benennen konnte.

Hoffnung und der Glaube an das Schicksal waren immer mein Silberstreif am Horizont gewesen. Ich war mir aber plötzlich nicht mehr sicher, ob ich die Sterne am Firmament überhaupt noch sehen konnte. Heute war ich der Zweifel und Astaras die Zuversicht.

Es ängstigte mich vor der Zukunft, weil ich zu fühlen glaubte, dass sie dunkel war. Ich sehnte den Tag herbei, an dem Astaras mich Lügen strafte.

Mein eigener Weg

In meinen Gefühlen herrschte ein Zwiespalt, mit dem ich sonst meine Gegner strafte, weil er konfus machen und einen innerlich versteinern konnte.

Dieser Ort war mein Zuhause, der Platz in der Welt, an dem ich meiner Bestimmung nachkommen konnte, und trotzdem schien er gerade so mahnend und heroisch über mich zu urteilen, dass mir die dicken Schlossmauern plötzlich grau und kalt erschienen. Ich war nicht mehr oft hier, nur wenn mir meine Pflichten keine Wahl mehr ließen, so wie heute.

In den letzten Wochen und Monaten hatte ich beinahe jede freie Minute an Astaras' Seite verbracht. Ich war zu einem dieser Wächter geworden, die das Wohl ihrer eigenen Welt über das der ganzen Welt gestellt hatten, aber ich hatte getan, wozu mein Instinkt und mein Herz mir geraten hatten.

Dort helfen, wo man gebraucht wurde, beschützen, was man liebte, und verteidigen, was wertvoll war – diese Leitsätze, die hinter dem Ordenswappen standen, erfüllten wir alle auf unsere eigene Weise. Ob unser Weg steinig, schmutzig oder prächtig war, spielte vielleicht gar keine große Rolle.

Ich stellte mein Motorrad in der Garage ab, zog mir den Helm vom Kopf und versuchte, meine Emotionen zu ordnen.

Der Zwiespalt verschwand nicht, also schob ich ihn tief in meine Seele und hielt ihn hinter dem anerzogenen Pflichtbewusstsein gefangen, das stark genug war, meine Gefühle in Ketten zu legen.

Als der Anruf von Ares gekommen war, hatte er geschäftlich und ernst geklungen. Eine Versammlung im Schloss, die ich nicht verpassen durfte. Ich war mir nicht sicher, ob das Treffen wirklich so wichtig war oder ob er von Raphael den Auftrag bekommen hatte, mich auf andere Gedanken und weg von Astaras zu bringen. So oder so, ich war hier und ich würde versuchen, zu helfen, so gut ich konnte, weil ich die Wächterin in mir nicht verlieren konnte, ohne mich selbst zu verlieren.

Auf meinem Weg in die Halle begegnete mir kaum jemand. Ich fühlte nicht annähernd so viele Wächterauren, wie ich erwartet hatte, zu fühlen. Wenn wir uns versammelten, wimmelte es im Schloss vor Ordensmitgliedern. Nicht nur die Schüler der *Ars Vivendi*, sondern auch die älteren Wächter, die abseits der Ordensmauern ihr eigenes Leben führten, fluteten die Flure. Heute herrschte kein reges Treiben, es war sogar für einen normalen Tag ungewöhnlich ruhig.

Ich hielt auf der Kellertreppe inne, weil ich glaubte, dass meine Wahrnehmung mir einen Streich spielte. Mein sechster Sinn wurde von strahlenden Auren gestreichelt, sie waren hell und dunkel, gleißend und düster, und sie vermischten sich zu einem Wall aus Kraft, den ich so noch nie gefühlt hatte. Ich war mir nicht sicher, ob dieses Schloss schon mal so viele starke Auren zur selben Zeit versammelt hatte, aber wenn es schon mal so gewesen war, dann waren die Zeiten bestimmt düster gewesen.

Meine Schritte beschleunigten sich, weil es sich plötzlich so anfühlte, als würde uns das Ende der Welt im Nacken sitzen.

Kaum war ich in die große Halle getreten, richteten sich so viele besondere Augen auf mich, dass die Ehrfurcht ganz automatisch in mir wuchs.

Sie standen alle in der Nähe der Fensterfront, ungewöhnlich dicht beieinander, obwohl sie so viele persönliche Gründe hatten, um Abstand zueinander zu halten. Erzdämonische Auren mischten sich mit Erzengelstrahlen, Cherubimfeuer mit Wächterleuchten.

Das hier war keine gewöhnliche Versammlung, das hier war ein Gipfeltreffen der Mächte.

»Lia. Gut, dass du hier bist.« Ares' Stimme klang genauso geschäftlich wie am Telefon. Er überspielte damit seine Sorgen und das schlechte Gewissen, das er zweifelsohne hatte, weil er anscheinend dazu genötigt worden war, mir vorzumachen, das hier wäre eine ganz gewöhnliche Versammlung. »Die meisten hier kennst du schon«, leitete er die Vorstellung ein und wartete, bis ich den Blick schweifen gelassen hatte. Ja, ich kannte die meisten dieser besonderen Auren. Sie waren meine Freunde, meine Vorbilder.

Ich blickte kurz in Gabriels smaragdgrüne Iriden und dann in Conans dunkle Augen. Mein Blick glitt weiter zu Raphael, von dem ich diesen Anruf viel eher erwartet hätte als von Ares. Auch Cero war hier, aber er drehte sich nicht zu mir, sondern starrte aus dem Fenster.

Als ich in bernsteinfarbene Augen blickte, hinter denen warmes Feuer loderte, meldete sich Ares wieder zu Wort.

»Das ist Michael, er steht der *Ars Amandi* in Florenz vor und er ist …«

»Ein Cherub«, vollendete ich seinen Satz und neigte den Kopf vor dem schönen Engel mit den dunkelroten Haaren.

»Ich durfte Lia schon kennenlernen, in der Nacht, als Raphaels Sohn geboren wurde«, verriet das besondere Wesen und schenkte mir ein Lächeln. So viel Kraft, so viel Krieg, so viel Feuer, und trotzdem konnte er lächeln, als wäre er der Engel der Liebe.

Ares nickte und sah hinüber zu dem mir fremden Erzdämon, der neben Gabriel stand. Seine Aura wetteiferte mit Conans um die der einnehmendsten, betörendsten Dunkelheit. Er war größer als alle anderen. Die blasse, ebenmäßige Haut bildete einen harten Kontrast zu den schwarzen, beinahe kinnlangen Haaren, aber das unterstrich nur seine markanten Züge.

Ehe Ares ihn mir vorstellen konnte, meldete sich Gabriel zu Wort. »Das ist Jaron.«

Während der Erzdämon mir zunickte, versuchte ich einzuschätzen, ob ich mir nur einbildete, dass Gabriel und er sich nahestanden. Ich wusste, dass er Conan gegenüber immer sehr distanziert und kühl war, so wie gegenüber den meisten. Jaron ignorierte er zumindest nicht und dass er ihn mir vorgestellt hatte, sprach dafür, dass ich mit meiner Vermutung richtiglag. Die Geschichte hinter dieser Freundschaft interessierte mich brennend, aber dieses Verlangen war nur ein glimmender Funke im Vergleich zu dem Inferno, das in mir tobte, weil ich mehr über diese Zusammenkunft wissen wollte.

»Wieso habe ich das Gefühl, dass die Welt untergehen wird und ihr euch nur deshalb hier versammelt habt?«

Ich hoffte, dass meine Frage ein Scherz sein würde, dass irgendjemand schmunzeln würde, aber ihre Mienen blieben ernst und mein Herz hätte einen Schlag lang ausgesetzt, hätte Michael mir nicht geantwortet.

»So schnell vergehen Welten nicht, keine Angst.«

Eigentlich hätte ich diese Worte gern aus dem Mund *meines* Ordensleiters gehört, aus dem Mund des Mannes, der zur Seele dieses Schlosses geworden war, aber Raphael schwieg und ließ den Erzengel in ihm sein Gesicht zeichnen.

»Wir sind hier, um etwas zu besprechen, das sehr ernst sein könnte«, verriet Michael weiter und machte ein paar Schritte, scheinbar ziellos. »Es sind ein paar Dinge passiert, die einige von uns beunruhigt haben«, fuhr er fort und ich sah so deutlich den Ordensleiter in ihm, dass seine Cherubim-Aura beinahe verblasste. Warum Raphael gerade den Erzengelmodus und nicht den des Ordensleiters anhatte, verstand ich nicht.

»Und was genau ist passiert?«, wollte ich wissen und sah Michael neben Cero verharren, der meinen Blick noch immer nicht erwidern wollte.

»Vielleicht gar nichts, vielleicht etwas Schreckliches. Wir wissen es nicht. Niemand verurteilt hier irgendjemanden, wir klagen nicht an, wir beratschlagen nur.«

Ich fühlte mich plötzlich, als würde ich vor Gericht stehen. Entweder neigte Michael dazu, um den heißen Brei herumzureden, oder er wollte mich beruhigen, was gewaltig nach hinten losging.

»Bring es auf den Punkt, Cherub!« Dass Conan sich zu Wort meldete, war mir sehr recht. Er war noch nie um Worte verlegen gewesen, selbst wenn sie verletzend waren. Als er sich mir zuwandte und seine dunklen Augen funkelten, wurde mir allerdings seltsam zumute. »Es geht um Astaras. Deshalb solltest du herkommen.«

Ich versteinerte, nicht nur innerlich. Während ich durch Conan hindurchstarrte, meldete sich Gabriel zu Wort. »Und man behauptet, ich hätte kein Taktgefühl.«

Conan verteidigte sich. »Bevor Michael eine Stunde lang beschwichtigende Reden hält, die jedem hier am Arsch vorbeigehen. Wir sind hier, um Lia Fragen zu stellen, und ich würde das gern hinter mich bringen.«

Mir schlug viel Unbehagen entgegen. Ich wusste nicht, ob sie diese starke Emotion von mir reflektierten oder ob sie sie selbst empfanden, aber es spielte auch gar keine Rolle.

Was hier passierte, war unwirklich. Sie hatten sich alle versammelt, waren von weit her hierhin gereist oder hatten die Verachtung, die sie teilweise füreinander empfanden, begraben.

Wofür? Um mir Fragen darüber zu stellen, warum Astaras so launisch war? Warum er mich manchmal zu fest anfasste? Warum er Ceros Bibliothek verwüstet hatte?

Das klang alles lächerlich in meinen Ohren. Es betraf meine Welt, meine Liebe und nicht die dieser starken Wesen, die gerade mit Erklärungen und Worten geizten.

Ich blickte zu Cero, der sich endlich zu mir gewandt hatte, und bedachte den Engel mit den Eisaugen mit kalten Blicken. Was auch immer er den anderen erzählt hatte, musste so furchtbar sein, dass es dieses Zusammentreffen rechtfertigte.

»Was wollt ihr mich fragen? Wie oft er schlecht träumt? Warum er nicht mehr vernünftig isst? Wann wir das letzte Mal Sex hatten? Diese Fragen treiben all eure großen Seelen zusammen? Es tut mir leid, aber ich verstehe nicht, was das soll.«

Ich fühlte Groll in mir hochsteigen, der mich diese Mauer errichten ließ, die mich vor Wesen abschirmte, die mir alles bedeuteten. Eine so schmerzhafte Abwehrhaltung, dass sich die bissigen Worte aus meinem Mund anfühlten, als würden sie auf meiner eigenen Seele brennen.

»Es geht hier um viel mehr als das, was du dir mit ihm antust!«, rief Cero und machte ein paar Schritte auf mich zu. Ich konnte nicht fassen, was hier passierte. Dass es ausgerechnet Cero war, der seinen besten Freund an den Pranger stellte, machte mich wütend. Er hatte mir versprochen, nichts zu sagen, und jetzt kam er auf mich zu, als hätte *ich* Astaras hintergangen. Meine Warnung war ernst gemeint, aber es schmerzte mich, sie auszusprechen.

»Du tust gut daran, stehen zu bleiben!«, herrschte ich Cero an, der klug genug war, nicht noch näher auf mich zuzukommen. Seine Gefühle schäumten über, er hatte den starken Drang, sich mir zu erklären, aber ich hatte so zugemacht, dass mich wohl niemand in diesem Raum mehr einschätzen konnte. Sie kannten mich so gut wie ich sie, aber im Moment war mein Herz so schwer, dass ich mich fremd in meiner eigenen Haut fühlte.

Raphaels Stimme klang ebenso unterkühlt wie meine. »Die Situation ist ernst. Wenn du dich jetzt zum ersten Mal in deinem Leben wie ein bockiger Teenager verhalten möchtest, ist das ein schlechter Zeitpunkt.«

Ich drehte mich so schnell nach ihm um, dass alle den Atem anhielten. »Wenn du mir dumme Vorwürfe machst, bekommst du dumme Antworten. Ursache und Wirkung.«

Mir war nicht bewusst, dass in mir das Bedürfnis wachsen konnte, Raphael zu ohrfeigen, aber dieser eiskalte, heroisch arrogante Blick, den er mir gerade präsentierte, ließ meine Hand zucken.

»Niemand macht dir Vorwürfe«, versicherte Ares leise und eindringlich. Seine Gabe prallte an mir ab. Obwohl er versuchen wollte, mich zu beruhigen, musste er aufpassen, dass er sich nicht an meinen Emotionen die Finger verbrannte. Meine Gesellschaft war gerade sehr, sehr unangenehm, weil ich die Gefühle, die von mir ausströmten, kaum noch kontrollieren konnte.

Conan widersprach Ares und ließ ein schwaches Erzdämonenlächeln über seine Lippen gleiten. »Doch, für mich hört sich Raphaels provokatives Gerede auch nach Vorwürfen an. Aber du wirst wohl damit klarkommen müssen, Lia. Hast du mit etwas anderem gerechnet, wenn du dein Herz einem so schwierigen, verruchten Engel überlässt?«

Dieser Beschuss von allen Seiten war schwer zu ertragen, aber ich war nicht dazu erzogen worden, einzuknicken oder im Stich zu lassen, was ich liebte.

»Wollt ihr ihn töten, weil er stark geworden ist und wirre Träume hat? Er hat niemand Unschuldigen getötet, er mischt sich nicht in Ordensangelegenheiten ein und er ist keine Gefahr für unsere Welt!«

Cero meldete sich als Erster zu Wort. »Du verstehst nicht, was vielleicht mit ihm passiert!«

Nein, ich verstand diese Hysterie wirklich nicht und ich war kurz davor, wieder patzig und vorlaut zu werden. Als Gabriel zu sprechen begann, verhinderte er meinen Gefühlsausbruch aber.

»Wie soll sie es auch verstehen, wenn es ihr niemand erklärt? Sie mag die Aura eines Engels haben, aber ein wenig Kontext wäre wahrscheinlich hilfreich, weil sie diesen Krieg nur aus Büchern kennt.«

Ich starrte Gabriel an, während sich das Wort ›Krieg‹ in meinen Gedanken wiederholte. Er hatte den Blick auf Michael gerichtet, der bejahend nickte, bevor er sich mir zuwandte.

»Der große Krieg im Himmel. Hast du schon mal davon gehört?«, wollte der Cherub von mir wissen und klang dabei bedacht freundlich und ruhig.

Ich wollte den Kopf schütteln, aber mir wurde plötzlich bewusst, wovon sie sprachen.

In unseren Büchern hieß es nicht ›Krieg‹. Die Menschen erzählten sich diese Geschichte und sprachen von ›Rebellion‹ oder dem ›Höllensturz‹ und sie setzten das alles mit einem einzigen Namen in Verbindung.

»Luzifer. Du sprichst vom Kampf gegen den Morgenstern«, mutmaßte ich und erntete ein Nicken von Michael.

»Ja. Der Morgenstern. Vor seiner Zeit als Höllenfürst war Luzifer ein gefeierter Engel. Er war stark, charismatisch, vielleicht der Schönste unter uns allen. Was aber am Ende seiner Geschichte von ihm übrig war, war nichts außer Chaos und Zerstörungswut. Dieser Krieg hat unsere Welt in Blut getaucht und den Himmel erschüttert – sein Echo hallt selbst heute noch nach. Du machst dir keine Vorstellung davon, wie dunkel und schicksalsträchtig diese Zeit war. Wir wären ausgelöscht worden, hätte Gott nicht das Tor zu seiner Welt geöffnet und uns seine Erzengel geschickt.«

Ich kannte diese Geschichte, hörte sie aber zum ersten Mal aus dem Mund eines Cherubs. Dass Conans Erzdämonenstimme ihn unterbrach, tat Michaels malerischem Erzählstil Abbruch. Vor allem weil er die Worte, die Michael eigentlich voll Dankbarkeit und Ehrfurcht aussprechen wollte, herunterbetete wie ein Gedicht, das er leid war.

»Jaja. Heilig sind die Hände Gottes! Lobet den Kampf und die Heilung, denn in welchem Glanz könnten wir uns kleiner und unbedeutender fühlen?« Er sprach schnell und mechanisch, um Michaels Geschichte zu beschleunigen. »Amen, halleluja und ein Dankesküsschen für die beiden finster dreinblickenden Gestalten dort, weil sie die größten Flügel von uns allen haben!«

Als Conan mit den beschleunigten Lobeshymnen fertig war, deutete er Michael an, weiterzusprechen. Der Cherub ließ sich nicht gern unterbrechen und strafte den Erzdämon mit feurigen Blicken.

»Wenn du noch weitere dieser spöttisch-blasphemischen Einschübe zu verkünden hast, werde ich ungemütlich«, drohte das Feuer Gottes mit tiefer Stimme, aus der die Freundlichkeit gänzlich verschwunden war.

Conan hielt sich die Hand kurz auf den Mund und lehnte sich dann mit dem Rücken zur Wand.

»Ich verstehe nicht, was das mit Astaras zu tun haben soll. Haltet ihr ihn für Luzifer? Der Morgenstern ist tot, dieser Krieg ist vorbei! Wieso sind wir hier?« Meine Fragen waren berechtigt, zumindest sah ich das so. Dass mich diese vielen Blicke trafen, in denen geschrieben stand, dass sie von mir verlangten, endlich zu begreifen, was sie schon längst wussten, war wenig hilfreich. Ich brauchte jetzt Antworten, und auch wenn Michaels Stimme noch so schön klang, während er die Vergangenheit mit Worten malte, er malte mir zu langsam.

»Gabriel!« Ich rief seinen Namen so bittend und auffordernd, dass seine versteinerte Miene menschlichen Zügen wich. Wenn mir jemand erklären konnte, was hier los war, ohne zu ausschweifend zu werden und ohne seinen persönlichen Hass gegen Astaras ins Spiel zu bringen, dann der stoische Erzengel, der mich zu einer Kriegerin gemacht hatte.

»Luzifer wurde nicht von heute auf morgen zum Chaos«, begann Gabriel, es endlich auf den Punkt zu bringen. »Es fing alles mit Visionen an, wirren Predigten über das Beschützen der Welt und einer wachsenden Kraft in ihm, über die er letzten Endes die Kontrolle verlor.«

Ich trat einen Schritt zurück, weil es sich kurz so anfühlte, als würde der Boden unter mir schwanken. In Wahrheit machten mich meine Gedanken schwindlig. Ich lauschte zwar Cero, der sich plötzlich zu Wort meldete, aber ich konnte ihn nicht ansehen, weil ich ins Leere starrte, um nicht die Contenance zu verlieren.

»Astaras sieht dieselben Dinge, die Luzifer damals gesehen hat! Er spricht dieselben wirren Sätze immer und immer wieder! Wir haben das alle schon mal gehört!«

Meine Stimme klang merkwürdig leise, aber eindringlich genug, um meinen Standpunkt klarzumachen. »Astaras kannte Luzifer auch. Er weiß, was er gesagt hat. Ich denke, er ist krank und wiederholt es deshalb. Er hatte dieses Fieber und seither ist er …«

»Engel bekommen kein Fieber«, unterbrach mich Raphael plötzlich.

Ich starrte ihn entgeistert an. »Du hast es selbst gesehen! Du hast ihn geheilt! Wie kannst du behaupten, dass …«

»Ich habe ihn nicht geheilt, weil es kein Fieber war, das in ihm getobt hat. Ich dachte, er würde daran sterben. Ich habe so etwas selbst noch nie gesehen«, gestand Raphael und zuckte so unbeteiligt mit den Schultern, als hätte er mich damals nicht belogen.

»Du hast mir verschwiegen, dass du dachtest, Astaras würde sterben?!«

»Ja«, entgegnete Raphael kurz und knapp und musterte den Glanz in meinen Augen, ohne selbst eine Miene zu verziehen.

»Sie spekulieren darüber …«, setzte Ares an und formulierte dann die Überschrift dieses Treffens der Mächte. »… ob Luzifers Macht so etwas wie ein Virus ist, das sich auf Astaras übertragen hat.«

Ich begann, den Kopf zu schütteln, erst langsam, dann heftiger. »Nein. Das ist unmöglich. Wie lange liegt das mit Luzifer zurück? Abertausende von Jahren?! Das ist in einer anderen Welt passiert, in einer anderen Zeit, und jetzt soll es sich auf einmal wiederholen? Wieso?!«

Als die fremde Stimme ertönte, lauschte ich ihr aufmerksam, obwohl ich so aufgebracht war. Jaron klang einprägsam stark und düster mit einer geerdeten Note. »Es gab Vorfälle, denen wir keine Beachtung geschenkt haben, weil sie an einem Ort stattgefunden haben, den die meisten hier noch nie betreten haben und manche von uns schon lange hinter sich gelassen haben.« Er suchte Blickkontakt mit Conan, bevor er präzisierte. »In der Hölle sind über die Jahrtausende immer wieder Engel aufgetaucht, die den Verstand verloren hatten. Sie starben dort, unbeachtet von dieser Welt oder dem Himmel.«

Diese Information schien nicht nur für mich neu. Conan schnaubte ungläubig. »Von wem hast du das? Tristan? Dieser Irre sieht doch nur, was er sehen will.«

Jaron schüttelte den Kopf. »Nein, ich habe mit Belial gesprochen.«

Mir war dieser Name ein Begriff, auch wenn ich dem Erzdämon noch nie begegnet war.

Conan zog die Brauen nach oben. »Belial ertrinkt doch in seinem Fanatismus! Ich denke, der Gute hat noch immer nicht verarbeitet, dass Luzifer tot ist. Ist dir aufgefallen, dass er einen Knall hat?«

Conan hatte mir unbewusst ein Stichwort gegeben. »Luzifer ist tot«, wiederholte ich eindringlich. »Darüber seid ihr euch einig, oder? Gabriel, du hast ihn selbst getötet.«

Der Erzengel nickte.

»Nur weil Engel vielleicht verrückt wurden und in die Hölle hinabgestiegen sind, heißt das noch lange nicht, dass es ein

Virus gibt. Astaras ist keine Bedrohung für diese Welt. Er ist krank, ja. Er leidet …« Meine Stimme begann zu zittern und ich musste zuerst schmerzhaft schlucken, bevor ich weitersprechen konnte. »Aber das sind meine Sorgen, nicht eure! Ich kümmere mich um ihn, ich passe auf ihn auf, ich werde bei ihm bleiben, weil ich ihn liebe! Er ist kein Monster und er tötet nicht wahllos! Er wird keinen Krieg führen, er will nur helfen, aber weiß nicht, wie. Daran sehe ich nichts Falsches oder Bedrohliches.«

Cero sog hörbar die Luft ein, so als würde er einen kurzen Schmerz verbalisieren wollen, dann zog er mitleidig die Augenbrauen nach oben und musterte Conan. »Sie klingt wie du damals als Engel.«

Der blonde Erzdämon nickte. »Ja, sie hat mich ganz gut getroffen. Kurz darauf hat mich der schöne rothaarige Engel dort drüben aus dem Himmel gekickt«, sprach Conan mit einem schiefen Grinsen im Gesicht. Die Warnung hatte ich trotzdem herausgehört.

Ich riss mich am Riemen, schluckte all meine Ängste und meinen Schmerz hinunter und entschied mich für einen Weg, den nur mein Herz sehen konnte und für den mein Verstand blind war.

»Exkommuniziert mich! Verbannt mich! Verpasst mir schwarze Flügel! Ich höre nicht auf, zu lieben, aus Angst vor Dingen, die vielleicht passieren könnten.«

Conan nickte. »Ich verstehe dich, weil ich wie du war, aber am Ende folgen manche ihrer Liebe nicht in die Glückseligkeit, sondern ins Chaos. Jaron und ich könnten dir interessante Geschichten darüber erzählen.«

Ich schüttelte den Kopf. »Astaras ist nicht Luzifer und ich bin weder ein Engel noch ein Erzdämon. Eure Geschichten sind eure, ich schreibe meine selbst.«

Mir wollten gerade viele Stimmen widersprechen, aber Ares war am schnellsten. »Mach dir bewusst, dass du dich damit in große Gefahr bringen kannst, Lia. Dein Schicksal ist nicht, an der Seite eines kranken Engels zu verweilen, sondern …«

Ich verpasste ihm einen so wachrüttelnden Schlag mit meiner Gabe, dass Ares seine Worte im Hals stecken blieben. Wenn er den Namen Sephirot auch nur bruchstückhaft in den Mund nahm, würde ich härter zuschlagen. Er sah mich trotzdem durchdringend an, aber er brauchte mich nicht daran zu erinnern, was ich war. Ich wusste um meine Verantwortung, um das Geheimnis, das ich hütete, aber ich war mehr als eine Nachfahrin Adam Kadmons, mehr als ein Gefäß, das einen Schlüssel versteckt hielt – ich war ich und ich durfte lieben, verleugnen und hoffen, so intensiv und naiv ich wollte.

»Ich sollte mein Schicksal doch selbst am besten kennen, oder?«, blaffte ich und hörte mir auch schon die nächsten Vorwürfe an, diesmal von Cero.

»Ich denke nicht, dass du noch weißt, was du tust. Du liebst ihn so bedingungslos, dass du nicht mehr siehst, was er dir antut, was er der Welt antun könnte!«

Was ich zu erwidern hatte, platzte laut und wütend aus mir heraus. »Ist dir klar, von wem du sprichst?! Er ist dein bester Freund, Cero! Reicht es nicht, dass du ihn verraten hast?! Musst du ihn jetzt auch noch verteufeln?!«

Hinter den eisblauen Augen explodierten schmerzhafte Gefühle. Er machte den Mund auf, holte tief Luft und schwieg dann doch. Es war, als wäre ihm seine Erklärung im Hals stecken geblieben, er brachte sie einfach nicht über die Lippen. Als Conan plötzlich neben ihn trat, wandte Cero den Blick von mir ab und überließ dem Erzdämon das Sprechen.

»Ich war es, der Raphael und Gabriel von Astaras erzählt hat, nicht Cero.« Conan schob den Kragen seines schwarzen Rollkragenpullovers nach unten und entblößte seinen Hals, der beinahe ausschließlich aus blauvioletten Flecken bestand. »Wir hatten eine kleine Auseinandersetzung, hat er dir nichts davon erzählt?«

Ich schüttelte den Kopf. Er erzählte mir schon lange nicht mehr, wohin er manchmal verschwand, aber ein Streit mit Conan war noch lange kein Beweis dafür, dass das pure Böse in ihm wuchs. Sie hatten sich schon oft in den Haaren gelegen.

»Kein gewöhnlicher Engel packt so zu«, fuhr Conan fort und neigte den Kopf, während er mich viel zu intensiv musterte. »Wenn er dich so anfasst, bist du tot, Lia.«

Diese Gefühlswelle, die durch den Raum schwappte, wollte ich nicht spüren. Ich brauchte ihr Mitleid nicht, ihre Sorgen und ihre Ängste um mein Leben.

»Er tut mir nichts! Hört auf, mich zu einem Opfer zu machen, das ich nicht bin! Ich bin kein dummes kleines Mädchen, das vor sich selbst beschützt werden muss! Ich bin zwanzig, eine erwachsene Frau, eine Wächterin. Ich kann mich verteidigen!«

Meine Worte waren keine leeren Versprechungen. Die Monate, die ich mit Astaras und seinen neuen Kräften verbracht hatte, hatten mich stark gemacht. Ständig dieses seltsame Licht in ihm zu bändigen, war ein hervorragendes Training für meine Gabe gewesen. Ich war mir sicher, dass ich mittlerweile so fest damit zuschlagen konnte, dass ich jeden Einzelnen in diesem Raum zumindest in die Knie zwingen konnte – vielleicht sogar Gabriel.

Als ich mich zum Gehen wandte, war es Raphael, der sich mir in den Weg stellte. Wir waren uns noch nie fremder gewesen als in diesem Moment. Es fühlte sich so an, als wäre er zum ersten Mal bereit, mir mein Herz zu brechen. »Wenn es so etwas wie ein Luzifer-Virus gibt, muss er umgehend sterben!«

Ich wich diesem heroischen, mächtigen Blick nicht aus und ich ertrank nicht in den tosenden Wellen. »Du willst ihn töten? Dann komm und kämpf gegen mich.« Meine Schulter prallte gegen seine, als ich mich an ihm vorbeidrängte.

Ich ließ die mächtigen Auren hinter mir, sammelte die zigtausend scharfkantigen Scherben auf, in die Raphael mein

Herz zerbrochen hatte, und trug sie raus aus dem Schloss, dessen Mauern mich sonst erdrückt hätten.

Diese Versammlung brauchte mich nicht mehr. Ich hatte alles gesagt, was ich sagen wollte oder im Moment konnte. Sie wussten, dass ich Astaras nicht kampflos aufgeben würde, und sie konnten jetzt darüber beratschlagen, ob sie uns beide töten wollten oder nicht.

Im Loft brannte kein Licht. Ich dachte, er würde schlafen, aber er stand vor dem Fenster und starrte auf den Mond. Als ich mich von hinten an ihn drückte, schnürte mir seine Aura beinahe die Kehle zu. Ich brach in Tränen aus, während Astaras die immer gleichen Sätze vor sich hin murmelte.

Mein Heilungsversuch

Einen Monat später

Das Klingeln des Telefons riss meinen Blick weg von den Zeilen, die ich las, und hin zu Astaras, der von dem lauten Geräusch nicht aufgeweckt worden war. Er schlief immer fest und sehr, sehr lange. Es war, als würde er sich den vielen Schlaf selbst aufzwingen, weil er wusste, dass ich mich um ihn sorgte, sobald er wach war.

Ich glaubte zu wissen, wer versuchte, mich zu erreichen, und legte das dicke alte Buch zur Seite, das ich mir von Luca ausgeliehen hatte. Ich las über alte Beschwörungen, die Hölle und Visionen. Hätte ich diese wirren Zeilen nicht nach Antworten durchforstet, wäre ich ständig in Tränen ausgebrochen, weil ich mit der Hilflosigkeit, die sich in mein Leben geschlichen hatte, nicht umgehen konnte.

»Beryl?«, flüsterte ich fragend in den Hörer, weil sein wöchentlicher Anruf schon eine Weile überfällig war.

»Nein. Dunkler. Böser. Besser aussehend. Rate noch mal.«

Ich konnte nicht gleich etwas erwidern, weil es mich so verwunderte, dass er anrief. Seit der Versammlung im Schloss hatte ich keinen Kontakt mehr zu den mächtigen Wesen in meinem Leben gehabt. Ich hatte in der Ungewissheit gelebt, ob sie eines Nachts vor unserer Tür stehen würden, um den Mann zu töten, den ich liebte, und mich oft gefragt, wer von ihnen mich währenddessen festhalten würde. Sie waren nicht gekommen, und jetzt, da ich Conans Stimme hörte, schmerzte mein Herz vor Sehnsucht und Zerrissenheit.

»Rufst du an, um mir endlich euren Urteilsspruch zu verkünden?«, fragte ich schließlich und stand auf, um ins Badezimmer zu verschwinden – der einzige Raum, in dem es eine Tür gab, die ich schließen konnte.

»Hör auf, so zu reden, als würde ich mit dem Engelspack unter einer Decke stecken. Ich will diese Welt nicht untergehen lassen und würde dafür sogar Raphaels und Gabriels Flügelstreichler spielen, aber solange es nicht so weit ist, verbünde ich mich mit niemandem, schon gar nicht gegen dich. Die Erzengel haben übrigens nicht annähernd den Schneid, einzugreifen, solange du bei ihm bist und er sich weiter so ruhig verhält. Du hast damals noch sehr interessante Gespräche verpasst und tolle Szenen, in denen Raphael ausgerastet ist und so laut in den Himmel geschrien hat, dass er dich liebt, dass ich mir sicher bin, dass sogar unser Herr ihn für einen liebeskranken Irren hält. Sehr theatralisch, sehr dramatisch, irgendwie verstörend.«

Ich lauschte Conans amüsierten Worten. Mich schmerzten die Erinnerungen an diesen Streit, aber er war wohl unvermeidlich gewesen. Wo Emotionen Wesen beherrschten, loderte manchmal auch Feuer, an dem man sich verbrennen konnte. Ich kam mit dieser Art von Schmerz zurecht, ich wusste, ihn vorüberziehen zu lassen, aber ich war mir nicht sicher, ob der Erzengel, dessen Seele diese Situation in Brand gesteckt hatte, das auch konnte. Der Erzdämon am Telefon konnte es auf alle Fälle mit Leichtigkeit.

»Woher nimmst du die Kraft für diese gute Stimmung? Für deine Scherzchen?«, wollte ich wissen und seufzte, weil ich diese Kraft liebend gern in mir selbst gefühlt hätte. Ich konnte Groll verpuffen und Wut vorüberziehen lassen, aber ich konnte der Ungewissheit nicht so einfach mit einem koketten Zwinkern begegnen wie Conan.

»Übungssache. Ich hatte Jahrtausende Zeit, um zu lernen, dass es keinen Unterschied macht, ob du im Antlitz des Chaos lächelst, weinst oder vor Wut vergehst. Ich bevorzuge Ersteres, weil ich dann besser aussehe und ich noch nie geweint habe.«

»Wirklich? Noch nie? Nicht eine Träne?«

»Nein. Erzdämonen weinen nicht.«

Conan schaffte es tatsächlich, mir ein Schmunzeln auf die Lippen zu zaubern. Es fühlte sich merkwürdig an, so als hätte ich die Lippen schon ewig nicht mehr nach oben verzogen.

»Der Grund meines Anrufs ist aber nicht meine stählerne Männlichkeit, sondern eine Einladung.«

Meine Miene wurde wieder von dem Ernst meiner Realität gezeichnet. Egal, welche Einladung Conan aussprechen würde, ich war mir sicher, dass ich sie nicht annehmen konnte.

»Ich eröffne den Club heute Abend. Du musst kommen.«

Mein Seufzen wurde kommentiert, bevor ich meine Absage begründen konnte.

»Nein. Du sagst mir nicht ab. Es geht hier um keine Wächterangelegenheit, nicht um Himmel und Hölle und nicht um irgendeinen Krieg. Ich bin kein Erzdämon, der dich zu einem Ritual verführen will, sondern ein Freund, der sein schwerverdientes Geld in Alkohol, Musik und hübsche Kellnerinnen investiert hat und dich auf Champagner und Wein einladen möchte. Du bekommst noch denselben strafenden, emotionslosen Gesichtsausdruck wie Uriel, wenn du deinen hübschen Hintern nicht endlich wieder in die Welt, die du liebst und die dich erschaffen hat, hinausträgst. Ich schicke dir einen Wagen für acht Uhr.«

So verführerisch lieb gemeinte Worte. So viel Überredungskunst, und trotzdem konnte ich nicht aus meiner Haut.

»Du brauchst mir keinen Wagen zu schicken, ich werde nicht einsteigen. Es tut mir leid. Ich kann ihn nicht allein lassen.«

»Nie wieder? Stirbst du irgendwann aus Vereinsamung in diesem Loft? Bist du so dumm, dass du dein junges Leben für ihn wegwirfst?«

»Wenn ich ihn heilen kann, wird alles wieder normal. Dann komme ich in deinen Club, versprochen. Er muss vorher nur gesund werden …«

Conan schwieg.

»Es tut mir leid«, wiederholte ich und legte auf, bevor er mir sagen konnte, dass ich Don Quijotes Kampf gegen die Windmühlen ausfocht.

Ich starrte gegen die weißen Fliesen und fühlte meinen festen Herzschlag. Die Aussichtslosigkeit war wieder mal dabei, mir die Kehle zuzudrücken, aber ich klammerte mich so fest an dem kleinen bisschen Hoffnung in mir fest, dass ich Angst hatte, dass es irgendwann unter meinem Gewicht zerbrechen würde.

»Du siehst blass aus.«

Ich schreckte auf und sah zu Astaras, der im Türrahmen stand. Ich fühlte ihn nicht mal mehr kommen, weil er gelernt hatte, die fremde Macht, die zu seiner Aura geworden war, vor mir zu verstecken.

»Es geht mir gut«, versicherte ich und versuchte, nicht zu lange in seine Augen zu starren. Seine Iriden waren dunkel geworden, ganz schleichend.

»Mit wem hast du gesprochen?«, wollte er wissen und sah auf das Telefon in meiner Hand.

»Conan. Er eröffnet heute seinen Club.«

»Gehst du hin?«

Ich schüttelte den Kopf. »Nein, das ist nichts für mich.«

»Weil du mich nicht allein lassen kannst? Weil du mich zuerst heilen musst? Weil ich gesund werden muss?«

Ich biss mir auf der Unterlippe herum, weil mir bewusst wurde, dass Astaras mein Gespräch gehört hatte. Das hatte ich definitiv nicht gewollt. Mir fehlten die Worte, also zuckte ich mit den Schultern und versuchte, seinem festen Blick zu entgehen, indem ich durch ihn hindurchstarrte.

Er sprach jedes Wort so überdeutlich, so betont und laut, dass ich Gänsehaut bekam. »Ich. Bin. Nicht. Krank.«

Ich wollte das Badezimmer verlassen, aber er ließ mich nicht vorbei.

»Wenn du nicht krank bist, was ist dann mit dir passiert? Wo ist der Engel, den ich liebe? Wo bist du hin?«

Meine Fragen gingen ihm nahe, so nahe, dass ich sie am liebsten zurückgenommen hätte, aber ich fühlte mich in die Ecke gedrängt. Ich tat alles, was ich konnte, um Astaras zurückzubekommen, aber er schien sich gern selbst verloren zu haben.

»Ich bin noch immer ich«, log er. »Nur jetzt habe ich eine Aufgabe.«

»Diese große, wichtige Aufgabe, die du nicht beim Namen nennen kannst? Gibt es sonst nichts mehr für dich? Ist alles andere unwichtig geworden?«

Er schüttelte langsam den Kopf. »Es gibt noch dich.«

Es tat so weh, diese Worte aus seinem Mund zu hören, weil er im nächsten Moment Dinge sagte, die mich unglaublich ängstigten.

»Ich kann es kontrollieren. Diese Kraft. Ich bin stärker als sie.«

»Stärker als wer?«

»Alle.«

»Du machst mir Angst, Astaras! Hörst du eigentlich, was du sagst?!«

»Ich habe Kopfschmerzen. Geh, ich will dir nicht wehtun.«

»Würdest du mir denn wehtun?! Gehst du so weit?! Das nennst du Kontrolle?!«

»Hör auf, mich zu provozieren.«

Seine Stimme klang so erschreckend tonlos. Ich hasste das. Ich hasste das, was in ihm gewachsen war und was er um jeden Preis behalten wollte.

»Wenn du mich liebst, dann lass mich dir helfen!«, schrie ich und drückte meine Hände so fest gegen seine Schläfen, wie ich konnte. Ich schloss die Augen und riss mit meiner Gabe an den unnatürlichen Kräften in ihm. Selbst als er meine Handgelenke packte und sein Griff immer fester wurde, ließ ich nicht los.

»Hör auf!«, brüllte er und schwankte nach links gegen den Türrahmen. Seine Knie zitterten und ich schluckte so viel von diesem Gift in ihm, dass es sich anfühlte, als würde meine Seele verätzen. Als er plötzlich ausholte, zuckte ich reflexartig zusammen und ließ von ihm ab, weil ich mir sicher war, dass er mich schlagen würde, aber er stoppte seine eigene Hand und schrie mich nur an. »Tu das nie wieder! Greif mich nicht an!«

Er schubste mich von sich weg, so fest, dass ich das Gleichgewicht verlor und vor der Glaswand der Dusche zu Boden fiel. Ich stand nicht auf, starrte ihn nur schwer atmend an und legte all die Ängste und Schmerzen, die ich gerade empfand, in meinen Blick.

Wie er dieses Gift in sich aushalten konnte, war mir ein Rätsel. Es zerriss mich förmlich von innen heraus und ich hätte beinahe das Bewusstsein verloren.

Dass er mir vorwarf, dass ich ihn angegriffen hatte, machte mir klar, wie viel er zu opfern bereit war, um die Kräfte in ihm am Leben zu erhalten.

Die dunkelblauen Augen starrten mich an. Seine Wut wich Schuldgefühlen, die er aber in Egoismus und Sturheit tränkte.

»Ich will dir nicht wehtun, Lia«, versicherte er, kam aber nicht auf mich zu, um neben mir in die Knie zu sacken und mich zu küssen. Er machte einen Schritt zurück. »Du darfst mich nie wieder angreifen, hörst du?«

Meine Augen füllten sich mit Tränen, weil er es ständig ›Angriff‹ nannte. Ich wollte ihn nicht angreifen, ich wollte nicht gegen ihn kämpfen. Mein verzweifelter Versuch hatte nichts mit Aggressivität zu tun gehabt, aber nichts anderes wollte er in meinen Handlungen sehen. Dass ich ihm helfen und ihn heilen wollte, konnte er nicht verstehen, weil er sich gesund und vollkommen fühlte.

»Ich kann dich beschützen, du musst mir nur vertrauen«, verlangte er Unmögliches von mir.

Wie konnte ich jemandem vertrauen, der sich so vor mir verschloss? Jemandem, der mich nicht mal mehr in den Arm nehmen konnte, ohne mir wehzutun? Jemandem, vor dem ich gerade am Boden lag und der mir nicht seine Hand reichte, weil er wusste, dass er gerade zu wütend war, um mich zu berühren?

»Kannst du mich küssen, ohne mir wehzutun? Dann vertraue ich dir wieder …«, sprach ich mit zitternder, leiser Stimme und unterdrückte das Schluchzen, das mit meinen Tränen einherging. Ich wollte seine Reaktionen fühlen, aber er verschloss sich vollkommen vor mir und schüttelte mechanisch den Kopf.

»Ich kann dich heute nicht mehr anfassen. Ich würde dich verletzen. Ich gehe.«

»Wohin?«, wollte ich wissen, aber ich bekam keine Antwort. Er verschwand, nicht nur aus dem Badezimmer, sondern aus dem Loft.

Ich ließ meinen Tränen freien Lauf und zog die Knie an den Oberkörper, um das Zittern zu unterdrücken, das dieses Gift mir bescherte. Während meine Seele versuchte, sich von der fremden Aura reinzuwaschen, fielen meine Augen zu.

Mir war, als hätte ich nur für ein paar Minuten gedöst, aber als ich endlich aufstand und das Badezimmer verließ, war es bereits dunkel draußen. Ich musste ein paar Stunden geschlafen haben und obwohl die Position wenig komfortabel gewesen war, fühlte ich mich erholt. Ich war seit Wochen nicht mehr so ausgeruht gewesen und als mir bewusst wurde, wieso, schmerzte mein Herz. Astaras war nicht hier, meine Gabe hatte sich von der schier ewig weilenden Anstrengung erholen können, weil sie nicht mehr an dieser seltsamen Kraft zerren musste.

Ich stellte mich zum Fenster und blickte auf die Lichter der Stadt. Er war irgendwo dort draußen und quälte sich mit etwas, das er nicht als Qual anerkannte, obwohl es ihm alles zu nehmen drohte, was er liebte.

Vielleicht brauchte er diese Zeit für sich, ein paar Stunden der Ruhe, ohne mich. Ich hatte ihn eingeengt, genau wie mich selbst. Dass ich uns quasi in dieses Loft gesperrt und vor der Welt versteckt hatte, wurde mir erst bewusst, als ich es verließ.

Mein zerbrochenes Herz

Die kühle Nachtluft einzuatmen, tat gut. Ich lief unter dem Sternenzelt durch die Stadt, mehr oder weniger ziellos. Die vielen Auren, die mich erreichten, fühlten sich nach Normalität an, ein Zustand, den ich in den letzten Wochen aus meinem Leben verbannt gehabt hatte. Während ich durch die Straßen ging, hielt ich Ausschau nach ihm. Ich wusste nicht mehr, ob ich das Loft verlassen hatte, um nach Astaras zu suchen oder um die Chance zu ergreifen, meinem selbst auferlegten Käfig zu entkommen. Wahrscheinlich Letzteres, da er überall sein konnte und ich seine Aura sowieso nicht mehr leuchten sah.

Die schmale Gasse, in die ich eingebogen war, war voll. Die meisten hier waren geborene Dämonen, aber es mischten sich auch Engel und Menschen unter sie. Ihre Gemeinsamkeiten lagen auf der Hand: Sie waren alle jung, frönten dem Leben hier in dieser Welt und wollten in den Club, der heute zum ersten Mal seine Türen öffnete.

Meine Beine hatten mich hergetragen, weil mein Unterbewusstsein mit Neugier und Sehnsucht gefüllt war. Ich sehnte mich nach Ablenkung, nach Dingen, deren Tragweite nicht an Untergang oder Glückseligkeit heranreichten, und ich sehnte mich nach Conan. Ich vermisste sie alle. Jeder von ihnen hatte einen ganz besonderen Platz in meinem Herzen, der im Moment leer und dunkel schien.

Über der großen schwarzen Tür leuchteten Buchstaben, die von weißem Licht angestrahlt wurden. Ich wusste, dass Conan lange über einen Namen nachgedacht und sich tausend Mal umentschieden hatte. Ich hatte ihm dazu geraten, etwas zu nehmen, mit dem er selbst assoziiert werden wollte, weil seine Gäste das zwangsläufig tun würden. Als ich den Namen ablas, sah ich den Erzdämon vor meinem geistigen Auge grinsen: ›BORDERLINE‹.

Ich musste auch schmunzeln und es fühlte sich gut an, auch wenn mir im nächsten Moment bewusst wurde, dass ich Conan heute Nacht wohl trotzdem nicht zu Gesicht bekommen würde. Obwohl ich nun doch hergekommen war, war in den Club zu kommen so gut wie unmöglich. Die Türsteher ließen niemanden mehr durch, weil es zu voll war, und mich durch die vielen wartenden Gäste nach vorn zu drängeln und dann damit zu prahlen, dass der Erzdämon mich eingeladen hatte, war nichts für mich.

Ich stand eine Weile auf der anderen Straßenseite und freute mich darüber, dass der Club so großen Erfolg haben würde. Conan war der geborene Gastgeber und es würde ihn bestimmt glücklich machen, sein Lebensgefühl und seine Liebe zu dieser Welt auf so viele junge Seelen übertragen zu können. Ich war mir sicher, dass er einen Ort geschaffen hatte, an dem jeder, dem danach war, seine Sorgen und Probleme für ein paar Stunden vergessen konnte und daran erinnert wurde, dass diese Welt nicht nur zwischen Himmel und Hölle lag, sondern ihren eigenen Zauber hatte.

»Lia?«

Als ich die fragende Stimme hörte, ließ ich meinen Blick suchend schweifen. Ich konnte keine bekannte Aura aus der Masse filtern. Bei so vielen Wesen war das allerdings auch schwierig. Hätte er mich nicht angelächelt und wäre auf mich zugekommen, hätte ich Siro wohl nicht entdeckt. Und das, obwohl er einer der wenigen gemachten Dämonen war, die sich hier draußen tummelten.

»Conan hat gemeint, du würdest nicht kommen«, erklärte er, als er vor mir stehen blieb und mich zu mustern begann. Ich wollte seine Gefühle nicht lesen, aber meine Gabe abzustellen war wie das Atmen abzustellen. Es funktionierte für sehr kurze Zeit und dann musste ich umso tiefer Luft holen. In ihm mischten sich Sorgen und Neugier. Natürlich wusste er über meine Situation Bescheid, schließlich war er Conans rechte Hand.

»Das hier ist sehr spontan. Ich wollte mir den Club nur ansehen, aber ich komme wohl an einem anderen Abend wieder, wenn weniger los ist.«

Siro schüttelte sofort den Kopf und machte dann eine eindeutige Geste in Richtung Tür. »Komm! Du kannst immer rein, du stehst auf der Liste. Conan wird sich freuen, dich zu sehen.«

Eigentlich wollte ich ablehnen, aber dafür gab es keinen Grund. Ich würde Astaras sowieso nicht finden und mir war nicht danach, mich jetzt schon wieder allein in unseren Käfig zu setzen.

Ich blieb dicht hinter Siro, der sich gekonnt durch die Masse drängelte und jedem einen bösen Blick schenkte, der es wagte, ihn anzurempeln. Die meisten hier kannten den Dämon aber und machten ihm ungefragt Platz.

»Sie gehört zu mir«, erklärte er den Türstehern, die uns nickend öffneten.

Der laute Bass dröhnte in meinem ganzen Körper. Schwermütige, tanzbare Musik, nichts anderes hätte ich von Conan erwartet, ich kannte seinen Geschmack. Auch in der Innenarchitektur des Clubs erkannte ich ihn mühelos wieder. Schwarze, glänzende Bodenfliesen, eine lange Bar aus dunklem Holz, hinter der wirklich ansehnliche Dämoninnen Drinks mischten.

Hier herrschte eine ausgelassene Stimmung, weit entfernt von der Schwermut und der erdrückenden Ungewissheit, die mein Leben schon so lange heimsuchten. Ich versuchte, mich zu öffnen, die negativen Emotionen ziehen zu lassen und mich von der allgemeinen Fröhlichkeit fluten zu lassen.

Eigentlich war ich nicht gut darin, meine Sorgen zu verdrängen, aber es erschien mir im Moment notwendiger und hilfreicher als anderes, das ich tun konnte.

Siro führte mich an der Bar vorbei in einen Raum, in dem der Bass nicht so laut dröhnte. Die schwarzen Ledersofas und die vielen Kerzen erzeugten ein düsteres, aber gemütliches Ambiente. Hier war es auch bei Weitem nicht so voll, was daran lag, dass nicht jeder dieses Separee betreten durfte.

Die Erzdämonenaura schien hier nur ausgewählte Seelen um sich zu scharen.

Conan saß auf einem der Sofas, ein Weinglas in der Hand und eine schwarze Haarsträhne um den Zeigefinger gewickelt, die zu einer Dämonin gehörte, die dabei war, auf seinen Schoß zu rutschen. Sie wäre beinahe vom Sofa gefallen, weil Conan sich unerwartet erhob und auf mich zukam.

»Ein Licht in meinem dunklen neuen Zuhause? Ich dachte, du würdest deine Besonderheit ewig vor der Welt verstecken.«

Seinen Begrüßungsworten folgten eine Umarmung und ein Kuss auf die Wange, der meine Haut kribbeln ließ.

Mir schlug Eifersucht entgegen, von mehr als einer der Frauen hier, aber ich hatte keine Muße, sie zu zerstreuen.

»Dein Club sieht großartig aus, und du auch«, stellte ich lächelnd fest und fuhr mit den Fingern kurz über den schwarzen, teuer aussehenden Stoff von Conans Hemd. Er strahlte nicht nur äußerlich, seine Gefühlswelt war von Stolz und Unbeschwertheit bestimmt. Er genoss diesen Abend und hätte es nicht gegen all meine Prinzipien verstoßen, hätte ich ihm gern einen winzigen Teil dieser Positivität gestohlen.

»Ich war ein Engel, ich muss gut aussehen«, entgegnete er schulterzuckend und neigte den Kopf. »Was auch immer du bist, ist aber schöner, als weißgeflügelte Wesen jemals sein könnten. Verrätst du mir irgendwann, was du bist?«

Meine Mimik wollte überraschte Züge annehmen, aber ich behielt sie unter Kontrolle und schmunzelte nur. »Ich bin nur ein Mensch und ich dachte, wir wollten diese Welt feiern und uns nicht in anderen Realitäten verlieren«, erinnerte ich Conan und brachte ihn damit zum Nicken und dazu, mit den Fingern zu schnipsen. Die auffordernde Handbewegung bescherte ihm gleich zwei Flaschen Wein. Die beiden Gläser folgten fünf Sekunden später und wurden von einer der hübschen Dämoninnen serviert.

»Setz dich zu mir. Lass uns so tun, als wäre uns der Krieg fremd und der Tod nie begegnet. Weiß- oder Rotwein?«

»Ich habe seit Monaten keinen Alkohol mehr getrunken. Kann ich darauf verzichten?«

Conan nickte und öffnete eine der Flaschen. »Weißwein, natürlich.«

Wir unterhielten uns über Gott und die Welt, natürlich ohne wirklich über Gott und das Schicksal der Welt zu reden. Erheiternde Belanglosigkeiten, unterhaltsame Anekdoten, ein paar anzügliche Witze – Conan und Siro wussten herrliche Konversationen zu betreiben, vor allem nach ein paar Gläsern Wein. Ich nippte noch immer an meinem ersten Glas, aber der Alkohol stieg mir so schnell und leicht zu Kopf, wie ich vermutet hatte. Als Conan mir nachschenken wollte, hielt ich die Hand über mein Glas.

»Nicht. Ich muss noch nach Hause finden«, scherzte ich und bekam ein ungläubiges Schnauben zu hören.

»Wenn du nach einem halben Glas Wein nicht mehr nach Hause findest, hast du noch nie gewusst, wo du wohnst«, meinte Siro und neigte seinen Kopf gegen die Schulter der Dämonin, die Conans Schoß hatte verlassen müssen, als ich aufgetaucht war. Sie streichelte mit den Fingerspitzen über Siros Hals und entlockte ihm ein leises Knurren. Ich wandte den Blick von den beiden ab, weil ich sie nicht in ihrer Zweisamkeit stören wollte, auch wenn ich mir sicher war, dass ihnen neugierige Blicke nichts ausmachten.

»Mir wäre es lieber, wenn du nicht mehr nach Hause findest. Vielleicht sollte ich dir ein paar Tequilas bestellen«, meinte Conan und wies das fünfte hübsche Mädchen ab, das sich neben ihn setzen wollte. Es war mir neu, dass er keine Frau an seine Seite ließ, erst recht, weil er heute etwas zu feiern hatte.

»Lass die Anspielungen sein, Conan. Ich will heute nicht mehr darüber nachdenken«, erklärte ich und versuchte, Astaras aus meinen Gedanken zu verbannen. Dass meine Miene dabei traurig aussehen musste, fiel mir erst auf, als Conans Hand mein Kinn berührte.

»Der leidende Blick sieht absurd schön an dir aus, aber lass ihn vorüberziehen, sonst muss ich dich küssen, um deine Gedanken zu zerstreuen.«

Ich starrte in die dunklen Iriden, hinter denen dieses Feuer loderte, das er mir noch nie so offensichtlich gezeigt hatte. Als ich nach ein paar Sekunden noch immer kein Wort herausbrachte, lachte Conan leise und nahm die Hand wieder runter.

»Würdest du es mir erlauben?«, wollte er wissen und legte den Kopf fragend schief.

»Ich bin verheiratet«, entgegnete ich endlich und schüttelte den Kopf.

»Und Ehebruch ist eine Sünde«, ergänzte Conan, nicht ohne mich an etwas zu erinnern. »Selbst die gottesfürchtigsten Engel sündigen manchmal. Vielleicht liegt die Sünde in unserer Natur. Vielleicht hat Gott sie uns in die Wiege gelegt, zusammen mit der Hoffnung und dem Glauben.«

Conan war ein großer Redner. Süße Worte, verführerisch gehaucht und mit anziehenden Gesten untermalt. Er brach trotzdem gerade jede Regel, die wir vereinbart hatten. Wir wollten nicht über so große Dinge wie Sünde und Hoffnung sprechen und wir wollten keine Liebelei beginnen. Letzteres hatten wir schon lange vereinbart, eher stillschweigend, aber er schien sich gerade nicht mehr daran zu erinnern. Ich konnte das aufkommende Verlangen in ihm zügeln, es lindern, aber nicht auslöschen. Dafür war seine Erzdämonenseele zu stark.

»Du könntest wahrscheinlich jede Frau hier haben, Conan. Du brauchst mich nicht, ich bin nicht so spannend, wie du dir ausmalst.«

Er raunte und lachte im selben Atemzug. »Vielleicht will ich dich, weil ich dich nicht haben kann. Oder weil du so besonders bist, dass ich dich verderben würde. Such dir etwas aus, mein Engel.«

Ich beugte mich zu ihm und hauchte ihm einen Kuss auf die Wange. Sein Verlangen schmeichelte mir, aber es zuzulassen, würde so viel zerstören, dass ich es gar nicht in Worte fassen konnte.

Als ich aufstand, hielt er meine Hand fest. »Bleib. Du musst noch nicht gehen. Aus mir hat der Wein gesprochen. Verzeih mir.«

Ich schüttelte den Kopf. »Es gibt nichts zu verzeihen. Du hast mir einen ausgelassenen Abend beschert, vielen Dank. Aber ich muss nach Hause.«

»Was kann ich tun, um dir das auszureden?«

»Gar nichts. Du hast mich zum Lächeln gebracht, mehr kann und will ich nicht von dir verlangen. Genieß deine Nacht und deinen Club. Ich komme bald wieder, schließlich stehe ich auf deiner Liste.«

Er konnte sich kein Lächeln abringen, aber er nickte und stand auf, um mich zu verabschieden. Als er mich in den Arm nahm, fühlte ich etwas in ihm aufkeimen, das mir viel unangenehmer war als sein Verlangen vorhin – Sorgen.

»Wenn du mich brauchst, Lia, ob Tag oder Nacht …«

»Danke, Conan.«

Ich hasste diesen Zustand, die Rolle, die ich plötzlich ausfüllte, aber nicht spielen wollte. Sie hielten mich alle für ein Opfer, für jemanden, der beschützt werden musste, aber zu stur war, um das zuzulassen. Es war, als hätten sie vergessen, dass ich für mich selbst sorgen konnte und stark war.

Ich winkte Siro zu, der sich kurz aus dem leidenschaftlichen Kuss, in dem er versunken war, löste und den Kopf zur Verabschiedung neigte.

Als ich den Club verließ, schlug mir kühle, frische Nachtluft entgegen. Die Straße hatte sich annähernd geleert und ich genoss die Tatsache, dass keine Vielzahl an Gefühlen mehr auf mich einrieselte.

Ich ließ meinen Blick kurz in den Himmel schweifen. Dort oben tummelten sich Wolken und ich glaubte, es knistern zu hören. Es würde gleich zu regnen beginnen, aber das machte mir nichts aus. Ich lief gern durch nasse Straßen und Unwetter machten mir keine Angst.

Bevor ich mich auf den Weg machte, begann ich, meine Haare zu verknoten. Mein Blick streifte dabei eines der Fenster im Wohnhaus gegenüber. Jemand hatte ein Kreuz aus Lichterketten dort befestigt. Das weiße künstliche Licht flackerte, erlosch für ein paar Sekunden und ging dann wieder an. Meine Gedanken kreisten um Omen und ob man sie nur dann sah, wenn das Unterbewusstsein bereits wusste, dass etwas geschehen würde, und sie damit selbst erschuf.

Als mich die negativen Gefühle trafen, wurden sie auch schon verbalisiert. Eine männliche Stimme rief mir etwas wenig Schmeichelhaftes hinterher und ich sah hinüber in die schmale Seitengasse, aus der mir die Antipathie entgegengeschleudert wurde. Sie waren zu dritt. Zwei Männer und eine

Frau. Als sie auf mich zukamen, erkannte ich die hübsche Dämonin wieder. Conan hatte sie vorhin abgewiesen. Sie hatte auf die Ablehnung übertrieben aufbrausend reagiert und ihre beleidigte Eitelkeit schien sie noch immer zu beherrschen.

»Muss das Wächterflittchen schon wieder zurück in den Orden?«, wollte sie wissen.

»Ist Conan schon mit dir durch?«, tönte einer ihrer Begleiter.

Sie waren betrunken und auf Ärger aus, aber ich hatte definitiv keine Lust, dieses konstruierte Eifersuchtsdrama ausarten zu lassen.

»Er gehört ganz euch«, verkündete ich schulterzuckend und lief weiter. Ein Seufzen entwich meiner Kehle, als ich hörte, wie sich ihre Schritte beschleunigten.

»Nicht so schnell, kleine Wächterin!«

»Bleib doch noch bei uns.«

Die beiden Männer stellten sich mir in den Weg. Sie waren groß und bestimmt stark, aber ihre Gefühlswelt war angreifbar und schutzlos, auch wenn sie davon noch keine Ahnung hatten.

»Du solltest dich von Conan fernhalten! Er braucht keinen Abschaum wie dich, der ihn verführt!«, hörte ich die helle, aufgebrachte Stimme hinter mir rufen. Ich drehte mich nach ihr um und kassierte eine Ohrfeige, die ich etwas zu spät kommen gespürt hatte, weil ihre Gefühle durch den vielen Alkohol sehr flatterhaft und unvorhersehbar waren. Noch während ich die Dämonin mit Ruhe flutete, weil ich keine Lust hatte, mich mit ihr zu schlagen, packte mich einer ihrer Begleiter von hinten und riss mich beinahe zu Boden. Sie wollten mich einschüchtern, mir Angst machen, weil sie gesehen hatten, dass ich keine Waffen dabeihatte.

Mir riss der Geduldsfaden, vor allem, weil mich einer der Dämonen an den Haaren packte, aber ich schlug nicht sofort zurück. Etwas drang an mein Bewusstsein und ließ meinen sechsten Sinn so laut schrillen, als würde uns gleich der Himmel auf den Kopf fallen. Ich wirbelte auf dem Absatz herum und verpasste dem Dämon im selben Moment einen so schmerzhaften Schlag, dass er in die Knie sank.

Mein Blick glitt ans Ende der schmalen Gasse, dorthin, von wo mich das gleißende, unnatürliche Strahlen erreichte, das ganz plötzlich aufgetaucht war.

Weil ich Astaras anstarrte, reagierte ich nicht schnell genug auf den Dämon, der mich am Arm zu sich riss und mir etwas Bedrohliches ins Ohr knurren wollte. Ich hörte nicht hin, weil sich meine Gedanken überschlugen und mein Herzschlag so sehr beschleunigte, dass ich so tief Luft holen musste, als würde ich gerade laufen.

Er musste mich sofort loslassen, also schlug ich mit meiner Gabe auf ihn ein und schubste ihn von mir weg. Sie durften mich nicht mehr angreifen, aber sie fühlten die grenzenlose Wut nicht, die hinter Astaras' dunklen Iriden wuchs, weil sie sich nur auf mich konzentrierten.

»Verschwindet! Lauft weg!«

Meine Worte waren keine Drohung, sondern eine Warnung. Er würde mich verteidigen, mit einer Kraft, der die Dämonen nicht gewachsen waren, und einer Unbarmherzigkeit, die sie nicht verdient hatten. Sie waren streitlustig, dumm, aufdringlich, aber dieser Zorn würde sie überrollen und ich war mir nicht sicher, ob ich ihm Herr werden konnte.

»Nicht! Es ist in Ordnung! Ich kann mich selbst verteidigen!«, rief ich Astaras zu und hob die Hände, um ihm zu signalisieren, nicht näher zu kommen.

Ein Augenblinzeln, länger brauchte er nicht, um bei mir zu sein und den Dämon am Genick zu packen, der dabei war, wieder Hand an mich zu legen. Er schleuderte ihn gegen die Hausmauer und ich schlang sofort meine Arme um Astaras, um ihn zu beruhigen. Die Wellen meiner Gabe prallten an einer Mauer ab, die aus purem Blutrausch bestand. Ich konnte ihn nicht festhalten, ich konnte ihn nicht beeinflussen und meine flehenden Schreie hallten wie Warnsignale durch die Nacht, die kein Gehör finden würden.

»Nicht! Astaras! Bitte!«

Ich lief auf ihn zu, aber er bückte sich so schnell nach dem Dämon und im nächsten Moment spritzte so viel Blut, dass ich es abbekam, obwohl mich noch zwei Meter von diesem Massaker trennten.

Ekel, Panik, Angst, Tatendrang – ich wusste nicht, was alles in mir tobte, aber ich war in meinem ganzen Leben noch nie so aufgelöst gewesen. Als er sich wieder aufrichtete, streifte mich sein Blick und meine Kehle schnürte sich zu. Er war mir so fremd, dass ich nicht mal mehr einschätzen konnte, ob er mich auch in Stücke reißen wollte. Die seltsame Macht in ihm tobte ganz ungezähmt und mir wurde bewusst, wie grenzenlos gefährlich sie war.

Er drehte sich weiter, wandte sich nicht mir zu, sondern der Dämonin, die mit weit aufgerissenen Augen auf den blutüberströmten Körper ihres Begleiters starrte und unfähig war, sich zu bewegen. Er war viel schneller bei ihr als ich und ich musste zusehen, wie er sie in Stücke riss.

Ich sah nur noch Blut, so viel davon. Mir war, als könnten wir darin ertrinken, wenn ich nicht endlich etwas unternahm. Ich rannte wieder auf ihn zu und stellte mich ihm in den Weg, um dem dritten Dämon die Flucht zu ermöglichen.

Ich stand kaum einen Meter vor Astaras, die Hände ausgestreckt, blankes Entsetzen in meinem Blick, das alles in mir bestimmte. Er starrte mich an, neigte den Kopf so fragend, als würde er nicht verstehen, warum ich ihn so ansah. Meine Lippen zitterten und ich konnte die Tränen nicht zurückhalten, weil er mein Herz gerade genauso in Stücke riss wie die beiden Körper.

Ich hatte mich so lange blind gestellt. Blind, stumm und taub hatte ich an seiner Seite verweilt und die Existenz des Chaos so lange geleugnet, bis es mich mit Blut überschüttet hatte.

Es war meine Schuld. Ich hatte nur fremdes Licht in ihm sehen wollen, gleißende Strahlen, die ich hell genannt hatte, obwohl sie pechschwarz waren und nicht strahlten, sondern stachen.

Ich hatte die Schwärze nicht wahrnehmen wollen, obwohl ich bereits mit beiden Beinen in diesem Sumpf aus Tod, Krieg und Tränen gestanden hatte. Was Astaras verteidigt hatte, war nicht heilbar oder totzuschweigen, es war verstörend und gottlos und er präsentierte es mir und der ganzen Welt gerade auf dem blutbefleckten Silbertablett.

Seine Aura preschte hoch in den Himmel, tief in die Hölle, und ich war mir sicher, dass sie gerade alle den Atem anhielten. Es fühlte sich so an, als würde er seine Auferstehung verkünden, als wäre er die Spekulationen leid und meine Dummheit.

»Ich werde dich beschützen«, sprach er tonlos. Es kam mir so vor, als würde er die Lippen kaum bewegen. Seine Stimme klang so fremd wie die Aura, die er nicht mehr versteckt hielt.

»Wovor?! Du tötest, Astaras! Du beschützt nicht! Du hast den Verstand verloren!«

Er nickte und ich konnte dem Wahnsinn nichts entgegnen. Ich begann zu begreifen, dass ich ihn verloren hatte, an etwas, dem die anderen einen Namen gegeben hatten, den ich bis heute nicht mal in Gedanken hatte aussprechen können: Luzifer-Virus.

Als er seine Hand nach mir ausstreckte und seine Finger meinen Hals berührten, dachte ich, er würde zudrücken, aber er wurde nicht grob. »Ich liebe dich«, hauchte er und schaffte es irgendwie wieder, zu klingen wie er selbst. Ich glaubte ihm, ich fühlte seine Liebe noch irgendwo hinter uralten Kräften, Blutrausch und wirren Zukunftsvisionen. Seine Gefühle zu erwidern, war aber zu schmerzhaft für meine Seele. Ich hätte es aussprechen können, aber es zu empfinden, hätte mich umgebracht. Mein Herz wäre stehen geblieben, weil weiterhin für ihn zu schlagen, während wir in Blut getaucht in dieser unwirklich schrecklichen Nacht standen, zu viel gewesen wäre.

Als ich den Mund öffnen wollte, durchzuckte mich die Angst wie ein Blitz. Astaras schwankte zur Seite und riss mich mit, weil er den Griff um meinen Hals verfestigt hatte. Die Kraft, die ihn getroffen hatte, war dunkel, aber nicht annähernd so unkontrolliert und unbeherrscht wie seine eigene. Ich sah schwarze Schwingen, die auf uns zukamen. Conan hatte ihn gefühlt, die ganze Welt hatte ihn gefühlt und verfiel einem Kampf, der über unsere Gegenwart hereinbrach, obwohl er einer anderen Zeit angehörte.

»Nein!« Ein heiserer Schrei entwich meiner Kehle, obwohl ich kaum atmen konnte.

Astaras wollte mich loslassen und auf Conan losgehen, aber ich konnte das nicht zulassen, egal was es kosten würde. Ich packte ihn an der Hand, die er von mir losreißen wollte, und schlug mit aller Kraft, die ich in mir fand, auf ihn ein. Seine Seele begann zu bluten, weil meine Gabe nichts anderes war als ein Schwert, das sein Inneres zerstoßen konnte. Astaras schrie auf und erhob zum ersten Mal die Hand gegen mich. Obwohl er mich nicht berührte, wirkten seine Kräfte so stark auf mich ein, dass ich gegen die Mauer hinter mir schlug und dachte, mir würde jeder Knochen im Körper brechen. So große Schmerzen hatte ich noch nie empfunden, mein gebrochenes Herz eilte allen voran.

Astaras sah mich an, als hätte ich ihn im Stich gelassen, als würde ich ihn ertrinken lassen, obwohl ich ihm eigentlich die Hand reichen und ihn aus dem Wasser ziehen konnte. Ich hatte diese Kraft nicht. Ich war nicht in der Lage, ihn zu retten, ich konnte nur noch gegen ihn kämpfen.

Als er auf mich zukam, war ich mir sicher, dass er das Unvermeidliche auch begriffen hatte.

Kurz bevor er mich erreichte, riss ihn Conan an den Flügeln von mir weg. Die beiden begannen, aufeinander einzuschlagen, und ich war mir sofort sicher, dass der Erzdämon unterliegen würde. Conan fehlte die Kraft, um Astaras' harten Schlägen und seinen übersinnlichen Kräften lange zu trotzen. Er würde sterben, zerfetzt von jemandem, den ich so lange vor ihm verteidigt hatte. Es war meine Schuld. Ich hatte diese grausame Nacht heraufbeschwört, in all ihrer Brutalität.

Um uns herum leuchteten unzählige Auren, aber keine von ihnen war auch nur annähernd stark genug, um in diesen Kampf einschreiten zu können. Sie hielten Abstand und sie taten gut daran, wenn sie nicht sterben wollten.

Ich stürmte auf die beiden zu, weil ich Astaras nur wirklich schaden konnte, wenn ich ihm nah genug war. So glich meine Gabe nur Schnitten auf seiner Seele, die ihn zwar davon abhielten, Conan noch schneller in Stücke zu fetzen, die aber zu schwach waren, um ihm wirklich Einhalt zu gebieten. Er hielt den Erzdämon am Genick und an einem seiner Flügel fest. Als Conan bemerkte, wie nah ich gekommen war, begann er, mich anzuschreien. »Verschwinde! Er wird dich töten!«

Ja, aber er würde ihn zuerst töten und das konnte ich nicht zulassen. Als ich mich auf Astaras stürzte, fühlte ich mich, als würde mir der Tod seinen kalten Atem in den Nacken blasen. Ich klammerte mich an ihn und focht einen erbitterten Kampf mit seiner Seele aus, die meiner ebenso schadete. Wir gingen gemeinsam zu Boden, schlugen auf dem harten Asphalt auf und lauschten unseren Schmerzensschreien.

Ich würde ihn nicht loslassen, ich durfte ihn nicht loslassen, weil er sonst weiter töten würde und jeder Tropfen Blut, den er vergoss, auch an meinen Händen klebte.

Wir lagen einander in den Armen, so schmerzhaft entschlossen, dem anderen zu schaden, dass wir uns gegenseitig nicht mehr erkannten, obwohl wir uns in die Augen blickten. Ich fühlte den kalten Regen auf meiner Haut, Wunden an meinem Körper aufreißen und meine Kräfte schwinden. Wenn ich in seinen Armen starb, würde ich ihn mitnehmen, weil ich ihm genau das schuldig war. Vielleicht konnte ich ihn so erlösen, vielleicht konnte ich uns nur so von unseren Sünden reinwaschen.

Mir schwanden die Sinne und meine Schmerzensschreie blieben in meiner Kehle stecken. Astaras schrie noch, weil er stärker war als ich. Er kämpfte dagegen an, dass ich ihn mit mir nahm, weil sich dieses Monster in ihm um jeden Preis selbst am Leben erhalten wollte.

Als ich den Wind peitschen fühlte, war ich kurz davor, das Bewusstsein zu verlieren. Gabriel riss Astaras von mir los und ich blieb bei Sinnen und am Leben, obwohl ich mich kurz tot und leer gefühlt hatte.

Woher ich die Kraft nahm, auf die Beine zu springen, wusste ich nicht, nur, dass ich keinen Meter vorankam, weil ich festgehalten wurde.

Das imaginäre Wasser linderte nicht nur die Schmerzen, es schirmte uns auch von den Wellen aus Kraft ab, die von den beiden Mächten ausgingen, die gerade gegeneinander kämpften.

Gabriel konnte zurückschlagen, er konnte Astaras in Schach halten, aber ich war mir nicht sicher, ob er ihn töten konnte. Diese Kraft war so stark, so unbarmherzig und wütend, dass sie gegen das mächtigste Wesen ankam, das Gott jemals geformt hatte.

Ich wusste nicht, warum all das geschah.

Woher kam dieses Chaos und warum wollte es unsere Welt in Blut tauchen? Wer hatte es erschaffen und wieso musste es ausgerechnet Astaras mit sich reißen?

Die Tränen brannten auf meiner Haut, als wären sie aus Salzsäure, ebenso wie der Regen, der auf uns prasselte.

Raphaels Arme gaben mir Halt, verhinderten, dass ich abdriftete, zusammenbrach, weil ich diese Realität kaum aushielt, und sie verhinderten, dass ich in meinen Tod lief.

Die Blitze, die am Himmel zuckten – ich wusste nicht, ob sie aus den Wolken kamen oder von Gabriel und Astaras ausgingen, die ihren Kampf in die Luft verlagert hatten.

Conan lag blutüberströmt auf der Straße, aber er atmete, sein Herz schlug noch. Meines wäre vielleicht stehen geblieben, hätte Raphael es nicht so fest zusammengehalten.

Als Astaras abstürzte, dachte ich, es wäre vorbei, aber er schlug im letzten Moment mit den Flügeln und federte seinen Sturz ab. Uns trennten kaum zehn Meter, aber da war noch so viel mehr Distanz. Zwischen uns standen nicht nur Raphael und Gabriel, sondern die ganze Welt.

Ich fühlte etwas passieren, das den Erzengel, in dessen Armen ich Schutz gefunden hatte, dazu veranlasste, seinen Griff zu verfestigen. Die Luft um Astaras herum begann zu schwimmen. Die Regentropfen krümmten sich regelrecht, genau wie die irdische Realität. Als ich begriff, was passierte, war er schon verschwunden und Gabriels Angriff verlief ins Leere. Mir war nicht klar, dass so etwas überhaupt geschehen konnte, aber die Hölle hatte Astaras einfach verschluckt.

Ich wäre auf die Knie gefallen, hätte Raphael mich nicht noch immer festgehalten.

»Ich lasse nicht zu, dass du stirbst! Ich hätte dich beinahe verloren!«, rief er, aber seine vorwurfsvollen Worte drangen nur oberflächlich an mein Bewusstsein.

Gabriel schlug wütend mit der Faust gegen die Ziegelsteinwand, vor der Conan am Boden lag, und versuchte, sich auf die Beine zu raffen. Siro und ein paar andere Dämonen liefen auf ihn zu und reichten ihm die Hände. Ihr Entsetzen und ihre Angst bündelten sich zu einem Schwall aus Unheil, der unsere Welt so schnell nicht verlassen würde.

Als Gabriel auf uns zukam, war sein Blick so kalt und übermenschlich, dass ich ihn nicht wiedererkannte. Ich neigte den Kopf, senkte den Blick zu Boden, weil dieser starke, herrliche Erzengel mir etwas zu sagen hatte, das ich verdient hatte. Ich war so dumm gewesen, so stur, so verliebt, aber ich hatte es nicht übers Herz gebracht, meinen Verstand über meine Gefühle siegen zu lassen.

»Tu das nie wieder!«, hörte ich Gabriel brüllen und sah zu ihm auf. Die smaragdgrünen Iriden funkelten mich streng an. »Kämpf nie wieder gegen ihn! Das ist ab jetzt mein Krieg!«

Ich schüttelte verständnislos den Kopf. Ich wäre noch immer auf die Knie gesackt, wenn Raphael mich nicht festgehalten hätte. »Es ist meine Schuld! Vielleicht hätte ich ihn töten können! Vielleicht hätte ich dieses Monster in ihm mit mir reißen können!«

Gabriel schnaubte. Seine Flügel verblassten langsam, aber sein Gesicht blieb das eines heroischen Erzengels. »Du hättest dich nur umbringen können! Für was?! Für ihn?! Du bist ihm gar nichts mehr schuldig und auch nicht verantwortlich für diesen Wahnsinn! Du hast dich lange genug für ihn gequält, jetzt reicht es! Lad dir nicht seine Schuld und seine Sünden auf! Stures, selbstloses Wesen!«

Diese Worte hatte ich nicht verdient, auch wenn sie wütend gesprochen waren. Gabriel tat mir nicht den Gefallen, mir dabei zu helfen, mich zu geißeln. Ich konnte meine Nerven trotzdem nicht beruhigen, genauso wenig wie das rebellierende Herz in meiner Brust.

»Du musst das beenden!«, verlangte Raphael, aber Gabriel zuckte nur mit den Schultern.

»Solange er in der Hölle ist, kann ich nichts tun!«, erklärte er gereizt und wischte sich das Blut mit dem Handrücken von der Wunde an seiner Stirn.

Ich hätte sie beinahe alle verloren, genauso, wie ich Astaras verloren hatte. Als mir das bewusst wurde, schwanden mir endgültig die Sinne. Das Letzte, was ich vernahm, bevor ich ohnmächtig wurde, war Gabriels Satz, der ab heute wie ein Damoklesschwert über meinem Leben hängen würde.

»Er wird wiederkommen …«

Mein neues Leben

Zehn Monate später

Ich hielt zwischen den Brombeersträuchern, zog mir den Helm vom Kopf und stieg vom Motorrad. Durch das hohe sattgrüne Gras stapfte ich auf die Haustür zu, die einen Spaltbreit offen stand. Ich schloss nie ab, ich hatte nicht mal einen Schlüssel für die alte knarrende Holztür mit dem schönen hellbeigen Furnier.

Im Flur legte ich meine Waffen ab. Das besondere Schwert, das ich führen durfte, war mit Erde und Blut verdreckt. Ich würde mich später darum kümmern.

Sein Geruch schwebte noch in der Luft, er musste auch gerade erst durch die Tür gekommen sein. Sandelholz mit einer dezenten Note Nelken – so roch nur Beryl. Die sanfte Engelsaura streichelte über meine Gefühlswelt, obwohl seine eigene aufgebrachter war als sonst.

»Das ist nicht dein Ernst, Lia.«

Ich machte noch ein paar Schritte in den großen, beinahe leeren Raum und lehnte mich dann an die Wand, um meine Muskeln zu entspannen. Ich hatte einen anstrengenden Tag hinter mir und die vorwurfsvollen Blicke aus diesem hübschen Gesicht entlockten mir ein Seufzen.

Beryl stand in meinem Wohnzimmer und deutete auf den alten Tisch, auf dem sich meine Bücher stapelten. »Hier lebst du? Hier lernst du? Hier schläfst du? Das ist doch …«

Er fand keine Worte, ich fühlte nur eine Emotion in ihm hochsteigen, die ich so selten an Beryl fühlte, dass ich mir nicht sicher war, ob es überhaupt Rage war. Er konnte selbst nur ganz schwer damit umgehen, aber der Anblick meines Zuhauses schien ihn wütend zu machen.

»So kann man nicht leben, Lia. Es ist eiskalt hier drin.«

Ich stieß mich von der Wand ab, um auf den Kamin zuzusteuern, in dem ich das Holz heute Morgen bereits geschichtet hatte. Als ich es entzündete und auf Beryl zuging, verschränkte er tatsächlich die Arme vor der Brust. Mein gutherziger, liebevoller, positiver Engel funkelte mich vorwurfsvoll an.

»Deshalb lädst du nie jemanden zu dir ein?«, wollte er wissen und sah sich noch mal mit finsterem Blick um, um mir deutlich zu machen, was er von meinem abgeschiedenen Idyll hielt.

»Es ist vielleicht nicht die *Ars Vivendi,* aber ich fühle mich hier wohler als im Schloss. Das hier reicht mir und ich kümmere mich noch um Möbel und die Dinge, die zu reparieren sind.«

Meine Beschwichtigungsversuche prallten an einer Wand aus Sorgen und Unverständnis ab. Beryl hätte sich selbst einen Gefallen tun und nicht herkommen sollen. Dass ich ihm erzählt hatte, wo ich lebte, war wohl ein Fehler gewesen. Ich hatte aber nicht damit gerechnet, dass er tatsächlich unangekündigt vorbeikommen würde. Das sah ihm eigentlich nicht ähnlich.

»Hier fehlen nicht nur Vorhänge und etwas Farbe an der Wand. Du hast nicht mal ein Bett, Lia!«

»Natürlich. Warst du schon im Raum nebenan?«

»Du meinst den Raum mit der Matratze auf dem Boden?«, entgegnete er aufgebracht und begann im nächsten Moment, den Kopf zu schütteln. »Du ziehst wieder bei mir ein, bis du eine vernünftige Wohnung oder ein Haus gefunden hast.«

»Nein, Beryl.«

Er zog die Augenbrauen zusammen. Mir war nicht klar gewesen, dass er überhaupt wütend aussehen konnte. Ich musste das Schmunzeln unterdrücken.

»Wenn du nicht bei mir leben möchtest, dann frag Gabriel. Sein Haus ist riesig und er hätte bestimmt gern Gesellschaft.«

Gabriel suchte nicht nach Gesellschaft. Er war genauso gern allein wie ich, aber Beryl begann seine eigene Idee gerade großartig zu finden und ich wusste, warum.

»Dich bei ihm zu wissen, würde mich ruhiger schlafen lassen. Er kann dich beschützen. Wenn du hierbleibst, werde ich nie wieder ein Auge zutun!«

Wieder eine Premiere, Beryl drohte mir. Meine Wohnsituation machte ihm so sehr zu schaffen, dass er sich selbst fremd wurde. Es war höchste Zeit, ihm meine Hand auf die Wange zu legen und ihm die negativen Gefühle zu nehmen.

»Ich werde nicht bei Gabriel einziehen. Ich ziehe überhaupt nirgends hin und ich kann mich selbst beschützen. Ich werde bleiben, weil es mir gefällt und ich mich hier wohlfühle«, machte ich mit sanfter Stimme klar und lächelte ihn an.

»Das ist nicht fair. Ich denke gerade, dass du recht hast, aber ich will das nicht denken. Du beeinflusst mich.« Er verzog die hübschen Lippen und fasste sich dann resignierend an den Kopf. »Tu mir das nicht an, Lia …«, murmelte er, so wie er es früher manchmal getan hatte, wenn ich seine Nerven strapaziert hatte. Vor Jahren waren es das Schuleschwänzen oder die Anfeindungen meiner Mitschüler gewesen, die ich vor ihm verheimlicht hatte. Heute murmelte er zerknirscht vor sich hin, weil ich keine Küche hatte und mit Gabriel keine WG gründen wollte.

»Möchtest du einen Tee?«, wollte ich wissen und begann, die Stühle vor dem Tisch abzuräumen, auf denen sich meine Unterlagen türmten. Er nickte so theatralisch seufzend, als ob ich angeboten hätte, ihm aus der Offenbarung des Johannes vorzulesen. Ich griff mir lächelnd den Wasserkocher, der in dem schiefen Regal neben dem Kamin stand, und verschwand im Badezimmer, um Wasser zu holen. Als ich wiederkam und Beryl eine Tasse vorsetzte, entriss ich ihm wieder seine Sorgen. Das Thema wechseln wollte er trotzdem nicht.

»Wieso bist du hergezogen? Mitten in den Wald? Du bist hier ganz allein. Niemand weiß, dass du hier bist, und …«

»Genau das ist der Punkt, Beryl«, unterbrach ich ihn und setzte mich auch an den Tisch. »Diese Ruhe tut unendlich gut. Ich bin zu alt für das Internatsleben geworden und zu schwierig …«

Sein Blick wurde plötzlich weich, seine Augen glänzten. »Hast du mit Raphael jemals darüber gesprochen? Hast du ihm von den Problemen mit den anderen Wächtern erzählt? Wenn er wüsste, was vorgefallen ist, könnte er dir helfen und du könntest wieder ins Schloss ziehen.«

Beryl wollte partout nicht verstehen, obwohl er wusste, wie es tief in mir aussah. Er kannte mich und trotzdem schlug er mir Dinge vor, die mir so fernlagen, dass sie regelrecht absurd in meinen Ohren klangen.

Ich hatte ihn von den Problemen, die ich in meinen letzten Monaten im Schloss gehabt hatte, erzählt. Nicht alle hatten mich mit offenen Armen an der *Ars Vivendi* empfangen, als Raphael mich nach dieser unwirklich furchtbaren Nacht dorthin zurückgebracht hatte. Ich war zu der Wächterin geworden, die das Böse geliebt hatte. In den Augen mancher war ich eine Verräterin, die in den Orden zurückgekrochen gekommen war, weil sie nach Vergebung gesucht hatte. Ihre Gefühle hatten ebenso geschmerzt wie die forschenden Blicke und die rauen Worte, die sie nur hinter vorgehaltenen Händen flüsterten. Ich hatte sie trotzdem hören können, ich hatte es fühlen können und ich war es irgendwann leid geworden, Luzifers Mädchen genannt zu werden. Vergebung für meine Sünden und meine brennende Seele würde ich bestimmt nicht hinter den urteilenden Schlossmauern finden. Sie hatten begonnen, mich zu erdrücken, und ich war einfach meinen eigenen Weg gegangen. Die Differenzen mit dem Orden selbst waren aber nicht der ausschlaggebende Grund gewesen, warum ich die *Ars Vivendi* verlassen hatte.

»Raphael weiß nichts davon. Er soll niemanden bestrafen, nur weil manche eine Sünderin in mir sehen. Sie können denken, was sie wollen, es spielt keine Rolle. Es macht mir nichts aus.«

»Es macht dir nichts aus? Du hast dich selbst ins Exil verbannt, Lia.«

Ich musste lachen. »Exil oder Idyll, die Grenze verläuft wohl fließend. Du wohnst auch sehr abgeschieden und genießt es.«

»Ja, aber bei mir ist es warm und ich habe Möbel.«

Ich sah ihm tief in die Augen und brannte die folgenden Worte förmlich in seine Seele. »Es geht mir gut. Sorg dich nicht.«

Er wich meinem Blick aus und starrte in das prasselnde Feuer, das mein kahles, abgeschiedenes Zuhause mit ein wenig Wärme und Atmosphäre füllte. »Es ist mir unangenehm, dass du so stark bist«, verriet er leise und schloss kurz die Augen, um die Melancholie vorüberziehen zu lassen. Ich half ihm dabei. »Du hast so viel durchgemacht und lächelst trotzdem. Es muss dich schmerzen, aber du akzeptierst das Brennen in deinem Herzen. Ich lebe schon länger, als es diese Welt gibt, aber deine Stärke ist mir so rätselhaft, dass sie mir manchmal Angst macht. Hast du genügend geweint? Genügend geschrien und gebetet?«

Seine Sorgen flammten wieder auf, obwohl ich sie kleinhalten wollte. Beryl wehrte sich vehement gegen meine Gabe, weil ihm mein Wohl so sehr am Herzen lag, dass er glaubte, meinen Schmerz mit mir teilen zu müssen. Das musste er nicht. Niemand musste mich bemitleiden oder sich Sorgen machen. Ich kam zurecht und ich hatte so viel und laut gebetet, dass ich irgendwann heiser geworden war.

Mir war bewusst, was ich alles verloren hatte, wie taub sich meine Seele manchmal anfühlte und dass dort, wo früher nur Hoffnung und Glauben geleuchtet hatten, heute auch Schatten tobten. Aber manchmal ließ uns das Leben nicht viele Optionen. Ich konnte in meiner Vergangenheit ertrinken und mich von meiner Reue geißeln lassen oder lächeln, obwohl mein Herz in Flammen stand. Mein liebster Erzdämon hatte mir beigebracht, dass es keinen Unterschied machte, ob man im Antlitz des Chaos lächelte oder in Tränen verging.

»Ich verspreche dir, mich nach Möbeln umzusehen und gut auf mich zu achten. Und ich weine noch, keine Angst.«

Ein trübsinniges Schmunzeln zierte seine Lippen. Ich spendierte ihm ein paar Glücksgefühle, gegen die er sich nicht gänzlich verschließen konnte.

»Kann ich dich um etwas bitten, Beryl?«

Er horchte auf und nickte sofort, weil er mir nichts abschlagen können würde.

»Erzähl niemandem, wo ich wohne. Lass dieses Haus noch eine Weile ein Exil für mich bleiben, ich will es so.«

»Nicht mal Raphael? Ihr steht euch doch so nahe.«

»Ja. Aber ich brauche noch etwas Zeit für mich. Ich bleibe seine Wächterin und wir sehen uns bald wieder im Orden. Das muss vorerst reichen.«

Meine Gefühle wirbelten durcheinander. Ein schwermütiger Strudel aus Erinnerungen, der mich müde machte. Seit dieser grotesken Nacht war so viel passiert, Dinge, die mich überfordert hatten, weil ich unfähig gewesen war, in mich hineinzufühlen – sehr lange. Raphael hatte es nicht leicht mit mir gehabt, weil ich mich erdrückt und emotionslos gefühlt hatte.

Unser letztes Treffen lag drei Monate zurück. Der Tag, an dem ich das Schloss verlassen hatte und hierhergekommen war, hatte für uns unschön geendet.

»Hast du dich mit Raphael gestritten? Bist du deshalb ausgezogen?«, wollte Beryl wissen und ließ seine Stimme betont leise klingen, damit ich heraushörte, dass ich ihm diese Fragen nicht beantworten musste.

»Ich bin gegangen, weil die *Ars Vivendi* nicht mehr mein Zuhause war. Ich liebe den Orden, ich habe mich ihm verschrieben und daran wird sich wohl nie etwas ändern, aber die schützenden Mauern haben sich nach einem Käfig angefühlt. Und ja, wir hatten Streit.«

»Möchtest du darüber reden?«

Sein Angebot war lieb gemeint, fernab von Sensationslust oder Neugier, aber ich konnte es trotzdem nicht annehmen.

»Raphael und ich sind kompliziert. Ich verstehe uns im Moment selbst kaum und wüsste also nicht, wie ich es dir erklären sollte.«

»Er liebt dich«, erwiderte Beryl plötzlich und versetzte mir damit einen Stich ins Herz. Ich starrte in die züngelnden Flammen, die im Kamin loderten, und wurde immer müder. In letzter Zeit schien meine Seele mit Schlafdrang auf die Stiche zu reagieren. Vielleicht war ich aber auch nur ausgelaugt von den vielen Missionen.

»Ich weiß. Ich liebe ihn auch. Aber unsere Liebe zu definieren, gelingt uns im Moment noch nicht.«

»Lass dir Zeit … Raphael kann warten, er ist ein Erzengel.«

Beryls Worte brachten mich zum Schmunzeln, obwohl sie sich um ein Thema drehten, das mir zusetzte.

Ich genoss seine Gesellschaft, aber als er wieder ging, wurde mir seltsam leicht zumute.

Eine ganze Weile lehnte ich in dem kahlen weißen Flur und lauschte meinem ruhigen Herzschlag. Ja, ich mochte mein Exil, es tat unendlich gut, allein zu sein, auch wenn es ungesund war.

Vor dem Schlafengehen schnappte ich mir die Erzengelklinge und säuberte sie mit mir gemeinsam unter der Dusche. Ich nahm sie mit in mein Schlafzimmer, so wie jede Nacht, weil ich sie immer neben der Matratze bettete. Mit einem Schwert in Reichweite zu schlafen, konnte ein Zeichen von Angst sein. Mich beruhigte die silbern glänzende Waffe, weil von ihr etwas Besonderes ausging. Sie erinnerte mich daran, dass Krieg und Wunder oft Hand in Hand kamen.

Das Telefon klingelte mich wach und entriss mich seltsamen Träumen, in denen ich von Blitzen getroffen wurde, weil ich das Schloss wieder betreten wollte. Ich blinzelte gegen den Schlaf an und wankte dem lauten Geräusch entgegen, während die Erinnerungen an die eingebildeten Schmerzen der Stromschläge meine Muskeln noch immer versteiften.

»Hallo?«

Ich hörte mich verschlafen an. Ich musste mich zusammenreißen, um nicht in den Hörer zu gähnen.

»Habe ich dich geweckt, mein Engel?«

Seine Stimme klang irgendwie fremd und rau, aber niemand außer ihm nannte mich Engel.

»Was kann ich für dich tun, Conan?«

Er lachte, dieser Klang war mir wieder vertraut. »Darf ich mir tatsächlich etwas wünschen? Darauf war ich nicht vorbereitet.«

Ich hätte geschmunzelt, wäre mir nicht wieder aufgefallen, dass seine Stimme seltsam kratzig klang.

»Bist du erkältet?«, fragte ich, ohne wirklich darüber nachzudenken.

»Eine Erkältung? Du meinst, ob meine Nase läuft und ich ständig niesen muss? Nein, so etwas Ordinäres bekomme ich nicht.«

»Was ist dann mit deiner Stimme?«

»Ein Kratzen im Hals«, entgegnete er gelangweilt und räusperte sich leise.

»Also doch erkältet.«

»Ich rufe nicht an, weil ich eine Ferndiagnose von dir haben möchte.«

Er wollte ganz offensichtlich nicht darüber reden. Conan konnte schnell patzig werden, wenn ihm ein Thema unangenehm wurde. In ihm schlummerte eine Diva, die unter anderem allergisch auf Neugier und Belehrungen reagierte.

»Ich habe lange nichts mehr von dir gehört«, meinte er schließlich und appellierte damit an mein Gewissen. Es tat mir leid, dass ich sie alle für eine Weile so weit von mir weggeschoben hatte, aber ich hatte Ruhe gebraucht, Luft und Einsamkeit.

»Ich bin umgezogen. Ich hatte viel um die Ohren.«

»Man erzählt sich, du wärst hinter den Mond gezogen.«

»Wer erzählt dir so etwas?«

»Wesen, die ich kenne.«

Obwohl er es nicht leiden konnte, wenn man es mit ihm tat, spielte Conan gern den Geheimnisvollen.

»Ein Engel?«

»Ich kenne viele Wesen. Engel, Dämonen, Menschen, Tiere. Vielleicht haben es mir dir Vögel gezwitschert.«

»Ach. Spatzen oder Krähen?«

»Eher eine weiße Taube.«

Mir schwante Böses, aber der Gedanke, der mir gekommen war, war doch irgendwie abwegig. Beryl würde Conan nicht anrufen. Er hatte seine Nummer nicht – wahrscheinlich. Die beiden hatten noch nie ein Wort miteinander gewechselt – zumindest nicht dass ich wusste. Sie waren sich so fern wie der Vollmond und die Mittagssonne. Ich konnte mir kaum vorstellen, dass …

»Du weißt, dass ich einen ganzen Laden voller hübscher Möbel habe, oder? Es kränkt mich, dass du mich nicht um Hilfe gebeten hast.«

»Seit wann redest du denn mit Beryl?«

Die weiße Taube, die zu Conan gezwitschert hatte, war also doch mein Engel. Niemand sonst wusste über meine Wohnsituation so genau Bescheid. Er hatte mir eigentlich versprochen, niemandem zu erzählen, wo ich lebte. Vielleicht hätte ich ihm auch das Versprechen abringen sollen, niemandem zu erzählen, dass ich keine Möbel hatte.

»Wir treffen uns einmal die Woche zum Tee. Hat Beryl dir nie davon erzählt?«

Ich hörte den Sarkasmus erst nach einer Schrecksekunde heraus. »Hört auf, hinter meinem Rücken über mich zu sprechen. Das tun schon genügend andere.«

»Der langweilige Priester-Engel und ich planen keine Verschwörung, keine Angst. Du brauchst Möbel. Ich habe welche.«

»Danke. Aber nein danke.«

»Du willst nichts geschenkt haben, ich weiß. Du darfst gern den vollen Preis dafür bezahlen, aber du musst ihn mir nicht in Geld aushändigen.«

Ich sah ihn vor meinem geistigen Auge grinsen.

»Das klingt, als ob du wolltest, dass ich mich für deine Schränke prostituiere.«

»Aus deinem Mund klingt der Vorschlag so abartig. Dann gib mir eben Geld.«

Einem sturen Erzdämon klarzumachen, dass man seine Hilfe nicht wollte, war schwer. Conan meinte es gut, aber ich brauchte im Moment wirklich keine sündhaft teuren Möbel, um mich hier wohlzufühlen.

Ich seufzte laut.

»Was brauchst du alles? Und wie stehst du zu viktorianischen Polstermöbeln?«

»Dazu habe ich keine Meinung, Conan. Ich brauche nichts. Kein Sofa, keinen Schrank, keine Kommode, keinen Sekretär, keinen Schreibtisch, keine Truhen, Spiegel oder Stühle. Was ich im Moment brauche, habe ich hier. Ich weiß nicht, was Beryl dir erzählt hat, aber ich lebe nicht in einer kalten, kahlen Baracke.«

»Bist du dir sicher? Es klang so.«

»Ich bin mir sicher. Und ich wäre dir dankbar, wenn du mir meinen Willen lässt.« Er schwieg ein paar Sekunden und schnaubte dann. »Kann ich mir dein Haus ansehen?«

»Ja, aber lass mir noch etwas Zeit.«

Ich hörte ihn mit den Zähnen knirschen. »Na gut.«

Bevor ich auflegte und unter die Dusche verschwinden konnte, brachte ich Conan noch auf andere Gedanken.

»Wenn das mit deiner Erkältung nicht besser wird, solltest du zu einem Arzt gehen«, riet ich ihm in der Gewissheit, dass er gleich knurren würde.

»Nimm den Namen Raphael in den Mund und ich richte dein Haus ein!«, drohte er und brachte mich zum Lachen.

Mit Conan zu sprechen, tat immer gut. Er hatte ein Talent dafür, meine Seele heller leuchten zu lassen, obwohl seine eigene so dunkel war.

Meine aussergewöhnliche Geschichtsstunde

Mein Weg führte mich heute nicht gleich zu Anomalien oder Austreibungen. Obwohl ich mir den Tag gern mit Missionen verplante, hatte ich mir etwas anderes vorgenommen, etwas Wichtiges, das ich nicht mehr aufschieben wollte.

Die besondere Klinge auf meinem Rücken schien plötzlich wärmer und schwerer zu werden, aber vielleicht bildete ich mir diese Reaktion auch nur ein. Ich war sehr lange nicht mehr bei ihm gewesen, so lange, dass die Begründung dafür nur Angst sein konnte.

Ich fürchtete mich, unter die smaragdgrünen Augen zu treten, obwohl er mir niemals auch nur für eine Sekunde das Gefühl gegeben hatte, dass er enttäuscht von mir war.

Gabriel machte mir keine Vorwürfe, er urteilte nicht über mich, und trotzdem glaubte ich, dass ich ihm nicht mehr ins Gesicht sehen konnte, ohne den Zorn Gottes darin zu erkennen.

Ich hatte ihn in dieser furchtbaren Nacht zum ersten Mal wirklich kämpfen sehen und mir war nie bewusster gewesen, dass er die menschlichen Züge gänzlich ablegen konnte. Der reine, pure Erzengel in ihm war mir fremd, obwohl ich geglaubt hatte, ihn zu kennen.

Was ich mit Gabriel zu besprechen hatte, würde unangenehm werden, es würde mich schmerzen und Wunden tiefer reißen, die noch immer klafften, aber ich hatte keine Wahl. Die unheilvolle Vergangenheit würde zu einer unheilvollen Zukunft werden, wenn ich mich ihr in der Gegenwart nicht stellte.

Das hohe Messinggartentor war geschlossen. Kein einziges Mal hatte ich hier bisher vor verschlossenen Toren gestanden, aber das Metall, das mir den Weg versperrte, versinnbildlichte meine Angst vor der Distanz, die zwischen uns vielleicht entstanden war.

Ich drückte die Klingel und fühlte nach der mächtigen Aura, die sich mit dem realen Wind vermischte, der kühl meine Haut streichelte. Das schöne Haus lag noch ein ganzes Stück entfernt, weil das Grundstück so weitläufig ausfiel, deshalb war ich mir auch nicht sicher, ob ich die zweite Aura tatsächlich fühlte. Wahrscheinlich hatte Gabriel aber Besuch. Dämonischen Besuch.

Mir wurde unangenehm, dass ich mich nicht angekündigt hatte. Ich wollte auf dem Absatz kehrtmachen, als plötzlich ein Knarren zu hören war. Die beiden hohen Torflügel schoben sich auseinander und machten mir den Weg frei. Ich schluckte schwer, bevor ich mich in Bewegung setzte.

Die Haustür stand einen Spaltbreit offen. Ich drückte sie auf und trat ein, aber nicht, ohne mich bemerkbar zu machen. »Hallo?«

Vorsichtig schlich ich ins Wohnzimmer, weil mir niemand antwortete. Es war leer. Ich folgte den beiden Auren nach oben in den ersten Stock. Hier war ich selten gewesen, weil ich eigentlich nichts in Gabriels privaten Räumen verloren hatte. Ich war mir plötzlich nicht mehr sicher, ob sich das Tor nicht automatisch geöffnet hatte und ich hier in etwas hineinplatzte, das mich nichts anging.

»Gabriel?«

»Ja.« Seine Stimme kam aus dem Schlafzimmer.

Ich lehnte mich an die Wand neben der Tür und schloss die Augen, weil es mir unangenehm war, ihn zu stören, aber er hätte mich auch wegschicken können. »Ich wollte nur kurz mit dir reden, aber wenn es gerade unpassend ist, dann …«

»Wieso kommst du nicht rein?«

»Du bist nicht allein, oder?«

»Nein. Willst du durch die Tür mit mir reden?«

»Ja.«

»Das ist lächerlich.«

»Ein wenig …«

»Was denkst du, dass ich hier tue?«

Ich zuckte mit den Schultern, obwohl er mich überhaupt nicht sehen konnte. »Du schläfst augenscheinlich nicht.«

»Komm rein, Lia.«

Ich riss mich zusammen und folgte seinem Wunsch. Nachdem ich die Tür aufgedrückt hatte und in den Raum getreten war, druckste ich verlegen herum. »Wenn es ein schlechter Zeitpunkt ist, dann …«

»Könntest du die Augen bitte aufmachen?«

Ein Lachen drang an mein Ohr und zu meiner Überraschung war es kein weibliches. Seine Stimme klang dunkel, beruhigend und ich glaubte, sie zu erkennen. Als ich die Augen aufschlug, sah ich Gabriel vor mir stehen.

Er hatte die Hände in den Hosentaschen vergraben und musterte mich mit so menschlichen Zügen im Gesicht, dass mir wieder bewusst wurde, wie nah wir uns standen und dass meine Ängste nur von meinem Gewissen erzeugt worden waren.

Mein Blick glitt weiter zu dem großen, schwarzhaarigen Erzdämon, der in der offenen Balkontür stand und mich angrinste. Ich erinnerte mich an Jaron, auch wenn unser letztes und einziges Treffen schon eine Weile zurücklag.

»Hast du die Erzdämonenaura nicht gefühlt?«, wollte Gabriel wissen und grinste schief, weil er natürlich genau wusste, was ich hier oben vermutet hatte. Ich schämte mich für meine Gedanken, aber Gabriel hatte nur Gäste, wenn ich zum Trainieren hier war oder eine Frau vorbeikam, die seine Vorzüge auch zu schätzen wusste.

»Ich dachte, du wärst … Es gibt eine weibliche Erzdämonin.«

Jaron lachte und nickte im nächsten Moment. »Hätte sich Milee in Gabriels Schlafzimmer verirrt, wäre es hier viel lauter gewesen.«

Der Erzengel zog als Reaktion nur eine Augenbraue in die Höhe und ich konnte nicht einschätzen, ob Jarons Anspielung darauf abzielte, dass sich Gabriel und Milee nicht oder zu sehr leiden konnten. Um meine Gedanken endlich von all diesen Dingen loszureißen, machte ich mir bewusst, wieso ich gekommen war.

»Ich wollte dir ein paar Fragen stellen, aber du musst sie mir nicht beantworten.«

Meine Stimmung schlug um, mein Gewissen rebellierte wieder und ich musterte Gabriels Gesicht, in dem ich etwas Heroisches entdecken wollte. Ich bekam nur ein Nicken und eine einladende Geste. Er deutete auf das Balkonfenster, durch das Jaron bereits wieder verschwunden war. »Setzen wir uns nach draußen. Du siehst so angespannt aus, wenn du vor meinem Bett stehst.«

Seine scherzhafte Feststellung schwächte meine Gewissensbisse wieder so sehr ab, dass ich sie kaum noch fühlen konnte. Warum ich geglaubt hatte, dass ich nur noch den Erzengel in Gabriel erkennen würde, war mir gerade schleierhaft. So lange ich ihn kannte, war er immer mehr gewesen als die strafende Hand Gottes, der Zorn und der Krieg. Wahrscheinlich wünschte ich mir seinen Groll nur herbei, weil ich mich nach Geißelung sehnte. Gabriel würde nicht mein Richter sein, nur mein Freund, der mir gerade einen der Stühle zurechtrückte.

»Ich wusste nicht, dass du einen Balkon hast«, gab ich zu und ließ meinen Blick über die vielen anderen schönen Villen in der Gegend gleiten.

»Ich bin nicht oft hier, nur wenn ich Besuch habe, der nicht mit mir kämpfen oder Schach spielen möchte«, entgegnete er und setzte sich neben Jaron, der ein Glas in der Hand schwenkte und die bernsteinfarbene Flüssigkeit damit beinahe zum Überschwappen brachte.

»Du warst lange nicht hier. Ich war mir nicht sicher, ob du überhaupt noch mit mir sprichst.«

Meine Augen wurden groß und fragend, weil ich nicht damit gerechnet hatte, Gabriel den Eindruck vermittelt zu haben, wütend auf ihn zu sein. »Ich habe keinen Grund, nicht mehr mit dir zu sprechen«, versicherte ich und wich seinem Blick dann aus.

»Einen Grund könnte ich dir nennen«, erwiderte er tonlos und neigte den Kopf, weil er eine Reaktion von mir erwartete.

Ich schwieg. Es war schwerer, darüber zu sprechen, als ich vermutet hatte.

»Ich hätte Astaras getötet, wenn er nicht verschwunden wäre«, erinnerte er mich und nannte mir damit zugleich den Grund, warum er mir erlaubt hätte, ihn zu meiden.

»Ich weiß. Aber du hattest keine andere Wahl. Er hätte sich nicht mehr beruhigen lassen. Er hat die Kontrolle verloren, genau wie ich.«

»Du hast versucht, einer Macht Herr zu werden, die gottlos ist. Deine Bemühungen waren von Anfang an zum Scheitern verurteilt.«

Ich erntete endlich den Tadel, nach dem ich mich sehnte. Es war meine Schuld, dass Gabriel so lange gewartet hatte, um Astaras aufzuhalten. Er war nur so stark geworden, weil ich mich so lange schützend vor ihn gestellt hatte.

»Wird er noch stärker werden? Ich meine, seine Kräfte sind so schnell gewachsen. Wenn das so weitergeht, dann kannst du nicht mehr …«

Gabriel lehnte sich zurück und verschlang die Finger ineinander. »Ich bin auch stark, Lia. Ich wurde gemacht, um Kriege zu führen, und das Virus ist mir nicht fremd, es ist nicht das erste Mal.«

Ich hatte dieses Gespräch so lange nach hinten verschoben, wie es ging. Jetzt war ich wütend auf mich, nicht schon früher hierhergekommen zu sein und Gabriel Fragen gestellt zu haben. Es fühlte sich so an, als hätte ich mich in den letzten Monaten vor der ganzen Welt versteckt. Hinter Missionen, Dämonenwesen und der Erzengelklinge

»*Muss* er wiederkommen? Kann es nicht sein, dass er in der Hölle bleibt oder dort …« Ich konnte es nicht aussprechen. Mein Blick glitt zu Jaron. Er hatte damals in der *Ars Vivendi* davon gesprochen, dass Engel, die in die Hölle gestiegen waren, dort gestorben waren.

Der Erzdämon antwortete mir und ließ seine tiefe, raue Stimme sehr sanft klingen. »Der Wahnsinn kann sie töten, ja. Aber diese Engel waren schwach und gewöhnlich.«

Er brauchte nicht weiterzusprechen. Schwach und gewöhnlich wären wohl die beiden letzten Wörter, mit denen ich Astaras charakterisiert hätte. Er würde nicht sang- und klanglos sterben und ich hasste mich dafür, dass ein dummer, sehnsüchtiger Teil meines Herzens gerade Erleichterung empfand.

»Luzifer hat die Hölle sehr lange gutgetan«, erklärte Jaron und ließ mich aufhorchen, weil ich den Namen Luzifer noch nie so sanft gesprochen gehört hatte. Ich musste mir tatsächlich erst ins Gedächtnis rufen, dass Jaron, Conan und die anderen dieser seltsamen Macht bis in die Hölle gefolgt waren. Ich war mit meiner Sünde nicht allein. Diese ehemals so starken, klugen Engel hatten auch an etwas geglaubt, das ihre eigenen Hände letzten Endes in Blut und Tränen getaucht hatte.

»Die Hölle scheint die Schwachen zu töten und die Starken zu besänftigen«, verriet Jaron und schürte eine seltsame Hoffnung in mir, die Gabriel dazu veranlasste, mich an etwas zu erinnern.

»Letzten Endes verlieren sie aber alle die Kontrolle. Sogar Luzifer.«

Ich nickte, konnte meine Gedanken und Gefühle aber trotzdem nicht ordnen. Mein Herz begann, schmerzhaft zu schlagen, weil es an einer falschen Hoffnung festhielt, die sich als Gift entpuppen konnte. Ich verbot mir, an Astaras zu denken, mir vorzustellen, wie es ihm ging, oder mir bewusst zu machen, wie sehr er sich quälte.

»Je schneller du ihn loslässt, umso besser«, riet mir Gabriel, ohne Emotion in seine Stimme zu legen.

»Ich wollte ihn töten«, erinnerte ich den Erzengel und musterte ihn verständnislos.

»Ja. Aber du liebst ihn noch.«

Mein monotones Kopfschütteln kam mit Wut einher. Was Gabriel mir unterstellte, ließ meine Gefühle in Flammen aufgehen. »Wie kann ich ihn lieben, wenn er tötet?! Wie kann ich ihn lieben, wenn er mich umbringen wollte?! Wie kann ich das Böse lieben?!«

Dass selbst Gabriel noch immer das Luzifer-Mädchen in mir sah, fühlte sich schrecklich an. Ich war kurz davor, aufzustehen und wegzulaufen, irgendwohin, weg, um ein paar Höllenwesen zu jagen, bis ich todmüde auf meine Matratze fiel.

»Du musst dich nicht rechtfertigen. Erzengel-Ratschläge sind nicht zwangsläufig hilfreich«, meinte Jaron plötzlich und lachte leise, während er Gabriel zuerst mit vorwurfsvollen Blicken bedachte und mich dann schief angrinste. Ich war so verdutzt von seiner Reaktion, dass ich sitzen blieb, weil der Fluchtinstinkt in mir von der sanften Dunkelheit abgetötet wurde.

»Richtig und Falsch, Gut und Böse – kategorisieren kannst du immer nur aus einem bestimmten Blickwinkel. Niemand sieht durch deine Augen und fühlt durch deine Seele. Mach dir das bewusst, bevor du dir den erhobenen Zeigefinger des Erzengels dort drüben zu Herzen nimmst.«

So einfache Worte und trotzdem so machtvoll. Jaron konnte mich beruhigen, das Feuer in mir abstellen, ganz ohne über meine Gabe zu verfügen und meine Gefühle zu manipulieren.

Als ich die Melancholie ziehen gelassen hatte, fiel mir etwas auf, das mich wieder ins Hier und Jetzt versetzte und die Zukunftsängste in den Hintergrund drängte. Jaron war der einzige Erzdämon, den ich Gabriel jemals widersprechen gehört hatte. Conan machte seine Scherze, aber er widersprach der strafenden Hand Gottes nie. Sie hatten diese kriegerische Vergangenheit, die die Rollen, die sie im Leben der anderen spielten, definiert hatte. Auch wenn die Zeit machtvoll genug gewesen war, um ihre Feindschaft in Gleichgültigkeit zu verwandeln, war es mir ein Rätsel, wie daraus eine Freundschaft werden konnte. Zu allem Überfluss geizte Gabriel auch grundsätzlich so sehr mit seiner Sympathie, dass ich mir nicht erklären konnte, warum er Jaron gegenüber diese kokett anmutende Gelassenheit an den Tag legte.

»Hör ruhig auf den Erzdämon, wenn du willst. Er ist nicht so dumm, wie er aussieht.«

Sie lachten und meine Verwunderung wuchs in ungeahnte Höhen. Gabriel scherzen zu hören, war ein Privileg, das er kaum jemandem zuteilwerden ließ.

»Darf ich fragen, wie ihr euch …«

Mein Satz hätte mit ›kennengelernt habt‹ geendet, hätte ich nicht schnell genug erkannt, dass er dann dumm geklungen hätte. Sie hatten sich im Himmel kennengelernt, in einem Krieg, in dem Gott Gabriel entsandt hatte, um einen verrückten Engel zu stoppen, dem Jaron die Treue geschworen hatte. Ich stotterte ein paar Silben, weil ich versuchte, mir selbst einen Reim aus dieser Freundschaft zu machen, aber es gelang mir nicht.

»Ich meine, wie ihr euch …« Auch der zweite Versuch scheiterte am Formulieren der Frage. »Wieso mögt ihr euch so sehr?«

Wenig eloquent, wenig feinfühlend, aber ich seufzte erleichtert, als ich es über die Lippen gebracht hatte. Jaron schmunzelte und Gabriel sah mich an, als hätte ich gerade absolut gar nichts gesagt. Wahrscheinlich würde ich keine Antwort erhalten. Gabriel wollte mir nicht erklären, wieso er ein so distanziertes Verhältnis zu Raphael hatte, und er schien auch nicht darüber sprechen zu wollen, warum er Jaron gern um sich hatte.

Ob er schon jemals irgendjemandem erklärt hatte, warum er ihn gernhatte oder nicht? Ein Gefühlsgeständnis aus dem Mund des Erzengels zu bekommen, schien so unwahrscheinlich, wie eine gesprochene Antwort von Gott auf Gebete zu erhalten.

Ich griff nach dem Glas, das Jaron vorhin für mich gefüllt hatte, während er das Feuer in meiner Seele gelöscht hatte. Die rotbraune Flüssigkeit roch nach Karamell, irgendwie süß, also nahm ich einen Schluck. Kaum in meinem Mund, stellte ich fest, dass der süßliche Geruch nichts mit dem Geschmack gemein hatte. Meine Seele war zwar gelöscht, dafür brannte meine Zunge gerade lichterloh, weil ich mich nicht überwinden konnte, zu schlucken.

Gabriels versteinerte Miene wurde wieder weich und nahm amüsierte Züge an. »Willst du es wieder ausspucken?«

Ich nickte hektisch und schämte mich, während ich das scharf schmeckende Getränk wieder ins Glas spuckte.

»Entschuldigt …«, murmelte ich und versuchte, mich wieder wie eine Erwachsene zu verhalten. Ich hatte auch jahrelang gebraucht, um Wein hinunterzubekommen, ohne den Mund zu verziehen – Alkohol war nicht wirklich mein Fall.

»Whiskey, ich habe ihn aus England mitgebracht«, erklärte Jaron und fühlte mein Unbehagen, weil ich seinem bestimmt sehr wertvollen, hochwertigen Whiskey nichts abgewinnen konnte.

»Lebst du in England?«, wechselte ich das Thema und hoffte, zumindest darauf eine Antwort zu bekommen.

»Ja. Hier haben sich schon zu viele alterslose, bekannte Gesichter zusammengerottet, darauf verzichte ich gern.«

Er schien auch ein Einzelgänger zu sein.

»Stehst du einem Zirkel vor?«

Er neigte den Kopf, genauso wie Gabriel es immer tat. Ihre menschlichen Gesten waren sich sehr ähnlich. »Du meinst, ob ich junge idealistische Dämonen um mich schare, um sie meine Arbeit verrichten oder mich bespaßen zu lassen? Nein.«

Ich machte mir eine Gedankennotiz, dass Jaron Zirkeln sehr negativ gegenüberstand. Was er ankreidete, konnte durchaus Tatsachen entsprechen. Es gab genügend Zirkelleiter, die ihre Gefolgschaft ausnutzten, aber nicht alle waren gewissenlose Sklaventreiber.

»Wie lange lebst du schon in unserer Welt?«

Meine Fragen schienen ihm ganz offensichtlich nichts auszumachen. Ich fühlte keine Verschlossenheit in ihm, nur geerdete Dunkelheit, die angenehm zu reflektieren war.

»Länger als ihr beide«, entgegnete er und bedachte den Erzengel mit Blicken, in denen ich nicht lesen konnte, nur er.

»Nach dem Krieg im Himmel sind Jaron und ich uns hier in dieser Welt begegnet – in London.«

Ich starrte Gabriel gespannt an, weil ich nicht damit gerechnet hatte, doch noch eine Antwort auf meine Frage zu erhalten. Die smaragdgrünen Iriden wirkten besonders schön, wenn er sich an etwas erinnerte. Er biss sich mit einem Eckzahn kurz auf die Unterlippe, auch diese Geste hatte ich schon bei dem Erzdämon gesehen.

»Ihr habt viel Zeit zusammen verbracht, oder?«

Gabriel nickte das Offensichtliche ab und tat dann etwas, das mich zum Seufzen brachte – verstummen. Ich wandte mich an

Jaron, um einen letzten Versuch zu starten, mehr über die Freundschaft der beiden zu erfahren.

»Willst du mir eure Geschichte erzählen?«

Er lächelte sanft. Ich liebte dieses weiche Erzdämonenlächeln, das im absoluten Kontrast zu seinen bedrohlich tiefen Augen stand. Jaron begann wieder, das Glas in seiner Hand zu schwenken, und ich hoffte auf ein Ja, weil ich seine Gefühle hinter der Dunkelheit kaum lesen konnte.

»Es ist weniger meine als Gabriels Geschichte. Wenn der Erzengel schweigen möchte, ist mir sein Wunsch Befehl.«

Der letzte Teil seines Satzes kam ganz ohne Sarkasmus und übertrieben gespielte Ehrfurcht aus. Jarons Demut war echt, erfüllend und schürte meine Neugier nur noch mehr. Ich blickte wieder zu Gabriel und versuchte, seine Gefühle zu beeinflussen, obwohl ich sie nicht lesen konnte. Bei Raphael funktionierte der aktive Teil meiner Gabe, wenngleich auch viel, viel schwächer als bei allen anderen Wesen.

»Du willst eine schöne Geschichte darüber hören, wie ein Erzengel und ein Erzdämon alte Fehden begraben konnten«, stellte Gabriel in einem seltsamen Tonfall fest, der mich daran hinderte, einfach zu nicken. Natürlich wollte ich das, aber ich verlor irgendwie gerade die Hoffnung, dass das passieren würde. Er zuckte mit den Schultern. »Die Geschichte ist nicht viel mehr als makaber. Du wirst ihr wenig abgewinnen können.«

»Wenn du vorhattest, mich noch neugieriger zu machen, gelingt dir das gerade«, entgegnete ich und begann auch, auf den Lippen herumzubeißen, aber aus Unruhe.

»Das war nicht meine Absicht. Aber wenn du es unbedingt hören willst …«

Ich rutschte auf dem Stuhl nach vorn und Gabriel nach hinten, weil er es sich anscheinend bequem machen wollte. Während er zu erzählen begann, frischte der Wind ein wenig auf, so als ob er ihn darum gebeten hätte, seine Worte zu untermalen. Die aufkommende Kälte passte zu seinem Tonfall und den Bildern, die er begann, vor meinem geistigen Auge zu zeichnen.

»London war trist, regnerisch, grau und für mich das Sinnbild dieser Welt, weil ich nichts anderes kannte. Ich war hierhergekommen, um nach etwas zu suchen, das es an dem Ort meiner bisherigen Existenz nicht gegeben hatte. Während des Krieges im Himmel habe ich Engel getroffen, die diese Welt schon bereist hatten. Sie wurden von etwas begleitet, das mich nicht mehr losgelassen hat. Gefühle und Emotionen, die sie beherrschen konnten, erschienen mir damals wie eigenständige Wesen, die beeinflussen konnten, was Gott geschaffen hat. Meine Vorstellung von dieser Welt und den Menschen war sehr seltsam und konfus, nichts hätte ihr gerecht werden können. Ein verwirrtes Wesen, das sein Leben lang taub, stumm, blind und gefühllos gewesen war und zum ersten Mal hörte, sprach, sah und fühlte – so in etwa lässt sich meine erste Zeit hier gut versinnbildlichen.«

Gabriel ließ mich seine Worte überdenken.

Seine Beschreibung weckte Mitgefühl in mir. Mir war immer klar gewesen, dass es schwer für Engel war, sich in unserer Welt zurechtzufinden, das hatte ich bisher von jedem einzelnen gehört, aber für Erzengel war es wohl noch schwieriger. Selbst der Himmel war eine fremde Welt für sie, weil sie an Gottes Seite in einer vollkommen anderen Realität existiert hatten.

Gabriel und Raphael hatten nur einander gehabt, der Trubel hier bei uns musste zu Beginn regelrecht schmerzhaft für sie gewesen sein.

»Die Umstellung war bestimmt hart«, stellte ich leise fest und erntete ein schwaches Nicken.

»Ich kam nicht zurecht. Tag für Tag haben mich mehr dieser seltsamen Wesen heimgesucht, die ich noch nicht Gefühle nennen konnte. Die Vermenschlichung war ein endlos qualvoller Prozess. London ist eine zu große Stadt für jemanden, der nicht an Gesellschaft gewöhnt ist. Ich habe mich rücksichtslos verhalten, Dinge getan, auf die ich nicht stolz bin, weil ich das Menschsein erzwingen wollte.«

Er schenkte mir einen forschenden Blick, weil ich ihn selbst so durchdringend musterte, als könnte ich in ihm lesen. Gabriel schmunzelte, wahrscheinlich, weil er meine brennende Neugier fühlte.

»Ich werde dir nicht verraten, was ich getan habe«, stellte er klar und zauberte einen enttäuschten Ausdruck in mein Gesicht. Ich hätte zu gern erfahren, was Gabriel unter rücksichtslosen Dingen, auf die er nicht stolz war, verstand, aber er behielt dieses Geheimnis für sich und fuhr mit seiner Geschichte fort.

»Nach einer Weile konnte ich nicht mehr. In mir war ein Mensch gewachsen, der depressiv, perspektivlos und selbstzerstörerisch war. Ich wusste nicht mehr, was ich hier mit meinem Leben anfangen sollte, also beschloss ich, zurückzugehen.«

»Zurück in deine Realität?«

Er nickte. Noch konnte ich nichts Makabres an seiner Geschichte entdecken, vor allem weil er den Teil mit dem rücksichtslosen Verhalten nicht präzisieren wollte. Traurig stimmte mich seine Vergangenheit trotzdem. Ein so grenzenlos starkes Wesen, das so gebrochen wurde, machte mir die Macht von Gefühlen einmal mehr bewusst.

»Zurückzukehren ist für mich nicht einfach. Selbst der Himmel liegt sehr, sehr weit von dem Ort meiner Erschaffung entfernt.« Seine Erklärungen waren so verständlich, wie sie sein konnten, weil er wusste, dass ich seine Realität sowieso nicht begriff. »Es gibt nur einen Weg für mich, in Gottes Schoß zurückzukehren.«

Ich hing an seinen Lippen, während ich fröstelte, weil der Wind so kalt war.

»Ich war wirklich depressiv und perspektivlos«, stellte er erneut klar. »Und ich hatte mir einen Hang zur Theatralik angeeignet.«

Dieses amüsierte Schmunzeln auf seinen Lippen empfand ich als seltsam, aber es zeichnete sich auch auf Jarons Mund ab, weil er sich anscheinend an dieselben Szenen erinnerte wie Gabriel.

»Ich habe mir nachts im Park die Pulsadern aufgeschnitten, um zu sterben.«

Aus meinem offenen Mund kamen zusammenhangslose Silben, weil ich zu schockiert war, um einen richtigen Satz zu bilden. Gabriel sah mich an, als hätte er mir gerade nicht etwas grenzenlos Schreckliches erzählt.

»Ich habe dich gewarnt. Makaber, ich weiß.«

Er zuckte mit den Schultern und griff nach seinem Glas. Mein Blick glitt über seine Unterarme. Die Narben waren schon lange verheilt, bestimmt auch auf seiner Seele, sonst hätte er mir nicht davon erzählt.

»Du musst sterben, um zurückzukehren?«, stammelte ich nach einer gefühlten Ewigkeit meine erste Frage.

»Raphaels und meine Seele wurden unsterblich erschaffen, unsere Körper nicht. Es wäre eine Art Wiedergeburt gewesen, wenn du es so nennen möchtest. Das wäre nicht mein erstes Mal gewesen …«

Ich riss die Augen auf, weil ich eigentlich der Meinung gewesen war, dass er mich gar nicht noch mehr überraschen und schockieren konnte.

»Nach dem Kampf mit Luzifer fiel ich mit ihm. Ich war schon einmal tot gewesen. Es hat lange gedauert, bis ich wieder aufgewacht bin, aber als ich wach war, bin ich gleich in eure Welt gekommen.«

Ich kannte so viele Geschichten über die Erzengel, aber diese Dinge erzählte man sich nicht, weil sie sie selbst kaum jemandem erzählten.

»Das ist furchtbar! Du wolltest dich umbringen …«, sprach ich entsetzt aus, was mir erst jetzt vollends bewusst wurde. Er musste wirklich am Ende gewesen sein. Ich konnte mir nicht vorstellen, dass Gabriel jemals psychisch so instabil gewesen war. Er war so gefestigt, so stark und er liebte diese Welt heute.

»Ich wäre ganz langsam verblutet, weil ich nicht tief geschnitten hatte.«

Dieses Detail ließ mich schaudern. Aber mir wurde klar, wieso er es erzählte, als sich Jaron zu Wort meldete.

»Ein blutüberströmter Erzengel, auf einer Parkbank, mit einem Kreuz in der Hand. Er wollte absolut nicht mit mir reden, aber ich kann hartnäckig sein.«

Jaron zwinkerte und fasste sich an den Hals, um eine Kette unter dem schwarzen Pullover hervorzuziehen. Das silberne Kreuz funkelte unwirklich hell in der Sonne. Ich kannte nur ein Metall, das das Sonnenlicht so surreal reflektierte – Gabriels Schwert.

»Ich habe ihm seinen Schmuck weggenommen, damit er nicht wieder solchen Schwachsinn damit anstellt. Ein eigenartiges Souvenir, aber das war unser erstes Treffen in London wohl auch.«

Der Erzdämon drehte das Kreuz zwischen den Fingern und ließ es dann wieder unter seinem Pullover verschwinden. Ich bekam Gänsehaut, als ich meine Fantasie bemühte und begann, mir auszumalen, wie verzweifelt Gabriel gewesen sein musste, um sich damit in die Arme zu schneiden.

»Ich habe ihn ins Krankenhaus gebracht. Er hat nicht viel Widerstand geleistet, weil er absolut lethargisch war. Danach habe ich ihn mit in meine Wohnung genommen. Nachdem ich tagelang auf ihn eingeredet habe, war ich mir sicher, dass er mich entweder töten würde oder endlich selbst den Mund aufmacht und mit mir spricht.«

Die schwarzen Augen hielten so viel versteckt: Freundlichkeit, Demut, Melancholie, Selbstlosigkeit, Schalk. Ich war mir sicher, dass Jaron früher ein ganz besonderer Engel gewesen war, aber er war heute ein noch besonderer Erzdämon.

»Weißt du, was seine ersten Worte an mich waren?«, wollte er von mir wissen und unterdrückte das Schmunzeln, das sich bereits durch seine zuckenden Grübchen ankündigte.

Ich schüttelte den Kopf und blickte kurz zu Gabriel, der schnaubte und danach die Augen verdrehte, weil dieser Teil der Geschichte nun Jaron gehörte.

»Er hat mich gefragt, ob ich nicht wüsste, dass er ein Erzengel ist. Wahrscheinlich hat er mich für vollkommen geisteskrank gehalten, weil ich ihm tagelang nur Dinge über London und diese Welt erzählt habe.«

»Ich dachte, du wärst auf Drogen und unfähig, zu erkennen, wen du da gerettet hast«, warf Gabriel ein und musste selbst grinsen.

»Ich wusste, dass er *der* Gabriel ist. Aber ich hatte schon genügend Sünden begangen. Die rechte Hand Gottes allein zum Sterben zurückzulassen, erschien mir wie der zweite große Fehler meines Lebens und ich wollte keinen weiteren begehen.«

»Das war … edel von dir«, versicherte ich Jaron und war froh, dass mir ein so starkes Wort eingefallen war. Er war wirklich edel, seine Dunkelheit änderte daran nichts.

»Lob mich nicht zu sehr. Das war auch ein wenig eigennützig. Mir war langweilig und Gabriel war ein interessantes Projekt. Außerdem scheine ich immer ein helles Licht zu brauchen, dem ich folgen kann. Zuerst der schwarze Engel, dann der Erzengel. Ich habe guten Geschmack, was meine Herren betrifft, oder?«

Dass er mich tatsächlich zum Lachen brachte, war bemerkenswert. Erzdämonenhumor – ich konnte ihm so endlos viel abgewinnen.

»Jaron hat mir beigebracht, zu leben. Er ist das für mich, was du für Raphael warst. Wenngleich ich tatsächlich einsam und nicht nur trotzig war und nicht das Bedürfnis verspüre, Jaron auf mein Bett zu werfen und …«

»Kannst du mir die genaue Beschreibung ersparen?!«, bat ich energisch und würgte Gabriels Satz ab. Der Erzengel grinste nur schief und zuckte mit den Schultern.

Ich war ihm dankbar für diese besondere, tatsächlich makabre Geschichtsstunde, die mich so tief hinter die mächtige Fassade aus Wind hatte blicken lassen. Ich war hergekommen, um über einen Krieg zu sprechen, den ich nicht führen wollte, und um von der strafenden Hand Gottes an meine Sünden erinnert zu werden. Bekommen hatte ich nur Vertrauen und gute Ratschläge. Mir wurde einmal mehr bewusst, dass ich die besondersten Freunde der Welt hatte.

Mein Traum

Ich war so müde, dass ich beinahe die Kontrolle über mein Motorrad verlor und erleichtert durchatmete, als ich endlich absteigen konnte. Ungeschickt stolperte ich über die Brombeersträucher in Richtung Tür. Auf die letzte Mission hätte ich verzichten sollen. Sobald man müde und unkonzentriert wurde, war es klug, Höllenwesen zu meiden und die Arbeit anderen zu überlassen.

Mein Arm fühlte sich irgendwie verstaucht an. Ich hatte noch keine Zeit gehabt, ihn mir unter der Lederjacke anzusehen, und hoffte, dass der Knochen nur geprellt und nicht gebrochen war. Stöhnend schälte ich mich aus der Jacke und ließ sie im Flur einfach fallen. Ich wollte unbedingt unter die warme Dusche, entzündete aber vorher noch den Kamin. Es kam mir so vor, als würde überall an mir Dunkelheit kleben, vielleicht war aber auch nur meine Wahrnehmung überreizt.

Mein Arm ließ sich noch bewegen und schmerzte unter dem heißen Wasser gleich weniger. Ich wollte auf meine Matratze fallen und die Augen schließen. Wahrscheinlich würde ich von Gabriel und Jaron träumen, weil mich ihre Geschichte den ganzen restlichen Tag gedanklich verfolgt hatte. Ich wollte darüber nachdenken, warum Gabriel Raphael damals nicht geholfen hatte, als er in einer ähnlichen Situation gewesen war, aber ich kam nicht dazu, weil ich im Türrahmen meines Schlafzimmers stehen blieb und auf das große schwarze Himmelbett starrte. Die Dunkelheit, die ich fühlte, klebte keineswegs an mir, sie schwebte noch in der Luft, weil ich wohl ungebetenen Besuch gehabt hatte, während ich unterwegs gewesen war. Bevor die Wut, die in mir gewachsen war, von der Müdigkeit in die Knie gezwungen wurde, griff ich zum Telefon und wählte Conans Nummer.

»Ich habe gesagt, keine Möbel!«, fuhr ich ihn an, ohne ihm eine Gelegenheit zu lassen, mich gleich zu Beginn mit seiner Redekunst zu beschwichtigen. »Es kann doch nicht sein, dass plötzlich alle anfangen, bei mir einzubrechen! Ich kaufe mir morgen ein Schloss für alle Fenster und Türen!«

»Kauf lieber auch eines für das undichte Dach, darüber kommt man auch in dein Haus.«

»Das geht dich nichts an!«

»Doch, tut es. Ich habe es so beschlossen.«

Mein Knurren hallte durch das leere Wohnzimmer, das zum Glück nicht dem Zwangseinrichten des herrischen Erzdämons zum Opfer gefallen war. »Ich habe klar und deutlich gesagt, dass ich keine Möbel von dir brauche!«

»Das stimmt so nicht. Du hast gesagt, und ich zitiere: *Ich brauche kein Sofa, Conan. Keinen Schrank, keine Kommode, keinen Sekretär, keinen Schreibtisch, keine Truhen, Spiegel oder Stühle.* Von ›Bett‹ hast du nichts gesagt. Im Grunde habe ich mich an unsere Abmachung gehalten.«

Er drehte sich alles so, wie es ihm passte. Das war der Nachteil, wenn man mit sturen, heroischen Wesen befreundet war, die zu wissen glaubten, was gut für einen war.

»Ich kann dich nicht auf einer Matratze am Boden schlafen lassen, Lia. Die Alternative dazu wäre, du schläfst in meinem Bett. Meine Wohnung ist groß, ich könnte Gesellschaft gebrauchen. Wir wären ein gutes Team.«

»Dazu müsstest du bestimmt erst eine andere Frau rauswerfen, oder?«

»Tut das etwas zur Sache?«

»Ja!«

»Und wenn da keine andere Frau wäre, würdest du dann bei mir wohnen?«

»Nein!«

»Wieso? Findest du mich überhaupt nicht anziehend? Das kränkt mich.«

Ich stotterte wütend ein paar Silben, weil ich dabei war, den Faden zu verlieren. »Lenk jetzt nicht ab, Conan! Du bist in mein Haus eingebrochen und hast ein … ein monströses Bett hiergelassen!«

»Soll ich kommen und es mit dir einweihen?«

Meine Vorwürfe prallten gegen Wände. Er würde so lange weiter anzügliche Angebote aussprechen, bis ich vergaß, dass ich ihm böse sein wollte. Ich fasste mir resignierend an den Kopf und seufzte laut.

»Ich bin zu müde, um zu streiten …«, verriet ich und wollte das Gespräch für heute beenden, weil es keinen Sinn hatte.

»Gut, dass du ein fabelhaftes neues Bett hast, in das du fallen kannst. Gern geschehen, mein Engel.«

»Ich habe nicht Danke gesagt!«, fauchte ich noch, aber Conan hatte schon aufgelegt.

Mit finsterem Blick starrte ich auf das große Himmelbett. Es sah einladend aus, beinahe verführerisch.

Ich hätte weiter vor mich hin schmollen und im Stehen einschlafen können oder aber ich nahm die Dinge so an, wie sie waren. Stöhnend, weil mein Arm noch schmerzte, ließ ich mich auf die weiche Matratze fallen.

Das Bett duftete himmlisch und es war so bequem, dass ich nichts anderes tun konnte, als mir vorzunehmen, mich doch bei Conan zu bedanken.

So weich ich auch gebettet lag, in meinen Träumen sah ich schreckliche Bilder. Diese verstörende, furchtbare Nacht verfolgte mich schon lange, aber sie wusste mich trotzdem noch zu ängstigen. Mein Kampf mit Astaras – ich fühlte unsere festen Berührungen, die Schmerzen, die wir uns gegenseitig bereitet hatten. Mein Herz begann zu bluten, als ich sein leidendes Gesicht sah. Ich wäre so viel zu opfern bereit gewesen, um ihm zu helfen, so unendlich viel, aber nicht alles.

Mein Traum führte mich weiter an einen Ort, den ich noch nie betreten hatte und trotzdem sah. Die Hölle war kalt und alles andere als leer. Eine erdrückend graue, schwermütige Version unserer Welt. In Nebel und Asche gehüllte Konstrukte, hinter denen Höllenwesen schliefen. Ich konnte hier kaum atmen, kaum existieren, weil mich dieser Ort abstieß wie einen Fremdkörper. Unter dem Gefühl, zu zerreißen, drehte ich mich suchend im Kreis und stoppte, als sich der schwarze Thron in meinem Blickfeld aufbaute. Mattes Gestein, rau, es strahlte endlos viel Kälte aus.

Er hatte einen Fußknöchel auf das Knie gelegt und stützte seinen Ellbogen an seinem Bein und seine Wange an seiner Faust ab. Die dunklen Augen hatte er nicht geschlossen, aber er schien trotzdem so, als würde er schlafen. Er starrte ins Leere, emotionslos, unerlässlich.

Ich begann zu weinen, weil seine Einsamkeit unerträglich für mich war. Obwohl ich wusste, dass ich es nicht durfte, versuchte ich, mich auf ihn zuzubewegen. Schritte, die sich anfühlten, als würde ich Hunderte von Kilometern überwinden müssen, um zu ihm zu gelangen.

Ich war noch nicht nah genug, aber ich konnte nicht mehr und streckte einfach die Hand nach ihm aus. Meine Haut sah seltsam grau aus, weil sich ein Aschefilm darauf gebildet hatte, der stach, als wäre er mit kleinen Nadeln gespickt. Ich hatte kaum noch Kraft, kaum noch Luft, aber ich wollte ihn unbedingt erreichen, um ihm seine Lethargie zu nehmen und ihn die endlosen Qualen zumindest ein Stück weit zu erleichtern.

Kurz bevor die fremde Realität vor mir verschwamm, blickte er plötzlich in meine Richtung. Er riss die dunklen Augen auf und der Schock zeichnete sein Gesicht. Ich sah ihn sich noch aus seinem Thron erheben, dann wurde alles schwarz und meine Haut wieder warm.

Das Atmen fiel mir leichter, mein Herz blutete nicht mehr, sondern ging in seltsamen Frohgefühlen auf. Ich blinzelte gegen die Schwärze an und fand mich in meinem Schlafzimmer wieder, aber noch nicht gänzlich in meiner Realität. Alles wellte sich, als würde die Luft unter großer Hitze tanzen. Ich blickte zur Seite und sah Astaras am Bettrand sitzen. Er musterte mich und mein Verstand riet mir, Angst zu empfinden, die mein Herz nicht aufkommen lassen wollte. Er war nah genug, um meine Hand nach seiner Wange auszustrecken. Langsam beugte er sich meiner Berührung entgegen und ich fühlte seine kalte Haut mit meinen Fingerspitzen. Seine Lippen zuckten, so als müsse er dagegen ankämpfen, die eiserne Maske, die zu seiner Miene geworden war, abzulegen und mir wieder Gefühle zu zeigen.

Ich liebte diesen Traum, obwohl es ein Albtraum war.

Als er mich küsste, gefror mein Herz und ging im nächsten Moment in Flammen auf.

Ich schreckte abermals in meinem Schlafzimmer hoch und starrte mit aufgerissenen Augen und schwer atmend gegen die offene Terrassentür. Meine Lippen fühlten sich seltsam an, so als wären sie wirklich geküsst worden, aber er konnte unmöglich hier gewesen sein, genauso wenig wie ich in der Hölle gewesen sein konnte.

Mein Unterbewusstsein hatte mir böse Streiche gespielt oder aber es hatte mich gewarnt, vor der höllendämonischen Aura, die schon so bedrohlich nah war. Ich sprang aus dem Bett, streifte mir das erstbeste Kleidungsstück, das ich finden konnte, über und griff nach der Erzengelklinge. Wie ein Höllendämon sich in meine Gegend verirren konnte, war mir ein Rätsel, aber ich fühlte ihn ganz deutlich und war mir beinahe sicher, dass er für meine wirren Träume verantwortlich war. Ich hatte ihn im Schlaf gefühlt und mein Bewusstsein hatte die Schwingungen mit Astaras assoziiert. Der Gedanke war bitter. Ich sah jemanden ihn ihm, der er für mich nie gewesen war: den Höllenfürsten.

Mit schmerzendem Herz und die Sehnsucht unterdrückend, rannte ich aus dem Haus.

Das schwarze, manngroße Wesen trampelte durch meine Brombeersträucher und schnellte sofort auf mich zu, als ich ihm meine Aura feilbot. Der Schwerthieb fiel mir schwerer als sonst, weil mein Arm von gestern noch angeschlagen war und sich etwas steif anfühlte. Ich zog die Klinge aus dem leblosen Kadaver und wollte sie abstreifen, aber dazu blieb mir keine Zeit. Obwohl der Ghul vor mir definitiv tot war, fühlte ich noch immer starke Anomalien. Er war nicht der Einzige seiner Art hier in meinem Wald und ein paar von ihnen hatten die Witterung meiner Aura bestimmt schon aufgenommen.

Mein Zusammentreffen

Ich lief tiefer in den Wald, weg von meinem Haus, weil es nicht von Ghulen verwüstet werden sollte. Hinter den dicken alten Baumstämmen tauchten schwarze, verzerrte Gesichter auf, aus denen unwirklich tiefes Knurren dröhnte. So eingekreist hatte ich mich noch nie gefühlt, obwohl ich es gewohnt war, von Blutdurst umzingelt zu sein.

Ich musste in Bewegung bleiben, um zu verhindern, von mehreren Gegnern gleichzeitig angegriffen zu werden. Gabriels Klinge glitt durch so viel schwarzes Fleisch und trotzdem schmälerte sich die Masse der Höllenauren nur langsam. Ich wusste nicht, wie sie in so großer Zahl durchbrechen konnten und warum sie ausgerechnet hier waren, aber zum Nachdenken blieb mir sowieso keine Zeit.

Eine der scharfen Krallen traf mich, bevor ich das Schwert auf den Dämon niederschnellen lassen konnte, und riss eine Wunde in meinen Oberarm. Solche Verletzungen brannten wie Feuer, weil einem Ghulkrallen die Haut verätzen konnten. Ich taumelte ein Stück zurück und sah den schwarzen Körper nur aus dem Augenwinkel auf mich zu schnellen. Er war hinter einer dicken alten Tanne aufgetaucht und ich hatte kaum Zeit, um mein Schwert vernünftig zu heben. Mein Körper und mein

Geist hatten sich schon für eine schmerzhafte Kollision bereit gemacht, aber der Ghul wurde plötzlich von einem Pfeil getroffen und ging zu Boden. Ich folgte der ungefähren Schussbahn mit dem Blick und sah einen Bogenschützen, der gerade den nächsten Pfeil durchspannte. Er war ein Wächter, sein Leuchten war hell, aber es ging in den vielen Höllenauren trotzdem unter. Mein Blick fand den Ghul, den er gerade anvisierte, aber auch einen anderen, der hinter ihm zwischen den Büschen auftauchte.

»Pass auf!«

Ich rannte los, aber ich würde nicht schnell genug bei ihm sein. Er drehte sich um und im selben Moment wurde er von einem hundert Kilo schweren Fleischberg begraben.

Der Ghul schlug ihm die Krallen in den Rücken und biss sogar zu. Die Schreie des Wächters hallten durch den Wald. Ich war mir sicher, dass er sterben würde, wenn ich nicht schnell genug einschritt. Ich hatte mir noch nie so sehr Flügel an den Rücken gewünscht wie in diesem Moment.

Die letzten beiden Meter sprang ich mit gezogener Klinge und rammte sie dem Dämon direkt ins Genick. Unter dem schwarzen Körper konnte ich so viel Blut erkennen, dass ich Panik um sein Leben bekam. Ich wollte den leblosen Dämon von ihm runterhieven, aber ich musste mich zuerst um den anderen Ghul kümmern, der in unsere Richtung gestürmt kam.

Ich erlegte ihn und fühlte die Umgebung ab, um sicherzugehen, dass wir nicht wieder aus dem Hinterhalt angegriffen werden würden. Da waren noch Auren von Höllenwesen, aber sie waren weit genug entfernt, um meine Aufmerksamkeit endlich auf den Wächter zu richten, der mich vor den Verletzungen bewahrt hatte, die er nun erlitten hatte.

Als ich mich nach ihm umdrehte, stellte ich erleichtert fest, dass er sich schon selbst von dem Kadaver befreit hatte. Die Erleichterung ebbte allerdings abrupt ab, als mir auffiel, wie schlimm es ihn erwischt hatte. Er war auf die Knie gefallen, stützte sich mit den Händen am Boden ab und keuchte und knurrte gegen die Schmerzen an. Ich ließ mich neben ihn sinken und beäugte seinen Rücken, der mit Wunden übersät war.

»Geht es? Denkst du, du kannst aufstehen, oder soll ich Hilfe holen?«

Er blickte weiter stur auf den Boden, weil er versuchte, sich an die Schmerzen zu gewöhnen. »Gib mir … zwei Minuten!«, keuchte er und kniff die Augen fest zusammen. Ich legte ihm meine Hand auf die Schulter, ganz vorsichtig, weil ich nicht wusste, ob er dort auch Wunden hatte. Sein schwarzes T-Shirt war zerrissen und sein Blut war praktisch überall. Wenn er zu viel davon verloren hatte, würde er ohnmächtig werden, aber er sah zum Glück nicht blass aus. Ich beäugte seinen Rücken etwas genauer und stellte fest, dass die Wunden aufgehört hatten, zu bluten. Vielleicht waren sie nicht so tief, wie ich angenommen hatte.

Die Ghule entfernten sich weiter, weil ich meine Aura kleinhielt, um sie nicht anzulocken. Ich flutete ihn mit positiven Gefühlen, auch wenn ich ihm so etwas körperlich Erzeugtes wie Schmerz nicht nehmen konnte.

Nach zwei Minuten atmete er wirklich ruhiger, hörte auf, zu knurren und zu fluchen, und versuchte, sich aufzuraffen. Ich griff ihm unter die Arme und er zog sich an mir hoch. Er schwankte noch ein wenig, also hielt ich ihn an den Schultern fest.

»Bist du sicher, dass du laufen kannst?«

Ich sah hoch in sein Gesicht und mir fiel auf, wie groß er war und wie schön diese menschlichen grünen Augen funkelten. Wir waren uns noch nie begegnet, dabei war ich mir absolut sicher, weil ich diese Gesichtszüge nie und nimmer vergessen hätte.

»Ja, es geht schon. Ich bin hart im Nehmen, wenn ich erst mal aufgehört habe, zu heulen …«, meinte er mit beschlagener

Stimme und verzog die Lippen sogar kurz zu einem schiefen Grinsen. Er hatte eine beeindruckend starke Seele.

»Ich lebe nicht weit von hier. Dort können wir uns deine Wunden etwas genauer ansehen.«

Er nickte und ich bot ihm meine Schulter an, um sich daran festzuhalten. Auf dem Weg zu meinem Haus fühlte ich weitere Wächterauren irgendwo in der Ferne.

Der Orden war auf die vielen Ghule aufmerksam geworden und Raphael hatte eine Mission ins Leben gerufen, um sie zu töten. Ich war froh, dass die Höllenwesen nicht dazu kommen würden, in unserer Welt Unruhe zu stiften, aber ich hätte auf die vielen Wächter rund um mein Zuhause gern verzichtet. Für den, der seinen Arm gerade haltsuchend um mich gelegt hatte und versuchte, nicht zu schwanken, stand meine Tür aber natürlich offen.

»Weißt du, woher die Ghule kamen?«, wollte er von mir wissen und klang noch immer etwas atemlos, weil ihn das Gehen anstrengte.

»Nein. Ich habe noch nie so viele auf einmal gesehen. Vielleicht ein missglücktes Zirkelritual …«, mutmaßte ich und verlangsamte unser Tempo etwas, damit er mit seinen Kräften besser haushalten konnte. Er war eindeutig zu groß, um von mir durch den Wald getragen zu werden, aber ich fühlte, dass er dafür sowieso viel zu stolz gewesen wäre. Er war eines dieser Wesen, das selbst am Totenbett noch einen sarkastischen Kommentar abgegeben hätte und mit einem schiefen Grinsen auf den Lippen gestorben wäre. Ich kannte solche Seelen, auch wenn sie sehr, sehr selten waren. Luca war eine davon, Conan und …

Es gelang mir nicht mal, seinen Namen in Gedanken auszusprechen, weil der Traum von heute Nacht noch immer so real wirkte und mir noch tief in den Knochen saß.

»Wow, ganz schön abgelegenes Zuhause«, hörte ich ihn sagen, als wir vor meiner Tür angekommen waren. Ich manövrierte ihn in mein Schlafzimmer, damit er sich hinlegen und ich seine Wunden inspizieren konnte.

»Spärliche Einrichtung, aber bombastisches Bett!«, meinte er und musterte das nagelneue Schmuckstück, das ich eigentlich gar nicht haben wollte.

»Ja, ein Geschenk von einem befreundeten, stocksturen Erzdämon.«

Ich legte meine Hände wieder auf seine Schultern und wollte ihn auf die Matratze drücken, aber er spannte plötzlich seine Muskeln an.

»Hey. Du musst mich mindestens einmal zum Essen einladen, bevor ich in dein Bett falle.«

Ich schmunzelte seinen Scherz kurz ab und dachte, er würde sich trotzdem fallen lassen, aber er blieb stehen.

»Wenn ich mich hinlege, muss dir der Erzdämon eine neue Matratze besorgen. Ich bin voller Blut und Dreck. Kann ich mich vielleicht zuerst duschen?«

Meinen verwunderten Blicken folgte ein Kopfschütteln. »Du könntest sehr schwer verletzt sein! Ich will mir deine Wunden zuerst ansehen.«

»Du siehst sie besser, wenn ich sauber bin«, argumentierte er und wankte aus meinem Schlafzimmer. Ja, starke Seelen hatten auch gemein, dass sie stur waren und mich regelmäßig zum Seufzen brachten.

Im Badezimmer stellte ich ihm das Wasser an und schenkte ihm dann ungläubige Blicke, weil er sich jetzt schon an den Fliesen abstützen musste, um das Gleichgewicht lange genug zu halten.

»Sieh mich nicht so an. Gib mir noch ein paar Minuten, dann komme ich klar.«

In ein paar Minuten würden sich seine Wunden wohl kaum spontan selbst heilen. Aber wenn ich etwas in den letzten Jahren gelernt hatte, dann, dass man diesen besonderen Seelen ihren Willen lassen musste, selbst wenn sie manchmal Idioten waren.

»Ich suche dir ein T-Shirt raus.«

Ich schloss die Badezimmertür nicht ganz, sondern ließ sie angelehnt, damit ich den dumpfen Aufprall hören konnte, nachdem er unter der Dusche das Gleichgewicht verloren hatte. Dann konnte ich ihm endlich die vorwurfsvollen Blicke schenken, die er für seine Sturheit verdient hatte.

Auch wenn die meisten meiner Kleidungsstücke unisex geeignet waren, würde er kaum in eines meiner T-Shirts passen. Die meisten waren einfach eng geschnitten und nicht für die breiten Schultern eines Bogenschützen gemacht. Als ich mein Trainingsshirt mit dem Ordenslogo fand, beendete ich meine Suche. Das konnte ich ihm zumuten, zumindest war es besser als nichts.

Ich öffnete die Tür ein Stück weiter, um einen Schritt ins Badezimmer zu machen. Eigentlich wollte ich nur kurz hineinspähen, um sicherzugehen, dass er nicht ohnmächtig geworden war, aber mein prüfend neugieriger Blick verfing sich an seinem Rücken. Die Wunden schienen sich gänzlich geschlossen zu haben, und er hatte definitiv viele davon. Auf seinen Schulterblättern waren Kratzspuren und die Bisswunde sah übel, aber bereits verkrustet aus. Als mein Blick weiter nach unten schweifte, wurde ich rot und schloss für eine Sekunde die Augen, um mich zusammenzureißen. Als ich sie wieder öffnete, blickten mir hellgrüne Iriden entgegen. Er neigte den Kopf und ein Grinsen huschte über seine Lippen.

»Spannen sollte man etwas unauffälliger, das musst du noch üben.«

Verlegenheit stieg in mir auf und ich hob die Hände als unschuldige Geste vor den Oberkörper. Natürlich hatte ich den Blick mittlerweile zu Boden gewandt. »Ich wollte nur sichergehen, dass du nicht umgefallen bist.«

Ich hörte ihn lachen. »Ja, eine ganze Minute lang …«

»Entschuldige.«

Mit Verlegenheit in der Stimme verließ ich mein Badezimmer wieder und lehnte mich neben der Tür an die Wand. Natürlich hatte ich gespannt, aber ungeplant und in vorerst guter Absicht. Ich schloss die Augen und versuchte, die Gefühle, die ich als so unangemessen empfand, vorüberziehen zu lassen.

»Du hast gemeint, du hättest ein T-Shirt für mich.«

Er tauchte neben mir auf und ich machte mir wieder bewusst, dass ich eine erwachsene Frau und kein kleines verlegenes Mädchen war.

»Darf ich mir deinen Rücken vorher ansehen?«

Er überlegte gespielt angestrengt. »Ich weiß nicht. Du hast vorher schon genug von mir gesehen, oder?«

Ich ignorierte seinen Scherz, das konnte ich hervorragend, weil ich solche Sprüche von Conan ständig zu hören bekam. Mein Blick wanderte auf seinen Rücken, dorthin, wo noch ein paar Wassertropfen über die dunkelroten, verkrusteten Stellen wanderten.

»Wie kann es sein, dass deine Wunden so schnell heilen? So etwas habe ich noch nie gesehen, außer wenn Raphael Hand anlegt.«

Er hob interessiert die Augenbrauen. »Du meinst den Erzengel, der der *Ars Vivendi* vorsteht? Sind seine Heilkräfte wirklich so stark?« Die Verwunderung in meinen Augen veranlasste ihn zum Schmunzeln. »Ich komme nicht von hier. Mein Orden liegt viel weiter nördlich. *Ars Libertas*«, erklärte er und überspielte seine Erschöpfung hervorragend. Hätte ich nicht über meine Gabe verfügt, hätte ich nicht gewusst, wie müde und abgekämpft er sich fühlte.

»Willst du dich jetzt in mein Bett legen?«

»Du bist niemand, der schnell aufgibt, oder?«

»Ich kann dich auch rauswerfen und du brichst im Wald vor Müdigkeit zusammen. Auf Moos soll es sich gut schlafen lassen.«

Er lachte und fuhr sich durch die noch feuchten Haare. Sie hatten einen schönen, leicht rotstichigen Braunton – wie Kastanien. »Ich weiß das Angebot zu schätzen, zumal du anscheinend nicht gern Besuch bekommst«, mutmaßte er und folgte mir wieder ins Schlafzimmer.

»Wie kommst du darauf? Ich liebe Besuch«, entgegnete ich tonlos und brachte ihn wieder zum Schmunzeln. Er hörte den Sarkasmus heraus, weil er selbst jemand war, der damit gern um sich warf.

»In einer Stunde bin ich wieder fit«, prophezeite er und ließ sich auf mein Bett fallen.

Er trug noch immer kein T-Shirt, nur seine Shorts. Das Tattoo an seiner Hüfte … Ich hatte schon vorhin im Bad versucht, es zu lesen, aber dafür musste ich ihn sehr genau mustern – ich würde warten, bis er schlief.

»Hättest du gedacht, dass heute ein fremder Wächter in deinem Bett schläft?«, wollte er wissen und drehte sich leise stöhnend auf die Seite. Er hatte noch Schmerzen, aber sein Grinsen war ansteckend.

»Nein, das hätte ich nicht gedacht. Aber ich habe gelernt, das Unerwartete zu erwarten. Mir sind schon verrücktere Dinge passiert.«

»Das glaube ich dir, so schätze ich dich auch ein.«

Sein Satz klang irgendwie seltsam, so als ob er auch in mir lesen konnte.

Sein müder Blick folgte mir, als ich mich auf die andere Seite des großen Bettes setzte. Ich musste ihm noch mal eine Frage stellen, die er mir vorhin nicht beantwortet hatte.

»Wieso heilen deine Wunden so schnell?«

Er schloss eines seiner Augen und verzog die Lippen, als müsste er ganz angestrengt über seine Antwort nachdenken. Ich fühlte, dass er mich nicht belügen wollte, er machte nur Faxen.

»Ich bin wohl so etwas wie die menschliche, abgeschwächte, rein egoistisch funktionierende Version eures Ordensleiters«, gestand er.

»Du hast eine heilende Gabe«, stellte ich beeindruckt fest.

Er zuckte mit einer Schulter, weil er auf der anderen lag. »Ich erhole mich sehr, sehr schnell von Verletzungen. Heilende Gabe klingt zu sehr nach Erzengel. Ich kann nur meine eigenen Wunden beeinflussen.«

Er kämpfte gegen die Müdigkeit in sich an, weil er sich weiter mit mir unterhalten wollte, aber das würde ihm nicht mehr lange gelingen.

»Du wirst schläfrig, wenn du deine Gabe so intensiv nutzt«, stellte ich fest und musste schmunzeln, weil er die Augen kaum noch offen halten konnte. Ein Gähnen ging seiner Antwort voraus.

»Ja, leider … Aber ich bin gleich wieder fit. Gib mir … eine Stunde … und dann will ich wissen …« Ich dachte, er wäre schon eingeschlafen, aber er verzog die Lippen wieder zu einem Grinsen. »… wie du heißt.«

Er konnte mein Nicken nicht sehen, weil er die Augen schon geschlossen hatte. Ich beugte mich ein Stück über ihn, weil ich ihm die Decke über den Oberkörper ziehen wollte. Als mein Gesicht über seinem war, blinzelte er noch mal und mir fielen die hellbraunen Sprenkel in seinen grünen Iriden auf.

»Ich heiße übrigens Levis.«

Mein Gast schlief noch immer, als der Abend dämmerte. Conans Himmelbett war so bequem, dass er in weit entfernte Traumwelten abgedriftet war, aber die Bilder, die er sah, waren nicht so verstörend wie die, die mich heute Nacht heimgesucht hatten. Levis träumte süß, das konnte ich fühlen, weil er vor positiven Emotionen überschäumte, während er ruhig atmend zwischen den Kissen lag und ab und an vor sich hin murmelte.

Die geschwungenen Buchstaben, die an seiner Hüfte verliefen, ergaben den lateinischen Satz ›Per crucem ad lucem‹ – ›Durch das Kreuz ans Licht‹. Ich war mir beinahe sicher, dass ich, als er unter der Dusche gestanden hatte, auch ein Kreuz gesehen hatte, aber das verlief so tief, dass es jetzt von seiner Shorts verdeckt wurde. Er war zwischen fünfundzwanzig und dreißig, darauf hatte ich mich zumindest festgelegt, nachdem ich ihn eine Weile gemustert hatte. Es war seltsam, jemanden hier zu haben – seltsam, einen fremden Mann in seinem Bett schlafen zu lassen. Aber seine Gesellschaft fühlte sich nicht unangenehm an, im Gegenteil. Ich mochte den Glanz seiner Wächteraura, den Schein, den sein Charakter für mich hatte. Es kam mir so vor, als würden wir uns schon lange kennen, hätten nur noch nie miteinander gesprochen.

Ich hatte den Tag damit verbracht, meine Skripte zu ordnen und meine Nase in die neuen Bücher zu stecken. Das hatte ich mir schon lange vorgenommen, aber ich hatte mich schwer damit getan, zur Ruhe zu kommen und nicht nach Schlachten und Krieg zu suchen. Gleich nachdem ich aus dem Schloss ausgezogen war, hatte ich mich an der Universität immatrikuliert. Ich wollte an die Zukunft denken, daran, dass ich meine Hände nicht ewig in Blut tauchen wollte, aber es war schwierig, mir selbst immer wieder einzureden, dass ich irgendwann ein normales Leben führen konnte. Wahrscheinlich war die Überschrift meiner Zukunft ›Die ewige Kriegerin‹, aber solange ich Kraft dazu hatte, versuchte ich, die Normalität dieser Welt weiterhin in mein Leben zu lassen.

Auch wenn ich es heute schon mehrmals erfolglos versucht hatte, klingelte ich noch mal bei Luca durch. Im Moment hatte ich sonst niemanden, den ich wegen Ordensangelegenheiten fragen konnte. Raphael anzurufen, hätte ich noch nicht übers Herz gebracht. Unser Streit schwebte noch in Form einer dunklen Wolke über mir, die mir nicht erlaubt hätte, ihn aus bloßer Neugier anzurufen. Wenn wir miteinander sprechen würden, dann persönlich und mit all den verletzenden, unausgesprochenen Vorwürfen im Blick, die uns schon im Schloss die Kehle zugeschnürt hatten.

»Ja?« Luca ging endlich ans Telefon, aber er klang gehetzt.

»Hier ist Lia. Störe ich dich?«

»Lia? Nein, du störst nicht. Ich bin nur gerade ...« Er schien zu überlegen, wie er seinen Satz beenden wollte. »Ich muss mir etwas ansehen«, blieb er vage und raschelte mit Papier. Wenn Luca wieder alte Schriften wälzte, hatte das nichts Gutes zu bedeuten.

»Ich wollte nur fragen, ob du etwas wegen der Ghule weißt, die heute aufgetaucht sind.«

»Du meinst diese Invasion im Wald? Damit habe ich nichts zu tun!«, verteidigte er sich und ich musste schmunzeln, weil er meine Frage gleich als Vorwurf verstanden hatte. Ich hatte nicht vermutet, dass er den vielen Ghulen den Weg in unsere Welt geebnet hatte, das hätte keinen Sinn ergeben. Luca züchtete Höllendämone für Rituale, er öffnete keine Pforten.

»Schon gut, ich weiß, dass du es nicht warst«, versicherte ich ihm. »Ich dachte nur, der Orden hätte vielleicht etwas herausgefunden.«

»Da musst du schon Raphael oder Ares fragen. Ich habe nur auf Befehl in den Arsch getreten, wie der brave, hirnlose Gottessoldat, der ich bin.«

Lucas genervter Unterton und die Provokationen, die er aussprach, machten mir einmal mehr bewusst, dass er des Wächterdaseins sehr, sehr müde geworden war.

Er hatte dem Orden noch nicht den Rücken zugewandt, weil er glaubte, nur unter dem Flügelkreuz seinem suchtartigen Drang, etwas Großes beizutragen, nachkommen zu können. Trotzdem raubten ihm die dicken Schlossmauern mittlerweile die Luft zum Atmen. Auch das Gute und Richtige konnte einem die Kehle zudrücken. Man musste dann lernen, kräftiger zu atmen, oder sich ein Haus im Wald kaufen.

»Ares ist noch im Ausland, oder?«

»Ja, aber du kannst Raphael fragen, er weiß bestimmt …« Luca sprach nicht weiter, er lachte nur, weil ihm etwas einfiel. »Ach, du hattest ja Streit mit unserem großen Erzengel. Redet ihr noch immer nicht miteinander?«

»Das klingt so, als ob wir uns an die Gurgel gesprungen wären. So schlimm war es nicht«, stellte ich leise klar.

»Aber ich dachte, es hätte schon etwas mit sehr intensiven Berührungen zu tun«, entgegnete Luca und klang wissend amüsiert. Er hatte den Grund für unseren Streit mitbekommen, weil ich mich bei ihm ausgesprochen hatte, als ich mit der Entscheidung gerungen hatte, das Schloss zu verlassen. Worauf er anspielte, war aber nicht der einzige Grund unseres Streits gewesen. Luca hatte einfach nur das Unterhaltsamste an dem Ganzen herausgehört.

»Sagst du mir Bescheid, wenn du etwas wegen der Ghule weißt?«, bat ich und hörte ihn wieder mit Papier rascheln.

»Sicher. Alle Neuigkeiten, die mir als treuherziger Gottessoldat mitgeteilt werden, leite ich gern an das ausgestoßene Luzifer-Mädchen weiter.«

Obwohl der Inhalt von Lucas Satz eigentlich Wunden in mir hätte aufreißen sollen, schmerzte er mich nicht, weil er aus dem Mund eines Rebellen kam, der wusste, wie es sich anfühlte, in Flammen zu stehen. Er wollte mich nicht verletzen, er scherzte nur gern über Dinge, die todernst anmuteten. Das war seine Art, mit Negativität umzugehen, und ich bewunderte ihn für diese Einstellung. »Danke, du schwarzes Schaf.«

Luca mähte einmal für mich, ehe er auflegte.

Ich legte das Telefon auf den Tisch und blätterte gespielt vertieft in meinen Unterlagen, während ich ihm eine Frage stellte. »Ausgeschlafen?«

Ich musste mich nicht umdrehen, um zu wissen, dass Levis im Türrahmen stand und mich musterte. Er hatte schon mein ganzes Gespräch belauscht, aber das war in Ordnung, ich hatte vorhin auch gespannt.

»Hast du Augen im Hinterkopf oder ist deine Intuition so abartig gut?«

Ich drehte mich nach ihm um und stellte fest, dass er das T-Shirt trug, das ich ihm hingelegt hatte. Es passte ihm. Dagegen, dass es hauteng war, war im Grunde nichts einzuwenden.

»Sich an mich ranzuschleichen, ist etwas schwierig«, verriet ich schulterzuckend und schlug dann die Bücher auf dem Schreibtisch zu. »Es sei denn, du kannst deine Gefühle sehr gut unter Kontrolle halten.«

Ich war mir sicher, dass Levis das nicht konnte, weil Seelen wie seine davon lebten, emotional zu sein und ausschweifend zu fühlen. Er musterte mich forschend, so als würde er von allein herausfinden wollen, was genau meine Gabe war. Als er nach einer ganzen Weile plötzlich grinste, spürte ich Schalk und noch etwas in ihm wachsen, das mich etwas verunsicherte.

»Also Gedankenlesen kannst du nicht, sonst wärst du jetzt wahrscheinlich aufgestanden und hättest mich geohrfeigt«, verriet er amüsiert und lachte.

»Du hast an etwas Obszönes gedacht«, schlussfolgerte ich aus seinen Gefühlen und sah ihn nicken.

»Ja. Du fühlst, was ich fühle«, stellte er fest und trat ein paar Schritte näher.

»So ähnlich. Ich lese deine Gefühle nur, ich muss sie nicht unbedingt spiegeln.«

»Schade«, entgegnete er lächelnd und lehnte sich gegen meinen Tisch. Ich sah von meinem Stuhl zu ihm auf und fühlte Neugier mit Faszination fusionieren und zu etwas werden, das ich nicht analysieren wollte. »Ich habe etwas länger geschlafen als beabsichtigt.« Levis grinste sein Versehen kurz ab. »Aber dein Bett ist auch verdammt bequem!« Er streckte die Arme durch und ließ seine Finger dann knacken.

Ich mochte das Geräusch nicht, Astaras hatte das auch immer gemacht. Mein Blick drohte, trüb zu werden, aber ich riss mich am Riemen, um nicht abzudriften.

Levis musterte mich durchdringend fragend. »Verrätst du ihn mir jetzt?«, wollte er wissen und ich verstand nicht sofort, was er sich erhoffte, zu hören, weil Astaras noch in meinen Gedanken herumspukte. »Deinen Namen«, präzisierte er und entlockte mir damit ein leises, erleichtertes Seufzen.

»Ich heiße Lia.«

»Dann danke, Lia, für die Unterstützung beim Kampf gegen die Ghule. Ohne dich hätte das böse für mich enden können.«

»Für mich ebenso. Wärst du nicht dort gewesen, hätte ich mehr als ein paar Kratzer davongetragen.«

Levis' Blick fiel auf den Verband um meinen Arm, unter dem sich meine Wunde verbarg. »Du solltest es behandeln lassen. Ghulklauen können schnell zu üblen Infektionen führen, wenn man nicht gerade ein selbstheilender Freak ist.«

Ich tastete nach dem sterilen Stück Stoff. »Nicht nötig. Ich brauche ihn nicht, ich komme klar.«

»Ihn?«, wiederholte er fragend und mir wurde wieder bewusst, dass er keiner unserer *Ars-Vivendi*-Wächter war, die mich wahrscheinlich alle zu Raphael geschickt hätten.

»Vergiss es. Du hast gesagt, du kommst von der *Ars Libertas*? Wieso bist du hier?«

»Eigentlich ist das eine lange Geschichte, aber ich kann sie kurz machen: verrückte Dämonen-Exfreundin, die sich einem radikalen Zirkel hier angeschlossen hat und für die ich mich leider verantwortlich fühle.« In ihm kamen Schuldgefühle hoch, die er aber erstaunlich gut unter Kontrolle hatte. »Ich werde wohl eine Weile hierblieben, bis ich sie gefunden habe. Euer Schloss soll aber schön sein, also wird es quasi ein emotional verstörender Urlaub.«

Ich schmunzelte über seinen Scherz, hakte aber nicht nach, weil ich wusste, warum man komplexe Geschichten nur kurz erzählte. Er wollte hieraus keine Therapiesitzung machen und diese Einstellung war ganz nach meinem Geschmack.

»Warum lebst du hier draußen allein?«

»Ebenfalls eine lange Geschichte«, erwiderte ich und sah ihn grinsen. Er hatte ein hübsches Lächeln, durch und durch menschlich und warm.

»Bekomme ich vielleicht auch eine Kurzfassung?«

»Bestimmt, aber nicht von mir. Im Schloss kannst du dir die ›Lia-Geschichte‹ erzählen lassen. Sogar unzählige Versionen davon. Einmal bin ich die Heilige und einmal die Hure – such dir deine Lieblingsversion selbst aus.«

Er zog die Brauen überrascht in die Höhe. »Ich halte eigentlich nicht viel von Gerede. Zumal mein Ruf wohl auch nie der beste war.«

»Halt dich an Luca. Er urteilt nicht und stellt keine unangenehmen Fragen. Wenn er aber die Ärmel hochkrempelt und dir seine Tattoos zeigen will, lauf lieber weg.«

»Notiert.«

Ich stand auf, um Levis zu verabschieden, aber er machte einen Schritt auf mich zu, anstatt in den Flur zu gehen. Die geringe Distanz zwischen uns, die plötzlich nicht mehr zu bloßen Bekannten passte, ließ seltsame Gefühle in mir hochwirbeln. Er grinste schief und mir wurde bewusst, dass ich die Zuneigung, die er empfand, spiegelte. Er war ein wirklich schöner Mann, nicht nur äußerlich. Ich mochte das Feuer, das in seiner Seele brannte, weil ich dafür schon immer eine Schwäche gehabt hatte. In Flammen stehende Männer waren wohl mein Schicksal. Mir wurde seltsam zumute.

»Vergiss, was du dir gerade ausmalst«, sprach ich vorsichtig etwas aus, das ihn nicht verletzen sollte.

Levis legte den Kopf fragend schief. »Ich dachte, du könntest keine Gedanken lesen.«

Er fand noch immer viel zu großes Gefallen an mir. Ich beeinflusste seine Gefühle – nahm ihm dieses Verlangen, das sich wie ein Glutbrocken durch meine Seele brannte. Als ich mich in Bewegung setzte und in Richtung Flur ging, blieb Levis verdutzt stehen.

»Wow, du kannst mich beeinflussen«, stellte er beeindruckt fest und kam mir hinterher.

Ich öffnete die Tür für ihn. »Ja, aber ich kann dir nur oberflächliche Gefühle nehmen, keine tiefen. Da es nichts weiter war, lassen wir es einfach so stehen.«

Er trat nach draußen, drehte sich aber noch mal zu mir um. »Könntest du mir auch die verletzte Eitelkeit nehmen, die deine Abfuhr gerade in mir losgetreten hat?«

Ich musste in sein leises Lachen einstimmen, weil ich seinen offenen Humor mochte. Er nahm sich selbst nicht zu ernst, obwohl er einen so starken Charakter hatte.

»Diese Streicheleinheiten brauchst du nicht. Du bist selbstbewusst genug«, erklärte ich und hob die Hand zur Verabschiedung. »Alles Gute, Fremder.«

»Alles Gute, Lia.«

Mein Wiedersehen

Ich schlief tief, fest und traumlos. Keine seltsamen Bilder, keine Ghule am Morgen oder imaginäre Küsse von dem Mann, den ich früher geliebt und vielleicht auch gehasst hatte. Meine Psyche spielte mir keine Streiche mehr und ich war grenzenlos dankbar dafür. So konnte ich der Verdrängung wieder Raum schaffen, aufhören, abzuwägen, ob es der Hass oder die Liebe waren, die mein Herz unter Strom setzten, sobald ich sein Gesicht vor mir sah, und den Alltag wieder in mein Leben lassen.

Nach einer Kontrollrunde, die mich durch den Wald führte, stieg ich aufs Motorrad und ließ das viele Grün und die Abgeschiedenheit hinter mir. Obwohl mich sonst Kampflust und Geißelungsdrang vorantrieben, war es heute die Sehnsucht, die sich in mein Herz geschlichen hatte.

Es war schon beinahe ein Monat her, seit ich ihn das letzte Mal gesehen hatte, und ich war mir sicher, dass er mir böse war. Ich hatte ihm gegenüber mehr als ein Versprechen gebrochen, obwohl mir nichts auf der Welt ferner lag, als ihn zu verletzen. Das Schicksal konnte uns einen Strich durch die Rechnung machen, egal wie edel und fromm unsere Pläne manchmal waren. Um das zu verstehen, war er aber noch viel zu jung, ich würde mir also eine andere Entschuldigung einfallen lassen müssen.

Ich parkte mein Motorrad neben dem Eingangstor, weil ich den weißen Schottersteinweg nicht verunstalten wollte. Einmal war ich unbedacht hier entlanggefahren und hatte strafende Blicke von den Ordensschwestern kassiert, denen die Gepflegtheit ihres Anwesens beinahe so heilig war wie ihr Glaube.

Hier herrschten strenge Regeln, asketische Grundsätze, und trotzdem verströmte dieser Ort ein so besonderes und wohltuendes Lebensgefühl, dass ich immer wehmütig wurde, sobald ich durch die großen Rundbögen schritt.

Ich war in einem sehr ähnlichen Umfeld groß geworden. Pflichtbewusstsein, Verzicht, Vorschriften und spirituelles Studium waren Dinge, die mich an meine Kindheit erinnerten. Meine Großmutter hatte mir viel abverlangt, aber ich war ihr immer dankbar für alles gewesen, was sie mir auf meinen Lebensweg mitgegeben hatte. Sie hatte mir diese alte Seele geschenkt, die viele schon immer in mir gesehen hatten und der ich es letzten Endes zu verdanken hatte, dass ich stark genug gewesen war, um mein Herz zerbrechen zu lassen und trotzdem eine Kriegerin zu bleiben.

Vielleicht brauchten Kinder mit Gaben und schicksalhaften Verpflichtungen eine starke, strenge Hand. Ich wäre wohl eine zu sanfte, nachgiebige Mutter.

Ich folgte dem Kinderlachen hinter das Kloster, in den Garten, der voller Beerensträucher und Sonnenblumen war. Obwohl mich noch gut hundert Meter von dem lebensfrohen Treiben trennten und er in sein Spiel mit den anderen Kindern vertieft war, bemerkte er mich sofort. Als sich der hellblonde, hübsche Halb-Erzengel nach mir umdrehte, versteinerte er für ein paar Sekunden. Ich konnte seine Gefühle noch nicht von denen der anderen Kinder differenzieren und war mir nicht sicher, ob er gleich wutentbrannt davon- oder freudestrahlend auf mich zulaufen würde. Keon war sehr, sehr temperamentvoll, Tränen würden bestimmt fließen.

Als er seine Schockstarre überwunden hatte und auf mich zu sprintete, beschleunigte ich auch meine Schritte. Wir trafen unter einer der großen Linden aufeinander. Als er in meine Arme sprang, flutete er mein Inneres mit so heftig wohltuenden Gefühlen, dass mir selbst die Tränen in die Augen schossen.

»Lia!« Seine helle, klare Stimme zitterte, bevor er das Gesicht in meiner Halsbeuge vergrub. Ich fuhr ihm durch das Haar und drückte ihn fest, um den Schmerz unserer Wiedersehensfreude schneller vorüberziehen zu lassen.

»Lass dich ansehen! Du bist schon wieder ein ganzes Stück gewachsen!«

Er ließ mich nur widerwillig los, aber ich wollte ihn betrachten und ging in die Knie. Mein Blick verfing sich kurz an den glasigen hellgrauen Augen, die er von seiner Mutter geerbt hatte.

Es war unglaublich, wie schnell Keon größer und immer schöner wurde. Man brauchte nicht viel Fantasie, um zu erahnen, dass er als Erwachsener problemlos mit seinem Vater und seinem Onkel konkurrieren können würde, wenn es darum ging, Blicke auf sich zu ziehen. Bis es so weit war, hatte er aber noch Zeit. Seine Kindheit sollte so unbeschwert, schön und normal wie möglich ausfallen. Hier zwischen den schützenden, malerischen Klostermauern konnte das auch gelingen.

»Wo warst du so lange?! Du hast versprochen, bald wiederzukommen! Bald! Nicht lange!«

Ich neigte den Kopf und sah ihn entschuldigend an. Er verengte die Augen und verzog den Mund. Auch wenn sein Gesicht noch sehr kindlich war, erinnerte er mich unheimlich an seinen Vater, wenn er eingeschnappt war. »Entschuldige, Keon. Ich hatte so viel zu erledigen. Aber ich habe ganz oft an dich gedacht. Du hast mir gefehlt. Verzeihst du mir?«

Seine Miene wurde weicher, aber er schmollte noch immer. »Kommst du wieder öfter? Egal, wie viel du arbeiten musst?«

Ich nickte und drückte ihn noch mal, weil ich ihn sehr vermisst hatte und mir die gleißende, einzigartige Sonnenaura so guttat. Im Gegenzug flutete ich Keon mit schönen Gefühlen. Als ich ihn kichern hörte, ließ ich ihn los.

»Komm! Ich will dir etwas zeigen, Lia!«

Er nahm meine Hand und ich richtete mich auf, um ihm zu folgen. Wir liefen über den Hof, beobachtet von neugierigen Kinderaugen und unter den freundlich grüßenden Gesten der Ordensschwestern.

Keon war nicht das einzige Kind, um das sie sich kümmerten. Abgesehen von der Tagesstätte, die sie führten, hatten hier auch Waisen ein Zuhause gefunden.

Der Umgang mit Gleichaltrigen und der geregelte Alltag taten Keon gut.

Hier konnte er vorerst ein halbwegs normales Leben führen, anders als im Orden.

Er nahm mich mit auf sein Zimmer. Der freundliche Raum hatte sich seit meinem letzten Besuch verändert.

»Hast du einen Mitbewohner bekommen?«, wollte ich wissen und deutete auf das zweite Bett.

Keon zuckte mit den Schultern und steuerte auf sein eigenes Bett zu, neben dem die Gitarre stand, die ich ihm zum fünften Geburtstag geschenkt hatte. »Ja. Er heißt Joschua. Er ist dumm …«

»Keon!« Ich bedachte ihn mit strafenden Blicken. »So etwas behauptet man nicht.«

»Aber wenn es stimmt?«, verteidigte sich der Kleine und setzte sich mit der Gitarre auf sein Bett. »Er sagt, es gibt in Wirklichkeit gar keine Engel!«

Ich schmunzelte und setzte mich neben ihn. Dass diese Aussage Keon nicht gefiel, lag auf der Hand.

»Ich habe ihm gesagt, dass Papa einer ist, aber er glaubt mir nicht und Papa will es ihm nicht beweisen!«

Das kleine Fünkchen Wut, das in ihm hochkam, konnte ich zerstreuen. »Du weißt, dass es ein Geheimnis ist, dass dein Papa weiße Flügel hat. Du sollst nicht darüber reden.«

»Aber warum? Es stimmt doch! Wir sollen zu Engeln beten, aber ich brauche doch nur Papa anzurufen.«

Ich musste lachen, sehr herzhaft sogar. Im Grunde hatte er recht. Es war schwer für Keon, eine Grenze zwischen der menschlichen Realität und seiner Wirklichkeit zu ziehen, die immer schon aus den mächtigsten und schönsten Engeln des Himmels bestanden hatte.

»Wenn Gabri das nächste Mal kommt, zeige ich Joschua weiße Flügel! Er tut das bestimmt für mich!«

»Tut er das?«, wollte ich amüsiert wissen, weil ich Keons Spitznamen für Gabriel schon immer gemocht hatte. Er hatte diesen langen Namen selten aussprechen wollen und deshalb seine eigene Kurzform ins Leben gerufen, an der er bestimmt noch lange festhalten würde. Wenn ich den großen, schwarzhaarigen Erzengel in Gedanken vor einer Schar ehrfürchtiger Engel oder Wächter stehen sah und ihn jemand mit ›Hier kommt die rechte Hand Gottes, sein Name ist Gabri‹ ankündigte, konnte ich mich vor Lachen wegschmeißen.

»Gabri ist nicht so streng wie Papa …«, murrte er und ich drückte ihm ein Küsschen auf die Schläfe.

»Er liebt dich über alles auf der Welt. Er will nur das Beste für dich und ein wenig Strenge tut jedem gut.«

Keon bedachte mich mit einem ungläubigen, frechen Blick und musste dann doch grinsen, weil ich ihn mit meinem Lächeln ansteckte.

»Du willst mir etwas vorspielen?«, meinte ich und lehnte mich zurück, um ihm zu lauschen. Er übte sehr fleißig und hatte Spaß an dem Instrument, von dem er wahrscheinlich so fasziniert war, weil ich ihm schon als Kleinkind immer etwas vorgespielt hatte, wenn ich gekommen war. Seit er alt genug war, um die Gitarre zu halten, übte er. Er war unheimlich strebsam und selbstkritisch. Beim Spielen fluchte er so viel, dass ich immer froh war, dass Raphael nicht hier war, um zu hören, was aus dem Mund seines Sohnes kommen konnte. Keon schnappte so einiges auf und nahm selten ein Blatt vor den Mund, selbst wenn sein Papa noch so streng mit ihm war. Ich liebte dieses Temperament an ihm, das er von seiner Mutter vererbt bekommen hatte.

»Du machst das großartig!« Mein Lob war nicht gelogen, aber der kleine Halb-Erzengel war trotzdem nicht zufrieden mit seiner Leistung – das hatte er übrigens von seinem Vater geerbt.

»Nein! Es ist scheiße …«

»Keon!«

Er zog einen Schmollmund und sah mich verstohlen an, während er die Gitarre weglegte. »Entschuldige … Aber wenn es stimmt?«

»Es stimmt aber nicht. Und man würde es trotzdem nicht so sagen.«

»Wie denn dann?«

Ich überlegte kurz. »Man sagt, etwas ist ärgerlich, schade oder schlecht, aber nicht scheiße.«

In dem Moment, in dem ich das letzte Wort aussprach, fühlte ich die mächtige Aura, die er bewusst kleingehalten hatte. Weil ich von Keons Sonnenstrahlen eingehüllt war, hatte er sich hervorragend anschleichen können.

Raphael stand im Türrahmen und zog eine Augenbraue in die Höhe. »Jetzt weiß ich, von wem er das hat«, meinte er kopfschüttelnd und bedachte mich mit einem gespielt vorwurfsvollen Blick, ehe er mir ein Lächeln schenkte.

Während Keon aufsprang, um Raphael in die Arme zu fallen, wurde mir seltsam zumute. Unser letztes Treffen lag eine ganze Weile zurück und hatte im Streit geendet. Vorwürfe, Differenzen, unausgesprochene Dinge, die noch immer zwischen uns in der Luft schwebten und sie zum Knistern bringen konnten. Die blauesten Augen der Welt ruhten auf mir, während er seinen Sohn in den Arm nahm und ihm durchs Haar strich.

»Ich wusste nicht, dass du heute Besuch von Lia hast. Darf ich euch denn Gesellschaft leisten?«

Er stellte Keon seine Frage, aber sie war in Wahrheit für mich bestimmt. Vielleicht hatte er Angst, dass ich aufstand und ging. Oder es wäre ihm recht gewesen, weil er noch wütend wegen meines Auszugs war. Ihn nicht einschätzen zu können, machte mir mehr zu schaffen denn je. Ich dachte immer, ich wäre mittlerweile daran gewöhnt gewesen, nicht in den beiden Erzengeln lesen zu können, aber die mächtige Wasseraura war im Moment so undurchsichtig, dass ich nicht mal sagen konnte, ob die Wellen tosten oder sein Inneres in diesem ruhigen, tiefen See aufging.

»Ja, bleib hier! Gehen wir in den Park! In den Zoo! In den ...«

Keon war so aufgeregt, dass ihm keine dritte Option einfiel. Im Grunde war es dem Kleinen egal, wohin wir gingen, solange wir es zusammen taten. Es war herzerwärmend, wie gern er uns beide um sich hatte, und trotzdem vertrieb das breite, schöne Kinderlächeln die seltsame Atmosphäre nicht, die zwischen mir und Raphael herrschte.

Der Erzengel bückte sich zu seinem Sohn hinunter. »Vielleicht hat Lia noch etwas vor. Du solltest sie fragen, bevor du etwas planst.«

Keon sah mich erwartungsvoll an. »Du kannst doch mitkommen, oder?«

Ich musste schmunzeln, weil er talentiert darin war, Fragen so zu stellen, dass man sowieso nur mit Ja antworten konnte. Ich hätte ihm den Wunsch auch nicht abgeschlagen, aber es ging hier nicht darum, ob Keon mich dabeihaben wollte.

»Wenn dein Vater Arbeit für mich hat, komme ich dich morgen wieder besuchen«, entgegnete ich lächelnd und zauberte damit einen verdutzten Ausdruck in das hübsche Halb-Erzengel-Gesicht. Keon drehte sich wieder zu seinem Vater um, dem ich jede Möglichkeit offengelassen hatte, mich wegzuschicken. Ich wusste nicht, ob er mit mir reden wollte, ob seine Wut schon verflogen war und ob er in der Lage war, so zu tun, als wäre nichts zwischen uns vorgefallen. Mir war klar, dass er nicht vor Keon mit mir streiten wollte.

»Nein, nein!«, tönte der Kleine plötzlich und drückte Raphael seine Hand auf die Wange, so als wollte er sein Gesicht wegdrücken, um zu verhindern, dass er selbst antwortete. »Papa hat keine Arbeit für dich!«

Ich musste lachen, weil er Raphael regelrecht abwürgte und der Erzengel die Augenbrauen nach oben zog. »Entschuldige, aber wann hast du denn die Ordensleitung übernommen?«, wollte er wissen und erntete ein Schulterzucken von seinem Sohn.

»Gestern«, entgegnete er selbstbewusst und lief auf mich zu, um mich an der Hand zu nehmen. »Komm! Lass uns gehen!«

Ich folgte ihm, blieb aber bei Raphael stehen und hob den Blick. »Wenn du nicht mit mir …«

»Der Ordensleiter hat gesprochen«, unterbrach er mich mit einem Lächeln auf den Lippen und deutete zu Keon, der noch immer an meiner Hand zog.

»Kommt endlich!«

Ich nickte und versuchte, all die unausgesprochenen Dinge und die seltsamen Gefühle zwischen uns auszublenden. Es gab keinen schöneren Grund für Verdrängung als Kinderlachen.

Während Keon mit sich selbst ausdiskutierte, wohin wir gehen würden, liefen wir durch das Kloster. Kaum hatten wir die Rundbögen erreicht, schlugen mir Nervosität und Anspannung entgegen. Als die Ordensschwester uns sah, steuerte sie sofort auf uns zu. Sie neigte ihren Kopf nicht so tief wie sonst, wenn sie Raphael gegenüberstand. Ihre Ehrfurcht wurde von etwas Negativem überschattet, das sie gehetzt und aufgebracht wirken ließ.

»Verzeiht! Gut, dass ich euch treffe …«

Sie beugte sich zu Keon hinunter, der sofort die Augen verengte und auf stur schaltete. Er wollte nicht reden, aber er wusste, welche Frage er gleich zu hören bekommen würde, das fühlte ich.

»Weißt du, wo Joschua ist? Es ist sehr wichtig«, stellte die Ordensschwester klar und erntete trotz aller Eindringlichkeit in ihrem Tonfall nur ein Schulterzucken. »Nach dem Frühstück ist er spurlos verschwunden …«, verriet sie mit zitternder Stimme und umfasste den dunklen Rosenkranz, der um ihren Hals baumelte. »Wenn ihm etwas zugestoßen ist, dann …«

»Wir finden ihn«, unterbrach ich ihren Strudel aus schwarzen Gedanken und spendierte ihr Zuversicht und ein Lächeln.

»Oh, habt vielen Dank!« Sie bekreuzigte sich und schenkte Raphael einen kurzen beschämten Blick der Ehrfurcht und Dankbarkeit. Die meisten dieser gottesfürchtigen Frauen konnten ihm nicht lange in die übernatürlich blauen Augen blicken. Es war, als hätten sie Angst, dass er seine Heiligkeit verlieren würde, sobald sie ihn zu lange anschmachteten. Ich respektierte diesen Umgang mit Gottes Herrlichkeit, auch wenn sie fernab von meiner Handhabung mit den schönsten Formen dieser Welt war. Vor Ehrfurcht zu vergehen, hätte mich nur davon abgehalten, wütend auf Raphael zu sein, ihn anzuschreien, ihm absurde Vorwürfe zu machen – ihn einfach zu behandeln wie jeden anderen Mann, dessen Seele genauso lichterloh in Flammen stehen konnte wie die von uns Menschen. Für mich war Raphael nie unnahbar gewesen, nur einsam. Ihn zu behandeln, als wäre er ein nicht zu ersetzendes einzigartiges Artefakt, erschien mir der falsche Weg, auch wenn er das zweifelsohne war.

»Erzähl uns, wann du Joschua das letzte Mal gesehen hast und was er zu dir gesagt hat«, verlangte Raphael und bedachte seinen Sohn mit strengen Blicken.

Der Kleine zuckte mit den Schultern. »Ich weiß nicht mehr«, entgegnete er bockig.

»Keon!«

Der herrische Tonfall in seiner Stimme konnte furchteinflößend klingen. Keon konnte mit Tränen oder Wut darauf reagieren, aber bevor seine Gefühle überschäumten, flutete ich ihn mit Ruhe und beugte mich zu ihm hinunter.

»Es ist wichtig, dass wir Joschua finden. Vielleicht ist ihm etwas zugestoßen. Das willst du doch nicht, oder?«

Die grauen Augen starrten mich an und wurden groß und fragend. Er hatte sich nicht bewusst gemacht, dass Joschuas Verschwinden etwas Schlimmes bedeuten könnte. Dafür war er zu jung und zu behütet.

»Er hat gesagt, er will nach Hause«, verriet Keon leise und sah verstohlen zu Raphael, der noch immer verstimmt aussah. Er konnte unheimlich streng sein. Mir schoss wieder durch den Kopf, dass besondere Seelen eine strenge Hand brauchten und ich wahrscheinlich zu weich war. Ich konnte aber nicht aus meiner Haut. Als ich mich aufrichtete, wechselte ich in den Wächtermodus. Auch wenn es normalerweise nicht zu unserem Aufgabenbereich gehörte, vermisste Kinder zu finden, war es leichter, mit Raphael zu reden, wenn er mein Ordensleiter und nicht mein Freund war.

»Der Junge ist eine Waise, oder? Weißt du, wo er vorher untergebracht war?«

Raphael war zweifelsohne besser informiert als ich. Er wusste über den neuen Zimmergenossen seines Sohnes Bescheid, er wusste über alles Bescheid, was Keon und dieses Kloster betraf.

»Er ist keine Waise, seine Eltern sind nicht tot«, erwiderte er und begann zu präzisieren, weil er den fragenden Ausdruck in meinem Gesicht deutete. »Er ist hier, weil seine Eltern nicht mehr in der Lage waren, auf ihn aufzupassen.« Die Begründung, die folgte, zog mich tief in die menschliche Realität, allerdings nicht auf die Sonnenseite unserer Welt, sondern dorthin, wo Schatten und Negativität lauerten. »Sie haben ernsthafte Drogenprobleme und sind absolut unfähig, sich um ihn zu kümmern.«

Die bitteren Gefühle, die in mir wuchsen, waren schwer zu ertragen. Ich war ihre Wirkung nicht gewohnt. Ich schlug mich sonst nur mit übernatürlichen Problemen herum, himmlischen oder höllischen, und mit meinen egoistischen Gefühlswelten. An meinem Problemhorizont tauchten nie menschliche Abgründe auf. Ich idealisierte die Welt, die ich geschworen hatte, zu beschützen, für gewöhnlich. Dass sie auch dunkel und verletzend sein konnte, machte ich mir gerade wieder bewusst.

»Denkst du, sie würden ihm etwas antun?«

Raphael zuckte mit den Schultern. »Ich weiß es nicht. Menschen können hässliche Dinge tun, wenn sie den Verstand verlieren. Dabei stehen sie Engeln und Dämonen um nichts nach.«

Seine Worte klangen seltsam vorwurfsvoll in meinen Ohren. Ich war auch ein Mensch. Hatte ich ihn so sehr verletzt, dass er jetzt diese Kälte in seinen Blick legen musste?

Es war nicht an der Zeit, sich unseren Problemen zu widmen, es gab Wichtigeres zu tun.

Meine ungewöhnliche Mission

Raphael kannte die Adresse von Joschuas Eltern. Sie lag in einer Gegend, deren schlechter Ruf keineswegs ein Gerücht war. Wenn der Kleine tatsächlich allein diesen Weg auf sich genommen hatte, musste er ziemlich mutig sein – oder verzweifelt.

»Hier ist es ärgerlich …«, murrte Keon und drückte sich an seinen Vater, der gerade an den Sprachfähigkeiten seines Sohnes zu zweifeln begann.

»Das ist kein richtiger Satz«, erklärte er und bekam prompt die ›echte‹ Version von Keons Statement zu hören, der nicht auf sich sitzen lassen wollte, dass er einen Fehler gemacht hatte.

Sein Wortschatz war seinem Alter um Jahre voraus, was nicht zuletzt daran lag, dass Raphael darauf großen Wert legte.

»Dann ist es hier scheiße! Aber Lia meint, das sagt man nicht so!«

Mir entgleisten kurz die Gesichtszüge und ich erstickte den Drang, zu lachen, in einem Seufzen.

Der Erzengel, dem beinahe nichts so zuwider war wie Flüche und Fäkalausdrücke aus dem Mund seines Sohnes, stimmte in mein Seufzen ein. »Nein, das sagt man nicht. Aber ›ärgerlich‹

ist in diesem Fall kein Synonym. Bedrückend – versuch es damit.«

Keon zuckte mit den Schultern. »Dann ist es eben bedrückt! Gehen wir wieder in den Park?«

»Wir sind wegen Joschua hier«, erinnerte ich ihn. »Wenn wir ihn finden und zurück ins Kloster bringen, ist er wieder in Sicherheit. Im Moment könnte er in Gefahr sein.«

Keon focht einen inneren Zwiespalt mit sich aus. Einerseits wollte er helfen, andererseits die Zeit mit uns genießen. Für einen Erwachsenen hätte das egoistisch angemutet, aber für einen kleinen Jungen waren seine emphatischen Fähigkeiten wirklich ausgeprägt. Obwohl er sich noch nichts unter der ›Gefahr‹, in der Joschua vielleicht schwebte, vorstellen konnte, wollte er sie abwenden – wenn möglich ziemlich schnell, damit wir endlich in den Park gehen konnten.

»Ich finde ihn!«, tönte er selbstsicher und wollte Raphaels Hand loslassen, um sich auf den Weg zu machen. Der Erzengel ließ seinen Sohn nicht los.

»Kannst du das denn?«, wollte er wissen und ich sah Verblüffung hinter den eigentlich so undurchschaubaren Iriden wachsen. Mir war es auch neu, dass Keons Intuition so ausgeprägt war, dass er bereits in diesen radarähnlichen Modus wechseln konnte, aber wir hatten keine Vergleichswerte, weil er einzigartig war.

»Ich kann! Wenn ich will!«, stellte der Kleine klar und versuchte, sich erneut von Raphael loszureißen.

»Lass ihn. Wir sind doch dabei«, beruhigte ich den besorgten Erzengel.

Die tiefblauen Augen forschten eine Sekunde lang in mir, dann ließ er Keons Hand los. Er rannte die Straße hinunter und ich dachte, er würde uns in das Wohnhaus führen, in dem Raphaels Informationen zufolge Joschuas Eltern lebten, aber wir liefen in eine dunkle, schmutzige Seitengasse. Nicht nur die Gegend war trist und unschön, auch die Schwingungen hier machten mir zu schaffen. Es war, als hätte sich ein dicker Schleier aus Hoffnungslosigkeit und Melancholie über diesen Stadtbezirk gelegt.

»Warte, Keon!«

Raphaels mahnender Tonfall ließ ihn seine Schritte verlangsamen. Wir überholten ihn, gingen voraus, weil wir die lauten Stimmen bereits hören konnten.

Mir schlugen viele negative Gefühle entgegen. Sie waren rein menschlich, aber verdorben. Zwischen den blassen grauen Auren konnte ich eine ungewöhnlich leuchtende ausfindig machen. Ich konnte mir nicht vorstellen, dass sie zu einem kleinen Menschenkind gehörte, aber sie brauchte definitiv unsere Hilfe.

Als wir um die Ecke bogen, bauten sich fünf Leute in unserem Blickfeld auf. Junge Männer, die auf Ärger aus waren und jemanden umkreisten. Die kleine Gestalt hatte sich an die Ziegelsteinmauer gepresst und hielt etwas dicht an den Körper gedrückt. Er hatte sich die Kapuze ins Gesicht gezogen, aber er war definitiv ein kleiner Junge, vielleicht ein, zwei Jahre älter als Keon.

»Hey!«

Der laute, warnende Ausruf war nicht von mir oder Raphael gekommen, sondern von dem Energiebündel mit dem Erzengelblut, das auf die finsteren Gestalten zugestürmt wäre, hätte sein Vater ihn nicht am T-Shirt-Kragen festgehalten. Sie drehten sich nach uns um und verfinsterten die Blicke. Das Selbstbewusstsein und die Kampflust, die sie ausstrahlten, waren vollkommen fehl am Platz. Sie hatten keine Ahnung, wer ihnen gerade gegenüberstand, weil ihr Geist verschlossen für das Übernatürliche war.

»Verschwindet! Das geht euch nichts an!«, brüllte uns einer der jungen Männer entgegen und zückte im nächsten Moment ein Messer. Die Klinge war verrostet, schmutzig und sie brachte mich zum Schmunzeln. Ein Taschenmesser war so ziemlich die lächerlichste Waffe, mit der man einen Erzengel bedrohen konnte.

»Lasst Joschua in Ruhe!«, rief Keon und ich wunderte mich darüber, dass diese zarte Stimme so wütend klingen konnte.

Der kleine Junge mit der Kapuze, von dem so viel Angst, aber auch Entschlossenheit ausgingen, hatte eine seltsame Aura. Sie leuchtete nicht direkt, aber sie glühte angenehm. Ich versuchte, den ignoranten Idioten, die ihn belauerten, dieses Gefühl von Überlegenheit zu nehmen, aber sie hielten so vehement daran fest wie ein dummer, bissiger Hund an einem Knochen.

»Was ist das hier? Der Aufstand der Kleinkinder? Nehmt euren Bastard und haut ab!«

Mein Blick schnellte zu Raphael, weil ich wusste, wie sehr ihn das Wort ›Bastard‹ in Rage bringen konnte. Er hasste es, wenn jemand seinen Sohn so nannte. Conan hatte das schon mal ein blaues Auge beschert. Ich war nicht dabei gewesen, aber Raphael hatte ganz schön zugehauen, obwohl der Erzdämon nur gescherzt hatte. Conan hatte sich zwei Wochen lang nicht in seinem Club gezeigt.

Raphael fuhr nicht aus der Haut. Er starrte nach oben, ließ seinen Blick über die Dächer der Häuser schweifen. Ich fühlte nichts, ich sah nichts, also widmete ich mich wieder den aufgebrachten Halbstarken, damit das hier möglichst glimpflich für sie ausging.

»Ihr habt zwanzig Sekunden, um davonzulaufen. Und nachdem ihr das gemacht habt, solltet ihr über euer Leben nachdenken. Gebt ihm einen Sinn, sonst frisst die Leere irgendwann eure Seelen.«

Das Gelächter, das auf meinen Satz hin folgte, entlockte mir ein Seufzen.

»Bist du eine Nonne oder was?! Verschwinde, du Schlampe!«

Dass er sich selbst widersprach und sich nicht darauf einigen konnte, ob ich denn nun eine Heilige oder eine Hure war, bemerkte er gar nicht. Das Problem hatten viele mit mir, es lag nicht ausschließlich an seiner Dummheit.

»Egal, was ich bin, ich kann ziemlich ungemütlich werden, und wenn du keine Albträume von mir bekommen willst, dann hast du noch zehn Sekunden! Neun, acht, sieben …«

Während ich zählte, lenkte der Erzengel seine Aufmerksamkeit wieder auf das Geschehen hier unten und lauschte kurz der salopp gesprochenen Unhöflichkeit, die an mich gerichtet war.

»Was willst du denn machen, Blondie?! Du kannst herkommen und mir einen …«

»Schluss jetzt!«, brüllte Raphael dazwischen und signalisierte mir mit einer einfachen Geste, Keon weiterhin am Kragen festzuhalten, damit er nicht losstürmen konnte.

»Was?! Schickst du jetzt deinen Lover?! Komm her, du Loser!«

Der ›Looser‹, oder wie er in Fachkreisen genannt wurde: die linke Hand Gottes, steuerte auf die jungen Männer zu und ich war mir für eine Sekunde nicht sicher, ob es nicht besser gewesen wäre, ihn aufzuhalten.

Raphael konnte so endlos sanft sein, so klug, so wohltuend und überlegt, aber er konnte auch anders, ich wusste das nur zu gut.

»Gott vergibt Wesen, die Kinder quälen, nicht!« Dieser Tonfall in seiner Stimme war so überirdisch und durchdringend, dass sie schon allein deshalb erstarrten. Selbst ich bekam Gänsehaut. »Wenn ihr irgendwann euren letzten Atemzug getan habt, werdet ihr im Fegefeuer brennen!«

Keon drückte sich an mich und staunte mit mir gemeinsam, als Raphael plötzlich die großen Schwingen manifestierte, die er sonst immer so gut versteckt hielt. Die Spannweite seiner Flügel war so groß, dass er sie in Richtung Himmel strecken musste, weil die schmale Gasse zu wenig Platz bot. Der Anblick brachte selbst mich kurz aus dem Konzept, weil die weißen Federn hier unter dieser Glocke aus Hoffnungslosigkeit und Melancholie besonders hell glühten.

Sie rannten los, als wäre der Teufel persönlich hinter ihnen her. Dass sie das Licht nicht von der Dunkelheit unterscheiden konnten, lag daran, dass der Hass und die Perspektivlosigkeit ihre Seelen blind gemacht hatten. Ich hoffte für sie, dass Raphaels einschüchternder Auftritt sie wachgerüttelt hatte. Wenn sie nur ein Fünkchen Verstand besaßen, würden sie zu Hause auf die Knie fallen, Gott um Vergebung bitten und ihr Leben grundlegend ändern.

»Hab keine Angst vor mir …« Raphaels Stimme hatte umgeschlagen. Sie klang nun weich, sanft und so freundlich, als wären ihm Krieg und Zorn vollkommen fremd. Der kleine Junge presste sich noch immer an die Wand, starrte aber mit weit aufgerissenen Augen auf die Flügel, die gerade langsam verblassten. Er holte so tief Luft, als wäre er auch gerade um sein Leben gerannt. Ich entriss ihm die an Panik grenzende Nervosität und machte Platz für schiere Bewunderung und kindliche Begeisterung.

»Ich habe dir ja gesagt, Papa ist ein Engel.« Keon, den ich mittlerweile losgelassen hatte und der nun auf Joschua zuging, zuckte wissend mit den Schultern. »Glaubst du mir jetzt?«

Der Junge mit den großen kastanienfarbenen Rehaugen nickte hektisch und schluckte schwer. Er starrte Raphael noch immer an, der sich zu ihm hinuntergebückt hatte und die Hand nach ihm ausstreckte. Ein freundliches Lächeln legte sich auf seine Lippen.

»Bist du verletzt?«

Er schüttelte zuerst den Kopf, zuckte dann aber mit den Schultern. Sprechen funktionierte noch nicht, dafür war er viel zu aufgebracht.

Ich stützte mich neben Raphael an den Oberschenkeln ab und beugte mich nach unten, um ihm auch ein beruhigendes Lächeln zu schenken, ehe ich begann, seine Gefühle zu beeinflussen. Er hielt ziemlich stur an seiner Aufregung fest, aber ich konnte die positive Neugier und das gesunde Erstaunen in ihm nähren und ihn so aus seiner Schockstarre befreien.

Als Raphael ihn berührte, zuckte er kurz zusammen, ließ den Erzengel aber dann gewähren. Er löste seine angespannte Haltung und gab endlich preis, was er umklammert hielt.

»Wow, das ist schön. Zeig mal her!« Keon griff nach der silbernen Taschenuhr und Joschua ließ sie los, obwohl es offensichtlich war, dass sie ihm viel bedeutete.

Der Kleine hatte ein gutes Gespür dafür, wem er vertrauen konnte und wem nicht.

Raphael strich ihm die Kapuze vom Kopf und entblößte eine Wunde an seiner Schläfe. Das Blut war noch nicht ganz getrocknet, er musste sie sich vor Kurzem zugezogen haben.

»Erzählst du mir, wie das passiert ist?«, fragte Raphael vorsichtig, während er die Hand auf die Verletzung legte. Die Berührung tat bestimmt gut, der Kleine entspannte sich, obwohl in ihm wieder negative Gefühle wuchsen, die ich im Zaum halten konnte.

»Ein Aschenbecher«, antwortete er so leise, dass wir ihn kaum verstanden. Ich musste mich zusammenreißen, um mich nicht von meinen eigenen Gefühlen übermannen zu lassen. Wer auch immer einen Aschenbecher nach einem Kind warf, war schlimmer als jeder instinktgetriebene Höllendämon. Dieser erschreckende Ausdruck in Joschuas Augen, der verlegen, aber zugleich gleichgültig anmutete, verriet mir, dass er Erfahrung darin hatte, misshandelt zu werden. Es war ihm unangenehm, darüber zu sprechen, aber er empfand dieses Geschehnis nicht als Ausnahmesituation.

»Verrätst du mir auch, wer dir das angetan hat?«

Raphaels Stimme hätte Eis schmelzen können. Joschua zögerte trotzdem. Ich wollte ihn auch nicht dazu drängen, über etwas zu sprechen, das er im Moment lieber für sich behalten wollte. Die ganze Situation war aufwühlend genug.

»Ich wollte nur … etwas abholen … zu Hause … dort, wo ich früher gewohnt habe«, verriet er, ohne zu erwähnen, wer ihn verletzt hatte. Wir konnten es uns aber denken.

»Also bist du nicht weggelaufen, du wolltest nur deine Uhr holen«, fasste ich zusammen und folgte seinem sehnsüchtigen Blick zu dem silbernen Schmuckstück, das Keon noch immer drehte und bewunderte.

Joschua nickte, diesmal aber ganz schwach, weil der Erzengel die Hand an seine Schläfe gelegt hatte.

»Das darfst du nie wieder tun«, tadelte Raphael in freundlichem, aber eindringlichem Tonfall. »Alle haben sich Sorgen gemacht. Du hättest nur Bescheid sagen müssen, dass dir etwas fehlt, dann hätte ich für dich …« Er beendete seinen Satz nicht, sondern ließ seinen Blick wieder nach oben schweifen.

»Siehst du etwas?«, wollte ich wissen, weil er das schon zum zweiten Mal tat. Ich konnte nach wie vor nichts fühlen.

Mir war, als würde er leise knurren. »Nein. Nur so ein Gefühl …«

Normalerweise kannte ich mich mit Gefühlen aus, aber dieses konnte ich nicht nachvollziehen. Wir widmeten uns wieder Joschua, der sich prüfend an die Schläfe fasste, als Raphael ihn losließ.

»Es tut gar nicht mehr weh …«, bemerkte er und ließ ein Schmunzeln über seine Lippen huschen.

Er war ein hübscher Junge, etwas blass, aber sehr, sehr süß. Es war mir unbegreiflich, wie jemand ihn weggeben konnte.

»Papa kann dich heilen. Er ist nicht nur ein Engel, sondern auch der beste Arzt der Welt!«

Die Lobgesänge klangen nicht nur in meinen Ohren sehr schmeichelhaft.

Raphael bedachte seinen stolzen Sohn mit einem Lächeln und richtete sich auf. »Wir sollten zurück ins Kloster und den Schwestern Bescheid sagen. Gib Joschua seine Uhr zurück.«

Keon gehorchte und streckte das Schmuckstück dem etwas größeren Jungen entgegen. Ich stand einen Schritt zu weit entfernt, um zu reagieren, und Raphael wurde gerade wieder von seinem seltsamen Gefühl abgelenkt und richtete den Blick nach oben. Niemand war schnell genug, um die ungeschickten Kinderhände daran zu hindern, die Uhr auf den Asphalt fallen zu lassen. Als es klirrte, füllten sich Joschuas Augen sofort mit Tränen.

»Nein! Nein! Nein!« Der Kleine fiel auf die Knie und griff nach seiner kaputten Kostbarkeit. Das Glas hatte einen Sprung und der Deckel war abgefallen.

»Das wollte ich nicht!«, rief Keon aufgebracht. Er ließ sich auch auf den Boden fallen. »Ich kann sie wieder heil machen, versprochen!«

Ich dachte, er würde Raphael gleich bitten, die Uhr zu ›heilen‹, und es würden jeden Moment unzählige Tränen fließen, weil er das natürlich nicht konnte, aber ich wurde überrascht, sehr sogar.

Wie es passierte, konnte ich nicht sagen, nur, dass die Luft um die Uhr herum plötzlich zu schwimmen begann. Es knackte, während der Sprung im Glas verschwand. Als der Deckel zurück in die Halterung schnellte, dachte ich, meine Augen würden mir einen Streich spielen. Keon hatte die Hände die ganze Zeit über um die Uhr gelegt. Sein Gesichtsausdruck wechselte von angestrengt konzentriert zu leidend. Als er plötzlich schwankte, obwohl er saß, packte Raphael ihn und hob ihn hoch.

»Das reicht! Sie ist wieder heil …«

Ich starrte genauso fassungslos auf die beiden besonderen Wesen wie Joschua, der im nächsten Moment seine Taschenuhr musterte und sie zum Ohr hielt, um das Ticken zu hören.

Keon blinzelte schwer und lehnte den Kopf an die Schulter seines Vaters. Er sah geschafft aus, so als würde er jeden Moment einschlafen.

»Das hast du gut gemacht«, lobte Raphael und legte ihm seine Hand auf den Hinterkopf. Die heilenden Wellen schienen ihm Kraft zu geben, er lächelte schon wieder.

»Danke! Das ist unglaublich!«, rief Joschua beeindruckt. »Bist du auch ein Engel?«

Keon hob langsam die Hand und streckte den Zeigefinger aus, so wie Raphael es immer tat, wenn er versuchte, ihm etwas beizubringen. »Halbengel …«, murmelte er grinsend. »Aber ich habe noch keine Flügel …«

Ich wusste, dass Keon seine Flügel noch nicht manifestieren konnte, was ich allerdings nicht gewusst hatte, war, dass er diese außergewöhnliche Gabe hatte. Da verbrachte man gerade mal einen Monat in seinem Exil und verpasste die größten Neuigkeiten.

»Lasst uns gehen.«

Ich bot Joschua meine Hand an und wir folgten Raphael, zumindest bis er so plötzlich stehen blieb, dass ich gegen seinen Rücken stieß.

Mein seltsames Gefühl

Wir hatten die schmale Seitengasse verlassen. Hier tummelten sich wieder Menschen. Mein Blick wollte prüfend umherschweifen, aber ich kam nicht dazu, weil der Erzengel Keon mit einem Mal absetzte und mir in die Augen sah.

»Halt ihn«, bat er so eindringlich, als hätte er Angst, dass sein Sohn verschwinden würde, wenn ich nicht seine Hand hielt. Ich nickte und würde die beiden Jungs unter keinen Umständen loslassen.

Raphael wirbelte auf dem Absatz herum und ich zuckte zusammen, weil die Gestalt, die vor ihm stand, aus dem Nichts gekommen zu sein schien. Er hatte weinrotes, kinnlanges Haar, das ihm in sanften Wellen ins blasse, weiche Gesicht fiel. Seine Augen waren so schwarz wie die Wellen seiner Aura. Wieso fühlte ich ihn erst jetzt? Er war ein Erzdämon, ich hätte ihn schon aus der Entfernung wahrnehmen müssen. Woher war er überhaupt gekommen?

»Was für eine Ehre! Was für ein goldener Wink des Schicksals!«

Seine Stimme hörte sich klangvoll an, er sang die Worte förmlich, ehe er sich so tief und gekonnt verbeugte, als wäre er einem vergangenen Jahrhundert entsprungen. Er trug ein schwarzes Hemd, schwarze Hosen, aber weiße Schuhe. Sein Gesicht und die etwas schmächtige Statur ließen ihn androgyn wirken.

»Heilig ist dein Name, darf ich ihn aussprechen?«, fragte er, als er sich wieder aufrichtete und trotzdem ehrfürchtig vor Raphael den Kopf neigte. Ich konnte kein Stück in ihm lesen, nicht eine einzige Gefühlsregung oder Emotion erreichte mich. Es war, als könnte er sein gesamtes Wesen hinter der Dunkelheit seiner Erzdämonenaura versteckt halten, die er anscheinend ebenfalls im Verborgenen halten konnte, sonst hätte ich ihn kommen gefühlt.

»Du brauchst meinen Namen nicht zu sagen«, entgegnete Raphael. Seine Stimme klang vollkommen fremd. Er hatte den Erzengelmodus an. Ich sah nur seinen Rücken, weil er sich vor uns aufgebaut hatte, aber ich war mir sicher, dass sein Gesicht im Moment einer versteinerten Maske glich.

»Wie du wünschst, Gottes Herz. Es freut mich trotzdem, dass wir uns begegnen. Es hat beinahe die Ewigkeit gebraucht, dich kennenlernen zu dürfen.Ich hatte die Ehre bisher noch nicht …«

Sie begegneten sich zum ersten Mal? Die mit süßer Zunge und beinahe poetisch gesprochenen Worte verwirrten mich, auch weil ich ihn überhaupt nicht einschätzen konnte.

»Wer ist das?«, flüsterte Keon mir zu und drückte sich an mich, weil seine Intuition ihm dazu riet, vorsichtig zu sein. Ich konnte ihm keine Antwort geben, weil ich dem Erzdämon selbst noch nicht begegnet war, aber jetzt war auch nicht die Zeit für Erklärungen. Ich musste achtsam bleiben, auf die Kinder aufpassen und verschwinden, sobald Raphael mir auch nur das kleinste Zeichen gab.

»Spar dir die Schmeicheleien für deinen Herrn. Sie klingen blasphemisch aus deinem Mund«, knurrte Raphael.

Keon drückte sich immer fester an mich. So hatte er seinen Vater noch nie sprechen gehört, er kannte Raphael nur endlos sanft und fürsorglich streng. Dem Erzengel allein hatte er noch nie gelauscht.

Ich hatte keine Ahnung, wer ›*sein* Herr‹ war, aber ich sehnte das Ende dieses unangenehmen Gesprächs herbei.

»Wie du wünschst. Aber ich bin nicht gut darin, zu schweigen. Gott hat mich mit losem Mundwerk erschaffen und ich kann es nicht abstellen. Sieh mir das nach …«

Der Erzdämon grinste und sah dabei ebenso kokett aus wie Conan. Vielleicht war er nicht mal eine Bedrohung. Er schien zumindest nicht auf einen Kampf aus zu sein, nur auf Schmeicheleien, die Raphael nicht hören wollte.

Mit Conan kam Raphael auch nicht aus, obwohl er einer meiner besten Freunde war. Vielleicht waren meine Sorgen absolut unbegründet, ich konnte es nicht einschätzen, weil meine Gabe an den beiden starken Wesen vor mir versagte. Ich hasste diese Ungewissheit.

Als die schwarzen Augen plötzlich zu mir blickten, versuchte ich, meine Miene auch versteinern zu lassen. Seine Musterung war seltsam, so als hätte er meine Gabe und könnte meine Seele erforschen.

Er verzog die Lippen zu einem freundlich anmutenden Lächeln. »In so schöner Begleitung. Erfreut dich das Leben in dieser Welt? Ich wünsche es mir sehr!«

Raphael machte einen Schritt zur Seite und versperrte dem Erzdämon damit den Blick auf mich. »Mein Leben hat dich nicht zu interessieren«, antwortete er.

»Verzeih die Neugier. Aber ich glaube, ich kenne deine Begleitung. Ich habe von ihr gehört.«

Hätte ich die Kinder nicht an der Hand gehabt, hätte ich die Kriegerin in mir meinen Tonfall zeichnen lassen, aber die beiden Kleinen hatten auch so schon genügend Angst.

Wenn ich auch noch begann, forsch und kalt zu sprechen, hätte ich die Situation für sie nur schlimmer gemacht, also blieb ich ruhig.

»Ich weiß nicht, von wem du von mir gehört hast, aber ich denke nicht, dass du mich kennst.«

Er schaute wieder an Raphael vorbei zu mir. Sein freundliches Lächeln ebbte nicht ab. War es gespielt? War es einstudiert? War es gefährlich? Nett?

»Oh, glaub mir, meine Quelle ist zuverlässig und spricht nur gut von dir. Er liebt dich, und ich verstehe, warum.«

Dass die Überraschung meine Miene zeichnete, konnte ich nicht verhindern. Ihm schien die Unsicherheit in meinem Blick zu gefallen, denn er zwinkerte mir zu.

»Stellst du uns deshalb nach? Auf seinen Wunsch hin?«, wollte Raphael wissen und veranlasste den Erzdämon, die Hände in einer unschuldigen Geste vor den Oberkörper zu heben und mit dem Kopf zu schütteln.

»Nein, nein, wo denkst du hin? Ich würde dir oder der besonderen Wächterin nie nachstellen! Das hier ist nichts weiter als ein Zufall. Das Schicksal lacht gerade über dieses Zusammentreffen, hörst du es nicht?«

Obwohl er diese leicht verrückt anmutende Gestik an sich hatte, glaubte ich ihm aus irgendeinem Grund. Das hier war wahrscheinlich tatsächlich Zufall, aber dass er sich so dermaßen darüber freute, verstand ich nicht. Er hätte gut daran getan, Abstand zu Raphael zu halten und nicht einfach vor uns aufzutauchen.

»Täuschen mich meine finsteren Augen oder sehe ich Gottes schönstes Gesicht in dieses junge Wesen gezeichnet?«

Er blickte wieder an Raphael vorbei, diesmal zu Keon, dem ich meinen Arm um die Schultern legte, um meine Bereitschaft, ihn zu beschützen, zu signalisieren. Ich mochte diesen forschenden Blick nicht, weil ich wusste, dass er gerade etwas sah, das eigentlich nicht für seine Augen bestimmt war. Raphael wollte nicht, dass alle Welt von seinem Sohn erfuhr, schon gar nicht die Hölle. Der Wind frischte plötzlich auf und verschaffte mir ein seltsames Gefühl von Sicherheit.

»Ich wiederhole mich ungern«, sprach Raphael ebenso drohend wie leise. »Mein Leben hat dich nicht zu interessieren.«

Wieder eine unschuldige Geste und ein verschmitztes Lächeln. »Natürlich nicht! Aber ich sah noch nie ein Wesen wie dieses junge Geschöpf. Meine Neugier ist schwer zu zügeln.«

»Ich kann dir helfen, sie für immer loszuwerden, deine Neugier …«

Mein Blick schnellte hinter den Erzdämon zu der Aura, die den schützenden Wind mit sich gebracht hatte.

Gabriel kam auf uns zu, seine Gestik mutete sehr menschlich an, weil er die Hände in den Hosentaschen vergraben hatte, aber seine Mimik war die der übermenschlichen Rache Gottes.

»Verschwinde«, flüsterte er tonlos, ohne jegliche Aggressivität oder Kampflust in der Stimme, und trotzdem hätte das einfältigste Wesen keinen Zweifel daran gehabt, von ihm in Stücke gerissen zu werden, wenn es seiner Aufforderung nicht nachkam.

Der Erzdämon trat ein paar vorsichtige Schritte zurück, beide Hände in Schutzhaltung vor den Oberkörper gehoben und den Kopf ehrfürchtig geduckt. »Dein Wunsch ist mir Befehl, oh du mein schöner Zorn. Aber sei versichert, dass ich niemandem schaden wollte!«

»Du redest zu viel, Belial«, entgegnete Gabriel unbeeindruckt, stellte sich neben Raphael und versperrte dem Erzdämon, dem ich nun einen Namen zuordnen konnte, endgültig den Blick auf mich und die Kinder. »Steig zurück in die Hölle und kriech vor dem Thron herum, der deinen Fanatismus nährt. Wenn ich dich noch mal in der Nähe von Raphael oder dem Kleinen sehe, hol tief Luft für deinen letzten Atemzug.«

Der schwarzhaarige Erzengel neigte den Kopf zur Seite. Die erwartungsvolle und doch nach Langeweile anmutende Geste gab dem Erzdämon zu verstehen, dass diese Drohung weder leer noch schwer umzusetzen war.

»Ich habe verstanden«, versicherte Belial und pustete sich eine rote Haarsträhne aus dem Gesicht, ehe er einen weiteren Schritt zurücktrat und sich ein seltsamer Schatten an der Backsteinfassade hinter ihm formte.

Ich starrte auf die surreal wirkende Finsternis, die ebenso unscheinbar wie kraftvoll auf mich wirkte. Der Erzdämon verbeugte sich noch mal tief und ließ ein süffisantes Lächeln über seine Lippen huschen, so als würde er eine Bühnenshow beenden.

»Gehabt euch wohl, ihr heiligen Wesen!«

»Sag deinem Herrn, dass ich warte …«, entgegnete Gabriel im selben Moment, in dem Belial von der Dunkelheit verschluckt wurde. Mir war nicht klar gewesen, dass jemand so leise, und ohne irgendeine Form von Aufsehen zu erregen, zwischen den Welten wechseln konnte. Der Erzdämon war in der Hölle verschwunden, ohne die Realitäten zu krümmen, Dämonenwesen freizulassen, Anomalien oder irgendeine Spur zu hinterlassen. Diese Stille, mit der Belial auftauchen und verschwinden konnte, bescherte mir eine Gänsehaut.

»Ist er dir oder Lia gefolgt?«, hörte ich Gabriel fragen, aber ich bekam Raphaels Antwort nicht mit, weil ich die beiden Kleinen beruhigen musste.

Ich bückte mich zu ihnen runter und schenkte ihnen ein Lächeln. »Mit Raphi und Gabri kann absolut nichts schieflaufen, keine Angst.«

Ich tauschte ihre Nervosität gegen positivere Gefühle ein. Bei Keon fiel es mir leichter, weil gerade die Freude in ihm wuchs, die immer aufkam, wenn er Gabriel sah.

»Gabri ist übrigens auch ein Engel!«, erklärte er Joschua stolz. »Der allerallerstärkste, den es gibt!.«

Ich musste grinsen, weil es Keon viel besser gelang, Joschua zu beruhigen, als mir. Kindliche Euphorie sprang leicht und einnehmend über, meine Gabe war mehr oder weniger überflüssig.

»Wow … Kennst du auch Gott?«, wollte der braunhaarige Junge mit der glühenden Aura wissen und veranlasste Keon zu einem selbstbewussten Schulterzucken.

»Nein, aber Papa stellt ihn mir bestimmt noch vor!«

Ich hätte laut gelacht, wären meine Gedanken nicht überfüllt mit Fragen gewesen. Ich wollte mehr über diesen Zwischenfall erfahren, der Raphael dazu veranlasst hatte, eine Gabe einzusetzen, von der er sonst so gut wie nie Gebrauch machte. Dieser Gedankenübertragungs-Modus, den die beiden Erzengel nutzen konnten, war ihnen beiden zuwider. Gabriel hatte es mal als schmerzhaft für die Seele beschrieben, aber wenn Raphael um Hilfe bat, war er trotzdem zur Stelle. Warum er es überhaupt für nötig empfunden hatte, Belial so sehr einzuschüchtern, wusste ich noch nicht.

»Soll ich die Kinder zurückbringen?«, wollte ich wissen, weil die beiden Erzengel sich noch immer austauschende Blicke zuwarfen. Sie sollten besprechen, was sie zu besprechen hatten, aber ich wollte hinterher unbedingt alles erfahren. Ob ich mich besser an Gabriel oder Raphael wenden sollte, darüber musste ich noch nachdenken.

Trotz Keons Euphorie, die größtenteils seinem Stolz auf die beiden Männer in seinem Leben zu verdanken war, sah ich ihm an, dass er noch immer erschöpft war. Was auch immer er vorhin mit Joschuas Uhr gemacht hatte, war kraftraubend gewesen.

»Schon gut, ich bringe sie zurück.«

Dass ich Gabriel so überrascht anstarrte, lag daran, dass er sonst eher mit seinen Fähigkeiten als Kindermädchen geizte. Er beschützte und besuchte Keon zwar, aber ihn irgendwohin zu bringen oder Familienausflüge zu unternehmen, war sonst absolut nicht sein Fall.

»Ihr solltet reden …«, meinte er und machte eine auffordernde Geste in Richtung Raphael. »Ich halte seine inneren Monologe nicht mehr aus, sie rauben mir den letzten Nerv.«

»Dann hör nicht hin!«, entgegnete der blonde Erzengel wütend und strafte das andere perfekte Gesicht mit finsteren Blicken.

»Deine Gedanken sind wie ein Lied, das mir nicht mehr aus dem Kopf geht. Der Lia-Song hängt mir zum Hals raus, zumal ich nicht in der Stimmung für psychedelische Selbstgeißelungsballaden bin.«

»Manchmal möchte ich dich um…«

»Umarmen!«, vollendete ich Raphaels bissig klingenden Satz schwungvoll und grinste die Kinder an, die zwar still waren, aber natürlich genau lauschten, was die beiden eindrucksvollen Männer sich da an den Kopf warfen. Raphael gab sonst so minuziös darauf acht, was er in Keons Gegenwart von sich gab, aber Gabriel konnte ihn zweifelsohne aus seinem perfekten Vaterkonzept bringen.

»Nachdem sich Gabri und Raphi umarmt haben, spendiert euch der schöne, starke Erzengel einen unheimlich spannenden Flug zurück nach Hause«, versprach ich und zauberte damit ein erwartungsvolles Lächeln auf die beiden Kindergesichter. Dass die linke und rechte Hand Gottes mich anstarrten, als hätte ich gerade Unmögliches versprochen, ignorierte ich. Sie hatten sich diese Situation selbst zuzuschreiben.

»Na los. Umarmt euch«, forderte ich und zog die Brauen nach oben, um ihnen zu signalisieren, dass sie gar keine andere Wahl hatten. Vor allem Keon starrte mit großen Augen auf die beiden Männer in seinem Leben, die er – dabei war ich mir sicher – sich noch nie umarmen gesehen hatte. Mir ging es im Übrigen auch so. Ich konnte mich nicht mal erinnern, dass die beiden sich überhaupt schon mal in meiner Gegenwart angefasst hatten.

Es war Raphael, der sich als Erster zu Gabriel wandte und einen Schritt näher kam. Ich dachte, der Krieg würde der Heilung ausweichen, aber er blieb stehen und löste die immerzu vorbildlich gerade, etwas einschüchternd wirkende Haltung.

Was als Neckerei von mir begonnen hatte, mündete in etwas so Schönem, dass ich keine Worte dafür in meinen Gedanken fand. Ich hatte damit gerechnet, dass diese Umarmung verkrampft, lieblos und etwas bizarr anmuten würde, aber das tat sie nicht. Zu beschreiben, was die beiden ausstrahlten, während sie sich so nah waren, wäre dem Versuch gleichgekommen, den Himmel mit einem einzigen Wort zu beschreiben – unzulänglich. Mir war nie klar gewesen, dass sie so zueinander sein konnten. Diese großen, starken, schönen Erzengel sahen aus wie die unschuldigsten, ästhetischsten, unverdorbensten Wesen, die jemals einander berührt hatten. Mir war, als hätte sie Gott genau so erschaffen: gemeinsam, um einander Halt zu geben, um sich für die Ewigkeit festzuhalten, wenn es nötig war.

Das freudige Lachen, das aus der Kehle des kleinen Halb-Erzengels drang, untermalte die Beendung dieses so besonderen Moments perfekt. Keon freute sich über das Bild, das er sehen durfte, genauso wie ich, weil es wahrscheinlich das Heiligste war, das uns jemals unter die Augen kommen würde.

»Haha, das war gar nicht scheiße!«

»Keon!«, schallte es zweistimmig, weil Raphael und ich uns gleichzeitig berufen fühlten, den Kleinen für seine Wortwahl zu tadeln.

Er zuckte mit den Schultern, nahm Joschua an der Hand und lief auf Gabriel zu. »Können wir ganz, ganz hoch fliegen?«

Joschua schien von der Bitte zuerst wenig begeistert, aber als Gabriel sich nach den beiden bückte und sie hochhob, verflog der größte Teil seiner Angst. Der Erzengel strahlte so viel Kraft und Sicherheit aus, dass das Fliegen schnell seinen Schrecken verlieren würde. Ich musste unweigerlich an meinen ersten Flug denken, den mir ebenfalls Gabriel spendiert hatte. Damals, als wir auf dem hohen Dach gestanden hatten und ich die strafende Hand Gottes zum ersten Mal schmunzeln sehen durfte.

»Ich komme morgen wieder vorbei«, versicherte Raphael seinem Sohn, der gerade nur Augen für seinen Onkel hatte. Im Moment hielt ihn die große Freude über den bevorstehenden Flug wach, spätestens im Kloster würde er aber in sein Bett fallen und schlafen, weil ihn dieser Ausflug so viel Kraft gekostet hatte.

Ich sah Gabriel hinterher, der mit den beiden in Richtung der Seitengassen ging, um etwaigen unwissenden Blicken zu entkommen. Keons Stimme war zwar schon leise, aber ich hörte ihn noch diese eine Frage stellen, die nur aus seinem Mund so unschuldig klingen konnte und ohne irgendwelche Vorwürfe oder Befürchtungen ausgesprochen wurde.

»Hast du Papa eigentlich genauso lieb wie ich?«, wollte der Kleine wissen.

In Gabriels Antwort steckte für gewöhnliche Ohren nicht viel Gefühl, aber wir, die ihn kannten, konnten eine Seite von ihm sprechen hören, die sogar noch besonderer war als der Erzengel in ihm.

»Ja, das habe ich.«

Mein Streit

Die Nachmittagssonne stand ungewöhnlich tief und erzeugte eine malerische optische Täuschung mit den Ästen der Trauerweide. Sie schienen vor der naturbelassenen Kulisse regelrecht zu glühen.

Ich liebte die Aussicht hier, die Ruhe und die Atmosphäre. Vielleicht hatte ich hierherkommen wollen, weil dieser Ort mir schon immer Kraft gegeben hatte, die ich mit Sicherheit brauchte, um dieses Gespräch zu führen.

Raphael vergrub die Hände in den Hosentaschen, saß bei Weitem nicht so gerade wie sonst auf der Bank, die Beryl extra für mich aufgestellt hatte.

Früher hatte ich hier immer im Gras gesessen und die Aussicht genossen. Manchmal war ich stundenlang hier gewesen, um den Zauber dieses besonderen Fleckchens Welt auf mich wirken zu lassen.

Mein Engel war gerade nicht hier, seine kleine Kirche stand leer, aber es war gut, dass wir allein waren, so konnten wir uns nicht ablenken lassen oder abschweifen.

»Wie lange hat Keon diese Kräfte schon?«, wollte ich wissen und sah nach rechts in dieses perfekte Profil.

Raphael behielt den Blick auf die glühenden Trauerweiden gerichtet, während er mir antwortete. »Mir sind sie erst vor einem Monat aufgefallen. Er hatte sie aber wohl schon immer.«

»Was tut er genau? Das ist keine gewöhnliche Engelstelekinese, oder?«

Alle gemachten Engel hatten die Gabe, Dinge zu bewegen. Die Intensität dieser Kraft hing von dem Wesen ab, das sie benutzte. Gabriels Handbewegung konnte töten. Tristan hatte mich die Telekinese auch schon spüren lassen – ein Spannungsgefühl, das so schmerzhaft werden konnte, dass man das Gefühl hatte, die Haut würde reißen. Was Keon getan hatte, kam mir aber anders vor. Er hatte Joschuas Uhr nicht bloß bewegt, er hatte sie wieder zusammengesetzt und sogar den Sprung im Glas verschwinden lassen.

»Ich bin mir nicht sicher, was er tut«, gestand Raphael und schloss im nächsten Moment für eine Sekunde die Augen und verfinsterte die Mimik. So ermahnte er sich selbst oder resignierte. Ich hasste es, wenn er das tat, weil es schmerzhaft anmutete, so als würde er sich selbst einen Schlag verpassen, um sich zu geißeln. »Doch, eigentlich bin ich mir sicher, aber ich will es wohl nicht wahrhaben.«

Ich ließ Wellen aus Ruhe und Einklang um uns herumtanzen. Ob Raphael sie im Moment annehmen konnte, wusste ich nicht.

Als er wieder den Mund aufmachte, klang er niedergeschlagen. »Es scheint, als ob er den Zeitfluss brechen und beeinflussen könnte.«

»Den Zeitfluss?«, wiederholte ich tonlos, um mir darüber bewusst zu werden, was das hieß. Es gelang mir nicht zur Gänze. »Heißt das, er kann die Zeit zurückdrehen?«, wollte ich bestätigt haben, aber Raphael zuckte nur mit den Schultern.

»Es scheint so«, wiederholte er und blickte weiter stur auf die im Wind schaukelnden Äste. So vage Antworten war ich aus diesem Mund nicht gewohnt. Ich spielte mit dem Gedanken, dass Raphael es mir vielleicht gar nicht verraten wollte, aber als er weitersprach, verflog diese dumme Vermutung. »Ich weiß es selbst nicht, weil wir alle nicht erschaffen wurden, um das Konstrukt der Zeit zur Gänze zu verstehen. Ich habe eine andere Vorstellung von ihr als du, aber das heißt nicht, dass ich in der Lage bin, die Tragweite ihres Wirkens zu begreifen. Die irdische Physik dahinter ist mir bewusst, aber nach diesen Gesetzen dürfte Keon sie nicht zurückdrehen können.«

Mit jedem seiner Sätze wurde mir klarer, was für ein einzigartiges Schauspiel ich vorhin in der kleinen Gasse beobachtet hatte.

Es hatte Keon zwar angestrengt, seine Gabe einzusetzen, aber gemessen an dem, was er bewirkt hatte, war seine Reaktion unglaublich. Wenn er tatsächlich die Zeit beeinflussen konnte und ihn das nicht mehr kostete als Müdigkeit, hieß das, dass er … Er konnte … Mein Verstand war gerade ein wenig überfordert.

»Wie stark wird er werden? Ich meine, wo hat diese Gabe ihre Grenzen? Er ist noch so jung und …«

»Ich weiß es nicht, Lia.«

Raphaels Blick traf meinen. Diese Unwissenheit ließ seine Augen traurig aussehen. Das letzte Mal, als er mich so angesehen hatte, war Sora gerade krank geworden.

»Ich denke, seine Gabe ist gewissen Regeln unterworfen. Gott hat die Zeit an das Schicksal geknüpft – zumindest glaube ich, das gehört zu haben.«

»Du glaubst es? Du hast doch schon mal mit Gott gesprochen, oder?«

Dieses Thema fühlte sich seltsam an, nicht unangenehm, nur übernatürlich. Ich sah plötzlich nur noch den Erzengel in Raphael, ein menschenunähnliches Wesen, das mich anlächelte, weil ich keine Ahnung von seinem früheren Leben hatte.

»Sprechen … Ich habe nicht gesprochen. Es war anders. Anders als im Himmel und vollkommen anders als hier in deiner

Welt. Ich kann es nicht erklären, weil es keine Worte dafür gibt, tut mir leid.«

»Schon gut. Unwissenheit ist wohl manchmal ein Segen.«

Raphael nickte und richtete den Blick wieder nach vorn. »Sora und ich haben ihm wohl unwissentlich eine schwere Bürde in die Wiege gelegt. Mir war nicht klar, dass ein Wesen wie er Potenzial für eine so einzigartige Gabe in sich tragen kann.«

»Aber das heißt auch, dass eure Liebe etwas Unglaubliches erschaffen hat. Ich bin mir sicher, Gott hat das gut durchdacht. Keon ist stark genug, um damit umzugehen.«

Raphael seufzte. Der Erzengel in ihm schien sich wieder schlafen gelegt zu haben – da war nur mehr der Mensch, der mit einer Palette an Gefühlen kämpfte.

»Ich wünschte, er wäre ganz normal. Ein Mensch ohne Erzengelblut. Ich mag die Vorstellung nicht, dass er tief ins Schicksalsgeflecht eingeflochten sein könnte.«

Mein leises Lachen verwirrte Raphael sichtlich. Er wollte eine Erklärung dafür, die er natürlich bekam.

»Das sind wohl typische Elternsorgen. Du willst das Beste für ihn, ein schönes, erfülltes Leben ohne Kämpfe, Tränen und Blut. Alle wollen das. Aber wenn das Schicksal tatsächlich Krieger braucht, um unsere Welten zu bewahren, wird dein Sohn dann nicht der stärkste und mutigste von allen sein? Wenn jemand irgendwann unser Leben, unser Lachen und unsere Zukunft verteidigen muss, wem vertraust du dann mehr als deinem eigen Fleisch und Blut?«

Raphael schwieg eine Weile. Ich hoffte immer, ihn mit meinen Worten zu erreichen, auch wenn sie in seinen Ohren wahrscheinlich oft naiv klangen. Wenn ich eines in den letzten Jahren gelernt hatte, dann, dass die Naivität unserer Welt unseren Seelen manchmal wohler tat als übernatürlicher Ernst.

Er rümpfte plötzlich die Nase und schüttelte den Kopf. Ich hatte mir eine andere Reaktion gewünscht. »Wir reden besser erst wieder darüber, wenn du selbst Kinder hast.« Seine Mimik war neckisch vorwurfsvoll. »Wenn du an jedem einzelnen Tag Angst haben musst, dass die Hölle hinter deinem Kind her ist, würde ich gern sehen, dass du ihm noch ein Schwert in die Hand drückst und ihm sagst, dass es ein Krieger sein soll.«

Ich schmunzelte Raphaels elterliche Altklugheit weg, weil ich mir diese Zukunft noch nicht vorstellen konnte. Er brachte mich damit aber zum nächsten Thema.

»Belial. Du hältst ihn für so gefährlich, dass du Gabriel gerufen hast. Wieso? Er kam mir eher ... ein wenig durchgeknallt vor. Wie ein plappernder, etwas furchteinflößender Zirkusdirektor.«

Raphaels Miene wurde ernst. »Wahnsinniger Fanatismus hat viele Gesichter. Belial ist verschlagen und klug. Er versteckt das nur hinter Schmeicheleien und einer lockeren Zunge.«

»Was befürchtest du?«

»Was befürchte ich nicht?«

Ich nickte wissend, weil ich glaubte, Raphaels endlos breiten Sorgenhorizont zu verstehen. Auch mir verschaffte die Vorstellung, dass Keon etwas passieren könnte, Gänsehaut.

»Belials Herr, von dem du und Gabriel gesprochen habt ...«, setzte ich vorsichtig an und konnte nicht verhindern, dass meine Stimme dabei seltsam klang.

Raphael sah mich wieder an, diesmal blieb mein Blick auf die glühenden Äste der Trauerweide gerichtet. »Du weißt, dass sich manche Erzdämonen von Luzifer abgewandt haben, als er zum Monster wurde«, setzte er an und brachte mich zum Nicken.

Ja, ich wusste, dass Conan und Jaron tiefe Reue für ihre Sünden empfanden. Sie waren dem Chaos so lange gefolgt, bis sie irgendwann in einem Meer aus Blut und Tränen gestanden hatten. Ebenso wie ich.

»Es gibt auch Erzdämonen, die einen anderen Weg eingeschlagen haben. Sie haben gelernt, das Monster zu verehren, nicht mehr den Engel, der es in sich trägt.«

»Tristan«, murmelte ich einen Namen, den ich nicht aussprechen konnte, ohne grauenhaft mitleiderregend zu klingen. Ich hasste mich dafür, vor allem, weil ich Raphaels durchdringenden Blick auf mir spürte.

»Ja … Tristan. Er glaubt, diese Macht wird ein Dämonenzeitalter einläuten und Engel und Menschen vernichten.«

»Dieses Chaos macht keinen Unterschied zwischen den Rassen. Es tötet jeden, der es aufhalten will«, sprach ich eine Erfahrung aus, deren Erinnerungen mich schmerzten.

»Ja, du weißt das ebenso gut wie Conan, Jaron und Milee. Aber nicht alle Erzdämonen sind so, waren so«, korrigierte er sich. »Serpus und Lupus waren besondere Engel. Der Herr erschuf sie ursprünglich als ein einziges Wesen mit zwei Seelen. Weil das schwer zu ertragen war, wurden sie getrennt. Sie hatten nur einen Flügel, aber einen starken Charakter. Im Laufe der Zeit haben sie einen tiefen Hass gegen sich selbst entwickelt, weil sie sich anders gefühlt haben als der Rest der Engel. Als sie Erzdämonen wurden, hat das ihre Zerrissenheit wohl nur noch bestärkt. Sie haben bis zuletzt an Luzifers Seite gekämpft, weil sie den Himmel fallen sehen wollten. Michael hat sie getötet.«

Diese übernatürliche Geschichtsstunde fühlte sich besonders an. Ich lauschte Raphael unheimlich gern, weil er nur zu selten Dinge aus der Vergangenheit thematisierte. Ich kannte Conans Blick auf die Dinge, aber seinen behielt der Erzengel meistens für sich.

»Belial ist anders als der Rest. Sie haben ihn alle an einem gewissen Punkt ihres Lebens geliebt und verehrt, aber sein Herz hat nie aufgehört, für Luzifer zu schlagen. Tristan kämpft seinen eigenen Machtkampf, für ihn ist dieses Virus nur Mittel zum Zweck, aber Belial …«

Raphael machte eine Pause, so lange, bis ich nicht mehr auf die wehenden Äste starrte, sondern zu ihm blickte.

»Liebe ist der beste Zunder, den Wahnsinn und Besessenheit finden können. Nichts lässt einen bedingungsloser handeln oder entscheiden.«

Mein Blick wurde finster, meine Miene härter, weil ich mich angegriffen fühlte. Ich war mir nicht mehr sicher, ob Raphael noch ausschließlich über Belial sprach, es fühlte sich zumindest nicht so an.

»Wann bist du denn zu diesem Experten geworden, was Gefühle betrifft?«, wollte ich mit strenger Stimme wissen. »Es ist doch gar nicht so lange her, dass du auch auf einer Bank gesessen hast und den Unterschied zwischen Depression und Fröhlichkeit nicht kanntest.«

Raphaels Augen begannen zu funkeln. Dieser Ausdruck war mir vertraut, heute wusste er nämlich, wie es sich anfühlte, verletzt zu werden und wütend zu sein, aber er konnte damit umgehen, also empfand ich keine Gewissensbisse, ihn in diese Gefühlslage zu versetzen. Er konnte mir auch wehtun, sehr sogar.

Wir schienen bei Runde drei unseres Gesprächs angekommen zu sein. Vor diesem Teil hatte es mir gegraut, aber ich würde jetzt nicht weglaufen, das hatte ich schon einmal gemacht und es hatte unsere Situation kein Stück leichter gemacht.

»Du liest aus jeder meiner Zeilen Vorwürfe«, warf er mir an den Kopf.

»Weil ich dich kenne, Raphael. Du kannst lächeln, so schön und viel du willst, du kannst den Unnahbaren spielen und alle anderen glauben machen, dass du das sanfteste und gelassenste Wesen aller Welten bist, aber wenn du das bei mir versuchst, platzt mir der Kragen. Der Ordensleiter und der Arzt mögen dir stehen, aber spiel mir nicht vor, dass du nur noch das wärst. Ich hasse es, wenn du mich behandelst, als hätten wir keine gemeinsame Vergangenheit, als wären wir uns erst vor Kurzem begegnet.«

»Wenn ich das nicht tue, läufst du davon und versteckst dich.«

»Ich habe mich nicht versteckt! Und ich bin nicht davongelaufen! Ich bin aus dem Schloss ausgezogen, weil ich verdammt noch mal erwachsen bin und selbst entscheide, wohin ich gehe und wie ich lebe!«

»Spar dir das Fluchen, Lia, ich verstehe dich auch so.«

Ich hätte ihn ohrfeigen können! So arrogant! So selbstgefällig! Ich hasste es, wenn er so war!

Aber es war mir noch immer lieber, als wenn er mich glauben machen wollte, dass ich nur eine seiner Wächterinnen für ihn war, die er mit Unnahbarkeit und einem nichtssagenden Lächeln bedachte.

So langsam kitzelte ich doch den Mann in ihm wach, dessen Gefühle in Flammen stehen konnten, obwohl sie in diesem tiefen See schwammen.

»Ich fluche, so viel ich möchte, Raphael.«

»Mit dreizehn warst du erwachsener als heute. Mir war nicht klar, dass Menschen mit Anfang zwanzig noch in die Pubertät kommen können.«

»Es tut mir leid, wenn ich mit dreizehn eine angenehmere Gesellschaft für dich war als heute! Vielleicht solltest du dir in irgendeinem Unterstufengymnasium eine neue Freundin suchen? Pass aber auf, in unserer Welt findet man es nicht so gut, wenn ein tausend Jahre alter Mann, der vorgibt, fünfundzwanzig zu sein, Mädchen nachstellt.«

Ich dachte, er würde von der Bank fallen. Als ihm der Mund offen stehen blieb, wurde mir erst bewusst, was ich da gerade gesagt hatte.

Gott, ich konnte furchtbar werden, wenn ich mich mit Raphael stritt. Ich wäre jetzt wirklich gern weggelaufen, aber das war genauso wenig eine Option, wie einfach nachzugeben oder sich zu entschuldigen. Er hatte mir auch schon hässliche Dinge an den Kopf geworfen. Unsere Streitkultur war manchmal überraschend niveaulos – was uns mit Sicherheit niemand zugetraut hätte, aber wir kannten einander.

»Hast du mich gerade einen Pädophilen genannt?!«, fragte er ebenso fassungslos wie wütend.

Ich zog eine Augenbraue nach oben und verschränkte die Arme vor der Brust. »Du liest aus jeder meiner Zeilen Vorwürfe«, zitierte ich ihn und versuchte, genauso pseudoeinfühlend und übertrieben würdevoll zu klingen, wie er es oft tat.

»Ich fasse es nicht!«

Ja, Raphael konnte laut werden. Zum Glück war Beryl nicht hier, spätestens jetzt hätte er gedacht, dass wir beide übergeschnappt waren.

»Was fasst du nicht, Raphael?! Dass ich es leid bin, mir anzuhören, dass früher alles viel einfacher mit mir war?! Dass ich nicht verstehe, dass es allein meine Schuld ist, dass alles zwischen uns so kompliziert geworden ist?!«

»Ja, vielleicht fasse ich genau das nicht!«, entgegnete er forsch. »War es denn früher nicht einfacher?!«

»Natürlich! Aber dieses verfluchte Drama habe nicht ich in unser Leben gelassen!«, verteidigte ich mich lautstark.

»Natürlich hast du es in unser Leben gelassen! Du hast es dich entjungfern lassen! Du bist bei ihm eingezogen! Du hast es verdammt noch mal geheiratet!«

Jetzt stand mir der Mund offen, obwohl dieser Vorwurf keineswegs überraschend kam.

Dieser Streit zwischen uns war der Ursprung aller unserer Auseinandersetzungen, aber Raphael hatte es selten so offen beim Namen genannt wie heute. Außerdem hatte er selbst gerade geflucht, was ein sicheres Zeichen dafür war, dass seine Seele lichterloh in Flammen stand.

»Astaras also! Wirklich?! Noch immer?! Wirfst du mir noch immer vor, dass ich ihn geliebt habe?«

»Nein. Ich werfe dir nicht vor, dass du ihn geliebt hast, sondern dass du ihn noch immer liebst!«

Ich lachte, nicht weil ich mich erheitert oder fröhlich fühlte, sondern weil Raphaels Worte so absurd in meinen Ohren klangen.

»Weißt du …«, setzte ich an und versuchte, meine Gefühle unter Kontrolle zu bringen, bevor ich weitersprach, weil meine Stimme sonst gezittert hätte. »Ich hasse dich, wenn du mir solche Dinge vorwirfst.«

»Du hasst mich«, wiederholte er, weder als Frage noch als Feststellung, er wollte es nur aussprechen, um uns beide zu verletzen.

Manchmal war Raphael ein sadistischer Masochist.

Ich nickte und wandte den Blick von ihm ab, um nach vorn zu starren – ins Nichts.

Hätte ich ihn weiterhin angesehen, hätte ich geweint. Ich war mir aber sicher, dass er mich auch so dazu bringen konnte, Tränen zu zeigen – das konnte niemand so gut wie Raphael, nicht mal …

»Dann haben wir zumindest endlich einen Grund, warum du das Schloss verlassen hast.«

»Ja … mach es dir leicht, Raphael«, entgegnete ich vorwurfsvoll und mit viel zu hoher Stimme, in der das unterdrückte Zittern ganz deutlich zu hören war. »Bilde dir ein, dass ich dich hasse und deshalb weggegangen bin. Bilde dir ein, dass ich Astaras noch liebe und absolut nie etwas für dich empfunden habe. Wenn es das ist, was es dich leichter ertragen lässt, dass sich die Zeiten geändert haben, dann bin ich das Böse und du bleibst der Erzengel.«

Mit meinem nächsten Wimpernschlag flossen Tränen. Ich weinte leise, ohne Schluchzen oder Wimmern, mit eingefrorener Miene, den Blick auf den malerischen Himmel gerichtet.

»Du weißt, dass ich dich liebe, Lia, oder?«

Er klang ganz sanft, beruhigend, aber ich war nicht bereit, mich auf seine heilende Gabe einzulassen, die gerade versuchte, die klaffende Wunde in meinem Herzen zu schließen.

»Du sagst es mir zum ersten Mal«, machte ich ihm klar, noch immer ohne ihn anzusehen. »Du hast es anderen gesagt. Gabriel, Conan, Astaras … nie mir.«

Er seufzte leise. »Ich dachte, ich hätte es nicht lauter zum Himmel schreien können. Ich war mir nur nie sicher, ob du es hören möchtest.«

»Ich habe dir oft gesagt, dass ich dich liebe«, erinnerte ich Raphael und wagte einen Blick, weil ich seine Reaktion sehen wollte. Seine Augen waren groß, leuchtend, sie musterten mich sanft, weil er es kaum aushielt, mich weinen zu sehen. Die Tränen waren dabei, zu versiegen, meine Augen waren noch feucht.

»Aber du willst nicht mit mir zusammen sein«, sprach Raphael den wahren Grund aus, warum ich das Schloss verlassen hatte.

Nein, ich konnte nicht mit ihm zusammen sein und nichts anderes hatte er verlangt, in den letzten Monaten, die ich im Schloss verbracht hatte. Er hatte es zwar nie direkt angesprochen, aber es war offensichtlich gewesen. Mit jeder Berührung, jedem Blick, den wir getauscht hatten, war es offensichtlicher geworden. Als ich mich in die Ecke gedrängt gefühlt hatte, war ich weggelaufen und hatte mich versteckt. Eigentlich hatte Raphael recht.

»Ich will mit dir zusammen sein … aber ich kann nicht … nicht jetzt.«

»Wieso?«

Mein Blick sprach Bände. Raphael kannte die Antwort, er hatte sie immer gekannt und er hatte mit so vielen seiner Vorwürfen recht, die ich immer so strikt von mir gewiesen hatte. Anders zu reagieren, hätte mich vor Kurzem noch zerbrochen, jetzt glaubte ich, mich beherrschen zu können. Ich musste einfach.

»Solange Astaras noch lebt … solange diese Sache noch über meinem Leben schwebt …«

»Du kannst ihn noch nicht loslassen.«

»Doch!«, entgegnete ich energisch, beruhigte mich aber schnell wieder, weil ich nicht mehr laut werden wollte. Wir würden nicht mehr schreien. Wir würden nur mehr flüstern, weil unsere Stimmen heiser und unsere Herzen beinahe verbrannt waren.» Den Mann, den ich geliebt habe, gibt es nicht mehr. Aber ich habe wohl noch Gefühle für ihn, weil er nicht gänzlich tot ist. Solange ich weiß, dass er wiederkommen wird, dass dieser Kampf noch nicht vorbei ist, dass er noch meine Hilfe braucht, um endlich Erlösung zu finden …«

»Ich hasse es, dass du kämpfen willst. Er hätte dich schon einmal beinahe getötet.« Raphael ahnte, was ich gleich sagen würde, sein Blick wurde trüb.

»Siehst du, du hasst mich auch. Jetzt sind wir wohl quitt. Wir lieben uns und hassen uns.«

Er schüttelte den Kopf und lachte leise. »Eine seltsame Erkenntnis.«

»Ja, aber das ist unsere Beziehung wohl auch«, entgegnete ich.

»Seltsam?«

»Ja.«

»Was nun?«, wollte er wissen und sah mich so erwartungsvoll an, weil er die Antwort diesmal nicht kannte.

»Wenn es vorbei ist, falle ich vor dem großen schönen Erzengel auf die Knie und bitte ihn, mir noch eine Chance zu geben«, erklärte ich schmunzelnd.

»Du fängst etwas mit Gabriel an? Willst du mich umbringen?«

Das Lachen tat unendlich gut, war befreiend, schmerzlösend und löschte die letzte Glut in unseren Herzen.

Wir schwiegen eine ganze Weile, schauten der Sonne dabei zu, wie sie in Richtung Horizont wanderte.

Als Raphael aufstand, sah ich zu ihm auf. »Soll ich dich nach Hause bringen?«, wollte er wissen. Er musste los, weil er im

Schloss gebraucht wurde. Ich hatte ihm viel seiner Zeit gestohlen, aber ich war endlos dankbar für dieses Gespräch. Wir hatten alles gesagt, uns alles an den Kopf geworfen, jetzt mussten wir die Zeit und das Schicksal für uns arbeiten lassen.

»Nein danke. Ich fahre selbst nach Hause. Es ist nicht weit von hier.«

Raphael nickte sanft. Er wusste nicht, wo ich wohnte, aber er brauchte mein Haus nicht zu kennen, sonst wäre es schließlich kein Versteck mehr gewesen.

»Ruf mich an, wenn ich etwas für dich tun kann, mein Ordensleiter.«

»Pass auf dich auf, Lia.«

Meine Zerstreuung

Mein Geist war müde, obwohl mein Körper noch wach war. Normalerweise laugte ich mich tagsüber aus, bis ich abends ins Bett fiel, heute schien nur meine Seele schläfrig von der ganzen Aufregung und dem In-Flammen-Stehen. Vielleicht sollte ich noch ein paar Bücher wälzen oder Gabriel um ein abendliches Training bitten. Mein Selbstgeißelungsdrang ließ mich schmunzeln. Ich konnte wohl nicht zur Ruhe finden, bevor ich vor Erschöpfung kaum noch stehen konnte.

Mein Wald war wieder eine dämonenfreie Zone, was mich Erleichterung empfinden ließ. Ich hatte vergessen, Raphael nach den vielen Ghulen zu fragen, aber das konnte ich nun problemlos nachholen, weil ich es wieder wagte, ihn anzurufen, ohne ein schlechtes Gewissen zu bekommen. Ich war heilfroh, dass wir die seltsame Stimmung zwischen uns in den Griff bekommen hatten, auch wenn es wahrscheinlich noch ein weiter Weg war, bis wir sagen konnten, dass wir glücklich waren. Glück war manchmal eine Kriegstrophäe und die Zeit, um Lorbeeren zu ernten, war definitiv noch nicht gekommen.

An meiner Haustür fühlte ich seltsame Schwingungen. Ein Seufzen entwich meiner Kehle, als mir bewusst wurde, dass ich einen Gast hatte. Dieser unangemeldete Besuch wurde langsam zur Gewohnheit und die Tatsache missfiel mir. Ich war nicht in den Wald gezogen, abseits von festen Straßen und anderen Häusern, um ständig von jemandem überrascht zu werden. Nach Beryl und Conan fühlte ich heute eine Wächteraura. Wenn ich hätte raten müssen, war es Luca, der sich zu mir verirrt hatte. Ich hoffte, dass niemand zu Schaden gekommen war. In meiner Vorstellung brauten sich bereits Bilder von missglückten Beschwörungen zusammen.

Im Flur schnappte ich sofort die ersten Gefühle auf. Er war zumindest nicht aufgebracht, was definitiv ein gutes Zeichen war. Das hieß, niemand war tot. Dass nicht trotzdem jemandem ein Arm fehlte oder gerade ein diabolischer Höllendämon dabei war, in unsere Welt durchzubrechen, war noch nicht gesagt.

Das Wohnzimmer war leer, aber meine Schlafzimmertür stand offen. Wenn ich nicht deutlich dieses Wächterleuchten gefühlt hätte, wäre ich nervös geworden. Die Aura führte mich auf die Terrasse. Als ich seinen Hinterkopf sah, dachte ich zuerst, er hätte sich die Haare heller gefärbt.

»Luca?«

»Nein, aber auch mit L«, antwortete er und drehte sich nach mir um. Er saß am Boden, den Rücken an die Hausfassade gelehnt, neben ihm ein Rucksack, sein Schwert und sein Bogen.

»Levis …«, Ich ließ die Verwunderung meinen Tonfall zeichnen. »Ich dachte, du wärst an der *Ars Vivendi*. Ist etwas passiert?«

Er stand auf, machte einen Schritt auf mich zu und vergrub dann eine Hand in der Hosentasche seiner Jeans. Ein sanftes Schmunzeln zierte seine Lippen. »Ich war in eurem Schloss und habe mir die Lia-Geschichte erzählen lassen. Du hattest recht, es gibt wirklich viele Versionen davon.«

Hatte er da eine Weinflasche in der Hand? Ich musterte ihn fragend. Was hatte er denn vor?

»Du hast nicht zufällig einen Flaschenöffner hier? Daran habe ich nicht gedacht«, gab er zu und zuckte mit den Schultern. In seinen Augen glänzte etwas, das kokett anmutete.

»Ähm … nein.«

»Na ja, dann eben die brachiale Methode.«

Als er nach seinem Schwert griff, begann ich, ein paar Fragewörter zu stammeln. »Wieso …? Warum …? Was …?«

Die Gefühle, die ich an ihm spiegelte, irritierten mich, weil ich sie nicht fühlen wollte. Sie passten im Moment so gar nicht in mein Leben, zumal ich vor nicht mal einer Stunde Raphael erklärt hatte, dass ich nicht bereit war, mich jemandem zu öffnen, solange …

»Mir war nicht klar, dass du so überrumpelt aussehen kannst. Sehr süß«, meinte Levis und schlug den obersten Teil des Flaschenhalses mit seiner Klinge ab.

»Du kennst mich doch gar nicht!«, entgegnete ich und klang wütender als beabsichtigt, weil ich mir anscheinend mit keiner anderen Emotion zu helfen wusste.

Der Wächter mit den braun gesprenkelten grünen Augen bückte sich nach meinen zwei einzigen Tassen, die er kurzerhand aus meiner improvisierten Küche Schrägstrich Regal geklaut haben musste.

Als er begann, sie zu füllen, begann er auch, sich zu erklären. »Ich kenne dich nicht nicht«, startete er seine Rede mit einer doppelten Verneinung. »Ich kenne dich nur noch nicht gut, das ist ein Unterschied, spielt aber im Grunde keine Rolle.«

»Es spielt sehr wohl eine Rolle!«, unterbrach ich ihn und zog die Brauen nach oben. »Ob du mich kennst oder nicht, macht den Unterschied aus zwischen: Du bist ein Freund, der unangekündigt vorbeischaut und mir auf die Nerven geht, oder du bist ein Fremder, den ich verprügle, weil er bei mir eingebrochen ist und meine Tassen geklaut hat!«

»Merlot, den habe ich aus der Schweiz mitgebracht«, war seine für mich unbefriedigende Antwort. Levis streckte mir einen Becher entgegen, aber ich nahm ihn nicht an.

»Hast du mir eigentlich zugehört?«

Er nickte, verlor sein Lächeln dabei aber nicht. »Ja, sicher. Und ich bezweifle keinesfalls, dass du mich ziemlich übel verprügeln könntest. Worüber sich alle einig sind, ist, dass du verdammt stark bist. Deine Gabe kann schmerzhaft sein, oder?«

»Kostprobe gefällig?«, knurrte ich.

»Gern, aber probier erst den Wein.«

»Ich trinke keinen Alkohol.«

»Nie?«

»Fast nie.«

»Na also.«

»Du hast einen unheimlich nervigen Charakter!«

»Stehst du drauf?«, wollte er wissen und zwinkerte mir zu. Dieser Blick, dieses Funkeln in seinen Augen, diese dämliche Frage, all das machte mich … Es schmerzte, weil er Astaras ähnelte.

»Geh, Levis!«, verlangte ich mit unbeherrschter Stimme und wandte mich von ihm ab, weil ich dieser Situation entkommen wollte. Als ich seine Hand meinen Unterarm packen fühlte, war mir danach, zuzuschlagen, ihn die dunkle Seite meiner Gabe fühlen zu lassen, aber ich konnte mich beherrschen, weil ich spürte, wie viel ihm an unserem seltsamen Gespräch lag.

»Warte. Entschuldige. Ich weiß, ich kann anstrengend sein, aber …«

Ich drehte mich nach Levis um, der mich förmlich mit seinen Blicken durchbohrte. Er ließ meinen Arm nicht los. Die Gefühle, die in mir aufwirbelten, waren unter einer pulverigen Schicht aus Enttäuschung und Schmerz begraben gewesen. Ich wollt sie loswerden, aber ich wusste nicht, wie. Wann hatten mich Gefühle das letzte Mal in einen so hilflosen Zustand versetzt? Als ich vor Raphael weggelaufen war und das Schloss verlassen hatte …

»Ich denke, du kannst gut mit schwierigen Männern«, mutmaßte Levis und ließ einen wissenden Ausdruck über sein Gesicht huschen. Als ich mich losriss, fiel es mir leichter, das Gespräch fortzusetzen, weil mich seine Gefühle nicht mehr wie sanfte Stromstöße durchzuckten.

»Du weißt von Astaras«, stellte ich fest. Natürlich hatten sie ihm alles erzählt – wenn er mit Luca gesprochen hatte, wusste er sogar noch mehr, als mir wahrscheinlich lieb war. »Mein Leben ist kompliziert, und ja, Astaras war es auch, aber das heißt noch lange nicht, dass ich jedem Mann verfalle, der aufdringlich ist und ein hübsches Gesicht hat.«

»Du findest mein Gesicht hübsch?«

Ich verdrehte die Augen, während mein Herz zu stechen begann, weil sie sich wirklich ähnlich waren. Dieses Selbstbewusstsein, leichter Narzissmus gepaart mit einem koketten Lächeln, lasziven Augen und einer nicht zu verachtenden Portion Humor, der größtenteils schwarz war oder aus Selbstironie bestand.

»Ich habe heute dem wohl schönsten und für mich vollkommensten Mann der Welt einen Korb gegeben. Denkst du, du wärst besser als er?«

Meine provokante Frage brachte ihn nicht aus der Fassung. »Dem Erzengel Raphael? Nein, ich bin wohl weder so schön noch so klug noch so aufopfernd wie er.«

Verdammt, er hatte wirklich mit Luca gesprochen! Mein ehemaliger Lehrmeister und nebenberuflicher Beschwörer hatte Geheimnisse anderer noch nie bewahren können – nur seine eigenen.

»Aber ich weiß, wieso du nicht mit ihm zusammen sein willst und mich trotzdem nicht wegschicken solltest«, begann Levis, meine Neugier zu schüren.

»Ach, weißt du das? Kennst du mich so gut, nachdem wir ein paar Stunden zusammen verbracht haben, wobei du die meiste Zeit davon geschlafen hast? Hast du mehr Ahnung von meinem Leben als ich selbst?«

Er war tatsächlich so frech, zu nicken. »Ich denke schon, weil wir uns so ähnlich sind. Alles, was ich über dich gehört habe, könnte auch eine Geschichte über mich sein – vielleicht mal abgesehen vom Ausmaß der dramatischen Dinge, die bei dir das Wohl der ganzen Welt betroffen haben und bei mir nur mein eigenes seltsames Leben.«

»Als du das letzte Mal hier warst, hast du gemeint, du glaubst Gerüchten nicht. Vielleicht hast du nichts weiter über mich gehört. Vielleicht stimmt alles, was sie dir erzählt haben, überhaupt nicht«, gab ich ihm zu denken, aber er schien sich schon längst eine Antwort darauf überlegt zu haben.

»Du hast jemanden geliebt, der dem Bösen verfallen ist. Ich auch. Du hast deine Freunde und den Orden belogen, weil du jemanden beschützen wolltest, der dir eigentlich nur noch wehgetan hat. Darüber könnte ich ein Buch schreiben. Und du stößt seither jeden von dir weg, der dir zu nahe kommen könnte. Ich verstehe, warum.«

Mein Seufzen hätte ihm sagen sollen, dass ich seinen Vergleichen nicht viel abgewinnen konnte, aber er sprach einfach weiter.

»Du willst nicht mit dem Erzengel zusammen sein, weil du dich kaputt fühlst und ihn nicht auch noch zerbrechen willst. Solange diese Sache nicht erledigt ist, wirst du niemandem erlauben, sich dir zu verschreiben – aber das will ich überhaupt nicht.«

»Du willst dich mir nicht mit Haut und Haar verschreiben?«, entgegnete ich sarkastisch.

Levis lachte. »Nein, das will ich nicht. Aber ich stehe trotzdem auf dich, ich denke aber, das hast du schon mitbekommen.«

Es machte mich wütend, dass er mich zum Schmunzeln bringen konnte, obwohl ich diese ernste, versteinerte Miene beibehalten wollte.

»Ich bin eine Weile hier bei euch, bis ich all meinen Scheiß erledigt habe«, erklärte er und klang plötzlich ernster, nicht mehr so kokett, aber genauso selbstsicher. »Eigentlich habe ich meine Probleme bisher in Missionen und Ghulblut ertränkt, aber …«

Ja, das kam mir bekannt vor. Vielleicht waren wir uns doch ähnlich und ich wollte es nur nicht wahrhaben.

»Aber seit ich dich getroffen und deine Geschichte gehört habe, habe ich keine Lust mehr auf die ganze Selbstgeißelung.«

Dass er ausgerechnet dieses Wort benutzte, jagte mir beinahe einen Schauer über den Rücken – keinen ausschließlich unangenehmen. Vielleicht konnte er Gedanken lesen und hatte es mir verheimlicht? Vielleicht waren wir uns aber auch begegnet, weil das Schicksal sich gern Scherze mit gebrochenen Herzen erlaubte?

»Ablenkung brauche ich aber trotzdem«, stellte Levis klar und zog eine Braue nach oben, bevor er ergänzte: »Du genauso. Es kann nicht sein, dass du dich hier im Wald vor der ganzen Welt versteckst, dich um den Verstand schuftest und jede Gesellschaft ausschlägst, aus Angst, du könntest dich wieder verlieben.«

Ich verschränkte die Arme vor der Brust und neigte fragend den Kopf. Er hatte es geschafft, die Wut auf mich selbst verpuffen zu lassen, weil ich ihm glaubte, dass er die Wunden in meinem Inneren teilte. Aber leicht würde ich es ihm trotzdem nicht machen. Das erwartete er aber auch nicht.

»Wieso klingt das in meinen Ohren so, als würdest du nur mit mir ins Bett wollen?«, fragte ich ernst.

Er lachte und zuckte gespielt unschuldig mit den Schultern. »Ich war schon in deinem Bett, es ist verdammt bequem.«

Hinter diesem unschuldigen Blick brannte Feuer. Levis wusste, dass er sein Verlangen nicht vor mir verheimlichen konnte, aber ich war mir sicher, dass er selbst dann offen und ehrlich gewesen wäre, wenn er nichts von meiner Gabe gewusst hätte. Es lag in seiner Natur, kein Blatt vor den Mund zu nehmen.

»Ja, ich hätte gern Sex mit dir – aber ich wäre auch ein verdammter Idiot, wenn ich das nicht wollen würde.«

Ich begann, sanft den Kopf zu schütteln, hörte aber gleich damit auf, weil er meine negative Geste mit bestimmter Stimme unterbrach.

»Sag nicht sofort Nein! Lass es dir erst mal durch den Kopf gehen, Lia. Wir brauchen beide dringend Ablenkung und Gesellschaft, die uns nicht verurteilt, nicht erdrückt oder unser Leben mitbestimmen möchte. Luca hat mir erzählt, dass der Erzengel dich liebt, und er glaubt, du tust das auch. Das heißt, dein Herz wartet auf ihn und gehört im Moment noch dem Morgenstern, aber das spielt keine Rolle für mich, das ist in Ordnung.«

»Ich liebe Astaras nicht mehr!«, fauchte ich etwas, das ich leid war, aussprechen zu müssen.

Levis hob entschuldigend einen Arm vor den Oberkörper, weil er in der anderen Hand noch immer die Tasse mit dem Wein hielt. »Okay, okay. Sensibles Thema, alles klar, ich hab's mir notiert!«

Verdammt, ich musste schon wieder schmunzeln und innerlich fluchen – das war kein gutes Zeichen.

»Bevor wir beide einsame, selbstzerstörerische Krieger bleiben, liegt es doch nahe, dass wir versuchen, uns ein wenig Spaß und Ablenkung zu verschaffen – und nein, ich rede hier nicht ausschließlich von Sex, auch wenn es so klingt, ich höre das selbst heraus.«

»Und was heißt es dann?«, wollte ich wissen. Er musste mir Beispiele geben, aber ich wusste, dass er welche parat hatte.

»Wir haben viel zu tun, das wird sich wohl nicht ändern, bis wir unsere Ex-Partner umgebracht haben.«

Ich stutzte, weil er es so offen aussprach.

»Aber abseits dieses übernatürlichen Chaos, abseits von Kriegen, Wächterschwachsinn, Engeln, Dämonen, all diesem Scheiß, sind wir junge Menschen. Lass uns Filme sehen, richtig, richtig schlechte Filme. Lass uns essen gehen, so viel, dass wir Magentabletten brauchen. Lass uns Wein trinken, Musik hören und …« Er grinste und schüttelte den Kopf, weil er sich weigerte, es auszusprechen. Weil er mich so auffordernd ansah, wollte er wohl, dass ich es sagte.

»Sex haben?«, mutmaßte ich und konnte nicht anders, als ebenso bescheuert und infantil zu grinsen wie Levis. Als wir mit dem Kichern fertig waren, klang sein nächster Satz wieder ernst.

»Es ist vielleicht nicht immer alles Schicksal, nicht die ganz große, einzige Liebe, alles oder nichts. Vielleicht ist es manchmal viel weniger als das, viel unbedeutender und banaler. Ich schätze, uns Menschen wurde die Liebe zu den kleinen, stillen Momenten in die Wiege gelegt. Wir geben uns Momenten hin, die vielleicht nicht geschichtsträchtig sind, aber sie tun uns gut, weil wir so besser loslassen können.«

Er hatte anscheinend einen Rhetorikkurs bei Conan gemacht. Ich konnte den Kopf einfach nicht mehr schütteln, weil er recht hatte. Kleine Momente konnten guttun, dem Übernatürlichen ab und an den Rücken zuzukehren auch. Ich liebte die einfachen, schönen Seiten unserer Welt, die mir Levis gerade auf dem Silbertablett präsentierte. Zugreifen konnte ich trotzdem nicht so einfach.

»Ich habe Raphael heute gesagt, dass wir nicht zusammen sein können, und am selben Abend gehe ich mit einem anderen Mann die wohl seltsamste Beziehung meines Lebens ein?«

Meine Worte sollten ihm bewusst machen, dass ich das hier nicht mit meinem Gewissen vereinbaren konnte, auch wenn sich mein Herz, meine Seele und nicht zuletzt mein Körper nach all dem sehnten, was Levis mir zu bieten hatte.

»Der erste Fehler ist, dass du es nicht ›Beziehung‹ nennen darfst«, setzte er an. »Du bist mir keine Rechenschaft schuldig, du erzählst mir nur, was du mir erzählen willst, und ich werde mich nicht in dein Leben einmischen. Diesem Astaras gehört deine Vergangenheit. Was der Erzengel von dir möchte, ist eine Zukunft mit dir. Ich will deine Gegenwart, nur solange es uns beiden guttut. Der zweite Fehler: Du willst machen, was für alle anderen am besten ist, das kann gar nicht funktionieren. Wenn du es jedem recht machen möchtest und verhindern willst, dass deine Entscheidungen jemals irgendjemanden verletzen, hast du ein ziemlich schweres, erschöpfendes Leben vor dir. Scheiß doch darauf, was die anderen denken. Was denkst du darüber? Wenn es dir Spaß und Freude macht, kann es nicht schlecht sein, oder? Aber was ich vielleicht noch erwähnen sollte: Ich bin sehr diskret. Ich werde nicht herumlaufen und damit angeben, dass ich mit dieser besonderen Wächterin …«

Er hätte seinen Satz anders beginnen müssen, jetzt konnte er ihn nicht beenden, ohne dass Verlegenheit in ihm wuchs, und er war niemand, der schnell verlegen würde.

»Ich höre? Was machst du denn mit mir, das du niemandem erzählen würdest?«, stachelte ich dieses leichte Unwohlsein in ihm an, das ihn letzten Endes nur zum Grinsen brachte.

»Ich werde niemandem erzählen, dass ich mit dir … Magentabletten kaufen gehe«, meinte er zwinkernd und ich tat erneut etwas, das sich gleichsam schön wie wehmütig für mich anfühlte: lachen. »Du musst auch niemandem von mir erzählen«, stellte er klar. »Ich würde gern irgendwann dieser blinde Fleck in deiner Vergangenheit sein, von dem niemand weiß außer du. Selbst wenn du mich ein Leben lang vor allen verleugnest, die Erinnerungen bleiben uns doch trotzdem, und mehr will ich nicht – ein paar Erinnerungen sammeln, nur für uns.«

Ich seufzte, obwohl Levis' Worte mir dieses Lächeln auf die Lippen gezaubert hatten. Mir war nicht klar gewesen, wie viele Sehnsüchte ich unter dieser dicken, schweren Schicht aus Pflichtbewusstsein und Verdrängung begraben gehabt hatte. Jetzt, da sie vor mir schwebten, staubig und pochend, war ich mir nicht sicher, ob ich sie noch mal vergraben konnte.

»Hier, halt mal … Ich muss meinen Vortrag noch beenden.«

Levis' plötzliche Aufforderung riss mich aus meinen abwägenden Gedanken. Ich streckte die Hand aus und nahm ihm die Tasse ab, weil ich sehen wollte, wohin der Tatendrang führen würde, der so plötzlich in ihm gewachsen war.

»Was hast du vor?«, wollte ich wissen und sah im selben Moment das Feuer in seinen Augen lodern.

»Etwas, für das ich beide Hände brauche«, kündigte er an und ließ die Distanz zwischen uns so gering werden, dass ich keinen Zweifel mehr daran hatte, was er gleich tun würde.

»Warte, ich habe noch nicht …!«

Er legte einen Arm um meine Mitte und zog mich so schwungvoll zu sich, dass der Wein beinahe übergeschwappt wäre und ich vergaß, wie mein Einwand lauten sollte.

Ich starrte etwas perplex zu ihm hoch, weil mir in den Sinn kam, wie lange es schon her war, dass mich jemand geküsst hatte. Seine gesprenkelten Iriden sahen mich eindringlich an, während er auch den anderen Arm um mich schlang und mich noch näher zu sich zog.

Ich hatte die Hand mit dem Becher über seine Schulter gelegt und bemühte mich wirklich, nichts zu verschütten, aber ich konnte mich plötzlich nur mehr auf die Tatsache konzentrieren, dass Levis' Körper so dicht an meinen gedrückt war, dass wir unsere Atemzüge fühlten.

Als sein Gesicht näher kam und er die Augen schloss, war mir, als würde ich den Boden unter den Füßen verlieren. Ich wusste nicht, ob es sein Verlangen war, das sich durch meinen ganzen Körper brannte, oder ob ich meine eigenen Gefühle nicht mehr im Zaum halten konnte. Es spielte aber eigentlich auch gar keine Rolle.

Ein einfacher Kuss, der meinen Kopf leer fegen und mein Gewissen leicht wie Helium machen konnte. Es kam mir so vor, als hätte ich noch nie so sehr im Moment gelebt wie in diesen Sekunden. Ich dachte nicht über die Zukunft nach, nicht darüber, wohin das alles hier führen würde, sondern nur über Levis' Lippen und dass sie unglaublich weich waren.

Er löste sich kurz ein winziges Stückchen von mir, damit er sprechen konnte. »Hattest du schon mal etwas mit einem Menschen?«, wollte er wissen, ohne mich loszulassen. Während ich antwortete, hauchte er mir einen Kuss auf die Wange, dann auf den Hals. Ich konnte kaum einen klaren Gedanken fassen.

»Nein, ich habe noch nie … einen Menschen gekü…«

Die letzten paar Buchstaben wurden von seinen Lippen erstickt. Als ich seine Zunge auf meiner schmeckte und er den Kuss immer leidenschaftlicher werden ließ, entwich meiner Kehle ein Stöhnen, das in meinen Ohren fremd klang. Es war gefühlte Ewigkeiten her, dass ich mich das letzte Mal so hingegeben hatte. Erst jetzt wurde mir klar, wie schmerzhaft es gewesen war, die Leidenschaft aus meinem Leben zu verbannen.

Als Levis sich unerwartet von mir löste, war mir, als würde mir jemand ein Glas kaltes Wasser nach einem Wüstenlauf wegnehmen. Ich starrte ihn erstaunt an, während er den Blick strenger werden ließ und die Lippen verzog, nach denen ich mich gerade noch so verzehrt hatte.

»Nein …«, meinte er schulterzuckend. »Wir sollten das vielleicht doch lassen. Da ist irgendwie keine Spannung zwischen uns, oder?«

Als mir der Mund offen stehen blieb, begann er zu lachen. Ich begriff erst, dass er Scherze machte, als er mich wieder packte und erneut küsste. Dass ich ihm den ganzen Wein dabei über den Rücken schüttete, war ihm egal.

Ja, manchmal brauchte es kleine, aber emotionsgeladene Momente, um uns daran zu erinnern, dass wir Menschen waren.

Mein geliebter Albtraum

Drei Monate später

Ich fiel todmüde ins Bett, weil Gabriel ein sadistischer Sklaventreiber war. Seit ich die Scheu abgelegt hatte und mit der vollen Kraft meiner Gabe gegen ihn kämpfte, war er fies geworden. Nach unserem Training fielen mir meistens schon in der Dusche beinahe die Augen zu. Ich atmete noch einmal diesen angenehmen Duft ein, den mein Kissen verströmte, dann driftete ich in eine friedliche Traumwelt ab.

Ein Kitzeln an meinem Bein veranlasste mich, reflexartig nach der Stelle zu tasten und, was auch immer da war, zu verscheuchen. Meine Hand schlug ins Leere und ich wollte wieder einschlafen, aber meine Haut prickelte erneut. Murrend tastete ich die Luft ab. Ich hätte meine Augen nicht geöffnet, hätte ich ihn nicht lachen gehört.

»Levis …«, murmelte ich schlaftrunken und so vorwurfsvoll, wie man mit ihm sprechen musste, wenn er diesen durch und durch kindischen Modus anhatte. Er stand am Fußende des Bettes und hielt eine weiße Feder in der Hand. »Woher hast du die?«, wollte ich wissen und wurde etwas wacher, weil mein Kopf seltsame Assoziationen knüpfte.

»Ich habe einen Engel getötet«, entgegnete er und zog die Brauen nach oben, während er sich neben mich legte.

»Oh, na dann kannst du ja ein ganzes Kissen daraus stopfen«, gab ich zur Antwort und bettete meinen Kopf auf seinem Oberarm, um die Augen wieder schließen zu können.

Ich hatte den Scherz durchaus verstanden und dass Levis eine Vorliebe für schwarzen Humor hatte, war mir in den letzten Wochen auch nicht entgangen. Ich ließ mich gern darauf ein, weil ich mich gern auf alles einließ, was er zu bieten hatte, und das war definitiv viel.

Der Wächter mit den gesprenkelten Augen und der Liebe zu grottenschlechten Filmen war wie eine Glückspille, die ich vollkommen nebenwirkungsfrei und jederzeit einnehmen konnte.

Unsere gemeinsame Zeit tat unheimlich gut, auch wenn sie an unseren Problemen und Sorgen nichts änderte. Es war noch immer alles kompliziert, gefährlich, ungewiss, zermürbend, aber wir konnten uns das immer mal wieder für kurze Momente vergessen lassen.

Levis fuhr mit den Fingerspitzen mein Schlüsselbein entlang. Ich hörte ein leises Raunen aus seiner Kehle kommen, die Augen wieder aufzumachen, gelang mir trotzdem nicht.

»Du bist zu müde, um mich zu verabschieden, oder?«

»Wohin gehst du?«, wollte ich wissen. Meine Stimme klang furchtbar rau. Als ich plötzlich Angst bekam, dass Levis für immer zurück in seinen Orden gehen könnte, öffnete ich doch noch mal die Augen. Er lächelte mich an. Dass er bereits eine Lederjacke trug, fiel mir erst jetzt auf, obwohl ich den Kopf auf das kühle Leder gebettet hatte.

»Ich denke, ich habe endlich den radikalen Zirkel gefunden, dem sie sich angeschlossen hat. Ich muss nur irgendwie einen Zugang zu ihnen finden.«

»Brauchst du Hilfe?« Ich wollte mich aufraffen, aber er hinderte mich daran.

»Bleib liegen. Erstens ist das meine Sache und zweitens bist du so müde und kraftlos, dass selbst eine dumme Chimäre dir gefährlich werden könnte. Hast du wieder mit Gabriel trainiert?«

Ich nickte und unterdrückte ein Gähnen.

Levis legte den Zeigefinger auf mein Schlüsselbein und neigte den Kopf. »Ich werde wohl nicht vor dem Morgengrauen zurück sein. Aber das ist für dich ja nur einen Traum lang. Wenn dich das nächste Mal etwas kitzelt, bin es wieder ich, nur dann suche ich mir eine spannendere Stelle als dein Bein aus und die Taubenfeder lasse ich auch weg, sonst bekommst du noch irgendeine Infektion – Vogelgrippe oder Ähnliches.«

Ich musste schmunzeln, weil er so erfrischend idiotisch sein konnte. »Ich freue mich …«, murmelte ich und fühlte im nächsten Moment seine Hand über meine Wange streichen. So sagte er auf Wiedersehen. Wir küssten uns nicht zum Abschied oder zur Begrüßung, wir küssten uns nur, wenn wir miteinander schliefen, schließlich waren wir nicht wirklich ein Paar.

»Schlaf gut, Lia.«

»Pass auf dich auf«, murmelte ich und hörte die Schlafzimmertür zufallen. Natürlich sorgte ich mich um ihn, wenn er Alleingänge machte, aber ich konnte ihn gehen lassen, weil ich wusste, dass er nichts sehnlicher wollte, als mit seiner Vergangenheit abzuschließen. Vielleicht war genau das das Besondere an unserer ungewöhnlichen Beziehung – wir konnten einander loslassen, wann immer die Sorgen und das Chaos nach uns riefen.

Meine Träume waren bedrückend, konfus und sogar verstörend. Ich sah Ghule und Chimären – Höllenwesen, die ich eigentlich nicht kannte und denen ich nie begegnen wollte. Der Drang, diesen Bildern zu entkommen, war groß, weil dieser Schlaf zwar erholsam für meinen Körper, aber nicht für meine Psyche war. Als mein Bewusstsein langsam den schrecklichen

Bildern entglitt, spürte ich Hände über meinen Körper wandern. Ein Lächeln wollte sich auf meine Lippen legen, aber Levis' Haut war noch kalt von der Winterluft und an ihm klebten so viele dunkle Auren, dass ich ihn am liebsten darum gebeten hätte, sich unter eine übernatürliche Dusche zu stellen, bevor er mir so nah kam. Ich blinzelte noch immer schlaftrunken und sah nur Konturen vor mir in der Dunkelheit. Die Sonne schien noch nicht aufgegangen zu sein und mein Bewusstsein war noch immer getrübt, weil ich noch nicht richtig aufgewacht war. Als er die Lippen an mein Ohr presste und seine Stimme so rau klang, wurde mir seltsam zumute.

»Ich liebe dich.«

Er liebte mich? Levis liebte mich? Nein, das war nicht seine Stimme. Ich musste aufwachen, sofort!

Als ich hochschreckte, wollte sich mein Körper aufbäumen, aber ich konnte nicht, weil er mich festhielt. Das Leuchten, das im selben Moment die tiefste Dunkelheit war – ich hatte diese Aura schon so lange nicht mehr gefühlt, aber sie schnürte mir sofort wieder die Kehle zu. Mein Atem ging so hastig, als wäre ich im Traum tatsächlich um mein Leben gerannt. Ich wusste nicht, was ich denken oder fühlen sollte, weil sich alles in mir zu überschlagen schien. Meine Sinne schrillten einfach zu laut.

»Ganz ruhig …«, flüsterte die raue Stimme, die so vertraut klang, dass meine Intuition und mein Herz sofort einen noch erbitterteren Kampf austrugen. Meine Augen begannen erst langsam, das Mondlicht zu nutzen, um die Konturen schärfer werden zu lassen. Träumte ich noch? Das musste ein Traum sein. Ich hatte schon mal von ihm geträumt.

»Ich tue dir nicht weh, Lia.« Ihn meinen Namen sagen zu hören, war so unwirklich und ließ eine Vergangenheit über mich hereinbrechen, die ich eigentlich nie wieder in mein Leben lassen wollte. Mein Herz schlug wie wild, als sein Gesicht endlich klarer wurde und ich Züge vor mir sah, die mir bewusst machten, dass ein Teil von mir ihn seit dieser furchtbaren Nacht tatsächlich für tot gehalten hatte. Astaras war nicht tot und ich schlief nicht. Er war hier, sein Gesicht nur Zentimeter über meinem, und er roch nach Kälte und Dunkelheit.

»Du atmest viel zu schnell … du wirst noch ohnmächtig«, warnte er mich, ruhig und beherrscht, so als hätte er noch nie in seinem Leben die Fassung verloren.

Astaras drückte seine Wange an meine, sein Körper sank ein Stück weiter auf mich, fühlte sich schwer und kalt an, aber ich konnte ihn so selbst atmen fühlen – ganz langsam und gleichmäßig. Es kostete mich Überwindung, aber ich würde wirklich das Bewusstsein verlieren, wenn ich weiterhin so hyperventilierte, also glich ich mich seinen Atemzügen an.

»Ich habe dich so vermisst …«, hauchte er in mein Ohr. »Ich musste dich sehen.«

Seine Sätze wiederholten sich unzählige Male in meinen Gedanken. Wie oft hatte ich mir diese Situation schon ausgemalt? Ich hatte gewusst, dass er zurückkommen würde, ich hatte mich vorbereitet, gedanklich tausend Szenarien durchgespielt, aber keines glich auch nur annähernd dieser Realität.

»Ich kann es jetzt kontrollieren«, meinte er und hob den Kopf wieder ein wenig, um mir in die Augen zu schauen. Seine Iriden waren noch immer schwarz und das Chaos in ihm da, aber so still, als würde es schlafen. »Die Hölle hat mir geholfen. Ich habe keine Angst mehr, dir wehzutun.«

»Du tust mir weh, Astaras«, richtete ich die ersten Worte seit über vier Jahren an ihn.

Seine Finger lagen so fest um meine Oberarme, dass sie mir beinahe das Blut abdrückten. Er ließ tatsächlich locker, aber er ließ mich nicht los.

»Glaubst du mir nicht? Hast du Angst vor mir?«, wollte er wissen und neigte den Kopf.

»Ich habe dich töten sehen. Unschuldige.« Meine Stimme klang stärker, als ich mich fühlte.

»Unschuldig? Nein. Ich wollte dich beschützen und dann konnte ich nicht mehr aufhören. Ich habe die Kontrolle verloren, ja.«

»Du hättest Gabriel getötet, wenn du gekonnt hättest. Alle! Mich auch …«

Ich wusste nicht, ob es gut war, diese Erinnerungen in ihm heraufzubeschwören, aber ich musste ihn damit konfrontieren, weil ich es kaum aushielt, dass er jetzt mit mir sprach, so als hätte es diese furchtbare Nacht nie gegeben.

Sein Blick wurde traurig. Er konnte noch Emotionen zeigen, fühlen konnte ich nur diese gleißende Dunkelheit. »Du wolltest mich auch töten …«, entgegnete er so vorwurfsvoll, als hätte ich eine andere Wahl gehabt.

»Ja. Weil du nicht mehr du selbst warst. Ich habe dich verloren.«

Er begann, den Kopf zu schütteln, ganz langsam. Seine Haare waren länger geworden, reichten ihm beinahe bis zum Kinn und fielen nun in mein Gesicht.

»Ja. Ich war nicht ich selbst, aber du darfst nicht töten, was in mir ruht. Meine Kraft wird gebraucht, ich kann euch beschützen, Lia – alle, die es zulassen.«

»Hör auf damit!« Jetzt zitterte meine Stimme, weil die Wut meine Nerven wieder flattern ließ. Ich konnte es nicht hören, nicht wieder, nach all diesen Jahren. »Ich ertrage es nicht mehr! Du siehst nur, was du sehen willst, und das ist nicht das Blut, in dem du stehst!«

Sein Griff wurde wieder fester, aber sein Blick blieb weich. »Ich sehe das Blut und es tut mir leid, aber ich kann es nicht ändern. Jetzt bin ich stark genug, damals war ich es nicht. Glaubst du mir?«

Ich antwortete ihm nicht, versuchte nur noch immer, zu begreifen, dass er wirklich hier war.

»Ich werde keinen Krieg führen, der nicht notwendig ist. Wenn Gabriel mich nicht angreift, will ich nicht kämpfen. Ich bleibe in der Hölle und warte, bis ich gebraucht werde. Niemand wird sterben, niemand verletzt. Glaubst du mir?«

Ich kniff die Augen zusammen, so als würde ich in einer anderen Realität erwachen, wenn ich sie wieder aufschlug.

»Ich kann aber nicht ohne dich sein, nicht, solange … Du hast mir so gefehlt, Lia.«

Er hatte mir auch gefehlt – unendliche Sehnsucht, die ich nach dem Engel gehabt hatte, in den ich mich als viel zu junge Wächterin verliebt hatte. Wie viel davon war noch übrig? Allein dass ich mir diese Frage stellte, zerriss mich innerlich. Ich hatte jahrelang in der Erwartung gelebt, gegen ihn zu kämpfen, nicht zu hoffen, dass er das Monster in sich zu bändigen lernen würde.

»Sieh mich an, Lia«, bat er, nicht herrisch, sondern sanft.

Ich hatte den Blick abgewandt, weil meine Augen dabei waren, sich mit Tränen zu füllen. Als ich seiner Bitte nachkam, zerbrach alles, was ich in den letzten Jahren in mir aufgebaut hatte.

»Ich werde nicht töten, wenn ich nicht angegriffen werde. Das schwöre ich dir auf unsere Liebe.«

»Unsere Liebe?!«, wiederholte ich und fühlte die Tränen die kalte Stelle an meiner Wange hinunterlaufen, an der mich Astaras' Haut berührt hatte. »Ich liebe dich nicht mehr! Wie könnte ich denn?!«

Sein Blick wurde starr. Ich war mir sicher, dass er gleich versuchen würde, mich zu töten. Ich war mir sicher, dass mein Haus noch in dieser Nacht zum Grab werden würde – unser Grab, denn ich würde ihn mit mir nehmen.

Als seine Augen zu glänzen begannen und seine Miene leidender wurde, schluchzte ich laut auf. Ich konnte das hier nicht ertragen! Ich war bereit, zu kämpfen, zu sterben, aber nicht, ihn wieder zu lieben. Wieso verkrampfte sich mein Herz trotzdem? Wieso hatte ich Mitleid mit ihm? Wieso tat es mir so weh, ihn leiden zu sehen?

Astaras' Gesicht kam wieder näher. Er drückte seine Stirn an meine und schloss die Augen. »Du und ich, Lia«, flüsterte er. »Wir gehören zusammen, immer, alles an uns. Wir, als Engel und Wächterin, und wir als das, was in mir schläft, und das, was in dir leuchtet. Ich sehe es, ich habe es immer gesehen, ich konnte es nur nie benennen.«

In dem Moment, als er seine Lippen auf meine legte, starb etwas in mir. Als er wieder von mir abließ und meinen Namen aussprach, erstarrte ich.

»Sephirot.«

Ich wusste nicht, ob Sekunden verstrichen oder Minuten. Als ich endlich wieder den Mund aufmachen konnte, fühlte ich mich taub.

»Woher weißt du es? Wer hat dir davon erzählt?«

Meine Blutlinie war das wahrscheinlich am besten gehütete Geheimnis aller Welten. Nicht mal die Erzengel konnten mich beim Namen nennen. Wieso Astaras? Wieso jetzt?

»Es spielt keine Rolle. Ich weiß, was du bist, und ich weiß, dass wir zusammengehören. Du liebst mich noch, weil das Schicksal uns aneinandergekettet hat. Wir mussten uns begegnen. Ich bin geworden, was ich bin, weil du da warst. Du hast mich auserwählt.«

»Was redest du denn da?! Ich habe niemanden auserwählt! Ich bin der Schlüssel zu einer Waffe! Sie wirkt nicht gegen dich, sonst hätten sich Gottes letzte Worte längst offenbart! Was wir in uns tragen, gehört nicht zusammen! Wir gehören nicht …«

Er küsste mich wieder, viel leidenschaftlicher, als ich ertragen konnte.

»Nein, Astaras!«

Mein Protest wurde in seinem heißen Atem erstickt. Sein Körper legte sich wieder auf meinen und ich glaubte, erneut die Fassung zu verlieren, weil die gleißende Dunkelheit mich einhüllte, dann fiel mir das Atmen plötzlich wieder leichter.

Während all das passierte, was seine Sehnsucht verlangte, bat ich sie darum, wegzusehen. Gott, den Teufel, das Schicksal – sie sollten alle die Augen schließen, ich tat es auch …

Ich saß auf dem Boden, in ein Bettlaken geschlungen, den Rücken an die Terrassentür gelehnt. Auf der Matratze hatte ich es nicht mehr ausgehalten. Als er verschwunden war, hatte ich endlich aufstehen können. Der Boden war hart und kalt, aber hier konnte ich versuchen, wieder klare Gedanken zu fassen, zu verarbeiten, was passiert war, überhaupt zu verstehen, was ich hatte geschehen lassen.

Ich hatte nicht gegen ihn gekämpft, ich hatte mich nicht mal wirklich gewehrt. Der letzte von vielen Küssen, bevor er verschwunden war, war von mir ausgegangen. Es fühlte sich an, als hätte ich die ganze Nacht in Sünden gebadet, und ich war nun am Boden zerstört, weil meine Haut nach Blut und Tränen roch. Mir war nie klar gewesen, wie schwach ich sein konnte, wie dumm und wie verzweifelt.

»Lia!«

Ich hatte ihn nicht kommen gefühlt, weil meine Gabe absolut taub und überreizt war. Die gleißende Dunkelheit hatte sie vergiftet, genau wie meinen Verstand und mein Herz. Als ich den Kopf hob, den ich auf die angewinkelten Knie gebettet gehabt hatte, fühlte er sich schwer an. Mein Blick war trüb, aber ich konnte den Schock in Levis' Gesicht trotzdem erkennen.

Er fiel neben mir auf die Knie und legte seine Hände sofort auf meine Wangen. »Verdammt, was ist mit dir passiert?!«

Ich hatte keine Muße, zu sprechen, weil ich nicht wusste, was ich sagen sollte. Wie sollte ich Levis diese Nacht erklären? Wie konnte ich sie vor mir selbst rechtfertigen?

»Lia! Sprich mit mir! Da draußen ist alles voller Ghule! Der ganze Orden ist auf den Beinen. Und hier drin … Gott, was ist das für eine Aura?« In dem Moment, als er seine Frage stellte, fand er auch schon eine Antwort, die seinen Blick panisch werden ließ. »War er hier?!«

Er packte mich an den Oberarmen, um mich zu schütteln. Er tat das nicht fest, nur um mich endlich zum Sprechen zu bringen, weil er Antworten brauchte, aber ich sog scharf die Luft ein, weil der Schmerz in mir hochkroch. Er hatte dieselbe Stelle an meinen Armen gepackt, die Astaras zuvor so lange festgehalten hatte. Als er merkte, dass er mir Schmerzen bereitete, ließ er sofort von mir ab und begann, mich so ausgiebig zu mustern, dass ich mich am liebsten vor ihm versteckt hätte.

»Ich hole die Erzengel!«, entschied er plötzlich.

Dieser Satz traf mich wie ein Blitz und entriss mich zum größten Teil der Lethargie, in der ich versunken gewesen war. »Nein!«

Als ich nach seinem Handgelenk griff, um ihn festzuhalten, begann er, den Kopf zu schütteln. »Ich muss! Gabriel kann ihn aufhalten! Und Raphael kann dich heilen!«

»Ich brauche keine Heilung und keinen Krieg!«, stellte ich lautstark klar, obwohl meine Stimme noch verweint klang. »Er ist nicht mehr hier! Er ist zurück in der Hölle, dort kann Gabriel nichts ausrichten. Und ich bin nicht verletzt, ich brauche Raphael nicht.«

Levis sah mich noch immer so an, als wäre ich komplett verrückt geworden und würde ihm irgendeinen Wahnsinn erzählen. Ich konnte aber nicht zulassen, dass einer der Erzengel hiervon erfuhr, schon gar nicht Raphael. Er würde ausrasten, er würde mir das hier für immer vorwerfen, und er hatte jedes Recht dazu.

»Aber ich kann nicht nichts tun!«, rief er aufgebracht. Ich hatte ihn noch nie so sprechen gehört. Eine Mischung aus Wut und Verzweiflung. »Und du bist verletzt! Hast du schon in den Spiegel gesehen, Lia?!«

»Er wird nicht mehr töten …«, flüsterte ich und senkte den Blick, weil ich den gesprenkelten Augen nicht mehr standhielt.

Mir war klar, dass er mich gleich für noch verrückter halten würde, aber ich musste ehrlich mit Levis sein – er war der Einzige, dem ich hiervon erzählen würde, und wenn ich es tat, dann sollte er die ganze Wahrheit hören.

»Astaras meint, er will nicht kämpfen. Er wird keinen Krieg führen, solange er nicht angegriffen wird. Ich kann fühlen, dass er es wirklich besser unter Kontrolle hat. Er bereut, er leidet, aber er wird in der Hölle bleiben. Er wird keine Unschuldigen mehr töten.«

Levis schnaubte und packte mich unbedacht wieder an den Armen, um mich zu zwingen, ihm auch zuzuhören. »Hörst du, was du da sagst? Du verteidigst ihn wieder?!«

»Nein! Ich verteidige ihn nicht! Ich kann ihn nur nicht töten, solange … solange …«

»Solange er nicht wieder unmittelbar jemanden ausweidet?!«

»Er verteidigt sich nur, und an einem gewissen Punkt kann er es nicht mehr kontrollieren. Die Hölle hat ihn aber klarer gemacht … Er sieht ein, dass er nicht hier leben kann.«

Levis ließ mich los, er stieß mich regelrecht zurück gegen die Glastür und sprang auf die Beine. »Das ist Schwachsinn! Das ist Wahnsinn! Hörst du eigentlich, was du sagst, Lia?! Du sprichst hier von Luzifer! Das geht uns verdammt noch mal alle etwas an! Tu nicht so, als ob nur du ihn verstehen könntest! Tu nicht so, als wäre er wieder gesund! Du bist doch …«

Bevor er es mir an den Kopf werfen konnte, stürmte er durch die Tür. Ja, wahrscheinlich war ich verrückt, naiv, wahnsinnig, was immer Levis mir hatte sagen wollen, aber es machte wohl keinen Unterschied. Selbst wenn ich Gabriel gerufen hätte, ihm davon erzählt hätte, geändert hätte es nichts. Astaras war wieder verschwunden und mir und allen anderen blieb nichts anderes übrig, als abzuwarten, bis er wieder einen Punkt erreicht hatte, an dem das Virus die Kontrolle übernahm. Vielleicht würde er es ewig im Zaum halten können, es ewig in der Hölle gefangen halten. Damit hätte er unserer Welt wohl einen

Gefallen getan. Levis verstand das nicht, aber ich verlangte auch nicht von ihm, dass er Verständnis für mich und meine Situation aufbrachte. Das konnte wohl niemand, der nicht in meiner Haut steckte.

Richtige Entscheidungen, falsche Entscheidungen – diese Linie war nicht nur schmal, sondern nicht mehr greifbar. Was ich wusste, war, dass ich nicht wollte, dass jemals wieder irgendjemand durch dieses Virus getötet wurde – auch Astaras nicht. Ich konnte ihn genauso wenig töten, wie ich ihm hatte versprechen können, nie wieder gegen ihn zu kämpfen. Wenn uns das Schicksal keine andere Wahl mehr ließ, würden wir uns wieder nach dem Leben trachten, aber solange der Grund für all unser Leid schlief, würde ich ihn nicht wecken, um diesen Krieg heraufzubeschwören.

Er hatte mich gefragt, ob er wiederkommen durfte, irgendwann, für ein paar Stunden. Er behauptete, ich könnte ihm helfen, klar zu bleiben – er selbst zu bleiben. Wenn ich irgendetwas für ihn tun konnte, um ihn sein Leid leichter ertragen zu lassen, würde ich wie der dümmste, naivste Mensch der Welt handeln und ihm helfen. Ganz ohne Einschränkungen hatten wir diese Abmachung aber nicht getroffen. Ich hatte ihm klargemacht, dass er nicht unangekündigt kommen durfte. Nur so konnte ich verhindern, dass er irgendwann jemandem begegnete, der hier bei mir war. Astaras wusste nichts von Levis, ich war mir sicher, dass er ausrasten würde, wenn er ihn bei mir sah, und das war genau das Gegenteil davon, was ich für ihn tun wollte. Ich würde niemanden in Gefahr bringen, nur mich selbst und Astaras, weil alle anderen nichts mit unserem persönlichen Leid zu tun hatten. Wenn ich bemerkte, dass er die Kontrolle wieder verlor, würde ich ihn angreifen – auch das hatte ich ihm gesagt. Ein Nicken, ein Kuss, er schien es akzeptiert zu haben, aber ich war mir nicht sicher, ob ihm bewusst war, dass das tatsächlich hieß, dass wir uns töten würden.

Wahrscheinlich war ich stark genug, um ihm Einhalt zu gebieten. Gabriel hatte zwar mehr Kraft, konnte ihm körperlich viel mehr anhaben, aber ich konnte Astaras' Seele kaputt schlagen, auch wenn es mir davor graute.

Diese absurde Situation, auf die ich mich eingelassen hatte, gab mir auch ein Stück weit das Gefühl von Kontrolle. Ich konnte kontrollieren, ob er er selbst blieb, wann er hier auftauchte und wann es an der Zeit war, alles zu beenden. Vielleicht war das der Weg, auf dem wir durch am wenigsten Blut waten mussten – nur meines und Astaras'.

Während ich mir darüber bewusst wurde, was alles passiert war, legte ich den Kopf wieder auf meine Knie. Ich konnte nicht leugnen, dass ich mich trotzdem schlecht fühlte, verletzt, unsicher, unverstanden, aber damit musste man leben, wenn man einsame Wege blind beschritt.

Ich sah überrascht zu ihm auf, als Levis plötzlich wieder durch die Tür kam. Er ging langsam auf mich zu, Mitleid und Schuldbewusstsein im Blick. Als er sich bückte, fühlte ich, dass er sich Vorwürfe machte. Meine Gabe erholte sich langsam.

»Was ich gesagt habe, tut mir leid …«, flüsterte er tonlos und leise. Er streckte die Hand nach meiner Wange aus, ganz vorsichtig, so als würde er plötzlich glauben, dass ich zerbrechlich war. »Ich habe dir versprochen, mich nicht in dein Leben einzumischen, und das tue ich auch nicht. Ich kann ätzend werden, wenn ich … eifersüchtig bin.«

Als er mir dieses sanfte Lächeln schenkte, wurde mir bewusst, was ich an Levis hatte. Viel mehr, als ich verdiente.

»Aber du gehörst mir nicht und ich habe kein Recht, wütend zu sein und deine Entscheidungen infrage zu stellen. Ich verrate niemandem etwas, solange du es nicht willst. Du wirst ihn wiedersehen, oder?«

Ich nickte, ganz vorsichtig, um ihn nicht noch mehr zu verletzen, aber er war niemand, der sich vor der Wahrheit fürchtete.

»Dann ist es eben so. Ich will dich aber nicht allein lassen. Du kannst mir alles sagen und ich raste nicht mehr aus, versprochen. Komm, wir stellen dich unter die Dusche.«

Als er mich hochhob, schlang ich meine Arme um ihn. Levis' Worte sollten mir klarmachen, dass wir einander keine Rechenschaft schuldeten, dass wir uns nie dieses große Liebesversprechen gegeben hatten, das uns dazu bringen würde, alles für den anderen zu geben, aber er tat genau das. Niemand in meinem Leben hatte mich jemals so bedingungslos unterstützt wie Levis.

Meine Zukunft

Sechs Wochen später

Ich saß auf Gabriels Sofa und wartete, bis er sein Telefonat beendet hatte. Eigentlich war ich zum Trainieren gekommen, aber ich war so müde, dass ich am liebsten zurück nach Hause gefahren wäre, um mich in mein Bett zu legen.

Ich blinzelte und sah mir dabei das neue abstrakte Gemälde an der Wand an. Es war ziemlich eigenwillig, düster und irgendwie deprimierend. Normalerweise hatte Gabriel einen guten Kunstgeschmack. Landschaftsgemälde in surrealen Farben, wirklich geschmackvolle Akte, ich mochte jedes Bild in seinem Haus – dieses nicht. Das Blaugrau biss sich mit dem Blutrot. Ich schloss einfach die Augen, damit ich es mir nicht mehr ansehen musste.

In Gedanken ging ich meinen Plan für den Tag durch. Nach dem Training musste ich zu Conan. Er hatte mich gebeten, etwas abzuholen, irgendein Päckchen für Raphael. Warum ich für die beiden so oft die Postbotin spielen musste, war mir ein Rätsel. Sie hätten sich auch selbst verabreden oder die echte Post bemühen können. Aber so kam ich zumindest dazu, meinen liebsten Erzdämon ab und an zu besuchen, also stellte ich meine Botengänge nicht infrage.

Es war ruhig in letzter Zeit, aber ich hatte seltsamerweise kein Problem damit. Obwohl es kaum etwas zu tun gab, fühlte ich mich nicht so leer oder unruhig, wie ich mich vor ein paar Monaten noch gefühlt hätte. Seit Levis so oft bei mir war, genoss ich das Nichtstun, auch wenn ich es erst hatte lernen müssen. Ich war nicht daran gewöhnt gewesen, viel Freizeit zu haben und sie mit Nichtigkeiten zu füllen. Es tat mir wirklich gut, der Normalität Raum zu geben, zumal der Wächter, mit dem ich sie teilte, sie hervorragend zu füllen wusste.

Obwohl immer ich es gewesen war, die gepredigt hatte, wie schön unsere Welt war und wie viel Spaß sie machen konnte, brauchte es eine so schöne, offenherzige Seele wie Levis, um mich meine eigenen Predigten erleben zu lassen.

Ich liebte die Zeit mit ihm, jede Minute, auch wenn sich an unseren Problemen nichts geändert hatte. Er war noch immer auf der Suche nach seiner Exfreundin, wurde mindestens einmal die Woche halb tot geschlagen, weil er sich in Kreisen herumtrieb, in denen Wächter nicht gern gesehen wurden. Ich hütete mein Geheimnis um Astaras und unser Treffen weiterhin, auch wenn mir diese Nacht mittlerweile wie ein Traum vorkam. Seither hatte ich keinen Kontakt mehr zu ihm gehabt, aber ich war mir sicher, dass er in der Hölle ein ganz anderes Zeitgefühl hatte als hier in dieser Welt. Vielleicht würde er mir erst in Jahren wieder ein Zeichen geben, weil seine Sehnsucht zu groß geworden war.

Ich sah Astaras' Gesicht vor mir, eine Erinnerung aus Zeiten, in denen seine Augen noch blau gewesen waren. Er grinste mich an, aber als ich mich an seinen Lippen verfing, wurde er zu Levis. Sie hatten ein so ähnliches Lächeln, obwohl sie sich nicht ähnlich sahen. Als Levis zu Raphael wurde, war ich mir sicher, dass mein Unterbewusstsein mich geißeln wollte. Wie oft konnte ein Herz eigentlich brechen, bevor es irreparabel beschädigt war? Ich hatte Astaras verloren und würde Levis irgendwann gehen lassen müssen. Vielleicht war ich nicht dazu bestimmt, jemals unbeschwert und ohne Drama zu lieben. Wenn ich Raphael auch unglücklich machen würde, hätte ich das nicht ertragen. Ich sah ihn immer noch vor mir und war mir nicht sicher, ob er fröhlich oder traurig aussah. Wahrscheinlich hatte ich den Erzengel gar nicht verdient. Als er vor meinem geistigen Auge plötzlich zu einem Stück Himbeertorte wurde, durchbrach das nicht nur meine melancholischen, selbstkritischen Gedanken, ich erwachte aus dem Traum.

Verwirrt schlug ich die Augen auf und bemerkte, dass ich mich auf dem weichen beigen Sofa zusammengekauert hatte, unter meinem Kopf eines der aufwendig bestickten Zierkissen.

Ich starrte für ein paar Sekunden wieder auf das hässliche Gemälde, dann wurde ich endgültig wach und schaute zu Gabriel, der neben mir saß und ein Buch in der Hand hielt.

»Ich bin wohl eingeschlafen …«, stellte ich fest und konnte das Gähnen nicht unterdrücken, während ich mich aufrecht hinsetzte.

»Ja. Zwei Dinge dazu …«, kündigte Gabriel an, ohne den Blick von den Zeilen zu lösen. »Du hast auf mein Kissen gesabbert. Und du sprichst im Schlaf über Raphael und Himbeertörtchen. Falls das dein Kosename für ihn sein sollte, werde ich nie wieder aufhören, mich darüber lustig zu machen. Versuch es mit etwas weniger Süßem, vielleicht eher bitter: Artischocken oder Spinat, das passt besser zu ihm.«

Ich bedachte Gabriel mit strafend beleidigten Blicken. Als er zu mir rübersah, grinste er nur.

»›Artischocke‹ und ›Spinat‹ sind in unserer Welt mit Sicherheit keine Kosenamen«, stellte ich mit hochgezogenen Brauen klar. »Und ich nenne ihn auch nicht Himbeertörtchen, mein Traum war nur wirr.«

»Hast du nachts nicht geschlafen? Ich habe dich noch nie so müde gesehen.«

»Doch, ich habe geschlafen.«

Gabriel sah mich an, als würde ich lügen, aber das tat ich nicht. Ich hatte hervorragend geschlafen, viel mehr als sonst.

»Ich hatte letzte Woche eine Grippe, vielleicht hängt mir das noch nach«, spekulierte ich. Die ekelhaften Details meiner Grippe ersparte ich ihm. Dass Levis dabei gewesen war, als ich mir die Seele aus dem Leib gekotzt hatte, war schlimm genug.

»Du solltest das Himbeertörtchen besuchen, er soll dich wieder gesund machen.«

Ich musste lachen, weil dieser Satz aus Gabriels Mund, mit dieser ernsten Stimme gesprochen, so unglaublich komisch klang. Er würde es sich bestimmt nicht nehmen lassen, Raphael noch persönlich damit aufzuziehen. Ich musste ihm unbedingt vorher erzählen, wie es zu diesem seltsamen vermeintlichen Kosenamen gekommen war, sonst fühlte er sich am Ende auch von mir auf den Arm genommen. Ich nahm mir fest vor, ihn gleich morgen zu besuchen, auch weil ich ihn schon lange nicht mehr gesehen hatte und ihn vermisste. Die letzten paar Mal, als ich bei Keon gewesen war, hatte Raphael im Schloss zu tun gehabt. Es musste Wochen her sein, seit wir zum letzten Mal Zeit miteinander verbracht hatten.

»Willst du draußen trainieren? Dann ziehe ich mir eine Jacke an.«

Meine Frage ließ Gabriel den Kopf schief legen. »Ich trainiere nicht mir dir, wenn du krank bist«, entgegnete er in einem Tonfall, der keinen Widerspruch duldete.

Seufzend strich ich mir meinen Pullover glatt. Es brachte nichts, ihm zu versichern, dass ich nicht mehr wirklich krank, sondern einfach nur müde war, also schnappte ich mir sein Schwert und würde gehen.

»Dann komme ich nächste Woche wieder, sobald du Zeit hast. Rufst du mich an?«

Gabriel nickte und ich wollte mich zum Gehen wenden, aber er griff nach dem Zierkissen, nahm es zwischen die Fingerspitzen und hielt es mir hin. »Nimmst du das mit nach draußen und wirfst es für mich weg?«, fragte er und sah mich erwartungsvoll an.

»Wieso? Weil ich es als Kopfkissen benutzt habe?«

»Nein, weil du darauf gespuckt hast und krank bist«, entgegnete er, so ernst er konnte, grinste aber kurz schief.

»Du kannst doch nicht mal eine Grippe bekommen!«, entgegnete ich und verschränkte die Arme beleidigt vor der Brust.

»Ich nicht, aber Wesen, die mich besuchen.«

»Du sprichst von den Frauen, die ständig Dinge bei dir vergessen? Oder sind das immer deine Lippenstifte, Cocktailkleider und Stöckelschuhe? Schickst du sie eigentlich manchmal in Unterwäsche und barfuß nach Hause?«

Viele ziemlich unangenehme Fragen, mit denen ich mich für den übertriebenen, aber natürlich gespielten Ekel vor meinem kleinen Malheur rächte.

Gabriel zuckte unbeeindruckt mit den Schultern. »Solange sie nicht krank mein Haus verlassen, ist es mir egal«, entgegnete er und schwang noch mal das Kissen hin und her. Ich nahm es ihm tatsächlich ab, aber nur um es ihm ins Gesicht zu pfeffern. Gabriels Lachen lauschend, verließ ich sein Haus mit einem Grinsen.

Auf dem Weg zu Conans Wohnung wurde ich wacher und fühlte mich weniger ausgelaugt. Ich würde Gabriel das nächste Mal vorwerfen, dass anscheinend nur er diese einschläfernde Wirkung auf mich hatte – er verstand solche Scherze, ich musste mir keine Sorgen machen, dass er sie in den falschen Hals bekam.

In Conans Treppenhaus roch es seltsam, nach Kalkstein, nasser Erde und Ammoniak. Ich verzog den Mund, nachdem ich geklopft hatte, und hielt die Luft an.

»Du kommst früh. Waren wir nicht für den Nachmittag verabredet?«

Ich schien den Erzdämon aus dem Bett geklingelt zu haben. Es war ungewohnt, ihn mal nicht in einem Anzug zu sehen, sondern in Jogginghosen und – nichts.

»Ich habe das Training mit Gabriel ausfallen lassen, weil er eine einschläfernde Wirkung auf mich hat«, griff ich einen Scherz auf, der für Conan natürlich weniger Sinn machte als für mich. Er grinste trotzdem.

»Erfrischend. Du bist wahrscheinlich die einzige Frau der Welt, die das so sieht, und dafür würde ich dir glatt gern einen Heiratsantrag machen.«

»Bevor du auf die Knie fällst, lässt du mich rein? In deinem Treppenhaus riecht es furchtbar, da wird einem glatt schlecht.«

Conan trat einen Schritt nach draußen und zuckte zweimal mit der geraden Nase. »Ich rieche gar nichts. Vielleicht eine dezente Note Putzmittel?«

Erzdämonen waren anscheinend geruchsblind.

Als ich in die Wohnung trat, hielt ich kurz neben Conan inne und beugte mich ein wenig nach vorn, um an seiner Schulter zu schnuppern.

»Entschuldige, aber versuchst du gerade, herauszufinden, ob ich stinke?«, blaffte er beleidigt und beugte sich auch nach vorn, um seine Hand an der Wand hinter mir abzustützen. Er kam mit seiner Wange so dicht an meine Schläfe, dass ich gar keine andere Wahl hatte, als den Duft einzuatmen, der von der nackten Haut an seinem Hals ausging. Conan roch nicht nur gut, sondern regelrecht appetitlich. Natürlich wollte er das auch hören.

»Angenehm. Lavendel? Sandelholz? Und eine dezente Note Dämon«, analysierte ich und brachte ihn zum Grinsen.

»Wenn du jetzt gesagt hättest, ich rieche nach Engel oder Pferd, hätte ich dich wohl rausgeworfen.«

Als er die Hand wegnahm und sich in Bewegung setzte, folgte ich ihm in den offenen Wohn-/Essbereich. Ich war schon eine ganze Weile nicht mehr hier gewesen. Es hatte sich nichts verändert, nichts außer …

»Gott, wieso hast du denn auch so ein Bild?!«, entfuhr es mir viel ruppiger und unüberlegter, als ich sonst sprach.

Dasselbe Grau, dieselben Rottöne und ein ähnlich verstörend anmutendes Szenario wie auf dem Gemälde, das ich vor einer halben Stunde noch missmutig beäugt hatte.

»Gabriel hat auch eines. Wer ist der Künstler?«, wollte ich wissen, weil es mich interessierte, wen die beiden zu ihrem gemeinsamen Freundeskreis zählten. Zweifelsohne ein privilegiertes Wesen, das einen vollkommen anderen Sinn für Kunstästhetik hatte als ich.

»Hmm … anscheinend eine gemeinsame Freundin«, murrte Conan gespielt geheimnisvoll und zwinkerte mir verschwörerisch zu. Dass eine Frau dieses Bild gemalt hatte, überraschte mich. Es wirkte sehr maskulin, hart, autoritär.

Ich trat etwas näher, um nach der Signatur zu suchen, aber die schwarzen Pinselstriche waren zu verschlungen, um die Buchstaben genau zu erkennen.

»Ist das ein M oder ein N?«, fragte ich und schaute neugierig über die Schulter, von wo mich ein Erzdämonenlächeln traf, das mir signalisierte, wie große Freude es ihm bereitete, mich im Dunkeln tappen zu lassen.

»Interessiert es dich, wegen welcher Frau sich unsere Vergangenheit überschneidet?«

»Noch mehr interessiert es mich, ob du Kuchen hier hast«, entgegnete ich und zog eine Braue nach oben.

Conan musterte mich kurz überrascht. »Und wenn du dich zwischen Kuchen und der Geschichte dieser Frau entscheiden müsstest?«, wollte er wissen.

Die Antwort fiel mir nicht schwer, weil es mich weniger überraschte, als er vermutete, dass die beiden eine gemeinsame ›Bekannte‹ hatten. Ihr Lebensstil legte es nahe und ich gönnte den beiden ihre Freuden und ihre Geheimnisse.

»Dann nehme ich den Kuchen.«

Conan zuckte mit den Schultern und verschwand in der Küche. Meine Lust auf Süßes, die sich sogar in meinen Traum geschlichen hatte, war noch immer nicht verflogen.

Ich setzte mich auf das Sofa, das bequemer aussah, als es war. Das schwarze Leder war kalt, aber ich mochte zumindest den Geruch.

Als der Erzdämon zurückkam, hatte er einen Teller mit einer angeschnittenen Marillentorte in der Hand. Mein Blick folgte ihm, während mir das Wasser im Mund zusammenlief. Ich liebte Conan gerade dafür, dass er auch eine Schwäche für Süßspeisen hatte.

»Ich fühle mich gekränkt. Du siehst die Torte mit viel glänzenderen Augen an als mich. Obwohl dieser Körper doch ein Geschenk von Gott persönlich war.«

Ich hatte Conan zuerst nur ›Torte‹ sagen hören, den narzisstischen Rest hätte ich beinahe überhört, aber dann wäre die Diva nur wieder beleidigt gewesen. »Wenn dein Körper aus Zuckerguss und glasierten Marillen bestehen würde, würde ich über dich herfallen.«

»Das lässt sich annähernd einrichten. Du darfst gern von mir essen, aber nicht auf dem Sofa, das war teuer.«

»Rück den Kuchen raus, Conan!«

Er machte eine dramatische Geste, nachdem er den Teller vor mir auf den Couchtisch gestellt hatte. »Da ist jemand aber ganz schön reizbar! Hier, iss, bevor du mir an die Gurgel springst.«

Ich wurde verlegen, weil ich wirklich harsch geklungen hatte. Heute war definitiv nicht mein Tag. Meine Gefühle kochten leichter über als sonst, ich war mir aber sicher, dass die Marillentorte sie beruhigen konnte, und dann hatte ich auch wieder Nerven für Conans verbale Anzüglichkeiten in jedem zweiten Satz.

»Ich verschwinde kurz ins Bad«, kündigte er an.

Dass ich ihn wach geklingelt hatte, war mir plötzlich unangenehm. Wahrscheinlich war er bis in die frühen Morgenstunden im Club gewesen.

»Genieß währenddessen deine oralen Freuden mit dem Kuchen!«

Mein Schmunzeln konnte der Erzdämon nicht mehr sehen. Im Grunde mochte ich seinen Humor, auch wenn Conan definitiv anstrengend sein konnte.

Ich dachte darüber nach, ob er irgendwann eine Familie gründen und heiraten würde, dann dachte ich darüber nach, ob ihm schon mal eine Frau das Herz gebrochen hatte. Starke, selbstbewusste Herzen waren schwer zu brechen, aber sie heilten auch umso langsamer. Vielleicht führte er deshalb dieses Leben.

Vielleicht war er einsam und rastlos und verbarg all das hinter Humor, Anzüglichkeiten und teuren Möbeln. Ob sich Conan leer fühlte? Ich wollte nicht, dass es ihm schlecht ging, er bedeutete mir so viel. Während ich den Kuchen Stück für Stück kleiner werden ließ, war mir plötzlich nach Heulen zumute, weil es mir so vorkam, als wäre ich Conan über all die Jahre eine schlechte Freundin gewesen.

»Lia?«

Ich hatte gar nicht bemerkt, dass der Erzdämon schon wieder neben mir stand. Wäre ich emotional nicht so durch den Wind gewesen, wäre mir vielleicht aufgefallen, dass ich gerade wie eine Verrückte klang. Verrückte wussten aber meistens nicht, dass sie verrückt waren.

»Geht es dir gut? Ganz tief im Inneren, meine ich. Magst du dein Leben?«, wollte ich von ihm wissen und war ganz offensichtlich zu überwältigt von meiner plötzlichen Sentimentalität, um diesen überraschten Ausdruck in seinem Gesicht richtig zu deuten.

»Hast du meinen Absinth gefunden?«, stellte er die Gegenfrage, die ich für eine bloße Ausflucht hielt.

»Wenn es dir nicht gut geht, dann …« Ich würde wirklich gleich heulen, weil mir Conan mit einem Mal so leidtat.

Der Erzdämon zog aber nur fragend die Augenbrauen zusammen und neigte den Kopf. »Sag mal, hast du bei Gabriel irgendwelche Drogen eingeworfen?«

Ich schüttelte schockiert den Kopf. »Ich würde nie Drogen nehmen! Gabriel auch nicht!«, entgegnete ich energisch. Allein, darüber nachzudenken, machte mich wütend. Wie konnte er mir nur so etwas unterstellen? Wie konnte ich mich nur so unbeherrscht fühlen? Langsam, aber sicher wurde mir bewusst, dass ich überreagierte. Ich versuchte, mich zu beruhigen, und stellte den Teller wieder auf den Tisch, weil der letzte Bissen nach Asche geschmeckt hatte.

»Du wirst blass, Lia«, hörte ich Conan sagen, während mein Magen plötzlich zu rebellieren begann, weil ich diesen Aschegeschmack einfach nicht aus dem Mund bekam. Ich wollte die Augen schließen, um zu verhindern, dass mir übel wurde, aber es war bereits zu spät – viel zu spät.

Ich sprang auf die Beine, als wäre der Teufel persönlich hinter mir her. Als ich an Conan vorbeirannte, hätte ich ihn beinahe umgestoßen, weil er nach mir greifen wollte. Wenn er mich zu fassen bekommen hätte, wäre das, was vor ein paar Minuten noch Marillentorte gewesen war, auf seinem frischen Hemd gelandet.

Im Badezimmer stolperte ich über ein nasses Handtuch und ließ mich dann auf die Knie fallen. Gleich nachdem ich das erste Mal gewürgt hatte, hörte ich seine Stimme, die mich sofort vor Verlegenheit verglühen ließ. Dass Conan mir gerade beim Übergeben zusah, war furchtbar. Ich konnte aber nicht aufhören, weil sich mein Magen ständig zusammenzog.

»Soll ich dir ein Glas Wasser holen?«

Ich nickte hektisch und würgte dann noch mal. Als Conan zurückkam und mir das Glas vor die Nase hielt, war ich mir beinahe sicher, dass mein Magen endlich leer war.

»Danke …«, murmelte ich mit angeschlagener Stimme, konnte ihm aber nicht in die Augen sehen, weil ich mich so schämte. Als er neben mir in die Knie ging, wäre ich gern aufgestanden, aber mein Kreislauf spielte noch verrückt.

»Geht es wieder?«, wollte er wissen und legte mir eine Hand auf den Rücken. Diese fürsorgliche Geste war unheimlich nett von ihm. Als ich mich überwinden konnte, ihm ins Gesicht zu blicken, stellte ich fest, dass er die Mundwinkel nach oben gezogen hatte. Er reagierte wirklich locker auf diese für mich mehr als peinliche Situation. Wenn ich in Gabriels Haus gekotzt hätte, hätte er es wohl verkauft.

»Entschuldige! Ich war …« Bevor ich den Satz beenden konnte, wurde mir endgültig bewusst, wie ich mich aufgeführt hatte – abgesehen von der Sache mit dem Übergeben. Vorhin im Wohnzimmer hatte ich die Stimmungsschwankungen einer Geisteskranken durchlebt. Conan musste mich für verrückt halten – ich tat es. »Ich war letzte Woche krank … Anscheinend bin ich es immer noch. Und meine Gabe hat wohl … auch etwas abbekommen.«

Ich sah, wie sich der Erzdämon auf die Lippen biss, während sein Blick fragend wurde. »Kann es sein …« Ich hatte ihn selten in einem so sanften, vorsichtigen Tonfall sprechen gehört. »… dass du schwanger bist?«

Ein einzelnes Wort, das mich so sehr aus der Fassung bringen konnte, dass ich wieder aufsprang, obwohl mir nicht mehr übel war. Ich machte ziellos ein paar Schritte in dem großen Badezimmer und schüttelte dann den Kopf. »Nein! Ich hatte eine Magen-Darm-Grippe! Nichts weiter!«, stellte ich klar.

»Bist du dir sicher? Ich meine ja nur, weil du so empfindlich auf Gerüche reagierst, vorhin im Wohnzimmer versucht hast, dein eigenes Körpergewicht in Kuchen zu essen, beinahe ohne Grund geheult hast und …« Er musterte mich eindringlich, während er auf mich zukam. »Dein Busen sieht irgendwie größer aus.« Ich strafte ihn mit finsteren Blicken, während er unschuldig die Hände vor den Körper hob. »Entschuldige, aber das schreit für mich nach einer Schwangerschaft. Hattest du in letzter Zeit deine Periode?«

»Ich rede jetzt bestimmt nicht mit dir über meine Periode!«, stellte ich beschämt und aufgebracht klar und fing erst nach meinem Satz an, darüber nachzudenken. Mein Blick glitt durch Conan hindurch, während mein Herz gegen meine Brust zu hämmern begann.

»Ich deute diesen schockierten, dezent apathischen Blick als ein Nein«, schlussfolgerte der Erzdämon.

Es musste ein oder zwei Monate her sein, aber mein Zyklus war immer schon alles andere als regelmäßig gewesen, deshalb hatte ich mir keinen Kopf darüber gemacht. Wenn ich Stress hatte, meinen Körper übermäßig beanspruchte oder unregelmäßig aß, blieb meine Periode immer aus.

Conan verließ plötzlich das Badezimmer, aber ich fand keinen Platz in meinen Gedanken, um mich zu fragen, warum. Meine ganze Zukunft bekam plötzlich eine andere Farbenwelt – Töne, die ich nie in ihr gesehen hatte. Sie waren hell und freundlich, aber sie machten mir trotzdem furchtbare Angst. Mich umgaben Krieg und Kämpfe – keine Mutter sollte diese Überschriften über ihr Leben schreiben.

Ich schloss die Augen, um mich zu ermahnen, ruhig zu bleiben und nicht abermals die Kontrolle über meine Gefühle zu verlieren. Sie wollten mir trotzdem entgleiten, weil die Ungewissheit mich schlimmer geißelte, als es jeder körperliche Schmerz zustande gebracht hätte.

»Hier.« Conan war wieder aufgetaucht und hielt mir eine kleine Schachtel vor die Nase.

»Ist das das Päckchen, das ich Raphael bringen soll?«, wollte ich wissen und versuchte, meine kreisenden Gedanken zu zerstreuen.

Er lachte. »Nein. Wenn er den Schwangerschaftstest macht, bringt dir das herzlich wenig.«

Mit großen Augen ließ ich meinen Blick von der Schachtel zu Conan wandern.

Er zuckte mit den Schultern. »Du bist nicht das einzige Wesen, das diese Ungewissheit schon mal durchlebt hat. Ich bin gern vorbereitet, falls jemand hier auftaucht, der behauptet, schwanger zu sein. Auch wenn du die Erste bist, die vermeintlich kein Kind von mir erwartet.«

Mir stand zwei Sekunden der Mund offen, dann griff ich einfach zu. Conan wandte sich wieder ab und schloss die Badezimmertür hinter sich.

Ich blieb allein in dem großen weißen Raum zurück und fühlte zum ersten Mal im Leben weder die Sephirot noch die Wächterin in mir, sondern nur den Menschen.

Ich hatte mich vor der Eckbadewanne auf den Boden gesetzt und starrte durch die quadratischen Fliesen in meine Zukunft. Die Bilder, die vor meinem geistigen Auge abliefen – ich konnte sie nicht ordnen. Als Conan an die Tür klopfte, fühlte ich seine Ungeduld.

»Darf ich reinkommen?«

»Es ist dein Badezimmer …«, stellte ich tonlos fest und sah nicht zu dem Erzdämon auf, der prüfend auf den Teststreifen starrte, der neben mir lag.

»Sieht so aus, als hätte der große Raphael ein Geschwisterchen für seinen temperamentvollen kleinen Bastard gezeugt. Ich gratuliere.«

Diese Unterstellung schmerzte mich, weil sie zu widerlegen eines der unangenehmsten Dinge war, die ich jemals hatte tun müssen.

Ich würde es mehr als einmal tun müssen, weil natürlich alle Raphael für den Vater halten würden. Ich hatte mein Liebesleben bewusst bedeckt gehalten. Eine Tatsache, die mir gerade gelegen kam, auch wenn trotzdem Überraschung hinter Conans Dunkelheit wachsen würde.

»Raphael ist nicht der Vater …«, flüsterte ich und unterdrückte die unangenehmen Gefühle, die mit diesem Satz einhergingen, nicht. Ich legte sie in meinen Blick, gemeinsam mit der unausgesprochenen Bitte an Conan, mich dafür nicht zu verurteilen.

Er setzte sich zu mir auf den Boden. Sein Oberarm berührte meinen und ich war ihm grenzenlos dankbar für die positiven Emotionen, die neben der Überraschung in ihm wuchsen. Conan verurteilte nicht, Conan bewertete nicht, er war nur neugierig.

»Bevor ich beginne, zu raten, verrätst du mir, wen du in dein Leben gelassen hast?«

Ich schwieg für ein paar Sekunden. Zeit, in der ich versuchte, abzuwägen, wie viel ich tatsächlich preisgeben wollte.

»Er ist ein Wächter. Du kennst ihn nicht.«

Dass ich mich für diese Antwort entschieden hatte, tat mir beinahe weh, aber sie erschien mir im Moment am tragbarsten, für Conan und mich und in erster Linie für das kleine Wesen in mir.

»Er wird sich freuen. Du solltest zu ihm gehen und es ihm sagen.«

Dass er mich zu diesem Gespräch ermutigen wollte, war gut gemeint. Er wollte, dass ich meinen Ängsten und der Überwältigung Luft machte, aber sofort mit Levis zu reden, wäre mehr gewesen, als ich hätte ertragen können. Ich musste dem Gewirr aus Ängsten in mir tatsächlich Luft machen, aber weder hier bei Conan noch während ich dem Mann gegenüberstand, der mich in den letzten Monaten so bedingungslos und unterstützend begleitet hatte.

Als Conan merkte, dass ich aufstehen wollte, sprang er selbst auf die Beine, um mir die Hand zu reichen. Die plötzliche Fürsorge machte mir vollends bewusst, wie sehr sich mein Leben verändern würde.

»Wenn du irgendetwas brauchst, Lia, egal ob …«

»Du musst mir schwören, es niemandem zu erzählen«, unterbrach ich ihn mit einer Bitte, die mir so wichtig war, dass ich beinahe wieder sentimental wurde. Jetzt, da ich wusste, dass meine Gefühle verrücktspielten, konnte ich mich aber bewusster am Riemen reißen.

Conan nickte. »Ich verliere kein Wort darüber, niemandem gegenüber, so lange du es nicht möchtest«, versicherte er und legte mir seine Hand auf die Wange. Eine so liebevolle, beschützend anmutende Geste, die mir klarmachte, dass ich für ihn nicht mehr dieselbe Lia war, der er heute die Tür geöffnet hatte. Ich war mir sicher, dass das Schicksal gerade ein breites Grinsen auf den Lippen trug.

Meine enttäuschten Herzen

Wann hatte ich damit begonnen, den sandsteinfarbenen Weg nur noch dann entlangzugehen, wenn mich Ängste und Ungewissheit begleiteten?

Das Idyll war für mich zum Schutzgebiet geworden, ein Ort, an den ich Lasten und Zweifel tragen konnte. Emotionaler Ballast schien hier an Gewicht zu verlieren, das hatte mich die Vergangenheit zumindest gelehrt.

Meine Finger glitten über die Steinwände der kleinen Kirche, die genauso viel Wärme ausstrahlte wie seine Aura. Er kniete vor dem Altar. Ich dachte zuerst, er wäre in ein Gebet vertieft, aber er hatte eine Feile in der Hand und werkte an dem dunklen Holz herum.

Beryl war ziemlich schreckhaft, deshalb räusperte ich mich, kurz bevor ich ihn ansprach.

»Schnitzt du?«

Mein Blick glitt über die schönen Wölbungen, die der Engel in das Holz zaubern konnte. Die Freude, die in ihm wuchs, tat gut, aber ich konnte nur daran denken, dass sie sehr bald in Erstaunen umschlagen würde.

»Lia! Wie schön, dass du hier bist.«

Seine Umarmung fühlte sich nach Zuhause an, nach Familie, aber dieser Gedanke trat wieder eine Welle aus Ängsten in mir los. Beryl wollte mich nach ein paar Sekunden wieder loslassen, aber ich hielt ihn fest und vergrub mein Gesicht in seiner Halsbeuge.

»Stimmt … irgendetwas nicht?«, hauchte er in mein Ohr, während er mir die Hand auf den Hinterkopf legte, so als wäre ich wieder ein kleines Mädchen.

»Mein Leben steht gerade kopf«, verriet ich und verkroch mich noch tiefer in den schützenden Armen des Engels, der gerade begann, sich wieder mal große Sorgen um mich zu machen.

Ich musste es ihm verraten, weil ich mir sicher war, dass seine Gedanken gerade schwarz wurden. Was ich zu erzählen hatte, war aber keineswegs furchtbar, nur lebensverändernd und im Moment zu viel für mich.

»Ich erwarte ein Kind«, hauchte ich vorsichtig gegen Beryls Wange. Seine warme, sanfte Umarmung fühlte sich plötzlich angespannt an, weil das Erstaunen ihn wie ein Stromschlag durchzuckte. Er drückte mich ein Stück von sich, um mir in die Augen zu schauen. In den blauen Iriden funkelte so ehrliche Freude, dass sie mein zu schnell schlagendes Herz besänftigen konnte.

»Das ist wundervoll! Lia … ich …« Er fand keine Worte, nur Glück, Freude und Neugier, die ich nicht zur Gänze zerstreuen konnte.

»Es ist nicht Raphaels Kind«, stellte ich klar und erntete sofort ein Nicken von Beryl.

»Das hatte ich auch nicht vermutet.«

Er überraschte mich mit diesem Satz.

»Ich weiß, dass es im Moment kompliziert zwischen euch ist. Du hast jemand anderen, schon eine ganze Weile. Er tut dir gut, du lächelst seither viel mehr.«

»Woher …?«

»Ich kenne dich, Lia«, entgegnete Beryl schulterzuckend und schenkte mir ein Lächeln, bevor er mir einen Kuss auf die Stirn hauchte. »Er ist bestimmt eine gute Seele«, mutmaße mein Engel.

»Das war er mal, ja …«, flüsterte ich viel zu leise und legte zum ersten Mal bewusst die Hand auf meinen Bauch.

»Was?«

»Nichts … Ich wollte dich nur um etwas bitten«, verriet ich und blickte kurz hoch auf das schlichte Kreuz, das über uns thronte.

»Alles, was du möchtest. Ich würde mich freuen, wenn ich etwas für dich tun kann«, versicherte Beryl.

Meine Bitte war ungewöhnlich, kam mir schwer über die Lippen, aber ich musste es hören.

Wenn ich es jetzt nicht aus dem Mund meines Engels hörte, würde ich vor Angst verrückt werden und falsche Entscheidungen treffen.

»Sag mir, dass alles gut werden wird. Dass ich das kann, obwohl an meinen Händen so viel Blut klebt. Und dass ich die richtigen Entscheidungen treffen werde.«

Beryl begann zu nicken und sah mich eindringlich an. »Du wirst die beste Mutter werden, die sich dieses besondere Wesen wünschen kann. Und es wird sehr besonders werden, selbst wenn es nur einen Teil deiner Stärke und Einzigartigkeit erbt. Du kannst das, Lia. Alles wird gut.«

Eindringlich und trotzdem ruhig gesprochene Worte, die aus Beryls Mund wie ein Gebet oder eine Beschwörung klangen. Er glaubte so fest an mich, dass ich beginnen konnte, Zuversicht in mir wachsen zu lassen.

Es war nicht dieser Ort, der mich das Gewicht meiner Sorgen leichter tragen lassen konnte, sondern Beryl, der mir so viel Kraft schenkte, dass er mir das Gefühl geben konnte, stark genug zu sein, um die Welt aus ihren Angeln zu heben.

Nachdem mein Herzschlag ruhig geworden war, schenkte ich meinem Engel ein dankendes Lächeln. »Ohne dich hätte ich mich schon unzählige Male verlaufen …«

Er wusste, was ich ihm damit sagen wollte, aber er winkte ab. »Du bist das unabhängigste, stärkste Wesen, das ich kenne, du brauchst niemanden, der dich an der Hand nimmt.«

»Danke, dass du sie trotzdem hältst.«

Beryl schmunzelte und tat dasselbe wie Conan, als wir in seinem Badezimmer gesessen hatten.

Als er bemerkte, dass ich aufstehen wollte, sprang er auf die Beine und zog mich hoch. Sie behandelten mich, als wäre ich bereits hochschwanger und beinahe bewegungsunfähig.

Das Gespräch mit Beryl hatte mir aber so gutgetan, dass mich ihre Fürsorge nur schmunzeln ließ. Die beiden Gespräche, die ich heute noch führen würde, würden mir aber zusetzen.

»Darf ich dein Telefon benutzen, bevor ich nach Hause fahre? Ich muss das jetzt erledigen, sonst verschweige ich es ihm so lange, bis ich irgendwann wieder beginne, mich vor ihm zu verstecken.«

»Natürlich. Aber willst du nicht persönlich mit ihm sprechen? Ich meine, er wird …«

Ja, Raphael würde wahrscheinlich enttäuscht von mir sein. Vielleicht hatte ich die Chance auf eine gemeinsame Zukunft mit ihm verspielt, aber das änderte nichts mehr daran, dass bereits ein zweites Herz in mir schlug, das mir wichtiger war als alle anderen – meines eingeschlossen.

»Ich kann nicht zu ihm gehen. Er würde es sofort fühlen, so soll er es nicht herausfinden. Ich will ihm vorher etwas erklären.«

Beryl nickte und strich mir über die Wange, bevor ich mich in Bewegung setzte, um das unangenehmste Telefonat meines Lebens zu führen.

Es klingelte nur zweimal, dann meldete sich eine gestresste Stimme, die nicht gleich grenzenlose Enttäuschung in ihren Tonfall legen würde.

»Ja? Ich meine … *Ars Vivendi.*«

Wenn er viel zu tun hatte, vergaß er gern mal, sich vorzustellen. Das hatte schon zu Verwirrung geführt, aber ich wusste natürlich, wer ans Telefon gegangen war.

»Hier ist Lia. Geht es dir gut, Ares?«

»Lia! Das muss eine halbe Ewigkeit her sein. Ja, mir geht es gut. Ich hoffe, dir auch!«

»Ich denke schon.«

»Du denkst? Das klingt nach Problemen.«

»Nein, Problem will ich es nicht nennen. Es ist definitiv keines. Ich muss trotzdem mit Raphael sprechen. Ist er im Schloss?«

»Ähm … ja! Er ist in seinem Zimmer. Ich hole ihn, bleib kurz dran.«

Während ich hörte, wie Ares das Büro verließ, setzte ich mich auf Beryls Sofa, weil mein Magen wieder zu rebellieren begann.

Ich würde mich nicht mehr übergeben, aber übel war mir trotzdem.

Als es in der Leitung plötzlich knackte, hielt ich den Atem an. »Lia?«

Ich schloss die Augen und seufzte leise, bevor ich in der Lage war, den Mund aufzumachen. Raphaels Stimme klang viel zu sanft, viel zu erwartungsvoll fröhlich, so als würde er glauben, dass ich bloß ein Treffen mit ihm und Keon ausmachen wollte. Mein Tonfall würde diese Hoffnung relativ schnell zunichtemachen.

»Kann ich mit dir reden? Hast du Zeit?«

»Ja. Sicher«, entgegnete er ruhig, mit wachsender Erkenntnis in der Stimme, dass dieses Gespräch fernab von Scherzen und Nichtigkeiten ablaufen würde.

»Es geht um einen Wächter …«, setzte ich an, ließ aber keine Zeit aufkommen, um Raphael doch glauben zu lassen, dass ich nur über Ordensangelegenheiten reden wollte. »Ich habe ihn vor ein paar Monaten kennengelernt. Er ist ziemlich eigensinnig, aber stark, und sein Lachen ist ansteckend.«

»Das klingt, als wolltest du ihn mir verkaufen. Im Schloss ist gerade keine leitende Stelle für ihn frei, es sei denn, du willst, dass ich Ares rauswerfe.«

Er war jetzt schon wütend genug, um etwas zu tun, das eigentlich nicht seinem Charakter entsprach – mit Sarkasmus um sich werfen. Natürlich wusste er, was ich ihm sagen wollte, aber er zwang mich wie immer, es auszusprechen, um uns beide den Schmerz in vollen Zügen fühlen zu lassen.

»Wir haben wohl so etwas wie eine Beziehung auf Zeit. Ich weiß nicht, was es ist, aber es hat mir gutgetan, ihn um mich zu haben.«

»Wir sind nicht zusammen, Lia. Du musst dich nicht dafür rechtfertigen, wen du in dein Bett lässt. Ich tue das auch nicht.«

Mein Herz verkrampfte sich schmerzhaft.

Nein, Raphael musste sich nicht vor mir rechtfertigen, aber ich mich vor ihm, damit er verstehen konnte, was ich ihm gleich offenbaren würde.

Unter anderen Umständen hätte ich ihm meine Beziehung mit Levis niemals unter die Nase gerieben. Es hätte mich auch geschmerzt, einen Anruf von ihm zu bekommen, nur um von ihm zu hören, dass er eine andere Wächterin gefunden hatte, die ihn im Moment glücklich machte.

Hier ging es aber um mehr, um etwas, das so große Auswirkungen auf mein Leben haben würde, dass ich ihm und mir die Schmerzen dieses Gesprächs einfach nicht ersparen konnte.

»Ich rufe auch an, um dir zu sagen, dass ich keine Wächterin mehr sein werde. Ich trete aus dem Orden aus, auf unbestimmte Zeit.«

Keine Antwort, beinahe eine halbe Minute. Ich war mir nicht sicher, ob die Verbindung vielleicht abgebrochen war, aber da war kein Störgeräusch, kein Piepsen, nur Stille.

Als er mich endlich vom Warten auf seine Reaktion erlöste, trieb mir seine kalte Stimme die Tränen in die Augen.

»Du bist schwanger«, zog er den einzig logischen Schluss, den er ziehen konnte.

Raphael wusste, dass ich den Orden nie verlassen wollte, dass ich meine Zukunft immer unter dem Flügelkreuz im Rosenkranz gesehen hatte, aber das war, bevor neues Leben in mir zu wachsen begonnen hatte. Ich konnte es nur dann so sorgfältig beschützen, wie ich wollte, wenn ich den Krieg und die Kämpfe, so gut es ging, aus meinem Leben verbannte.

Ich konnte sie nicht gänzlich von mir loslösen, aber keine Missionen mehr anzunehmen, war etwas, das ich für das zweite Herz in mir tun konnte und musste. Nichts war mir plötzlich wertvoller, und die Opferbereitschaft, die in mir gewachsen war, würde mich nicht nur dazu veranlassen, den Orden von mir zu stoßen.

»Gut, ich streiche dich von meiner Wächterliste. Danke für den Anruf.«

Ich wusste nicht, wie ich auf so viel schmerzende Gleichgültigkeit reagieren sollte. Wenn er mich angeschrien hätte, wäre es viel, viel leichter gewesen.

»Kann ich sonst noch etwas für dich tun?«, wollt er wissen und versetzte meinem Herz damit endgültig den letzten Stich, um es zum Bluten zu bringen. Während die Tränen begannen, über meine Wangen zu laufen, legte ich auf.

Wahrscheinlich hatte ich genau diese Gefühle verdient, weil ich ihn angelogen hatte, aber ich war bereit, die ganze Welt zu belügen, wenn es das Leben in mir beschützen würde.

Ich wankte die letzten Meter zu meinem Haus, als wäre ich betrunken. Mir war schwindlig und noch immer flau im Magen, weil mir bewusst war, dass noch ein Gespräch auf mich wartete, das ich eigentlich nie so führen wollte.

Heute schien ich zerschmettern zu müssen, was ich liebte, um zu beschützen, was ich mehr lieben würde als alles zuvor. Mir wurde bewusst, dass es Gefühle gab, die selbst mich noch überraschen konnten, und dass unsere Welt grenzenlosen Schmerz und strahlende Freude auf einer Nadelspitze balancieren konnte.

Ich klopfte an meine eigene Schlafzimmertür, weil ich fühlte, dass er gerade abgelenkt war. Als sie aufging, sah Levis mich gespielt vorwurfsvoll an.

»Klopfst du echt an? Hast du plötzlich Angst, mich vielleicht nackt vor dem Schrank stehen zu sehen, oder was?«

Er grinste und zog mich an der Hand zu sich. Als er seine Lippen auf meine legte, spannte sich mein Körper an. Levis trat einen Schritt zurück und musterte mich prüfend, sein Blick wurde fragend, seine Gefühle versetzten ihn in eine von Skepsis genährte Alarmbereitschaft, die aber angebracht war.

»Das war der halbherzigste, seltsamste Kuss meines Lebens und ich finde es furchtbar, dass er zwischen uns beiden passiert ist. Was ist los, Lia?«

Ich wandte den Blick ab und starrte auf das große Bett, in das er sich bestimmt gerade legen wollte. Er war müde, hatte einen anstrengenden Tag hinter sich. Dass er noch nicht vorbei war, konnte er nicht wissen.

»Kann ich mich setzen? Mir ist etwas schwindelig«, verriet ich, schenkte ihm aber ein schwaches Lächeln, um ihm zu signalisieren, dass er sich keine Sorgen machen musste. Natürlich machte er sich trotzdem welche.

»Es ist dein Haus, du kannst dich setzen, wann und wohin du willst. Wieso bist du heute so seltsam? Du siehst blass aus. Hast du einen Rückschlag von deiner Grippe?«

Ich schüttelte den Kopf, während ich mich an den Bettrand setzte. Levis blieb stehen und neigte erwartungsvoll den Kopf.

»Ich bin nicht krank«, flüsterte ich, als wäre es ein Geheimnis.

»Was ist denn dann los? Ist etwas passiert?«

Ich nickte schwach. Ihn anzusehen, war noch nie so schwer gewesen. Die grünen Augen brachten mich sonst zum Lächeln oder zum Dahinschmelzen. Er hatte mir so viele schöne, trügerisch unbeschwerte Stunden geschenkt, was ich ihm heute zurückgeben konnte, war nichts außer Schmerz.

»Du musst gehen, Levis. Du kannst nicht mehr hier wohnen. Es ist meine Schuld, nicht deine, aber ich kann diese Beziehung nicht mehr führen. Es tut mir leid …«

Der Schock über meinen plötzlichen Sinneswandel wuchs plötzlich und intensiv in ihm. Er hatte nicht mit so einem Gespräch gerechnet, für ihn kam das alles aus heiterem Himmel, für mich aber ebenso. Als ich heute Morgen das Haus verlassen hatte, war ich in der Gewissheit gegangen, in dieser Nacht neben ihm einzuschlafen.

»Du machst mit mir Schluss«, sprach er aus, um es sich selbst vollends bewusst zu machen. Er fuhr sich aufgebracht durchs Haar und seufzte ausgiebig, bevor er mir die finsteren Blicke schenkte, die ich verdient hatte. »Erklärst du mir auch freundlicherweise, wieso? Ich dachte, es läuft gut. Und komm jetzt nicht noch mal mit diesem ›Es liegt an mir, nicht an dir‹-Schwachsinn! So einen Mist kannst du vielleicht einem Engel erzählen, der keine Ahnung von Beziehungen in unserer Welt hat, aber unter uns Menschen ist das der größte Scheiß, den du jemandem auftischen kannst, den du verlässt! Ich gehe, aber ich will einen Grund! Ist es Raphael? Soll ich ihm Platz machen? Geht es um Astaras? Hast du Angst, dass er uns zusammen sehen könnte? Du weißt, dass ich dumm genug bin, zu verschwinden, sobald er zu dir kommt. Oder willst du …«

Ich musste Levis unterbrechen, er redete sich nur in Rage. All die Gründe, die er aufgezählt hatte – er hätte mit ihnen umgehen können. Ihm und mir war immer klar gewesen, dass unsere Beziehung ein Privileg war, das wir nur für unbestimmte Zeit genießen würden. Irgendwann hätten sich unsere Wege wieder getrennt, aber das es hier und jetzt und auf diese Weise passierte, tat mir unheimlich leid.

»Ich bin schwanger, Levis!«

Sein finsterer Blick wechselte schlagartig zu schockiert überrascht. Seine Gefühle zeichneten seine ganze Miene. Er starrte mich mit leicht offenem Mund an.

Ich gab ihm die Zeit, die er brauchte, um die Neuigkeit zu verarbeiten.

Als er wieder sprechen konnte, tat er es leise und vorsichtig. Ich hatte ihn noch nie so sprechen gehört.

»Bist du dir sicher?«, wollte er wissen.

Ich nickte. Er fuhr sich wieder durch die Haare und seufzte, diesmal klang es wie eine Mischung aus Erleichterung und Verzweiflung.

»Deshalb schickst du mich weg?« Auch wenn er seine Frage eindringlich stellte, wurde er nicht laut. Er ging vor mir in die Knie und nahm meine Hand. Sein Blick zerriss mich beinahe. Ich kämpfte schon wieder mit den Tränen. »Ich weiß, dass wir keine richtige Beziehung geführt haben …«, setzte er an. »Kann sein, dass ich mal so etwas gesagt habe, wie: Ich will nie Kinder. Aber das heißt nicht, dass du mich wegschicken musst! Ich kann das, oder ich werde es zumindest lernen. Es gibt absolut keinen Grund, mich aus deinem Leben zu stoßen.«

Ich biss mir auf die Lippen und schloss die Augen, während ich begann, den Kopf zu schütteln. »Du verstehst das nicht, Levis. Mein Leben steht auf dem Kopf … Ich werde keine Wächterin mehr sein, weil …«

»Du möchtest das Kind beschützen! Ich verstehe das! Das möchte ich auch. Wenn du willst, lasse ich die Sache mit meiner Exfreundin gut sein. Ich werde nicht mehr versuchen, sie zu finden. Wir können wegziehen. In meine Gegend, dort kennt dich niemand, dort kannst du eine ganz gewöhnliche

Mutter sein. Hier kennt dich jeder und *er* weiß, wo du bist. Wenn wir zu mir ziehen, dann …«

»Nein.« Ich unterbrach ihn mit dünner Stimme. »Ich werde nicht wegziehen, weil ich vor gewissen Dingen in meinem Leben nicht davonlaufen kann, egal, wohin ich ziehe. Aber du musst rein gar nichts für mich aufgeben, Levis. Du bist mir nichts schuldig.«

Er schüttelte den Kopf, weil er es nicht verstehen wollte. »Das ist nicht nur deine Entscheidung, Lia! Es ist auch mein Kind.« Sein Blick wurde wieder strenger. Er hätte recht, wären die Dinge so, wie er gerade glaubte.

»Doch, es ist nur meine Entscheidung …«, stellte ich klar, ohne wütend zu klingen, nur eindringlich. Als die Erkenntnis ihn durchzuckte, verloren sein Blick und seine Miene jede Emotion. Er starrte mich an, als wäre er ein gemachter Engel, der noch nie gefühlt hatte.

Seine Hand ließ meine los und er erhob sich. »Du bist nicht von mir schwanger …«, murmelte er sich selbst zu und blickte zur Seite, an die Wand, ins Leere, so wie ich, als es mir in Conans Badezimmer bewusst geworden war. Das Kind in mir war nicht Levis' Kind. Ich konnte es so deutlich fühlen, dass es keinen Sinn gehabt hätte, es verdrängen oder infrage stellen zu wollen. Warum ich mir so sicher war, konnte ich nicht erklären, nur, dass ein feinfühlender, untrüglicher Teil in mir es wusste. Vielleicht war es die Sephirot, die sagen konnte, dass ich einen Halbengel in mir trug, aber im Grunde spielte es keine Rolle, woher ich es wusste, nur, dass ich es wusste und Levis nun der Erste und Einzige war, den ich in mein Geheimnis einweihen würde.

»Ich verstehe. Dann sollte ich wohl wirklich gehen, du hast recht.«

Er drehte sich um, verließ das Schlafzimmer, um sein Schwert und seinen Bogen zu holen und aus meinem Leben zu verschwinden. Ich sprang auf und lief ihm hinterher, weil ich es nicht aushielt, ihn gehen zu lassen, ohne mich zu entschuldigen.

»Verzeih mir, Levis! Es tut mir leid! Ich weiß, was ich kaputt mache, aber ich kann es nicht mehr ändern!«

Er hatte mir den Rücken zugewandt, kramte ein paar Sachen zusammen, die ihm gehörten. »Schon gut. Ich wusste ja, dass er nicht nur gekommen ist, weil er es vermisst hat, mit dir zu reden.«

Dass er sich nicht zu mir umdrehte, fühlte sich schrecklich an. Diese gespielte Gleichgültigkeit – sie schnitt viel tiefer, als es Wut oder Traurigkeit gekonnt hätte. Raphael und Levis – sie straften mich beide damit.

»Ich würde nicht alles aufgeben, wenn ich einen anderen Weg sehen würde, mein Kind zu beschützen. Aber ich kann so keine Mutter sein. Nicht mit all dem Krieg, der Zerrissenheit und …«

»Dir ist schon klar, dass dieses Kind in dir das Resultat von diesem Krieg und der Zerrissenheit ist, die du von ihm fernhalten willst, oder?«

Levis drehte sich doch zu mir um und er sah mich so vorwurfsvoll an, wie sie mich alle angesehen hätten, hätte ich ihnen die Wahrheit gesagt.

»Hast du schon mal darüber nachgedacht, was du dem Kind erzählst, wenn es älter ist? ›Dein Empfängnis war ein Unfall, weil das Böse in einer Nacht über mich hergefallen ist‹? Und sag jetzt nicht, du hättest es gewollt. Ich habe dich gesehen, nachdem er hier war. Du liebst ihn vielleicht noch, aber ein Kind mit ihm zeugen, wolltest du trotzdem nicht.«

Mir war danach, in die Knie zu sacken und die Tränen so lange fließen zu lassen, bis ich vor Erschöpfung einschlief, aber dieses Bild konnte ich Levis nicht zumuten, auch wenn er mir gerade absichtlich wehtun wollte, weil er selbst so verletzt war. Mein Magen krampfte so schmerzhaft, dass ich die Hand auf meinen Bauch legen musste. Ich musste die Augen kurz schließen, um den Schmerz vorüberziehen zu lassen. Als ich sie wieder aufschlug, stand Levis vor mir.

»Entschuldige«, hauchte er sanft, aufgebracht und verunsichert. »Was ich gerade gesagt habe, war gemein. Ich bin nur … Ich weiß mir gerade nicht anders zu helfen. Ich sollte einfach gehen.«

Er wandte sich ab, machte einen Schritt, drehte sich dann aber wieder um. »Hast du Schmerzen? Soll ich dich zu einem Arzt bringen oder kommst du zurecht?«

Die Krämpfe wurden nicht besser, aber ich schüttelte den Kopf. »Schon gut, ich komme zurecht. Und was du gesagt hast, stimmt. Ich wollte das nicht. Aber dieses kleine ungeborene Wesen in mir kann nichts dafür. Es hat sich nicht ausgesucht, wer sein Vater ist. Aber diese Welt und alle anderen würden es dafür verurteilen. Sie würden es für etwas bestrafen, das mein Fehler war. Das kann ich nicht zulassen. Wenn ich lügen muss, um sicherzustellen, dass mein Kind in dieser Welt eine Chance auf Glück, Liebe und Sicherheit hat, dann werde ich sie alle anlügen. Ich habe Conan, Beryl und Raphael erzählt, dass ich von dir schwanger bin. Sie werden glauben, ich bekomme das Kind eines Wächters …«

Levis nicht einzuweihen, hätte ich mir nur schwer verzeihen können. Er hatte ein Recht, von der Sünde zu erfahren, die ich mir mit meinen Lügen aufgeladen hatte, aber ich war bereit, zu sündigen, wenn ich so verhindern konnte, dass sie mein Kind eines Tages mit dem assoziieren würden, was für sie das Böse geworden war.

Außerdem hätten sie gewusst, dass Astaras in unserer Welt gewesen war, wenn ich die Wahrheit gesagt hätte. Ich wollte im Moment noch viel mehr als jemals zuvor daran glauben, dass er keinen Krieg führen wollte und gelernt hatte, das Chaos in sich zu kontrollieren. Wie naiv das war, konnte ich nicht sagen, nur, dass die Hoffnung mich daran hinderte, zu zerbrechen.

»Schon gut …«, murmelte Levis und griff sich seinen Bogen. »Erzähl ihnen, was du für richtig hältst. Es war sowieso immer deine Geschichte. Die der großen Wächterin, nicht meine.« Er zuckte mit den Schultern und schenkte mir ein Lächeln, das mich frösteln ließ, weil es kalt und aufgesetzt war. »Alles Gute, Lia. Und danke für … Na ja, du weißt, was ich sagen will.«

Ich nickte und versuchte, ihn auch anzulächeln. Wahrscheinlich sah es für ihn genauso aufgesetzt aus wie sein misslungener Versuch.

»Danke, Levis. Verzeih mir irgendwann, ja?«

Er nickte, ehe er sich abwandte und ging.

Ich quälte mich mit den Krämpfen, die nicht vorüberziehen wollten, und krümmte mich in dem großen Bett, das sich leer und kalt anfühlte. All die negativen Emotionen, die dieser Tag in mir wachsen lassen wollte – ich sträubte mich dagegen, sie vollends aufkommen zu lassen, weil ich Angst hatte, dass ich sie auf das kleine, unschuldige Wesen in mir übertrug.

Mein Leben lang hatte ich nach Stärke gestrebt, aber noch nie so vehement wie in diesem Moment.

Ich musste stark sein, aber nicht für mein Schicksal, meinen Orden oder mein Leben, sondern für ein Geschöpf, dem ich ganz unweigerlich mehr als eine große Bürde mit auf den Lebensweg geben würde.

Mir war nicht bewusst gewesen, dass ich eingeschlafen war, aber ich schreckte hoch, weil jemand hier war, mit dem ich nicht gerechnet hatte, weil ich mir sicher gewesen war, dass er mich ab heute ewig mit Schweigen und Gleichgültigkeit strafen würde.

»Du hast Schmerzen«, hauchte er und legte seine Hand auf meinen Bauch. Seine Berührung schickte heilende Wellen durch meinen Körper, die ihn entspannten. Meine Seele konnte er nicht beeinflussen. Ich kämpfte mit Schuldgefühlen, Verwunderung über sein Auftauchen und der Angst, ihm in die Augen zu blicken.

»Wieso … bist du hier?«, flüsterte ich so heiser, als hätte ich mir die Stimme aus dem Leib geschrien. Ich blieb liegen, während Raphaels Gabe meinen Körper heilte. Er hatte sich an den Bettrand gesetzt und behielt den Blick auf meinen Bauch gerichtet.

»Ich bin hier, weil ich es nicht ausgehalten habe, wie ich zu dir war. Beryl hat mir verraten, wo du wohnst, nicht ohne schlechtes Gewissen und nur, weil ich ein Erzengel bin und ihm die Statuten des Himmels noch in die Seele gebrannt sind. Ich musste herkommen, um mich zu entschuldigen, sonst hätte ich keine Ruhe mehr gefunden.«

Bevor ich Luft für meinen Einwand holen konnte, unterbrach er mich auch schon.

»Ich war wütend auf das einzige Wesen, das mir selbst immer bedingungslos beigestanden hat, wenn ich kurz davor war, zu zerbrechen. Du hast so viel für mich getan, für Keon und Sora. Als ich dir erzählt habe, dass ich Vater werde, hast du mich keine Sekunde etwas anderes fühlen lassen als deine Freude und deine Unterstützung. Es muss dich auch geschmerzt haben – damals. Darüber hatte ich nie nachgedacht.«

»Ich mochte Sora, ich hätte mir keine bessere Frau für dich wünschen können. So war es leichter, mich für dich zu freuen. Du wusstest nichts von …« Ich würde seinen Namen nicht aussprechen, er würde das kleinste, aber schönste meiner Geheimnisse bleiben.

»Wenn du damals nicht plötzlich mit Gabriel aufgetaucht wärst, hätte ich sie dir auch nie vorgestellt. Wir beide sind uns so ähnlich und trotzdem lassen wir uns von unseren Gefühlen überraschen. Weißt du, wieso?«

Er stellte mir keine rhetorische Frage, er wollte es wirklich wissen. Ich zuckte mit den Schultern und lächelte ihn an. Allein, dass er hier war, dass er gekommen war und mit mir sprach, war viel mehr, als ich mir von diesem verstörenden Tag noch zu erhoffen gewagt hatte.

»Ich weiß es nicht. Vielleicht sind wir uns zu ähnlich. Wir suchen uns immer Partner, die ganz anders sind als wir. Vielleicht ist es dann leichter?«

Raphael schmunzelte und zuckte auch mit den Schultern.

Ja, wir waren uns ähnlich, ähnlich in unserer Art, zu denken, zu fühlen, Pflichten über unser Wohl zu stellen, und nun auch in unserer Bereitschaft, die Welt für unsere Kinder anzuhalten.

»Ich verstehe jetzt, was du unter den Trauerweiden zu mir gesagt hast …«, gestand ich und sah sofort, dass er dieselbe Szene in seinen Gedanken sah wie ich. »Ich will keinen Krieg für mein Kind. Keine Schlachten, kein Blut.«

Er schenkte mir wissende Blicke. »Warte ab, bis es erst auf der Welt ist und irgendwann fasziniert von Schwierigkeiten, seiner Gabe und seinem Talent, dir zu widersprechen.«

Ich musste lachen, aber es fühlte sich schnell beschwerlich an.

Die Sorgen, die sich Raphael um Keon machte – ich begann sie gerade erst im Ansatz zu verstehen.

»Wenn ich irgendetwas für dich tun kann, außer auf eure Gesundheit zu achten …« Dass er das für mich und das kleine Wesen in mir tun würde, stand für Raphael außer Diskussion. »… dir hier mit dem Haus zu helfen, dir sinnlose Erziehungsratschläge zu geben, Leute davon zu überzeugen, dass nicht ich der Vater bin, oder bei was auch immer du und der Wächter Hilfe brauchen …«

Mir entging nicht, dass sich Raphael prüfend umsah. Er würde hier aber keine von Levis' Sachen mehr entdecken.

»Ich habe ihn weggeschickt. Ich werde das Kind allein großziehen. Sein Leben muss nicht auch noch kopfstehen.«

Während er mich musterte, verlor seine Miene die weichen Züge.

»Er ist einfach so gegangen?«

»Nein. Ich habe ihm gar keine andere Wahl gelassen. Verurteile ihn nicht, du kennst ihn nicht, er ist ein guter Mensch, aber das hier ist mein Leben, meines und …« Ich legte die Hand auf meinen Bauch. Natürlich konnte ich noch nichts fühlen, zumindest nicht mit menschlichen Sinnen. »Wir bekommen das hin …«, murmelte ich, eher an mich und das, was ich in mir trug, gerichtet als an Raphael. »In Gabriels Türrahmen ist ein schöner Spruch geschnitzt …«, griff ich meine Gedanken auf und verriet sie dem Erzengel, dessen Präsenz mir versicherte, dass wir niemals allein sein würden. »Nihil fit sine Causa – Nichts geschieht ohne Grund. Ich denke, das ist wahrer, als wir uns alle jemals bewusst machen können.«

»Ängstigt dich der Gedanke?«, wollte er wissen und tat etwas, das mein Herz leicht machte und mir ein Schmunzeln auf die Lippen trieb: sich zu mir legen.

»Nein. Wenn es diesen großen Plan für uns alle gibt, dann heißt das nur, dass wir nie mehr Leid ertragen werden müssen, als wir aushalten können.«

»Ein schöner, kluger Gedanke. Bist du dir sicher, dass du nicht auch ein Erzengel bist? Habe ich dich in all der Ewigkeit neben mir und Gabriel übersehen?«

Ich schenkte Raphael ungläubige Blicke auf sein Kompliment. Er schmunzelte. »Ich bin so sicher ein Mensch, wie du und Gabriel einzigartig seid«, versicherte ich und legte meine Fingerspitzen vorsichtig an seinen Oberarm, weil wir uns sonst nicht berührt hätten und seine Nähe so guttat.

»Du bist einzigartiger als wir. Das Wesen in dir wird es auch sein. Ebenso wie Keon«, stellte er etwas fest, das ihm selbst gerade erst bewusst wurde, ebenso wie mir. »Sie werden einander immer haben, nie allein sein«, sprach Raphael mit sanfter Stimme weiter und zauberte mir Bilder in den Kopf, in die ich mich verliebte.

»Was für eine schöne Vorstellung«, entgegnete ich und kämpfte gegen die Müdigkeit an, die meinem plötzlich so ruhigen Herzschlag geschuldet war. Ich wollte nicht einschlafen, ich wollte mir von Raphael die ganze Nacht Bilder einer schönen Zukunft für die besonderen Seelen malen lassen, die uns das Schicksal geschenkt hatte. Der Schlaf würde mich aber trotzdem jeden Moment heimsuchen. Ich hörte noch mal die tiefe, melodische Stimme, die mich bereits damals mit ihrem ersten Ton hatte verzaubern können, und antwortete ihr ein letztes Mal in dieser Nacht.

»Es wird übrigens ein Mädchen«, verriet er mir leise.

»Ja. Ich weiß …«

Mein grösstes Glück

Drei Jahre und acht Monate später

Mia! Mia!«

Das Rascheln der Blätter im Wind untermalte das Kinderlachen so unwirklich perfekt, wie es nur unsere Welt konnte. Ich blickte nach rechts, weg von dem Tischgedeck, um mich nach Keon umzusehen, der Mias Namen süßer rief als jeder andere. Er verschwand gerade hinter dem Haus, aber er würde gleich zurückkommen, weil er dort nicht das finden würde, wonach er suchte. Das Glucksen unter dem Tisch wurde lauter und ich bückte mich kurz. Große blaue Augen strahlten mich an und musterten mich neugierig, während ich mir den Zeigefinger auf die Lippen legte.

»Du musst leise sein, wenn Keon dich nicht finden soll«, flüsterte ich ihr zu. Sie konnte das Kichern kaum unterdrücken. Ich liebte ihr Lachen. Es war für mich das schönste Geräusch der Welt, vom ersten Moment an, in dem ich ihm hatte lauschen dürfen.

»Leise, Mama!«, entgegnete sie fröhlich und winkte mich weg. Natürlich wollte sie nicht, dass ich ihr Versteck verriet, also richtete ich mich wieder auf und deckte weiter den großen

Tisch. Das Wetter meinte es heute gut mit uns. In den letzten Tagen hatte es geregnet, aber meine Befürchtung, dass unser Fest ins Wasser fallen würde, war am Morgen in den warmen Sonnenstrahlen geschmolzen.

Hier draußen im Garten hatte ich genug Platz für die Gäste, die ich erwartete. Es war das erste Mal, dass ich so viele besondere Seelen gleichzeitig in mein Haus ließ, aber es war höchste Zeit, mich bei ihnen zu bedanken. Jeder von ihnen hatte mir auf seine eigene Art geholfen, Mia dieses friedliche, behütete Leben, das wir führten, zu ermöglichen.

Dass ich sie trotzdem immer auf Distanz gehalten hatte, hatte Gründe, die ich ihnen nicht erklären konnte, aber sie hatten mir nie Fragen gestellt, die ich nicht beantworten wollte. Es war, als hätten sie sich darauf geeinigt, gewisse Dinge nicht anzusprechen oder zu hinterfragen, was abwegig war, weil ich wusste, dass sie nach wie vor zu stur oder nachtragend waren, um sich abzusprechen.

Das besondere Ereignis, sie heute alle um einen Tisch zu versammeln, war nur Mia zu verdanken, die gerade aus ihrem Versteck rannte, weil sie das Geräusch von schlagenden Flügeln vernahm und wunderschöne Dinge mit ihm assoziierte.

Raphael setzte zwischen den Wildblumen auf, die er gern abfällig als Unkraut bezeichnete. Ich hatte kein Händchen für Blumen. Er hatte dreimal versucht, mir einen Rosengarten anzulegen, aber sosehr ich die schönen, edlen Pflanzen auch liebte und bewunderte, unter meiner Obhut verwelkten sie wie Tulpen bei Frost.

»Rael …!«

Ich sah den kleinen blonden Haarschopf auf Raphael zulaufen, dessen Namen sie noch nicht aussprechen konnte, weil er lang und schwierig für einen Kindermund war. Sie freute sich trotzdem immer, ihn zu sehen.

Der Erzengel ging in die Knie und stellte den Karton neben sich ab, um meine Tochter in den Arm zu nehmen. »Alles Gute zum Geburtstag, Mia. Freust du dich auf deine Geschenke?«, wollte er wissen und zauberte ein Lächeln auf ihre Lippen.

»Schenke?«, wiederholte sie fragend und legte ihm die Hände auf die Wangen. Sie wollte in ihn hineinfühlen, so wie bei allen Wesen, die sie traf, aber ihre Gabe drang nicht durch den tiefen, klaren See, den sie trotzdem gern spürte.

Raphael griff in seine Hosentasche und holte ein kleines Päckchen hervor. Das Papier war blitzblau und die Schleife weiß.

»Meins?!«, wollte Mia wissen und strampelte aufgeregt mit den Beinen. Der Erzengel nickte im selben Moment, in dem sein Sohn um die Hausecke bog und auf ihn zulief. Ich hatte Keon schon heute Morgen aus dem Kloster abgeholt, weil Raphael zu tun gehabt hatte. Die Kinder um mich zu haben, konnte meine Seele manchmal so trügerisch sorglos machen, als ob um uns herum Utopie herrschen würde.

»Ich habe dich gefunden! Jetzt bist du dran! Aber du wirst lange suchen müssen, ich verstecke mich besser als du!«, tönte Keon und ignorierte seinen Vater, weil er in sein Spiel vertieft war.

»Wieder verstecken?«, fragte Mia und ließ Raphaels Gesicht los.

»Natürlich!«, entgegnete Keon und griff sich ihre Hand. »Etwas anderes kann ich mit dir nicht spielen, du verstehst die Regeln ja nicht!«

Ich musste schmunzeln, weil es für den jungen Halb-Erzengel wirklich schwer war, mit Mia zu spielen, zumal sie nicht nur fünf Jahre Altersunterschied trennten, sondern auch eine übereifrige Erzengelerziehung. Er verbrachte trotzdem gern Zeit mir ihr. Die anfängliche Eifersucht hatte er schnell abgelegt, auch weil er begriffen hatte, dass Mias Existenz nichts an der Tatsache änderte, dass ich auch für ihn da war.

»Lass sie runter!«, forderte Keon Raphael auf, dessen strenger Blick wenig bis gar keine Reaktion bei seinem Sohn auslöste, weil er immun gegen die tiefsten Augen war, die Gott jemals erschaffen hatte.

»Da fehlt nicht nur ein ›Bitte‹ in deinem Satz, sondern auch der angemessene Tonfall«, tadelte er eindringlich, bekam aber nur einen Blick präsentiert, der vor Rebellion strotzte.

»Bitte«, knurrte Keon trotzig und zog Mia an der Hand weg von Raphael, um mit ihr davonzulaufen.

Ich ging auf den Erzengel zu und drückte ihm einen Stapel Teller in die Hand, um ihn daran zu hindern, seinem Sohn hinterherzulaufen, um ihm eine Moralpredigt zu halten. »Hilfst du mir, den Tisch zu decken?«, wollte ich wissen und bekam eine Antwort, die mich zum Schmunzeln brachte.

»Manchmal treibt er mich in den Wahnsinn!«

Ja, Keon konnte herausfordernd sein, gerade Raphael gegenüber, aber die beiden hatten eine so besondere, innige Beziehung zueinander, dass ich mir sicher war, dass sie einander ewig brauchen und lieben würden.

Ich sah hoch in den Himmel, aus dem heute noch mehr lieb gewonnene Gesichter auftauchen würden. Beryl hatte auch ein Geschenk im Gepäck, unhandlicher als das von Raphael, er mühte sich sichtlich ab.

»Was ist das? Ein Baukasten für Mias erste eigene Kirche?«, wollte ich von meinem Engel wissen und nahm ihm das durchaus schwere, unhandliche Päckchen ab.

»So etwas Ähnliches …«, erwiderte er lächelnd und neigte im nächsten Moment ehrfürchtig den Kopf vor Raphael. Dass er diese unterwürfige Gestik noch immer verinnerlich hatte, machte mir einmal mehr bewusst, wie lange sie sich schon kannten und wie anders ihr Verhältnis vor ihrer Zeit hier in unserer Welt gewesen war.

Beryl war mir in den letzten Jahren eine so große Stütze gewesen, dass es keine stark genug klingenden Dankesworte mehr gab, um seine Rolle in meinem Leben zu würdigen. Dass dieses Haus kein Exil mehr war, sondern zu einem warmen

Zuhause für mich und meine Tochter geworden war, war zu großen Teilen dem Engel anzurechnen, der mir schon vor zehn Jahren ein Heim geschaffen hatte.

Ich vernahm das Geräusch der Motorräder im selben Moment wie das Nahen der Dunkelheit. Sie waren alle sehr pünktlich, sogar der Erzdämon, der für Mias Geburtstagsfeier bestimmt auf seinen Schlaf verzichtete, weil er die Nächte mit dem Führen seines überfüllten Clubs verbrachte und tagsüber eigentlich schlief.

»Was für ein schöner Tag für einen Kindergeburtstag mit Wesen, mit denen ich sonst nie ein Wort wechseln würde!«, begrüßte mich Conan sarkastisch und ließ eine übertrieben tiefe, absolut unaufrichtig gemeinte Verbeugung in Richtung Raphael folgen. »Ich muss dich lieben, anders kann ich mir nicht erklären, warum ich hier bin«, stellte er grinsend fest und hauchte mir einen Kuss auf die Wange.

»Vielleicht fühlst du dich noch schuldig, weil ich dir bei unserer ersten Begegnung das Leben gerettet habe?«, spekulierte ich im Scherz und entlockte dem Erzdämon ein Seufzen.

Er fasste sich gespielt theatralisch an die Stirn. »Nein, daran kann es nicht liegen. Ich bleibe bei der Sache mit der Liebe.« Das letzte Wort brüllte er regelrecht und erntete endlich die funkelnden Blicke des Erzengels, auf die er es angelegt hatte. Er provozierte Raphael gern.

Dass diese kleine Feier Konfliktpotenzial hatte, war mir von Anfang an klar gewesen, aber der Wunsch, alle Wesen um mich zu scharen, die ich in mein Herz geschlossen hatte, war in den letzten Monaten so stark geworden, dass ich mich nicht an ihren Sticheleien stören würde.

So abgeschieden ich hier auch lebte, sosehr ich den trügerischen Frieden in meinem kleinen Idyll auch zu schätzen wusste, mir war klar, dass diese stille, friedliche Zeit nicht ewig Bestand haben würde. Solange wir es konnten, würden wir aber lachen, uns unbedachte Gemeinheiten an den Kopf werfen und uns den kleinen Freuden unserer Welt hingeben – wie dem Geburtstag meiner Tochter. Vielleicht hatte ich sie alle eingeladen, um mich zu bedanken oder um mich zu verabschieden, weil es schon viel zu lange viel zu still war, aber im Grunde spielte es keine Rolle.

Sie waren hier und ich war froh, Mia zum ersten Mal das Gemisch der besonderen Auren fühlen zu lassen, die sie selbst dann beschützen würden, wenn mich dieser letzte Krieg, in den ich irgendwann ziehen musste, mit sich reißen würde.

Ich ging auf die drei Wächter zu, die sich gerade die Helme vom Kopf zogen.

Ares, Luca und Luna gehörten zu einem Teil meines Lebensweges, den auch Mia eines Tages gehen würde. Obwohl sie noch so jung war, fühlte ich etwas in ihr, das mich stark an schlafendes Wächterleuchten erinnerte. Sie würde irgendwann unter dem Flügelkreuz im Rosenkranz dienen, dabei war ich mir so gut wie sicher.

Die Gewissheit, dass aus meiner Tochter eine Gotteskriegerin werden würde, bereitete mir weniger Sorgen als die andere Bürde, die ich ihr mit meinem Blut mitgegeben hatte. Daran ändern konnte ich aber nichts, egal, ob ich vor Sorgen zerging oder nicht.

Sie würde eine Wächterin werden und sie war als Sephirot auf die Welt gekommen. Schicksale, die wir teilten, und trotzdem war sie viel einzigartiger, als ich es jemals gewesen war.

»Gott, Luca! Du fährst Motorrad wie der geisteskranke Lebensmüde, der du bist!«, warf Luna dem Mann, den sie liebte, vor und trat ihm ans Schienbein, nachdem sie von seiner Maschine gestiegen war. »Zurück zum Schloss fahre ich mit Ares!«, stellte sie klar und schenkte dem ehemaligen Ordensleiter bittende Blicke. Er nickte, aber ich hatte einen Einwand, der sie ihre Entscheidung noch mal überdenken lassen würde.

»Ares hat den geisteskranken, lebensmüden Motorradfahrer auch drauf. Das letzte Mal, als er mich mitgenommen hat, hätte ich mich beinahe übergeben. Du hast also die Wahl zwischen Pest oder Cholera.«

Die beiden männlichen Wächter schenkten mir gespielt beleidigte Blicke, aber ich hatte recht. Sie fuhren Motorrad, wie sie lebten: gefährlich, impulsiv und leidenschaftlich gern.

»Wo ist das Geburtstagskind? Ich habe deine Kleine bestimmt schon seit einem Jahr nicht mehr gesehen«, stellte Ares fest und setzte sich die Brille auf, die er aus der Hosentasche gezogen hatte.

Dass er ohne sie fuhr, war bedenklich, zumal er blind wie ein Maulwurf war.

»Ist es so lange her?«, wollte ich wissen, während mich mein Gewissen zu geißeln begann. Dem Orden den Rücken zu kehren, hatte mich nicht nur das Abschwören einer Bestimmung gekostet, ich hatte auch Wächter viel zu weit aus meinem Leben geschoben, die mir eigentlich am Herzen lagen. »Ich versuche, die Kinder einzufangen«, erklärte ich lächelnd und sah mich nach den beiden um.

Raphaels Rufen veranlasste Keon dazu, hinter dem Haus aufzutauchen, Mia hatte er nicht im Schlepptau.

»Wow! Hallo! Du bist groß geworden!«, stellte Ares beeindruckt fest und musterte den kleinen Halb-Erzengel, der gerade neben ihm stehen blieb und zu ihm aufsah.

»Ja. Du bist auch groß«, entgegnete er schulterzuckend.

Raphael knurrte. »Begrüßt man so jemanden?«

Keon imitierte das Knurren seines Vaters, nur leiser und während er auf seine Schuhe starrte. »Guten Tag«, presste er schließlich zwischen den angespannten Lippen hervor und schenkte den drei Wächtern einen verstohlenen Blick. Raphael deutete zu Beryl, den Keon auch brav mit einem »Guten Tag« bedachte. Als der Kleine Conan ins Visier nahm, winkte Raphael aber ab.

»Na, na, das reicht. Du brauchst es mit dem Begrüßen nicht zu übertreiben.«

Der Erzdämon verdrehte die Augen. »Großartig, wie du der nächsten Generation Vorurteile einbläust. Toller Erziehungsstil«, tönte er sarkastisch.

»Wenn du mal ein Kind mit einer deiner bedeutungslosen Affären zeugst, kannst du es gern liberaler erziehen«, entgegnete Raphael kühl.

Ich spendierte den beiden eine Welle aus Ruhe und Gelassenheit, um zu verhindern, dass sie schon vor dem Kuchen aufeinander losgingen.

»Weißt du, wo Mia ist? Versteckt sie sich noch vor dir?«, wollte ich von Keon wissen, der mit den Schultern zuckte, obwohl er wusste, wo sie war.

Ich hörte Conan herzhaft lachen und fühlte schon die nächste Stichelei nahen. »Sie versteckt sich vor dem kleinen Erzengel? Ganz die Mutter! Du solltest sie lieber suchen, bevor sie sich ein Haus im Nirgendwo kauft und wir sie alle nie wieder sehen, weil der Kleine zu aufdringlich geworden ist!«

Ich konnte mir das Lachen verkneifen, weil mir der mehr oder weniger subtile Vorwurf unangenehm war. Luca und Luna stimmten aber in das Lachen des Erzdämons ein und sogar Ares entgleisten kurz die Gesichtszüge. Beryl kämpfte tapfer gegen den Drang an, die Mundwinkel zu verziehen, aber es bereitete ihm sichtlich Mühe.

»Die Erzengelscherze bleiben dir spätestens dann im Hals stecken, wenn Gabriel kommt«, entgegnete Raphael kühl und ließ Conan einen dieser hoheitsvollen Blicke spüren, die einen innerlich zu Eis gefrieren lassen konnten.

»Als ob ich Angst vor deiner Schlägerschwester hätte«, murrte der Erzdämon leise. Natürlich hatte er Angst vor Gabriel, aber bevor er das zugegeben hätte, hätte er sich von Raphaels ›Schwester‹ verprügeln lassen.

»Setzt euch – möglichst zwischen Conan und Raphael«, flüsterte ich den Wächtern zu und ging hinters Haus, um Mia zu holen.

Ich folgte der Aura, die ich überall und zu jeder Zeit aus allen Auren sämtlicher Welten herausgefühlt hätte. Sie war so warm, unscheinbar und versteckte ihre Besonderheit hinter Sephirotblut, das Menschlichkeit in Reinkultur glich.

»Mia?«

Meinem Rufen folgte ein leises Glucksen. Als ich neben dem Brombeerstrauch in die Knie ging, sahen mich durch die Äste zwei große blaue Augen an.

»Kommst du? Wir haben viele liebe Gäste, die dir zum Geburtstag gratulieren wollen.« Ich fühlte die Unsicherheit in ihr wachsen. »Fürchtest du dich?«

Sie nickte. Ich musste schmunzeln, weil mir bewusst wurde, dass sie das Gemisch dieser besonderen Auren bestimmt schon fühlen konnte und eingeschüchtert davon war.

»Sie sind alle sehr, sehr nett und unsere Freunde«, versicherte ich ihr. »Soll ich dich auf den Arm nehmen? Gehen wir ihnen gemeinsam Hallo sagen?«

Ich richtete mich auf und ging um den Strauch herum, um sie hochzuheben.

Sie streckte die Hände nach mir aus und schmiegte sich an mich. Es gab kein schöneres Gefühl, als sie im Arm zu halten und ihr Herz schlagen zu spüren. Egal, wie oft meines schon gebrochen worden war, es gehörte nun ihr und diese Gewissheit hatte die Erinnerung an alle Schmerzen, die ich jemals gefühlt hatte, verblassen lassen.

Als ich wieder um die Hausecke bog, waren alle Blicke auf das kleine blonde Mädchen gerichtet, das sich in meinen Armen verkroch.

»Sie ist so süß!«, tönte Luna und trat näher.

Mia streckte die Hände nach ihr aus, obwohl sie noch schüchtern war. Ihre Gabe funktionierte im Moment noch ausschließlich bei Kontakt und sie wollte in die hübsche, elfenhafte Wächterin hineinfühlen, die sie so freundlich anlächelte.

»Darf ich dich hochheben?«, fragte Luna und erntete ein zaghaftes Nicken. Kaum hatte sie Mia berührt, fühlte ich die Anspannung von ihr abfallen. Sie grinste, weil ihr Lunas aufopfernder, lebhafter Charakter gefiel.

»Lass sie die Kleine nicht zu lange halten, sonst kann ich mir wieder wochenlanges Argumentieren darüber anhören, warum es klug wäre, wenn wir auch ein Kind hätten«, sprach Luca murrend, obwohl er die starke Abneigung gegen diesen Gedanken nur spielte.

»Tu nicht so, als hättest du noch nie darüber nachgedacht!«, warf sie ihm vor und grinste wissend.

Luca seufzte. »Ja. Ich denke oft darüber nach, dass ein tätowierter, impulsiver Höllenwesen-Abschlachter kein guter Vater wäre. Da hast du recht.«

»Du wärst ein großartiger Vater, Luca«, entgegnete ich und erntete einen Blick von meinem ehemaligen Lehrmeister, in dem Flüche steckten. Warum er sich gegen den Gedanken sträubte, war mir klar.

Luca hielt sich keineswegs für einen schlechten potenziellen Vater, er hatte nur dieselben Ängste wie jeder Wächter. Wir waren Krieger, dafür gemacht, Schwerter zu führen, Bogen zu spannen und gegen alles zu kämpfen, was uns Menschen und unserer Welt feindlich gesinnt war. Wer so viel Blut an den Händen kleben hatte wie wir, tat sich schwer daran, sich vorzustellen, jemals ein Kind darin zu wiegen. Dass es aber trotzdem auch für uns das schönste Glück dieser Welt sein konnte, Leben zu schaffen, bewies nicht nur ich, sondern viele Wächter, die Eltern geworden waren. Die meisten von ihnen hatten dem Orden allerdings den Rücken gekehrt. Genau an dieser Vorstellung stieß sich Lucas Kinderwunsch im Moment aber noch. Er wollte das Wächterdasein nicht an den Nagel hängen, zumal er schon so viel dafür geopfert hatte, mehr als die meisten. Sein verstohlener Blick zu Ares verriet nicht nur mir, sondern auch Luna, dass er mit dem Gedanken liebäugelte, auch ewig das Schwert zu schwingen. Sie kannte ihn, sie liebte ihn und sie musste sich darauf verlassen, dass das Schicksal immer einen Weg fand.

Wir setzten uns an den Tisch und begannen, den Kuchen zu essen, den Raphael besorgt hatte.

Mia blieb auf Lunas Schoß und ließ den Blick neugierig durch die Runde schweifen.

Sie verfing sich an den schwarzen Augen des Mannes mit der seltsam dunklen Aura, die sie nicht fürchtete, weil sie noch nie einen Grund dazu gehabt hatte.

Obwohl sie Conan schon mal begegnet war, war ich mir nicht sicher, ob sie sich daran erinnerte. Wahrscheinlich würde auch dieses Treffen irgendwann für sie verblassen, aber ihr Unterbewusstsein würde sie niemals vergessen lassen, dass diese besonderen Auren Freunde waren.

»Mia!« Keon wedelte mit der Kuchengabel vor ihrem Gesicht herum, aber sie drückte seine Hand weg, weil sie die schwarzen Iriden zu sehr faszinierten.

Conan schmunzelte. »Du bist deiner Mutter wie aus dem Gesicht geschnitten«, stellte er fest und ließ seine Stimme dabei so sanft und kokett klingen, dass Mia zu lachen begann. Sie mochte die Mimik des Erzdämons, also streckte sie die Hände nach ihm aus, weil sie gern in ihn hineinfühlen wollte. »Willst du zu mir kommen?«, fragte Conan amüsiert.

Als Keon sie am Kleid festhielt, begann sie zu murren. Ich war mir sicher, dass Raphael ihn gleich ermahnen würde, ihr ihren Willen zu lassen, aber er aß stumm seinen Kuchen weiter, so als wäre er schon immer der antiautoritärste Vater der Welt gewesen.

»Lassen!«, schimpfte Mia und riss an ihrem Kleid, während sie von Lunas Schoß kletterte, damit sie auf die andere Seite des Tisches laufen konnte.

Keon blickte ihr finster hinterher und verschränkte die Arme bockig vor dem Oberkörper. Er teilte Aufmerksamkeit nicht gern, schon gar nicht, wenn es um Raphael, mich oder eben Mia ging.

Conan ließ Mia auf seinen Schoß klettern und sie ihre Hände auf seine Wangen legen. Die durchdringenden Blicke ließ er auch mit einem Schmunzeln über sich ergehen, zumindest so lange, bis er plötzlich das Gesicht verzog und leise knurrte. Als er den kleinen Halb-Erzengel anfunkelte, fühlte ich Genugtuung in Keon wachsen, der er sogleich mit einem Grinsen Ausdruck verlieh.

»Hast du mir gerade ans Schienbein getreten, du kleiner …« Conan konnte seinen Satz nicht so beenden, wie er wollte, weil Raphael seine Gabel warnend laut auf den Teller fallen ließ. »… Gottessegen«, knurrte der Erzdämon mit geschlossenen Zähnen und funkelte Keon an. Der zeigte sich unbeeindruckt von den bedrohlich tiefschwarzen Augen, weil er den Mut seines Onkels geerbt hatte und die stoische Willenskraft seines Vaters. Seine Miene blieb streng, während er beobachtete, wie Conan seine Wange an Mias drückte und ihrem Kichern lauschte, weil sie die Nähe zu der freundlichen Dunkelheit so spannend fand.

»Wir haben einen Draht zueinander, oder? Ich hoffe, das ist in vierzehn bis siebzehn Jahren auch noch so«, scherzte der Erzdämon und löste damit tosende Wellen aus, die nicht nur ich fühlen konnte. Wir blickten alle zu Raphael, der gerade mit dem machtvollen Sturm in sich klarstellte, dass er zwar zum Heilen erschaffen worden war, seine Kräfte aber durchaus auch anders nutzen konnte. Er sprach jedes seiner Worte überbetont, damit in Conan kein Zweifel an deren Ernsthaftigkeit aufkommen konnte.

»Was immer du dir in vierzehn bis siebzehn Jahren ausmalst: nur über meinen kalten toten Körper!«

Der Erzdämon verdrehte die Augen. »Geht es noch eine Spur theatralischer? Vielleicht mit Requisiten? Halt doch einen Totenschädel in der Hand oder eine blutige Spritze.«

Bevor ich das unwirsche Wortgefecht, das sowieso nur aus Drohungen von Raphael und bissigen Scherzen von Conan bestanden hätte, beenden konnte, lenkte der surreale Wind unser aller Aufmerksamkeit in den Himmel. Er trug die wohl stärkste aller Auren in sich und er kam zu spät – typisch Gabriel.

»War klar, dass er den ganz großen Auftritt abgreift«, kommentierte Luca das Aufsetzen des Erzengels, dessen majestätische Schwingen so ehrfurchterregend in der Sonne glänzten, dass Mia vor Erstaunen beinahe von Conans Schoß gefallen wäre.

»Ich komme zu spät«, stellte er tonlos fest und musterte mich, während ich aufstand und mir einen Teller mit einem Stück Kuchen griff.

Diese nichtssagende, scheinbar emotionslose Miene brachte mich schon lange zum Schmunzeln, weil er mir vor vielen Jahren verraten hatte, dass er sich einen Scherz daraus machte, Leute damit zu irritieren.

Die wenigen Wesen, denen er das Privileg eingeräumt hatte, ihn wirklich kennenzulernen, wussten aber, dass hinter dem heroischen, unwirklich schönen Gesicht Humor, Leidenschaft und nicht zuletzt etwas durch und durch Philanthropisches versteckt lagen.

»Kuchen?« Ich hielt ihm den Teller vor die Nase und deutete auf den Platz, den ich gerade neben Raphael frei gemacht hatte. Es war mir lieber, er ließ sich dort nieder als neben dem Erzdämon, dessen Charakter ihn dazu nötigen würde, selbst dann noch Witzchen zu reißen, wenn Gabriel dabei gewesen wäre, ihn zu erwürgen.

Ich setzte mich zu Conan und zog Mia zurück auf meinen Schoß, die noch immer wie gebannt auf den schwarzhaarigen Erzengel starrte, an den sie sich bestimmt nicht mehr erinnern konnte. Sie war kaum drei Monate alt gewesen, als Gabriel uns besucht hatte.

»Und schon bin ich nicht mehr das spannendste Wesen am Tisch. Deine Tochter hat dieselbe Gabe, mich zu kränken, wie du«, meinte Conan und musste den beleidigten Unterton nicht gänzlich spielen.

Ich lachte leise, während Mia versuchte, sich hinter meinen Armen zu verstecken, und trotzdem wie gebannt das schöne Wesen musterte, das uns gegenüber Platz genommen hatte. Als sie mein Gesicht nach unten zog, um mir ins Ohr zu flüstern, fühlte ich, wie sich Unbeschwertheit und Fröhlichkeit in all ihren Gefühlswelten breitmachten. Genau diese Emotionen hatte ich spüren wollen, mindestens noch dieses eine Mal.

»Heißt?«, hörte ich die dünne, helle Stimme neugierig hauchen. Sie wollte seinen Namen erfahren.

»Frag ihn doch. Er ist nicht so ernst, wie er aussieht. Er ist lustig.«

Das allgemeine Gelächter fühlte sich grenzenlos gut an. Gabriels Blick wurde etwas weicher, aber für Mia sah er noch immer streng aus, streng und so faszinierend, dass sie ihr Gesicht kichernd gegen meine Schulter drückte.

»Verrätst du ihr deinen Namen?«, forderte ich die rechte Hand Gottes auf, die ein schwaches Schmunzeln über die Lippen gleiten ließ.

»Mein Name ist Gabriel«, sprach er und versuchte, sanft zu klingen, was mit einer so tiefen, einprägsamen Stimme schwierig war. Mia drehte sich trotzdem wieder zu ihm und grinste verstohlen.

»Riel…«, wiederholte sie und ärgerte sich darüber, dass sie es nicht aussprechen konnte. »Garel«, versuchte sie es erneut, scheiterte aber zur Erheiterung aller am Tisch.

Keon versuchte, ihr zu helfen. »Sag einfach, so wie ich, ›Gabri‹.«

»Oder lass das ›r‹ weg«, schlug Conan vor. »Gabi klingt durchaus putzig, das spiegelt seinen Charakter so schön wider.«

Gabriel blickte nicht mal in Conans Richtung, er konnte den Erzdämon für gewöhnlich sehr lange ignorieren, vor allem, weil er noch immer gemustert wurde, als wäre Mia klar, dass seine Züge von Gottes Hand persönlich gezeichnet worden waren. Als ihr auffiel, dass der Mann neben Gabriel ihm ziemlich ähnlich sah, begann sie, den Blick zwischen den Erzengeln schweifen zu lassen. Keon versuchte, ihr wieder weiterzuhelfen.

»Du kannst ja Raphael auch nicht aussprechen«, stellte er fest und machte einen Vorschlag, der das Grinsen von meinen Lippen verschwinden ließ. »Sag einfach auch ›Papa‹ zu ihm, so wie ich. Du hast doch keinen, also geht das.«

Das Unbehagen wischte die Unbeschwertheit so abrupt weg, als wäre sie nur eine trügerische Illusion gewesen. Das Schweigen, das sich auf Keons Satz hin ausbreitete, war für alle erwachsenen Wesen am Tisch unangenehm, vor allem aber für mich und Raphael, der sonst nie erst nach den richtigen Worten suchen musste. Im Gegensatz zu Mia bekam Keon den plötzlichen Stimmungswandel mit, verstand ihn aber nicht. Was er gesagt hatte, war lieb gemeint gewesen. Die Vorstellung von uns als Familie gefiel ihm und seine Kinderseele war viel zu ehrlich, um damit hinter dem Berg zu halten. Dass er jemanden damit verletzen konnte, war ihm nicht bewusst.

»Wow, das ist sogar mir unangenehm und ich dachte, ich hätte schon seit Jahrzehnten kein Schamempfinden mehr«, versuchte Conan, einen Witz aus dem bedrückenden Gefühl zu machen, das ich gerade verscheuchen wollte, obwohl es in mir selbst wie ein heftiges Sommergewitter tobte.

»Keon …«, sprach Raphael den Namen seines Sohns sanft aus. »Ich bin dein Vater, aber nicht Mias, das weißt du.«

»Ja, aber du hast gesagt, Mias Vater ist weggegangen und …«

»Schluss jetzt!«, unterbrach der Erzengel seinen Sohn forsch.

Ich wusste nicht, was er Keon über den Wächter erzählt hatte, dessen Namen niemand an diesem Tisch kannte. Ich wusste nicht, was in all ihren Köpfen vorging, während sie mir diese verstohlenen, mitleidigen Blicke schenkten, aber ich wusste, dass sich die Lüge noch genauso schwer und marternd über mein Inneres legen konnte wie an dem Tag, als ich sie ins Leben gerufen hatte. Mit dieser Sünde zu leben, erschien mir heute aber noch notwendiger als damals.

Hätten sie gewusst, dass das Mädchen in meinem Arm vom Chaos gezeugt worden war, hätten sie ihr Lächeln nicht so unbedacht und bedingungslos erwidern können, wie Mia es verdient hatte.

Sie traf keine Schuld, sie war vielleicht das Resultat einer Sünde, aber sie war so rein und unschuldig auf die Welt gekommen wie der kleine Halb-Erzengel, dem gerade vor Wut und Enttäuschung die Tränen in den Augen standen, weil er nicht weitersprechen durfte und keine wirkliche Begründung dafür bekommen würde.

»Keon.« Gabriels Stimme klang so sanft, wie sie klingen konnte. Der kleine hellblonde Junge sah zu dem schwarzhaarigen Erzengel auf, dem gerade alle an den Lippen hingen. »Hast du geübt, was ich dir letzte Woche gezeigt habe?«, wollte er wissen und zerstreute damit nicht nur seine Gedanken.

Keon nickte. »Ja! Ich kann es. Aber Papa sagt, ich darf nicht im Kloster üben.« Er drehte den Kopf noch mal kurz in Raphaels Richtung und funkelte ihn an, weil er noch wütend war.

Er hatte diese Emotion nicht verdient, sondern ich. Es war meine Schuld, dass alles so kompliziert zwischen uns war, dass wir nicht die Familie sein konnten, die Keon sich wünschte, aber das hätte Raphael nie und nimmer ausgesprochen. Er lud sich Keons Wut auf die eigenen Schultern, und mir das bewusst zu machen, schmerzte manchmal noch mehr als die Lüge.

Als Gabriel aufstand und eine auffordernde Geste machte, waren wir alle gespannt, was er vorhatte. Niemand sonst hätte es wohl geschafft, das Unbehagen so schnell von Neugier vertreiben zu lassen. Ich war Gabriel grenzenlos dankbar für diese Showeinlage.

Keon hüpfte von der Bank und krempelte die Ärmel seines Shirts nach oben. Als ich Blickkontakt mit Raphael suchte, sah er kurz so aus, als wollte er die Augen verdrehen, aber er verkniff sich die Widerworte, weil er meine Dankbarkeit für den Themenwechsel teilte.

Gabriel griff sich eines der Gläser und balancierte es auf seiner Handfläche aus. Als es plötzlich weggeschleudert wurde und an der Hauswand zerschellte, krallte sich Mia aufgeregt an mir fest.

Keon schloss für eine Sekunde die Augen und konzentrierte sich, dann sammelten sich die Scherben und das Geräusch von knackendem Glas begleitete das unglaubliche Schauspiel. Die Luft um Gabriels Hand begann zu schwimmen, dann tauchte das zerbrochene Glas wieder dort auf, wo es Sekunden zuvor gestanden hatte.

Es war vollkommen unversehrt. Während sich ein triumphierendes Grinsen auf Keons Lippen legte, wuchs Erstaunen in den Gefühlswelten meiner Gäste. Die meisten hatten die Gabe des Halb-Erzengels noch nie wirken gesehen oder wussten nicht mal, dass er diese besondere Fähigkeit hatte. Raphael hielt sie geheim, aus guten Gründen, aber er vertraute allen Anwesenden hier genauso bedingungslos wie ich, sogar dem Erzdämon, dessen Augen gerade so groß wurden wie Mias, als sie Gabriel gesehen hatte.

»Wow! Das nenne ich mal eine krasse Gabe!«, kommentierte Luca beeindruckt. »So etwas habe ich noch nie gesehen, dafür müsste man bestimmt den Teufel persönlich beschwören!«

Ares drehte sofort den Kopf in die Richtung seines Wächters, der so unbedacht gesprochen hatte und das gerade zu bereuen begann. »Wenn du diesen Beschwörungsschwachsinn nicht endlich sein lässt, schmeiße ich dich raus! Das ist mein Ernst, Luca!«, drohte Ares in ehemaliger Ordensleitermanier.

»War nur Spaß!«, entgegnete Luca mit in Schutzhaltung erhobenen Händen, auf denen Tattoos prangten, die eine andere Geschichte erzählten. Ares seufzte sogar ausgiebiger als Luna.

»Beeinflusst er die Materie selbst oder …« Beryls Frage klang ehrfürchtig, aber sie war klug gestellt.

Raphael schüttelte den Kopf. »Nein. Er beeinflusst die Zeit.«

Verblüfftes Schweigen breitete sich aus, das Keon schmeichelte. Er grinste noch immer bis über beide Ohren.

»Noch mal! Aber kein Glas, das ist zu leicht!«, rief er selbstbewusst.

Gabriel nickte und manifestierte die Schwingen. Seine schneeweißen Flügel strahlten abermals in der Sonne und Mia rutschte gespannt auf meinem Schoß herum. Er griff sich in die Flügel und tat etwas, das ihm sichtlich Schmerzen bereitete. Es dauerte nicht lange, aber ich hatte sein Gesicht erst ein einziges Mal so von Pein gezeichnet gesehen und an diese Nacht wollte ich mich gerade nicht erinnern. Als er sich die Feder ausgerissen hatte, sah ich in die schockierten Mienen aller Wesen am Tisch, die auch Flügel versteckten. Ich war mir sicher, dass er gerade etwas unfassbar Schmerzhaftes getan hatte. Conan starrte so fassungslos, als hätte Gabriel sich gerade einen Arm ausgerissen.

»Feuer«, sprach der schwarzhaarige Erzengel eine Bitte aus und wandte den Blick zu uns. Luca reagierte als Erster und warf Gabriel sein Benzinfeuerzeug zu. Als die Feder in seiner Hand von den Flammen schwarz gefärbt wurde und schließlich verbrannte, nickte Keon selbstsicher. Er schloss wieder die Augen. Diesmal bereitete es ihm sichtlich mehr Mühe, seine Gabe einzusetzen, aber was passierte, war umso spektakulärer. Um die Feder in Gabriels Hand tanzten plötzlich wieder Flammen, aber sie waren grau und züngelten in einer unwirklichen Geschwindigkeit. Die weiße Feder formte sich erneut und leuchtete in der Sonne, so als hätte sie nie Bekanntschaft mit dem todbringenden Element gemacht.

Keon beäugte sein Werk schnaufend und grinste wieder zufrieden.

»Gut gemacht«, lobte ihn der Erzengel, der es sich schon lange zur Aufgabe gemacht hatte, Keon beizubringen, seine Kräfte zu kontrollieren, ganz zum Leidwesen von Raphael. Ich wusste, dass er viel dafür gegeben hätte, seinem Sohn diese einzigartige, schwer zu begreifende Gabe zu nehmen, aber Keon würde mit ihr leben müssen. Wir hatten unseren Kindern Bürden mitgegeben, die sie vielleicht so fest mit dem Schicksal verknüpft hatten, dass uns bei dem Gedanken manchmal bang wurde, aber weder Raphael noch ich konnten etwas daran ändern. Was wir tun konnten, war, sie an die Hand zu nehmen und ein Stück weit zu begleiten, hoffentlich so lange, bis sie uns von allein losließen und auf sich gestellt weiterlaufen wollten.

»Das ist unglaublich. Ich dachte immer, Gott hätte die Zeit unveränderbar erschaffen«, erklärte Beryl fasziniert.

»Kann er denn auch größere Dinge beeinflussen?«, wollte Ares wissen und stellte damit eine Frage, die uns natürlich alle brennend interessierte, weil sie Auswirkung auf unsere Welt haben konnte. »Ich meine, die Zeit tatsächlich zurückdrehen? Unser aller Zeit?«

Raphael schüttelte den Kopf. Er klang selbstsicher, aber ich glaubte, zu fühlen, dass er sich die Wahrheit in seinen Worten nur herbeiwünschte. »Nein. Das wäre gegen die Naturgesetze. So stark wird er nicht werden, das hätte untragbare Auswirkungen.«

»Bist du dir sicher?« Ich hörte Conan selten so ernst und ganz ohne Schalk in der Stimme mit Raphael sprechen. Der Erzdämon sah so aus, als würde er ein wenig unter Schock stehen.

»Seine Mutter war ein Mensch. Und selbst Gabriel und ich können keinen Einfluss auf das Schicksal nehmen. Er ist stark, ja, aber er ist nicht …«

Raphael beendete seinen Satz nicht. Er sah rüber zu seinem Sohn, der gerade lachend versuchte, Gabriel anzugreifen, und ihm dabei um den Hals gefallen war.

»Behaltet es für euch. Ich will nicht, dass die ganze Welt von seiner Gabe erfährt. Er wird es schwer genug haben …«

Sie nickten alle, auch Conan, der Raphael den wohl weichsten Blick schenkte, den er ihn jemals sehen lassen würde. Der Erzengel bedankte sich leise und lauschte dem Lachen seines Sohnes, der von Gabriel die Feder geschenkt bekam, die er sich zuvor von den Flügeln gerissen hatte.

Ich war mit Mia auf dem Arm aufgestanden, um mich wieder zu Raphael zu setzen, der gerade dabei war, sich von der Ungewissheit der Zukunft in eine Trance ziehen zu lassen, die Lethargie gleichen konnte. Als ich mich neben ihm niederließ, sah er mich an, als würde er Absolution von mir erwarten. Ich drückte ihm Mia in die Hand und schenkte ihm ein Lächeln.

»Alles wird gut. Heute ist so ein schöner Tag. Lass uns noch etwas Kuchen essen.«

Meine gebrochenen Erzengel

Zwei Monate später

Ich öffnete die Augen einen Spalt, weil ich geglaubt hatte, von einem lauten Geräusch geweckt worden zu sein. Das Zimmer war noch dunkel, alles war in Stille und den Schutz der Nacht gehüllt – ich musste geträumt haben.

Ich konnte nicht anders, als mich trotzdem aufzuraffen, um nach dem Rechten zu sehen. Schlaftrunken wankte ich auf den Raum zu, in dem mein ganzes Glück lag. Eine Weile stand ich im Türrahmen und sah Mia beim Schlafen zu. Die Bilder in ihrem Unterbewusstsein mussten schön sein, ihre Gefühle waren hell und freundlich. Ich hatte vor ein paar Wochen angefangen, ihr vor dem Einschlafen Geschichten zu erzählen, seither waren ihre Träume lebhafter geworden, aber nie dunkel. Sie lauschte mir gern und aufmerksam, trotzdem war ich mir nicht sicher, ob sich meine Worte schon in ihr Gedächtnis brannten.

Genau dort musste sie sie aber für immer bewahren, deshalb wiederholte ich mich auch an jedem Abend. Sie mochte Adam Kadmons Geschichte, die der Sephirot und ihrer Groß- und Urgroßmutter, aber ihre Tragweite begreifen konnte sie natürlich noch nicht. Es war mehr eine seltsam greifbare Angst, die mich dazu antrieb, meiner Tochter ihr Erbe schon so früh bewusst zu machen, als schlichtes Pflichtbewusstsein.

Im Gegensatz zu ihr hatte ich Albträume. Albträume, in denen ich in einen Krieg zog, der mich verschlang und nie wieder freigab. Für die Bewahrung von Gottes Prophezeiung hatte ich mit Mias Geburt gesorgt. Sie würde in ihr weiterleben und vielleicht hatte ich die größte meiner Pflichten damit bereits erfüllt.

Das Schicksal konnte nun auf mich verzichten, und dieser Gedanke quälte mich mehr als jemals zuvor in meinem Leben. Meine eigene Sterblichkeit hatte mir nie Angst gemacht, bis mein Herz angefangen hatte, nicht mehr für mich selbst, sondern für meine Tochter zu schlagen. Wenn es stehen blieb, würde ich sie allein lassen müssen, und nichts war mir wichtiger, als Verluste, Tod, Trauer und Schmerzen von ihrer unschuldigen Seele so lange wie möglich fernzuhalten.

Ich holte mir ein Glas Wasser aus der Küche und starrte durch die großen Fenster nach draußen in den Nachthimmel. Der Horizont begann schon, zu glühen, bald würde die Sonne aufgehen und einen neuen Tag mit sich bringen. Während ich in Gedanken begann, Pläne zu schmieden, durchzuckte mich die plötzliche Präsenz des imaginären Windes wie ein Stromschlag.

Mein Geist wurde schlagartig hellwach, weil es einfach keinen einzigen freudigen Grund für ihn gab, in den frühen Morgenstunden unangemeldet bei mir aufzutauchen.

Ich rannte auf die Haustür zu, aber sie sprang bereits auf, bevor ich sie erreichte. Den Wind hatte ich kommen gefühlt, aber nicht die sonst so gleißende, einzigartige Sonnenaura, die mir noch nie verborgen geblieben war. Keon lag in Gabriels Armen und mir blieb beinahe das Herz stehen, weil ich für eine Sekunde geglaubt hatte, dass ich ihn kaum noch fühlen konnte, weil er dabei war, zu sterben.

»Was ist mit ihm?!« Mir war nicht klar gewesen, dass meine Stimme so schrill und panisch klingen konnte, aber das hier war schlimmer als alle Albträume, die mich jemals heimgesucht hatten. Ich legte meine Hände auf Keons Wangen.

Seine Augen waren leicht geöffnet, er schlief nicht, er war nur vollkommen am Ende mit seinen Kräften. Zumindest konnte ich keine Schmerzen in ihm fühlen, nur Erschütterung, Entsetzen und so tief schürfende Ängste, dass ich mir sicher war, dass sie Spuren an seiner Seele hinterlassen würden.

»Er wird wieder, er ist erschöpft und verstört, aber nicht ernsthaft verletzt«, erklärte Gabriel und klang bei Weitem nicht so beherrscht wie sonst.

Ich musste mich zwingen, ihm zu glauben, weil Keon nicht nur erschöpft und verstört aussah, sondern überall an ihm Blut und Schmutz klebten.

»Was ist passiert?«, hauchte ich leise, um die Panik in meiner Stimme nicht mehr allzu offensichtlich durchklingen zu lassen.

Auch wenn er gerade nicht sprechen wollte, Keon konnte mich hören und ich wollte ihn nicht noch mehr aufwühlen, sondern beruhigen. Während ich ihn in meine Arme hob, begann Gabriel, mir zu erklären, was passiert war.

»Das Kloster ist niedergebrannt. Ein Dämonenzirkel hat sie angegriffen.«

Ich versuchte, dem zitternden Jungen, der sich so fest an mich presste, Trost zu spenden. Keon die Bilder zu entreißen, die in seinem Bewusstsein tobten, lag nicht in meiner Macht, aber ich konnte ihn mit Ruhe und Wärme fluten.

»Die Dämonen sind tot. Raphael ist noch dort und kümmert sich um die verwundeten Ordensschwestern. Er ist …«

Gabriel fand kein Wort, das Raphaels Zustand beschrieben hätte. Ich konnte mir aber denken, dass seine schlimmsten Befürchtungen in dieser Nacht Wirklichkeit geworden waren. Tod, Hass und Kämpfe – so nah an seinem Sohn, dass er ihn beinahe verloren hätte.

Ich legte Keon auf das Sofa und strich ihm durchs zerzauste Haar. »Alles wird wieder gut«, versicherte ich eindringlich. Als mich sein apathischer Blick traf, schauderte ich.

»Nichts wird gut …«, flüsterte er. Seine Stimme war heiser, so als hätte er sie sich aus dem Leib geschrien. »Sie sind alle tot. Es ist meine Schuld.«

Es zerriss mir das Herz, ihn das sagen zu hören und dabei die Schuldgefühle in ihm überschäumen zu fühlen. Keons unschuldige Seele zerbrach gerade und die Risse konnten sich mit negativen Emotionen füllen, die in der Lage waren, sich für immer in seinen Charakter zu schleichen. Ich kannte die glasigen, starren Augen von Kriegern, die gerade aus einem Meer aus Blut und Tränen gestiegen waren – diesen Blick aus den Augen eines achtjährigen Kindes zu sehen, war kaum auszuhalten.

»Das stimmt nicht. Es ist nicht deine Schuld. Du kannst nichts dafür.«

Ich wiederholte mich eine ganze Weile lang, strich ihm über die Wange, bis seine Augen schwer wurden. Er war so erschöpft, dass er einschlief, und ich versuchte, die Albträume von ihm fernzuhalten. Als ich plötzlich ein leises Schluchzen vernahm, sah ich zu Mia, die im Türrahmen ihres Zimmers stand und Keon musterte.

»Schon gut. Er ist nicht verletzt, er ist nur müde und traurig«, erklärte ich ihr.

Sie war tapfer, sie konnte die Tränen immer schnell versiegen lassen. Als sie vorsichtig nähertrat, verfing sich ihr Blick kurz an dem schwarzhaarigen Erzengel, dessen ernste Miene deutlich von Mitleid gezeichnet wurde.

»Komm her«, flüsterte ich Mia zu und deutete auf das Sofa. »Leg dich zu ihm, du kannst ihm helfen, schneller wieder fröhlich zu werden.«

Sie nickte und ich hob sie hoch, damit sie sich zu dem todmüden Halb-Erzengel legen konnte, den sie so sehr ins Herz geschlossen hatte. Ihre Gabe war wahrscheinlich nicht mehr als ein sanftes Streicheln, aber manchmal genügte eine lieb gemeinte, stille Berührung, um eine zerschundene Seele zu heilen.

»Schlaft noch ein wenig. Die Sonne ist noch nicht aufgegangen«, hauchte ich den Kindern zu und drückte ihnen einen Kuss auf die Stirn. Mia gähnte ausgiebig und drückte sich mit dem Rücken an Keon.

Als ich mich aufrichtete und in meinem Schlafzimmer verschwand, folgten mir Erzengelblicke.

»Was hast du vor?«, wollte Gabriel wissen und kam mir hinterher. Er hatte nicht damit gerechnet, dass ich dabei war, mich anzuziehen, aber wir hatten gerade keinen Platz in unseren Gedanken für Schamempfinden oder eine zweideutige Bemerkung.

»Mach ihnen etwas zu essen, wenn sie aufwachen«, bat ich und griff nach meinem Schwert, dessen eigentlicher Besitzer mich mit großen, ungläubigen Augen musterte.

»Wie bitte?«

»Essen. Der Kühlschrank ist voll. Such dir etwas aus.«

Gabriel begann, den Kopf zu schütteln. »Ich habe ihn hergebracht, damit du Ruhe in seine Gefühle bringen kannst«, stellte er klar.

»Ja. Mia kann das auch. Ich muss Raphael helfen.«

»Der ganze Orden ist schon auf den Beinen. Es gibt nichts mehr zu tun für dich.«

Ich ging auf Gabriel zu, um ihn eindringlich zu mustern. »Es geht ihm schlecht, oder? Er braucht keine körperliche Hilfe, das weiß ich, aber er leidet und ich kann ihm die schwarzen Gedanken entreißen, bevor er wieder in dieser verfluchten Lethargie ertrinkt, in die ihn das Schicksal immer wirft.«

In den leuchtend grünen Iriden flammten Sorgen auf. Gabriel wusste, dass ich recht hatte, er wusste, dass Raphael wieder mal dabei war, zu ertrinken, aber er sträubte sich trotzdem.

»Sehe ich aus wie ein Kindermädchen?«, knurrte er mit versteinerter Miene.

»Ja. Du bist mit Abstand das beste Kindermädchen der Welt. Bei dir sind sie sicher, du kannst sie beschützen. Heilen und Halt geben können sie sich gegenseitig.« Ich drängte mich an Gabriel vorbei, der mir in den Flur nachlief.

»Warte! Was mache ich, wenn … Und …«

»Du kannst das. Lass sie nur nicht mit Feuer oder Strom spielen, alles andere regelt sich von selbst.«

Als die Haustür hinter mir ins Schloss fiel, war ich mir sicher, dass er gerade Luft für einen Vortrag geholt hatte, in dem er mir klarmachen wollte, dass er ein Kriegsengel, der Zorn Gottes und noch mindestens zwei andere hart klingende Dinge war. Die Kinder waren aber in den strafenden Händen Gottes hervorragend aufgehoben, zumal ich wusste, wie weich und aufopfernd sie sein konnten, wenn sie gerade keine Schlachten austrugen.

Ich stand in Schutt, Asche und zersplittertem Glas. Die hohen, einst so ehrfurchterregend anmutenden Klostermauern waren zu großen Teilen eingestürzt. Die Bänke der Kirche lagen unter den Trümmern der steinernen Wände begraben und waren von einer grauen, pulverigen Schicht überzogen worden.

Das große hölzerne Kreuz war zu Boden gestürzt und durchgebrochen. Es brannten nur noch kleinere Feuer, aber die Luft roch so stark nach Qualm und Tod, dass das Atmen schwerfiel.

Diese Nacht hatte vielen guten, reinen Seelen das Leben gekostet. Ich konnte diese seltsam unaufdringliche und trotzdem einnehmende Präsenz des Todes noch spüren, weil sie mir viel zu vertraut geworden war. Er schwebte wie ein alter, stummer Freund über den Trümmern, ein Freund, dessen Wiedersehen einen schaudern lassen konnte, obwohl man sich der Unvermeidlichkeit in jeder Sekunde bewusst war.

Es tummelten sich kaum noch Wächter hier, nur Sanitäter, Ärzte, Feuerwehr und Polizei. Sie würden es eine Gasexplosion nennen, dabei war ich mir beinahe sicher. Der Orden vertuschte solch übernatürliche Vorfälle hervorragend, weil er Einfluss auf beinahe alle wichtigen Organisationen dieser Welt hatte. Ehemalige Mitglieder waren überall zu finden, so wie der Mann in der Polizeiuniform, der gerade einen blutverschmierten Dämonendolch in der Tasche verschwinden ließ.

Meine Beine trugen mich über das Anwesen, weg von den zerstörten Klostermauern, hin zu einem Haus, das von dieser tragischen Nacht verschont geblieben war.

Ich war schon lange nicht mehr hier gewesen, verbot mir aber die letzte Erinnerung, die ich an dieses einst so lebensfrohe Fleckchen Welt hatte. Als Sora gestorben war, hatte sie die Fröhlichkeit und das Lachen, die hier geherrscht hatten, mit sich genommen. Ihr Haus stand seither leer. Die wunderschönen Blumen schienen mit ihr gegangen zu sein, hier blühte nichts mehr.

Ich beschwor all die schönen Erinnerungen an unbeschwertere Zeiten, die ich mit diesem Ort verband, und ballte sie in mir, weil ich sie gleich brauchen würde.

Er saß auf dem Boden, den Rücken an die Fassade gelehnt, ein Bein angewinkelt und einen Arm darauf abgestützt. Seine Kleidung, seine Hände – alles war voller Blut. Raphaels Blick blieb auf das Trümmermeer gerichtet, während ich auf ihn zuging und mich neben ihn in das nasse, kalte Gras setzte.

»Die Kinder sind bei mir. Gabriel passt auf sie auf«, begann ich, beruhigend auf ihn einzureden. »Keon schläft. Er war ziemlich geschafft.«

Raphael nickte, ohne den Blick abzuwenden. Ich wusste nicht, ob er die Trümmer überhaupt noch sah oder sein Bewusstsein schon längst noch furchtbarere Bilder über die Realität zeichnete.

»Gabriel meinte, Keon wäre nicht verletzt … Das ist gut.«

»Nicht verletzt …«, wiederholte Raphael tonlos. Auch wenn seine Stimme gefühlskalt klang, war ich froh, dass er überhaupt sprach. Ich war mir nicht sicher gewesen, ob er mich wieder anschweigen würde, dasselbe Schweigen, mit dem wir uns kennengelernt hatten.

»Er ist sehr verletzt: zerrissen, gebrochen, zerschlagen. Du kennst mehr Worte für leidende Seelen als ich«, stellte er fest.

Die Tränen, die sich in meinen Augen sammelten, brannten, aber ich wollte sie nicht fließen lassen. Ja, ich hatte gefühlt, wie sehr Keon litt, und ich konnte mir ausmalen, wie lange er noch unter dieser Nacht leiden würde, aber er hatte nicht nur die grauen Augen von Sora geerbt, sondern auch den starken Charakter. Er würde daran nicht zerbrechen.

»Keon ist stark, er wird es verarbeiten, ich helfe ihm dabei – du auch.«

Raphael seufzte. Ich starrte auf seine blutverschmierten Hände. Mir war, als wären sie nicht von seinen Heilungsversuchen befleckt worden, sondern weil er die Dämonen, die für dieses Chaos verantwortlich waren, selbst in Stücke gerissen hatte.

»Ich helfe ihm nicht, ich bestrafe ihn nur an jedem einzelnen Tag seines Lebens, seit er auf der Welt ist. Mein Sohn zu sein, ist eine endlose Strafe, etwas, das er mir nach dieser Nacht nie verzeihen wird.«

»Was für ein Schwachsinn!«, entgegnete ich forsch und wenig eloquent, weil ich keine blumigeren Worte für Raphaels irrationale Selbstgeißelung fand.

Er widersprach mir sofort. »Selbst wenn du die Wahrheit schwachsinnig nennst, wird sie nicht zur Lüge. Dass er dieses Leben führen muss, ist meine Schuld. Ich habe ihn hierher gebracht, weil ich ihn beschützen wollte, aber ich habe so viele Unschuldige damit zur Zielscheibe gemacht, dass ich nur grausamer hätte handeln können, wenn ich sie selbst umgebracht hätte. Ich wusste, dass er irgendwann Aufmerksamkeit auf sich ziehen würde. Dass ich dieses Kloster für ein geeignetes Versteck gehalten habe, war dumm. Ich hätte ihn bei mir behalten sollen. Er hat mich an beinahe jedem Tag darum gebeten, ihn mitzunehmen …«

»Du wolltest nur das Beste für ihn. Das Schloss wäre kein geeigneter Ort für ein kleines Kind gewesen.«

»Ich habe das Kind in ihm heute Nacht sterben sehen«, sprach Raphael etwas aus, das mich schmerzte. Ich zog die Knie an den Oberkörper und verfluchte das Schicksal, dessen Pläne manchmal so sadistisch waren, dass es kaum zu ertragen war. »Ich werde ihn in den Orden mitnehmen. Dass er dieser Krieger werden muss, ist meine Schuld, mein Blut in seinen Adern. Ich will zumindest bei ihm bleiben, besser über ihn wachen, als ich es bisher getan habe, selbst wenn er mich hasst.«

»Hör auf damit, Raphael! Keon hasst dich nicht! Reiß dich zusammen!«

Er blickte zu mir, musterte mich zwei Sekunden lang und nickte dann schwach. Ich biss mir auf die Lippen, weil ich so verletzende Worte gewählt hatte, aber ich wusste mir bei Raphael manchmal nicht anders zu helfen. Es war, als würde ich jemanden treten, der sich schon selbst eine Schlinge um den Hals gelegt hatte und immer fester zuschnürte, aber er brauchte diesen Tritt manchmal.

»Ich reiße mich zusammen …«, versprach er leise und blickte auf seine dunkelrot gefärbten Hände. »Gabriel und ich konnten die meisten töten«, erklärte er und bestätigte damit meine Vermutung, dass er selbst gekämpft hatte.

»Wie konnten sie das Kloster so zurichten? Es waren einfache Dämonen, oder?«

Raphael schüttelte den Kopf. »Das waren nicht die Dämonen. Das war Keon. Er wollte die Ordensschwestern nur beschützen, aber er war zu verstört, um seine Kräfte zu kontrollieren. Er hätte sich beinahe selbst umgebracht …«

Ich kniff die Augen zusammen, weil mir bewusst wurde, wie groß die Vorwürfe wirklich waren, die sich Keon machte. Zu allem Überfluss war er auch noch der Sohn eines Mannes, der die Selbstgeißelung so oft und gern in sein Leben ließ, dass sie mittlerweile Freunde geworden waren. Wenn Keon auch nur ein Stück dieser Eigenschaft geerbt hatte, würde er noch härter mit dieser Nacht zu kämpfen haben, als ich vermutet hatte.

Wir schwiegen eine Weile – Zeit, in der ich mich an etwas erinnerte, das mir Gabriel eigentlich im Vertrauen erzählt hatte. Ich musste es ansprechen, weil nichts wichtiger war, als Keon zu helfen, diesen Vorfall zu verarbeiten.

»Du kannst mehr als nur Wunden und Krankheiten heilen …«, begann ich meine Feststellung vorsichtig. »Deine Gabe hat auch Einfluss auf den Geist.«

Raphael wandte den Blick wieder zu mir, sah mich so durchdringend an, als wollte er in mir lesen, woher ich dieses Wissen über etwas hatte, über das er nie sprach.

»Gabriel hat mir erzählt, dass du …«

»Dieser Teil meiner Gabe kann Keon nicht helfen«, unterbrach er mein Geständnis und seufzte. »Ich kann nicht, was du kannst – ich nehme keinen Einfluss auf Gefühle, ich verwische nur Erinnerungen.«

»Aber wenn du ihm hilfst, zu vergessen, dann …«

»Nein«, unterbrach er mich erneut und musterte mich, als wäre ich vollkommen ahnungslos – wahrscheinlich war ich das auch. Diesen Teil seiner Gabe hielt Raphael so streng geheim, dass kaum jemand davon wusste. Ich hätte auch nicht davon erfahren, hätte Gabriel nicht während eines unserer Trainingstreffen zu viel geplaudert. »Ich kann niemanden etwas vergessen lassen, woran er festhält. Nur Dinge, die man loslassen möchte, oder Erinnerungen, die sowieso verschwommen sind. Dieser Teil meiner Gabe ist dazu gedacht, sterbenden Wesen grausame letzte Gedanken zu ersparen. Natürlich kann ich sie einsetzen, aber Keon hält viel zu stark an dieser Erfahrung fest, sie war viel zu einschneidend. Wenn meine Gabe so stark wäre, hätte ich dich Astaras bereits am ersten Tag, als ich von eurer Beziehung erfahren habe, vergessen lassen. Glaub nicht, dass ich es nicht versucht hätte …«

Ich hätte geschmunzelt, wäre mein Lächeln nicht eingefroren gewesen. »Er wird es trotzdem schaffen. Keon wird älter werden, stark, schön und vielleicht das hellste Licht, das unsere Welt je hervorgebracht hat.«

Raphael seufzte leise. »Ein Licht. Das klingt gut.«

»Ist es, du wirst sehen …«

Meine Überraschung

Acht Monate später

Wir liefen durch den Wald, begleitet vom Rascheln der Blätter und einem angenehm erdigen Geruch. Ich achtete darauf, dass Mia nicht über eine der vielen Wurzeln stolperte, weil sie ihre Aufmerksamkeit auf die Baumkronen gerichtet hatte. Als sie plötzlich an meiner Hand zog, folgte ich ihrem ausgetreckten Zeigefinger mit dem Blick und sah hoch auf die Tanne.

»Conan!«, tönte sie fröhlich und deutete auf den kleinen schwarzen Punkt in der Ferne, der sich bewegte.

»Nein, das ist eine Amsel«, erklärte ich ihr und sah sie enttäuscht das Gesicht verziehen.

Wir waren schon den ganzen Vormittag auf der Suche nach Conan – der Krähe, nicht dem Erzdämon.

Vor zwei Wochen hatte Mia den kleinen verletzten Vogel gefunden. Als wir ihn gesund gepflegt hatten, war er wieder im Wald verschwunden. Dass sie ihn Conan genannt hatte, brachte mich auch heute noch zum Schmunzeln. Es musste an den klugen schwarzen Augen und den dunklen Flügeln des Tieres liegen.

»Conan geht es bestimmt gut. Vielleicht hat er eine Freundin gefunden und sich verliebt«, spekulierte ich grinsend. »Oder er hat einen Club aufgemacht und lädt jeden Abend alle Tiere zu sich ein.«

Mia lachte, obwohl sie die Anspielung eigentlich nicht verstand. Die Vorstellung von tanzenden Tieren gefiel ihr aber.

»Vielleicht hat er gestern auch einfach zu viel Wein erwischt und schläft sich gerade aus. Wir sollten morgen wieder nach ihm suchen.«

Sie nickte einsichtig. Ich lag mit meiner letzten Vermutung wahrscheinlich richtig. Conan schlief bestimmt gerade seinen Rausch aus, wobei ich nicht sicher war, ob mit oder ohne Freundin.

Wir spazierten zurück nach Hause, beobachteten einen Feldhasen und ein Rehkitz, die sich nicht an unserer Anwesenheit störten. Mia mochte den Wald, die Tiere und unsere Spaziergänge, aber ich spielte in letzter Zeit mit dem Gedanken, mit ihr in die Stadt zu ziehen. Es war schön, aber etwas einsam in unserem Idyll. Sie brauchte andere Kinder zum Spielen, Wesen um sich herum, die keine Flügel oder Schwerter trugen, sonst wuchs sie in einer Realität auf, die eigentlich nur der versteckte Schatten der menschlichen Wahrnehmung war.

»Motorrad.«

Ich war so in Gedanken versunken, dass Mia die dunkelgraue Maschine vor mir bemerkte. Sie parkte auf dem Weg, der zu unserer Haustür führte.

»Warte hier, bis ich dich rufe«, bat ich sie und setzte mich in Bewegung, um herauszufinden, wer der unangekündigte Gast war.

Das Motorrad war mir fremd, aber das Ordenslogo auf dem Helm, der auf dem Sattel lag, schränkte die Möglichkeiten schon mal ein. Vielleicht hatten Luca oder Ares ihre Maschinen geschrottet und nun einen neuen fahrbaren Untersatz. Ich drängte mich selbst dazu, nur harmlose Spekulationen zu machen, aber es gelang mir nicht. Nach dem Vorfall im Kloster war ich vorsichtiger geworden, meine Gedanken ängstlicher, vielleicht sogar paranoider.

Wenn mich jemand mit dem Ordenslogo nur täuschen wollte, würde dieser Plan aber nicht gelingen. Ich fühlte an der angelehnten Haustür nach den Schwingungen, die in der Luft lagen, und seufzte erleichtert. Keine Verschwörung, kein Hinterhalt, eine Wächteraura – stark und leuchtend.

Mit lauten, großen Schritten stapfte ich durch den Flur. Wer auch immer glaubte, einfach unangemeldet und eigenmächtig in mein Wohnzimmer spazieren zu können, durfte mit keiner allzu freundlichen Begrüßung rechnen. Es lag keine Anspannung in der Luft, keine Angst oder Panik, es konnte also kein Notfall sein.

Als ich im Wohnzimmer stehen blieb und er sich vom Bücherregal ab- und mir zuwandte, hielt ich den Atem an.

»Hallo, Lia. Es ist ein paar Jahre her.«

Ich starrte in ein Paar leuchtend grüne Augen mit braunen Sprenkeln, das mir sofort so vertraut vorkam, als wäre er nie weg gewesen. Seine Haare waren etwas länger geworden, der Dreitagebart ließ sein Gesicht markanter aussehen, aber das süffisant anmutende Lächeln war dasselbe geblieben.

»Levis …«

Seinen Namen auszusprechen, fühlte sich seltsam an. Ich hatte ihn so lange verschwiegen, vor allen, auch vor mir selbst.

Er machte ein paar Schritte auf mich zu, die Hände in den Hosentaschen. Ich dachte, er würde viel näher kommen, aber er ließ mir so viel Raum, als hätte er Angst, dass ich ersticken könnte, wenn wir zu dicht voreinander standen. Seine Stimme hatte diesen schönen, angenehmen Klang in meinen Ohren, weil ich so viele wohltuende Erinnerungen mit ihr verband.

»Du siehst unglaublich gut aus. Bist du dir sicher, dass du kein weiblicher Erzengel bist oder so etwas in dieser Richtung?«

Ich schüttelte den Kopf und versuchte, die überraschte Miene in den Griff zu bekommen. Wahrscheinlich starrte ich ihn an, als hätte ich ihn für tot gehalten.

»Ich komme unangemeldet, ich weiß«, meinte er schulterzuckend. »Aber ich war in den letzten Tagen auf einer Mission hier bei euch und dachte mir …« In ihm wuchs eine Unsicherheit, die ich nicht einreißen lassen wollte.

»Schon gut! Es ist schön, dich wiederzusehen.«

»Ich war mir nicht sicher, ob du mich nicht gleich wieder rauswirfst, aber versuchen musste ich es. Drei Jahre … Und es ist kein Tag vergangen, an dem ich nicht an dich gedacht habe. Klingt das beängstigend? Ich fühle mich gerade wie ein Stalker, aber keine Angst, ich bin nur hier, um mich zu versichern, dass es dir gut geht, nicht um dir eine Haarsträhne abzuschneiden und sie zu Hause einzurahmen oder ähnlich Abgedrehtes.«

Das Herz auf der Zunge, genau so hatte ich Levis in Erinnerung. Wir standen uns kaum zwei Minuten gegenüber und ich musste schon schmunzeln.

»Es geht mir gut«, versicherte ich und ließ mich von seiner positiven Aufregung anstecken.

»Das freut mich. Wirklich.« Er ließ seinen Blick auf den Couchtisch schweifen und griff sich den Teddybären, der darauf lag. »Ich schätze, du wohnst nicht mehr allein. Wie geht es …« Er beendete seinen Satz mit Schweigen und ich drehte mich sofort um und lief wieder aus dem Haus.

»Mia. Kommst du zu mir?«

Sie hatte sich hingehockt und ließ eine Raupe über ihre Hand klettern. Als sie zu mir aufsah, glitt ihr Blick an mir vorbei auf den Wächter, der hinter mir stehen geblieben war. Sie kannte ihn nicht, aber sie verband schöne Dinge mit den leuchtenden Wächterauren, also lief sie grinsend auf uns zu.

Die Gefühle, die ich in Levis wachsen spürte, balancierten auf einem schmalen Grat zwischen angenehm und schmerzhaft. Er sah sie zum ersten Mal und ich ließ ihm ein wenig Zeit, um seine Gedanken zu ordnen.

Mia kicherte, während das grüne Insekt über ihren Arm krabbelte. Als sie ihre Hand zu Levis hochstreckte, musterte er sie noch immer so eindringlich, als wäre sie das einzigartigste Wesen der Welt.

»Da! Raupe!«

Er bückte sich zu ihr hinunter und verzog scherzhaft das Gesicht. »Krabbelzeug ist nicht mein Fall, entschuldige. Hast du nichts Plüschigeres? Eine Katze oder einen Hasen? Die streichle ich gern.«

Mia kicherte. »Ich habe Conan! Er schläft im Wald. Zu viel getrunken.«

Levis sah mit hochgezogenen Brauen zu mir auf. »Redet sie von dem Erzdämon?«, wollte er wissen, weil er wusste, dass ich und Conan befreundet waren.

Ich musste lachen und steckte Mia damit an. »Nein. Ihre Krähe heißt Conan«, klärte ich ihn auf.

»Ah. Gut. Ich dachte schon, es lebt ein durchgeknallter, betrunkener Erzdämon neben euch im Wald. Dann hätte ich mir Sorgen gemacht.«

Auch wenn seine Worte scherzhaft gemeint waren, den letzten Satz hatte er so sanft und einfühlsam gesprochen, dass ein Gefühl in mir wach wurde, das ich vor drei Jahren von einem Tag auf den anderen in Tiefschlaf versetzt hatte.

Levis wunderte sich kurz, weil Mia ihm die Hand auf die Wange legte, hielt dann aber still und begann, sie wieder zu mustern.

Die Sentimentalität, die in ihm zu toben begann, musste ihm unangenehm sein, weil seine starke Seele nicht daran gewöhnt war.

»Schön!«, tönte Mia und ließ Levis wieder los, um ins Haus zu laufen.

»Sie mag deine Aura und deine Gefühlswelt«, erklärte ich dem Wächter, der meinem kleinen blonden Mädchen nachstarrte.

»Wie ist ihr Name?«

»Mia.«

Levis richtete sich auf und lächelte mich an, ein schwaches Lächeln, weder süffisant noch amüsiert, eher schwermütig. »Sie sieht aus wie du …«, stellte er fest, klang aber so, als wäre er noch nicht fertig mit seinem Satz. Ich hatte es selten erlebt, dass er um Worte verlegen war, aber in ihm schäumten zu viele Emotionen auf. Ich versuchte, sie zu besänftigen.

»Ich muss dich das fragen, Lia. Bist du dir sicher, dass sie nicht meine Tochter ist? Ich meine … sie sieht ihm überhaupt nicht ähnlich.«

Während sich unsere Blicke ineinander verfingen, wurde mein Herz schwer. Ich hatte Levis schon mal wehgetan. Diesen alten Schmerz erneut in ihm aufflammen zu sehen, war mehr als unangenehm, aber er war das einzige Wesen, das ich noch nie belogen hatte, und ich würde jetzt nicht damit anfangen.

»Du wärst Mia ein großartiger Vater, aber …«

»Schon gut!« Dass er mich unterbrach, tat uns beiden gut. Die Flammen in seiner Seele blieben klein, weil die Zeit ihnen die Luft genommen hatte, und die Schwere in meinem Herzen glich einer gewohnten Last. Levis zuckte mit den Schultern. »Sie ist sehr, sehr süß und sieht glücklich aus. Alles andere spielt wohl keine Rolle.« Er fand sein schönes Lächeln wieder und schenkte es mir. Niemand konnte Probleme so schnell weglächeln wie Levis. »Ich bin ungefähr eine Woche lang hier. Ich brauche mal Abstand von der *Ars Libertas*. Kann ich euch noch mal besuchen? Oder ist das seltsam?«

»Wo übernachtest du?«, wollte ich wissen und musterte die neue Narbe, die über seinen Handrücken verlief.

»Wahrscheinlich an der *Ars Vivendi*. Von einem Orden in den nächsten. Ich habe nicht wirklich Lust darauf, aber …«

»Du kannst hier schlafen. Das Sofa ist bequem und Mia und ich würden uns über ein wenig Gesellschaft freuen.«

Levis sah überrascht aus, dann kniff er ein Auge zu und legte den Kopf schief. Diese Mimik, dieser Schalk, der ihm im Nacken saß und der einen Probleme vergessen lassen konnte – ich hatte es sehnsüchtig vermisst, mit ihm zu sprechen.

»Du lädst deinen Exfreund ein, bei dir zu übernachten? Ich weiß nicht, ob das so klug ist. In den Liebesromanen geht das meistens schief.«

»Mein Leben war noch nie ein Liebesroman, keine Angst«, entgegnete ich schmunzelnd.

»Das ist nett von dir und ich würde liebend gern Ja sagen, aber bist du dir sicher? Ich will dir keine Umstände machen.«

»Haben dich die vergangenen Jahre so förmlich werden lassen? Das letzte Mal, als du bei mir eingezogen bist, hast du dich einfach geweigert, zu gehen«, erinnerte ich ihn und beschwor damit Bilder an eine wunderschöne, aber viel zu kurze Zeit in unser beider Leben.

»Ja. Meine Hartnäckigkeit hat sich zum Glück bezahlt gemacht. Gott, war ich aufdringlich! Du hättest mich wohl k. o. schlagen müssen, um mir eine Abfuhr zu erteilen«, scherzte Levis und ließ seinen Blick kurz zu der Stelle in meinem Garten schweifen, an der diese trügerisch unbeschwerte Zeit ihren Anfang genommen hatte. Dort standen jetzt Flechtstühle und ein Eichentisch.

»Setz dich. Ich sehe kurz nach Mia und bringe eine Flasche sündhaft teuren Wein von Conan mit, der vielleicht schon zu Essig geworden ist, weil ich zu faul war, ihn in den Kühlschrank zu stellen.«

Während er Platz nahm, ging ich ins Wohnzimmer, wo sich Mia gerade dem Puzzle widmete, das sie von Beryl bekommen hatte. Eine kleine Kapelle auf einem Hügel, der ins Licht des Sonnenuntergangs getaucht war. Eigentlich viel zu schwierig für ihr Alter, aber sie werkte trotzdem gern und oft daran herum, weil sie das Motiv so mochte.

»Ich setze mich draußen zu Levis. Er wird ein paar Tage bei uns bleiben«, erklärte ich ihr und erntete ein freudiges Nicken. Sie mochte es, wenn wir Besuch hatten, aber ich musste sie trotzdem um etwas bitten. »Dass Levis hier ist, bleibt unser Geheimnis, ja?«

Ich legte mir den Zeigefinger auf die Lippen und schmunzelte. Mia imitierte meine Geste und kicherte kurz.

Ihr war nicht klar, dass der Mann mit der leuchtenden Aura für alle anderen ihr Vater war und bleiben würde. Auch wenn ich sie nur beschützen wollte, hatte sie jedes Recht, mir meine Lügen irgendwann vorzuwerfen. Wenn sie alt genug war, um die Wahrheit zu erfahren, durfte sie mich zur Rechenschaft ziehen, im Moment fühlte sie sich aber wohl in dem schützenden goldenen Käfig, den ich um uns herumgebaut hatte.

Mein Omen

Zwei Wochen später

Ich wusch Teller ab. Die Sonnenstrahlen, die durch das Küchenfenster fielen, wärmten meine Haut. Das wohlige Gefühl in meinem Inneren kam aber von dem lauten Lachen, das schon eine ganze Weile an mein Ohr drang.

Die helle, zarte Stimme und die tiefe, melodische wechselten sich die meiste Zeit ab, ertönten aber auch gemeinsam und konnten sich dann kaum wieder beherrschen.

Was auch immer Mia und Levis im Garten so sehr amüsierte, es überflutete mein Herz mit so viel Glück, dass sich die Zeit für mich regelrecht unwirklich anfühlte.

Er war jetzt zwei Wochen hier und hatte etwas in unser Haus gebracht, das Normalität glich, aber in Wirklichkeit strahlende Lebensfreude und Unbeschwertheit war. Levis konnte mich vergessen lassen, dass es eine Welt außerhalb unseres Waldes gab, in der stille Kriege ausgetragen wurden und das Schicksal einen Plan verfolgte.

Hier gab es nur uns und unser trügerisch wohltuendes Zusammensein, das sich viel mehr nach Familie anfühlte, als ich zulassen wollte.

Wahrscheinlich lebten wir in einer Seifenblase, hinter einer zwangsläufig vergänglichen, fragilen Wand, von der aus das Leben außerhalb nur verschwommen und dumpf an uns vorbeizog, aber ich war bereit, naiv genug zu sein, um diesen Zustand zu genießen. Levis und ich hatten unsere Telefone abgestellt, wir ließen nichts und niemanden an uns heran, nicht den Orden, nicht Himmel oder Hölle, nur argloses Lachen, das uns vorlog, wir hätten nie einen Krieg oder den Tod gesehen. Wie lange wir diese schöne Illusion aufrechterhalten konnten, wusste ich nicht, nur, dass wir ganz plötzlich und unverhofft das normale, behütete Leben führten, das ich mir für Mia immer gewünscht hatte.

Ich sah der Seifenblase, die sich aus dem Wasser und dem Spülmittel geformt hatte, beim Schweben zu und musste schmunzeln. Gottes Zeichen waren manchmal so klein und still, dass man sie mühelos übersehen konnte, aber mein Geist war gerade offen für Omen.

Gedankenverloren streckte ich den Zeigefinger nach der kleinen Blase aus, um sie darauf landen zu lassen. Sie zerplatzte nicht, aber das Lächeln wurde trotzdem von meinen Lippen gewischt.

Ich starrte auf die fließenden Regenbogenfarben, in die sich plötzlich helles Rot mischte. Die Spitze meines Zeigefingers war wohl von einem der Messer, das ich abgewaschen hatte, aufgeritzt worden. Es war nur ein kleiner Tropfen Blut, aber die Reaktion, die er auslöste, ließ die Wärme in mir zu Kälte werden.

Die unnatürliche Verfärbung breitete sich auf der fragilen Hülle aus und schluckte die Regenbogenfarben. Eine blutrote Seifenblase die unheilvoll in den Sonnenstrahlen leuchtete, ehe sie in Zigtausende feine Partikel zersprang.

Ich stellte nicht mal das Wasser ab, sondern lief nach draußen, dem Lachen entgegen, das sich plötzlich genauso dumpf und unwirklich anhörte, wie sich unsere Realität anfühlte.

Levis lag mit Mia in der Wiese und sah breit grinsend zu mir auf. Als er die Panik in meinem Blick erkannte, raffte er sich auf.

»Was ist denn los?«

Ich sah hoch in den strahlend blauen Himmel. Es fühlte sich so an, als würde er jeden Moment über uns einstürzen und uns begraben. Mein Herz hämmerte wie wild, obwohl die Sonne unerbittlich schien und ich noch immer Mias Lachen im Ohr hatte. Ich wollte auf dem Absatz kehrtmachen und Gabriels Klinge holen, weil all meine Instinkte danach schrien, die stärkste Waffe in die Hand zu nehmen, die ich finden konnte, aber Levis packte mich und hielt mich zurück. In seinem forschend eindringlichen Blick lag Sorge.

»Lia! Sag mir, was los ist!«

Ich blieb stumm, weil ich diese beklemmende Panik in mir nicht beschreiben konnte. Sie füllte mein Inneres und kam mit Tatendrang und einem ebenso gegensätzlichen wie zerreißenden Gefühl einher: Angst vor der Aussichtslosigkeit. Levis begann, mich zu schütteln, aber er stoppte, als die ersten hellgrauen Flocken auf unserer Haut liegen blieben.

»Schnee …?«, murmelte er fassungslos und tastete nach der Flocke, die auf meiner Schulter liegen geblieben war.

Ich starrte durch Levis hindurch und antwortete ihm ton- und atemlos. »Asche …«

Kaum hatte ich es ausgesprochen, brach die gleißende Dunkelheit über uns herein. Unsere unwirklich stille Realität kippte endgültig, als sich das Tor zur Hölle vor uns öffnete.

Er stieg aus einer grauen, kalten Welt, deren Pforte sich hinter ihm schloss, als er den ersten Schritt getan hatte. Seine Miene war nicht maskenhaft, nicht emotionslos. Im Gegenteil: In Astaras' Augen funkelte Wut.

Kämpfen, weglaufen, schreien, schweigen, flehen, drohen, weinen – ich wusste nicht, was ich tun musste, damit hier und heute kein Blut vergossen wurde. Der schwarzhaarige Engel, dem meine Vergangenheit gehörte, rührte sich nicht, er funkelte mich nur an. Ich drückte Levis von mir, damit er nicht mehr so nah stand, ganz langsam, nicht hektisch. Sein Herz schlug so wild, als würde er gerade im freien Fall vom Himmel stürzen. Wahrscheinlich war es das: ein freier Fall – und der Aufschlag würde uns töten.

»Es ist nicht so, wie es aussieht. Beruhige dich ...«

Ich hatte noch nie so unerbittlich versucht, auf ihn einzuwirken. Während ich ihn mit Ruhe flutete, schluckte ich seine Dunkelheit. Levis wollte meine Hand packen, ich konnte meine aber wegziehen und begann, auf Astaras zuzugehen.

»Du warst vier Jahre weg ...«, flüsterte ich ihm leise zu, um ihm bewusst zu machen, wie viel Zeit vergangen war. In der Hölle nahm er Tage, Wochen, Monate und Jahre nicht als solche wahr, es war mir aber wichtig, dass er verstand, dass sich das Leben hier weitergedreht und verändert hatte.

Meine Schritte wurden immer langsamer. Ich lächelte ihn an, aber meine Mundwinkel zuckten, weil die Angst meine Nerven flattern ließ.

»Bleib stehen.«

Die ersten Worte aus seinem Mund veranlassten mich, zu erstarren. Seine Stimme klang nicht fremd, sondern vertraut, was mich noch viel mehr schaudern ließ. Er neigte den Kopf ein kleines Stück. Ich kannte diesen Blick, diesen vorwurfsvollen, eifersüchtigen Ausdruck in seinen Augen. Er war immer derselbe gewesen, auch damals, als seine Iriden noch blau gewesen waren. Vor mir stand nicht das Chaos, sondern Astaras, den der Gedanke, ich könnte mich jemand anderem hingeben, schon immer rasend gemacht hatte. Deshalb hatte er mir versprechen müssen, nie unangekündigt zu kommen. Ein Versprechen, das er gerade gebrochen hatte.

»Wie. Kannst. Du. Nur?«

Jedes seiner Worte klang abgehackt, so vorwurfsvoll, als würde *ich* die Welt untergehen lassen wollen.

»Wie kannst du mich nur so wütend machen?«, wollte er wissen und schüttelte langsam den Kopf.

Ich setzte zu einem Satz an, den ich sofort wieder verwarf. Meine Antwort blieb ein erbärmliches, kurzes Jammern.

Was sollte ich ihm sagen? Dass sich Levis in mein Herz gestohlen hatte, weil ich einsam war? Dass ich alles dafür gegeben hätte, um ihn endlich zu vergessen? Dass ich nichts weiter wollte, als ein normales, friedliches Leben ohne ihn?

Jeder dieser Sätze hätte Blut vergossen, also schwieg ich.

»Ich hätte es ertragen können …«, sprach er furchterregend leise, aber mit endlos viel Wut in der Stimme. »Ich hätte ertragen können, was ich geworden bin. Ich hätte es kontrollieren können. Und dann machst du mich so grenzenlos wütend …«

Vorwürfe, die mitten in mein zitterndes Herz trafen und mich zwangen, Lügen auszusprechen, weil ich glaubte, ihn nur mehr damit beruhigen zu können.

»Es ist nicht so, wie es aussieht!«, wiederholte ich meinen ersten Satz an ihn und schüttelte verzweifelt den Kopf. »Ich kenne ihn kaum, er ist nur auf der Durchreise! Er hat überhaupt nichts mit uns beiden zu tun.«

Astaras' Gesicht wurde noch zorniger. Er bekam die schneeweißen Zähne beim Sprechen kaum auseinander, was jedes seiner Worte zu einem Knurren werden ließ. »Lüg mich nicht an!«

Ich wollte etwas erwidern, aber er brüllte über meinen Einwand.

»Ich habe euch gesehen! Dich und den Wächter! Ich sehe euch schon lange!«

Verständnislosigkeit legte sich in meinen Blick, aber nur, bis sie von Erkenntnis vertrieben wurde. Ich riss die Augen auf, als mir bewusst wurde, wie Astaras uns hatte sehen können, ohne hier gewesen zu sein. Trotz der gottlosen Macht in ihm hatte er die Gabe, die er schon als Engel besessen hatte, nie verloren.

»Immer wieder derselbe verdammte Traum! Ich schließe die Augen und sehe dich mit ihm! Diese Bilder! Sie machen mich wahnsinnig!«

»Es tut mir leid! Ich wusste nicht, dass du Visionen von mir hast, ich wollte dir nicht wehtun, ich …«

»Mir nicht wehtun?! Du hast mich kaputt gemacht, Lia!«

Als er plötzlich kurz die Lippen verzog und dunkel lachte, begann ich, vollends zu begreifen, wie seiden der Faden der Kontrolle war, den Astaras noch über das Chaos in sich hatte.

»Ein Wächter …«, murmelte er verstörend belustigt und knurrte im nächsten Moment. »Du liebst deinen verdammten Orden, nicht wahr? Er wird in Blut schwimmen. Ich werde sie alle in Stücke reißen.«

»Nein! Du bist wütend auf mich, auf niemanden sonst! Reiß dich zusammen! Wenn du Rache willst, übe sie an mir, niemand sonst hat dir das Herz gebrochen! Die Wächter haben nichts damit zu tun, halt sie da raus!«

Meine lauten Worte erreichten ihn, aber er ließ mich wieder nur dieses verstörende Schmunzeln sehen.

»Es hat schon begonnen«, sprach er, als würde es ihm Vergnügen bereiten, aber in ihm flammten Schmerz und Verzweiflung. »Ich konnte nicht mehr in der Hölle warten und diese Träume träumen, also bin ich aufgewacht und habe begonnen …« Er vervollständigte seinen Satz nicht, ließ nur seinen Blick an mir vorbeischweifen.

Ich drehte mich um und sah, wie sich Mia an Levis drückte und weinte. Er hatte sie auf den Arm genommen und drehte sie weg von Astaras. Ich konnte die Todesangst in Levis fühlen, aber er ließ kein Fünkchen davon seine Miene zeichnen. Er war bereit, zu kämpfen, den aussichtslosesten Kampf seines Lebens, weil er etwas wollte, das nicht in seiner Macht stand: uns beschützen.

Die schwarzen Augen blickten wieder zu mir und musterten mich fassungslos. Natürlich hatte er die Ähnlichkeit erkannt.

Mias Gesicht schrie zum Himmel, dass sie meine Tochter war. Sie hatte er nicht in seinen Träumen gesehen, weil der Schock seine Miene zeichnete.

»Du hast … ein Kind mit ihm«, sprach er noch immer viel zu ruhig für seinen unkontrollierten Gefühlszustand. Ich kam nicht mal dazu, den Kopf zu schütteln, weil sich Astaras plötzlich in Bewegung setzte und die Hand nach Levis und Mia ausstreckte.

»Nein!«

Meine Stimme schallte hinauf in den blauen Himmel und hinunter in die graue Hölle. Solange ich noch atmete, würde er ihr kein Haar krümmen!

Ich sprang ihm entgegen und packte ihn, so fest ich konnte. Astaras verlor das Gleichgewicht und riss mich mit sich ins Gras. Meine Gabe schlug auf sein Inneres ein und er begann zu schreien. Als er mich an den Armen packte, tat ich es ihm gleich. Es fühlte sich so an, als würde er mir die Knochen brechen, aber ich musste Körperkontakt zu ihm halten, weil ich ihn sonst nicht mehr zurückhalten konnte.

Er drückte mich auf den Boden, ich fühlte das Gewicht seines Körpers auf meinem. Zwischen unseren Gesichtern lag kaum ein Zentimeter und trotzdem waren wir uns nie ferner gewesen, selbst als Welten zwischen uns gelegen hatten.

Meine Haut begann, unglaublich intensiv zu schmerzen, weil er seine Engelstelekinese auf mich wirken ließ. Astaras wollte mich töten, ich hatte es nie deutlicher gefühlt als in diesem Moment. Ich durfte nicht sterben, nicht hier und jetzt, vor den Augen meiner Tochter.

In mir flammte etwas auf, das Kräfte aktivierte, die ich nicht kannte. Er schrie und sackte dann kurz auf mir zusammen. Es dauerte nicht mal drei Sekunden, bis er wieder zu knurren begann und sein leidender Blick finster wurde.

Ich rechnete damit, dass der Schmerz gleich unerträglich werden würde, aber Astaras wurde von mir gerissen. Noch im

Hochraffen sah ich mich nach Mia um. Levis musste sie irgendwo versteckt haben, aber wenn ich Astaras nicht aufhalten oder beruhigen konnte, würde er sie finden und …

Levis prallte mit voller Wucht und dem Gesicht voraus gegen eines der Fenster. Da war plötzlich so viel Blut, dass ich Panik bekam, dass seine Halsschlagader durchtrennt worden war. Ich stürzte mich wieder auf Astaras, der mir den Rücken zugewandt hatte, weil er noch mal auf Levis losgehen wollte. Ihn zu Boden zu reißen, gelang mir, aber er drückte mich wieder so schnell nach unten, dass ich nichts weiter tun konnte, als ihn mit meiner Gabe zu quälen.

»So …«, presste ich zwischen den angespannten Lippen hervor. »So soll es enden?«

Er knurrte mir ins Gesicht, wir zitterten beide vor Schmerzen.

»Du tötest mich?«, krächzte ich und flehte meine Stimme an, nicht zu versagen. Ich musste ihn irgendwie erreichen und Worte waren die einzige Möglichkeit, durch das Chaos in ihm zu dringen. »Sie ist … deine Tochter … Asta…« Ich konnte seinen Namen nicht mehr aussprechen, weil er plötzlich seine Hand um meinen Hals legte. Ich dachte, er würde zudrücken, mich erwürgen, aber er starrte mich mit weit aufgerissenen Augen an und hörte plötzlich auf, mich mit seiner Telekinese zu quälen.

Sein hastiger Atem traf mein Ohr, weil sein Mund sich plötzlich daran drückte. »Ich … Ich …« Er brachte es kaum heraus, weil das Chaos ihn nicht sprechen lassen wollte. »Ich kann nicht aufhören …« Er hatte noch nie gequälter geklungen, nie verzweifelter. Seine Hand ließ meinen Hals los und ich konnte wieder sprechen.

»Verschwinde! Lass sie mich wegbringen! Bitte!«

Er starrte mich an, während mir die Tränen in Strömen über die Wangen liefen. Wenn auch nur ein kleiner Teil seiner Seele noch wach war, würde er mir diesen letzten Wunsch gewähren. Ich wollte Mia in Sicherheit bringen, unsere Tochter, die nichts für all diesen Wahnsinn konnte und deren junge, unschuldige Seele auf keinen Fall in den Flammen dieses Krieges verbrennen durfte.

Einen Aufschub dieses Blutbads, mehr wollte ich nicht. Wir würden uns töten, sobald ich den Beweis dafür, dass wir uns früher geliebt hatten, in Sicherheit gebracht hatte.

»*Ars Vivendi* … Sonnenuntergang«, flüsterte mir eine Stimme zu, von der ich nicht sagen konnte, ob sie dem Chaos oder Astaras gehörte.

Ich wollte ihn bitten, sich einen anderen Schauplatz für unseren letzten Kampf auszusuchen, aber er hatte sich zu sehr auf den Gedanken versteift, Wächter mit uns zu reißen.

Ich zuckte zusammen, als er plötzlich die grauen Schwingen manifestierte. Sein Körper erhob sich von meinem und ich sah ihn in den gleißenden Sonnenstrahlen verschwinden. Die erdrückende Aura entfernte sich und nahm den Tod an die Hand, weil er sein Begleiter bleiben würde.

Mein Abschied

Ich rief Mias Namen, während ich auf Levis zulief, der sich am Boden in einem Scherbenmeer krümmte. Es hatte nicht seine Halsschlagader erwischt, sondern sein linkes Auge. Es war blutüberströmt.

»Kannst du aufstehen?«, wollte ich wissen und zog ihn im selben Moment auf die Beine. »Ich muss Mia wegbringen! Und dann zum Schloss!«

Levis schwankte, hielt sich an mir fest und versuchte, trotz der großen Schmerzen einen klaren Gedanken zu fassen. Eine seiner Hände bedeckte sein blutendes Auge, die andere Hand lag auf meiner Schulter. »Er wird dich töten, Lia! Du stirbst, wenn du zum Schloss fährst!«

Ich schüttelte den Kopf, nicht, weil seine Unterstellung abwegig war, sondern weil es keine Rolle spielte.

Was vor mir lag, war die demaskierte Unvermeidlichkeit, die ich naiverweise aus meinem Leben geschoben hatte. Ich hatte immer gewusst, dass ich diesen Kampf kämpfen würde, immer gewusst, dass wir uns am Ende dieser blutigen Liebesgeschichte die Herzen aus der Brust reißen würden.

Dass er so schnell die Kontrolle verloren hatte, war meine Schuld. Ich hatte so unverblümt arglos gelebt, dass ich nicht nur beinahe Levis mit in mein pechschwarzes Schicksal gerissen hätte, sondern vielleicht auch viele Wächter darin verstricken würde.

»Ich schicke jemanden, der dich nach Hause bringt! Geh zurück an die *Ars Libertas* und komm nicht wieder, egal was passiert!«

Er wollte mir widersprechen, aber es hatte keinen Sinn.

»Ich habe keine Wahl, Levis! Dir war von Anfang an klar, dass ich in diesen Krieg ziehe! Du bist damals trotzdem geblieben! Du hast gesagt, du lässt mich gehen, und ich gehe jetzt!«

Ich wollte ins Haus laufen und nach Mia suchen, weil ich ihre Aura von dort fühlen konnte, aber er hielt mich an der Schulter fest.

»Wenn du jetzt gehst, Lia, sehen wir uns wahrscheinlich nie wieder!«, rief er aufgebracht, aber ich hatte keine Kraft, ihn zu beruhigen, ich hatte nicht mal die Kraft, mich selbst zu beruhigen.

»Nein … wahrscheinlich nicht. Es tut mir leid. Werde glücklich.«

Ich ließ ihn los, nach einem letzten Blick in sein blutüberströmtes Gesicht. Sein wütendes, verzweifeltes Schluchzen stach in mein Herz, aber es stand bereits lichterloh in Flammen.

Mia hatte sich unter der Decke in meinem Bett verkrochen. Ich hob sie hoch und versuchte, sie zu beruhigen, aber sie fühlte die unkontrollierten Emotionen in mir.

»Alles wird gut. Wir fahren zu Beryl, ja? Dort ist es schön, still und friedlich.«

Ich griff mir Gabriels Schwert. Sie drücke sich an mich und ich verbot mir, zu weinen, weil mich der Gedanke, dass ich mit ihr vielleicht das letzte Mal dieses Haus verließ, beinahe verrückt machte. Ich setzte sie vor mich auf den Motorradsattel und fuhr mit Mia durch die hauchdünnen Wände unserer blutroten Seifenblase in eine Welt, die gerade den Atem anhielt.

Der sandsteinfarbene Weg war mir noch nie steiniger vorgekommen. Ich stellte das Motorrad direkt vor der kleinen Kapelle ab, neben der silbernen Maschine, die jemandem gehörte, mit dem ich hier nicht gerechnet hatte. Ich wusste nicht, wieso Raphael hier war, aber mein nächster Weg hätte mich sowieso zu ihm geführt.

Es hatte keinen Sinn, zu verheimlichen, dass Astaras bei mir gewesen war, weil er diesen Kampf öffentlich austragen wollte. Ich musste sie warnen, Raphael bitten, das Schloss zu räumen, um es dann zu einem Kriegsschauplatz zu machen, der die dicken alten Mauern der *Ars Vivendi* in ihren Grundfesten erschüttern würde.

Zuerst musste ich aber für Mia vorsorgen und mich verabschieden, falls es mein Herz sein würde, das heute nach Sonnenuntergang stehen blieb.

»Siehst du, hier ist es schön. Du bist gern bei Beryl, oder?«

Ich wusste nicht, ob meine Stimme seltsam klang oder nicht, ich wollte möglichst ruhig sprechen und lächeln, weil wir hier vielleicht gerade die letzten Erinnerungen schufen, die Mia an mich haben würde. Sie hielt meine Hand mit beiden Händen umschlungen, während wir auf die Tür zugingen, an die ich vor zwölf Jahren geklopft hatte, als meine Großmutter gestorben war. Damals war mein Herz auch schwer gewesen, aber die Zeit hatte die Wunden gut geheilt, sie würde auch Mia Trost spenden.

Bevor ich klopfen konnte, ging die Tür auf. Der blonde Engel, der vor mir stand, war kein Priester, sondern ein Ordensleiter.

Raphaels Blick verfing sich sofort an meinem Hals. »Er war bei dir …«, stellte er schockiert fest. Hinter ihm tauchten Keon und Beryl auf.

Ich lächelte Raphael so eindringlich an, wie ich konnte. Er ließ seinen Blick zu Mia schweifen und verstand meine stillschweigende Bitte.

»Hallo, Mia. Verbringst du etwas Zeit mit Beryl und Keon? Das ist nett von dir.«

Sie sah haltsuchend in die tiefblauen Iriden, die sie so freundlich anstrahlten. Als Beryl neben Raphael trat, beruhigte sie das nächste warme Lächeln.

»Ich koche Tee. Willst du welchen? Er schmeckt nach Honig und Lavendel.« Er streckte ihr seine Hand entgegen. Mia sah noch mal zu mir auf und ich nickte ihr auffordernd zu. Als sie Beryls Hand nahm, traf mich sein Blick und seine gelassene Fassade bröckelte für eine Sekunde. Er hielt die Angst in sich angestrengt klein, um sie Mia nicht fühlen zu lassen, aber sie blitzte mich durch seine Augen an.

»Kommt. Lassen wir Lia und Raphael sich kurz unterhalten«, forderte Beryl die Kinder auf und ging mit Mia in sein Wohnzimmer. Keon weigerte sich, ihm zu folgen.

»Was ist mit dir?! Du bist verletzt!«, stellte er aufgebracht fest und machte einen Schritt auf mich zu. Keon war so groß geworden. Er war nur mehr einen Kopf kleiner als ich. In ein oder zwei Jahren würde er mich eingeholt haben und in ein paar weiteren würde er auf Augenhöhe mit seinem Vater stehen. Ich hätte das gern gesehen. Keon und Mia, wie sie größer wurden, älter, erwachsen. Ob mir das Schicksal so wohlgesonnen war, wusste ich aber nicht.

»Schon gut, das ist nicht schlimm. Nur ein Ausschlag. Ich bin wohl gegen irgendetwas allergisch«, erklärte ich Keon und zerschlug seinen Zweifel mit meiner Gabe. Er starrte noch immer auf die dunkelroten Flecken an meinen Hals.

»Geh ins Haus zu Beryl und Mia«, forderte Raphael in einem Tonfall, der keine Widerrede duldete. Keon funkelte seinen Vater wütend an, ehe er seiner Aufforderung folgte. Dieser Blick trat Sorgen in mir los, die mich die Situation noch schwerer ertragen ließen. Dieses angespannte Verhältnis zwischen den beiden – sie brauchten Hilfe dabei, ihre Schicksalsschläge zu verarbeiten, um die Liebe, die sie füreinander empfanden, nicht mehr hinter Vorwürfen zu verstecken.

Ich sah Keon nach, bis Raphael mir die Hände auf die Schultern legte und mich von der Eingangstür wegdrängte. »Was ist passiert?!«

Die heilenden Wellen, die mich durchströmten, linderten den Schmerz, den mein Körper empfand, mein brennendes Herz konnten sie nicht löschen.

»Er wird angreifen. Ich kann ihn nicht mehr beruhigen. Ich werde kämpfen und versuchen …«

»Nein! Du wirst nicht kämpfen!«, unterbrach mich Raphael so energisch und wütend, als wäre er der Zorn Gottes. »Es ist ein Wunder, dass du noch am Leben bist! Das ist Gabriels Krieg! Er wird ihn töten!«

»Er kann nicht allein gegen ihn kämpfen! Beim letzten Mal konnte er ihm nur mit Mühe und Not die Stirn bieten! Astaras ist noch stärker geworden! Die Macht in ihm ist gewachsen und außerdem hat er es auf die Wächter abgesehen! Du musst das Schloss räumen lassen! Er wird dort bei Sonnenuntergang auftauchen! Vielleicht schon früher!«

Raphael verfinsterte den Blick und begann, den Kopf zu schütteln. »Das Schloss räumen lassen …«, wiederholte er, als wäre ich völlig übergeschnappt.

»Hast du nicht gehört, was ich gesagt habe?! Er hat es auf die Wächter abgesehen!«

»Ich weiß!«

Wir bemerkten in diesem Moment beide, dass wir uns angebrüllt hatten. Unsere Blicke schweiften zu der Tür, hinter der sich die Kinder befanden, für die wir bereit gewesen wären, die ganze Welt anzuhalten, wenn es in unserer Macht gelegen hätte.

Ich ermahnte mich zur Ruhe, genau wie Raphael, der jetzt viel leiser und beherrschter sprach, obwohl der Inhalt seines Satzes purer Schrecken für mich war. »Ich weiß, dass er gezielt Wächter angreift, er tut das schon seit Tagen.«

Der Schock durchfuhr mich wie Nervenzucken. Ich starrte Raphael ungläubig an und wollte hören, dass er gerade den schlechtesten, makabersten Scherz der Welt gemacht hatte.

»Wir haben die vielen Verluste zuerst den unzähligen Ghulen zugeschrieben, die überall aufgetaucht sind. Aber es ist Astaras selbst, der die Wächter tötet.«

Meine Gedanken wurden so schwarz, dass sie mir Schmerzen bereiteten. Er hatte mir gesagt, dass es schon begonnen hatte, er hatte mir gesagt, dass er Levis schon lange in seinen Visionen sah, aber mir war nicht klar gewesen, dass er bereits dabei war, zu töten.

Es war meine Schuld. Ich hatte diesen unkontrollierbaren Hass in ihm geschaffen. Nicht das Virus wählte sich die Wächter als Feindbild aus, es war der Engel, der mich noch liebte und dem ich immer gesagt hatte, dass es nichts Wichtigeres als den Orden für mich gab. Die Eifersucht war schon immer sein größtes Laster gewesen. Ich war mir sicher, dass er sich selbst dann auf Levis gestürzt hätte, wenn das Chaos ihn nie als Wirt gewählt hätte und wir uns aus irgendeinem anderen Grund getrennt hätten. In so einer Realität hätte ich ihn besänftigen können, Worte gefunden, die sein entflammtes Herz löschen konnten – im Hier und Jetzt hatte sich die gottloseste und stärkste Macht, die wir kannten, mit seiner Eifersucht vermengt und ein Monster erschaffen.

»Wieso weiß ich davon nichts?! Wieso hat mir niemand erzählt, dass er wieder hier ist!?«

Mein erschütterter Vorwurf prallte an Raphaels strenger Miene ab.

»Du bist keine Wächterin mehr. Du hast den Orden verlassen«, antwortete er.

Ich konnte nicht fassen, dass er jetzt tatsächlich die Kraft in sich fand, um trotzig zu klingen. »Es geht um Astaras! Er tötet! Es spielt keine Rolle, ob ich eine Wächterin bin oder nicht! Ich hätte viel früher gegen ihn kämpfen können! Ich hätte Mia viel früher in Sicherheit bringen können!«

Mir war danach, Raphael zu ohrfeigen, aber aufeinander loszugehen, brachte uns nicht weiter.

»Du sollst nicht gegen ihn kämpfen, Lia! Ich will nicht, dass er dich tötet! Das würde ich nicht ertragen!«

Diese Begründung war ehrlicher als der ›Du bist keine Wächterin mehr-Schwachsinn‹, den er mir hatte auftischen wollen. Mir war klar, dass Raphael mich beschützen wollte, aber mir nichts von Astaras' Rückkehr zu erzählen, war genauso gefährlich gewesen, wie mich gegen ihn kämpfen zu lassen. Er hatte mich blind ins Messer laufen lassen.

»Ich habe einen Wächter geschickt, der auf dich aufpassen sollte«, verriet er plötzlich, so als hätte er den Vorwurf in meinen Gedanken gelesen. »Er wollte mir sofort melden, wenn Ghule in deiner Gegend gesichtet werden oder Anomalien auftreten.«

»Es war kein Wächter bei mir«, erklärte ich und biss mir im nächsten Moment auf die Lippen. Levis war bei mir, aber er war genauso ahnungslos gewesen wie ich. Er war keiner von Raphaels Wächtern. Wir hatten uns aus allen Ordensangelegenheiten rausgehalten, uns zurückgezogen, während um uns herum das Chaos zu toben begonnen hatte.

»Er wollte nicht, dass du mitbekommst, dass er auf dich aufpasst. Wenn du ihn entdeckt hättest, wärst du losgezogen und hättest versucht, Astaras zu töten. Das wollten wir nicht.«

Ich zog jetzt auch los, um ihn zu töten. Raphaels Plan war utopisch gewesen, er machte mir aber auch bewusst, dass er alles dafür gegeben hätte, mich von diesem Krieg fernzuhalten. Er hätte Astaras gern mit seinen eigenen Händen getötet, bevor ich überhaupt mitbekommen hätte, dass er zurückgekommen war. Dass es überhaupt so lange gedauert hatte, bis er bei mir aufgetaucht war, war nur im ersten Moment verwunderlich. Er führte diesen Krieg meinetwegen, ich hatte den Wächterhass in ihm wachgerufen, aber genauso, wie seine Eifersucht davon zeugte, dass der Engel in ihm noch lebte und fühlte, zeugte sein spätes Erscheinen bei mir davon, dass seine Liebe zu mir noch nicht tot war. Er hatte gewusst, dass wir kämpfen würden, sobald er bei mir auftauchte. Vielleicht hatte er seine Wut an fremden Wächtern entladen, in der Hoffnung, sie würde irgendwann schwächer werden und er würde den Drang kontrollieren können, auch mich hinzurichten. Seine Wut würde nicht verpuffen, nie wieder, und das Wächterblut, das er vergossen hatte, klebte ebenso an meinen Händen.

»Wen hast du geschickt, um mein Haus im Auge zu behalten?«, wollte ich von Raphael wissen, weil mir plötzlich etwas Schreckliches bewusst wurde. Da ich ihn vorhin damit überrascht hatte, dass Astaras bei mir war, hatte ihm niemand mehr Bericht erstatten können.

Raphael schüttelte den Kopf. »Es spielt im Moment keine Rolle«, meinte er kühl, aber ich ließ mich damit nicht abspeisen.

»Wen hast du geschickt?!«, brüllte ich aufgebracht und konnte die Tränen in meinen Augen gerade noch daran hindern, meine Wangen hinunterzulaufen. Wer auch immer auf mich aufgepasst hatte, war jetzt tot. Ermordet vor der bunten Seifenblase aus Verdrängung und trügerischem Frieden, in der ich gelebt hatte.

»Angst hat ihren Platz vor dem Krieg, Trauer hat ihren Platz nach dem Krieg. Schaff diesen Gefühlen jetzt keinen Raum, das macht es nur noch schwerer«, sprach Raphael Floskeln aus, die aus dem Mund eines Erzengels kamen, nicht aus dem eines Menschen.

»Tu nicht so, als ob es dich nicht vor Angst zerreißen würde! Tu nicht so, als würdest du nicht um jeden einzelnen Wächter weinen, den du schon verloren hast! Gefühle sind manchmal Monster, ja, aber wir können sie nicht abschalten! Und jetzt sag mir, wen du geschickt hast!«

Raphael starrte mich an. Seine Miene zeigte keine Regung, aber in seiner Stimme schwang die Trauer mit, die er so erbittert hinter dem Erzengel in ihm gefangen hielt. »Er wollte selbst auf dich aufpassen. Er wollte nicht, dass ich jemand anderen schicke. Er war der erfahrenste Wächter, den wir hatten, ich dachte …«

»Ares?!«, rief ich verzweifelt und musste dem plötzlichen Bewegungsdrang nachgeben. Ich lief ein paar Schritte den Hügel hinauf, den Blick in den Himmel gerichtet, den ich nur verschwommen sehen konnte, weil die Tränen mir die Sicht nahmen.

Mein Schluchzen verwandelte sich in ein Knurren und die tiefe Bestürzung in Vergeltungsdrang. Als ich umdrehte und wieder auf Raphael zuging, war sein Blick weich geworden.

»Was muss ich tun oder sagen, damit du auch hierbleibst? Bei den Kindern? Bleib bei ihnen, bleib bei Beryl, bleib bei … mir. Ich habe Angst, dass ich dich verliere. Kämpf bitte nicht, Lia.«

Ich funkelte den Erzengel an, der absurde Bitten an mich richtete. »Nichts und niemand wird mich daran hindern, gegen ihn zu kämpfen, Raphael! Ich werde ihn töten! Ich werde beenden, was ich angefangen habe, stoppen, was ich losgetreten habe!«

»Denk an Mia!«, spielte er seinen letzten Trumpf aus, von dem er wusste, dass er mich schmerzte.

»Ich denke in jeder Sekunde an sie!«, entgegnete ich wütend. »Glaubst du, ich will sie allein lassen?! Denkst du, ich möchte sterben?!«

Jetzt war es Raphael, der nicht mehr stillstehen konnte. Er machte ein paar Schritte, drehte sich wieder um und kam auf mich zu. »Ich lasse nicht zu, dass er dich tötet!«, schrie er mir ins Gesicht und packte mich an den Schultern. Ich legte ihm meine Hände auf die Wangen, drückte meine Stirn gegen seine und versuchte, uns irgendwie zu beruhigen.

»Ich muss nicht sterben …«, flüsterte ich eindringlich. »Wir kämpfen gemeinsam, wir schaffen das. Morgen kommen wir zurück und holen die Kinder ab.«

Er hob den Kopf, nickte nicht, schob nur die beißenden Ängste beiseite und ließ die Sehnsucht hinter den tiefblauen Iriden aufflammen. Ich fühlte seine Hand an meinem Hinterkopf. Als er mich zu sich drückte, hörte die Welt kurz auf, sich zu drehen.

Dieser Kuss glich einer weißen Feder in einem Meer aus schwarzer Asche. Obwohl sie nach ein paar Sekunden in der tiefen Dunkelheit versank, war sie ein Sinnbild der Hoffnung. Sie war da und wir konnten sie wiederfinden, sobald die Asche verschwunden war.

»Ich muss noch mal mit Beryl sprechen und mit Mia«, erklärte ich und trat einen Schritt zurück. Raphael nickte, obwohl er wusste, dass ich für eine Eventualität vorsorgen wollte, die ich vorhin noch verleugnet hatte. Lügen waren nicht immer schlecht, sie konnten Seelen und Herzen beruhigen, die dabei waren, vor Angst zu zerspringen.

Ich trat in das kleine Wohnzimmer, in dem Keon Mia gerade hochhob, damit sie an die Schale mit den Keksen auf der Kommode reichte. Ich schenkte ihnen ein Lächeln und ging in die Küche zu Beryl, der vor dem pfeifenden Teekessel stand und ins Leere starrte.

»Du kommst, um dich zu verabschieden …«, stellte er mit verstört ruhiger Stimme fest. Seine Gefühle schäumten über. Ich umarmte ihn von hinten, drückte mich an seinen Rücken und legte den Kopf zwischen seine Schulterblätter, dort, wo in einer anderen Welt unentwegt majestätische Schwingen gethront hatten.

»Erinnerst du dich an unser erstes Treffen?«, wollte ich wissen und beschwörte die Bilder an diesen heißen Sommertag vor dreizehn Jahren herauf.

»Natürlich erinnere ich mich.«

Ich lächelte, ließ die sanften Gefühle durch uns hindurchströmen, die die Erinnerung mit sich brachte. »Weißt du, was du damals für mich warst und immer sein wirst?«

Beryl antwortete nicht, er legte seine Hand auf meine.

»Der erste Engel in meinem Herzen.«

Als ich ihn losließ und er sich zu mir umdrehte, liefen ihm Tränen über die Wange. »Ich weiß nicht, was ich tun soll …«, gestand er leise und begann, den Kopf zu schütteln. »Mir ist, als ob Gott meine Gebete nicht mehr hört und ich dich verlieren werde …«

»Nein, Beryl. Er hört dich. Und wir werden uns nie ganz verlieren, nur vielleicht aus den Augen, für einen kurzen Moment.«

Meine Umschreibung schmerzte ihn, aber ich fand einfach keine Worte, die das nicht getan hätten.

»Tust du mir einen Gefallen?«, wollte ich wissen und sah ihn nicken, so wie er es immer getan hatte, wenn ich diesen Satz vor ihm ausgesprochen hatte.

»Kontaktier die *Ars Libertas* und lass Wächter in mein Haus schicken. Sie müssen jemanden abholen. Er ist verletzt.«

»Er?«

Ich unterdrückte das Seufzen, das ganz tief aus meiner Seele gekommen wäre. Beryl interpretierte meinen endlos schuldbewussten Blick richtig und nickte. Meine nächste Bitte auszusprechen, fiel mir noch schwerer, aber es musste sein.

»Mias Kindheit soll nicht von diesem Krieg aufgefressen werden. Ich will, dass sie ein menschliches Leben führt, mit Eltern, die ihr Normalität und die Schönheit dieser Welt beibringen können. Ares hatte Familie, die ich in den letzten Jahren öfter besucht habe. Sie kennen Mia. Ich habe sie darum gebeten, sie zu sich zu nehmen, falls mir etwas zustoßen sollte. Bring sie bitte zu ihnen, wenn ich nicht mehr zurückkommen kann.«

Beryl wandte den Blick ab. Ich wusste, dass er das nicht hören wollte, aber ich hatte keine andere Wahl, als ihn in meine Pläne einzuweihen. Egal, wie weit ich das Unvermeidliche in den letzten Jahren von mir geschoben hatte, mir war immer bewusst gewesen, dass ich Vorsorgemaßnahmen treffen musste. Armin und Linda wussten nichts von Engeln, Dämonen und Kriegen, aber sie würden Mia liebevolle, fürsorgliche Eltern sein, so lange, bis die Wächterin, die ohne Zweifel in ihr schlief, erwachen würde. Wenn sie alt genug war, würde ihr Leben eine Kehrtwende nehmen, aber ich war mir sicher, dass sie Freude und Erfüllung in ihrem Schicksal finden konnte – ebenso wie ich damals. Was ich ihr nicht mit auf den Weg geben wollte, war eine Kindheit voller Bürden, Ängste und Krieg.

»Komm morgen wieder und hol sie ab. Ich will Mia nirgends hinbringen«, entgegnete Beryl und schlug mir damit zum ersten Mal, seit wir uns kannten, etwas ab. Ich begann, wieder zu verleugnen, damit unsere Herzen nicht verbrannten.

»Gut, dann komme ich zurück.«

Mein Engel nickte und wandte sich dem Teekessel zu, weil er sich weigerte, Lebwohl zu sagen. Ich war ihm dankbar, dass er uns dieses Wort ersparte.

Keon rannte wütend durch die Tür nach draußen, vorbei an Raphael, der versuchte, die finstere Miene wieder zu verbergen.

»Was ist passiert?«, wollte ich wissen, aber der Erzengel zuckte nur mit den Schultern.

»Er beruhigt sich gleich wieder. Ich habe ihm nur verboten, mit zurück ins Schloss zu kommen.«

Dieses Verbot war unumgänglich. Keon musste dem Schloss fernbleiben, weil es zu einem Kriegsschauplatz werden würde.

Raphael hatte ihn ganz offensichtlich auch hier zu Beryl gebracht, um ihn in Sicherheit zu wissen.

»Schmecken die Kekse?«, fragte ich Mia, die auf dem Sofa Platz genommen hatte und sich an mich drückte, als ich mich zu ihr setzte. Die Bilder, die sie heute gesehen hatte, tobten noch in ihrem Bewusstsein, ich konnte es fühlen. Sie hatte Angst, obwohl sie nicht abschätzen konnte, was passiert war. Mein Blick schweifte zu Raphael. Ich schenkte ihm bittende Blicke, die ihn dazu veranlassten, sich auch auf dem Sofa neben Mia niederzulassen. Er legte ihr die Hand auf den Kopf und begann, sanft darüber zu streicheln.

»Ich muss etwas Wichtiges erledigen«, versuchte ich, ihr zu erklären, ohne die Angst erneut in ihr zu schüren. »Versprichst du mir, brav und fröhlich zu sein, solange ich weg bin?«

Sie sah zu mir auf und nickte dann. »Ja. Versprochen.«

»Danke …«

Ich hauchte ihr einen Kuss auf die Stirn und spannte meinen ganzen Körper an, weil er im Begriff war, zu zittern zu beginnen. Während Raphael nicht aufhörte, ihr über den Kopf zu streichen, prägte ich mir ihr Gesicht ein, ihre Augen, das unscheinbare schöne Leuchten ihrer Aura. Ich fühlte seltsame Schwingungen von dem Erzengel ausgehen, der gerade meiner stillschweigenden Bitte nachkam.

»Vergiss uns für eine Weile, Mia …«, hauchte er mit sanfter Stimme und ich sah meine Tochter müde mit den Augen klimpern. Sie ließ den Keks fallen und legte sich zwischen uns auf das Sofa. Raphaels Augen leuchteten überirdisch blau, während er einen Teil seiner Gabe wirken ließ, den er selten benutzte. Er vernebelte ihre Erinnerungen, nahm ihr die Angst, die Bilder von Astaras, Levis, ihm selbst und wahrscheinlich sogar von mir.

»Vergiss uns für eine Weile«, wiederholte er wie ein Mantra, während Mia der Schlaf übermannte. Als seine Augen wieder menschliche Schönheit angenommen hatten, sah er mich an.

»Es wird ihr gut gehen. Sie wird nicht daran zerbrechen«, versicherte Raphael mir und blickte in Richtung Tür. Dieses sehnsüchtige Leuchten in seinen Augen – ich konnte es interpretieren. Er hätte Keon auch gern geholfen, diese schwarze Zeit leichter zu ertragen, aber dieser Teil seiner Gabe funktionierte bei seinem Sohn nicht. Mia war noch so jung. Falls ich nicht wiederkam, würden ihre Erinnerungen an mich und alles Übernatürliche, das sie schon gesehen hatte, sowieso irgendwann verblassen. Sie würde sie nicht ins Erwachsenenalter mitnehmen, Raphael hatte den Vorgang nur beschleunigt.

Als ich mich erhob und einen letzten Blick auf mein schlafendes Mädchen warf, flutete ich den Raum mit dem Glück, das sie für mich war. Es würde ihnen helfen, die nächsten Stunden leichter zu ertragen.

Ich folgte Raphael nach draußen. Während ich Gabriels Schwert und die Halterung von meinem Motorrad nahm und sie mir um den Rücken schnallte, ging der Erzengel vor seinem Sohn in die Knie. Keon lehnte unter einer der Trauerweiden, die Hände in den Hosentaschen vergraben, den Blick stur auf den Boden gerichtet. Ich hörte nicht, was Raphael zu ihm sagte, ich fühlte das Wasser in ihm nur Wellen schlagen und Keons Gefühle dunkel, grau und schwermütig werden.

Als ich auf sie zuging, versuchte ich, ihm Linderung zu verschaffen, aber Keon hielt hartnäckig an seiner Wut und seinen Ängsten fest. Raphael beugte sich nach vorn und drückte seinem Sohn einen Kuss auf die Wange.

»Es tut mir leid …«, waren die letzten Worte, die er an ihn richtete, ehe er aufstand und auf sein Motorrad zuging. Ich schenkte Keon das wärmste Lächeln, das ich in mir finden konnte, aber er fand keine Kraft in sich, es zu erwidern. Graue Iriden, in denen Hilflosigkeit und Tatendrang glänzten, musterten mich eindringlich.

»Lia?«, rief er meinen Namen leise und wandte den Blick dann wieder auf den Boden. Als ich vor ihm stehen blieb, sah er verstohlen zu mir auf. »Du kommst zurück, oder? Du lässt Mia nicht hier allein. Mich auch nicht …«

»Ich werde euch nie allein lassen, Keon.«

Er nickte, obwohl er klug genug war, die Doppeldeutigkeiten meines Satzes herauszuhören.

»Passt du für mich in der Zwischenzeit auf Mia auf?«, wollte ich wissen und sah ihn die Tränen hinunterschlucken.

»Ja.«

»Danke.«

Ich hauchte ihm auch einen Kuss auf die Wange, wollte mich abwenden, aber er hielt mich fest.

»Passt du für mich dafür auf Raphael auf?«, stellte er mir eine Frage, die mein Herz bluten ließ. Ich nickte, schob die Traurigkeit darüber, dass er aufgehört hatte, ihn Papa zu nennen, beiseite und konzentrierte mich auf die tiefe Liebe in ihm, die er trotzdem für seinen Vater empfand.

»Ja, immer.«

Als ich mich umdrehte und auf mein Motorrad zuging, ließ ich meinen Blick ein letztes Mal über diesen magischen, ruhigen Ort schweifen, an dem wir heute Zuflucht gesucht hatten und an dem auch unsere Kinder immer Schutz finden würden. Die Trauerweiden schaukelten im Wind, der sandsteinfarbene Weg strahlte in der Sonne. Ich war mir sicher, dass dieses Idyll alle Kriege überdauern würde, ebenso wie Mia und Keon. Wir hatten Angst, dass sie im dunklen Schatten unserer Schlachten aufwuchsen, aber sie würden ihre eigene Geschichte schreiben. Eine spannende, lange Geschichte mit Tränen auf manchen Seiten, weil das Schicksal uns immer fordern muss, um uns stark zu machen.

Ich betete dafür, dass ihre letzten Seiten friedlich sein würden und dass ihre Geschichte sie zum Schmunzeln brachte, wenn sie am Ende ihres Abenteuers darin blättern wollten.

Mein letzter Kampf

Das Schloss war noch nie so voll gewesen. Mich erreichte die mächtigste, größte Ansammlung an Auren, die ich je gefühlt hatte. Als ich mit Raphael vor der Eingangstür hielt und mir den Helm vom Kopf zog, fuhr ich ihn an.

»Was ist denn hier los?! Du musst sie wegschicken, alle! Wenn Astaras hier auftaucht …«

»… werden sie kämpfen!«, beendete er meinen Satz energisch und deutete auf das Schloss. »Sie sind Wächter, Lia! Gottes Krieger! Sie wurden dazu geboren, zu kämpfen, ihre Welt zu beschützen, und genau das werden sie tun. Ich kann sie nicht davon abhalten. Astaras tötet ihresgleichen, er bedroht ihre Welt, deine Welt. Muss ich dir tatsächlich erklären, dass sich Wächterseelen nicht vor Kriegen fürchten? Du bist aus demselben Grund hier, oder?«

Ich stöhnte verzweifelt auf und fühlte diesen scheinbar endlos starken Zusammenschluss von leuchtenden Auren.

Ja, ich verstand sie, weil ich eine von ihnen war, geboren mit dem unerschütterlichen Drang, meine Welt zu beschützen. Trotzdem hätte ich sie alle lieber weit weggeschickt.

»Michael ist hier«, verriet Raphael etwas, das ich schon gefühlt hatte. Die feurige Cherubimaura war selbst in dem Meer aus Astralkraft nicht zu übersehen. »Er hat Wächter aus Italien mitgebracht. Sie sind von überall gekommen, als das Töten begonnen hat. Ich habe Entschlossenheit noch nie in so vielen Augen auf einmal leuchten sehen. Gott hat diese Welt mit beeindruckenden Kriegern bestückt. Ich hoffe, er hat vor, es dabei zu belassen …«

Raphael wandte sich von mir ab und betrat das Schloss. Ich sah hoch auf die weiße Fassade der *Ars Vivendi*. Dicke, furchtlose Mauern mit Charakter und Geschichte. Sie würden nicht vergehen. Sie konnten einstürzen, verbrennen, zersplittern, aber die Seele dieses Schlosses war so unsterblich wie die Zeit selbst.

Ich betrat die volle Aula und fühlte sofort Blicke auf mir ruhen. Sie waren alle hier, um gegen den dunklen Engel zu kämpfen, und viele von ihnen kannten mittlerweile auch seine Geschichte – eine Geschichte, in denen an vielen Stellen mein Name auftauchte. Ich hatte verdient, dass dieser Gang so schwer für mich war. Ich verdiente jeden forschenden, vorwurfsvollen Blick, jedes seltsame Gefühl, das sie mir entgegenschleuderten. Meine Schuldgefühle würden mich aber nicht daran hindern, heute mit ihnen zu kämpfen, selbst wenn das meine Sünden auch nicht von mir waschen konnte.

»Lia.«

Er rief meinen Namen so bedacht leise, als wüsste er, dass ihn laut auszusprechen unangenehme Stille in das Gemurmel in der Aula gebracht hätte. Luca zog mich am Unterarm zu sich und musterte mich, als wäre ich blutüberströmt.

»Es tut gut, dich zu sehen, Lia! Ich dachte, du wärst tot.«

Dieser starke, unerschütterliche Charakter, der regelmäßig mit der Hölle um verbotene Kräfte feilschte, konnte diesen Satz aussprechen, ohne sich von Ängsten knechten zu lassen. Luca war wohl der unerschütterlichste Mensch, den ich kannte, aber selbst in ihm machte ich eine beißende Unsicherheit aus, die ihn zu diesem nervösen Lippenbeißen veranlasste.

»Weißt du etwas? Wo und wann er als Nächstes auftauchen wird? Das Warten macht mich noch fertig«, verriet Luca und hoffte, Antworten von mir zu bekommen. Ich wollte ihm verraten, was ich wusste, aber die tiefe, klare Stimme eines Anführers schallte plötzlich durch die Aula.

»Hört mich an …«, bat Michael eindringlich. Der Cherub stand auf der breiten Treppe neben Raphael. Er hatte gerade erfahren, dass unser großer Krieg kurz bevorstand. »Wir haben uns hier zusammengefunden, um gemeinsam eine Schlacht zu schlagen. Euer Mut und eure Entschlossenheit, für diese Welt zu kämpfen, sind bewundernswert. Das Schloss wird bald von Ghulen übersät sein, deshalb …«

Während ihr Ordensvorstand ihnen bewusst machte, dass der Kampf mit Astaras hier und bald stattfinden würde, bahnte ich mir still und leise den Weg durch die Menge. Luca und alle anderen starrten so gebannt zu Michael hoch und hingen an seinen Lippen, dass mich kein einziger durchdringender Blick traf, bis ich hinter der Treppe verschwunden war.

Die angenehme Dunkelheit, die von dort ausging, war mir nicht entgangen. Conan lehnte wie ein unwirklich schöner Schatten an der Mauer und beäugte skeptisch seine linke Hand. »Ich habe mir einen Nagel eingerissen. Hast du eine Schere? Ich hasse das …«

Ich lehnte mich neben ihn, schloss die Augen und ließ mich von dem Strahlen aus alten Sünden und Philanthropie beruhigen. »Nein, habe ich nicht. Beiß die spitze Stelle einfach ab.«

Er murrte leise und benutzte dann wirklich die weißen Zähne. Als er das Stückchen Nagel auf den Boden gespuckt hatte, drehte er den Kopf in meine Richtung. »Ich bin nicht gern hier«, verriet mir der Erzdämon. »Ein Schloss voller idealistischer Gotteskrieger, deren größtes Verfehlen im Leben es war, sich ihr Flügelkreuz im Rosenkranz auf die Unterwäsche drucken zu lassen. Ich komme mir hier vor wie ein Fleischliebhaber zwischen radikalen Veganern.«

Der Drang, zu lächeln, fühlte sich falsch an, aber er war da. »Ja, ich weiß, was du meinst. Ich hatte mein Steak gerade erst.«

»Hat es geschmeckt?«, wollte Conan wissen und legte den Kopf schmunzelnd in den Nacken.

»Ich würde lügen, wenn ich Nein sagen würde. Es war gut, die letzten paar Bissen ausgenommen. Das macht mich zu einer von den Bösen, oder?«

Während Michaels tiefe, klare Stimme weiter Mut in die Wächterherzen brachte, führten Conan und ich unsere eigene Art von Motivationsgespräch.

»Vielleicht. Aber es ist gar nicht übel bei den Bösen. Weniger dunkel, als man denkt. Nicht so voll. Alle guten Songs werden über uns geschrieben. Wir haben das verführerischere Lächeln – im Ernst, man grinst koketter, sobald man schwarze Flügel bekommt.«

»Denkst du, Gott verzeiht auch schwerwiegende Sünden?«, stellte ich eine Frage, die Conans Stimme ernster werden ließ.

»Wenn ich das nicht glauben würde, wäre ich nicht hier. Ich habe eine Theorie, aber du darfst sie niemandem verraten«, bat er schmunzelnd.

Ich nickte und musterte ihn neugierig.

»Hunde können dienen, gehorchen, sich unterordnen. Wölfe grundsätzlich auch, aber wenn sie irgendwann doch beißen, ist niemand überrascht, schließlich erwartet man von einem Wolf nichts anderes. Manche von uns wurden als Hunde erschaffen, manche als Wölfe. Wir suchen uns nicht aus, in welche Rollen wir geboren werden, aber wir können versuchen, ihnen zu entwachsen. Ich denke, es ist nicht mehr oder weniger als das, was er von uns verlangt, um uns unsere Sünden zu vergeben.«

Ich ließ diese schöne, ungewöhnliche Metapher auf mich wirken, während mein sechster Sinn zum ersten Mal den Engel in Conan vor meinem geistigen Auge zeichnete. Ich sah seine Iriden hellblau leuchten, die schwarzen Flügel an seinem Rücken wieder weiß strahlen und sein süffisantes Lächeln unschuldig werden. Was für ein schöner, besonderer Engel er gewesen war. Was für ein schöner, besonderer Erzdämon heute neben mir stand.

Mit dem gespielt genervten Seufzen aus seiner Kehle verschwand die Illusion von Conans Vergangenheit und seine Augen wurden wieder schwarz. »Immer der große Auftritt! Er hat ein Faible dafür, er tut nur so, als wäre es jedes Mal Zufall …«, hörte ich den Erzdämon neben mir sagen und fühlte im nächsten Moment Gottes mächtigste Gewalt nahen.

Ich machte einen Schritt und schaute an der Treppe vorbei auf die Flügeltür, die gerade aufgegangen war. Gabriel ging an den Wächtern vorbei, die ihm ehrfürchtig Platz machten. Er wurde auf ihren Hoffnungen und ihrem Vertrauen zu Raphael und Michael getragen.

»Ein Schloss voller Wächter. Zwei Erzengel, ein Cherub und zwei Erzdämonen. Ich habe trotzdem ein schlechtes Gefühl«, verriet Conan schulterzuckend und veranlasste mich dazu, das Schloss nach einer weiteren dunklen Aura abzufühlen. Irgendwo draußen im Garten wartete Jaron auf den Beginn dieser Schlacht. In einer weit entfernten Vergangenheit hatte er an der Seite des Chaos gedient, heute zog er neben dem Erzengel in die Schlacht, der für ihn zum Freund geworden war. Ein Hund und ein Wolf.

»Du solltest ein gutes Gefühl haben. Wenn morgen die Sonne wieder aufgeht, ist es vorbei«, versicherte ich Conan, der daraufhin resignierend die Augen schloss.

»Ja. Aber zu welchem Preis?«

Darauf hatte ich keine Antwort. Ich wusste nicht, was es kosten würde, Astaras zu töten. Ich wusste nur, wie viel ich bereit war, dafür zu geben.

Es fühlte sich an wie schwarze Risse in den Wänden unserer Welt. Conan und ich stießen uns gleichzeitig von der Mauer ab, an der wir lehnten. Ghule waren die Vorboten des Chaos. Wenn er sich zwischen den Welten bewegte, nutzten die Höllendämonen die Energie, um zu uns durchzubrechen.

Alles begann schnell, laut und intensiv. Diese Schlacht brach über uns herein wie ein Hagelsturm aus grauen Regenwolken. Das Schloss war plötzlich voller Krallen, Zähne und Knurren. Ich zog Gabriels Klinge und bahnte mir meinen Weg zur Treppe, um einen besseren Überblick zu bekommen. Ich hatte die lächerliche Sorge, Astaras' Auftauchen zwischen all den vielen Auren nicht fühlen zu können, aber die Astralkräfte der Höllenwesen glichen Glutfunken im Vergleich zu dem Inferno, das uns regelrecht überwalzte.

Die Druckwelle, die von ihm ausging, riss beinahe allen den Boden unter den Füßen weg. Ich wurde die Treppe hinaufgeschleudert und kam in den Armen von jemandem zum Stoppen, der stark genug gewesen war, um auf den Beinen zu bleiben. Gabriel packte mich und stieß mich von sich, noch bevor ich den Blick zu Astaras heben konnte, der in der Mitte der Aula die Schwingen ausbreitete.

Ich dachte, ich würde auf dem harten Marmorboden aufschlagen, aber ich wurde von den Armen eines Erzengels in die nächsten geworfen. Raphael hielt mich so fest, dass es beinahe schmerzte. Er zerrte mich hinter eine der breiten Säulen und ich konnte nur mit Mühe und Not mein Schwert festhalten.

Die Schreie, das Klirren, das Knurren – die Geräuschkulisse dieser Schlacht war verstörend und ich war mir sicher, dass die Bilder es auch waren, aber ich konnte rein gar nichts sehen.

»Lass mich los!«

Ich war hergekommen, um zu kämpfen, nicht um mich zu verstecken. Raphael lockerte seinen Griff selbst dann nicht, als ich mich gegen ihn stemmte. Während ich in den heilenden Händen Gottes gefangen war, erzitterte das ganze Schloss. Der Boden bebte und der Lärm war so ohrenbetäubend, dass er sogar die Schreie schluckte. Ich dachte, die *Ars Vivendi* würde über uns einstürzen. Wer auch immer gerade seine Kräfte walten ließ, er war stark genug, um das ganze Schloss zu zerstören.

Als Raphael plötzlich zusammenzuckte, dachte ich, ihm hätte ein Ghul die Krallen in den Rücken geschlagen. Ich drehte meinen Kopf und erkannte, wie der Schock sein Gesicht zeichnete. Es war kein Höllendämon, der ihm Schmerzen bereitete, sondern eine Art von Intuition, die nur Erzengel besaßen. Irgendetwas stimmte mit Gabriel nicht, Raphael litt gerade mit ihm mit. Sein Griff wurde lockerer, er ließ mich los, weil diese Schlacht uns nicht verziehen hätte, untätig zu bleiben. Die Sekunden, in denen sich unser Blick traf, bevor er die Schwingen ausbreitete, um Gabriel beizustehen, fühlte sich wie ein Abschied an.

Ohne Flügel am Rücken war ich viel langsamer als Raphael. Ich rannte los und erkannte das Ausmaß der Zerstörung, die sich bereits über das Schloss gelegt hatte. Die Mauern auf der rechten Seite waren zur Gänze eingestürzt. Unzählige Wächter kämpften noch immer gegen die Überzahl an Ghulen, deren Drang, zu töten, nur der Tod selbst stoppen konnte. Der größte aller Kämpfe hatte sich nach draußen verlagert. Die gleißende Dunkelheit tobte jetzt vor dem Schloss und ich lief ihr, so schnell ich konnte, entgegen. So viele Verluste. Mein Weg kreuzte blutüberströmte Körper, denen der Kampf mit dem Chaos das Leben gekostet hatte.

Diese Abenddämmerung würde als die schwärzeste aller Zeiten in die Geschichtsbücher des Ordens eingehen.

Ich sprang durch das große Loch in der Mauer nach draußen und war der Meinung, dass ich so lange weiterlaufen würde, bis ich Astaras gegenüberstand, aber ich blieb stehen, weil mich das Entsetzen dazu nötigte. Fassungslos stand ich im verwüsteten Schlossgarten, der in das intensive Orange der untergehenden Sonne getaucht wurde. Mein Blick schweifte über die zerschundenen Gesichter, die den Weg zum Hügel vor dem Wald säumten wie eine tragische Spur der Hoffnungslosigkeit.

Conan lag zwischen den Rosenbüschen in einem Meer aus schwarzen Federn. Jaron war auf den Steinplatten des Trainingsplatzes aufgeschlagen. Zehn Meter weiter lag Michael in einem Kreis aus dunklem verbrannten Gras. Mein Blick schweifte den Hügel hinauf zu der stärksten Macht Gottes, die sich schmerzverzerrt am Boden krümmte. Gabriels rechter Flügel war gebrochen. Er hing beinahe federlos nach unten. Als meine Augen endlich das Chaos erblickten, hatte es seine Hände gerade um Raphaels Hals gelegt.

Ich rannte los, die tragische Spur der Hoffnungslosigkeit entlang, vorbei an unfassbar starken Wesen, die am Ende ihrer Kräfte waren. Meine Gedanken wurden klar, meine Seele schob die Ängste, das Entsetzen und die Trauer von sich und ging in Stärke auf, die ich wahrscheinlich nur ein einziges Mal in meinem Leben abrufen konnte. Ich wusste, dass ich ihnen allen unterlegen war. Ich war nicht stärker als die Erzdämonen, kein Kriegsengel wie der feurige Cherub, Welten entfernt von der Heiligkeit der Erzengel, und dennoch …

Wenn das Schicksal einen an die Hand nahm, konnte jede Seele Veränderung bringen.

Astaras taumelte einen Schritt zurück und nahm die Hände von Raphaels Hals, um sie sich gegen die Schläfen zu pressen. Ich hatte so hart mit meiner Gabe auf ihn eingeschlagen, dass es ihn innerlich beinahe zerriss. Raphael fiel vollkommen erschöpft zu Boden und ich stürzte mich auf den grau gefiederten Engel, in dem die Kontrolllosigkeit tobte.

Wir rollten gemeinsam den Hügel hinunter und ich verlor Gabriels Schwert, weil ich mich regelrecht an Astaras festgekrallt hatte. So großes Leid, so große Schmerzen, mit denen ich ihn flutete – ich fühlte sie selbst, konnte keine Grenze mehr zwischen uns ziehen. Ich ließ mich nicht von ihm nach unten drücken, presste seine Oberarme gegen den Boden und meinen Körper gegen seinen. Ich begann, an meiner eigenen Gabe zu zerspringen, genau wie Astaras, der sich schreiend zu krümmen begann. Wir wären gemeinsam zerbrochen, atemlos und zitternd, ehe die Stille unsere Herzen und unsere Seelen erlöst hätte, aber ich fühlte meine Kräfte plötzlich viel schneller schwinden als seine. Es war nicht nur meine zerstörende Gabe, die mir zusetzte, sondern auch die gleißende Dunkelheit, die von ihm ausging und die ich in immer größeren Mengen schluckte. Ich würde daran ersticken – schneller, als er zerbrechen konnte.

Es war nicht die Angst vor dem Tod, die mich ihn loslassen ließ, sondern die Gewissheit, dass ich unseren Zweikampf verlieren würde, wenn ich mich weiter vom Chaos vergiften ließ. Ich und meine Gabe waren vielleicht zu schwach, um ihn zu töten, aber mir blieb ein Weg, der gleichsam effektiv wie makaber war. Keuchend lief ich den Hügel hinauf und schnappte mir die Erzengelklinge, die ich vorhin fallen gelassen hatte. Ich hatte ihm das Herz bereits gebrochen, nun würde ich es zerstoßen und es zum Stillstand bringen.

Astaras war auf die Knie gefallen und stützte sich noch immer mit den Händen am Boden ab, als ich wieder auf ihn zulief. Diese paar Meter, sie kamen mir endlos weit und anstrengend vor.

Ich hatte kaum noch Kraft, aber für diesen letzten Angriff würde es ausreichen. Während ich den Griff mit beiden Händen packte und zum Stoß ausholte, richtete sich Astaras auf. Die silberne Spitze kam nur Zentimeter vor seiner Brust zum Stillstand, weil er die Klinge mit den Handflächen stoppte. Als mein Blick zu seinem Gesicht hochschweifte, erschrak ich vor seinem Anblick.

Nicht, weil mir das Chaos in die Augen sah, sondern der Engel, dem ich vor langer Zeit ewige Liebe geschworen hatte. Mir wurde bewusst, was ich im Begriff war, zu tun, was hier passieren würde und wozu das Schicksal mich drängte. Die Bilder vor meinem geistigen Auge flackerten im selben Moment auf, als die Iriden, die mich so eindringlich musterten, wieder stahlblau wurden.

Ich sah Astaras in Ceros Bibliothek stehen und sich nach mir umdrehen. Ich sah die Nacht, in der er vor meinem Fenster aufgetaucht und mich angelächelt hatte. Das feurige Funkeln in seinem Blick, als wir uns zum ersten Mal geliebt hatten. Ich sah ihn diese scheußliche schwarze Brühe trinken, die er Kaffee nannte, und verschlafen mit den Augen klimpern. Und ich sah ihn lachen, losgelöst von Sorgen und ohne Angst vor der Zukunft, die schon damals so grausame Pläne mit uns gehabt hatte.

»Lia …«

Seine Stimme war keine Erinnerung, er sprach wirklich meinen Namen aus, sanft, verzweifelt, fassungslos. Wir waren dabei, zu begreifen, was geschah, den langen Weg zu sehen, den wir bis hierhin gegangen waren, und zu verstehen, dass die letzten Seiten unserer Geschichte für immer mit Blut geschrieben werden würden.

»Ich liebe dich.«

Worte aus seinem Mund, die mein Herz mit einem Mal langsamer schlagen ließen. Drei Schläge, mehr Zeit brauchte es nicht, damit mir Gabriels Schwert durch die Finger glitt. Als ich begriff, dass das Chaos mir die Klinge aus der Hand gerissen hatte, fiel das letzte Sandkorn aus dem Stundenglas meines Lebens. Es landete in grauer Asche, Asche, die ich hätte verwehen sollen, aber das Schicksal wandte sich gerade enttäuscht von mir ab, weil es sich von niemandem führen lassen wollte, der zögerte.

Die Klinge bohrte sich durch mein Fleisch, tiefer und tiefer in meine Brust, bis mir der Atem stockte. Während sich meine Hände aus einem letzten Reflex heraus um das Metall legten, sah ich erneut zu ihm auf. Diesmal holten mich keine Erinnerungen ein, keine stahlblauen Iriden, die mich zurückhielten, nur Schwärze, die mir zum ersten Mal vertraut erschien. Ich fiel auf die Knie, war kaum noch in der Lage, Luft zu holen.

Das Chaos blickte auf mich herab, seine dunklen Augen glänzten und mir war, als ob es mich fragen würde, ob ich denn jemals mit einem anderen Ende gerechnet hätte. Ein letztes entschuldigendes Funkeln aus dem Antlitz der gottlosen Macht persönlich, dann wachte Astaras wieder auf und starrte mich plötzlich an, als wäre nicht er es gewesen, der mir die Klinge durch die Brust gestoßen hatte.

Er begann zu zittern, als er vor mir auf die Knie fiel. Meine Sinne wurden dumpfer, der brennende Schmerz immer schwächer, weil der Tod mir die erlösenden Hände bereits auf die Schultern gelegt hatte. Bald würde es still um mich herum werden und ich konnte aufhören, in Schuldgefühlen zu brennen.

Als ich den peitschenden Wind nahen fühlte, verschwand Astaras vor meinen Augen. Gabriel riss ihn fort, aber nicht mit mir in den Tod. Der Erzengel war bereits viel zu schwer verwundet, um dem Chaos noch die Stirn bieten zu können. Dass er überhaupt Kraft für diesen letzten Angriff gefunden hatte, grenzte an ein Wunder.

Ich kippte nach hinten, den Blick nun auf den orangen Himmel gerichtet, der einem schönen Gemälde glich. Sterben war sanft, die Wirklichkeit loszulassen leicht. Als die heilenden Wellen mich zu streicheln begannen, waren sie nur mehr eine Abschiedsgeste.

Raphaels Gesicht tauchte über mir auf und ich wollte ihm zu gern sagen, dass es keinen Grund für diese vielen Tränen und das verzweifelte Schreien gab. Ich ließ ihn nicht allein, er würde nie einsam sein, aber ich konnte ihm das nicht mehr bewusst machen.

Das Ende dieser Schlacht – ich spürte es, weil die Pforte zur Hölle selbst meinen sterbenden Körper noch frösteln lassen konnte. Gabriel verfrachtete das Chaos zurück in eine Welt, in der es keinen Schaden anrichten konnte, so lange, bis sich die unsere von den klaffenden Wunden dieses Krieges erholt hatte. Es war nicht vorbei, aber manchmal war das letzte Kapitel eben die Einleitung zu neuen Geschichten.

Meine war erzählt. Ich hatte die letzte Überschrift über mein Leben mit Blut geschrieben, es war an der Zeit, das Buch zu schließen.

Ob meine letzten Gedanken traurig waren?

Nein, mein Ende war Mias Anfang.

Ab hier empfehlen wir Ihnen,
folgende Reihe zuerst zu lesen:
Die Geschichte von Lias Tochter Mia.

KRIEGER DES LICHTS

ODER: WEITERLESEN …

Keon: Erwachsen werden

Ich hasste es, wenn er mich so ansah! Zuerst dieser weiche, mitleidige Blick, als wäre ich wieder sechs Jahre alt und schwer von Begriff, dann das strenge Funkeln, wenn er sich bewusst gemacht hatte, dass er mit der sanften Tour nicht weiterkam.

»Geh auf dein Zimmer, Keon.«

Er wurde selten richtig laut, das musste man aber auch gar nicht, wenn man so eine durchdringende Stimme hatte. Ich wollte auch so klingen, möglichst bald, dann hätten sie mir endlich alle zugehört. Wenn Raphael den Mund aufmachte, hing ihm jeder an den Lippen. Sie sahen ihn immer so an, als hätte er noch nie in seinem Leben irgendetwas Dummes gesagt – hatte er aber, ich hörte ihn ständig Schwachsinn von sich geben.

»Ich will hierbleiben! Ich sitze seit Tagen auf meinem Zimmer! Ich will wissen, was los ist!«

Mein Blick schweifte über die Zettel auf seinem Schreibtisch. Auf jedem klebte ein Bild von einem Wächter. Manche kannte ich, weil sie auch im Schloss wohnten. Neben ihren Namen war ein Kreuz gedruckt. Als Raphael sich zwischen mich und den Schreibtisch drängte und die Arme vor der Brust verschränkte, war ich mir sicher, dass ich gleich etwas zu hören bekommen würde, das ich nicht hören wollte.

»Du hast dich hier im Schloss an Regeln zu halten. Und ob es dir gefällt oder nicht, es sind meine Regeln. Ich will, dass du auf deinem Zimmer bleibst und lernst. Du sagst immer, du möchtest schnell erwachsen werden, dann verhalte dich wie einer und setz dich an deinen Schreibtisch.«

Schwachsinn pur! Erwachsene setzten sich nicht an ihren Schreibtisch und lernten Latein, weil das irgendein übereifriger, uralter Typ von ihnen verlangte. Leider war er mein Vater und er konnte ätzend werden, wenn ich seine Nerven zu lange strapazierte.

Ich wollte trotzdem hartnäckig bleiben, weil hier definitiv irgendetwas nicht stimmte, seit Tagen. Alle waren in Aufruhr, liefen gehetzt durch die Gänge und sprachen von Übergriffen und dem Sterben.

Raphael blockte ständig ab, wenn ich wissen wollte, was nicht stimmte, und ich hasste nichts mehr, als wenn er begann, mich wie ein Kind zu behandeln. Der Tod machte mir keine Angst, er musste nichts vor mir verschweigen, nicht so tun, als ob sich dort auf dem Schreibtisch keine Sterbeurkunden türmen würden. Ich war stärker als die meisten seiner Schüler hier, trotzdem ließ er mich nicht helfen, nur lernen, und die Bücher hingen mir zum Hals raus.

Ich holte gerade Luft, um ihm vorzuwerfen, dass aus mir nie ein langweiliger Lateinprofessor werden würde, egal, wie lange er mich in meinem Zimmer einschloss und mir Bücher zuwarf, aber da war auf einmal ein Feuer. Mein Blick schweifte zur Tür, durch die gleich jemand kommen würde, den ich schon lange nicht mehr gesehen hatte. An diese supercoole Aura erinnerte ich mich trotzdem.

Michael betrat das Büro und machte etwas, das mir beinahe ebenso auf die Nerven ging, wie als Kind gesehen zu werden: Er neigte den Kopf vor Raphael, als wäre mein Vater der König der Welt – das war er nicht, ich fühlte mich zumindest nicht wie ein Prinz. Als er sich zu mir drehte und mich musterte, lächelte er, als würde er Werbung für richtig starke, super wirkende Antidepressiva machen.

»Keon, come stai?«

Ich nickte, weil ich sonst hätte zugeben müssen, dass ich immer alte Bücher über Dämonenkunde wälzte, wenn Raphael wollte, dass ich Italienisch lernte.

»Du bist groß geworden. Ein Wimpernschlag mehr, und du bist erwachsen.«

Schon wieder dieses leidige Thema! Ob Raphi ausrasten würde, wenn ich Michael wie ein trotziges Kind ans Schienbein trat, weil er mich ja sowieso für eines hielt? Ich mochte den alten Cherub aber, er hatte diese warme, sanfte Ausstrahlung, obwohl er eigentlich als Killermaschine erschaffen worden war. Irgendwie cool, aber es ging noch viel, viel cooler, und das würde die winddurchflutete Aura beweisen, die gleich durch die Tür kommen würde.

Gabriel betrat das Büro und ich musste grinsen. Diese ausdruckslose Engelsmiene, von der ich nie sagen konnte, ob sie wütend, traurig, fröhlich oder gelangweilt war – er beherrschte sie in Perfektion.

Er blieb stehen und hob den Kopf noch ein kleines Stück höher. Wie oft hatte ich das schon vor dem Spiegel geübt, aber der dezent herablassende Blick sah bei mir immer so aus, als ob ich einen Krampf im Nacken hätte.

Die sanftmütige Killermaschine neigte sofort den Kopf vor Gabriel. Raphael tat das nie, ich ebenso wenig, weil wir auch Erzengel waren und uns das Katzbuckeln nicht im Blut lag.

»Hast du heute Trainingspause? Geh und greif dir einen Bogen, sonst zielst du ewig so schlecht wie dein Vater«, meinte Gabriel an mich gewandt und zog erwartungsvoll eine Braue nach oben. Raphael wollte aus mir einen Lateinprofessor machen, Gabriel einen Profisportler. Auf die Idee, mich zu fragen, was ich aus meinem Leben machen wollte, waren sie beide noch nie gekommen.

»Ich will aber wissen, was ihr zu besprechen habt! Wieso seid ihr alle hier? Wegen der vielen Wächter, die tot sind, oder?«

»Keon!«

Raphael knurrte meinen Namen, als hätte ich eine Lüge ausgesprochen, aber ich hatte nur die Wahrheit gesagt. Wenn ich log, wurde er wütend, wenn ich ehrlich war, wurde er wütend – ich konnte es ihm nie recht machen! Bevor er hier vor Michael und Gabriel noch einmal so etwas sagte wie ›Geh auf dein Zimmer, mein kleiner dummer Sohn‹, stürmte ich aus seinem Büro und knallte mit der Tür.

Ich stapfte wütend die Treppe hinauf und blieb dann im ersten Stock stehen, um nach unten in die Aula zu starren. Wenn ich jetzt in mein Zimmer ging und laut vor mich hin fluchte, würde ich ahnungslos bleiben, und das ging mir gegen den Strich.

Ich tat etwas, das anstrengend war, aber gut funktionieren würde, weil die drei Dinosaurier so sehr mit sich selbst beschäftigt waren. Ich ließ mein Inneres still werden, damit sie mich nicht fühlen konnten, und schlich zurück zur Bürotür.

Eine tiefe, durchdringende Stimme zu haben, war vielleicht in den meisten Fällen klasse, aber wenn man verhindern wollte, belauscht zu werden, nicht. Ich hörte die drei so deutlich sprechen, als würde ich noch im Büro stehen.

»Sie werden alle immer unruhiger. Niemand kann mehr Missionen nachkommen, ohne die Angst, von ihm getötet zu werden«, sagte Michael. »Er taucht auf, richtet ein Blutbad an und verschwindet dann wieder. Wieso? Wieso nur Wächter? Wegen ihr? Sucht er sie?«

Die Fragen des Cherubs bescherten mir ein unangenehmes Gefühl. Ich drückte mein Ohr noch fester gegen das Holz und schloss die Augen, um mich auf ihre Stimmen zu konzentrieren.

»Wenn er sie angreifen wollen würde, hätte er das schon getan«, antwortete Gabriel. »Sie weiß nichts davon, sonst wäre sie schon längst hier gewesen.«

»Ich will nicht, dass sie davon erfährt. Sie geht los und kämpft gegen ihn, wenn sie es weiß«, entgegnete Raphael.

Ich wurde nicht schlau aus ihren Sätzen. Sie? Er? Wer?!

»Du musst ihn töten, bevor sie davon erfährt«, forderte Raphael und ich hörte das bedrohlichste Knurren der Welt.

»Ach, muss ich das?! Denkst du, ich würde es nicht tun, wenn ich es könnte?!«, fauchte Gabriel. Er fuhr so selten aus der Haut, dass ich mir spätestens jetzt sicher war, dass irgendetwas gewaltig schieflief. »Wenn er immer wieder so schnell in der Hölle verschwindet, kann ich nicht gegen ihn kämpfen. Er wird kommen, aber wann und wo, entscheidet leider er.«

Stille, eine ganze Weile. Ich bekam schon Angst, dass sie mich entdeckt hatten, aber Michael meldete sich wieder zu Wort.

»Lässt du sie beschützen? Wenn sie so ahnungslos ist, ist sie auch schutzlos.«

»Ares beschattet sie. Er schlägt sofort Alarm, wenn Anomalien auftreten«, entgegnete Raphael. Ich hatte Ares schon seit Tagen nicht mehr im Schloss gesehen.

Gabriel ergänzte Raphaels Satz. »Sie ist nicht schutzlos. Sie kann sich gegen ihn wehren, viel besser als die meisten. Niemand kennt ihn so gut wie Lia.«

Dieser Name löste ein Gefühlschaos in mir aus. Es ging um Lia? Sie war in Gefahr? Wieso war sie dann nicht hier? Wieso war Raphael nicht bei ihr? Ich wollte nicht, dass ihr irgendetwas zustieß.

»Wenn du jemanden belauschst, musst du die Augen offen halten, sonst wirst du erwischt …«

Ich riss die Augen auf und starrte in Conans Gesicht, das direkt neben meinem war, weil er das Ohr auch an die Tür gedrückt hatte. Er grinste mich an, während mein Herz zu hämmern begann, aus Angst, er würde mich verraten. Ich hatte nicht mitbekommen, dass er aufgetaucht war, weil ich viel zu abgelenkt gewesen war. Als sich der Erzdämon neben mir wieder gerade hinstellte, starrte ich ihn an. Er war noch nie hier gewesen. Musste ich jetzt Alarm schlagen? Man durfte Erzdämonen nicht vertrauen – sagte Raphael. Conan war nicht böse, sondern ein Freund – sagte Lia.

»Verrat mich nicht …«, sagte ich und starrte in die schwarzen Augen, die mich ebenfalls anschauten.

»Na gut, aber ich habe etwas gut bei dir, Erzengel-Junge.«

Ich nickte mechanisch und drückte mich gegen die Wand, als Conan die Bürotür öffnete.

»Du kommst spät«, hörte ich Raphael tadeln. Zumindest ätzte er nicht nur mich mit seiner blöden Pünktlichkeit an.

»Entschuldige, ich musste mir noch einen Erziehungsratgeber kaufen, den ich dir übrigens zu Weihnachten schenken werde. Dein Sohn soll lebhaft sein.«

Obwohl sie von mir sprachen, rannte ich los, als sich die Tür wieder schloss. Ich lief hoch in mein Zimmer und versuchte zu begreifen, was ich gehört hatte.

Lia war in Gefahr. Irgendjemand tötete, und Raphael und die anderen standen einfach nur herum und diskutierten. Dumme Engelsgelassenheit! Ich hasste sie! Zum Glück steckte ein Mensch in mir. Wir konnten handeln, bevor alles zum Teufel ging, weil wir zu lange Kaffeekränzchen gehalten hatten.

Ich kletterte auf mein Bett und riss das Schwert von der Wand, das mir Luca geschenkt hatte. Während ich damit den gepflasterten Weg in Richtung Tor hinunterlief, kam die Wut in mir hoch. Wie konnte er mir nur verheimlichen, dass es um Lia ging? Er wusste, wie viel sie mir bedeutete, aber das war ihm schon immer egal gewesen.

»Verschwinde! Lass mich in Ruhe!«, brüllte ich hinter mich und stapfte weiter, weil ich zu ihr wollte. Conan war ein verfluchter Lügner und eine Petze. Raphael schloss zu mir auf und bremste mich mit seiner Hand auf meiner Schulter aus. Ich schlug sie weg und wollte weiterlaufen, aber er hielt mich fest.

»Wohin willst du mit dem Schwert!? Du sollst das Schloss nicht verlassen, Keon!«

»Das geht dich nichts an! Du lügst auch ständig! Du sagst mir nicht, dass Lia in Gefahr ist, und kümmerst dich nicht darum! Dir ist immer alles egal, so lange, bis alle tot sind!«

Er ließ mich los und starrte mich an, als hätte ich ihm das Schwert in die Brust gestoßen. Ihn so zu sehen, war furchtbar. Er zwang mich aber immer, ihm wehzutun, weil er mir vorher nie zuhören wollte!

»Gib mir das Schwert, bitte …«

Ich zögerte, weil ich Lia helfen wollte, aber sein Tonfall war so furchtbar geworden, dass ich es kaum aushielt. Wenn Raphael so enttäuscht und traurig aussah, wäre ich immer am liebsten ausgerastet, aber das hätte es nur noch schlimmer gemacht.

Ich senkte den Blick zu Boden, während ich mir fest auf die Lippen biss. Er nahm mir das Schwert weg und warf es ins Gras. Als er mich plötzlich in den Arm nahm, versteifte sich mein ganzer Körper. Ich hasste es, zu weinen! Jedes Mal, wenn ich es tat, schwor ich mir, dass es das letzte Mal sein würde. Wenn Raphael mir so nah war, fühlte ich mich schwach und stark zugleich. Seine Aura glich meiner kein Stück, aber sie vermengten sich schnell zu etwas, das ich nicht benennen wollte.

»Keon …«

Wie sanft er meinen Namen sagen konnte, dieser alte dumme Erzengel, den ich so sehr liebte, dass es wehtat. Ob ich ihm dieselben Schmerzen bereitete? Wahrscheinlich …

»Wenn dir etwas zustößt, könnte ich das nicht ertragen. Hass mich, wenn dir danach ist, aber tu mir nicht an, um dein Leben fürchten zu müssen.«

»Ich hasse dich nicht!«, entgegnete ich laut und drückte meine Stirn gegen seine Schulter. Ich fühlte ihn nicken, dann legte er mir die Hand auf den Kopf. Ich hoffte, dass uns gerade niemand durch die Fenster des Schlosses beobachtete – loslassen sollte er mich trotzdem nicht. Manchmal vergaß ich, wie gut sich Raphaels Umarmungen anfühlten.

»Ich will dich nur beschützen, genau wie Lia und Mia. Wenn das alles vorbei ist, wird es einfacher … versprochen. Ich versuche, die richtigen Entscheidungen zu treffen. Vertraust du mir?«

So eine dumme Frage. Ich wollte eigentlich nicht darauf antworten, aber er ließ mich plötzlich los und legte mir die Hände auf die Oberarme. »Sicher vertraue ich dir, aber …«

»Und vertraust du Gabriel?«, unterbrach er mich und musterte mich eindringlich mit diesen übernatürlich blauen Augen, die zum Himmel schrien, dass er ein Alien war.

»Ja …«

Er lächelte und ich drehte den Kopf zur Seite, damit er mir den Kuss nur auf die Wange geben konnte.

Eigentlich hatten wir abgemacht, dass er mich nicht in aller Öffentlichkeit küssen durfte, weil niemand wissen sollte, dass er mein Vater war, aber ich ließ es Raphael dieses eine Mal durchgehen.

»In zwei Tagen erwarten wir Michaels Wächter aus Italien. Ich möchte, dass du für eine kurze Weile bei Beryl bleibst, ich brauche dein Zimmer. Nicht lange, nur bis sie erledigt haben, wozu sie gekommen sind, und wieder gehen.«

»Kommen sie, um *ihn* zu töten?«, wollte ich wissen und zauberte einen überraschten Ausdruck in Raphaels Gesicht, der mir natürlich schon wieder mal nur die halbe, modifizierte Wahrheit verraten hatte. Irgendwie drehte sich unsere Beziehung im Kreis, das musste ihm doch auch auffallen.

»Man lauscht übrigens nicht an Türen«, tadelte er, immer noch mit sanfter Stimme.

Ich zuckte mit den Schultern, schaute dann aber doch schuldbewusst zu Boden. »Sag dem Erzdämon, dass er eine Petze ist und ich mich dafür revanchieren werde«, murmelte ich sauer.

Als ich Raphael lachen hörte, schaute ich zu ihm auf und musste grinsen. Vielleicht waren wir uns doch nicht ganz so unähnlich. Mit ihm zu lachen, war schön.

Wir gingen zurück in Richtung Schloss und ich würde ihm den Gefallen tun, Latein zu lernen, damit er mich nie wieder so ansah, als würde ich ihm das Herz aus der Brust reißen.

Dann vertraute ich ihm eben. Es gab sowieso keinen stärkeren, klügeren, nervigeren Mann als meinen Vater.

Als ich fühlte, dass er meine Hand nehmen wollte, zog ich sie schnell weg. »Ich bin doch kein Kleinkind! Ich kann allein gehen!«, fauchte ich wütend, weil er so verdammt belehrungsresistent war. Als ich zu ihm rübersah, schmunzelte er.

»Dann nicht. Entschuldige.«

Keon: Lügen und Abschiede

Wir hielten vor der kleinen Kapelle, die aussah, als hätte jemand eine Kirche bauen wollen, dem bei der Hälfte der Arbeit die Ziegelsteine ausgegangen waren. Raphael hatte mir einen Gefallen getan und die Strecke in die Länge gezogen, weil er wusste, dass ich gern mit ihm Motorrad fuhr. Wir hatten eine ganze Stunde hierher gebraucht, aber ich wollte trotzdem nicht absteigen.

Als er mir auf den Helm klopfte, zog ich ihn vom Kopf.

»Wie lange muss ich hierbleiben?«, stellte ich eine Frage, die ich ihm schon fünf Mal gestellt hatte. Er seufzte, aber hätte ich eine vernünftige Antwort darauf bekommen, hätte ich auch nicht ständig nachfragen müssen.

»Ich hole dich ab, sobald das Schloss nicht mehr so voll ist. Ich weiß nicht, wie ich es anders formulieren soll, damit du aufhörst, mich immer wieder dasselbe zu fragen.«

»Nenn ein Datum und eine Uhrzeit, dann höre ich auf!« Ich stieg von der silbernen Maschine und sah mich um. »Das hier ist der Arsch der Welt, ich will nicht hierbleiben …«, murrte ich leise, aber laut genug, um diesen dezent wütenden Dunkelrotton in Raphaels sonst so helles Gesicht zu treiben.

»Erstens hast du es mir versprochen«, setzte er an. Zweitens gefiel mir schon jetzt nicht. »Und zweitens: Wenn du Beryls Zuhause vor ihm auch nur einmal so abwertend bezeichnest, werfe ich alle deine CDs in den Müll und lasse dein Zimmer pink streichen.«

Was sich wie die leere Drohung eines Vaters anhörte, war der pure Ernst eines abgedrehten Erzengels. Wenn ich in meinem Leben eines gelernt hatte, dann, dass Raphael nie leere Drohungen aussprach. Das hatte ich auf die harte Tour verinnerlicht, als ich ihm nicht geglaubt hatte, dass er mein Fahrrad von seinem Balkon werfen würde, wenn ich nicht aufhörte, ›scheiße‹ zu sagen. Er hatte immens viel Schwung in seinen Wurf gesteckt, das Ding war abartig weit geflogen und ich hatte die Einzelteile später im Wald einsammeln müssen.

»Verhalte dich ruhig und freundlich. Du bist hier zu Gast und Beryl ist ein Engel, der es nicht gewohnt ist, sich mit frühpubertären Launen herumzuschlagen. Lass deine Sachen nicht liegen und widersprich nicht.«

Ich stapfte auf die Haustür zu, weil mir das gerade wie der einzige Fluchtweg vorkam, um Raphaels nervender ›Keon, du darfst nicht …‹-Liste zu entkommen.

Als die Tür aufging und der blonde Engel plötzlich vor mir stand, wurde mir bewusst, dass ich ihn wahrscheinlich wirklich mit Leichtigkeit in den Wahnsinn treiben konnte. Er hatte eine so sanfte Seele, dass ich mir sicher war, dass er meinem Charakter nicht gewachsen war. Ich sah zu Raphael auf und stellte ihm mit meinem Blick die Frage, ob er es tatsächlich für klug hielt, mich hier zu lassen. Musste dieser arme sanfte Engel leiden, nur weil Raphael keine Zimmer mehr frei hatte?

»Willkommen.«

Beryl neigte den Kopf und lächelte seltsam angestrengt. Das letzte Mal, als ich ihn gesehen hatte, war er unerschütterlich fröhlich und optimistisch gewesen – ich hasste das, aber der

Optimist stand ihm besser als dieser betrübte Pessimist, den er so vehement hinter dem gespielten Lächeln versteckte.

Wir betraten ein Wohnzimmer, das nicht größer war als mein Zimmer. Zu allem Überfluss würde es auch noch kuschelig werden – großartig.

»Danke, dass du ein paar Tage auf ihn aufpasst.«

»Dank mir nicht. Es freut mich, dass ich helfen kann. Wenn du schon sonst nie über meine Dienste verfügen kannst.«

»Wenn er dir irgendwie Ärger macht, scheu dich nicht, ihn zu disziplinieren.«

Ich musste grinsen, weil Beryl Raphael plötzlich anstarrte, als hätte er von ihm verlangt, mich übers Knie zu legen, wenn ich frech wurde. Das hätte er nicht gekonnt, selbst wenn er es gewollt hätte, was definitiv nicht der Fall war. Der sanfte Engel war ein Pazifist – ich konnte gut mit Pazifisten. Sarkasmus ließ mich diese Einöde vielleicht ertragen.

Natürlich meinte Raphael keine körperlichen Züchtigungen. Als er Beryl plötzlich einen Brief überreichte, war ich mir sicher, dass er eine Liste mit Bestrafungen für mich zusammengefasst hatte, die durchaus kreativ waren.

Sie tauschten plötzlich Blicke, die mich nicht nur neugierig, sondern wütend machten. Dass mir etwas verheimlicht wurde, war mir schon lange klar, aber wenn sie es mir so deutlich unter die Nase rieben, wäre ich am liebsten ausgerastet.

Als Raphael merklich zusammenzuckte, dachte ich für eine Sekunde, ich hätte eine neue, wirklich coole Gabe, mit der ich ihm Stromstöße verpassen konnte, aber dann fühlte ich die schöne Aura auch, nach der ich mich schon so lange sehnte. Raphael lief zur Tür und riss sie auf, bevor Lia klopfen konnte.

»Er war bei dir …«, hörte ich ihn in einem Tonfall sagen, der mir Angst machte. Ich starrte Lia an, der ich gern um den Hals gefallen wäre, aber ihre Kehle war voll roter Flecken, so als hätte sie jemand gewürgt. Sie lächelte Raphael seltsam bittend an, der daraufhin den Sanft-Modus aktivierte und sich Mia zuwandte. »Hallo, Mia. Verbringst du etwas Zeit mit Beryl und Keon? Das ist nett von dir.«

Was war hier los? Dieses gespielte Lächeln, dieser krampfhaft sanfte Tonfall in ihren Stimmen.

Sie klangen, als würde ihnen allen jemand ein Messer an die Kehle halten und als müssten sie trotzdem unbeschwert wirken. Beryl ging auf Mia zu. Sie sah verstört aus. Sonst lachte sie immer, wenn sie mich sah, diesmal nahm sie mich nicht mal richtig wahr.

»Ich koche Tee. Willst du welchen? Er schmeckt nach Honig und Lavendel«, bot Beryl an und wandte den Blick dann auch mir zu. »Kommt. Lassen wir Lia und Raphael sich kurz unterhalten«, forderte er und ging mit Mia ins Wohnzimmer.

Den Teufel würde ich tun! Lia sah aus, als wäre ein Monster über sie hergefallen.

»Was ist mit dir?! Du bist verletzt!«

Sie schüttelte den Kopf und lächelte mich an. Ihre Mimik kam mir wieder gespielt vor, aber nur im ersten Moment, dann wurde mein Inneres plötzlich warm. Dieser Zustand – ich liebte ihn. Nur bei Lia konnte ich mich so gut fühlen, nur sie konnte mich so ruhig und froh machen.

»Schon gut, das ist nicht schlimm. Nur ein Ausschlag. Ich bin wohl gegen irgendetwas allergisch«, erklärte sie mir etwas, das ich eigentlich nicht glauben wollte, aber musste, weil es sich plötzlich wahr anfühlte.

»Geh ins Haus zu Beryl und Mia«, verlangte Raphael forsch und wandte sich sofort wieder Lia zu. Er war so angespannt, dass es nichts gebracht hätte, zu protestieren, obwohl ich ihm gerade gern an den Kopf geworfen hätte, dass es seine Schuld war, dass Lia und Mia so aufgebracht waren. Ich wusste zwar nicht, was passiert war, aber ich war mir sicher, dass er es hätte verhindern können, wenn er nicht so starrköpfig gewesen wäre! Ich hätte ihm helfen können, ich hätte Lia beschützen können, aber ich durfte nichts tun, außer in meinem verdammten Zimmer zu sitzen und auf Latein fluchen zu lernen – stolidus!

»Er tut Mama weh …«

Eigentlich wollte ich in den nächsten winzigen Raum laufen, um allein zu sein, aber ich hatte Mia noch nie so ängstlich sprechen gehört. Sie nervte mich sonst mit Dauerlachen und mit der Tatsache, dass sie keine Namen aussprechen konnte. Nun saß sie wie ein Häufchen Elend auf dem kleinen Sofa und starrte Beryl mit glasigen Augen an.

Der Engel ging vor ihr in die Knie und strich ihr über die Wange. »Nein. Niemand tut deiner Mama weh, alles ist in Ordnung. Hier bist du sicher.«

»Lüg sie nicht an!«, verlangte ich wütend und sah, wie sich der Engel nach mir umdrehte. Es kotzte mich an, dass scheinbar niemand in meiner Nähe jemals die Wahrheit sagen konnte. Als er ein paar Schritte auf mich zu machte, waren seine Augen beinahe genauso groß und glasig wie die von Mia.

»Ich lüge nicht, Keon. Ich will daran glauben, dass alles gut wird«, meinte er und legte mir seine Hand auf die Schulter. »Wenn du fest genug glaubst, wird alles gut werden …«, sprach er etwas aus, das ich mir nicht vorstellen konnte. Wenn ich nur glauben musste, damit alles immer gut und schön war, wäre mein Leben perfekt. Ich hätte die Dämonen damals im Kloster mit einem einzigen Gebet in die Hölle schicken können und Lia würde mit Mia bei Raphael und mir leben. Eigentlich wollte ich dem Engel vor mir sagen, dass seine Theorie Blödsinn war, aber er glaubte selbst nicht so fest an seine Worte, wie er es gern getan hätte. Seine Augen glänzten und er sah irgendwie ängstlich aus.

»Ich mache uns Tee. Setzt du dich zu Mia und versuchst, sie ein wenig aufzuheitern? Auf dich wird sie hören.«

Mein Blick schweifte zu ihr. Sie starrte an uns vorbei und sah irgendwie blass aus. Beryl verschwand im Nebenraum und ich versuchte, mich an den Tag zu erinnern, an dem ich Mia das erste Mal gesehen hatte. Sie war noch winziger gewesen als heute und am liebsten wäre ich sie schnellstmöglich wieder losgeworden. Seit sie da war, hatte ich Lia kaum noch zu Gesicht bekommen. Mia hatte sie mir quasi weggenommen, obwohl ich sie schon viel länger kannte und sie mir versprochen hatte, nie aus meinem Leben zu verschwinden.

»Was ist los, Kleine?«, wollte ich seufzend wissen und ließ mich neben ihr aufs Sofa fallen.

Sie starrte mich mit ihren großen blauen Augen an. Wann hatte ich aufgehört, sie loswerden zu wollen? Wahrscheinlich als mir aufgefallen war, dass sie irgendwann ohne mich aufgeschmissen sein würde.

Ich war derjenige, der ihr beigebracht hatte, Raphi zu sagen, ich war derjenige, der ihr zum ersten Mal gezeigt hatte, wie man mit Messer und Gabel aß, und ich würde ihr irgendwann beibringen, ein Schwert zu halten und Erzengelstandpauken schon mal zu ignorieren. Ich würde besser auf sie aufpassen als Raphael auf Lia. Sie würde nie von irgendeinem Monster angegriffen werden. Wenn ihr jemand wehtun durfte, dann nur ich.

Sie streckte die Hände nach mir aus und wollte sie mir ins Gesicht drücken, aber ich beugte mich weg.

»Ach lass das. Wieso musst du mich ständig anfassen? Du tatschst immer an meinen Augen herum! Ich mag das nicht!« Ihr Blick wurde wieder glasiger und ich seufzte genervt und beugte mich wieder zu ihr. »Na gut, von mir aus. Aber nur heute! Und weil alle so verrücktspielen …«

Mia drückte mir ihre linke Hand an die Wange und ihre rechte auf mein Augenlid. Ich kam mir bescheuert vor, aber sie schien zumindest ein wenig Freude daran zu haben. Nach zwei Minuten wurde mir das Betatsche aber zu bunt und ich versuchte, sie abzulenken.

»Sollen wir Beryl einen Keks klauen? Da oben steht eine Keksdose.«

Ihr Blick folgte meinem Zeigefinger und sie stand tatsächlich auf und ließ mich los. Das kleine Anfass-Monster war zu kurz, um auf das Regal zu gelangen, also hob ich sie hoch, damit sie sich die Dose greifen konnte.

Die Haustür sprang wieder auf und ich sah in Lias Gesicht, die mich anlächelte und dann zu Beryl in die Küche ging. Selbst wenn sie nur an mir vorbeiging, fühlte ich mich schlagartig besser.

Mia setzte sich mit ihrem Keks zurück auf das Sofa, aber ich blieb stehen, weil Raphael zur Tür hereinkam und aussah, als hätte er draußen gerade die Fassung verloren.

»Sag mir endlich, was los ist! Lia lässt Mia auch hier, oder? Ihr wollt kämpfen! Du schmeißt mich nicht raus, weil du mein Zimmer brauchst, sondern weil du mich loswerden willst!«

Das strenge Funkeln in seinem Blick konnte er sich jetzt sparen, schließlich war er derjenige, der mich angelogen hatte.

»Hör auf, vor Mia so herumzubrüllen. Du machst ihr Angst«, entgegnete Raphael und ignorierte meine Frage einfach.

»Du machst mir mit deiner Lügerei auch Angst, und es ist dir egal. Ich will mit zurück ins Schloss kommen. Ich kann auch kämpfen. Ich bin alt genug.«

»Nein, das bist du nicht!« Jetzt brüllte er selbst. Mia starrte ihn verwundert an, weil sie ihn wahrscheinlich noch nie so laut sprechen gehört hatte. »Du bist ein Kind, Keon. Mein Kind, und ich werde nicht zulassen, dass du …«

Ich konnte es nicht hören, also rannte ich an ihm vorbei nach draußen. Im Vorbeigehen trat ich gegen das silberne Motorrad und fluchte.

Dieser Tag war furchtbar! Ich wollte, dass er vorbeiging, dass alles wieder normal wurde. Es war so schon schwer genug, ohne irgendein durchgeknalltes Monster, das alle töten wollte, die mir etwas bedeuteten.

Manchmal wünschte ich mir die Flügel an unseren Rücken weg. Wären sie nicht da gewesen, hätten wir ganz normal sein können, eine Familie, die sich stritt, ohne dass ihnen dabei der Weltuntergang auf die Schultern klopfte.

Als Raphael und Lia aus Beryls Haus kamen, richtete ich den Blick auf den Boden. Er kam auf mich zu, aber ich wollte ihn im Moment nicht ansehen. Er würde mich hierlassen, mich hinter Kirchenmauern verstecken, so wie damals, weil er absolut nichts dazugelernt hatte, dieser dumme alte …

»Ich liebe dich. Hörst du?«, hauchte er sanft.

Raphael ging vor mir in die Knie und legte mir seine Hand auf den Oberarm. Als ich ihm in die Augen sah, musste ich wütend bleiben, sonst hätte ich geweint.

»Ich weiß, dass ich nicht immer der Vater bin, den du dir wünschst, aber ich will nur, dass du glücklich und gesund bist. Ich erkläre dir irgendwann alles, versprochen. Aber heute musst du mir einfach vertrauen und stark sein, nicht für mich, sondern für Mia. Sie braucht dich …«

Was sollte ich antworten? Das klang so, als würde er sich verabschieden.

»Bleib hier …«, flüsterte ich, weil ich es nicht laut sagen konnte.

Der dumme Erzengel schüttelte schwach den Kopf. »Ich kann nicht. Aber ich komme wieder, Keon. Ich komme immer wieder.«

»Dann verschwinde eben …«

»Es tut mir leid …«

Er stand auf und ging. Als ich meinen Blick hob, schaute ich in ein Gesicht, das mir so viele unangenehme Dinge leichter machen konnte, diesen furchtbaren Tag nicht. Bevor sie auch ging, musste ich ihr eine Frage stellen. Sie würde mich nicht anlügen. Oder?

»Lia?« Ich senkte den Blick wieder, weil ich es sonst nicht herausgebracht hätte. »Du kommst zurück, oder? Du lässt Mia nicht hier allein. Mich auch nicht …«

»Ich werde euch nie allein lassen, Keon.«

Ich nickte. Was sie gesagt hatte, hätte mich genauso gut zum Schaudern bringen können, weil es sich so anhörte, als würde sie bleiben, obwohl sie für immer ging, aber wenn sie so nah stand, konnte ich nie Angst empfinden.

»Passt du für mich in der Zwischenzeit auf Mia auf?«

Natürlich würde ich auf sie aufpassen! Aber ich hatte keine Lust, dabei allein zu sein.

»Ja.«

»Danke.«

Sie küsste mich auf die Wange, wollte gehen, aber ich hatte auch eine Bitte an sie.

»Passt du für mich dafür auf Raphael auf?«

Der starrköpfige Erzengel, den ich nicht verlieren wollte, konnte ihren Schutz gebrauchen. Sie mussten sich gegenseitig beschützen, so wie es Familien taten, auch wenn wir die seltsamste Familie der Welt waren.

»Ja, immer«, antwortete Lia und wandte sich mit einem letzten Lächeln auf den Lippen von mir ab.

Sie stiegen auf ihre Motorräder und fuhren davon. Wenn sie nicht wiederkommen würden, würde ich ihnen die Hölle heiß machen!

Keon: Wer das Schicksal betrügt …

Ich lag auf dem Sofa und starrte durch das Fenster auf den orangen Himmel. Er sah aus, als würde er glühen. Vielleicht brannte er gerade nieder. Mein ganzer Körper war angespannt, ich wälzte mich herum, streckte mich ständig, aber die Unruhe verschwand nicht. Am liebsten hätte ich um mich geschlagen, aber ich hatte versprochen, Mia keine Angst zu machen.

Sie hätte aber wahrscheinlich nicht mal mitbekommen, dass ich Beryls Mobiliar zerschlug, weil sie wie ein Stein schlief. Der Engel war in der kleinen Kapelle verschwunden, um mit jemandem zu sprechen, der sowieso nicht antwortete. Beten war etwas, das ich das letzte Mal im Kloster gemacht hatte, dann war es niedergebrannt.

Ich konnte nicht mehr stillhalten und sprang auf, um mir die Beine zu vertreten. Eigentlich wollte ich nach draußen verschwinden, um unter dem orangen Himmel nervös umherzulaufen, aber mein Blick fiel auf den weißen Briefumschlag, der auf der Kommode lag. Die Stille hier verleitete mich dazu, zuzugreifen. Wenn es schon sonst nichts für mich zu tun gab, dann würde ich mich eben damit ablenken, herauszufinden, was Raphael Beryl mitteilen wollte. Er hatte den Brief mit einem blauen Wachssiegel versehen, auf dem das Ordenslogo prangte. Wenn ich Pech hatte, stand dort nur langweiliger *Ars-Vivendi*-Mist, aber das ließ sich mühelos herausfinden.

Ich zog das Briefpapier heraus und begann, die peinlich perfekte Handschrift meines Vaters zu lesen.

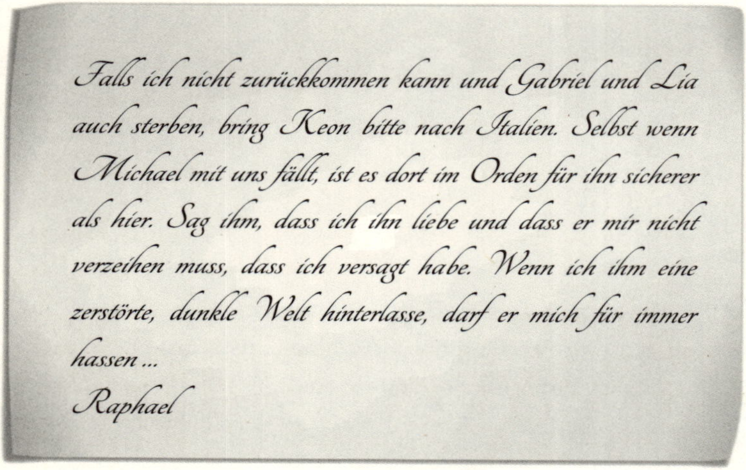

Falls ich nicht zurückkommen kann und Gabriel und Lia auch sterben, bring Keon bitte nach Italien. Selbst wenn Michael mit uns fällt, ist es dort im Orden für ihn sicherer als hier. Sag ihm, dass ich ihn liebe und dass er mir nicht verzeihen muss, dass ich versagt habe. Wenn ich ihm eine zerstörte, dunkle Welt hinterlasse, darf er mich für immer hassen …

Raphael

Ich knüllte das dumme Stück Papier zusammen und warf es gegen die Wand. Sie würden zurückkommen! Alle! Sie durften nicht sterben, sonst hasste ich sie tatsächlich.

Ich rannte nach draußen, weil ich hier drinnen sonst erstickt wäre. Die Luft unter dem orangen Himmel war warm und trocken, sie tat nicht gut, mein Hals schnürte sich regelrecht zu. Vor der großen Trauerweide fiel ich auf die Knie und schlug mit den Fäusten auf den Boden ein, um mich abzureagieren.

Es würde alles gut gehen. Es musste alles gut gehen.

Raphael war ein Erzengel, Gott hatte gar keine andere Wahl, als ihn zu beschützen. Ich versuchte, den Gedanken, der mir gekommen war, wegzuknurren, aber er setzte sich in mir fest. Vielleicht würde es helfen, vielleicht würde er mir zuhören, nur heute.

Als sich meine Finger schmerzhaft fest ineinander krallten und ich zu beten begann, wurde mir schwindlig. Ich schloss die Augen, um mich zu konzentrieren und meine Gedanken in den Himmel hinaufzuschreien.

Lass sie nicht sterben …

Beschütze sie …

Bring sie mir zurück ….

Lass mich niemals eine Enttäuschung für Raphael sein …

»Bitte, Gott …«, murmelte ich leise, aber so eindringlich ich konnte.

»Er hört dich nicht, junger Erzengel.«

Ich riss die Augen auf, sprang auf die Beine und drehte mich einmal im Kreis.

»Aber ich höre dich …«

Diese Stimme, sie war so nah, aber ich konnte niemanden entdecken.

»Wer ist da?«

Mir war, als würde gleich ein Engel vor mir auftauchen, aber Engel stiegen nicht aus Schatten.

Ich hatte ihn schon mal gesehen, nur wo und wann, konnte ich nicht mehr sagen.

Das blasse Gesicht, die dunkelroten, gelockten, kinnlangen Haare und die pechschwarzen Flügel.

Sein Blick war traurig. Mir war nicht klar, dass Erzdämonen so niedergeschlagen aussehen konnten.

»Du hast zu Gott gebetet und keine Antwort bekommen. Aber die Hölle antwortet dir, weil sogar sie Mitleid mit deiner traurigen Seele hat.«

»Wer bist du und was willst du hier?!«, fauchte ich und versuchte, meine Stimme so drohend klingen zu lassen wie möglich.

Er schüttelte langsam den Kopf und hob die Hände wie in Zeitlupe vor den Oberkörper. »Mein Name ist Belial. Ich bin nicht hier, um dir zu schaden. Du musst heute schon so viel ertragen. Du tust mir leid.«

»Ich brauche dir nicht leidzutun! Verschwinde und lass mich in Ruhe!«

Raphael hätte nicht gewollt, dass ich mit ihm sprach. Ich durfte Erzdämonen nicht vertrauen und ich brauchte schon gar kein Mitleid von ihnen.

»Entschuldige, aber ich konnte dich nicht allein lassen … nicht in dieser schweren Stunde.«

Seine Augen wurden immer glasiger. Ich dachte, er würde jeden Moment weinen, aber es kamen keine Tränen.

»Von was redest du da?!«

Mein Herz hämmerte wie wild. Ich trat einen Schritt zurück, als er auf mich zukam, und blieb dann doch stehen, weil ich keine Angst zeigen wollte.

»Du weißt es noch nicht? Fühlst du nicht, was gerade passiert ist?«, wollte er wissen und neigte den Kopf.

Ich horchte in mich hinein, aber ich war viel zu aufgeregt, um irgendetwas zu fühlen. Dieses Gespräch war beklemmend, seltsam, ich wollte, dass es endete.

»Die, die sie Licht nannten, ist tot. Ich sah es passieren, mit meinen eigenen Augen.«

Ich starrte in seine leidende Miene und wollte ihr nicht glauben.

»Du lügst! Niemand ist tot! Was willst du von mir?!«

»Ich wünschte, ich würde lügen … Es tut mir so leid. Sie hat dir viel bedeutet, oder? Lia …«

Als er ihren Namen in die warme, trockene Luft hauchte, wurde mir eiskalt.

»Nein! Nein, sie ist nicht tot! Verschwinde! Sonst bist du derjenige, der stirbt!«

Ich ballte die Hände zu Fäusten und hätte nur zu gern auf ihn eingeschlagen, damit er aufhörte, mir so schreckliche Lügen aufzutischen. Sein nächster Satz hielt mich aber davon ab.

»Überzeug dich selbst, wenn du mir nicht glaubst. Aber dieses Schlachtfeld zu sehen, wird deiner unschuldigen, jungen Seele noch mehr Schmerzen bereiten.«

Ich wollte loslaufen, obwohl ich nicht mal wusste, wohin, aber der Erzdämon packte plötzlich meinen Unterarm. Seine Berührung war seltsam warm, aber ich wollte sie nicht dulden, also riss ich meine Hand weg.

»Ich kann dich hinbringen, schnell und mühelos«, schlug er vor.

»Verpiss dich endlich!«

Er zog kurz überrascht die Augenbrauen in die Höhe. »So viel Feuer in der Seele. So eine lose Zunge. Bewahre dir das, es macht dich zum besondersten der Erzengel.«

»Spar dir das Schleimen! Ich vertraue dir trotzdem nicht!«

»Gabriel vertraut Jaron. Lia hat Conan vertraut. Vielleicht bin ich der schwarze, wohlwollende Schatten, der dir die Treue schwört. Ich will dir nur helfen. Und du kannst Hilfe jetzt gut gebrauchen.«

Mein Knurren hörte sich sogar in meinen Ohren verzweifelt an. Ich hatte zu Gott gebetet und die Hölle hatte mir geantwortet. Wieso?

»Gib mir deine Hand. Ich bringe dich zum Schloss. Was du dort siehst, wird aber furchtbar sein. Wenn ich dir schaden wollte, würden Gabriel und Raphael mich in Stücke reißen. Ich hänge an meinem Leben. Ich will dir wirklich nur helfen …«

Ich konnte an nichts anderes mehr denken als an Lia. Mir war plötzlich, als wäre sie wirklich tot. Ich brauchte Gewissheit, und ich brauchte sie jetzt. Wenn der Erzdämon sie mir geben konnte, war es mir egal, wer er war und wieso er wirklich hier war.

Ich dem Moment, in dem ich seine Hand packte, wurde mir schwarz vor Augen und eiskalt. Mein Körper fühlte sich plötzlich so an, als würde jemand an jeder Stelle meiner Haut kratzen. Ich hatte das Gefühl, zu fallen, um dann in die Luft katapultiert zu werden. Das alles dauerte nur ein paar Sekunden, aber als ich wieder festen Boden unter den Füßen hatte, war mir speiübel.

»Atme ruhig. Meine Art, zu reisen, ist gewöhnungsbedürftig für den Magen«, hörte ich den Erzdämon sagen, der jetzt nicht mehr so grenzenlos mitleidig klang. Ich brauchte einen Moment, damit mein Blick wieder klar wurde und ich die Übelkeit ignorieren konnte. Als ich begann, zu realisieren, wo ich war, wurde mir wieder schwindlig.

Er hatte mich wirklich zum Schloss gebracht, an den Waldrand, aber ich hatte die *Ars Vivendi* nicht so in Erinnerung. Mein Zuhause lag in rauchenden Trümmern, aber das nahm ich nur am Rande wahr.

Mein Blick schweifte zu den vielen blutverschmierten Flügeln, die sich auf dem kleinen Hügel zusammengefunden hatten.

Conan, Jaron, Michael, Gabriel – sie standen alle um Raphael herum, der am Boden kniete und einen Körper in der Hand hielt. Durch ihre Mitte ragte ein Schwert und sie rührte sich kein Stück mehr. Mein Vater drückte sie an sich, aber er würde sie nicht mehr heilen können, weil sie längst tot war.

Als er mit heiserer Stimme schrie, weil Gabriel ihn auf die Beine und von ihr weg zog, wollte ich loslaufen, aber ich hatte Erzdämonenhände auf den Schultern, die mich plötzlich wieder in Kälte und Schwärze verschwinden ließen.

Wir kamen irgendwo an und ich fiel sofort auf die Knie, weil ich glaubte, vor Trauer und Fassungslosigkeit zu ersticken. Lia war wirklich tot, sie würde nicht zurückkommen.

Mia würde irgendwohin gebracht werden und ich würde sie nie wiedersehen. Keine Familie, keine Zukunft, nur immer wieder Tod, Vorwürfe und Schmerzen. Ich konnte dieses Leben nicht mehr ertragen!

»Es tut mir so leid, Keon …«, hörte ich die Erzdämonenstimme an mein Ohr dringen. Ich wollte ihm nicht zuhören, aber seine nächsten Worte ließen mich den Atem anhalten. »Aber was, wenn ich dir sage, dass ich dir helfen kann, Lia zu retten?«

Ich blickte zu ihm auf, kniff die Augen zusammen, um den Tränenschleier kurz zu unterbrechen. Mir war, als wäre er gerade wahnsinnig geworden, aber ich war auch dabei.

»Ja. Ich kann dir helfen, dort zu triumphieren, wo dein Vater versagt hat … Du kannst sie retten. Was sagst du dazu?«

Mein Herz hämmerte und ich begann wieder, zu atmen, weil ich sonst ohnmächtig geworden wäre. »Ich kann keine Toten zum Leben erwecken! Wenn ich das könnte, würde ich es tun!«, schluchzte ich und wollte beginnen, noch intensiver über den Tod nachzudenken, aber Belial hielt mich davon ab.

»Nein, du kannst keine Toten auferstehen lassen …«, flüsterte er in mein Ohr. Er war so nah gekommen, griff mich wieder an den Schultern und drückte sich an mich. Das Gefühl war verstörend, aber ich wollte ihm zuhören, weil er Dinge sagte, an die ich mich klammern konnte, bevor ich gänzlich unterging. »Aber du kannst die Zeit zurückdrehen«, sagte er mit fester, dunkler Stimme.

Meine Hoffnungen schwanden wieder. »Nicht so! Ich kann diesen Tag nicht ungeschehen machen! So stark bin ich nicht!«

Das auszusprechen, widerstrebte meinem ganzen Charakter, aber es spielte jetzt sowieso keine Rolle mehr.

»Minuten würden reichen«, entgegnete Belial plötzlich und begann, mich kurz zu schütteln und eindringlich zu mustern. »Zwanzig, fünfundzwanzig Minuten, und du könntest sie retten.«

»Ich kann das nicht! So mächtig ist meine Gabe nicht!«, brüllte ich wütend und war kurz davor, auf ihn loszugehen, weil er so viel geisteskranken Wahnsinn erzählte.

»Allein kannst du es nicht. Aber ich helfe dir. Ich kann stärker machen, was Gott dir gegeben hat, junger Erzengel.«

Seine Worte ergaben für mich keinen Sinn. Ich hörte nur heraus, dass ich Lia vielleicht retten konnte.

»Wie?!«

»Ein alter Freund von mir wird uns helfen. Ein Wesen, das so alt ist wie die Zeit selbst und das dich für einen kurzen Moment stark genug machen kann, um sie zu retten.«

»Wieso tust du das?! Wieso hilfst du mir?!«

»Weil ich dein hübsches Gesicht nicht leiden sehen kann …«, entgegnete er und mir lief es wieder eiskalt den Rücken hinunter.

»Blödsinn! Hältst du mich für einen Idioten? Was hast du davon, mir zu helfen?«

Seine weiche, leidende Miene veränderte sich plötzlich. Er grinste mich schief an und nickte. »Kluger Junge. Ich brauche sie noch, deine Lia. Aber ich werde ihr keinen Schaden zufügen. Sie muss mir bei etwas helfen, später … wenn die Zeit reif ist. Stirbt sie, sterben meine Hoffnungen und Träume mit ihr. Das muss dir für den Moment als Erklärung genügen.«

Ich starrte ihn an und versuchte abzuschätzen, wie wahnsinnig er tatsächlich war.

»Entscheide dich! Jetzt! Das Wesen, das ich rufen werde, kann die Zeit mit dir zusammen auch nicht allzu lange zurückdrehen. Mit jeder Minute, die verstreicht, fällt sie tiefer in ihr ewiges Grab!«

Meine Gedanken überschlugen sich. Es fühlte sich so an, als würde ich meine Seele an den Teufel verkaufen, aber das war mir egal. Raphael war dabei, zu zerbrechen, ebenso wie ich. Es spielte für mich keine Rolle mehr, wer mich stark genug machte, um Lias Leben zu retten – Gott oder Teufel. Die Hölle hatte mir Hilfe angeboten, als ich darum gefleht hatte, also würde ich sie annehmen.

»Tu es!«, brüllte ich und kniff die Augen zusammen, weil ein Teil von mir das Gesagte wieder zurücknehmen wollte. Als er mir über die Wange strich, riss ich den Kopf zur Seite.

»Danke, heiliger Junge. Lass uns zusammen ein wenig Schicksal spielen.«

Ich machte die Augen nicht mehr auf, nicht mal, als Belial anfing, in irgendeiner fremden Sprache vor sich hin zu murmeln. Ich wusste nicht, wo ich war und was gleich passieren würde, aber ich konnte mich an der Hoffnung festklammern, Raphael nicht zerbrechen zu sehen und Lias Leben zu retten.

Dass diese Hoffnung plötzlich nach Schwefel stank, nahm ich hin.

Mir wurde seltsam zumute, so als würde ich einschlafen, ohne dass mein Bewusstsein abdriftete. Die Kälte kroch in mir hoch und legte sich über alles, was warm und hell in meiner Seele war. Das plötzliche Engegefühl ließ Panik in mir aufkommen, aber sie änderte auch nichts mehr daran, dass ich irgendetwas in meinen Körper gelassen hatte, das uralt und pechschwarz war. Da war ein Murmeln in meinem Kopf, das immer lauter wurde, mehr als eine Stimme, aber ich konnte kein Wort verstehen.

»Mach die Augen auf«, hörte ich Belial durch die Stimmen rufen und sie öffneten sich, ohne dass ich es wollte. Der Erzdämon grinste mich an und sah dann durch mich hindurch. »Sheol?«, fragte er und in mir regte sich eine so starke, seltsame Macht, dass ich beinahe das Bewusstsein verlor.

»Wir hören den Erzdämon. Wir sehen den Erzdämon. Wir haben unseren Spaß.«

Die beiden Stimmen in meinem Kopf kamen plötzlich aus meinem Mund. Dieses Wesen saß so tief in mir, dass ich mich beinahe selbst verloren hätte. Ich würde das nicht lange aushalten. Es würde mich zerreißen, wenn es nicht bald wieder verschwand.

»Ist er stark genug? Kannst du mir helfen?«, wollte der Erzdämon wissen und ich hörte das Wesen mit den zwei Stimmen lachen. Es war nur ein einziger Klumpen unheimlich mächtige Dunkelheit, aber es sprach von sich selbst als ›wir‹, weil es verrückt war. Mehr als das, ich fand kein Wort, das diesem unmenschlichen Charakter gerecht geworden wäre.

»Ja, wir können dem Erzdämon helfen. Wir wollen ihm helfen, weil wir so gespannt sind! Das Schicksal hat so Großes mit dem Mischling, in dem wir stecken, vor, dass wir es kaum aushalten können, zu sehen, was passiert, wenn wir es betrügen! Was für ein einzigartiges, groteskes Spiel!«

Ich wollte kein Spiel spielen, ich wollte niemanden betrügen, ich wollte nur Lia retten!

»Es ist ungeduldig …«, tönten die Stimmen amüsiert und ich fühlte die Schwärze in mir noch mächtiger werden. *»Dann beginnen wir jetzt.«*

Belial legte mir wieder die Hände auf die Schultern und wir verschwanden in der Dunkelheit. Diesmal wurde mir nicht übel oder schwindlig. Der Weg, den mir nahmen, fühlte sich nach Zuhause an.

Ich begriff, dass wir uns durch die Hölle bewegten und dass das Wesen in mir genau aus dieser kam.

Als wir abermals am Waldrand vor dem Schloss auftauchten, rührte sich absolut gar nichts mehr. Sie waren alle versteinert: Gabriel, Raphael, Lia und alle, die sich um sie geschart hatten, um ihren Tod zu betrauern.

Nicht mal die Bäume schaukelten mehr im Wind, nur die orangen Wolken fingen an, zu tanzen. Während in mir eine Explosion stattfand, von der ich glaubte, dass sie meine Seele zerfetzen würde, sah ich Bilder einer Zukunft aufflackern, die ich gerade ausradierte.

Raphaels Blick, der für immer diese traurige Note gehabt hätte. Mia, wie sie weggebracht werden würde und erst viel später wieder in meinem Leben auftauchte. So viel mehr Tod, dass ich ständig kurz davor gewesen wäre, darin zu ertrinken. All das radierte ich aus und ich war mir sicher, dass ich das Richtige tat, weil das letzte Bild, das ich sah, ich selbst als skrupelloses Monster war.

Ein lauter Knall, und ich riss die Augen erneut auf, obwohl sie nie wirklich geschlossen gewesen waren.

Alles bewegte sich wieder, aber das Schlachtfeld war laut geworden, weil ihr Kampf plötzlich wieder tobte. Ich sah Raphael auf dem kleinen Hügel stehen und gegen einen graugefiederten Engel kämpfen, der mir bekannt vorkam. Gabriel, Michael, Conan, Jaron – sie lagen alle schwer verwundet am Boden. Als ich plötzlich jemanden den Hügel hinauflaufen sah, erkannte ich Lia.

»Na los! Es muss sich beeilen und in das Schicksal eingreifen, sonst war alles umsonst. Dabei können wir ihm nicht helfen, wir legen uns nicht mit dem Schicksal an ...«

Während ich den Stimmen in meinem Kopf lauschte, riss Lia den graugefiederten Engel von Raphael weg. Er würde sie töten, wenn ich nichts unternahm, und die Zukunft, die mir dieses dunkle Wesen in mir gezeigt hatte, würde wieder zu unserer werden.

Ich rannte, so schnell mich meine Beine trugen. Vorbei an Blutlachen, an Michael, Gabriel und sogar am Tod selbst. Ich fühlte den Platz in meiner Seele, den das schwarze Wesen eingenommen hatte, wieder leer werden.

Ich wurde plötzlich so schwach, dass ich mir sicher war, jeden Moment selbst zu sterben. Jetzt noch nicht! Ich musste Lia helfen, aber ich wurde mit jeder Sekunde müder und kraftloser. Meine Schritte wurden langsamer und ich sah Lia Gabriels Schwert heben.

Wieso tötete sie ihn nicht?! Wieso zögerte sie?!

Ich würde sie nicht schnell genug erreichen, also schrie ich ihren Namen, so laut ich konnte. Sie sah zu mir, als ich auf die Knie fiel und gegen die Ohnmacht ankämpfte.

Auch die schwarzen Augen des graugefiederten Engels trafen mich und er streckte die Hand nach mir aus. Ich war mir sicher, dass er mich töten wollte, aber Lia schrie plötzlich auf.

»Nein! Du wirst ihm nichts tun!«

Mein Blick wurde verschwommen, aber ich sah sie Gabriels Schwert noch fester packen und damit endlich zustoßen.

Die Klinge bohrte sich in den Körper des graugefiederten Engels und während er nach hinten kippte, riss er unser aller Zukunft mit sich.

Raphael musste nicht zu Lia laufen und ihren sterbenden Körper in den Armen halten, er konnte auf mich zulaufen und mich auffangen, bevor ich selbst auf dem Boden aufschlug.

Mir war noch, als wollte ich grinsen, weil ich dem Tod ins Handwerk gepfuscht hatte, aber um mich herum wurde es plötzlich dunkel und still …

EPILOG

Ich schlug die Augen auf und sie brannten, als hätten sie noch nie Tageslicht gesehen. Mein Körper fühlte sich schwer und müde an, obwohl ich bestimmt lange geschlafen hatte. Als ich versuchte, den Kopf zu drehen, dröhnte er wie verrückt, also ließ ich es und starrte eine Weile auf den hellblauen Stoff des Himmelbetts. Meine Gedanken waren wie leer gefegt, eine ganze Weile lang, so als würde mir mein Verstand nicht zumuten, mich dem Schwall aus Erinnerungen zu schnell auszusetzen.

Ich glaubte, in Raphaels Bett zu liegen. Es roch hier nach ihm, aber er war nicht hier. Als ich das Geräusch einer sich öffnenden Tür vernahm, konnte ich den Kopf noch immer nicht bewegen. Leise Schritte, die auf mich zu schlichen. Da war plötzlich ein blondes Mädchen mit einem Strauß Rosen in der Hand. Sie sah nicht zu mir, weil sie versuchte, die unzähligen Blumen in die viel zu kleine Vase auf dem Nachtkästchen zu stellen, das ich aus dem Augenwinkel sehen konnte. Natürlich kippte sie um und überflutete meine Bettdecke mit kaltem Wasser, das mich zusammenzucken ließ. Ungeschickter blonder Tölpel!

Als ihr Gesicht über meinem auftauchte, starrten mich plötzlich zwei so große, überraschte Augen an, dass ich sie am liebsten gefragt hätte, ob ich entstellt war, weil sie mich so anstarrte, aber ich kam nicht dazu. Sie rannte aus dem Zimmer und begann, Raphaels Namen zu brüllen.

Egal, wo er gerade war, ich war mir sicher, dass er sie selbst im Himmel gehört hätte.

Die Schritte, die sich nun näherten, waren schneller und das Gesicht, das über mir auftauchte, vertraut. Raphael starrte mich auch an, als wäre ich ein Alien. Ich brauchte dringend einen Spiegel!

»Keon …« Er sprach meinen Namen aus und mich beschlich das seltsame Gefühl, als hätte ich ihn schon lange nicht mehr gehört. Als er mir die Hand auf die Stirn legte, wollte ich die heilenden Wellen genießen, aber er begann, mich zu küssen, was mir auf die Nerven ging, weil er gar nicht mehr damit aufhören wollte.

»Schluss …«, murmelte ich und erschrak vor meiner eigenen Stimme. Sie klang vollkommen fremd, obwohl sie sich nicht rau oder beschlagen anfühlte. Raphael ließ wirklich von mir ab und strahlte bis über beide Ohren, so als hätte ich ihm gerade nicht verboten, mich zu küssen, sondern hoch und heilig geschworen, nie wieder zu fluchen.

»Scheiße … Mein Kopf tut weh«, murrte ich, für den Fall, dass er tatsächlich der Wahnvorstellung verfallen war, ich würde nie wieder Fäkalausdrücke verwenden. Als er noch immer grinste, anstatt mich streng anzufunkeln, bekam ich es mit der Angst zu tun. Was war hier los? War ich in einem Paralleluniversum gelandet, in dem mein Vater plötzlich das Nörgeln verlernt hatte? Der Gedankengang löste noch stärkere Kopfschmerzen aus, die Raphaels Frage weiter ankurbelten.

»Weißt du noch, was passiert ist?«, wollte er wissen und meine Erinnerung begann, mir langsam und vorsichtig verschwommene Bilder zu zeigen. Als ich sie deuten konnte, erhob sich mein Oberkörper im Schock aus dem Bett, aber ich kippte gleich wieder nach hinten und krümmte mich stöhnend, weil es so geschmerzt hatte. Selbst das Krümmen tat weh.

»Ganz ruhig, Keon …«, hörte ich Raphael flüstern, der mich zurück auf das Bett drückte und begann, mir über die Wange zu streicheln. Ich konnte mich nicht beruhigen, weil die letzten Bilder, die ich vor mir sah, aus einer grausamen Schlacht stammten, in der ein graugefiederter Engel jemandem, den ich liebte, ein Schwert in die Brust gestoßen hatte.

»Lia … Sie ist tot. Die Schlacht im Schloss …«, sprach ich mit zitternder Stimme das Letzte aus, an das ich mich erinnern konnte.

Raphael wollte den Mund aufmachen, aber er blieb stumm und hob nur den Kopf. Ich hätte es ihm gern gleichgetan, aber mein Körper gehorchte mir noch nicht. Als meine Trauer und meine Panik plötzlich wie von Geisterhand weggescheucht verflogen, breitete sich ein Gefühl in mir aus, das Fröhlichkeit glich. Ich verstand meinen Gemütszustand nicht, ich hörte nur plötzlich eine Stimme, die ihn untermalte.

»Ich bin nicht tot, Keon.«

Als ihr Gesicht über mir auftauchte und sie mich anlächelte, fiel so viel Ballast auf einmal von meiner Seele, dass ich mich plötzlich federleicht fühlte.

Lia legte mir die Hand auf die Wange und neigte den Kopf. »Diese Schlacht war furchtbar, aber sie ist vorbei, schon lange. Du hast eine ganze Weile geschlafen«, verriet sie mir, ohne ihre Hand wegzunehmen.

Obwohl mir bewusst wurde, dass meine Stimme so fremd klang, weil ich sie schon lange nicht mehr benutzt hatte, wurde ich nicht nervös oder ängstlich.

»Wie lange?«, wollte ich wissen und ahnte, dass die Antwort mich schockieren würde.

»Fünf Jahre«, hörte ich Raphael sagen, der mich noch immer anstrahlte, als hätte er mich für tot gehalten. Vielleicht hatte er das sogar …

»Keine Angst.« Lias Stimme konnte alles in mir ruhigstellen, obwohl die Bilder aus meiner Erinnerung immer ungefilterter auf mich einwirkten. »Jetzt bist du aufgewacht und alles wird gut. Versprochen. Sieh in den Spiegel, du bist erwachsen geworden.«

Über die Autorin

Jasmin Romana Welsch wurde 1989 in Graz geboren und lebt auch heute noch mit ihrem Freund und ihrer Hündin Yuki in der Steiermark. Obwohl sie bereits im Teenageralter das Schreiben für sich entdeckte, begann sie ein Jurastudium. Erst nach der Veröffentlichung ihres ersten Romans widmete sich die junge Autorin gänzlich der Schriftstellerei. Aus ihrer Feder stammen mehrere Jugendbücher, in denen sich fast immer humoristische, aber auch dramatische Akzente wiederfinden.

Kontakt

Homepage: www.jasminromanawelsch.com
Facebook: www.facebook.com/ JRWelsch

Weitere Verlagstitel aus unserem Fantasy-Programm

C. M. Spoerri & Jasmin Romana Welsch
Conversion (Band 1): Zwischen Tag und Nacht
28. August 2016, Sternensand Verlag
424 Seiten, broschiert
€ 12,95 [D]

Jugendroman-Dystopie
Als Taschenbuch und E-Book

Jasmin Romana Welsch
Absolution: Wie man eine Sünde überlebt
28. Februar 2016, Sternensand Verlag
224 Seiten, broschiert
€ 12,95 [D]

Urban Fantasy
Als Taschenbuch und E-Book

C. M. Spoerri
Die Legenden von Karinth (Band 1)
25. September 2016, Sternensand Verlag
448 Seiten, broschiert
€ 12,95 [D]

High Fantasy
Als Taschenbuch, Hardcover und E-Book

Fanny Bechert
Countdown to Noah (Band 1): Gegen Bestien
17. September 2017, Sternensand Verlag
300 Seiten, broschiert
€ 12,95 [D]

Jugendroman-Dystopie
Als Taschenbuch und E-Book

Carolin Emrich
Elfenwächter (Band 1): Weg des Ordens
15. Januar 2017, Sternensand Verlag
308 Seiten, broschiert
€ 12,95 [D]

High Fantasy
Als Taschenbuch und E-Book

Nadine Roth
Bloody Mary: Du darfst dich nicht verlieben
12. März 2017, Sternensand Verlag
560 Seiten, broschiert
€ 14,95 [D]

Paranormal Romance
Als Taschenbuch und E-Book